Broken Harbour

心碎港湾

TANA FRENCH

[爱尔兰] 塔娜·法兰奇 – 著 辛可加 – 译

湖南文艺出版社
HUNAN LITERATURE AND ART PUBLISHING HOUSE
博集天卷
CS-BOOKY

图书在版编目（CIP）数据

心碎港湾 /（爱尔兰）法兰奇（French，T.）著；辛可加译.
—长沙：湖南文艺出版社，2013.6
书名原文：Broken harbour
ISBN 978-7-5404-6202-4

Ⅰ. ①心… Ⅱ. ①法… ②辛… Ⅲ. ①长篇小说-爱尔兰-现代
Ⅳ. ①I562.45

中国版本图书馆CIP数据核字（2013）第097803号

著作权合同登记号：图字18-2013-157
上架建议：外国流行小说

心碎港湾

作　　者：［爱尔兰］塔娜·法兰奇
译　　者：辛可加
出 版 人：刘清华
责任编辑：薛　健　刘诗哲
监　　制：张应娜
策划编辑：韩丽红　马冬冬
版权支持：辛　艳
封面设计：吕彦秋
版式设计：张丽娜
出版发行：湖南文艺出版社
（长沙市雨花区东二环一段508号　邮编：410014）
网　　址：www.hnwy.net
印　　刷：北京盛兰兄弟印刷装订有限公司
经　　销：新华书店
开　　本：880mm × 1230mm　1/32
字　　数：410千字
印　　张：15
版　　次：2013年6月第1版
印　　次：2013年6月第1次印刷
书　　号：978-7-5404-6202-4
定　　价：36.00元
（若有质量问题，请致电质量监督电话：010-84409925）

目录

Broken Harbour

目录

Broken Harbour

Broken Harbour 第 1 章

明星探员肯尼迪

咱们打开天窗说亮话吧，这个案子交给我最合适。换作其他人摊上这种事，早就撒腿溜出老远了。我好歹一开头还能斟酌一下。有两人还当着我的面说：“幸亏没轮到我，老兄。”我才不在乎，一点儿也不。不走运的是他们。

某些人对这种容易吸引公众视线的活儿不太感冒，风险太大——说是动不动就会被媒体缠上，而且如果搞不定，下场会很惨。我可没那么消极。如果把精力都花在琢磨失败的后果上，就已经输了一半。我只关注有利的方面，而眼下的好处多得很：他们大可装作满不在乎，不过，谁都知道，拿下大案子就大有机会平步青云。上头版头条的这种活儿尽管交给我，毒贩子什么的他们去办。谁让他们不敢挑重担呢，乖乖上大街执勤去吧。

某些人受不了小孩被杀的案子，这就算了，但算我多一句嘴，既然见不得凶残的谋杀场面，你他妈的到重案组来干什么？我看知识产权案件组正需要你们这种多愁善感的蠢货。杀婴、溺毙、奸杀、霰弹枪爆头溅得满墙血淋淋，我什么场面没见过？只要案子能查清，还不是睡得安安稳稳？反正总得有人去干，如果任务交给我，最起码要办得妥妥当当。

既然任务下来了，还有件事要说清楚：我很有本事。对此我很有信心。我在谋杀调查组待了十年，独立办案也有七年了。在这里，我的破案率最高。今年我落到了第二，排第一的那家伙分到了肥肉，嫌疑犯们简直是一个个自己乖乖铐上手铐，老老实实送上门。棘手的案子都归我，比如根本找不到目击证人的苦差事之类，但我照样能摆平。咱们的局长大人但凡对我有一点儿不放心，哪怕只是一丁点儿，都随时可以把我踢出手头的案子，可这种事从没发生过。

我要告诉你们，破这个案子稳稳当当，结案以后准可以收进教科书，给人看看怎样才算完美。不管照着书上的哪个规矩来看，这都称得上梦寐以求的标准案子。

我一听就知道这案子大有来头。大家都一样。一有谋杀案，轮到谁当班，就交给谁主办，如果当班的出任务去了，那谁刚好在场就轮到谁。只有重大案件、需要慎重选人的敏感案件，才会上报给局长拍板，由他来挑人。所以，当奥凯利局长的头突然探进警队办公室，指着我说“肯尼迪，来我办公室”，然后又消失了的时候，大家心里都有数了。

我从椅背上抓起夹克，套上身，心跳开始加速。很久了，距离上次办这种大案子实在太久了。“待在这里哪儿也别去。”我对搭档里奇说。

“喔喔喔，”奎格利在他桌子后面大惊小怪地晃着肥硕的巴掌，“你又中大奖了？没想到还能看见这一天啊。”

“闪瞎你的狗眼，小子。”我整了整领带。奎格利之所以发牢骚，是因为排班表上的下一个就是他。要不是他太不中用，奥凯利说不定会把案子交给他。

“你都干什么了？”

“操你妹了，套子还是我自备的。”

周围的兄弟们窃笑不已，奎格利像个老太婆似的噘起嘴：“不好笑。”

“戳到痛处了？”

里奇张着嘴，差点儿好奇地从椅子上跳起来。我从口袋里掏出梳子，草草梳了梳头发。“我这模样还行吧？”

“马屁精。”奎格利愠怒地嘟囔着。我没理他。

“不错，”里奇说，“很精神。是什么……”

“待着别动。”我又嘱咐了一句，然后去找奥凯利。

第二个提示：奥凯利站在办公桌后，两手插在裤袋里，两脚来回旋转。看来这个案子搅得他肾上腺素大爆发，坐立不安。“你动作很慢。”

“对不起，长官。”

他没动，咂着嘴又看了看桌上的日程表。“穆伦的案子怎么样了？”

这几周我一直在帮检察官准备一个案子，起诉一个狡猾的毒贩，确保那小杂种百分之百逃不掉。有些警探认为提起指控后他们的活儿就算干完了。如果我亲手逮捕的嫌疑人最后得以脱罪，我觉得自己也有责任。好在这种事很罕见。“基本办妥，差不多了。”

“剩下的工作交给其他人可以吗？”

“没问题。”

他点点头，接着往下看。奥凯利喜欢让别人提问——这表明你清楚谁才是上司——既然他的确是我的顶头上司，那我自然要乖乖地投其所好。“是有什么案子吗，长官？”

“知道布莱恩斯顿吗？”

“没听说过。”

“我也没听说过，只知道是新开发的一个地方，在海边，过了巴尔布里根就是，以前叫心碎海湾。”

“心碎港湾，”我说，“嗯，我知道心碎港湾。”

“现在叫布莱恩斯顿了。今晚，这个名字会闻名全国。”

“看来案情很严重。”我说。

奥凯利将接警记录表重重一拍，像是要把它压扁。“夫妻俩加上两个孩子，在家里被刺，女主人被送去医院，还没脱离危险。其他人都死了。”

我们沉默了片刻，倾听着空气微微颤抖的声音。我问：“报警的是谁？”

“女主人的妹妹。她们每天早上都通电话，但今天电话没人接，她很不安，于是开车去了布莱恩斯顿。那家人的车停在车道上，大白天房子里还亮着灯，没人应门，所以她找来了巡警。破门而入之后，发现了惨剧。”

“都有谁在场？”

“只有几名巡警。他们只消一眼就判断这事超出了他们的职权范围，当即向我们汇报。”

“很好。”我说。有很多蠢货热衷于扮演侦探的角色，结果把整个案子搅成一坨屎后才低头认输，求助于正规军。看来我们运气不错，这次碰上了明事理的。

“我想让你负责这个案子，没问题吧？”

“荣幸之至。”

“如果你忙不过来，现在就说，这个案子我会交给弗莱厄蒂。这是当务之急。”弗莱厄蒂就是现在破案率排第一的家伙。我说：“没必要，给我吧。”

“很好，”但奥凯利没放开接警记录表，而是迎着光用拇指摩挲着下巴，“你觉得柯伦能行吗？”

里奇这小子来局里刚满两周。很多人不爱带新人，所以他就归我管了。懂行的人都有责任把接力棒传下去。“能行。”我说。

“我可以暂时调他去其他地方，给你换个手脚麻利的。”

“如果柯伦到时顶不住，这也算是对他的一次考验。”我可不想要手脚麻利的。带新人还有个好处，就是可以省一大堆麻烦。老手各有各的办案方法，你一套我一套。而新手，如果你懂得怎么控制他，配合起来比老手省事多了。我可没时间玩什么“听我的还是听你的”，这个案子绝对不行。

“总之你来领头。”

“相信我，长官，柯伦能行。”

“有风险。”

新手入行的见习期差不多要一年左右，虽然不是正式规定，但一点儿不能小看这一年时间。如果里奇一上手就犯大错，还是栽在这种重大案件上，他差不多就可以卷铺盖走人了。“他没问题，我有信心。”

奥凯利则说：“不光是柯伦，你多久没办大案了？”

他紧盯着我，一双小眼睛目光犀利。上次我办的大案就搞砸了。不是我的错——我被所谓的朋友摆了一道，简直是掉进粪坑爬不出来——不过，别人还是把账记在我头上。我答道：“差不多两年了。”

“没错。搞定这个案子，你就算回归了。”

他的后半截话没说完，隔着办公桌，我们之间横亘着的空气浓稠而凝重。我说：“我搞得定。”

奥凯利点点头：“我也这么想。有情况及时汇报。”他把身子探过桌面，将接警记录表递给我。

“谢谢长官。不会让你失望。”

“库珀和鉴定小组已经出发了。”库珀是法医。“你需要人手，我会请总局派一组警员听你调配。目前六个人够吗？”

“可以了。如果需要更多人，我会提出申请。”

奥凯利点点头。我正要走，他又说：“老天在上，让柯伦穿衣服注意点儿。”

“上周我就和他谈过了。”

“再谈一次。昨天他居然穿那种不成体统的连帽衫？”

“我在教导他，一步步来吧。”

“如果他想继续参与这个案子，最好在你去现场前就来点儿脱胎换骨的表现。媒体一定会像苍蝇见了大粪似的围着这个案子转。最起码让他穿上大衣，把他的运动服或者今天穿的其他什么东西遮起来。”

“我抽屉里还多一条领带，给他正合适。”

听了这话，奥凯利酸溜溜地嘀咕了一句“猪也能穿礼服”什么的。

回警队办公室的路上，我扫了一眼接警记录表。正如奥凯利刚才所说，被害人是帕特里克·斯佩恩、他的妻子珍妮弗，还有他们的孩子：埃玛和杰克。报警人是珍妮弗的妹妹，菲奥娜·拉弗蒂。在她的名字下，接线员还画了个警告的符号，注明：“请注意，报警人处于歇斯底里状态。”

里奇的身子探出椅子，两脚来回摆动，膝盖里像是装了弹簧。

“穿好衣服，我们走。”

“我没说错吧。”奎格利对里奇说。

里奇大睁着无辜的双眼：“是吗，啊？抱歉，老兄，我没注意。想别的事呢，你明白吗？”

“我可是为你好，柯伦。领不领情随你便。”奎格利还是一副饱受伤害的模样。

我匆匆穿上外套，开始检查公文包。“你们俩好像聊得不错。不和我分享一下吗？”

“也没什么，”里奇连忙答道，“随便聊聊而已。”

“我只是教教里奇这小子，”奎格利自以为高尚地说，“老大单独把你叫去可不是好兆头。瞒着里奇给你递情报，这让他在警队里还怎么混啊？我觉得他该好好琢磨琢磨。”

奎格利总爱吓唬新人，就像他总爱恐吓嫌疑人那样。我们或多或少都有这习惯，但最乐此不疲的就是他。不过他还算有点儿脑子，一般不会招惹我手下的人。里奇不太把他放在眼里。我说：“接下来他要考虑的东西多了去了，没空为那些废话分心。柯伦探员，准备好出发了吗？”

“哎呀，”奎格利挤挤两片腮帮子，“别在意我的话。”

“从没在意过，老兄。”我从抽屉里拿出领带，从桌子底下塞进衣袋，没必要再给奎格利发话的机会。“好了吗，柯伦探员？走吧。”

“回见。”奎格利目送我们出门，心不甘情不愿地和里奇道别。里奇给了他一个飞吻，既然我不该看见这个，就装作没看见了。

今天是十月的一个星期二，天色灰暗，像三月一样阴沉清冷。我从车库开出最喜欢的那辆银色宝马——按理说先到先得，但事实上没有哪个处理家庭暴力案的家伙会和重案组的探员争好车，所以这辆车一直停在我喜欢的车位上，也没人往车里乱丢汉堡的包装纸。我敢打赌，闭着眼睛我都能开到心碎港湾，但今天不宜逞能，我打开了卫星导航系统。导航仪不认得心碎港湾，只认得布莱恩斯顿。

里奇入局后前两周一直在帮我整理穆伦案的卷宗，并重新询问唯一的证人。今天是他第一次参与谋杀案的侦查，激动得差点没踢掉鞋子。好在我们动身时他还穿着鞋。此时他忍不住问道：“是要去查案吗？”

“对。”

“什么样的案子？”

“谋杀案。”我在红灯前停下，拽出领带递给他。运气不错，他穿了件衬衫，虽然是件白色的便宜货，薄得能让人看见他的胸毛；搭配一条灰色裤子，除了尺码太大，倒也勉强看得过去。“系上领带。”

他仿佛从没见过领带。“要系吗？”

“要。”

一时间，我以为需要抢过领带帮他系上——估计他上次系领带是在坚信礼[1]的时候——最后他还是歪歪扭扭地系上了。他翻下遮阳板照镜子：“挺帅，是吧？”

“好点儿了。”我说。奥凯利一贯认为领带能让野鸡变凤凰。这条领带不错，栗色、真丝、暗纹，但有的人对得起好东西，有的人烂泥扶不上墙。里奇身高一米七五，细胳膊细腿窄肩膀，看着就像十四岁的毛头小子，可根据档案，他已经三十一了。别怪我戴有色眼镜，我真的只消一眼，就能百分之百掐准他是什么来头。剪得短短的浅色头发，突出的五官，慌里慌张一蹦一跳的走路方式，一副贼眉鼠眼的模样。这条领带一系，他活脱儿像个小偷。

他用一根指头怯怯地蹭了蹭领带：“挺好，回头还你。”

“送你了。等你有空，自己再去多买几条。”

他扭头看着我，我一时以为他有话要说，但他话到嘴边又咽了回去，只说了两个字：“谢谢。”

我们经过码头，驶向高速公路。海风沿着利菲河劲吹，行人纷纷瑟缩着脑袋。路上遇到了堵车：一个开四驱越野车的蠢货没注意到他根本过不了

---

① 基督教仪式，孩子十三岁时受坚信礼，然后才能成为教会正式教徒。

路口（也可能是不当回事）。我摸出黑莓手机，打给我妹妹杰拉尔丁紧急求助："杰莉[1]，你能不能去接迪娜，越快越好。如果她怕被扣钱，就说我会补给她。别担心，她没事，但最好让她和你住两天。回头我再打给你。谢啦。"

局长说得对，在媒体一窝蜂拥向心碎港湾之前，估计我还有两小时。这是公平赛跑，对他们也一样。迪娜还很脆弱，现在还由杰莉和我照顾。如果她听说了这个案子，一定迫切需要安全感。

里奇很识趣地没听我打电话，而是研究着导航仪。"要出城是吗？"

"布莱恩斯顿，听说过吗？"

他摇摇头。"耳熟，肯定是个新开发的地区。"

"没错，在海边。以前是个小村子，名叫心碎港湾，不过好像后来被开发过了。"

越野车总算过去了，路口恢复畅通。经济衰退也有好处，路上的车少了一半，我们这种还得到处跑的人可方便多了。

"说说看，你上班以来见过的最惨的场面是什么？"

里奇耸耸肩："我当了好几年交警，常和机动车打交，倒也见过一些惨烈的事故现场。"

人人都这么想。曾经的我也不例外。"错了，老弟，那算不了什么。你还嫩着呢。一个孩子被超速的浑蛋撞得脑袋开花，那场面很难受，但这还不算什么。有的孩子脑浆迸裂，只是因为凶手故意揪着他往墙上狠撞，一直撞到他停止呼吸为止。以前你见过的那些人只是运气不好，而今天你会头一次见识，人可以把人弄成什么样。相信我，那可不是一回事。"

里奇问道："难道是孩子？这次的被害人？"

"是一家人，夫妻俩和两个孩子。女主人说不定还有救，其他人都死了。"

他按在膝上的双手一动不动。我头一次见他如此安静。

---

① 杰拉尔丁的昵称。

“啊，老天在上。孩子多大？”

“还不清楚。”

“怎么死的？”

“好像是被刀捅死的。在家里，案发时间是昨晚。”

“太糟了，真的。真他妈太糟糕了。”里奇的脸色很难看。

“是啊，”我说，“等到了现场，有你受的。第一条守则，你可以记下来：在现场务必控制情绪。数到十，默诵《玫瑰经》，在心里讲点儿荤段子，随便怎样都行。如果想问我的建议，现在就抓紧。”

“我能顶住。”

“那最好。女主人的妹妹在那儿，她不会在乎你有多少同情心，你只需拿出你的职业态度给她看。”

“我会公事公办的。”

“很好。认真看看这个。”

我把接警记录表递过去，给他三十秒钟浏览。他聚精会神时，整张脸像换了一个人，更老练，也更睿智。“到了现场，你准备问巡警的第一个问题是什么？”

“凶器。现场是否发现了凶器？”

“为什么不问‘有没有强行侵入的迹象’？”

“别人可以伪造那个。”

我说：“不用拐弯抹角了。你说的‘别人’，是指帕特里克·斯佩恩和珍妮弗·斯佩恩吧。”如果不留神观察，多半会漏过他那极其轻微的退缩。

“我是指任何有机会下手的人，亲戚或者同事，任何他们会放心开门请进家里的人。”

“可你的想法不只这么简单吧？你怀疑的是斯佩恩夫妇本人。”

“嗯，我瞎猜的。”

“这很正常，老弟，不用吞吞吐吐。珍妮弗·斯佩恩没死，这就将她推上了风口浪尖。话说回来，这种情况下，凶手一般是父亲，女人只会杀死孩子然后自杀，而男人会拖上全家。但无论哪一种，他们一般不会多此一举再伪造强行侵入的痕迹，没那份心思。”

“反正等鉴证科到场，我们可以自行判断，巡警的意见在这方面参考价值不大。而我想马上弄清楚的是凶器。”

“好样的。这是巡警的第一要务，很好。那么你询问女主人的妹妹时，首先要问什么？”

“珍妮弗·斯佩恩或者帕特里克·斯佩恩有没有仇人？”

“嗯，这是当然，但这种事问别人也行。有什么问题是特别需要询问菲奥娜·拉弗蒂的？”

他摇摇头。

“没有？换作我的话，我特别想听听她去姐姐家干什么。”

“这里说——”里奇举起接警记录表，“她们每天都通电话，这次电话没人接。”

“是吗？注意时间，里奇。假设她们通电话的时间大都在九点钟左右，丈夫上班去了，孩子上学去了——”

“也可能这个时间她们自己也在上班。或许她们有工作。”

“珍妮弗·斯佩恩肯定没有，否则她妹妹的疑问就会是‘她没去上班’，而不是‘我打不通电话’。那么，菲奥娜打电话给珍妮弗的时间是九点左右，最早不早于八点半——在那之前她们应该都忙着家务事。到了十点三十六分——”我敲敲记录表，“她在布莱恩斯顿向巡警求救。我不知道菲奥娜·拉弗蒂住在哪里，或者在哪里上班，我只知道无论从哪里去布莱恩斯顿，开车至少都得花一个小时。也就是说，珍妮弗刚爽约例行的煲电话粥才一小时——充其量最多一小时，实际上可能还少得多——菲奥娜就心急火燎，坐立不安，匆匆忙忙赶来了。这未免有点儿过于敏感。我不清楚你的看法，老弟，但我很想知道，为什么她会有那么大的反应。”

“说不定她的住处离斯佩恩家开车不用一小时。也许她就住在隔壁，只是过来探望一下。”

“那为什么要开车？既然她住得太远，没法儿步行赶来，那么她来得这么快，就很可疑。所以第二条守则是：如果一个人举止可疑，即便只有一丁点儿疑点，也要紧追不舍，直到完全揭开谜底为止。绝不能心存侥幸，里奇，永远不能说：‘啊，那应该不太重要吧，她那天心情不太好，别计较了。’”

这样的沉默往往意味着对话还没有结束。半晌，里奇才说：“我是个好侦探。”

“我相信总有一天你会成为出色的侦探，但现在，你要学的东西还多得很。”

“比如系领带？”

“老弟，你又不是十五岁，打扮成抢劫犯又吓不倒上面的头头脑脑，只会把你变成傻瓜。”

里奇拨弄着衬衫薄薄的前襟，小心翼翼地说：“我知道，我的出身和重案组的兄弟们不太一样。大家都是农民出身，对吧？或者当过老师。我不太符合大家的期望，我懂。”

反光镜中，他那双碧绿的眼睛十分平静。我答道：“你的出身怎样无所谓，那些不是你能决定的，所以别把心思浪费在那上面。关键是你今后的表现，兄弟，这才是你能控制的。”

“我懂。所以我才在这儿，不是吗？”

“让你可以独当一面，这是我的责任。要想达到这个目标，办法就是拿你将来的水准来要求现在的你。明白吗？”

他目光茫然。

“这么说吧，我们为什么开宝马来？”

里奇耸耸肩：“因为你喜欢这辆车呗。”

我一手松开方向盘，伸出手指指着他：“你的意思是我出于自尊才挑了这辆车？别自作聪明了，没那么简单。我们的对手可不是商店的扒手，里奇。谋杀犯是池子里的大鱼，干的是大案，如果我们开辆破破烂烂的丰田去现场，未免太不上心，好像受害人不值得我们尽全力似的。那别人免不了就会说闲话。难道你愿意刚开头就吃这种亏？”

“不。”

“那当然。破破烂烂的丰田还衬得我们俩活像一对倒霉蛋。老弟，别小看这一点。不光是为了自尊，坏人见了倒霉蛋，气焰马上就嚣张了，搞不好要爬到我们头上，那么，想挫败他们也就更难。而好人见了呢，会认为我们根本破不了案，那又何必费心帮我们的忙？至于我们自己，一照镜子就是一副垂头丧气的模样，你说我们的必胜信念会怎么样？”

“会一蹶不振，我猜。”

“没错。里奇，如果你想成功，就得离失败的气味远远的。明白我的意思吗？”

他摸了摸领带结：“起码得穿得精神点。”

“不是‘起码’而已，老弟，没什么‘起码’好讲。规矩就是规矩，你想坏规矩的话，最好先想想这些规矩是怎么来的。”

我驶上高速公路，敞开油门，让宝马尽情驰骋。里奇瞄了一眼速度计，我不看也知道，我绝对遵守限速规定，一点儿也不超，他无话可说。估计里奇正暗自嘀咕我这人怎么这么没劲儿。很多人都有同感。他们都才十几岁，生理年龄或心理年龄上。只有十几岁的毛头小子才会将“没劲儿”和“差劲儿”画等号。至于成年人，无论男女，只要吃过几次苦头，就会明白，“没劲儿”实在是老天惠赐的大礼。人生多的是出其不意，只等你走神，就冷不丁地给你一下子，让你措手不及。即便里奇现在还没想通，他也很快就能长长见识了。

我完全支持土地开发——你如果愿意把经济不景气归咎于地产开发商，或者是开发商奉若神明的银行家、政客，都随你便。事实是，亏得有他们的勃勃野心，我们才能从上一场经济衰退的泥潭里爬出来。小区里的人们每天早晨都行色匆匆赶去上班，将整个国家填充得忙忙碌碌，结束一天工作后再回到亲手挣下的舒适小窝里，这种景象总比除了几头奶牛以外都是遍地乞丐的惨状好。一个街区和它的居民们都好比鲨鱼，一旦停止运动，就死到临头。然而，但凡有个栖身之地的人，都不太愿意改变现状。

对我而言，心碎港湾熟悉得就像自家后院，当时我还是个皮包骨头的瘦小子，头发是自家乱剪的，牛仔裤打了好些补丁。现在经济繁荣，孩子们少说也要去西班牙阳光海岸享受两周阳光明媚的假期。可我四十二岁了，我们这代人的期望值不高，租辆房车，脑袋枕着行李，在爱尔兰海岸边放松几天也就满足了。

心碎港湾当年还只是无名之地，只有十来所零星散落的房子，村民们要么姓惠兰，要么姓林奇，祖祖辈辈没挪过窝；还有一家林奇商店，一家惠兰酒馆，几块房车宿营地；光着脚丫跑过细滑的沙丘，穿过几簇滨草，奶白色的沙滩就在眼前绵延开去。每年六月我们都要去度假两周，住的是老爸提前一年预订的锈迹斑斑的煤仓。杰莉和我睡仓库上层，迪娜睡下层，在爸妈对面。杰莉是大姐，所以她先挑，但她总是选面朝内陆的那一边，这样就能眺望仓库后面田野中的小马。于是每天清晨我一睁眼，映入眼帘的就是白色的浪花和拖着长腿沿着沙滩俯冲的海鸟，晨曦中的一切都闪烁着光芒。

天刚亮我们三人就起床跑出去，一手抓一片抹了糖的面包。我们整天和其他来宿营的孩子玩海盗游戏，被咸咸的海风吹脱了皮，被不知疲倦的阳光晒出了雀斑。下午茶时间，妈妈会在炉子上煎蛋和香肠，然后爸爸会打发我们去林奇商店吃冰激凌。回来时，我们就看见妈妈坐在爸爸腿上，把头倚在爸爸的颈窝里，凝望着海面痴痴地笑，爸爸腾出一只手摩挲着她的头发，免得海风把发梢吹到冰激凌上。为这一幕我等了整整一年。

不出所料，宝马刚离开大路，从前的路径就自动跳到眼前，宛若一幅已然褪色、深埋于脑海深处的素描。经过这片树丛——现在高多了——到那堵奇怪的石墙时左拐，大海本该从低平的绿色小山坡后跃然而出，但从前的无名之地变成了新小区，恰似一道路障结结实实挡在面前。一堵高高的焦渣砖墙后面，是一排排石板屋顶，白色的山墙仿佛往各个方向都延伸出好几里。入口处的海报栏上用弯弯绕绕、大得吓人的字写着：“欢迎来到海景花园——布莱恩斯顿。全新的一流家居体验。豪宅、公寓目前均可看房。”还有人在这海报栏上用喷漆画了只红色大公鸡和好几个火球。

一瞥之下，海景花园可谓美不胜收。独栋大宅想必令房主觉得这笔钱花得物有所值；一块块整整齐齐的绿地，新奇雅致的路标指向“小宝石托儿所”和“钻石娱乐中心”。但多看一眼，便会发现草坪亟须修剪，人行道也有多处缺口。再看一眼，更会觉得有些不对劲儿。

那些房子简直一模一样。即便是那些门前已用红蓝相间的标牌注明“已售出”的房子，也没人给前门漆上颜色，没人在窗台上放几盆花，没人在草坪上丢几件塑料儿童玩具。零零散散停了几辆车，但绝大部分车道都空空荡荡，一点儿也不像家家户户都家道富足的样子。四分之三的房子都可以一眼望穿，空洞的窗口框着灰茫的天空。一个穿红色风衣的高个儿女孩在人行道上推着一辆婴儿车，风吹乱了她的头发。她和那小脸圆嘟嘟的孩子恐怕是方圆几里之内唯一的人影了。

“上帝，”静寂之中，里奇的嗓门大得把我们俩都吓一跳，“一座鬼城。”

接警登记表上说，案发地点在“涨潮路”街9号。如果爱尔兰海果真是一望无边的大洋，那倒还说得过去，或者哪怕能看得见海也好，但我估计未必有那种好事。导航仪也不管用了，它指引我们驶过“海景大道”，抵达“海景树林”——举目四望，连一棵树的影子也没有——正当我们莫名其妙之际，它却宣布：“您已到达目的地。再见。”

我来了个180度掉头，继续寻找，越深入小区，所见的房子越像半成品，感觉像是在观看一场倒带的电影，没多久，就只剩下三三两两的墙壁和脚手架，墙上留个把窗洞，房门都还没安上，里面的房间散放着坏掉的梯子、东一根西一根的水管、开裂的水泥袋。每次拐弯时，我都盼着能看见一群工人施工的景象，充其量也只发现了一个蓬头垢面的人在一个空空的大坑里挥锹，扬出一锹又一锹泥土，尘土风扬。

没人住在这儿。我想开回小区入口，但这地方设计得如同古老的迷宫，处处是死胡同和急转弯，三两下我们就迷路了。我顿时一阵惊慌，这种忍无可忍的感觉真令人心烦。

我在一个十字路口刹住车——这是下意识动作，并没有人突然冲到车前——空寂的四周除了马达声，就只有海浪隆隆。这时，里奇抬起头问：“听见了吗？”

短促、凄厉、撕心裂肺的尖叫，一遍又一遍，规则得几近机械。叫声穿越四散的尘土、水泥和一堵堵未完工的墙壁，分辨不出从何而来，又仿佛无处不在。据我判断，整个小区里除了涛声，就只能听见这尖叫了。

“我敢打赌，一定是女主人的妹妹。”

里奇瞟了我一眼，以为我在和他开玩笑。

“我看是狐狸之类的，可能被车碾了。”

“我还以为你在街头摸爬滚打多年，本该熟悉市民疾苦才对。拿出干劲儿来，里奇，关键时刻到了。”

我摇下车窗，循声驱车而去。我被回声误导了几次，但在看了那地方一眼后我就锁定了目标。海景花园自有古雅的一面，带凸窗的联排别墅成双成对，整齐得好似多米诺骨牌；另一面则是那些脚手架和碎砖堆。在多米诺骨牌之间，越过小区的围墙望去，灰色的海面如缎带般缓缓起伏。有两座房子门前各停了一两辆车，但有一座房子前面停着三辆：一辆掀背式白色沃尔沃，车身漆着那家人的姓氏，一辆黄色菲亚特，还有一辆警车。花园的矮墙外拉起了蓝白相间的隔离带。

我指点里奇那番话是认真的。干我们这行，从开门下车那一刻起，一举一动都不能大意。在我对一位证人或是一名嫌疑犯开口说第一个字之前，就得让他知道麦克·肯尼迪已经在房子里了，案子十拿九稳。这多少也有些运气成分——我个头很高，头发茂密，而且百分之九十九的头发都是深褐色。只要我愿意，我可以让自己显得大方得体。这些都很有用，但其余就都要归功于脚踏实地的努力。我保持速度，最后猛踩一脚刹车，轻车熟路地拎起公文包跳下车，三步并作两步走向房子。里奇得学着跟上我的节奏。

一名巡警尴尬地蹲在车旁，轻拍着后座上那个尖叫不止的人；另一名巡警双手背在身后，在大门口急急忙忙地来回踱步。空气很清醒，有点儿甜，有点儿咸，是大海和田野的味道。郊外比都柏林冷，风吹着口哨，无精打采地从脚手架和裸露的房梁之间钻过来。

不停踱步的那家伙和我年龄差不多，腆着啤酒肚，脸色很难看。显然，他步入警界二十年来还从没见过这种场面，原本以为再这么混上二十年便可安然退休。他对我们说：“我是沃尔警员，车旁边的是马隆警员。”

里奇当即伸出手。带着他就跟带了条小狗似的，没等他开口套近乎，我抢先说：“我们是肯尼迪探员和柯伦探员。你们进房子了？”

“只有刚赶来时进去了一下，然后立刻退出来打电话报告。”

“非常好。请将你从进门到退出的全过程详细向我描述一遍。”

巡警的视线移向房子，似乎不敢相信这就是他两小时前刚去过的地方。“有人向我们求助——房主的妹妹担心出事了。我们刚过十一点时赶到，按了门铃，又打了电话，都联系不上这家的住户。没有强行侵入的迹象，但从正面的窗户往里看，发现一楼的灯亮着，客厅里似乎很乱。墙上……”

“具体怎么个乱法，一会儿我们会检查。你继续说。”亲身进入现场前，绝不能先听别人描述现场的细节，或是他们所见的景象。

“明白。”巡警眨眨眼，重回正题，“总之，我们绕到屋后，但你们等下可以自己看看，连一个小孩也进不去。”他说得对，房子之间墙挨着墙。“我们判断，鉴于客厅里的凌乱，以及房主妹妹所表示的忧虑，有理由破门入内查看。结果发现……”

他稍稍转身，想边看着房子边说，仿佛那房子是一只被绳子系住的动物，随时可能纵身跃起。“我们进了客厅，乱得不成样子，但是……然后我们去了餐厅，发现一男一女倒在地上，看上去都被刺伤了。女人脸上的伤口很明显，我和马隆警员都认为是刀伤。伤口……”

“这留给医生去鉴定吧。然后你们采取了什么行动？”

“我们以为两人肯定都死了。流了好多血，好多……”他在自己身上大致比画着，毫无章法地点了几下。难怪有的人是一辈子当巡警的命。“为确认情况，马隆警员还摸了他们的脉搏。那女人趴在那人身上，像是蜷缩在他怀里——她的头枕在他的手臂上，似乎睡着了……马隆警员发觉她还有脉搏，吓了一大跳。我们根本没想到……他简直不敢相信，但低头凑过去时又听见了她的呼吸。我们赶紧叫了救护车。”

“等救护车这段时间呢？”

“马隆警员守在那女人身边，跟她说话。她已经神志模糊了，可是……

马隆告诉她不要怕，我们是警察，救护车马上就来，叫她一定要挺住……我上楼看了看，在后面的卧室里……有两个孩子：一个小男孩，一个小女孩，都躺在他们自己的床上。我用了心肺复苏术，可他们——身体已经冷了，僵硬了，但我总得试一试。我想，既然他们的妈妈还有一口气，天知道呢，说不定他们还有救……”他下意识地把手往外套上搓了搓，仿佛要擦去当时的心情。我没有斥责他破坏证据，他的做法再自然不过。“奇迹没出现。我确信孩子们没救了，就到餐厅和马隆警员会合，向你们报告，就这样。”

我又问：“那女人醒了吗？有没有说点儿什么？”

沃尔摇摇头：“她没动。我们总觉得她断气了，所以试了好几次，确认她是不是还活着……”他又搓了搓手。

“有没有派人在医院看护她？”

“我们向局里汇报了，让他们派人过去。也许当时我们俩应该出一个人陪她去，但现场也需要警戒，而且她妹妹……你也听见了。”

“你们是直接把噩耗捅给她了吧。”只要有机会，我都要亲自通知被害人的亲属，从他们的第一反应通常能看出很多东西。

巡警有点儿不高兴：“我们进屋前就叫她待在外面，可是没人看着她，她等了半天，就也进去了。我们留在被害人身边等你们来，一抬头，发现她已经在餐厅门口了。她开始大喊大叫，我又扶她出来，可她使劲儿挣扎……我只能告诉她实情。不然她还要往里冲，我哪里拦得住，又不能拿手铐把她铐起来。”

“算了，反正都这样了。然后呢？”

“我在外面看着女主人的妹妹，马隆警员在里面守着被害人，一直到救护车到了才出来。”

“你们搜查了吗？”

“马隆警员出来看着这女人，换我进去。长官，马隆警员浑身是血，他不想把血迹弄得整座房子都是。我简单地把房子勘查了一遍，确认里面没人了，准确地说，是没有活人了。详细的搜查留给你们和鉴证科来办。”

“正合我意。”我朝里奇一扬眉毛，这孩子的注意力一直很集中，他急忙问道：“找到凶器了吗？”

巡警摇摇头：“不过可能就在里面。可能在男人的尸体底下，或者……都有可能。我说过，我们尽量不对现场做不必要的改变。”

“那有没有纸条之类的线索？”

还是摇头。

我朝警车努努嘴：“她妹妹情况怎样？”

“我们稍稍让她冷静了点，但每次她刚缓过来就又……”巡警不耐烦地扭头望去，“救护人员想给她打一针镇静剂，但她不答应。要不要叫医生回来……”

“不用。我们和她谈话前，不要给她打镇静剂。我们先去检查现场，其他人已经在路上了。等法医来了，让他先在这里等一等，在我们找女主人的妹妹问话前，别让停尸房的人和鉴证科接近——不然，她看见那情形真的要崩溃。还有，让她待着别动，邻居也得盯紧，如果有人刚好出来散步，就让他在原地先等着。明白了吗？”

“明白。”巡警答道。估计就算我命令他跳小鸡舞他也会照办，看得出来，总算把责任移交了出去，他是大大松了一口气。这会儿，他巴不得回去灌掉两大杯威士忌呢。

现在我只想进屋查探。“戴上手套，”我对里奇说，“还有鞋套。”我早把自己的从口袋里拿了出来。他手忙脚乱地准备好，然后我们从车道往门口走去。海浪冲刷沙滩的隆隆声迎面扑来，不绝于耳，像是欢迎，又像是挑衅。我们身后那一阵阵哭喊声依然如同一柄重锤，一下下地砸在心坎上。

Broken Harbour

第2章 心碎港湾

犯罪现场不是我们随便说了算。即便是我们，在鉴证科取证完毕之前，也不能轻易踏足犯罪现场。这段时间里我们还有很多事要做：询问证人，通知被害人家属，同时每隔三十秒就瞟一眼手表，迫使自己忘掉隔离带后面的现场惨状。但这个案子不一样。巡警和救护人员早已把斯佩恩家踩了个遍，里奇和我进去简单看看也无大碍了。

这是个好机会。如果里奇受不了血淋淋的场面，露了怯也不会被别人发现。不只这些，这种勘查现场的机会可不能错过，等着你的是犯罪本身，那生死之间的每分每秒，都牢牢地烙印在那里，令你步履艰难。就算有人清理了现场，隐匿了证据，想伪装成自杀，也不要紧，这些举动通通会留下痕迹。而取证流程一旦启动，现场的原始状态便一去不复返，你的同事们蜂拥而至，现场被分解成一个个指纹、一条条纤维。今天这样的机会简直是天赐大礼，尤其在这个案子当中，我更需要。真是个好兆头。我将手机调成静音。接下来会有很多人急着联系我，就让他们等我踏勘完现场再说吧。

房门开了几寸，风一吹就微微颤动。门是橡木的，看着挺结实，但门锁周围被巡警弄碎了，门底下积了不少木屑。他们肯定用了狠劲儿才把门撞开。从门口往里看，看见一块黑白相间的几何图案地毯，是高档货，上面的标签标注了不菲的价格。

我嘱咐里奇："现在只是初步踏勘，具体线索要等鉴证科来详细勘验。眼下我们什么都不能碰，尽量什么都不要踩，也别乱喘气，我们大致了解一下状况就出去。准备好了吗？"

他点点头。我用指尖顶着碎裂的门边，把门推开。

我的第一反应是，如果这就是那位某某警员所谓的"混乱"，那他脑子一定有问题。门厅光线较暗，一切如常：亮闪闪的镜子、整齐的衣架、柠檬味的空气清新剂，墙壁也很干净，一面墙上有幅水彩画，画中绿意盎然，牛儿在安详地吃草。

我的第二反应是，斯佩恩家装了报警系统。键盘的式样十分先进，被仔细地安在门后。黄色的"关闭"指示灯还亮着。

然后，我看到了墙上那个洞。有人把电话桌移到它前面，但洞太大，还是露出了一个不太整齐的半月形。这一刻，那种感觉出现了。那针刺般的微颤从我的太阳穴开始，沿着头骨直达耳鼓。有些侦探的反应在颈后，有些则来自于手臂上的体毛，还有个可怜鬼的反应出现在膀胱，那估计比较麻烦。反正每个优秀的侦探都有类似的体验，而我，是在头骨。随便给它起什么名字都行：反社会行为、心理异常、动物本能、邪恶因子……无论你相信与否，我们终其一生都在追寻着它。世界上任何训练都不可能教会你如何预知它正在逼近。会的自然会，不会的学也学不来。

我迅速瞥了里奇一眼，他苦着脸舔了舔嘴唇，像一只吃到腐肉的野兽。看来他的反应是在嘴里。他还得学学怎么掩饰，但至少他有反应。

我们的左侧有扇半开的门，里面就是客厅。正前方是楼梯和餐厅。

客厅显然花心思装修过：棕色皮沙发，镀铬的玻璃咖啡桌，刷成只有女人和室内设计师才中意的浅黄色的墙壁。家具陈设颇有生活气息：一台大电视、一台游戏机、一些漂亮的小摆设。一个小书架上放了不少平装书，另一个架子则用来放DVD碟片和游戏碟片。暖炉上摆着蜡烛和几个相框。这里本该令人备感亲切，但吸了潮气的地板好像变了形，墙上也透出点点水渍，天花板很低，空间比例很不协调。主人放的东西太多太杂，结果让房间变得非常狭窄、幽暗，在这里待久了，谁都会不舒服。

窗帘拉得很紧，只留了一条缝，起先巡警们估计就是从这条缝观察屋里情况的。落地灯还亮着。出事的时间应该是在夜里，或者有人想让我们认为是在夜里。

里奇在我身旁极力克制着不安，但我似乎听到他的膝盖正哆哆嗦嗦。他巴不得快点儿熬过去。我便下令："去餐厅。"

很难相信这间屋子和刚才的客厅是同一个人设计的。这里既是餐厅，又是厨房，还是孩子们的游戏室，贯穿于整座房子的后部，几乎完全用玻璃围成。虽然天还很阴，但餐厅里的光线十分充足，炫目得令人不禁连连眨眼，放眼望去，大海近在咫尺。我一直想不通，连早饭吃什么都被邻居看个一清二楚，能有什么好处？隐私最重要，何必赶时髦。但沐浴在这样的天光中，我似乎明白了。

隔着狭长的小花园，后面还有两座联排别墅的半成品挤在一起，在天幕下显得荒寂而丑陋，一长条塑料布裹在一根空空的房梁上，被风吹得使劲儿飘飞。再往后便是小区的围墙，围墙后的土地往下一沉，透过木头和水泥那粗糙的夹角，我渴盼了一整天的景致直扑眼帘，我听见自己喃喃念出"心碎港湾"。海湾的弧线就像一手比画出的一个"C"形；低平的小山坡此起彼伏；绵软灰白的细沙在洁净海风中俯仰生姿的滨草；沿着海边群集翻飞的小鸟，还有那片海，今天的浪头格外高，一浪接一浪扑向我，鲜明而有力，仿佛餐厅里发生的一切令整个世界为之倾斜，于是海水澎湃而来，似欲轰鸣着撞击这道透明的玻璃墙。

装点客厅的人同样将餐厅打扮得温暖舒适。白色木质长桌，鲜黄色的椅子，一张同样漆成黄色的木桌，上面摆着一台电脑，还有五颜六色的塑料儿童玩具、几个小沙包、一个黑板。墙上贴了好些蜡笔画，简陋的线条勾勒出爸爸、妈妈和两个黄头发的小孩手拉手站在一座四四方方的房子门前、房子的烟囱里还冒着烟的画面。考虑到这屋子是孩子们玩耍的地方，已经算是相当整洁了。大部分玩具都装在盒子里。这家人刚做过卫生，而后他们中的三个人就走到了生命的尽头，从此永别人世。

这个房间堪称房产经纪人的心头大爱，但难以想象以后还有人会住进来。永远不会了。现场明显可见激烈打斗的迹象，有人将整张桌子砸到角落的窗户上，将玻璃撞出一大片裂痕。墙上还有好几个洞：桌子上方较高的地方有一个，还有一个躲在一座坍塌的积木城堡后面。一个沙包爆开了，白色细沙洒了一地；一沓菜谱呈扇形散落在地；一个相框被击碎了，碎玻璃闪闪发亮。到处都是血迹。墙上那道弧线是血，瓷砖地上触目惊心的斑点和交错的脚印是血，窗上大片大片的血，深深浸入椅子黄色表面的污渍还是血。在我双脚前面几寸处，有半张被撕掉的身高记录表，上面画着大片大片的豆茎叶子，漫画里的孩子正往上爬，旁白“埃玛，2009年6月17日”的地方几乎被一汪血迹给浸透了。

房间另一头孩子们的游戏区里，帕特里克·斯佩恩倒在沙包、蜡笔和图画书中间。他穿着海蓝色的睡衣，蓝白条纹的短裤上一块块血渍已发黑结块。他俯卧在地，一只手臂弯着压在身下，另一只则伸到头前，似乎直到咽气前还试着往前爬。他的头朝向我们这边，最大的可能，是他竭力想去保护孩子。他一头金发，身材高大，双肩宽阔，这副身材年轻时堪比橄榄球选手，现在虽有些衰退，但要制服他，恐怕也只有极其强悍、极其愤怒或是极其疯狂的人才能办到。从他胸膛底下涌出来的一大摊血又黏又黑。到处都是血淋淋的手印、划痕、拖痕，触目惊心；还有一组杂乱的鞋印朝我们这个方向行来，半途却在瓷砖地面上消失了。鞋底沾染鲜血的人仿佛在空气中突然蒸发。

帕特里克左侧的那摊血面积更大、更深，色泽更亮。我们得和巡警再确认一下，那十有八九是珍妮弗·斯佩恩倒下的地方。要么是她挣扎着爬到丈夫身边，死也要死在一起；要么是他奋力爬过来，在妻子身边咽了气；也可能是其他人给了他们这个诀别的机会。

我在门口停留了相当长的时间。初次踏入这样的现场，得多花点儿时间将它刻进脑子里。出于自卫本能，你的内心会排斥外界：虽然你大睁着双眼，但大脑所接收到的只是道道鲜红和其他错误的信息。现在没人管我们，里奇可以多花点儿时间适应。我没去看他。

房子后面吹起的一阵风不知从哪个缝隙涌了进来，如潮水般将我们裹住，冰冷刺骨。“天哪。”里奇被风吹得打了一个激灵，脸色比平时更苍白，但声音还算镇定。到目前为止，他表现还不错。“冷死了，这玻璃怎么搞的，这么透风？”

“别乱敲。墙越薄，邻居听见声响的可能性越大。”

“如果有邻居的话。”

“但愿吧。准备好继续了吗？”

他点点头。我们抛下帕特里克·斯佩恩的尸体，任由这阵微风在明亮的餐厅里环绕着他，然后上楼。

二楼很暗。我拉开提包找出手电筒——巡警的两双肥爪子估计已经把现场摸了个遍，不管怎样，电灯开关我们是不能碰的：之前可能还有别人开过或者关过灯。我打开手电筒，用脚尖轻轻推开最近的一扇房门。

信息传着传着就会传错。杰克·斯佩恩没被捅刀子，比起楼下那凝结了的血腥现场，这个房间安宁得多，没有血迹，也没有东西被砸坏、推翻。杰克·斯佩恩长着扁扁的鼻子，略长的金发有点儿卷。他仰卧在床上，双手举过头顶，面朝天花板，像是踢了一整天足球后累得睡着了。我仿佛还能听见他的呼吸声，但他的面部表情说明了一切。那种神秘的平静神情，只有死去的孩子才有：薄薄的眼皮如未降生的胎儿般紧闭着，似乎当这个世界露出嗜杀凶暴的一面时，他们就选择后退，回到那最初的安逸之地。

里奇像只玩毛线球的猫一样轻轻吭了一声。我举起手电筒扫过房间，给他时间稳定心绪。墙上有两条裂缝，但没有孔洞，也许是被海报挡住了——杰克是曼联队的粉丝。“你有孩子吗？”我问。

“没，还没有。”

他嗓门很低，像是害怕惊醒杰克·斯佩恩，或者害他做噩梦。我说：“我也没有。天天过这种日子，没孩子才好。孩子会让人变得软弱。有个侦探本来是条硬汉，目睹验尸过程时眼皮都不眨一下，然后午餐还吃三分熟带血的牛排。后来老婆生了个大胖小子，结果他一碰到不满十八岁的死者就乱套了。这种事我见得多了，每次我都谢天谢地，世界上还有避孕这回事。”

我将手电筒的光束移回床上。我的妹妹杰莉有孩子，我也常常和他们一起，所以大致可以判断杰克·斯佩恩的年龄：四岁左右。如果他个子偏高，那也许是三岁。巡警徒劳地尝试心肺复苏术时，把羽绒被拉了下去，孩子身上红色的睡衣扭成一团，露出底下稚嫩的胸腔。杰克·斯佩恩很瘦，看得出来做心肺复苏术时有一两根肋骨被压折了——但愿那是心肺复苏术的结果。

他的唇边泛着青紫色。里奇说：“窒息？”他竭力控制着声线。

我答道：“得等验尸结果，不过看样子很有可能。这么一来，他的父母就有嫌疑了。通常父母对孩子下手不至于太残忍。也不知这么说对不对。”

我还是没看里奇，但能觉察到他紧绷着身体强忍畏缩的冲动。我下令：“去看看小女孩吧。”

墙上也没有洞，房里依旧没有打斗的迹象。巡警放弃努力后，将埃玛·斯佩恩的粉色羽绒被拉上来盖住了她，为她保留了最后的尊严，因为她是女孩。她的扁鼻子和弟弟很像，但头发更偏棕黄色，一脸雀斑，小脸也已青紫。她大约六七岁，小嘴微微张开，换掉的门牙还没长出来。这间刷成粉红色的小公主闺房里满饰着花边，床上堆着小山似的花边枕头，小猫小狗的玩偶睁大眼睛瞪着我们。在刺穿幽暗的手电筒光束下，它们围在那张了无生气的小脸旁，活像一群食腐动物。

回到楼梯口，我才看向里奇，问道：“注意到这两个房间有什么不对劲儿了吗？”

光线暗成这样，还是能看出他的状态简直像食物中毒。他连着咽了两口唾沫才勉强答道：“没有血迹。”

“正确。”我用手电筒轻轻推开浴室的门。色彩谐调的毛巾、塑料浴盆玩具、普通的洗发水和沐浴露、亮闪闪的白色浴具，倘若有人事后清洗过这里，可真是用了不少心思。“得让鉴证科用鲁米诺试剂检查一下这里的地板，看看能不能发现什么。如果我们刚才没有遗漏的话，可以判断，要么凶手不止一人，要么他先对孩子下手，楼上不像是被从那地方出来的人碰过的。”我朝餐厅的方向点点头。

里奇答道：“是家里人干的吧？”

“怎么说？”

“如果我是那种想灭人满门的疯子，不会先杀小孩。不然要是中途被父母听见动静，过来查看怎么办？非被他们揍成肉饼不可。我会等全家都睡熟了，然后先动手除掉最大的威胁。唯一会先杀小孩的理由——”他的嘴一阵抽搐，但还是挺住了，“就是我知道不会有人来碍事。这说明凶手就是小孩的父母之一。”

“有道理。虽然下结论还太早，但第一感觉的确如此。你发现了没，还有一点也指向这个方向？”

他摇摇头。我说：“前门。门有两道锁，一道是丘博锁，一道是耶鲁锁[①]，巡警撞进来之前，两道锁都锁上了。前门不是人出去的时候随便关上的，而是用钥匙锁上的，而且我没发现房子里有哪扇窗户开着或是碎了。所以，如果有外人进屋，或者斯佩恩夫妇让什么人进了家门，那这人是怎么出去的？当然，不能这么简单下结论——也许某扇窗户没关好，也许钥匙在别人手里，朋友或者熟人有备用钥匙。这些都需要进一步确认。不过这都只是初步印象。另一方面……”我用手电照了照，又一个洞，大概有平装书大小，位于墙裙上缘。“墙上这些坑坑洼洼哪儿来的？”

“搏斗留下的。在……”里奇又抹了抹嘴，“在杀害小孩以后，或者是他们被吵醒以后。我看打得还很凶。”

“可能吧，但这墙并不是在搏斗中被弄坏的。你头脑清醒点儿，再仔细看看，昨晚弄不出来这些。能说说原因吗？”

这个新人开始慢慢显示出刚才在车里的那种专注。过了一会儿，他说：“洞的边缘没有血迹，底下的地板没有墙皮的碎屑，甚至连灰尘也没有。有人打扫过了。”

“说得好。有可能是凶手作案后出于某种考虑，留下来清理过。除非找到相关证据，否则最有可能的解释还是：墙上这些洞形成的时间至少在两天

① 均为著名的锁具品牌。

以上，还可能更早。你有什么想法？”

他专心工作时的神色看起来舒服多了。“难道是建筑结构的原因？空气潮湿、地面下沉，或者有人要往墙里布线……客厅里的湿气很厉害——你看见地板的样子了吗，还有墙上的斑点？而且开裂的地方很多，原来的电线出了问题也不奇怪。这整个小区跟废墟似的。”

“有可能。回头找建筑专家来看看。不过说实话，洞挖成这样，这电工手艺可真够烂的。还能想出其他解释吗？”

里奇咂了咂嘴，盯着那个小洞沉吟许久。“如果大胆猜一猜，我赌有人要找什么东西。”

“同感。可能是枪，或者值钱的东西，但通常说来不是毒品就是现金。得让鉴证科留意有没有残余的毒品。”

“可是，”里奇朝埃玛的房门努努嘴，“孩子们呢？家里有小孩，当爸妈的还在家里藏害他们送命的东西？”

“我以为斯佩恩夫妇是你的头号嫌疑人。”

“那是另一回事。突然发疯发狂，谁都有可能。但把AK步枪或者海洛因藏在孩子可能发现的墙里，这可不多见。”

楼下咯吱一声，我们双双转身张望，但只是前门被一阵风吹开而已。“拜托，老弟，我可见过无数次了，你肯定也是。”

“但斯佩恩夫妇这样的人不会。”

我眉毛一扬：“没想到你还挺势利的嘛。”

“我说的不是阶级高低那一套，我是指那些努力奋斗的人。你看这地方，一切都很妥当，明白我的意思吗？到处都干干净净，就连插座后面也很干净。家里用的东西都比较上档次，餐厅架子上的调料都用新鲜的，几乎全是好东西。这家人生活很讲究，那些黑道上的勾当……反正不像他们的风格。”

“目前看来是这样，但你要记住，现在我们对这家人还一无所知。他们把房子整理得干干净净，最起码隔三岔五就打扫一回；但他们被杀了。告诉你吧，后者比前者重要得多。谁都会打扫，但并不是谁都会被谋杀。”

好心肠的里奇瞪我一眼，目光中是深深的怀疑和道义上的愤慨：“很多很多谋杀案的受害人一辈子都没招惹过什么危险。”

“有一部分确实没错。但很多很多？不见得吧。朋友，你这份新工作有个见不得人的秘密，这个秘密在公开采访和官方文件中绝对不会出现，因为只有我们自己知道：绝大多数受害人都是自作自受。”

他正要开口，我接着说道：“当然不包括孩子。我们不讨论孩子。可是成年人……如果你到毒贩的地盘去卖海洛因，或者嫁给连续四次把你毒打进重症监护室的白马王子，又或者你捅了某某一刀，只因他的兄弟捅了你的朋友，因为你的朋友捅了他的表弟……恕我说句不该说的，这纯属活该。我知道，警校的教程里不教这些，但到了现实中，老弟，无缘无故被谋杀的人少得能吓死你。百分之九十九都是他们自作孽。”

里奇挪了挪脚——沿着楼梯漫上来的微风绕过我们的脚踝，轻轻晃了晃埃玛房门的把手。“我看不出这家人的遭遇怎么会是自作孽。”

“我也看不出，至少目前看不出。但如果斯佩恩一家生活得跟沃尔顿家族[①]似的，那他们的墙壁是被谁弄成这样的？为什么不叫人来修理？莫非他们不想让别人知道他们惹上什么麻烦？或者，至少是家里的某个人惹上了麻烦。”

里奇耸了耸肩，我又说：“你说得对，也许这家人就是那百分之一。我们不能先入为主。如果他们真是飞来横祸，那我们更不能出差错了。”

和家里其他地方一样，斯佩恩夫妇的卧室简直完美如画。房间刷成绚丽的粉色、米色和金色，一派复古风格，没有血迹，没有搏斗的痕迹，处处一尘不染。床上方的墙壁和天花板结合的地方有个小洞。

有两件事非常引人注目。第一是羽绒被和床单皱成一团，往后掀开，像是有人猛地跳下床。从这座房子其他地方的整洁程度来判断，主人不可能放着没整理的床不管，至少夫妻中会有一人去铺床。

第二是床头两侧的桌子。两边各有一盏小台灯，都罩着米色的花边灯

---

① 沃尔玛连锁超市创建人的家族。

罩，两盏灯都关着。远点儿的那张桌子上还有两瓶女用化妆品，估计是面霜之类；一只粉色手机；一本书，粉色封面上的字体十分怪异。近点儿的这张桌子则堆满各种小玩意儿：两部白色对讲机，两部银色手机都插在充电器上，还有三个空着的充电器，都是银色的。我不太确定这些对讲机是怎么回事，但会用五部手机的人，要么是忙得不可开交的股票经纪人，要么是毒贩。而帕特里克·斯佩恩不像是个股票经纪人。霎时间，我渐渐有了头绪。

里奇随后叫了声“老天”，两眼发直：“他们太夸张了吧？”

“怎么了？”

“婴儿监视器。”他朝帕特里克这一侧床头的桌子点头示意。

“那些是婴儿监视器？”

“对啊。我姐姐有孩子。白色的那几个用来听声音，看着像手机的几个用来看视频，看宝宝睡得好不好。”

“老大哥[①]那一套。”我用手电照了照那些设备。白色的还开着，屏幕微微反光；银色的关掉了。“一般用几个监视器？每个孩子配一个？”

“别人我不清楚，我姐有三个小孩，只用一个监视器。放在婴儿房里，小儿子睡觉时才开。两个女儿小的时候，她只听音频而已，就用那种。”他指向像对讲机的东西，“但现在小家伙太调皮，所以她得看视频，盯着他。”

“那么斯佩恩夫妇是对小孩过度保护的那种父母了。每个房间都安了监视器。”刚才检查孩子的房间时，我早该注意到才对。如果是里奇只盯着重点，忽略了细节，倒还可以理解，但我可不是新人。

里奇摇头：“可原因是什么？两个孩子都不小了，如果要找妈妈，自己会跑过来。这房子也不算太大，就算他们受点儿伤，哭喊的声音也会被父母听见。”

“如果你看到另外一半监视器，能认出来吗？”

“应该没问题。”

---

① 英国小说《1984》中的独裁者，用一种类似电视屏幕的“电幕”来监视人民。

“很好，那我们去找找。”

埃玛的粉色五斗橱上有个圆圆的白色物体，样子很像带收音机的闹钟，里奇说那就是收音设备。“她这个年龄，按说没必要用这东西，但也许她的父母都睡得很死，为了确保有事时能听见她叫唤……”另一个收音设备在杰克的五斗橱上。我们找了一圈，没有发现摄像头，于是又回到楼梯口。“得让鉴证科检查一下阁楼，说不定有人想找……”随即我将手电往天花板上一照，顿时收声。

通往阁楼的活板门敞开着，上面一片漆黑——手电的光束照到了被什么东西抵住的门板，阁楼高处有一缕光从屋顶上漏下来。阁楼开口上方钉了铁丝网，从下往上望去，那副景象实在与“美感”二字沾不上边：铁丝的边缘凌乱粗糙，大颗大颗的铁钉头歪歪斜斜。楼梯口对面墙上的角落里，十分别扭地高悬着一个银色的东西，这次不用里奇言明，我也发现了，那就是摄像头。摄像头正对着阁楼的顶门。

“这他妈怎么回事？”

“老鼠？那些小洞……”

“老鼠还他妈用得着监视？把活板门一关，找灭鼠专家来就行了。”

“不然会是什么原因？”

“不知道。可能是个陷阱，以防把墙弄坏的人卷土重来。鉴证科上去的时候得当心点儿。”我高举手电，来回转了几下，想探一探阁楼里有什么：发现一些纸盒，一只落满灰尘的黑色箱子。“去找找其他摄像头，说不定会有收获。”

第二个摄像头在客厅，放在沙发旁边一张镀铬玻璃桌上，正对着壁炉上方的小洞，一盏小红灯显示它还在工作。第三个摄像头滚到了餐厅角落里，朝着地面，周围都是从沙包里撒出的小球，但插头还插着，还在运转。炉子下方的墙壁上也有一个监视器——起先我检查时就注意到了，当时还以为是电话——另一个监视器在餐桌底下。最后一个监视器和另外两个摄像头不知在什么地方。

“我们得提醒鉴证科留意找找。让他们进来之前，你还有想再看的吗？”

见里奇有些迟疑，我又说：“老弟，这不是给你下套。”

“哦，好吧。那就没什么了。该看的都看了。”

“我也是。那撤吧。”

又一阵风蓦然袭来，我们两人都浑身一颤。我可不想让里奇这个新手看出我胆怯，但这地方的确开始令我阵阵不安。不是因为遇害的孩子，也不是因为触目惊心的血迹——我说过，这些我都见惯了，不在话下。可能是墙上那些小洞，也可能是那些不会眨眼的摄像头，或者是那些玻璃，那些直勾勾瞪视我们的、骷髅一般的空屋，犹如一群聚集在温暖篝火周围的饥饿野兽。我暗暗提醒自己，我应付过比这更可怕的凶案现场，连一滴汗都没出过，但头骨中的一阵寒气仿佛在呢喃着：“这次不一样。”

Broken Harbour 第3章

斯佩恩一家

透露一个无聊的小秘密。在重案组混饭吃需要一些管理技能。在新人模糊的印象中，重案组的警官无异于一头闯荡荒野、背影孤单的独狼，实际上，无法与同事合作的家伙最后只能落个当卧底的下场。即便是规模不大的调查也不容小看，往往也要与形形色色的人打交道，诸如警员、媒体记者、鉴证科、法医……简直无所不包，你得确保这些人分分秒秒都能助你一臂之力，互不干扰，围绕你的计划行事，因为担责任的人是你。从我们走出这栋房子的那一刻起，宛如凝固于琥珀中的宁静时光便一去不复返，我们前脚刚轻轻踏出门口，后脚就得开始和别人扯皮了。

铁门外的库珀法医用手指敲着箱子，满面阴云。库珀历来如此，这小杂种心情从没好过，更是没给过我好脸色。我可没招惹过他，但不知他哪根筋搭错了，总看我不顺眼。像库珀这种眼高过顶的家伙一旦看你不顺眼，就会用种种手段刁难你。申请表打错一个字母，他就退回来让我重新起草；我的手下排队等着的鉴定报告，无论是否十万火急，他都能“忘了”抓紧办理。“肯尼迪探员，”他翕动着鼻翼，好像我有体臭似的，“请问我长得像服务生吗？”

“当然不，库珀医生。这位是我的搭档，柯伦探员。”

他把里奇当空气：“那我还真是松了一口气。既然如此，为什么还让我等？”

他等了这半天，估计就憋着这个问题。“抱歉，”我说，“肯定有些误会，我显然从不浪费你的时间。这里就交给你了。”

库珀冷冷地瞥了我一眼，表明他才不会上我的当。“但愿你们没把现场污染得太惨。”然后他掠过我身旁，用力地将戴着的手套拽了拽，走进了房子。

给我派的警员还没出现。一名巡警仍在车旁陪着女主人的妹妹，另一个则在路口和几个人交谈，两边各有一辆白色大车，分别属于鉴证科和停尸房。我问里奇：“我们下一步怎么办？”

从刚才走出房子开始，他又微微哆嗦起来，脑袋扭来扭去，看看路，看看天，看看其他房子，还不停在大腿上用两根手指画着某个符号，听我问话才止住。“让鉴证科进去？”

“当然，但他们工作的时候，你打算干什么？如果我们黏在他们旁边问：‘搞定了吗？’那不仅浪费他们的时间，也浪费我们的时间。”

里奇点点头：“要我说，该和女主人的妹妹聊聊。”

“不想去看看珍妮弗·斯佩恩能否接受询问？”

“我想，她还得过段时间才能和我们谈话吧。如果……”

“如果她能挺过来的话。你说得没错，但不能把希望寄托在‘如果’上。这是当务之急，必须马上着手。”

我掏出手机开始拨号。这里的信号差得像是在蒙古国，我们只好走到路的尽头，避开所有的房子，才勉强接收到一丁点儿信号。打了几个电话，兜了一大圈，才联系到珍妮弗·斯佩恩的主治医生，然后费了好大劲儿让他相信我不是记者。他的声音听起来很年轻，也很不耐烦。“总之她还活着，但我不敢打包票。她现在还在动手术，如果能撑下来，情况会好转。”

我把手机调到免提状态，好让里奇也能听见。“能不能描述一下她受的伤？”

“我只粗略地检查了一下，没法儿准确描述——”

海风吞没了他的声音。里奇和我只得紧贴手机。我说：“我们只需要初步的判断就可以。之后我们这边的医生也会给她做检查。现在我只想知道她遭受的是枪击、窒息还是溺水。”

对方叹气道：“这只是临时判断，也有可能出错。”

“我明白。”

“好吧。简单说来，她能活到现在算是走运。腹部有四处伤口，我认为是刀伤，这要留给你们的医生来下结论。其中两处伤口很深，但肯定没有伤到任何内脏器官或是主动脉，不然她没到这里就会大出血而死。右脸还有一处伤口，像是被刀砍伤的，伤口深达口腔——如果她能活下来，肯定得做一大套整形手术。后脑还有一处钝伤，从X光片来看，头骨有发丝粗细的一道裂缝，伴随硬脑膜下血肿症状，但从她的肢体反应来看，她的大脑很可能没有受到损伤。再说一次，她非常走运。”

“走运”这个词多半是最后一次用在珍妮弗·斯佩恩身上了。“还有吗？”

我听见他喝了一大口东西（估计是咖啡），然后硬忍住一个大哈欠。“不好意思。可能还有其他小伤，但我来不及细看，最要紧的是赶紧送她上手术台保命。血迹可能也遮盖了一些割伤、挫伤的痕迹。总之，比较严重的伤就是刚才那些。”

“有性侵犯的迹象吗？”

“我说过，来不及检查这些。姑且这么说吧，我暂时没发现这方面的痕迹。”

“她身上穿着什么？”

片刻的沉默。说不定他在琢磨究竟是听错了，还是我有点心理变态。“睡衣。没别的了。”

“应该有个警官在医院，麻烦你拿纸袋装好她的睡衣交给那名警官，尽可能记录下碰过睡衣的都有哪些人。”我注意到，这两个问题的答案都说明珍妮弗·斯佩恩是受害者而非凶手。女人不会自毁面容，更不会穿着睡衣自杀。她们会穿上最漂亮的衣服，涂上睫毛膏，选择她们认为安详平和、毫无痛苦、能让她们在一片宁静中告别人世的死法（但她们的想法通常都是错的）。在自杀的女人崩溃的心灵角落，她们会认为要死就必须以最美的姿态去死。绝大多数自杀者并不真正相信死亡是一条不归路。也许我们每个人也都如此。

“我们会把睡衣交给他。我有空就列你说的那个清单。”

“她入院后有没有恢复过意识？”

“没有。不排除她再也醒不过来的可能性。等手术结束情况才会比较明朗。”

“如果她活下来，你觉得我们什么时候可以和她谈话？”

又是叹气声。“说不准。头部有伤，无法预测。”

“谢了，医生。如果情况有变化，能不能立即通知我？”

“尽量吧。不好意思，我还有事要忙……”

他挂断了。我马上给我们组的内勤贝尔纳黛特打电话，通知她立即着手安排人手调查斯佩恩家的经济状况和电话记录。刚挂电话，手机嗡嗡振动，来了三条语音留言，都怪这该死的地方信号不好。第一个是奥凯利，说他又为我安排了两个警员；还有名记者，想挖独家新闻，这会儿让他做梦去吧；最后一个是杰莉。杰莉的留言我只断断续续听清了一部分：“……不行，米克……每五分钟就恶心一次……连家门都出不去，就算……你都好吗？等到……给我打个电话……”

“见鬼。”我不禁脱口而出，随即又后悔了。迪娜在城里一家熟食店打工。我拼命盘算着还得几个小时才能赶回城里，想着在这么长的时间里，她身旁有人打开收音机的概率有多大。

里奇歪着头，以目相询。“没什么。”我说。给迪娜打电话估计没用——她讨厌电话——除此之外，我想不出还能打给谁。我快速吸了口气，将这事抛到脑后。“走吧，鉴证科的小子们等太久了。”

里奇点点头。我把手机收好，和他走向路口，去和那些穿白衣服的人打招呼。

局长大人真给我面子，让鉴证科调来了拉里·博伊尔，他带着一名摄影师、一名绘图员，还有两名助手。博伊尔身材圆圆的，脸扁得像煎饼，个子不高，这副古怪的尊容令人猜测他家肯定有个房间堆满莫名其妙的杂志，还按字母顺序分类整理好。不过，他踏勘现场的功力可谓无可挑剔，对血迹喷溅的研究更是无人能及。这两样本事对我都大有用处。

“啊，总算来了。”他已经换上了带帽子的白色连裤工作服，一手拎着手套和套鞋。“这位是？”

“我的新搭档，理查德·柯伦。里奇，这位是鉴证科的拉里·博伊尔。对他要客气，我们都喜欢他。”

“少拍马屁，还不知道我能不能派上用场。”拉里朝我摆摆手，“里面什么情况？”

“男主人和两个孩子死了。女主人进了医院。孩子们在楼上，死因像是窒息，大人在楼下，目测是被刺死。血迹喷溅得非常充分，够你爽好几个星期了。”

“噢，棒极了。”

“别说我没帮过你。除了例行公事以外，还得麻烦你推断案发经过——最先受到攻击的是谁，在什么位置，然后他们移动了多远，搏斗的过程大致如何。就我们刚才查看的情况来说，楼上没有血迹，这可能很重要。能不能请你再确认一下？”

“没问题。还有其他特殊要求吗？”

“那房子里有些事非常诡异，我是指昨晚之前。墙上有很多小洞，看不出是谁弄的，也不清楚原因——如果你能查出点儿蛛丝马迹，比如指纹什么的，那感激不尽。还有一些婴儿监视器——从床头的充电器来看，至少有两部音频监控、五部视频监控，别处可能还有。我们拿不准那些东西是用来干什么的，也只找到了三处摄像头，分别在二楼的楼梯口、客厅的桌子和餐厅的地上。请给它们都拍照登记。还得找到剩下的两处摄像头，总共有多少都要查个一清二楚。监视器也是，两部在充电，两部掉在餐厅地板上，所以至少还有一个。”

“嗯，”拉里听得津津有味，“很有意思。幸亏是你的案子，快球手，要是再来一个吸毒过量致死的，我怕是要无聊到发霉了。”

“其实我觉得这个案子跟毒品可能也有关联。虽然还没有证据，但如果房子里藏着毒品，或者藏过毒品，请务必通知我。”

“老天，不会又是毒品吧。我们会检验一切可疑的粉末，但愿答案是否定的。”

“我要拿到他们的手机，以及你们发现的所有账目文件，餐厅里那台电脑也要好好查一查。另外，能不能详细勘查一下阁楼？我们没上去，但如果这家人有什么诡异之处的话，和阁楼一定有关系。等会儿你就明白我的意思了。”

“越来越带劲儿了，”拉里喜滋滋地说，“我就喜欢来点儿诡异的。可以动手了吗？”

“女主人的妹妹在巡警车里，我们去找她谈谈。你们先别动，我们带她走远点儿，免得她看见你们进屋，又要歇斯底里大发神经。”

“我确实会吓到女人。没关系，我们先在这儿等着，看你点头才行动。祝好运，兄弟们。”他挥着套鞋和我们道别。

我们返身走向那女人，里奇闷闷地说：“等他进了那房子，就高兴不起来了。”

“正相反，他高兴还来不及呢，老弟。”

我从不同情在工作中要面对的人。同情心是个很有意思的东西，它能让你飘飘然，自以为多么伟大，但这对于你所同情的对象，屁用都没有。从你开始为他们的不幸遭遇而伤感动情的那一刻起，你就完蛋了，就被软弱侵蚀了。然后呢，早上你起不了床，因为无法面对你的工作。恕我看不出这于人于己能有什么好处。我把时间和精力用来追寻答案，而不是耗在拥抱和热巧克力上面。

不过，如果非得同情什么人，那我会选择受害人的家属。正如我对里奇说过的那样，百分之九十九的受害人都没什么可抱怨的，他们是咎由自取。

但对于同样比例的受害人家属，绝对称得上飞来横祸。小吉米沦为毒贩，还蠢到敲诈给他供货的上家，这是他妈妈的错？我才不信那一套。也许她确实没好好教育孩子该如何管束自己，但我自己也有童年阴影，我他妈怎么没落到被毒枭敲烂后脑壳的下场？我花了两年看心理医生，确保小时候的经历不会影响未来。日子该怎么过还怎么过，因为我已经成年，自己的人生自己做主。倘若哪天早上醒来，我的脸被砸个稀巴烂，那也怨不得别人，只是可怜我的家人得平白无故地收拾残局了。

在受害人家属面前，我一贯坚决约束自己的情绪。泛滥的同情心只会变成绊脚石。

菲奥娜·拉弗蒂今天早上离家时应该还是个漂亮姑娘。我个人偏好打扮入时点儿的高个子女孩。她那条褪色的牛仔裤衬出两条美腿，一头光亮的秀发其实不用拉直，更无须染什么时髦的颜色，原本普普通通的褐色就很好。可是，这会儿她简直一团糟，脸又红又肿，鼻涕和睫毛膏一道道混在一起，两眼哭得像两颗核桃。她还不停地用红色呢外套的袖子擦脸。不过，好歹她暂时不再尖叫了。

她身旁的巡警估计也快坚持不下去了。我说："我们要和拉弗蒂小姐谈谈，不如你先回局里，再派个人过来，等我们谈完以后送她去医院？"他点点头转身走开，如释重负地大口喘气。

里奇来到车旁，单膝蹲下。"拉弗蒂小姐？"他轻身招呼。这小子像医生哄病人似的，未免有点儿过于投入了，一边膝盖还正好跪在一道泥泞的车辙里。接下来一整天，他的形象将会是"摔了个嘴啃泥"，而他尚且浑然不觉。

菲奥娜·拉弗蒂哆嗦着缓缓抬起头，眼神茫然。

"请节哀顺变。"

片刻后，她的下巴才微微一斜，算是轻微的点头。

"要喝点儿什么吗？水？"

"我要给妈妈打电话。怎么和——天哪，孩子们。我没法儿跟她说——"

我打断她："我们已经安排人手陪你去医院。他们会通知你妈妈去那里见你，也会配合你向她报信的。”

她没听见我的话，整个大脑已经混乱了。“珍妮还好吗？她会没事的，对吗？”

“但愿如此。一有消息我们会马上通知你。”

“救护车，他们不让我陪她去——我要去陪她，不然她——”

里奇连忙说：“我明白。不过有医生在照顾她。他们很专业，你去只会添麻烦。你也不想这样吧？”

她的头左右晃了晃，表示同意。

“那就好。再说我们这里还需要你的协助。我们想问你几个问题，你觉得现在方便回答吗？”

她的嘴一张，大口喘气。“不。问题，上帝啊，我没法儿——我要回家。我要去见妈妈。喔，老天，我要——”

她又要崩溃了。里奇往后缩了缩，举起两手想安慰她。我抢在他投降之前不露痕迹地接过话头：“拉弗蒂小姐，如果你需要先回家歇一会儿，然后再回来接受询问，我们也不阻拦。这由你决定。但每多耽搁一分钟，我们找到凶手的机会就少一分。证据会被破坏，证人的记忆会逐渐模糊，凶手也可能逃得更远。请你做决定之前考虑清楚。”

菲奥娜的目光渐渐有了焦点。“如果我……你们可能抓不到他？如果我晚些时候去找你们，可能会让他跑了？”

我用力扳住里奇的肩膀，将他挪出她的视野，然后靠住车门：“是的。我说了，这取决于你，但我个人不想永远活在放跑凶手的悔恨当中。”

她的表情扭曲了，一时我以为她又迷失了神志，但她旋即使劲儿咬咬脸颊内侧的肌肉，振作精神：“好的，好的，我可以……好的。我只是……能不能给我两分钟抽根烟？然后我会回答一切问题。”

“你做得对。请便，拉弗蒂小姐，我们等着。”

她从车里走下来——笨手笨脚的，仿佛经过一场大手术后刚刚下病床——跌跌撞撞地走到路对面两座空荡荡的房子中间。我暗暗注视着她，她坐到一堵没砌完的矮墙上，点着了烟。

她基本背对着我们。我竖起大拇指朝拉里示意，他兴奋地挥挥手，拉紧手套，挪动浑圆的身躯走进斯佩恩家，其他鉴证员紧随其后。

里奇的劣质外套扛不住乡下的天气，他两手夹在腋下又蹦又跳，以免冻僵。我压低嗓门问道："你刚才是不是打算送她回家？"

他东张西望了一阵，才小心地回答："是啊，我想……"

"别想了。想都不要想。是否送走证人由我说了算，而不是你。明白吗？"

"她好像快昏过去了。"

"那又怎样？那也不能成为批准她离开的理由。柯伦探员，她快昏倒了，就要当场弄醒她才对。你差点儿破坏了一次询问关键证人的机会，这责任我们可担不起。"

"我不想破坏机会。给她几小时调整也好，万一她彻底崩溃，恐怕要到明天才能找她问话了。"

"没那回事。如果你想让证人开口，就得千方百计撬开她的嘴巴，直到她说完为止。绝不能送她回家，还他妈的喝杯茶，等她准备妥当才问话。"

"我准备让她决定。她刚刚失去了……"

"难道我用手铐铐住她了？你想给她多少选择都可以，但他妈的必须确保她选中你想要的结果。第三条、第四条、第五条一直到第十几条守则：干这行不能随着风向走，要让风向跟着你走。我说得够清楚了吧？"

过了一会儿，里奇答道："明白了。对不起，长官。"

估计他这会儿心里挺恨我的，但我不在乎。我不管手下的新人是否拿着我的照片回家当靶子练飞镖，只要他们没惹出妨碍案子、妨碍他们职业生涯的麻烦就行。"下次不会再犯了，对吧？"

"不。我的意思是对，你说得对，不会再犯了。"

"很好。现在去找她问话。"

里奇把下巴埋进外套领子，将信将疑地望着菲奥娜·拉弗蒂。她颓然地坐在墙头，脑袋几乎埋到双膝之间，手里的香烟兀自燃烧着，烟灰积了好长一段。从远处望去，她就像一堆被丢弃的东西——一团被扔到乱石堆里的红布。“她能坚持住吗？”

“不知道，等我们问完话，随她怎么崩溃我们都管不着。走吧。”

我径直走向路对面。稍后，我听见鞋底踏过尘埃和石砾的声音，里奇匆匆跟在了我身后。

菲奥娜略微振作了些，她的身体仍不时阵阵战栗，但双手已不再颤抖，粘在脸上的睫毛膏也擦干净了，虽然是用袖子擦的。我把她带到一座没完工的房子里（既挡风，又免于她看见拉里他们接下来的行动），找了块平整的水泥砖让她坐下，又给她再点了一根烟——我从不抽烟，但公文包里总会放一包烟。抽烟的人和其他上瘾的人一样，和他们套近乎最好的方式就是递一根烟。我坐到她旁边的水泥砖上，里奇靠在我侧后方的一个窗台上，既方便他边看边学，又可以不动声色地做记录。这里算不上理想的问话环境，但我经历过比这更糟的。

“好，”我边给她点烟边问，“还需要什么吗？加件外套？还是喝杯水？”

菲奥娜怔怔地盯着在指间微微颤动的香烟，急促地连吸了几小口。她身上每一块肌肉都绷紧了，今晚她会像跑完一场马拉松那么累。“我没事。我们开始吧？”

“没问题，拉弗蒂小姐，我们理解你的感受。不如你先跟我们说说珍妮弗？”

“珍妮。她不喜欢别人喊她‘珍妮弗’，说听了不舒服什么的……从我们小时候起，我就喊她珍妮。”

“谁是姐姐？”

“她。我二十七岁，她二十九。”

我猜到菲奥娜是妹妹。部分是因为外形——她更矮，更苗条，下巴比较尖，透过一团糟的面容，看得出她的五官稍稍有点不够端正；部分则是根据她的衣着，一副不修边幅的学生模样。我年轻那会儿，姑娘们毕业以后都还这么穿，但现在她们大都更注意打扮了。从房子里的装潢来看，我打赌珍妮的妆容肯定比她用心得多。“她做什么工作？”

“做公关的。我是说在杰克出生以前。后来她就在家带孩子。”

“家庭主妇很适合她。她不想回去上班吗？”

菲奥娜似乎摇了摇头，但鉴于她身体僵硬，也可能是刚好抽搐了一下。

“应该想吧。她很喜欢那份工作，但她本来也没多大野心。她知道，如果再生一个孩子，就肯定回不去了，有两个孩子要照顾呢，估计只能找那种周薪二十欧元的工作了。可他们还是生了杰克。”

“她工作上有没有什么困难？和谁合不来？”

“没有。要我说，公司里其他女人都是一群婊子，她稍微晒黑了点儿，肤色比别人漂亮了点儿，那些人就能唧唧歪歪好几天。珍妮怀孕的时候，她们还喊她‘泰坦尼克’号，叫她要节食减肥，老天——不过，珍妮不觉得有什么大不了。她……珍妮不愿意和别人闹矛盾，明白吗？她宁可跟着大家的意见，她一直认为……”她从牙缝中挤出一丝冷气，像是身上有地方发痛，“她一直认为，不管什么事到最后总会有办法解决。”

“那帕特里克呢？他的人缘如何？”必须引着她不断地说下去，从一个话题到另一个话题，不能留给她伤感的时间，一旦她垮下去，短时间内恐怕就没询问的机会了。

她把脸转向我，发肿的灰蓝色双眼睁得大大的。“帕特——上帝呀，你不会认为是他干的吧？帕特绝对不会，绝对不会……”

“我知道。请告诉我……”

“你怎么知道的？”

“拉弗蒂小姐，”我的声音中略施一丝威严，“你想不想帮我们的忙？”

“我当然……”

“很好。那就请你注意听我们的问题。我们越早得到答案，你也就越早得到答案。好吗？”

她慌张地左顾右盼，仿佛这个房间随时会消失，将她从梦中惊醒。而四周不过是光秃秃的水泥和湿漉漉的砂浆，两根木梁抵在一堵墙上，好像全靠了它们才把墙撑住似的。一堆仿橡木的栏杆蒙了厚厚一层灰，地上散落着被压瘪的一次性纸杯，一件蓬头垢面的蓝色长袖衫蜷缩在墙角。这里如同一个考古遗址，不知是因为自然灾害，还是敌军入侵，当年的居民放下手头的一切仓促逃走，于是时间就定格在那一刻。菲奥娜现在虽然看不到凶案现场，但那个烙印无疑将伴随她的余生。这就是谋杀给受害人家属附赠的一份小礼物：即使忘却了死去亲人的面孔，或是她最后留给你的话很久很久，那梦魇般的惨状的每个细节，也将如影随形，牢牢盘踞在你的心头。

“拉弗蒂小姐，”我说，“我们的时间非常宝贵。”

“啊，我没事。”她在水泥砖上把烟掐灭，盯着烟蒂，似乎那东西是凭空从她手中长出来的。里奇倾身递过一个纸杯，轻声说：“给。”菲奥娜僵硬地点点头，把烟蒂扔进去，却没松开杯子，而是用双手紧紧握住。

我又问：“那么，帕特里克这个人怎么样？”

“他很迷人。”泛红的双眼闪出不屈的光芒，深深的悲痛下，隐藏着坚忍与倔强。“我们从小就认识——都在芒克斯敦①长大，小时候总是和同一群小伙伴一起玩。他和珍妮十六岁起就在一起了。”

“那时，他们的关系是？”

“爱得死去活来。换了其他人，如果和谁约会超过两周，就算是件大事了，但帕特和珍妮……”菲奥娜深吸一口气，头往后一仰，透过空空的楼梯井和横七竖八的房梁，凝望着灰蒙蒙的天空。“他们早早就认定对方是这一生的唯一。所以他们显得更老练、更成熟些。而我们其他人还在虚度光阴，只是玩玩而已，明白吗？帕特和珍妮是认真的，是真爱。”

在我的印象中，死在“认真”二字上的人，比死于其他任何原因的人都要多。“他们是什么时候订婚的？”

“十九岁时。情人节。”

“这年头这么早订婚的不多。你父母的意思呢？”

“他们高兴得不得了！他们也喜欢帕特，说是等他们大学毕业再正式结婚，帕特和珍妮也同意。他们二十二岁时举行了婚礼。珍妮说没必要再拖了。那几年，他们对彼此的心意一点儿也没变。”

---

① 都柏林南部的一个地区。

“婚后生活怎么样？”

“很美满。帕特对珍妮那么好——珍妮想要什么，他二话不说就去办，办成之后他会兴奋得满脸放光。我十几岁的时候，天天祈祷将来也能遇到一个像帕特爱珍妮那样爱我的男人。这样说够了吗？”

失去至亲带来的紧张情绪要花很长时间才会消退。我的母亲在我十几岁时就去世了，但至今迪娜还时不时念叨妈妈喷什么香水，喜欢吃什么口味的冰激凌。杰莉都快被她逼疯了。我尽量用不那么怀疑的口吻问道：“整整十三年，他们就没吵过架？”

“我不是这个意思。哪有夫妻不吵架的。但他们吵的不是什么大事。”

“他们具体吵些什么呢？”

此时她直直地盯着我，眼中浮现出一丝警惕。“和其他人没两样。比如说，还是孩子的时候，如果有其他男孩迷上珍妮，帕特就会很不开心。又比如，他们存钱准备买房那段时间，帕特想去度假，珍妮却觉得该把钱尽量省下来供房。不过，最后他们总能和好。我说过，那都不算大事。”

金钱，这东西比爱情杀的人更多。“帕特里克的工作是？”

“待业。本来他在诺兰·罗伯茨公司上班，是一家金融公司，二月份他被炒了。”

“有什么特殊原因吗？”

菲奥娜的双肩又绷紧了。“倒没什么特别的。他们同时裁掉了好几个人，不光他一个。这阵子金融公司都不怎么招人的，是吧？经济萧条……”

“他在工作上有没有遇到问题？离职时有没有留下什么过节儿？”

“没有！说来说去，好像帕特和珍妮四处树敌，成天跟人过不去——他们不是那种人。”

她对我有了戒心，两只手紧紧拧住那个纸杯，如同握着一面盾牌。我连忙安慰道：“啊，我就是想了解一下。我不认识帕特和珍妮，只想对他们有个大致印象。”

“他们都很讨人喜欢，人缘很好，又彼此相爱，也特别疼爱孩子。够了吗？这还不够给你一点儿‘印象’？”

其实这些描述根本不能说明什么，但眼下显然只能问到这个程度。“当然，”我答道，“谢谢。帕特里克的家人是不是还住在芒克斯敦？”

“他的父母都去世了——我们小时候他父亲就不在了，母亲前几年刚走。他还有个弟弟，名叫伊恩，在芝加哥——你可以给他打电话，问他帕特和珍妮的事，他的回答肯定和我一模一样。”

“这我相信。帕特和珍妮有没有在家里藏什么贵重物品？现金、首饰之类的？”

菲奥娜思索着，双肩又稍稍松了些。“珍妮的订婚戒指——帕特花了两千英镑买的——还有我们的奶奶留给埃玛的翡翠耳环，帕特有台电脑，很新，买的时候几乎花了他手头所有的余钱，应该也挺值钱的……这些东西都还在吗？还是被拿走了？”

“我们会去确认。只有这些值钱的？”

“他们值钱的东西不多。本来还买了一辆大跑车，但实在吃不消分期付款，只好退掉了。还有珍妮的衣服，虽然帕特失业了，她买衣服还是花了不少钱——可谁会为了几件穿过的衣服干这种事？”

还有人为了比这少得多的钱杀人呢，但这起案子应该与此无关。“你最后一次和他们见面是什么时候？”

她思索了一会儿。“我在都柏林和珍妮喝咖啡是今年夏天，三四个月之前？好久没见帕特了——最后一次是四月吧，我想。老天，没想到竟然有那么久……”

“孩子们呢？”

“四月，和帕特一样。我来这里给埃玛庆祝生日——她的六岁生日。”

“当时有没有注意到什么不同寻常的情况？”

“比如呢？”

她仰起头，下巴前伸，直接进入防御状态。我说：“任何情况都有可能。比如某个不太正常的客人，某几句奇怪的对话。”

“不，没什么奇怪的。埃玛班上来了一群孩子，珍妮弄了个充气城堡给他们玩——噢，上帝呀，埃玛和杰克……他们都，你确定他们都……会不会有哪个只是受伤而已，只是，只是……”

“拉弗蒂小姐，”我用最温柔也最决绝的口吻答道，“我确认过，他们不只是受伤。如果情况有变，我们会立即通知你，但现在请你跟着我的节奏。每一秒都至关重要，记得吗？”

菲奥娜一手捂住嘴，艰难地咽了咽唾沫。“嗯。”

“很好。”我又递过一根烟，点燃打火机，“你最后一次和珍妮通话是什么时候？”

“昨天早上。”这次她不假思索。“我每天早上八点半给她打电话，一上班就打。我们上班先喝咖啡才签到，就几分钟，给一天开个好头，是吧？”

“听起来不错。昨天她怎么样？”

“很正常！完全正常！我敢对天发誓，根本没问题。我已经想过无数次，真的没问题……”

“我相信。”我及时稳住她，“你们都聊了什么？”

“就聊点儿家常，我也不知道。我有个室友是弹吉他的，她的乐队有个临时工作，我告诉珍妮了。她说，她在网上找一种什么恐龙玩具，因为星期五那天杰克从幼儿园带了个朋友回来玩，他们在花园里玩狩猎恐龙游戏……她听起来心情不错，非常不错。”

“如果出了什么事，她会告诉你吗？”

“会，应该会。她会的，我相信她会。”

她似乎并没有十足的把握。我又问道：“你们姐妹俩是不是很亲密？”

“我们就只有姐妹两个。”菲奥娜话音刚落，便意识到答非所问，“对，很亲密。我的意思是，小时候，十几岁时，我们还更亲一些，后来我们走的路不太一样。珍妮搬来这里以后，就更难得见面。”

“他们搬来多久了？”

“差不多三年前买的房子。”2006年，正是经济形势一片大好的时候。不管他们买房花了多少钱，现在起码缩水一半。“当时这里还什么都没有，就只是一大片田，他们买的是期房。我觉得他们根本是头脑发热，可珍妮兴奋得不得了，很激动，为了他们自己的家……”菲奥娜的嘴角抽搐了两下，竭力稳住情绪。“差不多过了一年，房子刚盖好，他们就搬过来了。”

“你呢？你住哪里？”

“都柏林，兰纳勒①。”

“刚才你说是和别人合租一套公寓？”

“对，和其他两个女孩。”

“你的工作是？”

“摄影师。我正努力筹办一次个人展，这期间我还在皮埃尔工作室上班。你听说过皮埃尔吧，他擅长拍摄爱尔兰传统婚礼，上过电视节目。我拍得最多的是婴儿照片，如果基思——也就是皮埃尔—— 一天要赶两场婚礼的话，我就帮他拍其中一场。”

“今天早上，你原计划要去拍婴儿照片？”

工作对她来说仿佛已经非常遥远了。“没。我本来要洗照片，上周拍的那些。孩子的妈妈今天要来取做好的相册。”

“你是几点出发的？”

“好像是九点十五分。有个同事说会帮我把相册弄好。”

“皮埃尔工作室在哪里？”

“凤凰公园旁边。”

早高峰期间开她那辆小破车，赶到心碎港湾最少得一小时。“以前你也这么担心过珍妮出事吗？”

触电般的摇头。

“真的？只因为没接电话，就慌慌张张地赶过来，好像有点儿大惊小怪吧？”

紧张的耸肩。她小心地将纸杯放到身旁，掸了掸灰。

“我想确认一下她是不是真的没事。”

“为什么会觉得她有危险呢？”

“因为，我们每天都煲电话粥，好多年的习惯。结果我的预感应验了，

---

① 都柏林南郊。

不是吗？她真的出事了。”

她的下巴微微发颤。我倾身递给她一张纸巾，但没有缩回身子。“拉弗蒂小姐，”我说，“我们都知道，原因远不只这些。你放下手头的工作，冒着惹恼客户的风险，开车一小时赶来，只因为和你姐姐失去联系区区四十五分钟？更合理的推测有很多，比如她头痛睡觉去了，或者手机丢了，也可能孩子们拉肚子病倒了，都比你这个预感可能性大得多，而你直接认定她遭遇不测，你得向我解释解释。”

菲奥娜咬着下唇。烟味交织着羊毛烧焦的气味——她把灼热的烟灰抖到毛衣上了——她的呼吸、她的毛孔中，还隐隐透出一股湿涩的苦味。一线办案得来的有趣经验：喷薄的悲伤闻起来就像被撕裂的树叶、被折断的树枝，青涩刺鼻。

“其实也没什么，”好半天，她才说，“是很久以前，好几个月了。说实话我本来都忘记了，直到……”

我等她接着说。

“只是……有天晚上她打电话给我，说有人闯空门。”

身后里奇的神经啪地一下绷紧，像一条随时准备猛冲出去追逐木棍的小狗。“她报警了吗？”我问。

菲奥娜掐灭烟头，把烟蒂扔进纸杯。“没到那个程度，没什么可报警的。倒不是窗玻璃被打破、门锁被撬开之类的，也没丢东西。”

“那她怎么知道有人闯进来过？”

又一次耸肩，比刚才更显紧张。她低下头：“只是她的想法，我也不清楚。”

是时候对她施压了。“这可能很重要，拉弗蒂小姐。她具体是怎么说的？”

菲奥娜战栗着深吸一口气，将发梢拢到耳后。“好吧，”她说，“好吧，好吧。珍妮打电话给我，没错，大致是说：‘你有我们家的备用钥匙吗？’去年冬天，我倒是保管过他们家的钥匙，那时珍妮和帕特带孩子们去加那利群岛度一星期假，为免万一家里着火什么的，就把钥匙暂时给我。我回答没有，当然没有……”

“那你磨了一把备用钥匙吗？”里奇问道。他干得不错——那语气听起来只是随口问问而已，一点儿攻击性也没有。很好，看来这次不用提点他了，他插这一句嘴，并不算突兀。

“没有！我为什么要这么做？”

她径直跳了起来。里奇耸耸肩，不以为然地微微一笑。“只是确认一下而已。按规矩我也得问问啊。”

菲奥娜又跌坐回去。“嗯，我猜也是。”

“那一星期里，其他人应该没有机会复制钥匙吧？比如，你会不会把钥匙放在室友能拿到的地方，或者拿到公司去了，诸如此类？我说过，问这些是例行公事。”

“挂在我的钥匙扣上。上班时钥匙放在包里，回家后包挂在餐厅的钩子上。虽然没藏在保险箱里，但我不觉得有谁知道我藏钥匙的地方，再说也没人在意这个。我印象中也没和别人说过我有他们家的钥匙。”

看来得和她的室友和同事好好谈谈，背景调查更不能少。“再说回那通电话，”我说，“你告诉珍妮没有她家的备用钥匙……”

“嗯，珍妮说：‘啊，总之肯定有人有，而我们只把钥匙给过你。’结果我花了半小时才让她相信，我根本没听懂她想说什么，然后她才进入正题。她说那天下午她带孩子们去超市，回家时发现有人进去过。”菲奥娜开始撕着手里的纸巾，白色的纸条顺着她的红色外套轻轻飘落。她的手很小，手指纤细，指甲有咬过的痕迹。“我问她是怎么发现的，一开始她不肯说，最后我才追问出来。她家的窗帘被人动过，还少了一小包火腿，放在冰箱旁边用来写购物清单的笔也不见了。我就说：‘你肯定在跟我开玩笑吧？’结果她就冲我发火。我好说歹说安抚，她总算不和我争了，可听起来她吓得魂不守舍，明白吗？她非常非常害怕。要知道，珍妮的性子可不软弱。”

这也是刚才我狠批里奇想推迟询问的原因之一。如果趁着某个人极端绝望的时候让他开口，他多半停不下来。而一旦等到第二天，他开始重建被摧毁的心理防线之时，已错过时机；在付出那么大代价的情况下，人的心理反应相当快。所以，在原子弹爆炸的蘑菇云刚升起的第一时间加以盘问，从爱看什么类型的色情片，到给老板私下起的绰号，他通通都能吐个干干净净。“这也正常，”我说，“那种事，确实让人挺不安的。”

“火腿和一支笔而已！如果她丢了首饰，或者少了一半的内衣之类，那还差不多，但就这么点儿东西……我跟她说：‘好吧，就算有个变态进了你家，他总不会是汉尼拔[①]吧？’”

趁她还没被自己说的这句话伤害，我赶紧问：“珍妮的看法呢？”

“她又生我的气了，说是一眼能看出来的倒不算什么，可怕的是不知道那人还干了什么，比如是不是去孩子的房间里翻过他们的东西。珍妮说他们甘愿把孩子的所有东西都扔了，重新再买，以防万一。那人碰过的东西——她说一切都像是突然错位了那么一点点，又像是被弄脏了。他怎么进来的？为什么要进来？珍妮真的吓傻了，一遍又一遍念叨：‘为什么是我们？他想对我们干什么？我们是不是很像他的目标？什么目标？’”

她瑟瑟发抖，突然一阵抽搐，险些栽倒。我故作轻松地说：“问到点子上了。他们家里有警报系统，你知不知道那天监视器是不是开着？”

菲奥娜摇摇头。“我问了，珍妮说没开。白天没必要开，我估计他们只有晚上睡觉前才开，不过那也是因为附近的小孩会往空房子里扔东西，有时候真的特别过分。珍妮说，整个小区白天简直跟死掉一样，哎，你们也都看见了，所以她也懒得开监控。但她又说以后都要开着，还说：‘如果你有钥匙，最好别用。我已经换了监控密码，以后报警器也要不分日夜地开着，直到问题解决为止。’我刚才说了，她听起来真的怕得要命。”

但巡警撞开门的时候，并没有听见警报声，我们四个人先后踏遍了珍妮的宝贝房子，警报也没响。最显而易见的解释就是：如果案发前有外来人员进了房子，必然是斯佩恩夫妇自己开的门；即便珍妮怕成那样，也并不害怕这个人。“她换过门锁吗？”

“我问她要不要换锁，她犹豫了半天，最后说还是不换，把锁换一遍

---

① 《沉默的羔羊》系列电影中的食人医生。

要花两百英镑，手头一时拿不出这笔钱。安防系统应该足够。她还说：‘我甚至不太介意他再来一次，来了更好，最起码到时候我们就知道了。’我说过，她并不软弱。”

“帕特那天在什么地方？这事是发生在他被炒鱿鱼之前吗？”

“不，之后。他去了阿斯隆[1]参加一个面试。那时候他和珍妮还有两辆车呢。”

“对于可能有人闯空门这件事，他怎么看？”

“不知道。没听珍妮说过。我觉得……说实话，我觉得珍妮可能没告诉他。电话里她一直压着嗓门，也许是因为孩子们在睡觉，可她的房子不是很大吗？她还说了很多次‘我’——‘我换了监控密码，我一时拿不出这么多钱，如果那家伙被我抓到就要他好看’，而不是‘我们’。”

又来了，这就是反常的细节，我让里奇务必睁大眼睛找的就是这种线索。“她为什么不肯告诉帕特？如果家里被人闯空门，不是应该第一个通知他吗？”

又一次耸肩。菲奥娜的下巴几乎抵到胸口。“我猜是因为她不想让他操心。帕特的压力够大了。估计也正因如此，她才不打算换锁。换锁不可能瞒过帕特。”

“你不觉得有点儿奇怪——甚至是冒险吗？家里被人闯空门，难道帕特没有知情权？”

“也许吧，唉，可是依我看，其实没人闯进去。我的意思是，最简单的解释是什么？笔是帕特顺手拿走的，该死的火腿片也是帕特吃掉的，窗帘是被孩子弄乱的。不然呢？有个幽灵般的小偷穿墙而入，就为了弄个三明治吃吃？”她的声音渐趋紧张，又开始摆出防御的姿态。

我问：“这些话你跟珍妮说了吗？”

“嗯，大体说了这个意思，结果她更受刺激，开始长篇大论，说那支笔是他们从度蜜月的酒店带回来的，有特殊意义，帕特知道不该乱动，而且她

---

① 爱尔兰中部城市。

记得清清楚楚那包火腿有多少——”

“她是那么细心的人吗？”

稍后，菲奥娜像被刺伤了似的答道：“差不多吧，嗯，应该算是。珍妮……做事很讲究规矩，所以她辞职以后，就认认真真地当贤妻良母。她把家里打理得无可挑剔，给孩子们吃的都是天然有机食品，每天都跟着DVD做健美操，好恢复原来的体形……冰箱里具体有多少东西，嗯，估计她心里都有数。”

里奇问道：“你知道那支笔是从哪家酒店拿来的吗？”

“马尔代夫的黄金海岸度假村——”她又抬起头，瞪着他，“你该不会真的以为……真的有人拿了那支笔？你觉得就是那个人，又回来把他们……”

她的嗓门越来越高，越来越危险。趁她还没失控，我赶忙追问：“这次事件发生在什么时候，拉弗蒂小姐？”

她看了看我，眼神凌乱，紧扭着手里那团纸，勉强控制住情绪。“好像是三个月以前？”

“那就是七月。”

“也可能更早一点儿吧。总之是在夏天。”

我在脑子里做了个备忘录：调查珍妮在晚上打给菲奥娜的电话记录；再调查一下海景花园住户有没有报警失窃过，如果有，是哪几天。“后来他们家还出过类似的问题吗？”

菲奥娜急促地喘了口气，我听见她喉咙口合上时痛苦而刺耳的声音。“可能还有。我不太清楚，第一次出事以后，珍妮就没再跟我说过。”她的嗓音开始颤抖，“我叫她别胡思乱想，别说胡话，我以为……”

她像被踹了一脚的小狗般悲吟一声，两手捂住嘴，又痛哭起来。我花了好一阵才听清她透过纸巾和鼻涕说出来的话。“我以为她神经过敏，”她大口抽泣着，不断重复，“我以为她太多心。老天哪，我居然以为是她神经过敏。”

Broken Harbour / 第 4 章

邻居戈根一家

那天我们只从菲奥娜嘴里问出这么多。我们没太多时间安抚她，好在又来了一名巡警，我吩咐他去查一系列姓名和电话号码：从菲奥娜、珍妮、帕特还裹尿布时起，一直到现在，所有的亲人、朋友、同事、工作地点；还让他送菲奥娜去医院，并且要再三嘱咐她，不能对媒体走漏风声。我们将她托付给巡警时，她还哭个不停。

我拿出手机，不等回到房子里就开始拨号——对讲机虽然简单些，但这年头，太多的小报记者和怪僻人士会用窃听装置。我拽着里奇的胳膊肘，一路拉着他。风依然从海上不断吹来，强劲而清新，将里奇的头发吹成一绺一绺。我尝到了一丝咸味。未经修整的草丛中，本来该是人行道的地方，现在只剩泥泞的小径。

贝尔纳黛特帮我接通了在医院守着珍妮弗·斯佩恩的巡警。巡警警龄约十二年，出生于某个农场，为人老实可靠，正合我意。我给了他几条指示：如果珍妮弗·斯佩恩手术成功，要给她单独安排一间病房，并且必须像胶水一样寸步不离地守着她。除非出示有效证件，否则任何人不得进入病房，而且不允许任何人单独进入病房，受害人的家属也谢绝入内。受害人的妹妹随时可能抵达医院，她们的母亲迟早也会赶来，必须将她们挡在病房门外。里奇一直在我旁边啃着指甲转圈，低头看手机，听到这里才抬头看了看我。“如果她们问为什么——肯定会问的，你不要说是我的命令。你可以向她们道歉，就说这是规定程序，你无权违反，反复说到她们放弃为止。老弟，去找张舒服的椅子，你在那儿还得待上好一段时间。”我挂断电话。

里奇逆着光，斜眼盯着我。

“你觉得我小题大做了？”

他耸耸肩：“关于闯空门那件事，如果她妹妹说的是实话，好吧，是挺吓人的。”

“所以你以为我这么高度戒备，是因为她妹妹说的事很吓人？”

他往后一退，举起双手，我这才意识到刚才的嗓门有点儿高。“我只是想说……”

“老弟，我的字典里没有‘吓人’这个词。‘吓人’只对过万圣节的孩子有效。我只想确保万无一失。如果有人溜进医院对受害人下手，我们的面子往哪里放？你对媒体该怎么解释？或者，如果明天报纸的头版出现了珍妮弗·斯佩恩伤痕累累的照片，你想亲自向局长汇报吗？”

“不想。”

“我也不想。如果稍微小题大做一点儿就能避免这些麻烦，那也值得。进屋去吧，看你那小身板，都快被大风吹成冰坨了。”

里奇一声不吭地跟着我走回斯佩恩家的车道，然后才小心地说：“家属。”

“怎么了？”

“不让他们见她吗？”

“不行。菲奥娜刚才那番话，除了你所谓的‘可怕’事件之外，她还承认了一个非常重要的问题，你发现了吗？”

他不情愿地回答：“她曾保管过钥匙。”

“不错，”我说，“她保管过钥匙。”

“她彻底崩溃了。也许我还只是菜鸟，但我看她挺诚实的。”

“可能诚实，也可能不诚实。我只知道她保管过钥匙。”

“‘他们很般配，他们彼此相爱，他们疼爱孩子……’听她的语气，好像他们都还活着一样。”

“那又怎样？如果其他地方她撒了谎，这方面当然也能。她和姐姐的关系绝对不像她竭力剖白的那么简单。我们还要花很多时间和菲奥娜·拉弗蒂好好接触。”

“没错。”里奇说。当我推开门时，他却畏缩不前，徘徊在门口的擦鞋垫上，挠着后脑勺。我略显尖锐地追问：“干什么？”

“她说的另一件事。”

“什么事？”

“充气城堡可不便宜。我侄女过生日时，我姐想租一个，要两百英镑呢。”

“你的意思是？”

“他们的经济状况。帕特里克二月就被炒鱿鱼了，对吧？四月份的时候他们手头还很宽裕，埃玛过生日的时候他们还给她弄了个充气城堡。但到了七月左右，珍妮生怕有人要害他们，却连换锁的钱都拿不出来。”

“所以呢？帕特里克的补偿金用完了呗。”

“嗯，有这个可能。我就是这个意思。他们花得也太快了。我有不少朋友也失业了，他们的情况和帕特里克差不多，但如果精打细算，那笔钱够花很长一段时间。”

“你想什么呢？赌博？吸毒？勒索？”综观这个国家流行的种种恶习，以上几种恶习比起酗酒只能甘拜下风；但再怎么贪杯，也不至于几个月内就把银行账户花个底朝天。

里奇耸耸肩：“也许吧。不过也可能他们还和有工作的时候一样花钱。我有两三个朋友也是这样。”

我又说：“那是你们那一代人，你们跟帕特和珍妮是同一代人，从没破过产，也从没见过这个国家破产，所以就算这一切已经在眼前上演，你们还是根本想象不到。这样也挺好，比我这一代人好多了。我们之中起码有一半人，就算赚了大钱，买两双鞋子的时候还是会患得患失，唯恐沦落到流落街头的下场。凡事总有两面性。”

鉴证科正在房子里忙碌着。有人高声报告已经完成了一道工序，“……还有特别的发现吗？”拉里则高兴地喊话回应：“当然有，你去看看，在我的……”

里奇点点头：“帕特里克·斯佩恩没料到他会破产，不然他不会花大钱去租充气城堡。要么是他有信心在夏天结束前找到新工作，要么是他确信有别的办法能弄到钱。如果他发现两条路都走不通，而手头的钱也花得差不多了……”他伸出一根手指去摸前门的开裂边缘，又及时抽了回来，“对一个男人来说，养不起家人的压力，是很严重的。”

“所以，你的怀疑还是集中在帕特那边。”

里奇谨慎地答道：“我没有特别的倾向，还要先听听库珀医生的想法。刚才我只是随便说说。”

“很好。帕特里克的疑点不少，没错，但可怀疑的方向还有很多，凶手是外人的可能性仍然很大。所以下一步要争取缩小范围。在库珀走之前，先和他交流一下，然后再去查查邻居能不能提供线索。等这些办完了，拉里和他手下应该也有初步结果了，他们也该把楼上清理完了，到时我们可以上去彻底查一遍，看看能不能发现为什么他们的钱花得那么快。你觉得呢？”

他点点头。“充气城堡的问题，你抓得很不错。”我拍拍他的肩膀，“现在去看看库珀有什么进展。”

整座房子和刚才一比就像换了个地方，幽深的谧静如晨雾般消逝一空，鉴证科高效、自信而嘈杂的工作场面让四周的空气都为之一亮。拉里的两名手下正一丝不苟地检测血迹的喷溅情况，其中一人将棉签伸进试管，另一人则忙着拍照标注每根棉签所关联的血迹位置。一个身材瘦小却鼻梁高挺的女孩举着摄像机四处走动。指纹勘验员正从窗把手上撕下胶带；制图员边画草图边吹着口哨。众人有条不紊的节奏说明，战线还长得很。

拉里在餐厅里，俯身查看一连串黄色的证据标记。“真乱啊，”见我们走来，他美滋滋地说，“看来我们得永远泡在这儿了。你们之前进来时到过餐厅这里？”

“只站在门口，”我说，“但巡警进来过了。”

“那很正常。放他们下班之前要先取他们的鞋印，好排除无关的证据。”他站起身，一手按着后腰，“哇，糟糕，我这把年纪，快干不了这活儿了。如果你们要找库珀，他在楼上孩子们的房间。”

“先不打扰他。发现凶器了吗？”

拉里摇摇头。“什么也没有。”

“连一点儿迹象都没有？”

“鸡蛋、茶叶、沐浴露，这些算吗？其他就没了。如果你怀疑的是这小子——”他朝帕特的尸体努努嘴，“——虽然我和你看法差不多，但大多数人未必认同。他是那种到死都老老实实的人。”

帕特的尸体已经被翻过来了。他的下巴苍白而松弛，但一眼便可看出，生前的他相当英俊，方脸剑眉，正是姑娘们心仪的类型。我说：“现在还不好说怀疑谁。后门、窗户什么的，有没上锁的吗？”

“目前没发现。安防系统没坏；窗户都锁得很紧，双层玻璃；后门的锁也很可靠，不是拿张信用卡一划就开的那种。倒不是我多嘴，我只是说，这房子没那么容易闯入，特别是还不留痕迹。”

看来拉里也怀疑帕特。“说到钥匙，”我说，“如果找到了通知我。至少应该有三串钥匙。还要留意一支刻着‘黄金海岸度假村’的笔。等等……”

库珀像是嫌门厅太脏，踮着脚踩进来，一手握着温度计，另一手拎着工具箱。“肯尼迪探员，”他无奈地打招呼，似乎原本还期望我早点儿滚出这个案子，“柯伦探员。”

“库珀医生，”我说，“希望我们没干扰到你。”

“我刚完成初步验尸，现在可以把尸体送走了。”

“不知能否为我们提供一些新信息？”我最烦库珀的一点就是，只要他在旁边，我就会被他那种说话方式传染。

库珀举起工具箱，朝拉里一扬眉毛。拉里兴冲冲地说：“可以放在餐厅门边，那里没什么可检查的。”于是库珀优雅地放下箱子，俯身收好温度计。

“两个孩子都是被闷死的。”他说。身旁，里奇整个人陡然一紧。“实际上不可能做出绝对肯定的结论，但由于死者身上不存在任何明显的伤口或是中毒症状，所以我倾向于死因是缺氧；而且既没有气管阻塞导致窒息的表征，也没有绳索勒痕，更没有徒手扼杀通常会导致的器官充血和结膜出血等症状。要把枕头送去鉴定中心查查有没有唾液或是其他体液的痕迹，能够证明枕头曾被按在被害人脸上——”库珀瞥了拉里一眼，拉里朝他竖起大拇指，“但是，鉴于枕头本来就在被害人床上，即便沾有体液，也很难成为所谓的确凿证据。明天早上六点准时开始解剖验尸，我会尽可能缩小死因的范围。”

“有性侵犯的痕迹吗？”

里奇猛一抽搐，宛如触电。库珀往我身后瞟了他一眼，既好笑又不屑。

“初步验尸没有发现性侵犯迹象，无论最近的还是之前的。当然，我会在解剖时进一步排查这种可能性。”

“好的。”我说，“那这边这位被害人呢？你有什么看法？”

库珀从工具箱里拿出一张纸，默默审视了一阵，里奇和我都凑了过去。纸上分别印着一具普通男性身体正面和背面的轮廓，正面的那幅图上密密麻麻画着形似莫尔斯密码的红色小点和折线。

库珀说：“成年男性受害者胸部有四处单刃锐器造成的刺伤。第一处——”他点点人形左胸处的一条水平红线，“是相对较浅的割伤，锐器刺中一条肋骨正中的位置，沿着肋骨斜向划开约五英寸，但没有继续深入。这处伤口造成大量出血，但即便没有及时处理，也不至于致命。”

他的指头往上移，三个叶状的红点呈一条弧线，从左锁骨下方延伸到胸部中央。“其他主要伤口都是穿透伤，也都由单刃锐器造成。这一刀刺入上方的左肋骨之间，这一刀刺中胸骨，还有这一刀穿入了胸骨边缘的软组织。当然，在验尸完成之前，我无法准确描述这些伤口的深度或是穿刺轨迹，也无法确定伤口所造成的后果，但如果行凶者的力气特别大，正中胸骨的这一刀，可能最多也只是锉去一小块骨头而已。我想可以基本确定，前一处和这三处伤口，都不是致死的主要原因。”

摄影师的闪光灯一闪，我的眼角依稀还残留着白光的尾迹。墙上凌乱的血迹，刺眼而扭曲。刹那间，我肯定闻到了血腥味。“有防御伤吗？”

库珀用手指轻轻一弹人形手臂上散布的红点。“右掌有一处长约三英寸的浅表伤口，左前臂的肌肉还有一处较深的——我斗胆揣测，现场的大部分血迹都来自这道伤，可能造成了大出血。被害人身上还有一些小伤，两条前臂都有不少小划伤、擦伤和挫伤，与遇袭时发生搏斗的推测相吻合。”

在搏斗中，帕克可能是被害人，也可能是加害人；手掌的割伤也有两种解释：或是防御伤，或是挥刀时右手不慎擦过刀刃。我又问：“这些刀伤有没有可能是自残的结果？”

库珀扬起双眉，简直把我当成偶尔也能语出惊人的傻小孩。“你说得对，肯尼迪探员，的确有这种可能性。当然，那需要极其强韧的意志力，但这种可能性确实存在。较浅的割伤可能是下手时犹豫了——先试探性地割一刀，然后再刺下更深、更狠的几刀。在割腕自杀的案例中，这种模式相当常见，自然也不排除出现在其他用利刃自杀的方式中。假设被害人是右撇子——本来我们冒险乱猜之前应该先确认一下才对——那么身体左侧的伤口或许是他自己造成的。”

菲奥娜和里奇所认定的可怕的侵入者，一点点地消失在我们身后了。虽然他还没完全淡出，但帕特里克·斯佩恩正急速靠近视野的中心焦点。虽然我一直倾向于这一推论，但不知为何，心头隐约泛起一缕失望。重案组探员好比猎人，在嗞嗞作响的黑暗丛林中追踪，是想捕获一头白狮子，而非一只急遽逃窜的家猫。而且在内心深处，我还微微为帕特惋惜。正如里奇所说，这小子也努力过了。

“能给我们一个死亡时间吗？”

库珀耸耸肩：“也只能尽量估算，验尸前耽误的时间就更影响准确度了。不过根据温度计显示，这座房子里的气温是二十一摄氏度，这还是挺有用的。我有把握，三名被害人的死亡时间都不早于今天凌晨三点，不晚于五点；在这个时间段中，我更倾向于偏早一些。”

“能不能看出先死的是谁？”

库珀像对牛弹琴似的，一板一眼说道：“他们的死亡时间是在凌晨三点至五点之间。在缺乏进一步细节证据的情况下，我只能说这么多。”

我得发点儿牢骚。每次办案时，库珀总有理由在与我共事的人面前损我一顿。早晚我得找个借口投诉他，让他收敛收敛，但迄今为止我都忍住了，因为（他也很清楚）每次他损我的时候，我都有更要紧的事要考虑。“相信你的判断。那凶器呢？有头绪吗？”

“单刃的锐器，我说过了。”库珀又俯身把那张纸塞回工具箱里，连个藐视的眼神都懒得丢给我。

“我打断一下，”拉里说，“当然，如果你不介意的话，库珀医生。”库珀大度地挥挥手——他和拉里倒是关系不错。“快球手，你过来，看看我的小朋友莫琳发现了什么，只给你看。其实重点是没发现本该发现的。”

举着摄像机、鼻梁高挺的女孩从餐厅的抽屉旁闪开，用手指了指抽屉。抽屉上都设置了防止儿童开启的小机关，原因一目了然：最上面的抽屉里有个式样简洁的刀架，盖子内侧印着一行花哨的法语“蓝色餐厅”。架上可以挂五把刀，现在挂了四把，从长长的切肉刀到比我的手掌还略短的小刀，寒光闪闪，磨得十分锋利，透出阵阵杀气。第二长的那把刀不见了。

“抽屉是开着的，”拉里说，“所以我们马上就发现了。”

“第五把刀去向不明。”

大家都纷纷摇头。

库珀慢悠悠地将一根根指头松开，脱下手套。我说：“库珀医生，麻烦你看看，这把刀是不是和被害人的伤口吻合？”

他头也不回：“对伤口进行全面检验自然是明智之举，不仅检验表面状况，也要检验横截面，与可能成为凶器的刀具作全面比对。你看，我现在像是已经做完这种检验的样子吗？”

我年轻那会儿，每次都被库珀气得和他大吵一架，但现在的我已经学会自控。估计要等他心满意足，我还得忍上一整天。“如果你能大致排除这把刀——比如根据刀刃的大小，或者刀柄的形状——还请马上告诉我们，免得我白白派十几个警员去瞎查一通。”

库珀叹着气，朝工具箱投去短短一瞥。“目前没有理由将其排除在外。”

“非常好。拉里，我们能不能从其他厨刀里拿走一把，给搜查组看看要找的是什么样的东西？”

“请便。这把怎么样？从架子上的空格来看，应该和你要找的那把样子差不多，就是稍小一些。”拉里取出中间那把刀，娴熟地放进一只透明的塑料证物袋，递给我。“搞定之后还给我。”

“没问题。库珀医生，请问被害人受了这些伤以后，还能走多远？还能站立多久？”

库珀又白了我一眼。“少则不到一分钟，”他说，“多则可能几小时。距离嘛，短则六英尺，长则半英里。请你提问时慎重点儿，肯尼迪探员，因为我恐怕无法提供你想要的那种答案。不确定因素太多，还不足以做出有力的判断，尤其是在我目前对伤口的性质只有片面了解的情况下。更何况，不管换成你处在我的位置上会干什么，反正我本人拒绝做那种毫无根据的猜测。”

“如果你是指被害人会不会已经把凶器处理掉了，”拉里伸出援手，“我可以告诉你，无论如何他都没出前门。大厅和前门那里都没有任何血迹，他的鞋底沾满了血，两只手也是，而他受伤以后越来越虚弱，难道不需要扶着什么东西支撑身体？”库珀闻言只是耸耸肩。“就算他有本事，可看看你周围，这可怜人就跟洒水车似的，如果他能走出去，估计到处都是血淋淋的，说不定还有《糖果屋历险记》[①]那种线索呢。不会的，凶手动手以后，这可怜人没能再到房子前面去，也没上楼。”

“好的，”我说，“一旦发现那把刀，立刻通知我。在此之前，我们就不打扰你了。多谢各位。”

---

① 讲述汉塞尔和格莱托两兄妹被继母带到森林中抛弃时，一路用小石子做标记，作为回家时认路的路标的故事。

闪光灯又是一闪，帕特里克·斯佩恩的轮廓闪入我的眼帘。在炫目的白光中，他双臂张开，像是要纵身扑来，又像是轰然倒下。

“所以，终究不是自家人作案啊。”里奇边沿着车道往外走边说。

“没那么简单，老弟。帕特可能去了后花园，甚至还可能翻过墙头——或者他只要开窗把刀使劲儿扔出去就行了。别忘了，帕特不是唯一的嫌疑人，还有珍妮弗·斯佩恩。库珀还没检查过她的情况，就目前看来，她也可能离开房子把刀藏好，再回来躺到丈夫身边。说不定他们还是约定自杀，也不排除她在掩护帕特——根据菲奥娜的说法，珍妮像是那种会用最后几分钟来保护家庭名誉的类型。又或者这从一开始就是她的诡计。”

那辆黄色菲亚特开走了，菲奥娜已被送往医院去见珍妮，但愿是巡警来开车，要不然她半路突然一阵痛哭，没准儿车就撞到树上了。另外又新来了几辆车，一直排到路口的运尸车后面。可能是记者，或者是被巡警挡在现场之外的小区居民，但我打赌，来的是我的警员，于是我朝那边走去。“还有，你想想，”我说，“如果凶手是外人，他不至于空手闯进来，难道还指望有机会去餐厅抽屉里找把刀？应该自带凶器才对。”

“有可能。然后他发现了那些刀，觉得最好用不会追查到自己身上的东西作为凶器。或者他本来并没打算杀人。又或者那把刀根本不是凶器，他故意误导我们。”

“都有可能。这也是我们务必尽快找到那把刀的原因之一，以免被引到错误的方向。你说说另一个原因？”

里奇答道：“免得被凶手销毁。”

“没错。假设凶手是外人，无论男女，如果还有点儿脑子，很可能昨晚就把刀扔到海里去了。但如果他蠢得没想到这一层，至少也该意识到，随身带着把血淋淋的刀到处晃荡实在不是办法。如果他把刀藏在小区什么地方，我们就准备等他回来拿的时候抓个正着；如果他把刀带回家去了，就要等他再扔掉的时候逮住他。当然，这一切的前提是：凶手是这附近的人。”

两只海鸥骤然从一堆碎砖上飞起，厉声尖啸。里奇扭头看了看，他说：

“凶手不是偶然挑上斯佩恩家的。这种地方，不可能有人刚好路过，临时起意动手。”

“对，”我答道，“这种地方根本不可能。如果凶手没死，而且也不是这里的住户，那他一定事先来踩过点。”

来的警员有七男一女，都二十七八岁的样子，一个个在各自的车旁闲逛着，竭力装出精明、干练、蓄势待发的样子。见我们走来，他们顿时都挺直身板，拉紧外套，个头最大的那位丢掉手里的烟。我指指烟蒂问道：“你干什么？”

他一脸茫然。我又说：“你就打算这么随便一扔是吧？扔在地上让鉴证科发现、存档，送去做DNA测试。你是想当头号嫌疑人呢，还是嫌我们的时间太充裕？”

他连忙捡起烟蒂，塞进口袋，这个小插曲提醒所有八个人：只要你们参加我的调查，就别给我搞砸了。抽万宝路的这小子有点儿冤，但我总得杀鸡儆猴一下。

“很好。我是肯尼迪探员，这位是柯伦探员。”我没问他们尊姓大名，也没时间握手寒暄，就算问了也记不住。我对警员喜欢吃什么三明治、他们的小孩什么时候过生日，一概不关心。我只关心他们查了些什么，查得怎么样。“稍后会给你们一份完整的案情简报，但现在你们只需要知道以下几点：我们要找一把‘蓝色餐厅’牌的厨刀，刀刃有锯齿，长六英寸，黑色塑料刀柄，是一套厨刀中的一把，和我手上这把很像，但稍大一些。”我举起证物袋，“手机都能拍照吧？把这拍下来，好记着具体要找什么样的。今晚离开现场以后请删除照片，别忘了。”

他们抽出手机，万分小心地传递证物袋，仿佛手里捧着的是肥皂泡。我又说：“我刚才说的那把刀很可能是凶器，但还不能百分之百确定，所以如果你们发现哪里还埋着另一把刀，务必行行好，别因为它和我的描述不一致就不管了。我们要找的还有血衣、鞋印、钥匙以及一切可疑物品。一旦发现值得注意的东西，你们怎么做？”

我朝“万宝路”点头示意——给了人家颜色看，记得还要给他机会将功补过。他答道：“不要碰，也不能没人守着，应该打电话叫鉴证科过来拍照采集。”

“很好。也要给我打电话。无论找到什么，我都要过目。柯伦探员和我会去找邻居问话，请你们记下我们的手机号，也报一下你们的手机号。不许用对讲机。这里的信号简直是一坨屎，所以如果打不通电话，就发短信。不要用语音信箱。都明白了吗？”路那头不远处，率先赶来的一名女记者正倚在一个奇形怪状的架子旁边摆弄相机，不时伸手压一压被风吹起的外套下摆。一两个小时内，还会冒出几十个她的同行。很多记者的窃听设备都调到我们的频率，他们想都不想就能黑进一名侦探的语音信箱。

我们互相交换了手机号。“很快还有更多搜查人员加入，”我说，“等他们接手以后，我还有其他工作交给你们。现在马上行动，从房子后面开始搜，以花园的围墙为起点往外扩大范围，确保你们各自负责的搜索区域之间不要有空白，具体的搜查方法你们都清楚。出发！”

和斯佩恩家共用一堵墙的另外那座联排别墅没人——一直以来都没人，靠前门的房间里除了一团皱巴巴的报纸和一张颇具艺术水准的蜘蛛网，什么也没有。真他妈该死。离斯佩恩家最近的有点儿人气的房子在路对面，门牌是5号。这家人的草坪都枯萎了，但窗户里挂着花边窗帘，车道上还倒着一辆儿童脚踏车。

我们走过去时，窗帘后有动静。有人在观察我们。

来开门的女人体形臃肿，扁扁的脸上写满猜疑，黑发，扎了个短短的马尾。她戴一顶松松垮垮的粉色帽子；灰色的紧身裤明显太窄，可见品位不怎么样；虽然皮肤晒成褐色，却仍掩不住一脸苍白。“什么事？”

“我们是警察。”我给她看了证件。“能进去说几句吗？”

她端详着我的证件，仿佛我的照片达不到她的高标准。“刚才我出去过，问那些警卫出了什么事，他们让回屋里待着。这里的路是我的，在上面走路是我的权力，你们不能拦着我。”

她以为是去公园散步啊。“我理解，”我说，“如果你无论如何都要离家，我们也不会阻拦。”

“那就最好。反正我也没打算出去。我只想知道是怎么回事。”

“有一起犯罪事件，我们想向你了解一些情况。”

她又把我和里奇打量了一番，好管闲事的心理最终战胜了谨小慎微的本能。一般人都这样。她闪到一旁，请我们进门。

玄关的格局和斯佩恩家很像，再往里便大不相同。一堆堆的杂物挤得前厅狭窄不堪。里奇被婴儿车的轮子绊了一下，差点儿迸出脏字。客厅闷热异常，乱七八糟，墙纸十分碍眼，还弥漫着一股肥皂和湿衣服的气味。一个十岁左右的矮胖小孩坐在地上张着嘴玩电子游戏，游戏内容显然十八岁以下不宜。“他生病了，请假没去上学。”女人颇有戒心地环抱双臂。

“那我们运气不错。”我朝孩子点点头，他完全无视我们的存在，一心忙着按键。“说不定他也能帮上忙。我是肯尼迪探员，这位是柯伦探员。请问你是……”

“西尼德·戈根。杰登，把那东西关了。”她带有一点儿都柏林郊区的口音。

“戈根太太，”我坐到花布沙发上，拿出笔记本，“你和邻居熟吗？”

她朝斯佩恩家的房子伸伸脖子：“他们？”

“斯佩恩家，是的。”

里奇也跟着我坐到沙发上。西尼德·戈根锐利的小眼睛在我们身上转来转去，稍后，她耸耸肩，坐进一张扶手椅。“见面会打招呼吧。算不上朋友。”

“你说她是头狗眼看人低的母牛。”杰登又打爆了一个僵尸。

他母亲从背后瞪了他一眼：“你闭嘴。”

“不然呢？”

“不然你给我走着瞧。”

我问道：“她是狗眼看人低的母牛吗？”

“我可没说过。我刚才看见他们家外面有救护车。出了什么事？”

“一起案件。你对斯佩恩家了解多少？”

“有人中枪了？”杰登来了兴趣。小孩总能一心多用。

“没有。为什么说斯佩恩家很势利？”

西尼德耸耸肩：“也没什么。他们挺阔的。”

里奇用笔挠挠鼻子。

“真的？”他略显踌躇地问道，“我随便说说，我从没见过他们，但他们家确实挺漂亮的。人要是得意啊，一看就知道。”

“你还没看见他们从前那样呢。门口停一辆大跑车，他每个周末又是洗车又是上蜡的，显摆给谁看啊。结果还不是没风光多久？”

西尼德陷在椅子里，两臂相叠，两条粗腿岔开，话音里流露出阵阵满足与得意。一般来说，我不会让头一天出任务的新人去询问证人，但里奇的这个切入角度很不错，他的口音也比我的更容易和对方套近乎。还是放手让他干吧。

“现在确实不怎么风光了。”里奇附和道。

“那也没办法，他们自我感觉好得很呢。杰登和那个小东西说了几句……”

“我喊她臭婊子。”杰登说。

“——然后那女人就跑过来找我理论，说什么两家的小孩关系怎么怎么不好，有没有办法让他们和睦相处什么的。真是假惺惺，懂吗？还挺会装好人。我说男孩不好管，随他去，她就不高兴了，以后就总让她那位小公主躲着我们，好像我们对他们还不够好似的。她不就是嫉妒吗？”

“嫉妒什么？”我插了一句。

她酸溜溜地瞪我一眼。“嫉妒我们。嫉妒我。”我想破头也想不出珍妮弗·斯佩恩有什么理由嫉妒这家人，但这不是重点。按这位西尼德太太的逻辑，碧昂丝[①]没邀请她参加知心姐妹的聚会，纯粹是因为碧昂丝嫉妒她。

“好吧，”我说，“具体点儿，是什么时候的事？”

“春天。大概四月吧。问这做什么？是不是她投诉杰登惹了他们？他可

① 美国著名流行歌手。

从来没有……”她半支起庞大的身躯，气势汹汹。

“不不，没有。”我安慰道，“你最后一次看见斯佩恩夫妇是什么时候？”

过了好一会儿，她才选择相信我，又坐回去。“如果是讲话的话，那次就是最后一次。平时也经常看见他们，但那次以后，我和他们就没什么话好说了。昨天下午，我看见她带着两个孩子进了家门。”

“当时是几点？”

“四点四十五分左右吧。我看她是去接小的那个放学，还去了商店，因为她抱了两个购物袋。她神气得很，那小鬼在闹脾气，想吃薯条。真是被宠坏了。”

“你和你丈夫昨晚在家吗？”

“在啊，不然能去哪里？这附近都空空的，最近的酒吧在城里，十二英里远呢。”惠兰商店和林奇商店现在多半也被钢筋水泥和脚手架包围着，也不知究竟会被翻新成什么样。我仿佛还能闻到惠兰商店周日午餐的味道：苹果酒、冷油炸鸡块、薯条以及香烟烟雾缭绕。“跑那么老远，还不能喝酒，因为还得开车回来，这里不通公交车。问这做什么？”

“你听见什么不寻常的声音了吗？”

她又是一瞪，更添几丝敌意，仿佛我刚刚批评她干了什么错事似的，她准备好好反击。“你说我们该听到什么呢？”

杰登突然窃笑两声。我便问他：“你听见什么了吗，杰登？”

“比如尖叫声吗？”他连头也不回。

“你听见尖叫声了？”

不耐烦的鬼脸。“没。”迟早会有其他警察为了其他案件找上这小子。

“那你还听见什么了？随便什么，可能都有用。”

西尼德还是那副充满敌意又小心戒备的神情。“我们开着电视，什么都没听见。”

“是啊，”杰登说，“没听见。”屏幕上有东西爆炸了。他嘟囔一句“去死”，又沉浸在游戏中。

“那你的丈夫呢，戈根太太？”

“他也没听见。”

“我们能向他确认一下吗？”

“他出去了。”

“什么时候回来？”

她耸耸肩：“到底怎么回事？”

“请问，你看见最近有谁进出斯佩恩家了吗？”

西尼德把嘴一缩：“我才不会偷窥邻居。”她这样一口咬定，反而让我认定事实恰恰相反。

“我相信你，”我说，“但这和偷窥没关系。你又不聋不瞎，看见有人进出，或者听见汽车的声音，也很正常。这条路上有几座房子有人住？”

“四座。我们家，他们家，还有两家在路口那里。怎么了？”

“所以如果你看到有人在路这边，自然就知道他们是来找斯佩恩家的。最近他们家有没有客人？”

她的眼珠子转了几下。“就算有，我也没看见。行了吧？”

“看来他们不如自以为的那么有人缘啊。”里奇故意轻蔑地一笑。

西尼德也得意地笑了：“确实。”

里奇又倾身向前，一副好打听闲事的样子：“那到底有没有人来找他们呢？”

“最近没有了。我们刚搬来时，星期天他们家经常来客人，和他们是一类人，都开大跑车什么的，拿着酒瓶到处转——光喝易拉罐还不过瘾。他们还弄烧烤，摆什么阔啊？”

“最近没来？”

对方笑得更幸灾乐祸了：“他被炒鱿鱼之后就没来了。春天的时候，他们还给小孩办生日聚会，那是我最后一次看见有人去他们家。不过，刚才说了，我可没偷窥他们。但这已经能说明问题了吧？”

“嗯，没错。说来听听，你们家有老鼠什么的吗？”

这立即吸引了杰登的注意力，他甚至还按了暂停键。“老天！老鼠把他们吃掉了？”

“不是。”

“啊啊。”他大失所望，但仍然望着我们。这孩子挺让人不放心的，他那双扁扁的眼睛毫无神采，像一只乌贼。

他母亲说：“从来都没有老鼠。这里的下水道那么糟糕，就算有也不奇怪。但到现在也没见过。”

里奇又搭话：“住这里不是很好吗？”

“就是个垃圾堆。”杰登嘀咕着。

“哦？为什么？”

他只是耸耸肩。西尼德说：“你们到附近看过了？”

“我觉得挺不错，”里奇故作惊讶，“房子格局好，周围又宽敞，你们装修得也很漂亮……”

“啊，本来我们也觉得。看宣传册是很好。等等……”

她用力把整个身子挤出椅子，呻吟着使劲儿一弯腰——目睹这副惨状，我连想死的心都有了——她伸手到旁边桌上一大堆乱七八糟的东西里摸来摸去，有名人画报、白糖、一个婴儿监视器，还有半条香肠在油腻腻的盘子里滚动着。“找到了。”她塞给里奇一本小册子，“我们还以为买的是这个。”

小册子封面上印着“海景花园”几个大字，花哨的字体和小区大门外海报栏上一模一样；封面的照片是一对喜笑颜开的夫妻抱着两个长相酷似的孩子，背后是一座雪白的别墅以及地中海般湛蓝的碧波。内页推介了各种户型：四居室、五居室、独栋、复式，无论你心仪哪种，都会为这些在Photoshop[①]软件修饰下显得光彩夺目的效果图所迷醉，完全忽略了它们仅仅是样板模型而已。这些房子还都有名字：“钻石”是带车库的五居室别墅，“黄玉”是一套两居复式小楼，还有“祖母绿”“珍珠”等，我们眼下身处的这一座好像叫做“蓝宝石”。一行行波浪般的文字描绘出沙滩、托儿所、

---

① 简称“PS”，一种图像处理软件，可以有效地进行图片编辑工作。

休闲中心、便利店、游乐场应有尽有的画面。“一流的生活设施一应俱全，带给您近在家门口的奢华享受。”

真他妈迷人。我说过，不管别人对土地开发再怎么看不顺眼，我个人还是持欢迎态度的，这些建设项目令人振奋，代表对未来的豪赌。但不知为何，或许是因为刚才在外面看见的那些景象，这本小册子令我感到了里奇所谓的“诡异”。

西尼德伸出短粗的手指戳了戳小册子：“当时答应给我们这么多，合同里也说得很清楚。”

“结果没兑现吗？”里奇问道。

她哼了一声：“你看像兑现了吗？”

里奇耸耸肩：“小区还没完工，到时就好了。”

“不可能完工了，现在经济不景气，没人来买房，开发商也就停工了。前几个月一个早上我们刚出门，发现他们全跑了，工人一个不剩，再也没回来。”

“老天！”里奇连连摇头。

“是啊，老天。我们家洗手间的下水道坏了，装修时的水管工却不肯来修，因为之前的钱都没给他。大家都说，我们应该上法院向他们索赔，但是要告谁呢？”

“开发商？”我试探道。

她又冷冷地瞪我一眼，似乎准备为这个愚蠢的建议揍我一顿。“嗯，对啊，我们确实考虑过，可是找不到人。他们跟我们玩捉迷藏，电话号码也换了。我们还报过警，你们的人说，我们家洗手间不归警察管。”

里奇举起小册子，唤回她的注意力。“那托儿所什么的呢？”

“那个啊，”西尼德的嘴厌恶地挤成一团，显得更丑了，“也就托儿所还见得着。为了托儿所，我们投诉了好多次，当初买这里的房，一部分原因就是看中这里有托儿所，结果呢，白忙了？最后托儿所总算开了，才过一个月又关门了，因为只有五个小孩。本来应该盖游乐场的地方现在危险得很，小孩子如果跑去那里玩说不定就会送命。休闲中心从来都没盖起来，我们也投诉过了，他们往一栋空房子里放了一辆健身脚踏车，说爱用就用吧。后来脚踏车也被人偷了。”

“便利店呢？”

她从鼻子里哼出一声冷笑。“哈，商店！我买牛奶得到五英里外高速公路上的加油站。这里也没有路灯，天黑以后出门都得冒生命危险，说不定有强奸犯什么的——有不少外国人租住在小区里那条死路上。万一我有个三长两短，能指望你们这群人吗？几个月前，有一群混混儿在对面不知哪栋房子里聚会胡闹。我老公给你们打电话，结果天亮了你们还没来。要是我们家被烧光了，你们能负责吗？”

从西尼德嘴里撬出话来，也不失为一件乐事。“斯佩恩家是不是也有类似的麻烦，比如和开发商，和在路对面吵闹的人，或者其他人？”

又是一耸肩。“不知道。我都说了，我们和他们不算朋友，明白吗？他们到底出了什么事？死了还是怎么着？”

估计停尸房的人也差不多该把尸体抬出来了。我说：“还是让杰登先去其他房间比较好。”

西尼德看了看他。“无所谓，反正他也会在门口偷听。”杰登点点头。

“是暴力袭击。我不能透露细节，但我们在调查的是一起谋杀案。”

“上帝呀，”西尼德倒抽一口气，往前一晃，把嘴一张，唾沫星子里都迸出渴望，“谁被杀了？”

“我们不便奉告。”

“是他杀了她，对吧？”

杰登完全忘了游戏，屏幕上的一个被冰冻的僵尸炸裂开来，脑袋的碎片如蘑菇一般遍地滋生。我追问道：“你这么想，有什么理由？”

她轻轻眨了两下眼皮，往椅背上一靠，手臂又叠起来。“我就随便问问。”

“戈根太太，如果你有线索，请务必告知我们。”

“我不知道，也不关心。”

真他妈操蛋。这肥婆顽固得要命，我逼得越紧，她越嘴硬。“好吧，”

我说，“这几个月来，你见过不认识的人出现在小区里吗？”

杰登尖着嗓子大笑一声。西尼德说：“基本上没见过，反正大部分人我也不认识。我们不是那种到处套近乎的人。我有自己的朋友圈子，没必要去巴结邻居。”

这话的言下之意是，邻居们也不爱和戈根家打交道，多半是出于嫉妒心理吧。“那你见没见过什么奇怪的人？任何让你觉得不安的人？”

“只有死路上住的那些外国人，那座房子里住了好几十人呢。我看其中一大半都是非法移民。不过，你们是不会去查的吧？”

“我们会向有关部门反映。最近有没有陌生人来敲门？推销东西，检查水管或者电线之类的？”

“啊，哈，说得好像还有人操心我们家电线——老天！”西尼德霍然起身，“难道他们是被闯空门的疯子杀了？就像电视上那种连环杀手？”

她似乎突然活了过来，空洞的表情被恐惧驱散了。我答道：“具体情况我们不方便……”

“如果是真的，你应该现在就告诉我才对吧？我不能留在这里，等着不知哪里来的恶魔冲进来折磨我们。你们这些人只会傻站着看他乱来，他妈的什么也不干……”

这是她头一次在我们面前表现出真实情感。本来只在流言蜚语中听来的、电视剧里看到的事情，顿时成了近在咫尺的危险，难怪她会惊慌失措。我又说：“我可以保证，我们不会袖手旁观。”

“你别小看我！我要曝光你们，等着瞧，我打电话给电视台……”

倘若被她得逞，那这次调查剩下的时间，我们就得用来化解“警察对平民老百姓的死活不管不顾”的媒体危机了。我应付过那种局面，感觉就像有人用乒乓球发球机朝你连续轰炸，发射过来的全是饿红了眼的哈巴狗。我正要设法安抚她，里奇倾身向前，极其诚恳地说：“戈根太太，你的担心完全可以理解。当然了，因为你是一位母亲呀。”

“没错。我总得替我的孩子着想吧，其实我也不会……”

“是恋童癖干的吗？”杰登十分好奇，“他把他们怎么样了？”

我渐渐明白西尼德为什么不理他了。“你也明白，我们不方便透露太多，”里奇又说，“但我又不能让一位母亲太过操心，所以，接下来我所说的，请你务必保密，可以吗？”

我差点儿当场喝止他，但到目前为止他处理得都很不错，西尼德也平静下来了，渴望的眼神渐渐压制住了恐惧。“嗯，好吧。”

“这么说吧，”里奇凑得更近了，“你的担心完全多余。假设外面有危险分子，我只是说‘假设’，我们会采取一切必要的手段。”他略一停顿，以示强调，又一阵挤眉弄眼，“明白我的意思吧，啊？”

“啊，”西尼德一头雾水，哑了半天才答道，“当然。”

“那肯定了。请记住，刚才这些话千万不能告诉别人。”

“绝对不说。”她郑重地保证。毋庸置疑，她会把这些话捅给所有认识的人，但无非是虚张声势而已：她只能摆出莫测高深的姿态，隐约暗示她掌握了不能公开的秘密。这个小花招玩得漂亮，我在心里给里奇加了一分。

“你应该不那么担心了吧？现在你心里有数了。”

“啊，对，放心多了。”

婴儿监视器厉声尖叫起来。“操！”杰登边骂边调高了游戏的音量。

“孩子醒了，”西尼德没动，“我得去看看。”

“关于斯佩恩家，没有其他情况了吗？什么都行。”

再一次耸肩，她的表情没变，但眼神有些闪烁。估计我们还会再来拜访戈根家。

出门后，我对里奇说：“你不是说过‘诡异’这个词吗？看看这家的孩子。”

“嗯，”里奇摸摸耳朵，转头瞥了一眼戈根家，“他有事瞒着我们。”

“他？他妈倒是真的，可那小子？”

“百分之百。”

“好。下次再找他们的时候，你得给他点儿颜色看看。”

“真的？我？”

“刚才你干得不错。好好想想怎么对付那小子吧。”我将笔记本塞进衣袋，“对了，你还想找谁调查斯佩恩家的情况？”

里奇转回头看着我。“你已经有头绪了？我还不知从何入手呢。按常理，我们得和被害人的亲属、邻居、朋友、同事谈话，还有他去过的酒吧里的人，以及最后见过他们的人。但这次行不通。他没有酒吧可去，没人来做客，就连他的亲属也未必帮得上忙。可能好几个星期都没人见过他们了，充其量也只在学校门口打过照面而已。而邻居又是那种德行。”

他扭头示意。杰登靠在客厅的窗口，一手握着游戏手柄，依然张着嘴。他明知被我发现了，却连眼都不眨一下。

“可怜的斯佩恩家，”里奇轻声说，“连证人都没有。”

Broken Harbour / 第 5 章

婴儿监视器

路那头的两户邻居都不在家，不知是不是上班去了。库珀也已离开，想必是去医院查看珍妮弗·斯佩恩的伤情了。运尸车也开走了，尸体会被送往同一家医院，等着库珀进行验尸，和珍妮只隔一两层楼，如果她能活下来的话。鉴证科还在努力奋战。拉里在餐厅里冲我招手。“过来，你，年轻人，来看看这个。”

“这个”指的是婴儿监视器的观测器，一共五个，都装进了印有黑色序号的证物袋，整齐地排在炉台上。“第五个是在那边角落找到的，压在一摞童书底下。”拉里自豪地说，“本大王想找的东西，没有找不到的。这些观测器质量不错，我虽然不是这方面的专家，但我敢说这些都是高档货。可以旋转，可以放大或缩小图像，白天显示的图像是彩色，晚上自动切换到红外线功能，图像相应变成黑白，早上还能帮你煮蛋……”他的两根手指在一排观测器上滑过，兴奋地咂着嘴，捡起其中一个，隔着袋子按下电源键。“猜猜这是什么，来吧，猜猜看。”

屏幕上闪出黑白图像：每边都堆着灰色的圆柱体和矩形，白色的微尘漂浮着，正中央则悬着一团不规则的黑暗。我问：“墨水洒了？”

“本来我也这么想。但是德克兰，他在那边——德克兰，和这两位好人打个招呼——他注意到这个碗柜开了一条小缝，就朝里面看了看，你猜他发现了什么？”

拉里激动地拉开碗柜：“瞧瞧，瞧瞧。”

一圈幽幽的红光映入眼帘，随即暗淡下去，消失了。摄像头被粘在碗柜的门内侧，几乎用了整整一卷胶带。麦片盒子和豆子罐头都被推到架子两侧，在它们后面，不知是谁在墙上砸了个盘子大小的洞。

“这他妈怎么搞的？”我嘀咕着。

“先别急着骂娘，在你发表高论之前，先看看这里。”

又一个监视器。同样是暗淡朦胧的黑白画面：倾斜的屋梁、颜料罐子、一些扎着钉子横七竖八堆在一起的器具，辨认不出是什么。我问道：“这是阁楼？”

“猜对了。地上的呢？是个陷阱，捕兽夹。这可不是用来抓老鼠的不痛不痒的小玩意儿，虽然我对打猎不太在行，但这东西看上去足以击倒一只狮子。”

“上面有放诱饵吗？”里奇也问道。

“聪明的年轻人，”拉里对我说，“我喜欢，一下子就抓住问题的核心。前途无量。答案是没有，柯伦探员，很遗憾，没有诱饵，所以猜不出他们设这个陷阱的目标究竟是什么。屋檐底下有个洞，可能会有东西从那儿钻进来——先别激动，快球手！洞没大到足够让人进出的程度，说不定饿肚子的狐狸会挤进来，但怎么也不至于弄出个捕熊的夹子来吧。我们刚才在阁楼里寻找爪印、粪便等相关线索，但最大发现也只是蜘蛛屎而已。如果有老鼠之类的，也该留下一点儿痕迹才对。上面积了满满一层灰，有好多完整的鞋印和手印，却连一个动物的爪印也没发现。就算你的被害人家里藏了什么野兽，它们也未免太隐蔽了。”

“取到指纹了？”

“那还用说，取了几十处。摄像头、捕兽夹上都是指纹，还有阁楼的活板门。按格里那小伙子的说法（他不敢打包票），初步观察结果不能排除这些东西和被害人相匹配的可能性，我当然是指餐厅里的被害人，不是两个孩子。阁楼里的鞋印也是成年男性，鞋的尺码和被害人相吻合。”

“墙上那些洞呢，旁边有什么线索吗？”

“也是一大堆指纹，你还真不让我们闲着呀。从大小来看，其中很多是孩子们的。剩下的大部分，格里还是那句话：‘不能排除与被害人匹配的可能性。’他还需要拿回实验室进一步确认。我斗胆判断，那些洞是被害人弄出来的，和昨晚的事件无关。”

“你看看这地方，拉里，我这人的卫生习惯很不错，可我那个窝从搬进去的那天起就没这么整齐过。这家人太爱收拾房子了，连洗发水的瓶子都排成一行。咱们打个赌，如果你能在阁楼以外的地方发现一丁点儿灰尘，我就输你五十块。一方面把家里打扫得一尘不染，另一方面又在墙上打洞？如果非得打洞不可，怎么也不修补修补？最起码拿些东西遮起来。”

“人嘛，脑子不正常。”拉里兴味索然地说。他关心的是发生了什么，而不是原因。“所有人都不正常。这点你该清楚，快球手，我只是说，如果那些洞是外人干的，那之后也被清扫过了，或者那人一开始就戴了手套。”

“洞的周围还有其他痕迹吗？血迹或者残余的毒品之类？”

拉里摇摇头：“没有血迹，洞里洞外都没有，最多也就是现场这些血溅到了一星半点儿。我们也没发现残余的毒品，如果你觉得我们可能遗漏了，我会弄一只缉毒犬来。”

“先不着急，发现了那方面的线索再说。这里的血迹怎么样？除了被害人，还有其他人的指纹吗？”

“目前情形你又不是没看见，我们才刚到多久？过一星期再问吧。你自己睁大眼睛看看，这么多血脚印，简直是吸血鬼大军的杰作。但我敢打赌，大部分是巡警和救护人员又大又笨的脚踩出来的。只能希望真正来自于案发过程的足迹已经干透了，没被那些人来来回回的踩踏所影响。血手印也一样，虽然有很多，但其中多少真有价值，天知道。”

这正对拉里的胃口。他喜欢一团乱麻的现场，喜欢发牢骚。“救世主除了你就没别人了，拉里。被害人的手机有眉目吗？”

“你的需求就是给我的命令。女主人的手机在床头柜上，男主人的在前厅桌子上，我们连电话线都打包了，还有电脑。”

“棒极了，”我说，“都送去计算机犯罪科。钥匙呢？”

“女人的钱包里有一整串，放在前厅桌子上，其中两把前门的钥匙，还有后门钥匙和车钥匙。另一串在男人的外套口袋里。前厅桌子的抽屉里还有几把家里的钥匙。目前没发现黄金海岸度假村的笔，如果找到通知你。”

“多谢，拉里。方便的话，我们想上楼查一查。”

“开始我还担心你找我来是小题大做呢。”拉里开心地送走我们，“谢了，快球手，我欠你个人情。”

斯佩恩夫妇的卧室散发着温暖朦胧的金色光芒，窗帘仍然拉得紧紧的，挡住了外面邻居们飞溅的唾沫星子和记者们架起的长枪短炮，拉里的手下取完开关上的指纹后，给我们留了灯。空气中仍弥留着难以形容的生活气息，那是洗发水、须后水和皮肤的微弱余味。

一面墙上靠着一个精巧的衣柜，墙角里摆着两个奶白色的五斗橱，像是被人用砂纸磨出的卷边显得既古朴又别具一格。橱顶上靠珍妮床头这一侧有三个相框，其中两张照片是惹人怜爱的婴儿照，中间那张则是摄于一家漂亮的乡村旅馆台阶上的婚纱照。照片上的帕特身穿礼服，系一条粉色领带，纽扣眼里别着一枝粉玫瑰；珍妮一身完美的婚纱，裙摆铺展在他们脚下的台阶上，一束束粉玫瑰，一座座深色小木屋，一道道阳光从华美的落地窗里折射出来。珍妮很美，她曾经很美，中等身高，苗条健美的体形，一头拉直的长长金发在头顶挽成一个式样复杂的发髻。帕特当时的身材还很好，胸膛宽阔、小腹平坦。他一手搂住珍妮，两人都笑得那么灿烂。

“从五斗橱开始吧。”我走向珍妮的橱子。如果这对夫妇中有人隐藏着秘密，那一定是她。倘若女人们都能爽快点儿把东西扔掉的话，这个世界将会完全不同，我们的工作会难办得多；而对于她们迟钝的丈夫而言，不失为天大的福气。

最上层的抽屉里主要是化妆品，还有个药盒（星期一的药片吃完了，可见她都按时服药）以及一个蓝色天鹅绒首饰盒。她酷爱珠宝，从便宜货到在我看来价值不菲的颇具品位的高档首饰（我的前妻就喜欢摆弄她那些石头，所以我对“克拉”还算有点儿研究）。菲奥娜提过的那枚翡翠戒指还在，放在一个扁平的黑色小盒里，静待埃玛长大。“来看看这个。”我招呼道。

里奇正在检查帕特里克的内衣抽屉，他速度很快，也很利索，拿起每条内裤都迅速抖一抖，然后在地板上整齐地叠好。他扭头看了看这边说：“应该不是抢劫了。”

“应该不是。至少不像惯犯所为。如果是新手，一旦有什么风吹草动，可能吓得直接就跑了，但惯犯或者讨债的家伙绝对不肯空手而归。”

“这案子不是新手干的。还是之前的结论：不是临时起意。”

里奇摊开几卷袜子看了看，丢到地上那叠内衣上头，开始梳理思路。“珍妮说的那个闯空门的家伙，”过了一会儿，他说，“假设他之后又来过，可能还不止一次。菲奥娜也说了，珍妮未必都会告诉她。”

珠宝盒底下并没有暗藏安全套，化妆盒里也没塞着避孕药的包装纸之类的可疑物品。我说：“可是珍妮告诉菲奥娜，她要启用安防系统了。那家伙是怎么躲过监控的？”

“第一次他不就把门锁都搞定了吗？看样子，帕特里克认为他是从阁楼进来的。或许的确如此，从隔壁家的房顶上过来。”

“如果拉里他们发现进入阁楼的通道，应该会通知我们。你也听见了，他们找过，没找到。”

里奇开始将袜子和内裤小心地放回抽屉。其实我们不必收拾得太干净，但不知为何，他似乎相信珍妮终会回家，回到这个地方——的确有这种可能。但这座房子将来或许也会被人买走，或者，菲奥娜可能也得来收拾。无论如何，他都该注意控制同情心。“好吧，假设那家伙有办法避开安防监控，说不定他吃的就是这碗饭。会不会他就是这样盯上斯佩恩家的？给他们装了安防系统，于是心生歹念……”

“刚才看过的那本小册子里说，安防系统是买房时就预装好的，在他们入住以前就有。不信你打电话给那里负责装电缆的人问问。”珍妮放内衣的抽屉里分类一目了然：特殊纪念日穿的情趣内衣；白色的运动内衣；粉色和白色蕾丝内衣，估计是平时穿的。没有稀奇古怪的玩意儿，也没有情趣玩具，显然斯佩恩夫妇在这方面相当传统。“但我们不妨假设，只是假设，那家伙找到了进来的办法，然后呢？”

“然后他越发肆无忌惮，在墙上凿出了那些洞。帕特不可能还蒙在鼓里。也许帕特的思路和珍妮一样，他想知道究竟是怎么回事，他更愿意逮住那家伙，而不是将对方彻底挡在门外或者吓退他。于是，他在那家伙可能涉足或是确定已经涉足的地方安置了摄像头。”

“那么阁楼里的陷阱是用来对付活人的咯，想将他捉个现行，关在那里，关到我们赶来为止。”

里奇说：“或者一直关到帕特了结他为止。难说。”

我眉毛一扬：“老弟，你的思路还挺变态啊，这是好事，保持住。”

“设想一下，有人吓坏了你老婆，还威胁到你孩子的安全……”里奇抖抖一条卡其裤，在他瘦削的身板衬托下，裤子显得很大，简直像给超级英雄穿的。“你下狠心也就不难理解了。”

“有道理，理由很充分。”我关上珍妮的内衣抽屉，“只有一个问题，动机呢？”

“你是指凶手为什么盯上斯佩恩一家？”

“他的一切行动出于什么目的？偷偷盯梢了好几个月，最后大开杀戒。为什么挑上这家人？为什么一开始闯空门时只是吃了点儿火腿片而已？为什么后来又溜进来在墙上钻洞？为什么升级到屠杀？为什么冒着被发现的风险先从孩子下手？为什么闷死孩子却刺死大人？这都是为什么？”

里奇从卡其裤的后袋里摸出一枚五十分硬币，耸耸肩。他的动作夸张得像个孩子，肩膀都快顶到耳朵了。“没准儿凶手有精神病。”

我停下手上的动作：“你打算把这话写进移交给检察官的案卷里吗？‘我也没把握，嗯，说不定他是个彻头彻尾的精神病？’”

里奇脸红了，但并未退缩：“我不清楚医生的专门术语怎么说，但你明白我的意思。”

“老弟，说实在的，我没明白。‘精神病’不是理由。不同精神病人的症状千差万别，其中大部分都不含有暴力倾向，而其中每个病人又自有一套逻辑，但无论如何，这对你我都没有意义。没人会因为‘嘿，今天我精神不正常’就给别人来个全家灭门。”

“你不是想要一套能解释目前案情的理论嘛，我已经尽力了。”

“建立在‘因为他是精神病’基础上的理论算不上理论，只是可耻的逃避，懒得动脑子的结论。侦探大人，我对你的期待可不只如此。”

我转身继续查看五斗橱，但可以察觉到，身后的里奇一动不动。我说：“有话就说。”

“刚才我跟戈根家那女人怎么说来着，我叫她不用担心疯子，那时我只想制止她去给什么脱口秀节目打电话。但事实上，她的恐惧完全可以理解。不知你希望我用什么词来形容，但如果凶手有精神病，那无论谁是被害人，都不可能算是自找麻烦，因为麻烦是凶手主动带上门来的。”

我关上抽屉，靠到五斗橱上，两手往衣袋里一插。“几百年前有个哲学家说，最简单的解释就是最正确的。这可不是指随便拍脑袋拍出来的答案，而是指根据你手头实际掌握的信息，选择最简明、涉及细枝末节最少的解释①。最少的‘如果’和‘也许’，尽可能不考虑‘可能恰好路过、临时起意作案的未知人员’。明白我的方向了吗？”

“你该不会认为根本不存在闯入者吧？”

“错了。我认为，目前我们的线索只涉及帕特和珍妮，任何将他们排除在外的解释，都比将他们考虑在内的解释来得复杂。发案的原因无非两种来源：家里、外面。我可没说不存在闯入者，我想说的是，即便凶手是外人，最简单的解释也是：动机发源于这个家庭内部。”

“等一下，”里奇打断我，“依你的意思，凶手仍有可能是外人。而阁楼活板门上面的那东西，之前你又说可能是用来诱捕凿墙的人。这……”

我长叹一声：“里奇，我所说的‘外人’，是指借给帕特赌资的人，或者珍妮的外遇对象，或者菲奥娜·拉弗蒂，而不是他妈的什么弗雷迪·克鲁

---

①指“奥卡姆剃刀”原理。

格[①]。看出区别了吗？”

“嗯。”里奇的声调渐趋平静，但下巴还微翘着，说明他有点儿生气，“了解。”

“我知道这个案子给人感觉有点儿——你那个词是什么来着？——诡异。我理解，这种感觉往往特别容易让人浮想联翩。恰恰是这时候更需要脚踏实地。最有可能的解释还是我们开车来这儿的路上那个想法：最普通、最典型的先杀人再自杀。”

“那个东西可不普通，”里奇指着床上方的洞眼，“那只是开始而已。”

“你怎么知道？说不定帕特里克·斯佩恩闲得发慌，要翻新一下家里的装修；又或者如你先前的猜测，电线之类出了点儿毛病，他不想请电工，就自己动手——这也能解释为什么安防系统没有报警。也可能斯佩恩家闹老鼠，最后总算逮着了，没撤掉捕鼠夹，以防它的同伙作祟。还有可能每次有车经过时，那些洞就被震得更大了点儿，他们想录下视频，将来起诉开发商时拿出来当证据。有时候，真相比表面看上去简单得多。就我们眼下掌握的情况而言，整个案子中种种怪事，都可以归结到建筑质量低劣的房屋上。”

“这就是你的结论？没开玩笑吧？”

“亲爱的里奇，我的结论是——想象力很危险。想象力未必是你最危险的敌人，但至少是最危险的敌人之一。第六条守则，管他第几条：坚持那个最乏味、需要最少想象力的解释，就八九不离十了。”

我继续在珍妮弗·斯佩恩的T恤里翻查。我认出了几个标签，她和我前妻的眼光差不多。片刻后，里奇摇摇头，将那枚五十分的硬币往五斗橱顶上一旋，开始折叠帕特的卡其裤。好一会儿，我们都各忙各的。

我所期待的秘密出现在珍妮最下层的抽屉里，卷成一团，塞在一件粉色羊绒衫的一只袖子里。我抖了抖袖子，有个东西滚落在厚厚的地毯上：很小，很硬，紧裹在一张包装纸中。

“里奇。”我话音未落，他就已丢下一件套头毛衣凑了过来。

---

① 恐怖电影《猛鬼街》系列中的可怕杀手。

一枚圆形的金属纪念章，是那种你想往衣服上别一片树叶或者乐队的标牌时，在街头小摊儿随便就能买到的便宜货。这个纪念章的色泽已显斑驳，但看得出本来是浅蓝色；一边有个微笑着的黄色太阳，另一边的一团白色可能是热气球或者风筝。中间用生动的黄色字体写着："我去悠悠！"

"你觉得这是什么？"

"普普通通。"里奇直视着我。

"同感。但藏的地方可不普通。你即兴发挥一下，能不能想出个普普通通的解释来？"

"也许是哪个孩子藏的。小孩就爱藏东西。"

"也许吧。"我把纪念章翻过来，背面的别针上有两道锈斑，想必很长时间都别在同一块布料上。"不过我还是很感兴趣。'悠悠'这地方你有印象吗？"

他摇摇头："鸡尾酒吧？饭店？游乐园？"

"都有可能。我从没听说过，但这个纪念章看起来有些年头了，这地方没准儿也是很久以前的。也不排除是在马尔代夫，或者他们去度假的什么地方。可是我看不出，珍妮弗·斯佩恩有什么必要把它藏得这么深。假如是贵重物品，我倾向于是情人的礼物，但这种东西……"

"如果她能醒过来……"

"我们就找她问个究竟。不过，她未必肯向我们坦白。"

我将纪念章裹回原来的包装纸，找了个证物袋塞进去。五斗橱上的照片中，珍妮依偎在帕特怀里朝我微笑。尽管发型花哨，化了浓妆，也遮不住她曾经惊人的美貌。她一脸的单纯、灿烂和意气风发，无不告诉我，那天以前的一切只是她脑海中一片朦胧的金色回忆，从那以后，他们会幸福地生活在一起。

库珀的心情好多了，多半是因为这个案子还远没有那么垃圾。他到医院看过珍妮弗·斯佩恩，然后马上给我打了电话。里奇和我正在检查斯佩恩夫妇的衣柜，没什么特别收获。基本没有出自时装设计师之手的那种风格前卫的衣物，但紧跟当下潮流，比如珍妮就有三双UGG[①]靴子。没有毒品，没有现金，没有暗格。帕特里克的架子顶层有个旧饼干罐，里面是一束枯萎的花茎、一截表面绿漆被海水侵蚀得支离破碎的木头、一把小鹅卵石、几个漂白过的贝壳，都是孩子们在海滩上玩耍时捡回来的，送给下班回家的爸爸当礼物。

“肯尼迪探员，”库珀说，“好消息，你唯一幸存的被害人还没死。”

“库珀医生，”里奇刚拿下来几条领带（大都是雨果博斯[②]的），我按下免提键，将黑莓手机伸到两人中间，“多谢通知。她的情况如何？”

“还没脱离危险，但主治医生认为她活下来的机会很大。”我对里奇做了个“好极了”的口型，他则模棱两可地噘噘嘴。珍妮弗·斯佩恩保住性命对我们是利好消息，但对她本人就未必了。“我基本同意他的看法，虽然活人不是我的强项。”

“能不能介绍一下她的伤势？”

库珀本想让我等他的正式报告，但难得他心情大好。“她身上有不少伤口，有几处比较要紧：从右颧骨到右嘴角割了个口子；一刀从胸骨斜刺入右胸腔；一刀正中右肩下方；腹部也中了一刀，就在肚脐右侧。脸上、咽喉、胸部和手臂还各有一些小伤口，这些会在我的报告中详细描述并给出图示。凶器是一把或多把单刃的锐器，与戳刺帕特里克·斯佩恩的凶器相吻合。”

一个女人被毁容，尤其是个年轻漂亮的女人，一般来说动机都是私人恩怨。我的眼角余光无意中又扫到了她的微笑和那些粉玫瑰，于是背过身去。

“她的后脑还遭到击打，受伤的部位是后脑左侧，凶器撞击面的形状、大小和一个高尔夫球大致相当。她的两个手腕和前臂都有新鲜瘀伤，从形状和部位来看，应该是在搏斗过程中受伤的。没有发现性侵犯的痕迹，她近一段时间也没有性交。”

有人恨透了珍妮弗·斯佩恩。“能否判断这个凶手或者这几个凶手是什么体格？”

---

① 澳大利亚雪地靴品牌。

② 世界知名奢侈品牌，源于德国，时尚男士服装的代名词。

“从伤口的边缘来看，锐器似乎异常锋利，这就意味着造成那些刺伤、割伤的伤口，不需要太大力气。脑部的钝器伤则要视凶器的质地而定，例如，假设凶手手里真是一个高尔夫球，那所需的力量相当大；但如果这个高尔夫球是套在一只长袜子里的，很大程度上就可以借助惯性带来的力道了，那么即便是小孩也有可能。实际上，她手腕上的瘀伤说明凶手不可能是小孩。搏斗过程中凶手的手指有所打滑，使我无法准确测量抓住斯佩恩太太的那双手是什么尺寸，但可以断定不是小孩。”

“这些伤口有没有可能是自残？”即便答案显而易见，也必须进行二次确认，否则辩护律师会为你代劳。

“如果是自残，那她可谓天赋异禀。”库珀又恢复了他那把人当白痴的口吻，“往自己肩部下方扎一刀，击打自己的后脑勺，然后在即将陷入昏迷前的一瞬间，还能将两件凶器藏得严严实实，起码警察花了几小时都没找到。鉴于没有证据显示斯佩恩太太是训练有素的柔术演员或者魔术师，我认为基本可以排除自残的假设。”

“基本排除？还是彻底排除？”

“肯尼迪探员，如果你信不过我的分析，”库珀的声音听来分外悦耳，“就在你自己身上做做实验吧。”然后他挂了电话。

里奇像条小狗似的蹭了蹭耳朵，思索了一会儿说：“那么珍妮可以排除了。”

我将手机放回衣袋。“但菲奥娜不能排除。如果她想杀珍妮，无论出于什么动机，她都有可能把珍妮毁容。作为两姐妹中比较平庸的那一个，这辈子她都注定低珍妮一头。所以她想除掉姐姐，让珍妮死都不能漂漂亮亮地去死，再也当不成全家人的掌上明珠。”

里奇端详着那张婚纱照：“其实珍妮也不算漂亮，只是更会打扮而已。”

“结果都一样。如果她们姐妹俩一起去泡吧，谁会博得全场男性的青睐，谁只能捞个安慰奖，不用说也知道。”

“可这毕竟是婚纱照，平时她未必这么爱打扮。”

“我敢打赌，平时也一样。那边抽屉里的化妆品，比菲奥娜这辈子用过的还多，这里挂着的每件衣服，都比菲奥娜全身上下加起来还要贵。菲奥娜也很清楚，记得她是怎么评价珍妮的豪车吗？珍妮是个美人，菲奥娜却不是，就这么简单。我们不妨用男性的眼光考虑考虑，菲奥娜保护帕特的愿望非常非常强烈。她说他们三人从小就认识，我想再深入了解一下他们的过去。奇怪的三角关系以前我也不是没见过。”

里奇点点头，依然端详着照片。“菲奥娜身量娇小，你觉得她能放倒帕特那样的大个子？”

“手握尖刀，趁对方震惊之际突袭？嗯，我看她办得到。倒不是说她已经排到头号嫌疑人，但目前还不能过早排除她。”

在我们继续搜查的过程中，菲奥娜在嫌疑人名单上的位次又前移了一两位。帕特的衣柜底部，鞋架后面塞了一个扁扁的黑色档案盒。虽然很隐蔽，毫不醒目，但主人并没忘记它，整整三年的家庭生活几乎都原原本本按顺序保存在里面。我真该使劲儿吻这盒子一口。如果让我只选一个角度来切入被害人的生活，任何时候我都会选经济状况。电子邮件可以信口开河，朋友可以虚情假意，就连日记也可以胡编乱造，但信用卡记录永远不会撒谎。

这盒材料应该先拿回局里细细检查，但我想先浏览一遍。我们坐到床上（里奇迟疑了一下，也不知是他怕把床弄脏，还是怕床把他弄脏），将文件一张张摊开。

首先是最重要的文件：四张出生证明，四本护照，结婚证。他们最近新买了人寿保险，一旦夫妻双方有一人死亡，就用保险金来偿付贷款。还有另一份保险，帕特的保险金额是二十万，珍妮十万，但今年夏天过期了。两人的遗嘱都选择对方为自己的全部财产继承人，如果两人都死亡，全部财产及两个孩子的抚养权都归菲奥娜。很多人都巴不得天上掉下来几十万再加一座新房，如果去掉两个孩子的添头，就更美妙了。

再一看账簿，菲奥娜·拉弗蒂的嫌疑顿时直线下坠，几乎掉出了我的视野。斯佩恩夫妇的经济状况很简单，一切收入支出都经由两人共用的银行账户，省了我们不少事。不出所料，他们基本已经破产。帕特被辞退时得到一笔数目可观的补偿金，但此后的进账就只有他的失业救济金和孩子们的津贴。他们花钱挺快，二月、三月、四月，户头里的钱花出去的速度一如既往。五月，他们开始勒紧腰带。到了八月，这家人的生活水准连我都不如了。

收入太少，来得也太慢。贷款拖欠了三个月，还有两封催款函，其中一封的发信机构一听就来者不善，叫做“放学回家时间”；另一封的措辞更加凶狠。六月，斯佩恩夫妇把手机的付费方式改为即时支付，两人基本不再给别人打电话——四个月的电话费账单加在一起，总金额只够一个上中学的女孩打一星期。跑车七月底退货，另一辆沃尔沃的分期付款欠了一个月，信用卡欠了四个月，电费也欠了五十块。最后的记录显示，他们的户头上还有314.57欧元。如果斯佩恩夫妇从事什么不法勾当，他们要么是太不中用，要么就是高明之至。

虽然他们节衣缩食，但还是保留了无线宽带。我得让计算机犯罪科好好翻翻他们那台电脑。或许帕特、珍妮和亲友几乎断绝了往来，但他们还有整个互联网可以倾诉，有些人会把对最好的朋友都不愿透露的事情放到网络上。

从某种程度上说，早在帕特里克丢掉工作之前，他们就已经破产了。他的收入相当可观，但他们的信用卡额度是六千英镑，绝大多数时候都处于刷爆状态——一大沓三位数的账单，分别来自布朗·托马斯百货、德贝汉百货和几家名字花哨又有点儿眼熟的购物网站——还有两份车贷、一份房贷要还。然而，如果认为破产意味着收入少于支出，那你就太天真了。随便抓住个经济学家问问吧：破产是一种心理状态。人们捂紧钱包，并不是因为醒来时比前一天更穷，而是因为比前一天更恐慌。

回溯到一月份，珍妮在一家叫作“靓鞋”的网站上消费了270欧元的时候，夫妻俩的心态还不错。但到了七月，她的恐惧已达到不敢换门锁来抵御侵入者的地步时，可谓一贫如洗了。

面对汹涌的浪潮，有人会咬牙顶住冲击，始终抱着乐观的态度，终于守得云开见月明。有人则自暴自弃，随波逐流。破产会让人堕入超乎想象的凄惨境地，诚实守法的好公民会因此滑落到崩溃的边缘，距种种犯罪手段近在咫尺。一辈子和和气气、安安静静的人，也会在极端恐惧的压迫下亮出尖牙利爪。尽管被斯佩恩夫妇锁在衣柜最底层的暗角，恐惧依然犹如腐烂的海草，散发出潮湿与腥臭。“我看没必要再深究她妹妹的过往了。”

里奇的拇指再次扫过一页页银行对账单，停在惨不忍睹的最后一页。“老天。”他摇了摇头。

“一个普通人，有老婆孩子、不错的工作，买了房，人生刚刚按他的理想走上轨道，突然，砰！全都破灭了。工作没了，车子没了，房子也快保不住了——如果再没有起色，恐怕珍妮也准备带着孩子离他而去。那会让他彻底毁灭。”

“不到一年，天翻地覆。”里奇把银行对账单放到床上那封“放学回家时间”的催款函旁边，只用指尖捏着，像是那几页纸有放射性似的。“的确，那样的话，他就算完蛋了。”

“还有很多可能性有待排查，但如果拉里他们找不到凶手是外人的证据，而凶器又在家里出现，如果珍妮弗·斯佩恩没有醒过来说服我们，凶手不是她丈夫而是其他人……这个案子的结案速度会比预料中快得多。”

这时，我的手机又响了。

“来了，”我从衣袋里掏出手机，“要不要打个赌？肯定有哪个警员找到了凶器，就在这附近。”

是“万宝路”，他的声音激动得像个少年：“长官，长官，你快来看看这个。”

他人在“海景大道”上，这条路紧紧夹在两排房子之间，严格来说简直算不上一条街道，一头是“涨潮路”，另一头朝向大海。一路上，其他警员纷纷从各个墙角探出脑袋，好似一群好奇的小动物。“万宝路”在一座房子一楼的窗户里朝我们挥手。

这座房子只有墙壁和屋顶，灰色的外墙上爬了又厚又乱的一层绿色爬山虎。屋前的花园长了齐胸高的野草和金雀花，不仅占领了车道，还蔓延到了空空的门廊里。我们只得爬上锈蚀的脚手架，扯掉缠在脚上的爬山虎，翻身跳进二楼窗洞。

“万宝路”说：“我也拿不准该不该……我的意思是，长官，你们很忙，但你说过，只要找到任何有意思的东西就打电话报告。而这个……”

有人花了不少时间，仔仔细细地把这座房子的二楼变成他的私人俱乐部。一个睡袋捆在一大块水泥砖上，至少是半职业的野外探险家用的行货。为了挡风，窗洞都遮上了厚厚的塑料布。三瓶两升装的饮用水整齐地摆放在墙边。一只透明的小塑料桶里满满当当装了一瓶沐浴露、一块肥皂、一条毛巾、一把牙刷、一管牙膏。一个扫得干干净净的墙角里摆着一个簸箕、一把扫帚，四下都不见蜘蛛网。还有个超市的购物袋系在另一块水泥上，里面是两个运动饮料的空瓶、一张皱巴巴的巧克力包装纸、一团压扁的锡纸里露出一小片三明治的面包皮。房梁上露出的一根钉子挂着一件老年妇女式样的塑料雨衣。一副黑色的双筒望远镜躺在睡袋上面，镜盖就搁在一旁。

这些都不是什么高档货，也没那个必要。后面的窗洞正俯瞰着斯佩恩家那精致的玻璃餐厅，距离只有三四十英尺。拉里正和他的手下讨论着如何处理一个小沙包。

“大开眼界啊。”里奇轻声叹道。

我没吭声。心头的怒火几乎要化作一声咆哮。我所了解的一切案情仿佛都跳到半空，又猛然坠落下来，重重砸在我身上。这绝不是受雇来收钱或是抢毒品的杀手事先蹲点的地方——职业杀手完成任务之后会把这些痕迹都清理掉，绝不可能让人知道他来过。这现场充其量也就是里奇这种新手的水平，会给他带来数不清的麻烦。

帕特里克·斯佩恩怎么说也算得上百里挑一的人，这辈子基本没出过差错。他娶了青梅竹马的爱人，生了两个健康的孩子，买了一栋好房子，拼命工作还贷，还把房子装修得漂漂亮亮，变成一个完美的家。操他妈的，每一步他都走得稳稳当当，然后这家伙出现了，带上廉价的望远镜，毁掉了一切，还让帕特背黑锅。

“万宝路”急切地望着我，担心他又闯祸了。“很好，很好，很好，”我冷冷地说，“看来帕特的嫌疑轻多了。”

“这里简直像狙击手的驻点。”里奇说。

“确实像。好了，全都出去。侦探先生，打电话叫你的同伴们都收队回凶案现场集合，让他们要若无其事地离开，就当什么情况也没发生。现在就去。”

里奇扬了扬眉毛。“万宝路”刚张开嘴，但一看我的脸色，又闭上了。我说：“这家伙可能正在监视我们。我们不是已经知道他就爱干这个了吗？我敢保证，一早他都在这附近转来转去，等着偷窥我们有多喜欢他的杰作。”

一排又一排毛坯房，从左边、右边、正前方簇拥着围观我们。海滩在我们背后，布满了沙丘和大丛大丛随风嗞嗞作响的杂草；更远处的小山脚下乱石嶙峋。他可能逃往任何方向，每条路线仿佛都化成了我额头上的一道皱纹。

“我们的一切行动都有可能暂时吓退他。如果运气好，他说不定还没察觉之前的藏身地已经暴露。但他还会回来。当他现身时，我们要让他以为小窝还很安全。因为他一有机会就会躲进这里，原因是——”我朝正在远处明亮的餐厅里来回忙碌的拉里等人努了努嘴，“我敢赌上全部身家，他百分之百坐不住。”

Broken Harbour 第 6 章

诱饵

谋杀，无论从哪个角度看，都意味着混乱。而我们的工作恰好与之对立，很简单，就是恢复秩序。

我还记得我成长过程中这个国家的面貌。我们上教堂，一家人围成一桌吃晚餐，小时候从来不敢冲大人吼一句“操你妈”。我当然没忘记，那时也有许许多多罪恶，但我们极有自知之明，绝不会轻易破坏规矩。如果你觉得这都是鸡毛蒜皮的小事，没劲儿、老掉牙、一点儿也不酷，那你想想，大家都朝陌生人送上微笑，都向邻居问好，都帮老太太拎包，家门也不必上锁，那么谋杀案的发案率也就降到零了。

后来不知从何时起，我们变得越来越野蛮。渗入空气中的狂躁仿若病毒，不断扩散。孩子们三五成群地在市中心的小区周围游荡，如狒狒一般没头没脑、不知节制，只顾找个东西、找个人来发泄一番。上班族匆忙挤过孕妇身边，只为在地铁里抢个座；开着越野车挤得别的小车不得不纷纷让道；一旦这个社会敢不顺他们的心意，他们就把脸一黑，暴跳如雷。而十几岁的少年们呢，但凡不能随心所欲，就只会大喊大叫大吵大闹。一切将我们与野兽隔绝开来的因素，不停地被腐蚀，像沙子一样被大浪淘洗，与我们渐行渐远。

野蛮到了极限，便诉诸谋杀。挡在你和谋杀之间的，就是我们警察。在众人噤声之际，还有我们站出来主张：一切都有规矩，都有下限，都有不容更移的边界。

我这个人最不擅长想象，但每当夜深人静、扪心自问一天的忙碌究竟意义何在之时，我就会想："从我们进化成人类的那一刻起，我们所做的第一件事，就是在洞穴口外画上一条线，大声宣示：'野蛮在此止步。'地球上的第一群人所做的，也正是今时今日我的使命。他们筑起高墙，抵御海潮；点燃篝火，驱散野兽。"

我将所有人都召集到斯佩恩家的客厅。客厅太小，但我们总不能跑到那个鱼缸般的餐厅里去讨论吧。警员们肩并肩挤成一团，尽量不踩地毯，不去碰电视柜，似乎斯佩恩夫妇还要求客人们循规蹈矩似的。我将花园围墙外的新发现通报给他们，其中一人立即吹了声口哨，绵长而悠扬。

"喂，快球手，"拉里早已舒舒服服地坐在沙发里，"我倒不是质疑你，就事论事啊，这会不会只是哪个流浪汉的临时安乐窝呢？"

"除了望远镜和那么贵的睡袋，其他什么垃圾都没有，怎么会是流浪汉？绝不是偶然，拉里。驻扎在那儿只有一个目的，就是监视斯佩恩家。"

"而且他也不是流浪汉，"里奇补充，"就算他无家可归，那他也有地方洗澡、洗睡袋，那儿一点儿臭味都没有。"

我吩咐离我最近的警员："和警犬队联系，让他们派一只通用警犬过来，越快越好。告诉他们，我们在追查一名谋杀嫌疑犯，需要他们最优秀的追踪犬。"他点点头，边摸出手机边退回前厅。"警犬没捕捉到气味之前，谁都不能进那座房子。你们继续搜索凶器。"我朝警员们点点头，"但这期间离那座房子远点儿，从前面绕到两边，直接下海滩去找。警犬队的人一来，我会给你们各位发短信，你们要立刻跑回来，帮我在门外制造骚动：一大群人乱跑乱喊，开车的打开所有车灯，猛按喇叭，围过来看热闹——越夸张越好。然后，注意观察是不是有人凑到前面来探头探脑，一旦发现，即刻通知我们的人。"

里奇一直靠在墙上，两手插在衣袋里。他说：“至少他留下了望远镜，如果他想看个究竟，不可能还躲得老远，一定会溜到附近来。”

“难保他没有第二架望远镜，但愿没有。他要是靠得足够近，我们说不定有机会和他过过招，不过别抱太大希望。这里简直是个大迷宫，他东躲西藏个几个月不成问题。另一方面，让警犬去那个据点闻闻睡袋，然后开始搜索。警犬够不到的话，可以让饲养员把睡袋解下来。派个鉴证员一起去，行动要低调，录了像、取了指纹就撤。其他人可以先按兵不动。”

“这是格里，”拉里指指一个又高又瘦的年轻人，对方点头回应，“西区最麻利的指纹检验员。”

“好样的，格里，如果取到指纹，你就直接回局里干活，其他人在外面按计划行动，坚持到你完工为止，然后再恢复原来的分工。今天的调查到六点，之后就清场，还在房子里干活的可以继续，但外面的要做出我们收工回家睡大觉的样子。海边不要留我们的人。”

拉里的眉毛几乎提到秃头顶上去了。赌上整晚的调查，不啻为一大冒险——证人的记忆一夜间就会有变化；血迹和气味可能被雨水冲散；凶手丢弃的凶器和血衣可能会被海浪卷走，一去不复返——豪赌并不是我的风格，但这个案子和其他多数案子都不同。“天一黑，”我说，“我们就重新部署。”

“你这些安排的前提是警犬追踪不到他，”拉里指出，“你觉得这家伙对我们很了解？”

这句话在警员中多少激起了一阵警惕的波澜。“我们正要查清楚这个。”我说，“可能性不大，不然他会把那个据点清理干净，可我不能心存侥幸。太阳下山差不多七点半，可能还要稍晚一点儿。八点或者八点半吧，天一黑，我们就行动。柯伦探员和我直接去那个据点通宵蹲守。”我望向里奇，他微微点头。“另外安排两个人在小区里巡逻——也是秘密的——留意任何动静，特别是往这边来的动静。有谁自告奋勇？”

所有警员的手都举得高高的。我点了“万宝路”的名，这是他应得的；我还挑了个年轻人，看他的样子，一晚上不睡也不至于萎靡一整周。“记住，他可能从小区外面来，也可能从小区里冒出来——可能他正躲在一座毛坯房里，或者他本来就是这里的住户，所以才选了斯佩恩家下手。只要一发现可疑情况，立即打电话给我。不准用对讲机，考虑到这家伙的窃听手段，不排除他能监控小区里的无线电波段。如果发现可疑人物，尽量跟紧他，但最重要的是不能被他发现。如果你们有一丝预感会暴露，就马上撤退，向我报告。都明白了吗？”

大家都点头。我又说：“还需要留两个鉴证员值夜班。”

“我可不行，”拉里说，“快球手，我爱死你了，可我约了人，而且我这把年纪，坚持不了一整夜（你别想歪了）。”

“没问题，总有人加班，对吧？”拉里一低头，下巴埋到胸口。他历来不鼓励加班。有几个鉴证员点头了。“你们愿意的话可以带上睡袋，轮流到客厅休息，我只需要一两个人来表演忙碌的场面：来回从车里搬东西，在餐厅里洗洗涮涮，放一台笔记本电脑到餐厅，然后画个貌似很专业的表格……总之，你们的任务是吊起凶手的好奇心，让他忍不住想溜回老巢，用望远镜观察你们究竟在干什么。”

“诱饵。”指纹鉴定员格里说。

“没错。诱饵、警犬、猎手，万事俱备，但愿目标上钩。从六点到天黑有两个小时，大家去吃点儿东西，要回局里签到的话也可以先去，监视过程中需要带什么都可以拿上。现在先继续之前的工作。女士们，先生们，多谢。”

大家纷纷离开，两个鉴证员抛硬币决定谁留下加班，两个警员为了给我或者给其他人留个好印象，还记了不少笔记。我的外套袖子被脚手架落的灰弄脏了，我从衣袋里摸了块手帕，去餐厅取水润湿。

里奇也跟过来。我说：“你要吃东西的话，可以开车去戈根太太说的那个加油站。”

他摇摇头：“不饿。”

“好。今晚你没问题吧？”

“嗯，放心。”

“我们六点回局里向局长汇报一下，各自拿点儿东西，然后再会合，一起回来。”如果返程不堵车，汇报又不花太长时间的话，我说不定还能腾出时间去接迪娜，叫辆出租车送她去杰莉家。“平时你愿意加班的话，可以直接提出来，我个人不爱加班。”

“为什么？”

“我不相信加班有多大作用。”拉里的手下切断了自来水，取出了水槽，免得我们不小心开水龙头冲掉了可能的证据。一小滴水从龙头口溢出来，我用手帕接住，在袖子上擦掉。

“听说过你的风格了。怎么会没用呢？”

“我不是保姆，也不是服务生，又不按工时收费。我更不是那种每做一点儿事就要拿到三倍回报的政客。干的活对得起这份工资就行，需要干什么我就干什么。”

里奇没回应，而是换了个话题：“你认准这家伙在观察我们的动向？”

“恰恰相反，他多半已经溜得老远，正在上班，如果他有工作，而且今天也有心情工作的话。但正如刚才我对拉里说的，不能心存侥幸。”

眼角余光瞟到白光一闪。本来我的位置面向窗户，随时准备冲向后门，此时更是条件反射般飞身上前。原来是花园里的一名鉴证员正蹲在一块铺路石旁边用棉签取证。

我起身将手帕放回包里。里奇先是默不作声，然后才说：“那可能不该说‘认准’，而是‘认为’。”

斯佩恩夫妇留在地上的血迹已经发黑、发硬，看上去就像罗夏测试图①。下午的灰色天光在窗玻璃上来回折射，反射着不规则的杂乱影像：盘旋而下的落叶，一堵沉寂的墙，惊心动魄地从云端俯冲而下的鸟儿。“嗯，”我答道，“没错，我认为他在暗中观察我们。”

下午剩余的时间都用来为晚上的行动做准备。媒体已蜂拥而至（比我的

① 罗夏测试是采用墨渍图案进行人格检测的著名测试，在精神病学领域有广泛应用。

预期要慢，显然他们的导航仪和我的一样，在这地方都失灵了），纷纷进入状态，围在隔离带外狂拍鉴证员进进出出的景象，以最严肃的口吻在镜头前播报消息。在我看来，媒体是不可或缺的罪恶：他们依靠我们内心的野兽为生，在头版以他人的鲜血为饵，激发鬣狗的嗜血欲望。但他们的优势也大有可供利用之处。我对着斯佩恩家的浴室镜子理了理头发，出门去向他们发表声明。有那么一瞬间，我曾考虑过派里奇出马，想到迪娜听见我的声音在谈论“心碎港湾”，我的胸口就像被烈火灼烧般阵阵剧痛。

大约有二十来家媒体，从大报到小报，从国家电视台到当地广播电台。我的声明尽量简短平淡，不敢指望他们只援引我的话，而不用拍下镜头。我给他们留下这样一个印象：斯佩恩夫妇百分之百已经死掉了。凶手也会看新闻，我要让他自以为高枕无忧：再没有活着的证人，完美犯罪，这么大的胜利，值得嘉奖一番，然后去现场重温自己的杰作。

不久，搜索队和警犬队相继到位，这意味着我策划的花园戏码有了更多演员。戈根太太和她儿子也懒得再装，直接从门缝里探出脑袋看热闹。急于一探最新进展的记者们更是几乎冲破封锁线，真是好兆头。当着其他同事的面，我故意在前厅里弯腰假装捡到什么东西，接着朝门外喊了句行话，然后小跑着从车里拿了些东西。我很想悄悄观察一下周围的房子里有没有头绪，比如说有没有望远镜的反光，但我一次也没抬头。

派来的警犬是一只毛发油亮、肌肉强健的德国牧羊犬，一下子就从睡袋上捕捉到了气味，一路追踪到这条街尽头，气味不见了。鉴于目标可能正在窥视，我让饲养员拉着狗绕房子走了一圈，好让他疑心为什么我们要调来警犬。然后我吩咐搜索队接手寻找凶器，分派给警员们新任务：去埃玛的学校——要快，赶在消息传开之前——找她的老师、小朋友和他们的家长了解情况，还有杰克的幼儿园；调查学校周围的每家商店，查出西尼德·戈根看见珍妮用过的那些购物袋是从哪儿来的，如果店里有监控，再查查有没有人发现珍妮被跟踪了；去珍妮住的医院留守，只要有斯佩恩家的亲戚现身，就找他们谈话，让他们不要多嘴，离媒体远一点儿，没来的亲戚也要逐个通知；去方圆六十英里范围内的所有医院排查一遍，了解昨晚是否有人去包扎刀伤（但愿凶手在搏斗中被割破了皮）；回局里查查过去六个月斯佩恩家有没有电话报警记录；给芝加哥警局打电话，让他们派人通知帕特里克的弟弟伊恩；这鸟不拉屎的地方还有其他住户吗？挨家挨户扫一遍，无论怎么恐吓威胁，勒令他们不能向媒体透露还没报告给我们的消息，否则免不了坐牢，再问问他们是否见过斯佩恩夫妇，是否注意到什么怪事。

里奇和我继续在房子里展开调查。斯佩恩夫妇如同一只谜一般罕见的歌喉婉转的鸟儿，只闻其声，不见其形。既然已经证明他们的确是无辜的被害人，形势便大不相同了。此前我们一直在探寻哪些过错让他们惹来杀身之祸，而现在要查的是，他们究竟无意中犯了什么错，才在浑然不觉中遭此毒手。从收据上可以看出他们在哪里买了食物、汽油、童装，生日贺卡可以显示谁来过埃玛的生日聚会，几张传单列出了参加过小区居民会议的人员名单。我们要查出，是什么东西吸引了尖牙利爪的恶魔一步步向这家人逼进。

我派去杰克幼儿园的警员第一个打电话来报信。

“长官，杰克·斯佩恩没去上学。”

电话桌上方钉着一张单子，上面龙飞凤舞地记了好几个地方的号码：医生、警察局、工作（这个词被划去）、埃的学校、杰的幼儿园。我们从中找出杰克幼儿园的号码。“从没去过？”

“也不是，六月份之前都去了，放暑假时还报了这个学年的名。但八月份，珍妮弗·斯佩恩打电话取消了名额，说是不上幼儿园了，孩子要留在家里。幼儿园的园长觉得主要是学费的问题。”

里奇俯身靠近电话（我们还坐在斯佩恩夫妇的床上），凑到单子前：“詹姆斯，嗨，我是理查德·柯伦。杰克和哪些小朋友比较要好？查到姓名了吗？”

“嗯，经常一起玩的有三个。”

“很好，”我说，“找他们和他们的父母问问，然后再联系。”

里奇又补充：“记得问问他们的父母，最后一次见到杰克是什么时候，最后一次带孩子去斯佩恩家玩又是什么时候。”

“没问题。我会尽快反馈。”

“抓紧。”我挂了电话。“怎么回事？”

“菲奥娜说过，昨天早上她和珍妮通电话时，珍妮说杰克从幼儿园带回来一个小朋友。但如果杰克没上幼儿园……”

“她指的可能是去年交的朋友。”

“可是听起来不像，不是吗？或许只是个误会，但你也说了，任何不对劲儿的事都要留意。我看不出菲奥娜有什么理由要在这件事上撒谎，珍妮按说也没必要骗菲奥娜，不过……”

不过，如果她们之中有人撒谎，就值得好好追究了。“可能菲奥娜昨天早上和珍妮大吵一架，心存愧疚，所以没说实话；也可能珍妮因为不想让菲奥娜发现他们生活拮据，所以才撒谎。应该到第十一条守则了吧：‘任何人都会撒谎。凶手、证人、看热闹的、被害人，任何人都不例外。’”

其他警员也陆续传来了消息。据给芝加哥打电话的警员反馈，伊恩·斯佩恩的反应“很合理”——标准的又惊又悲，没有值得警惕的情况。他说，他和帕特的电邮往来不多，帕特从没提过闯空门、与人发生冲突之类的事，也没说过担心什么人。珍妮的家人也只比帕特多一点儿，她的母亲已经赶到医院，还有几个表亲在利物浦，仅此而已。母亲的反应也很合理，只是因为不能见珍妮，情绪有点儿失控。最后，这名警员总算打听到，珍妮和母亲并不亲密，拉弗蒂太太对斯佩恩夫妇的了解还比不上菲奥娜。警员告诉她不要与媒体接触，劝她回家休息，但她和菲奥娜暂时在医院安顿了下来。好歹我们随时能和她们联系上了。

埃玛确实在上小学，老师们都夸她是个好孩子，家教好、人缘好、表现好，很招人喜欢，虽然天赋不突出，但成绩不错。警员列出了几位老师和小朋友的名单。附近的急救中心没有可疑的刀伤伤员报告，局里没有查到斯佩恩家的报警电话记录。挨家挨户的访谈也一无所获，小区里大约有两百五十座房子，正式入住的有五六十户，其中一半家里有人，但这二三十家都不熟悉斯佩恩家，没人见过或是听过什么异常情况，但他们也不敢肯定，因为这附近总有人开车来兜风，总有精力过剩的小青年在空荡荡的街上吵吵闹闹、生火取乐、乱砸东西。

珍妮去的超市在最近的一个比较大的镇上，案发前一天下午四点左右，她买了牛奶、碎肉、薯片，其他东西收银台的女孩记不清了，超市正在查找当时的收据并调取监控录像。收银员说当时珍妮的样子挺正常，动作很快，有点儿心事重重的样子，但很有礼貌；没人和这家人说过话，也没人跟着他们出去，至少收银员没发现。她之所以对他们有印象，是因为杰克在手推车里跳上跳下唱着歌，她帮他们打包时，杰克还说等到了万圣节，他要变成一头可怕的大怪兽。

一番搜查下来，汇总了不少零零散散的资料。相册，通讯录，祝贺斯佩恩夫妇订婚、结婚、生儿育女的贺卡，牙医、普通医生、药剂师分别开出的收据，我把每个名字、每个号码都记了下来。渐渐地，问号越来越少，可能与案情有关的细节则越来越多。

傍晚，计算机犯罪科打来电话，说已经初步检查了我们送去的材料。当时我和里奇正在埃玛房里，我翻了她的书包（包里有很多粉色的蜡笔画，上面还歪歪扭扭地写着："今天我是小公主。"），里奇则蹲在地板上一页页翻看从埃玛书架上搬下来的童话故事书。埃玛的尸体不在了，床也被清理过了（运走尸体时，以免沾上别的毛发或衣物纤维，床单被裹在身上带走了），空荡荡的房间令人窒息，仿佛她已被带走了一千年。

那个不知道叫基兰还是希安的IT高手，很年轻，语速极快，也颇有自信。比起在硬盘里查找儿童色情影片，或是其他枯燥的日常工作，这次的任务显然更对他的胃口。电话和婴儿监视器都没什么异常，但电脑可不一样，有人删除过硬盘里的数据。

"我应该不用把开机后的所有时间都花在读取文件上吧？还有，我发现有人在里面设了个DMS程序，一重启就自动还原数据。所以我一上手先备份了硬盘。"

我按下免提键。直升机在头顶上盘旋，没完没了的嗡嗡声令人厌烦。飞得这么低，这一定是某家媒体的杰作，看来得安排一个警员去警告他们不要打草惊蛇。

"我把备份拷到自己电脑上，查找了浏览历史，如果这硬盘里有文章，浏览历史里一定能看出来。不过，这台电脑居然没有浏览历史，一页都没有，什么都找不到。"

"也许他们上网只发发邮件。"话音刚落，我就意识到说错了。珍妮不是还在网上购物吗？

"多谢参与，但没有人上网只收发邮件的。就连我奶奶都能自己找到瓦尔·杜尼肯①的粉丝网站，我给她买电脑纯粹是因为爷爷去世，不想让她闲着伤心。你可以把浏览器设成每次退出都自动清空浏览记录，但多数人不会多此一举，公共场所的电脑或者网吧之类的这样设置比较普遍，家用电脑一般不设。总之，我看了一下，浏览器没有设成自动清空记录。所以我又查了删除浏览记录的操作痕迹，以及临时文件——哈哈，今天凌晨四点零八分，有人手动删除了记录。"

正跪在地上的里奇和我对视一眼。我们太过重视监视据点和入侵线路，竟从未想到凶手还有更隐蔽的进出途径，能够神不知鬼不觉地窥测斯佩恩一家的生活。我好不容易才克制住回头观望的冲动，仿佛埃玛的衣柜里有什么东西正紧盯着我。"干得漂亮。"我说。

IT专家似乎意犹未尽。"然后我就想知道那家伙进来捣乱的时候还干了什么，对吧？于是我扫描了一下同时被删除的资料，你猜有什么发现？全部的Outlook文件，都被删光了。凌晨四点十一分。"

里奇把本子摊在床上做记录。我又问："是指他们的电子邮件？"

"对，所有的邮件，发出的和收到的。还有邮箱地址。"

"别的还删了什么？"

"没了，就这些。硬盘里的其他内容都很普通，照片啦、文件啦、音乐啦。不过，这些在过去二十四小时内都没被访问或修改过。对方侵入电脑之后，直接朝和上网相关的数据下手，删完就撤了。"

"'对方'，"我说，"你确定不是主人自己干的？"

---

① 爱尔兰著名歌手。

基兰或者希安哼了一声：“不可能。”

“为什么？”

“因为他们根本不是电脑天才。你知道这台电脑桌面上有什么吗？一个名叫‘密码’的文档，我一看就震惊了，这家人的各种密码全都记在里面，你信吗？电子邮件、网上银行，应有尽有。这还不算，他们还爱把同一串密码从头用到尾，各种论坛、eBay[①]，还有开机密码，都是‘EmmaJack[②]’。我马上有一种不祥的预感。不过，我这人一向大胆假设、小心求证，所以在拿脑袋撞键盘之前，我打电话给拉里问这家人有没有小孩、叫什么名字。他说——你听好了——两个孩子，分别叫埃玛和杰克。”

“估计他们以为就算电脑被黑，下手的人应该也不会知道孩子们叫什么，所以也就没法儿开机、更没法儿看到那个文档了。”

技术专家长叹一声，表明他已将我划入和斯佩恩夫妇同一档次的菜鸟行列。“唉，问题不在这儿。我的女朋友名叫阿德里安娜，我要是用她的名字作密码，还不如先自挖眼珠算了，我是很有原则的。听好了，幼稚到用自己孩子的名字当密码的人，绝对不可能自己删除什么狗屁浏览记录，更不要说在硬盘里动手脚了。百分之百是别人干的。”

“懂电脑的人。”

“嗯，算是吧。总之比这家人懂得多，倒不一定是专家级别，但对这些操作应该很熟练。”

“前后需要多少时间？”

“全部操作吗？用不了多久。关机时间是四点十七，从侵入到退出，不到十分钟。”

里奇又问：“这家伙会不会猜到你能破解他的操作过程？或者，他知不知道自己的操作痕迹能被追踪到？”

IT专家闷哼一声：“不好说。外面很多人都以为我们的水平是一坨狗屎，只懂得按电源开关。还有很多人稍微懂点儿电脑，结果自己坑了自己，

---

① 类似淘宝的购物网站。

② “埃玛”与“杰克”的英文单词。

尤其是在时间紧迫的时候，这次的对手也有这个可能，对吧？如果他真打算彻底毁掉那些文件，或是抹掉入侵痕迹，不让我发觉有人动过电脑，办法有的是，用某种删除记录的软件就可以，但那得花更多时间、费更多脑筋。反正这家伙要么水平不够，要么时间不够。总体说来，我倾向于他本来就知道我们能看出删除的痕迹。”

即便如此，凶手依然执行了删除操作，可见这一步对他至关重要。“你应该能把删掉的都恢复回来吧？”

“恢复一部分没问题，但问题是能恢复到什么程度。我会用复原软件试试，但如果这家伙把删掉的文件覆盖了好几次（如果我是他，一定用这一招），那就麻烦了。即便正常的存储使用都能造成类似结果，恶意删除就更不用说了，搞不好我们忙活半天都白费劲儿。不管怎样，包在我身上吧。”

听起来他早已摩拳擦掌，跃跃欲试。“还原的所有东西都保留起来，”我吩咐，“我们只能祈祷好运了。”

“不怕，如果我连这种半吊子删过的东西都搞不定，那真的连内裤都输掉了，不如趁早去技术支持部门混饭吃。肯定能挖出点儿什么来，相信我。”

“一个半吊子。”我刚挂电话，里奇就说。他仍然跪在地上，心不在焉地指了指书架上的一个相框：菲奥娜和一个又矮又胖、一头松软褐发的男人站在一起，手里抱着小小的埃玛，埃玛则穿着受洗时的花边儿套裙，三个人都露出笑容。“但他能绕过开机登录密码这一关。”

“是啊，”我答道，“要么他大半夜溜进来时电脑还开着，要么他本来就知道孩子们的名字。”

“快球手！”刚看见我们出现在餐厅门口，窗前的拉里就兴高采烈地跳了起来，“正盼着你来呢，快点儿，还有你带的那个小伙子。你们就等着狠狠夸我吧。”

“不用等，现在就可以。有什么发现？”

“今天你心情怎么样？”

“拜托，别逗了，我没力气和你闹。有什么魔术都变出来吧。”

“这可不是魔术，惯常的好运气而已。你的那些巡警，简直是一群发情的水牛，把这里踩得有多难看，你知道吗？”

我朝他摇摇手指：“老兄，他们才不是‘我的’巡警，要不然我肯定让他们穿上鞋套再进现场，你甚至都看不出他们来过。”

“唉，反正这次是被踩烂了。好吧，好歹他们还保住了一个幸存者。但说实话，我甚至怀疑他们是不是在地上打过无数个滚。总之，从他们的大脚底下抢救线索，非得期待奇迹不可。不管你信不信，他们居然没有把整个现场全部毁掉。我可爱的团队发现了手印，有三个，在血泊里。”

“你太神了。”

两个鉴证员朝我点头致意。随着取证工作渐近尾声，他们开始放缓节奏，确保不漏过任何线索。大家都现出了疲态。

“请做好心理准备，”拉里又说，“好消息和手印无关。很遗憾，凶手戴了手套。”

“操。”这年头，再低能的凶手都懂得戴手套。但你总得祈祷出现例外，祈祷那个被杀气冲昏头脑的家伙疏忽一次。

“先别急着抱怨，至少我们找到了昨晚这座房子里有外人的证据。我觉得这能说明一些问题。”

“说明了很多问题。”我想起楼上帕特的卧室，想到他快乐地挑起人生的重担，一阵阵愧疚犹如扇在我脸上的一记记耳光。“手套也不能怪你。拉里，我还是那句话，你太神了。”

“那还用说。你过来看看。”

第一个手印包括整个手掌和五个指尖，印在朝向后花园的玻璃窗上，齐肩高。拉里说：“看见这里的纹路了吗，这些小点？皮手套，手很大，凶手个头肯定不小。”

第二个手印按在孩子们的书架顶上，似乎是凶手为了保持平衡扶了一下。第三个按在黄色的电脑桌上，紧挨着原来摆电脑那个位置的浅浅印痕，可能是他匆忙浏览屏幕上的内容时按上去的。

“我们过来正想问这事。电脑上有没有指纹？已经送回实验室了吗？”

“我们尽力了。你以为键盘表面很容易留下指纹？大错特错。敲键盘时用不到整个指头，和键盘接触的面积非常小，敲击的力度又轻，角度还各种各样……就好比在一张纸上打印一百个不同的单词，一个叠一个，然后等着我们把整个句子拼出来。你还不如指望鼠标呢，我们在鼠标上提取了两小块儿痕迹，说不定有用。除此之外，再没有能在法庭上举证的了。”

“血迹呢？特别是键盘和鼠标上面，有没有血迹？”

拉里摇摇头。“显示器上溅了一点点，键盘旁边也有一两滴。但按键和鼠标上都没有。用键盘和鼠标的人当时手上没血，如果你是想问这个的话。”

“所以凶手是先操作了电脑，然后去杀的人——至少是在杀两个大人之前。那他胆子可不小，主人在楼上睡觉，他坐在这儿摆弄人家的网页记录。”

“未必是先碰的电脑，”里奇说，“皮手套很硬，沾了满手血以后会更硬。也许他敲键盘时脱了手套，但因为之前戴着手套，所以手指没血……”

大多数新人初次涉足凶案现场时，都把嘴闭得死紧，我说什么他们都点头。通常来说，这没错，但时不时看着其他搭档争得不亦乐乎、互相抢白挖苦的场景，我总感觉有那么一丝孤独。和里奇搭档的感觉越来越好了。“照你这么说，帕特和珍妮鲜血淋漓地倒在脚边，他还能端坐着查看他们的上网记录，也够胆大。”

“喂喂？”拉里在我们眼前挥着手，“把我给忘了？我不是说过好消息和手印没关系吗？”

“好消息当然留到最后，”我说，“等你卖够关子，拉里，就使劲儿震撼我们一下吧。”

他两手分别拽起我们的手肘，把我们拉向凝固的血泊。“那名男性被害人就倒在这里，对吧？脸朝下，头朝门口，脚朝窗户。根据你那几头水牛的说法，女性被害人倒在他左边，身体朝左，和他对面，靠在他身上，脑袋枕着他的上臂。而在离她后背大约十八英寸的地方，我们发现了这个。”

他指着地板。血泊边缘放射开来的血迹犹如杰克逊·波洛克[1]的抽象画。

“一个鞋印？”

“没错，几百个里面终于捞出一个，真是老天有眼。你先看看。”

里奇和我弯腰凑过去。鞋印很模糊，我几乎无法从大理石地砖表面上辨认出来。不过，拉里他们的本事就是看出别人看不到的东西。

“这个很特别，”拉里说，“是一个男人的左脚，十码或者十一码，沾了血。注意，这个鞋印不属于任何一个巡警，或者救护人员（他们长了脑子，知道穿上鞋套），更不是被害人的。”

他的工作服几乎要被得意之情胀爆。这也难怪。

“拉里，我爱死你了。”

“别忙，先别抱太大希望。一方面，这只是半个鞋印，另外半个被你的水牛们毁了。另一方面，除非凶手脑子短路，这只鞋现在估计也躺在爱尔兰海底了。不过，运气也算站在你们这边，这个鞋印很完整，我还真挑不出比这更完整的。等我们把照片拿回实验室，就可以告诉你鞋的大小，如果时间充足，很可能连材质、型号都可以判断出来。如果你能找到这只鞋，一分钟之内我就能匹配完毕。”

“多谢，拉里，真是好消息，你永远都这么了不起。”

我和里奇对望一眼，正要转身出门，拉里又拉住我的手臂：“我说过就这些吗？才刚开个头而已。规矩你懂，别说是我说的，不然和你翻脸。记得先前你想让我们还原搏斗过程？”

“我不是一向守规矩吗？任何线索我都感激不尽。”

“如你所料，看样子搏斗的范围仅限于这个房间。这里的搏斗非常激烈，从这头打到那头，唔，从现场的混乱程度，你们自己也能看出来。但我指的是凶手刺中被害人之后的过程，房间那头有个沙包，是被带血的刀划开的，而这一侧的墙上有一大片血迹，一直洒到桌上。我们数了数，其中至少喷出九道血。”拉里指了指，眼前墙上这大块大块的黑红，突然竟如油画般

---

① 美国著名的抽象表现主义画家。

鲜明。“其中一部分可能是男性被害人手臂上喷溅出来的，刚才库珀说过，如果他举手自卫，血会喷得到处都是；另一部分可能是凶手挥舞凶器时洒出去的。总之两人搏斗时喷出了很多血。这些血迹喷溅的方向、角度各不相同，被害人反抗时，凶手还连连出刀，等两人扭打倒地时……”

里奇肩膀一抖，慌忙连挠几下掩饰，好像被什么东西叮了一口似的。拉里轻声说：“更惨的还在后面。搏斗越惨烈，留下的证据就越多：指纹、毛发、纤维……所以现场才血腥到这个地步。”

我指着通往前厅的门：“那边呢？他们靠近门口了吗？”

拉里摇摇头：“看起来没有。距离门口四英尺范围内都很干净，没有溅到血迹，除了巡警和救护人员的鞋印之外，也没有带血的鞋印，没有任何异常，上帝造成什么样就是什么样，原来的装修是什么样就是什么样。”

“这里有电话吗？无绳电话有吗？”

“没发现。”

我转向里奇：“听懂我的意思了吧？”

“嗯。固定电话在前厅的桌上。”

“没错。为什么帕特和珍妮不用外面的电话报警？最起码拼死努力一下。凶手怎么可能同时困住两个人？”

里奇耸耸肩，目光扫视对面的墙壁，从一摊血迹到另一摊血迹。“刚才戈根太太说，这地方简直鸟不拉屎。估计他们觉得报警也没用。”

一幅景象深深烙在我的头骨内侧：在深不见底的恐惧中，帕特和珍妮认定，他们太渺小，位置太偏远，呼救也无济于事，他们早已被这个世界的每一把保护伞所抛弃，他们孤立无援，深陷于漆黑的暗夜，四面八方尽是海浪的怒号，面前的暴徒手握凶刀，已经夺走了两个孩子幼小的生命。里奇的下颌颤动着，想必也和我想的一样，我说：“另一种可能是，共有两次搏斗。凶手在楼上作案后，帕特或者珍妮恰好醒来，听见他溜出去的声音——帕特的可能性更大，珍妮应该不至于独自下楼查看。帕特追上来，将凶手堵在这里，想制服他。这也就解释了凶手为什么刚好拿那把刀当凶器，也能说明搏斗何以如此惨烈。对方人高马大，而且正在气头上。搏斗声又惊醒了珍妮，但当她赶来时，帕特已经倒下，凶手又轻松地将珍妮刺成重伤。整个过程也许非常快。既然凶手手里有刀，造成这么血腥的场面，用不了太久。”

里奇想了想：“那么凶手本来的目标是两个孩子？”

“看似如此。两个孩子的遇害显然是有预谋的，动作很利落，凶手一定是有备而来，计划执行得很顺利。而两个大人的遇害现场则鲜血淋漓、完全失控，这必然不在凶手的谋划之内。要么是他根本没想到会撞上大人，要么就是他也准备了对付大人的手段，中途却出了岔子。无论如何，他都是先朝孩子下的手。所以我认为，也许两个孩子才是他的首要目标。”

“未必，可能恰恰相反，”里奇避开我的目光，视线又回到纷乱的现场，仿佛他已破解了密码，谜底即将在地上铺展开来，一目了然。“斯佩恩夫妇或者其中一人才是主要目标，这个血腥的现场本来就在凶手的计划之中，孩子只是他必须除去的障碍，免得他们被吵醒，坏了他的好事。”

拉里慢条斯理地伸了根手指到帽子底下，估计在挠他后脑勺的发际线。我们翻来覆去推测凶手的心态，令他开始不耐烦了。“不管他的第一目标是谁，我敢说他最后一定是从后门出去的，而不是前门。前厅很干净，车道也一样，但我们在后花园小路的石头上找到了三处血迹。”他将我们引到窗前指了指：一条黄色胶带贴在后门外，另两条贴在草坪边上。“由于路面不平，我们无法辨别血迹的性质——可能是鞋印，也可能是抛掷带血的物品时的痕迹，或者是被破坏的血滴，比如说他当时正在流血，鞋底又踩在自己滴的血上面。目前我们得知，这家的一个孩子三天前可能擦伤了膝盖。总之，向你报备一下。”

我说：“那么他有后门的钥匙。”

“不然就是有人给他开门。我们在花园里还另有发现，可能对你有用，和阁楼里的陷阱有关。”

拉里勾勾手指招来一名手下，小伙子从一堆证物袋里挑出一个递过来。“你要是不感兴趣呢，我们回头就扔了。恶心的东西。”

是只知更鸟，准确说来，“差不多”是只知更鸟。它的头不知被什么东西切掉了，时间可能在两天前。那杂乱的黑色小洞里有些惨白的东西在蠕动。

“有兴趣，”我说，“能看出它是被什么东西杀死的吗？”

“这可千真万确超出我的专业领域了。不过，我们实验室有个孩子周末常去野外活动，穿着鹿皮鞋去猎獾之类。我会让他看看。”

里奇弯腰近前，仔细观察小鸟的尸体：小而蜷曲的爪子，浅色的胸羽上粘着泥土碎屑。尸体已经开始发臭，但他似乎不以为意。“多数动物的杀戮是为了捕食，比如猫和狐狸，会连内脏都拖出来吃掉，不会仅仅为捕杀而捕杀。”

“看不出你也在森林里混过啊。”拉里眉毛一扬。

里奇耸耸肩。“没有，我小时候有段时间寄养在乡下，在加尔维。当地人教了不少。”

“那你接着说，‘鳄鱼邓迪’[①]先生，什么东西会揪掉小鸟的脑袋却丢下身体？”

“会不会是貂？松貂？”

我接过话头：“也可能是人。”刚才看到小鸟的尸体我就判断，这跟阁楼里的陷阱没关系。多半是哪天早上埃玛和杰克到花园玩耍时在布满露水的草丛中发现的。凶手在他的据点里看得清清楚楚。“一直以来，人都是为了杀人而杀人。”

五点四十分，我们还在调查孩子们的游戏区，餐厅窗外的光线渐渐暗淡下来，夜幕将至。“剩下的就交给你咯？”

里奇抬起头，没问原因。“没问题。”

“十五分钟后我就回来。你准备一下，咱们待会儿回局里。”我站起身，膝盖一颤，嘎吱作响。年纪大了，这种活儿真吃不消。里奇仍然蹲在原

① 电影《鳄鱼邓迪》中富有传奇色彩的澳洲捕鳄能手。

地，翻看满地的图画书、塑料桶、蜡笔画，四周则是大片血迹，以及拉里团队认为不具备参考价值的东西。我刚抬脚就踢到了一只蓝色毛绒玩具，它尖着嗓子叫了一声，接着便唱起歌来，那纤细、甜美、远非人类所能企及的歌声送我离开前厅，走出前门。

随着天色渐晚，小区里反而越来越热闹。各家媒体都收拾家伙打道回府了，直升机也跟着撤退，但在之前我们和菲奥娜·拉弗蒂谈话的那栋房子里，一群少年又蹦又跳，摇晃着脚手架，装出要将别人从高高的窗台上推下去的样子，落日的余晖映出了他们跃动的黑色身影。路的另一头，杂草丛生的花园外，另一群少年懒洋洋地倚靠着围墙，并不顾及我在场，抽烟的抽烟，灌酒的灌酒，还有的直接瞪着我看。远处有人骑着一辆大摩托车，没戴头盔，一圈又一圈恼人地轰鸣，还有人你来我往喷着脏话。鸟儿们从空旷的窗洞里飞进飞出，路边不知是什么小东西疾速蹿过一堆砖块和带刺的铁线，扬起一小撮尘埃。

小区后面是两根粗大的石柱，门外绵延开去的草丛在风中摇曳，已然茂盛地占领了大门本来的地盘。我走向缓坡下的沙丘，长长的草叶一边呢喃细语，一边紧紧缠绕我的脚踝，屡屡想将我往回拽。

搜索队在海边检视沙滩上的海草以及藏有海螺、吐着气泡的小洞。见我迎面走来，他们一个个直起身。

“手气如何？”我问。

他们纷纷向我展示大把大把证物袋，简直是一群整整捡了一天破烂后带着战利品凯旋的孩子。香烟蒂、苹果酒瓶子、用过的安全套、坏掉的耳机、撕破的T恤、食品袋、旧鞋子，每栋空房子里都能发掘出点儿什么，每栋空房子都曾被人占为殖民地——小孩找地方斗嘴吵架，情人找地方风流快活，毛头小子找东西乱砸一气；种种生物——老鼠、田鼠、小鸟、野草、忙忙碌碌的小虫也在找地方繁衍生息。上苍不会坐视一座房子就此空置，不会任由它彻底荒废。从建筑工人、开发商、房产经纪人撤退的那一刻起，其他东西便开始取而代之。

有些发现颇有价值：两把刀——一把坏掉的小刀，太小了，应该不是我们要找的凶器；还有一把弹簧刀值得关注，只是一半刀身已经生了锈。还有三把门钥匙，需要和斯佩恩家的门锁进行核对。一条围巾，上面有块干涸的黑渍，不排除是血迹。“不错，”我说，“都交给博伊尔他们，今天就到这里。明天早上八点准时开工，继续搜查。我明天先去停尸房，不过会尽快赶来和你们会合。女士们，先生们，非常感谢。干得漂亮。”

他们慢吞吞地绕过沙丘，返回小区，摘下手套，揉着僵硬的脖颈。我还留在原处。他们可能以为我要静一静，好好研究案情，揣摩种种可能性，或是让那两张了无生气的小脸填满我的脑海。如果我的同事正遥望着我，也会有同样的推测。但我不是。我从忙碌的一天里挤出十分钟留给这片沙滩，考验一下自己。

我背对小区，那曾经承载了许多业主美好希望的小区，当年还只是房车之间一根根晾衣绳上闪亮的泳衣。惨白的天幕上，惨白的月亮早早升了起来，在薄如烟雾的云层后若隐若现。灰色的海面焦躁地起伏蠕动。搜索队离去后，海鸟放心追逐着潮头，我伫立不动，几分钟后，它们就忽略了我的存在，继续在海面上飞掠觅食，啼鸣高亢而清脆，犹如穿行于海水侵蚀的礁石中的海风。当年，迪娜有一次被房车窗外一只夜鸟的尖啸吵醒，妈妈就为她朗读莎士比亚：“别怕，这个岛充满各种声音，使人心神愉悦，不会伤人。”①

风渐渐变得寒冷而锐利，我翻起外套的衣领，双手插进衣袋。上一次踏足这片海滩时，我才十五岁，刚刚开始像煞有介事地剃胡须，刚刚开始习惯崭新的肩膀，第一次约会刚刚过了一星期，那是个来自纽里的金发女孩，名叫阿梅莉娅，我说什么笑话她都笑，散发着草莓般的甜美气息。那时的我完全是另一个人：好斗，鲁莽，别人的一声嗤笑、一次挑战，都能让我瞬间被点燃，鼓足马力，头也不回地冲向石墙。那时的毛头小子们为了吸引女孩，常常比赛摔跤，我挑中了大块头迪安·戈里，虽然他的身材几乎是我的两倍，我还是连续修理了他三次，只因我那么渴盼阿梅莉娅为

---

① 出自莎士比亚的《暴风雨》。

我鼓掌。

我望向海面，夜色浸染了潮头，我浑然不觉。这片海滩恍如多年前我看过的一部老电影，那个暴躁的男孩也活像我在某本书里读到过且童年时曾一度效仿过的角色。不过，在我的脊椎深处和掌心深处，有什么东西在嗡嗡低鸣，渺远得难以捕捉，像是一次警告，又像一根大提琴弦被音叉敲出的恰到好处的颤音悄然唤醒。

Broken Harbour

第 7 章

妹妹迪娜

不出所料，真他妈的不出所料，迪娜在等我。

第一眼看见我妹妹迪娜，你最先注意到的一定是她足以令在场不论男女都为之窒息的美丽，仿佛从一幅古老的水墨画中走出来的仙女，如舞者般纤柔，肌肤胜雪，淡淡的双唇，蓝色的大眼睛，步履轻盈得如同滑行。一个曾和她约会的画家说，她的美是典型的“拉斐尔前派”①，听起来真不错，但两周后他就甩了她。这完全在意料之中。迪娜的第二个特点：比猫还懒。许许多多临床医学家、心理学家都诊断过类似病症，迪娜恰好属于那种几乎没有生活自理能力的类型，从来都没学会自立。她有时假装坚持几个月，甚至一两年，但这期间，她的神经必然有如紧紧绷住的风筝线，最终免不了断裂的命运，于是她这只风筝只能随风飘动。然后她就会找个恶心的工作，黏上某个恶心的男朋友——男人总会因为怜惜迪娜的脆弱而爱上她，直到她向他们展示“脆弱”的真正含义为止——最后，在某天凌晨，早得不像话的时分，她又会回到我家或杰莉家门口，一切又回到原点。

---

① 19世纪中期英国的艺术运动，以罗塞蒂、米勒、亨特等青年画家为代表，主张回归文艺复兴初期注重细节、色彩强烈的画风。

那天晚上，她居然跑到我上班的地方，令我措手不及。我们的办公地点在都柏林城堡内，那里是旅游胜地（不管怎么说，城堡都守护了这座城市八百年），所以任何人都可以从街上径直步入堡内。里奇和我踏过鹅卵石小路，快步走向警局大楼，我在脑中梳理着待会儿要向奥凯利汇报的案情，忽然有个黑影从街角径直飘过来，我和里奇都吓了一跳。“麦克，”迪娜沙哑的嗓音压得很低，紧张的手指如电线般绞住我的手腕，“你得帮帮我，他们都在逼我。”

我上次见她大约是一个月以前，当时她一头长长的浅色鬈发，穿一件轻柔的花长裙。这才没多久，她就摇身一变，改走垃圾摇滚路线：头发染得黑亮黑亮，还剪得一撮一撮，零零碎碎，那辫子估计是她自己动手编的；裹了一件肥大蓬乱的灰色羊毛衫，里面是白色吊带，脚穿摩托靴。迪娜每次改头换面都不是好兆头。这么长时间没关心她，我真该死。

里奇的下巴快要掉到地上了，貌似对我有了全新的认识。我赶紧将迪娜拉到一边。“我帮我帮，宝贝儿，怎么了？”

“我办不到，麦克，我的头发里有东西，嗯，风使劲儿往我头发里吹，疼死了，很疼很疼。我不知道怎么办，我停不下来。”

我的胃顿时纠结成一团硬块。“好好好，”我说，“好了，要不你先到我家歇一会儿？”

“你陪我去，你要听我说。”

“会去的，宝贝儿，稍微等一下，好不好？”招待完白天的游客，城堡晚上要关门了，我把她拉到一处台阶上，“坐在这儿等我。”

“为什么？你要去哪儿？”她慌了手脚。

“就去那边，”我指了指，“等我先安顿一下搭档，就陪你回家。一小会儿就好。”

“我不要你的搭档，地方不够大，会把我们挤扁。”

“说得对，我也不要他来，只是先送他回局里，然后我们就走。”我把她按在台阶上坐好。“怎么样？”

迪娜拱起双膝，把嘴埋进臂弯中。“嗯，”她嘟囔着，“快点儿，行不？”

里奇装作看短信，给足我面子。我边留意迪娜边说：“听着，里奇，今晚我怕是没法儿上岗了，你还去不去？”

看得出，好多问号在他脑门上上蹿下跳，但他知道什么时候该闭嘴。“当然去。”

“很好。你可以挑个警员，让他或者她一起值班蹲点，不过听我一句劝，不走这步棋才是上策。如果有什么情况，立刻打电话给我，就算不是什么大事也没关系，就算你有把握自己搞定，也要先打电话给我。明白吗？”

“明白。”

“说实在的，如果没发生情况，也要和我保持联络，好让我跟上你们的进展。每整点报告一次。如果我没接，就打到我接为止。明白吗？”

“明白。”

“请转告局长我有急事要办，不过叫他别担心，我会处理妥当，最晚明天早上归队。你把今天的收获和今晚的行动计划向他汇报一下——能办到吗？”

“应该没问题。”

里奇嘴角一抽，说明他其实没理解我的意思，但这个时候顾不上他的自尊心了。“老弟，‘应该’还不够，必须百分之百办妥。告诉他，警员们和搜索队明天都有任务，我们还需要一支水下搜索队，尽快潜下海湾开展行动。汇报完毕之后，你马上出发，准备些吃的、保暖的衣服、一瓶咖啡因含片——不要喝咖啡，不然每半小时你就得撒泡尿——再来一架红外望远镜，不排除那家伙也有夜视的装备，你不能在这上面吃亏。注意你的枪。”不少警察干了一辈子，连枪带都没上过身。有人还觉得，带枪容易粗心出岔子。

“嗯，我以前也出过几次监视任务。”里奇干巴巴地应道，真不知他是不是在心里朝我竖中指来着，“那就明天早上在这儿碰面？”

迪娜坐不住了，咬着衣袖上的线头。

“不在这里，”我答道，“我尽量今晚赶去布莱恩斯顿，现在还说不好。如果我去不了，就和你在医院碰头，去了解验尸的情况。明早六点。行行好，千万别迟到，不然整个早上我们都得挨库珀的数落了。”

“没问题。”里奇把钥匙放进衣袋，“到时医院门口见。我们尽力不搞砸就行，是吧？”

“千万别搞砸。”

“不会的。”里奇的声音更轻了，像是要让我放心。“祝你好运。”

他点点头，走向警局大门，非常识趣地没有回头窥探。

“麦克，”迪娜喘着气，一手拽住我的外套后襟，“能走了吗？”

我抬头望望朦胧的天幕，匆忙对天祈祷，无论聆听这一愿望的是哪位神祇：“但愿目标比我预期的更有耐心，千万别让他直接撞进里奇怀里。请务必坚持到我赶去为止。”

“走吧。”我揽住迪娜的肩膀，她紧紧倚靠在我身旁，胳膊瘦得皮包骨头，呼吸急促，如同一只饱受惊吓的小动物。“我们走。”

这种时候，第一要紧的就是把迪娜弄到室内。其实在很大程度上，她疯疯癫癫的症状无非源于在人潮中无依无靠、慌不择路的紧张和恐惧。世界的广袤和不可预知，将她冻得通体僵硬，宛如一只在旷野中掉进陷阱的猎物。如果把她护送到熟悉而封闭的环境里，与陌生人群、鼎沸噪声、猝不及防的推搡接触等外界因素隔离开，在我的陪伴之下，她就会逐渐平静下来，甚至可以长时间保持头脑清醒。当初和前妻一起卖掉房子之后，方便照顾迪娜就成了我买公寓时的重要考量。我们分手的时机不错，这点尚可聊以自慰：房价正一路走高，靠着卖掉房子分到的那一半钱，我在交易中心交了订金，买下一套位于四楼的两居。公寓在市中心，上班步行即可；装修风格也颇为时尚，至少没让我觉得自己是条婚姻失败的丧家之犬；而且楼层较高，可以让迪娜避开街上的噪音。

“谢天谢地来得及。”我刚开了门锁，她便如释重负地说。她从我身边挤过，靠在门边的墙壁上，闭上双眼，连连深呼吸。“麦克，给我找条毛巾，我洗个澡，行吗？”

我拿了条毛巾给她。她把提包往地上一丢，钻进浴室，关上门。

迪娜状态不佳时可以洗一夜的澡，直到热水用光，才反应过来你就在门外等着。她说泡在水里感觉更好，水能让她的脑子一片空白——她的种种思维简直是荣格[①]的标准研究样本，例子多得我都不知从何说起。水声一起，我就听见她自顾自唱起歌来，于是我关上客厅的门，给杰莉打电话。

此时此刻我最不愿做的，就是打这个电话。杰莉有三个孩子，十岁、十一岁、十五岁，她在最好的朋友开的室内设计公司当会计，和丈夫感情融洽。这些人都离不开她。除了迪娜和杰莉，这世上再没有其他活人需要我，而杰莉最需要我的一点，就是别打这个电话。我这人做什么事都独断专行。很多年前我就让她失望了。

“麦克！先等我一下，我开洗衣机——”嘟嘟嘟按键的声音，然后机器开始轰鸣，“嘿，什么事？收到我的短信了吗？”

“嗯，收到了。杰莉……”

“安德莉亚！我看见了！马上还给他，不然你的那一份就归他了，你肯定不干对吧？嗯，我就知道。”

“杰莉，听我说。迪娜又失控了。我把她接到我这里了，她这会儿在洗澡，但我还有任务，能不能先送她去你那儿？”

“哦，老天……”她叹了口气。我们之中，最乐观的就是杰莉。二十年过去了，她还抱有希望，希望每次都会是最后一次，希望迪娜某天早上一觉醒来彻底康复。“啊，老天，可怜的小家伙。我收留她没问题，但今晚不行，过两天吧，如果她还……”

“可我等不了两天啊，杰莉，手头有个大案子，现在看来，我下一班至少要连轴转十八个小时，总不能带她去查案吧。”

“麦克，我也没办法，希拉得了胃肠型流感，说了你别不信，也不知她和她爸谁传染给谁的，两人吐了一整夜。科尔姆和安德莉亚随时也可能病倒。我一整天都在清理他们的呕吐物，刷刷洗洗，煮七喜给他们喝[②]，今晚估计也一样。实在没办法同时照顾迪娜，真的。”

---

① 著名心理学家，分析心理学的创立者。

② 欧美国家的父母有时会用这种方法给患胃肠型感冒的孩子补充电解质。

迪娜每次出问题，少则三天，长则两周。我还留着几天年假没请，就是为了以防万一，奥凯利也不会过问。但这次不行。“爸爸那边呢？就这一次，他就不能……”

杰莉沉默了。小时候，腰杆挺直、身形瘦削的父亲，说话很不客气，毫无回旋余地。“女人可能会迷上一个酗酒的男人，却永远不会尊重他。”“没有什么不良情绪是新鲜空气和运动所不能治愈的。”“一定要在欠款到期前把钱还清，你才会一辈子有饭吃。”他什么都会修，什么都会种，需要他做饭、洗衣、熨衣服的时候，他都能拿出专家级的水平。母亲的去世时他的打击太大，现在他还住在特瑞纽尔[1]那座房子里，那是我们长大的地方。杰莉和我每周末轮流去探望他，帮他清洗浴室，给他配好七天的饭菜放进冰箱，检查电视和电话线路通不通畅。餐厅的墙纸还是七十年代妈妈挑中的款式，橙色的旋涡图案亦真亦幻。我的房间里，当年的课本卷了边，蒙了蜘蛛网，沉睡在爸爸为我做的书架上。进客厅和他打招呼时，他要过好几秒钟才从电视前转过头，朝我眨眨眼说：“儿子，你来啦。”然后调低音量，继续看澳大利亚肥皂剧。偶尔他也有坐不住的时候，就会从沙发上站起身，趿着拖鞋到后花园里溜达几圈。

“杰莉，拜托了，就一晚上，明天她能睡上一整天，但愿我的案子明晚能有眉目。求你。”

“不是我不愿意，麦克。我不怕忙不过来，你也不是不知道……”话筒中的背景杂音消失了，她为了说话方便，避开了孩子们。我想象着她一边收拾餐厅里横七竖八的毛衣和作业本，一边烦躁地松开整个星期都梳得整整齐齐的金发。我们都很清楚，除非走投无路，我是不会提议送迪娜去父亲那里的。“可你也知道，如果没人分分钟陪着她，她会变成什么样。我还得照顾希拉和菲尔……如果他们半夜又呕吐怎么办？让他们自己清理？还是放下迪娜，等着她闹腾起来吵醒全家人？”

我颓然地往墙上倚靠，捂着脸。公寓里的空气仿佛被抽干了，不知用的

---

① 位于都柏林郊区。

是什么清洁剂，那股化学品的柠檬味格外刺鼻。“嗯，”我说，“我理解。你别担心了。”

“麦克，如果我们应付不来……是不是也该考虑找个能照顾她的地方。”

“不。”我不由自主抬高了嗓门，把自己都吓了一跳，不过迪娜的歌声并未停歇，“我能行，没事。”

“你没问题吗？能不能找人替班？”

“那不合适。有些事我得亲自去查。”

“哦，麦克，对不起，真的对不起。等他们稍微好转一点儿……”

“没关系，替我问候他们，你也当心别被传染了。回头再打给你。”

杰莉在那头远远地呵斥道：“安德莉亚！我刚才说什么来着？……好的，麦克，说不定天一亮迪娜自己就好了，是不是？运气这种事，难说。”

“嗯，可能吧，但愿如此。”热水用光了，迪娜嚷嚷起来。“我得挂了，保重。”浴室的门打开时，我已经藏好电话，在餐厅里洗了把脸，菜也切好了。

我做了炸牛肉丁当晚饭，迪娜不饿。洗过澡之后，她镇静多了，整个人蜷在沙发里，穿着从我的衣柜里拿来的T恤和运动裤，目光茫然，出神地用毛巾擦着头发。“嘘，”我刚要细问她今天的情况，她就打断，“别说话，听，是不是很美妙？”

我只听见四楼之下远远的车来车往的声音，还有楼上那对夫妻每晚都叮叮咚咚放给宝宝听的催眠曲。可能这些声音自有一种平和的力量吧，我一整天都在从混乱的谈话中梳理线索，现在静静地做菜，吃饭，也挺好。本来还想开电视看看新闻，看看记者们会怎么渲染，但节目时段已经过了。

吃完饭，我煮了咖啡，一大壶。研磨咖啡豆的声音激发了迪娜新一轮的不安：她光着脚在客厅里来回兜圈子，从我的书架上拿下一本又一本书，随手翻翻再放回去，顺序全被搞错了。“今晚你出去吗？”她背对着我问道，“约会什么的？”

“今天星期二，哪有人星期二约会。”

“老天，麦克，不要太死板，散漫一点儿嘛，就算第二天要上课也可以去玩嘛，尽情疯一疯。”

我给自己倒了一大杯浓咖啡，坐进扶手椅。“我这人和‘散漫’不沾边。”

“哦，也就是说你周末才约会？有女朋友了？”

“自打二十岁以后，我就没有‘女朋友’这个概念了。成年人都有伴侣的。”

迪娜作势将两根手指在脖子上竖着划了划，还夸张地配音。“1995年那会儿的同性恋中年大叔才说什么‘伴侣’。你有在和谁约会吗？有和谁上床吗？有没有拿你的‘小钢炮’猛射人家？有……”

“没有，迪娜，都没有。前一段约过别人，后来分手了。我暂时不打算陷进感情里。可以吗？”

“不说我还不知道呢。”迪娜小声多了。“对不起。”她往沙发扶手上一靠，“和劳拉还有联络吗？”过了一会儿，她又问。

“偶尔。”听到劳拉的名字，整个房间仿佛都弥漫起她的香水味，甜得刺鼻。我猛喝了一大口咖啡，才把那味道从鼻腔里赶走。

“你们会复合吗？”

“不会。她有男朋友了，一个医生。说不定哪天她就来电话报告订婚的喜讯。”

“啊啊，”迪娜大失所望，“我喜欢劳拉。”

“我也喜欢，所以才娶她。”

“那为什么离婚呢？”

“不是我和她离婚，是她要和我离婚。”劳拉和我算是和平分手，对外一直宣称是双方自愿；谁也没有过错，只是我们各自的方向渐行渐远，加上种种不值一提的生活琐事，我太累了。

“真的？为什么？”

“不为什么。今晚我没力气聊这个，迪娜。”

“随便吧。”迪娜眼珠子一翻，从沙发上滑下来，慢吞吞地溜进餐厅，我听见她开罐子的声音。“怎么你这儿都没东西吃？我饿死了。”

“吃的可不少，满满一冰箱。我可以炸牛肉丁给你吃，冰箱里还有点儿炖羊肉，如果你想吃点儿清淡的，有稀粥或者……”

“哎，拜托，我不吃那些。什么五类营养啦、抗氧化营养素啦，这个那个，去他妈的。我想吃冰激凌，你微波炉里那些屎一样的汉堡也行。”柜门砰地一声关上，她捧着长长的一条格兰诺拉燕麦卷回到客厅。“格兰诺拉？你是小女生啊？”

“没人逼着你吃这个。”

她耸耸肩，一屁股坐回沙发里，啃下燕麦卷的一个小角，顿时龇牙咧嘴，像是吃了毒药似的。“和劳拉在一起的时候，你一直很开心。挺奇怪的，你可不是那种生来就开开心心的人，看你那样子我还真不习惯。其实，当时我花了好一段时间才弄明白你们是怎么回事。不过挺好的。”

“是啊，挺好。”

劳拉的美类似珍妮弗·斯佩恩，是一种光洁、醒目、精雕细琢的美。从我认识她那天起，她就在节制饮食，连生日和圣诞节都不例外。她每三天去做一次人工日光浴，这辈子，每天早起都要把头发拉直，不化妆绝对不出门。我知道有的男人喜欢女人自然天成的容颜，或者至少假装喜欢素颜，但劳拉和自然规律抗争的气势，正是我爱上她的诸多原因之一。我总会早起十五到二十分钟，这样就可以好好欣赏她梳妆打扮的过程，就连她不小心起晚了、边丢三落四边骂骂咧咧的时候，我也乐在其中。生活带给我的一切，只有那一幕最让我心安，如同欣赏一只小猫咪给自己洗澡，仿佛整个世界都在那时归于宁静。对我来说，一个那样的女孩，一个那么努力装点外在的女孩，自然而然地也会追求她本该追求的东西：鲜花、精美的首饰、漂亮的房子、阳光灿烂的假期，还有一个深爱着她愿意毕生呵护她的男人。而菲奥娜·拉弗蒂那样的女孩，在我眼中完全是一个谜。我想象不出该从哪里入手认识她们，这让我很紧张。和劳拉在一起，我好像总能逗她开心。正因如此，她才令我那么有安全感；也正因如此，当我最终发现她的追求和普通女人一般无二时，我才震惊地发现自己就是个低能儿。

迪娜又开口了，没有正视我：“是不是因为我？所以劳拉才把你甩了？”

“不是。”我立刻答道。我没撒谎。劳拉和我在一起，自然很早就知道迪娜的情况，不过她从没表示或者暗示过（我相信她连想都没想过）我没有义务照顾迪娜，我该把疯疯癫癫的妹妹挡在家门外。每当夜深人静，迪娜好容易才在我们家客房里睡着之后，我回到床上时，劳拉只是轻抚着我的头发，仅此而已。

迪娜又说：“谁都不想管我这个烂摊子，连我自己都不想。”

“可能有的女人不愿意，但我老婆不是那种人。”

她哼了一声。“我是说我喜欢劳拉，可没说我把她当成圣人。你以为我有多笨？我清楚得很，她才不想让发神经的婊子天天上门，坏了她一星期的好心情。有一次你们还准备了烛光晚餐是吧，音乐啊、葡萄酒杯啊，都被我搅黄了吧？她肯定恨死我了。”

“不会，她从来都不会。”

“就算会，你也不肯告诉我。不然她为什么要甩了你？劳拉爱你爱得死去活来。而且也不像是你的错，比如你打她骂她什么的，我知道你对她有多好，像伺候公主似的。如果她想要天上的月亮，你都肯替她摘下来。要她还是要我——她是不是问过？把我的生活还给我，把那疯婆子踢出去之类的？”

她又紧张起来了，后背紧紧压着沙发扶手，眼中浮现出阵阵惧意。

“劳拉离开我，是因为她想要孩子。”

迪娜的呼吸顿时停顿了，瞪大了眼，张大了嘴。“哦，见鬼，麦克，你们怀不上孩子吗？”

“不知道。没试过。”

“那……”

“我不想要孩子，从来都不想。”

迪娜默默地思索着，心不在焉地吮吸燕麦卷。过了一会儿，她说：“如果有了孩子，劳拉的心情可能就放松多了。”

“也许吧，希望她以后有机会。但不可能是和我。劳拉嫁给我的时候就知道了，一开始我就讲得很清楚。我从没让她误会。”

“你为什么不想要孩子呢？”

“有的人就是不想要。不想要孩子的人不见得就是怪胎吧？”

“我又没说你是怪胎。我什么时候说你是怪胎了？不就问问原因嘛。”

“我不相信在重案组干活的人能养好孩子。不然心会变软，担不起重担子，到头来要在工作和孩子之间二选一，没法儿兼顾两头。我选择了工作。”

“我的天，一坨臭屎。哪有人因为‘不相信’就不要小孩。你总把责任推给工作，这借口太烂了。你到底为什么不想要孩子啊？”

“我没把责任推给工作，我是认真的。如果这理由太烂，那我道歉。”

迪娜眼珠子转了转，假装大度地长叹一声。“好吧，”她放慢语速，好让我这蠢货跟上节奏，“我敢拿命跟你赌，真他妈操蛋，你们整个组的人，总不至于从上班那天起就不孕不育吧？你那些有孩子的同事，他们和你干的活儿还不是一样？他们又不是天天放跑凶手，不然早被炒了。对不对？我说得对不对？”

“组里确实有些人有老婆孩子，嗯。”

“那为什么你偏偏不想要孩子呢？”

咖啡机叮咚一声。公寓仿佛变得又小又丑，灯光异常刺眼，急于逃出去飙车回心碎港湾的冲动，差点儿激得我从椅子里弹起来。“因为风险太大，大得只要一想就能让我吐得七荤八素。就这原因。”

“风险。”迪娜又沉默了半晌，翻开燕麦卷的包装纸，凝视着闪闪发亮的内侧。“风险跟工作没关系，跟我有关系。你怕孩子大了变成我这样。”

“我担心的不是你。”

“那是谁？”

“我。”

迪娜盯着我，灯光映在她那深不可测的淡蓝双眸中，如同两团小小的鬼火。“你会是个好爸爸。”

“可能性很大，但很可能还不够好。如果我们俩都错了，我是个不称职的父亲，那怎么办？到时我一点儿补救的手段都没有。发现的时候就太迟了，孩子都生下来了，总不能再塞回去。你只能一天天把他们带坏，眼睁睁地看着完美的宝宝越长大越没出息。我办不到，迪娜。不管我是不够蠢，还是不够勇敢，反正我担不起这个风险。”

“杰莉就做得不错。”

“杰莉做得好极了。”杰莉那么开朗，那么随和，天生就是当好妈妈的料儿。她的每个孩子出生后，我都坚持一整年每天给她打电话拉家常——监视啦、审讯啦、跟劳拉吵架啦，全天下各种鸡毛蒜皮的事都能作为借口——只为了确认她状况好不好。有一次，她的声音听起来有些沙哑，有点儿有气无力，我就赶紧通知菲尔下班回家照顾她。结果她只是感冒而已，觉得我纯粹是吃饱了撑着，该打自己耳光。可我不这么想。安全第一。

“以后我也想生孩子。”迪娜将包装纸揉成一团，朝纸篓的方向一丢，没丢准，“你肯定觉得这主意烂透了吧？”

想到她挺着个大肚子找上门来，我就头皮发麻。“你生孩子用不着我批准。”

“可你就是那样想的。”

“法比奥怎么样了？”

“他的名字是弗朗西斯科。我看我们没戏。不知道。”

“不如等你找到可靠的人，再生孩子也不迟。我这人就是保守。”

“你是怕我发病，怕我一边抱着个出生才三个星期的小宝宝，一边脑壳爆炸。得有人守着我才行。”

“我没这么说。”

迪娜把双腿挪到沙发上，赏玩着她珍珠般光洁的浅蓝色指甲油。“呵，什么时候发作，我心里有数。想不想知道我是怎么判断的？”

关于迪娜精神世界的运转模式，我什么也不想知道。“怎么判断的？”

“周围的一切听起来特别不对劲儿。”她从刘海儿底下草草瞥了我一眼，“比如晚上睡觉前，我脱掉衣服，往地上一扔，扑通一声，好像一块石头丢进池塘里。还有一次我下班走路回家，我的靴子每踩到地上一次就尖叫一声，像是被夹住的老鼠。太恐怖了。最后我只能坐在人行道上把靴子脱掉，看看里面是不是真的塞了只老鼠——我不傻，我知道肯定没有，但又不得不确认。那时我就明白出问题了，真的。但我还得打的回家，我不能傻站着一遍又一遍地听那个生不如死的痛苦声音。”

“迪娜，一出现这种兆头，你应该马上找人帮忙。”

“我找了啊，今天我上班的时候，打开一个大冰柜去拿面包圈，冰柜的声音简直像爆炸，像是里面有场森林大火。所以我就逃出来找你。”

“很好，干得好。但我指的是专业人士。”

“医生啊？”迪娜噘起嘴，“我信不过医生，他们从来派不上什么用场。”

好歹她还活着，对我来说这就够管用的了，对迪娜来说应该还有点儿意义吧。没等我指出这一点，手机响了，接听之前我看了看手表：九点整。里奇很棒。

“我是肯尼迪。”我起身离开迪娜。

“我们各就各位了。”里奇声音很轻，我只好把手机紧贴着耳朵。“没动静。”

“鉴证员和警员都准备好了？”

“嗯。”

“有情况吗？路上碰见什么人了吗？有需要向我汇报的吗？”

“没。一切正常。”

“那过一小时再联络，或者一有动静就通知我。祝好运。”

我挂断了。迪娜把毛巾紧紧打了个结，透过发亮的发梢紧盯着我。“是谁？”

“工作上的事。”我将手机放进内侧衣袋。迪娜有点儿偏执多疑，搞不好她会把我的手机藏起来，以免没法儿和我讨论她那幻想出来的音乐。更糟糕的是，她还有可能接里奇的电话，然后说她很清楚他在干什么勾当，祝他早点儿得癌症死掉。

“我以为你下班了。”

“就算是吧。”

“什么叫‘就算是’？”

她那双绞着毛巾的手又绷紧了。我故作轻松地答道：“下班也难免有同事要请教问题。调查谋杀案无所谓下不下班。刚才是我的搭档，今晚还会打来好几次。”

“为什么？”

我端起咖啡壶去餐厅加满。“你见过他，还是个新人。做重要决策之前他需要和我商量。”

“什么重要决策？”

“任何问题。”

迪娜用指甲拨弄着另一只手上的伤疤，响起短促的刮蹭声。“下午上班的时候，有人在听广播。”

真他妈见鬼。“然后呢？”

“然后，广播说发现一具尸体，警察觉得死因可疑。说是在心碎港湾。他们还采访了一个警察，听着像你。”

于是冰柜开始发出森林火灾般的噪音了。我坐回椅子里，小心翼翼地应道：“哦。”

又一声刮蹭声。“别来这一套，他妈的别来这一套。”

“哪一套？”

“瞧你那脸色，一副傻里傻气公事公办的警察派头。以为我是没脑子的证人吗？以为玩点儿小聪明，吓唬几句就可以让我苦苦哀求是吗？别想吓倒我，听见没有？”

没必要和她争辩。我平静地答道：“听见了。我本来也不想吓你。”

“那就少兜圈子，快说。”

“我不方便讨论工作，你也知道。这可不是私事。”

“上帝啊，这他妈的怎么不是私事？我是你妹妹，跟我都不能说，你要去跟谁说？”

她死死挤在沙发一角，两脚顶在另一条手臂上，仿佛随时可能朝我扑过来，虽然机会不大，却不无可能。“千真万确。我的意思是，我没有特意向你隐瞒什么，只是在工作问题上，我对任何人都必须小心谨慎。”

迪娜咬了咬小臂内侧，如看仇人般恶狠狠地瞪着我，狭长的眼中闪烁着冷酷而狡黠的野兽寒光。“好，”她说，“那就看新闻吧。”

原本我还指望能瞒过她。“我以为你喜欢和平安宁。”

“这案子要是传开了，他妈的全国都能看见，还保密个屁，让我看几眼又他妈的有什么了不起？是不是？既然你都说不算私事。”

“老天在上，迪娜，我上了一天班，回家以后再也不想在电视上看到工作的事了。”

“那你告诉我他妈的出了什么鬼事。不然我就开到新闻频道，你拦不住我，除非踹死我。自己选吧。”

“好吧，”我举手投降，“好吧，听我从头慢慢说，你先冷静一下。别啃手臂了。”

“操，这是我的手臂。你少管闲事！”

“否则我没法集中精神。如果不能集中精神，我就讲不清楚。看你了。”

她挑衅地瞪了我一眼，露出小小的白牙，又咬了一口，见我毫无反应，她才把手臂往T恤上蹭了蹭，冷冷地说道：“行了。满意了吧？”

“其实不止一具尸体，是一家四口。他们住在心碎港湾——现在改叫布莱恩斯顿了。昨晚有人闯进他们家里。”

“怎么杀的？”

“不确定。验尸结果还没出来，好像是用刀杀的。”

迪娜怔怔地出神，陷入沉思，一动不动，气也不出一口。“布莱恩斯顿，”半晌，她才呆呆地说，“这名字真他妈白痴。不管是谁起的，都该把他的脑袋塞进割草机里修理修理。你确定吗？”

“名字？”

“不！老天。是那几个死人。”

我蹭了蹭下颌，想纾缓一下紧张感。“嗯，确定。”

她的目光又有了焦点——定格在我身上，一眨也不眨。“你这么确定，是因为你就在查这个案子。”

我不吭声。

“你说不想看新闻，是因为你已经查了一整天。你刚才自己招认的。”

“调查谋杀案就是工作，任何谋杀案。这是我的工作。”

“废话一大堆。你现在的工作是调查这起谋杀案，对吧？”

“有什么区别？”

“区别大了。你如果说实话，我就让你换话题。”

“对。我在跟这个案子，除了我还有很多探员。”

“嗯。”迪娜将毛巾往浴室门口的方向一扔，滑下沙发，又开始在房里来回转圈，脚步有力却又机械。我几乎听见她身体里又开始嗡嗡作响，像只不停发牢骚的蚊子。

“现在换话题吧。”

“嗯。”迪娜拿起一只滑石雕成的小象，紧紧握住，然后饶有兴味地端详着掌心里留下的红印子。这小象是有一年劳拉和我去肯尼亚度假时带回来的。“之前我在想，等你的时候我一直在想，我要把公寓换一换。”

“好啊，现在就可以上网找找。”迪娜的公寓还不如狗窝。其实她可以住条件很好的地方，我也可以帮她分担租金，但她说住那种盖得规规矩矩的小区还不如一头撞死，所以她总是住在乔治时代那种又老又破的房子里，那些房子往往在六十年代就被房东改造成卧室客厅一体的单间，她还得和某个自诩为音乐家、蓬头垢面的小混混儿共用一间浴室，我不得不时时提醒对方迪娜还有个当警察的哥哥。

“不行，”迪娜说，“听着，老天，我是说换东西，不是换地方。现在那地方很讨厌，痒死了。我早想换了，找了楼上那些女孩让她们换地毯，真该让她们尝尝从胳膊肘痒到指甲缝的感觉。倒也没臭虫，你去看看，挺干净的，恐怕是那见鬼的地毯本身有问题。我都讲过了，那些婊子偏不听，只知道张着臭嘴，翻着死鱼眼，难道她们养鱼？我又不能搬出去，只能换东西，我想换房间。以前我们是不是教训过她们？我忘了，你呢，麦克？”

里奇很守时，每小时都准点来电话报告，但报告的内容都一样：没动静。有几次手机一响，迪娜就让我接听，一边咬手指一边等我讲完后挂机，接着又开始新一轮的逼问：“是谁，要干什么，你是怎么跟他们说我的……”有几次我不得不先等手机响两三下，而她就会更快地转圈，扯开嗓门大叫想把铃声压下去，直到累得躺倒在沙发或地毯上，我才能接听。一点整，我刚要接听时，她猛然一掌拍掉我的手机，放声尖叫：“放狗屁，我有事跟你说，有话跟你讲，你竟敢不理我，就为了听这个人的电话，听个屁……”

刚过三点，她在沙发上迷迷糊糊地睡着了，头埋在靠垫里，整个人紧缩成一团。之前，她还把我T恤的一角紧紧攥在手里，使劲儿咬布料。

我从客房拿来羽绒被给她盖好，然后调暗灯光，倒了一壶冷咖啡，坐到餐桌旁玩起手机里的纸牌游戏。楼下远远有辆卡车在倒车，节奏规律地“哔——哔——”响着；外面走廊里有扇门砰地撞上，响声被厚厚的地毯吸音后显得十分含混。迪娜在梦中喃喃自语。下了一会儿雨，雨点啪啪地轻叩着窗棂，又渐渐归于沉寂。

妈妈自杀那年，我十五岁，杰莉十六岁，迪娜刚满六岁。在我的记忆中，我潜意识里其实对那一天的到来已有防备，然而心意已决的人根本防不胜防，妈妈终于挑中了我们唯一不设防的那天。爸爸、杰莉和我一年到头全天候照看她，像防范间谍一样戒备森严：她不肯下床，我们就好言好语哄她吃饭；她像一股冷空气在房子里游荡的时候，我们就把镇静药藏起来；她哭个没完没了，我们就整夜整夜握着她的手；邻居、亲戚或者其他人问起她时，我们的谎话编得滴水不漏。不过那年夏天有两个星期，我们五个人都解放了。在心碎港湾，不知是因为清新的空气，还是变幻多端的景致，抑或纯粹出于好好享受假期的决心，她变成了爱笑的小姑娘，时时将掌心迎向阳光，犹疑而惊喜，仿佛不敢相信阳光带给肌肤的温暖。她和我们在沙滩上赛跑，帮爸爸擦防晒油时还轻吻他的后颈。那两个星期，我们没有去数餐厅里的尖刀还剩几把，夜里也不会因为一点儿声响就悚然翻身坐起，因为她是那么开心。

我十五岁那年夏天，她是全家最快乐的人。直到后来我才明白为什么，她一直等到假期结束的前一天晚上，才走进海里。

在那个夜晚之前，迪娜是个极具活力和破坏性的小捣蛋鬼，随时都会突然咯咯乱笑，感染得你也不由自主地跟着笑。后来，医生提醒我们妈妈自杀可能会给她造成“情绪上的不利后果”——如果是现在，估计二话不说，我们就送她去看心理医生了，换了谁家都一样。但当时是八十年代，这个国家的普遍观念还是看心理医生是吃饱了撑着的有钱人才会干的事。我们不是没有注意她——盯梢可是我们家的强项，起先我们全天候看护着迪娜，当她在睡梦中抽搐、呓语时，我们也轮流守在她床边——但她长得比我和杰莉都出挑，比爸爸更是精神多了。她爱啃手指，爱哭。有很长一段时间，她似乎恢复正常了，白天她会拿湿毛巾擦我的后背，把我惊醒后嘻嘻哈哈地逃开。感恩节那天，杰莉还点了根蜡烛，感谢圣母马利亚保佑迪娜恢复了健康。

我也点了一根。我竭力保持乐观的心态，一再给自己灌输信心。但我深知，那样一个夜晚，不可能就这么消失。我猜对了。那个夜晚深深地扎根在迪娜心灵最柔软的地方，虬结生长，静候时机，等了很多年，直到它积蓄够了养料，便苏醒、爆发、反噬，破土而出。

我们始终没让迪娜落单。她偶尔会在去我家或杰莉家的途中迷路，再回来时就变得鼻青脸肿，或者灰头土脸，有一次竟然连根掉了一英寸见方的头发。每次杰莉和我都想问个究竟，但我们从来不指望她会吐露实情。

我本来想打电话请病假。我已经拿起手机，准备按下警队办公室的号码，就说我被侄女传染了胃肠型流感，连洗手间都出不了，这个案子得转由其他人接手。不管我认识的人会怎么想，反正当时阻挡我的并不是敬业精神，而是斯佩恩夫妇孤军抗暴的场面，他们认定自己已被我们抛弃。不破此案，我这辈子都不会心安。

差几分四点，我回卧室将手机调到静音，盯着屏幕，直到屏幕亮起，闪出里奇的名字。还是没动静。听起来他有些困了。我说：“如果到五点还是老样子，你就可以收工了，让你旁边那个谁，还有其他警员都去歇歇，中午再回来报到。你再撑几个小时应该能行吧？”

“不成问题，还剩一些咖啡因含片。”他略一停顿，斟酌措辞，“我们在医院碰头吗？还是……”

“没错，老弟，六点整。让那个警员回家时顺路送你一程，记得要吃早餐，我们行动起来可没空喝茶吃面包。回头见。”

我尽可能小声地洗了个澡，刮了胡子，换上干净衣服，匆匆喝了一碗杂粮粥。接着我给迪娜留了张字条：“早安，小睡鼠——我得去上班了，但我会尽快赶回来。餐厅里的东西你随便吃，书架上的东西你随便看、随便听，再去洗个澡——整个家都归你了。如果想吵架，或者只想聊天，随时都可以打电话给我和杰莉。麦。”

我把字条放在咖啡桌上，底下还垫了一条干净毛巾、一根燕麦卷。我没留钥匙，为此我权衡了很久。有可能公寓着火，她被反锁在内；有可能她擅自出去误入某条风气不佳的街道，遇到坏人。我不得不在运气和人性之间豪赌。真是倒霉，一旦被逼到这个地步，我每次都会选择运气。

迪娜在沙发上翻了个身，霎时我浑身冰冷，幸好她只是喘了喘气，惬意地把头往垫子里埋得更深，一条纤细的手臂探出羽绒被，洁白似雪，印着整齐微红的小半圈牙印。我轻轻地拉起羽绒被帮她盖好，然后穿上外套，悄悄溜出公寓，把门锁上。

Broken Harbour 第 8 章

解剖现场

五点四十五分，里奇已等在医院门外。以往我一般会派一名巡警来医院。我们来医院的官方理由只是确认尸体的身份，我何必浪费那个时间——但这是里奇的第一个案子，有必要让他见识一下验尸过程，否则大可听听医生的介绍就行了。库珀最喜欢有人旁观，如果里奇能博得他的欢心，今后我们需要尽快拿到结果时也好有个门路。

天还没亮，黎明前的冷冽黑暗竭力将最后一丝寒意送入骨髓，空气冻得能咬人。医院大门口的白色灯光毫无生气地闪烁着。里奇靠在栏杆上，两只手各端着一个大纸杯，两脚来回踢着一团锡纸。他脸色苍白，眼皮耷拉着，但还算清醒，穿着一件干干净净的衬衫——还是和之前那件一样廉价，不过我的话他算是听进去了，值得加分，他居然还系上了我给他的领带。

“早，”他递给我一个纸杯，“不知道你喝不喝。味道跟洗洁精似的，在医院的小卖部里买的。”

“谢了，”我说，“我猜也是。”是咖啡，将就喝吧。“昨晚怎么样？”

他耸耸肩：“如果目标出现就更好了。”

“要有耐心，老弟。罗马不是一天建成的。”

又是一耸肩。他更用力地踢那团锡纸。我意识到，他本想逮住凶手，一大早就把他五花大绑稳稳当当地送到我面前，好向我证明他的实力。他说："不过，鉴证员说他们收获不小。"

"很好。"我靠在他旁边的栏杆上，尽量把咖啡往嘴里灌——只要稍有点儿打哈欠的苗头，就会被库珀一脚踢出门。"警员的巡逻结果如何？"

"应该还不错吧，他们跟踪了几辆开进小区的轿车，车牌经过确认，登记的车主住址都是海景花园，那些只是回家的小区住户。一群十几岁的小孩聚在路另一头的一栋房子里，带了几瓶酒，音乐声开得很大。两点半还来了辆车，转了一圈又一圈，速度很慢，不过开车的是个女人，后座上还有个宝宝哭得很凶，所以他们推测她只是想哄孩子睡着而已。就这些。"

"依你看，如果有可疑人员躲在附近，他们肯定能发现？"

"嗯，应该可以，除非他太走运。"

"没有其他媒体出现？"

里奇摇着头："本以为他们会去缠着邻居，但是没有。"

"多半转移阵地去跟拍明星绯闻了，那边猛料更多。看来至少到目前为止，主管部门对他们的控制还不错。我稍微浏览了一遍早报，没有出现我们掌握之外的情况，也没有珍妮弗·斯佩恩还活着的报道。但我们不可能瞒太久，必须尽快摸到凶手的踪迹。"每份报纸的头版都启用了耸人听闻的大标题，还配上埃玛和杰克这两个金发小天使的大幅照片。我们还有一个星期的时间缉捕凶嫌，最多两个星期，这段时间一过，炮轰我们能力低下、玩忽职守的火力就该蜂拥而至了，到时局长肯定不会给我们好脸色看。

里奇刚要接话就被一个哈欠堵了回去。"没睡会儿？"我问。

"没。本想轮流睡，但你知道，乡下地方吵死了。人人都说乡下多太平多安静，实际上能吵死你。海浪声就不说了，还有无数的蝙蝠开大会，老鼠什么的满房子乱窜。还有东西在路上来来回回转悠，听着简直像是坦克，震得那些树都在发抖，我想用望远镜看看，但是慢了一步，那家伙从两座房子中间穿过去了。总之是个庞然大物。"

"非常'诡异'是吗？"

里奇扭头苦笑：“好歹我没一头栽倒。就算周围安安静静，我也想醒着，以防万一。”

“换了我也是。你现在还好吧？”

“还行。有点儿晕，不过验尸过程我不会掉链子的。”

“如果让你休息两个小时，你能不能接着再熬一夜？”

“多来点儿这个的话，”他晃晃咖啡杯，“保证行。和昨晚一样吗？”

“不，老弟，所谓‘疯子’，其特点之一就是反复坚持同一件事，巴望不同的结果。既然我们的目标昨晚不上钩，今晚也不会上钩。我们得拿出更有诱惑力的饵。”

里奇转过头：“哦？我还以为昨晚的安排效果相当好。我看再坚持一两个晚上，准能逮到他。”

我朝他举杯：“信心可嘉，但事实是我误解了这个家伙。他对我们没兴趣。有的凶手舍不得警察，总要绞尽脑汁到调查过程里掺一脚，这种时候，对那种特别热心的人就要留意了。而这次的目标不同，否则他早已落网了。他压根儿不在乎我们干什么，不在乎鉴证员发现了什么。但你知道他的兴趣所在，你说呢？”

“斯佩恩一家？”

“加十分。就是斯佩恩一家。”

“但是我们没救活斯佩恩一家啊。我是说，珍妮还活着，嗯，不过……”

“不过就算珍妮能够提供线索，我也想尽量不暴露她，能藏多久算多久。真的。我们不是有个女警吗，呃，她叫什么来着？”

“奥茨。贾妮·奥茨探员。”

“就是她。估计你没留意，从远处看，在某个角度上，奥茨和菲奥娜·拉弗蒂几乎是一个模子出来的。身高相当，体形相似，头发也一样——好在奥茨探员的头发整齐多了。不过只要我们开口，她肯定愿意把头发弄乱。给她找件呢外套就搞定了。倒不是说她们真有多少相似之处，但要分清两人，怎么着也得仔细多看几眼，所以肯定要挑个理想的角度，再用上望远镜。”

“那我们还在六点钟行动。她开车——局里有黄色的菲亚特吗？”

“不清楚，就算没有也不要紧，找辆醒目的车载她过来就行了。她就留在房子里过夜，她觉得菲奥娜·拉弗蒂应该怎么做她就怎么做，越显眼越好——比如拉开窗帘啦，烦躁地走来走去啦，读一大沓报道帕特和珍妮的报纸啦，诸如此类。然后我们就等着。”

里奇一边喝着咖啡，每啜一小口就下意识地皱皱眉头，一边盘算着。“你觉得他认得菲奥娜？”

“嗯，这种可能性真他妈大。还记得吗，我们不知道他是怎么和斯佩恩家产生联系的，说不定起因里也有菲奥娜一份。即便和她无关——她好几个月都没去斯佩恩家了——我们也已经知道，凶手盯上他们的时间可比这长得多。”

地平线上渐渐浮现出远山的轮廓，比夜幕更黑。山的那一边，第一缕晨曦正抚过心碎港湾的沙滩，渗入那些空荡荡的房子，渗入已然人去楼空、最为幽寂的那一栋。还差五分六点。我问里奇：“你见过验尸场面吗？”

里奇摇摇头：“谁都有第一次嘛。”

“也是，但这种事可不一般，你得有心理准备。虽然你应该去，但如果真的受不了，尽管说，我们对外就说你熬通宵之后补觉去了。”

他将纸杯捏成一团，手腕使劲儿一甩，丢进垃圾桶。“走吧。”

停尸房位于医院地下室，空间狭小，天花板很低，地板瓷砖间的水泥勾缝看上去沉淀了不少污垢，说不定还有更恶心的东西。又湿又冷的空气仿佛凝固了。“两位侦探先生。”库珀和我们打招呼。他瞅了瞅里奇，微微露出含有一丝期待的怪笑。库珀差不多五十岁，但在日光灯下，以这里的瓷砖和金属器具为背景，他看去犹如来自远古，头发灰白，形容枯槁，简直像个做好前来地球勘探一番准备的外星人。“来得正好，我们先从成年男性死者开始，老人优先嘛。”身后是他的助手，体格魁梧，目光冷峻。一阵骇人的刷蹭声，助手拉开安放尸体的抽柜，我察觉到身旁的里奇双肩一紧，微微战栗了一下。

他们剪开运尸袋的标签，拉开拉链，露出裹在染血睡衣里的帕特里克·斯佩恩，给他拍了穿着衣服的照片和裸体的照片，取了血迹和指纹的样本，俯身用镊子和剪子剪去一小块皮肤，拔去指甲，用于DNA检验。接着，助手将工具盘放到库珀手边。

验尸场面十分残酷。新手往往吃不消，他们原以为解剖该用纤巧精细的小解剖刀，下刀时必然精准到位，实际上登场的是面包刀，出刀迅猛随意、一切到底，尸体的皮肤像黏糊糊的油纸一样被锯破、扯开。与其说工作中的库珀是一名外科医生，不如说像屠夫更为贴切。他根本不在乎多开几个口子，也不会屏息静气以免割破动脉。在他刀下的这块血肉可谓毫无价值。当一具尸体交到库珀手上，就意味着它对任何人都永远不会再有利用价值了。

里奇表现得不错，当库珀锯开帕特的胸骨时，他毫无惧色；当库珀剪开并翻下帕特的脸皮时，他镇定自若；锯开脑骨时散出骨骼烧焦的淡淡苦味，也没让他临阵脱逃。助手将肝脏丢到天平上那嘎巴一声吓得他一哆嗦，但也仅此而已。

库珀的动作娴熟高效，接连对着挂在胸前的录音笔叙述解剖结论，完全忽视了我们的存在。帕特死前约三到四小时吃过一个起司三明治、一些薯条。从他动脉中和肝脏周围的脂肪积聚情况来看，他应该少吃儿薯条，多做些运动。但总体而言，他的健康状况不错，没有明显的疾病，没有器官畸形。锁骨骨折的痕迹以及增厚的两侧耳郭，可能是多年前打橄榄球留下的。我小声地对里奇说："即便是健康的男人也难免有伤痕。"

最后，库珀直起身，伸了个懒腰，转向我们。"做个小结，"他满意地介绍，"我在现场给出的初步结论是正确的。还记得吗，我认为死因是这一处。"他用解剖刀戳了戳帕特胸腔正中的伤口。"或者这一处。"又戳了戳帕特锁骨下方的伤口。"事实上，这两处伤口都是致命的。刺进第一处伤口的刀刃刮去了胸骨正中的一小角，划开了肺静脉。"

他灵巧地掀开帕特的皮肤，用拇指和食指捏着皮肤一角，另一只手上的解剖刀指点着具体位置，好让里奇和我理解他的意思。"如果没有别的伤，在不及时救治的情况下，这一刀的结果是他的胸腔会渐渐充血，大约二十分钟之内就会送命。实际上，这一过程又被接下来的进展打断了。”

他将皮肤翻回原位，又伸手掀开锁骨下方的另一块皮肤。“这处伤口更加致命。刀刃刺进第三、第四节肋骨之间，刺入点在锁骨正中这条垂线上，将右心室刺出一个一厘米大小的口子。失血很快，而且出血量很大，血压的骤然下降会让伤者在十五到二十秒之内便陷入昏迷，两分钟后便可能死亡。所以死因是大出血。”

那么丢弃凶器的人便不可能是帕特了，我之前的结论被完全推翻。库珀将解剖刀丢进工具盘，朝助手点点头，助手开始往一根粗大微弯的针上穿线，一边还轻轻地哼着歌。我又问道：“死亡的方式呢？”

库珀叹了口气：“听说你认定这几个人死亡时，房子里有外人。”

“这是分析现场证据得出的结论。”

“嗯。”库珀不知把什么东西（我不敢多想）从手术袍上掸到地上，“由此可见，你必定推测这具尸体——”他朝帕特点点头，“是凶杀受害者。很遗憾，从我们的角度，无法过度假设。所有的伤口都有他人攻击和被害人自残两种可能。死亡的方式可能是谋杀，也可能是自杀，无法确定。”

被告的辩护律师爱死这些话了。“那这部分在书面报告中可以暂时先空着，等我们采集到更多证据再说。如果实验室从他的指甲里取到了DNA……”

库珀甚至懒得看我一眼，就俯身对录音笔说：“死亡方式：无法确定。”那抹怪笑从我扫向里奇。“别泄气，肯尼迪探员，我想下一位死者的死亡方式应该不会有任何争议。”

抽柜里的埃玛·斯佩恩周身还整齐地裹着床单，像穿着一件寿衣。里奇在我身旁一颤，我听见他开始挠划衣袋内侧，声音短促刺耳。前一天晚上，埃玛舒舒服服地蜷在同一块床单里，临睡前还领到一个甜甜的吻。如果里奇往这个方向想下去，估计到圣诞节我就要换个新搭档了。我凑过去轻轻地推了推他的胳膊肘，清清嗓子。隔着埃玛小小的躯体，库珀瞪了我好一会儿。但里奇明白了我的暗示，开始恢复安静。助手翻开埃玛身上的床单。

不少侦探都学会了如何模糊视线焦点，以避开验尸过程中惨不忍睹的场面。库珀在孩子的尸体上检查侵犯痕迹的方法本身就颇具侵犯性，办案的警官只能模糊视野，目视虚空。而我目不转睛，眼睛眨都不眨一下。对于加诸己身的这一切，死者无法选择忍受或者拒绝。与他们相比，我已经足够幸运，又怎能娇贵到连看都不敢看的地步。

埃玛比帕特里克更惨，不仅因为她还小，更因为她是那么完美无瑕。听起来可能有点儿变态，但伤得越重，解剖时越好下手。如果尸体运来时跟刚出屠宰场似的，被泡得松松软软的，那在它身上切开Y形大口子、嘎吱嘎吱地切掉顶盖骨，也就不算什么了。累累伤痕反而能够转移你的注意力，被害人便因此从一个活人变成一具标本，变成种种疑问、种种鲜活线索的集合体。而埃玛只是个小女孩，光溜溜的柔嫩小脚丫、长着雀斑的小扁鼻子、粉色睡衣翻起一角露出的微微凸起的小肚脐，她仿佛距离活过来只有一线之隔，仿佛只要在她耳边念出正确的咒语，或是轻触她身上的某个部位，就能将她唤醒。库珀当着我们的面要对这具小身躯做的事，比凶手又何止残忍十倍。

助手取下为了保存证据而套在她手上的纸袋，库珀拿起一把调色刀，俯身去刮她的指甲缝。“啊，”他突然说，“有点儿意思。”

他伸手要来镊子，细细在她右手上忙活了一阵，随后高举着镊子直起身：“食指和中指上有这些东西。”

四根颜色很淡的纤细头发。这说明有个金发的人曾俯身凑近那被弄乱的粉色床单，小女孩还挣扎过。我说：“DNA，这够不够取DNA样本？”

库珀微微一笑：“先别激动，侦探先生。肯定要在显微镜下仔细比对，但从颜色和质地来看，这些头发很有可能是死者本人的。”他将头发放进证物袋，掏出圆珠笔，弯腰在标签上写了几个字。“假设证据支持扼杀的初步判断，理论上她的双手可能被枕头或是其他东西按在脑袋旁边，抓不到凶手，那么她失去意识前在最后的挣扎中可能会扯掉自己的头发。”

这时里奇离开了。至少他还能自控，没有一拳捶在墙上，或是吐得满地都是。他只是转身走出去，关上门。

助手偷笑了几声，库珀冷冷地盯着房门许久。

“我替柯伦探员说声抱歉。”我说。

他转而盯着我：“我不太习惯别人无缘无故地打断我的验尸过程。请问，你们或是你这位同事，有没有充分的理由？”

幸好库珀对里奇印象还不错，不然我们的麻烦可就大了。如果里奇不肯返回停尸房坚持看完全过程，那么，无论奎格利那饭桶在警队办公室里如何损他，跟他今后要面对的麻烦相比，连个屁都算不上。我指的是会黏着他一辈子的绰号，库珀倒不会到处乱说——他一向离各种闲话远远地——但那个助手两眼放光，显然迫不及待。

在库珀检查尸体的表面状况期间，我一直紧闭嘴巴。谢天谢地，没有更不堪的意外出现。埃玛的身高比普通的六岁孩子略高一些，体重正常。从库珀检查的情况来看，她各方面都很健康，没有痊愈的旧伤，没有烫伤的痕迹或者其他伤疤，也没有可怕的虐待迹象（无论是体罚还是性侵犯）。她的牙齿干净、健康，没补过牙；指甲也很干净，剪得整整齐齐；头发不久前才修剪过。在短暂人生的最后一段时间里，她被照料得很好。

她眼底没有结膜出血迹象，虽然口鼻曾被蒙住导致窒息，但嘴唇没有发青发紫。没有证据显示凶手对她做了什么。库珀像医生体检似的，用小手电往埃玛嘴里照了照，“嗯。”他又要来镊子，将她的头往后扳了扳，把镊子深深探进她的咽喉。

“如果我没记错，”他说，“死者的床上有好几个抱枕，上面那些拟人化的动物图案，是用多种颜色的毛线织成的。”

我想起了手电筒照到的小猫小狗。“没错。”我说。

库珀将镊子从她嘴里拔出来，兴奋得脸颊发红。“那么，我们应该找到足以证明死因的证据了。”

一小撮浸湿的深色毛线，晾干之后估计是浅粉色。

我想起了小猫竖起的耳朵和小狗吐出的舌头。

“通常窒息死亡留下的痕迹都非常有限，几乎难以准确判断。”库珀说，“但在本案中，如果这一撮毛线和抱枕上的相吻合，我可以毫不费力地宣布，这名死者是被她床上的某一个抱枕闷死的——鉴证科应该可以锁定具体的凶器。她死于缺氧，或是缺氧导致的心脏骤停。死亡方式是谋杀。”

他将那撮毛线放进另一个证物袋，封好袋口，轻轻地点了点头，露出满意的微笑。

内部解剖结果与之前差不多：小女孩很健康，看不出生前患过大病或是受过伤害。埃玛胃中的食物已经消化了一部分，包括碎牛肉、土豆泥、青菜和水果——吃的是牛肉馅饼，配水果沙拉当甜品，进食时间约为死前八小时。斯佩恩一家应该是那种习惯共进晚餐的家庭，不知帕特和埃玛那天晚上吃的东西为什么不一样。但这个疑点可能永远都得不到解答。大人胃不舒服，不吃牛肉馅饼？孩子中午不肯吃的东西，晚饭时才喂她吃？谋杀，意味着这些小事被一洗而空，永远消弭于那猩红的海啸之中。

助手开始把她缝上，我说：“库珀医生，能不能给我两分钟时间去叫柯伦探员进来？剩下的步骤，他会坚持到底。”

库珀摘掉血淋淋的手套。“我不清楚你怎么会有这种想法。用你的话说，柯伦探员本来完全可以‘坚持到底’。可见他高贵得很，不屑于旁观我这里俗不可耐的场面。”

“柯伦探员刚刚通宵盯梢，下了班就直接赶过来。他只是去方便一下，又怕马上回来会干扰你的工作。我认为，他不该因为连续十二小时值班而受罚。”

库珀无比厌恶地白了我一眼，那意思是你找借口好歹也要有点儿创意吧。“柯伦探员的内脏可不归我管。”

他转身将手套扔进医用垃圾桶，桶盖当啷一声，表面谈话到此结束。我不动声色地说：“解剖杰克·斯佩恩的过程，柯伦探员会在场。我想这对他也很重要。为了这次调查能够一切顺利，我不怕麻烦，我想相关人员应该也不例外。”

库珀慢悠悠地转过来，锐利的目光直刺我的双眼。“纯粹出于好奇，”他说，“恕我多问一句，你是在教训我该如何进行验尸吗？”

我两眼眨都不眨一下。“不，”我平静地答道，“我是在告诉你，我如何进行调查。”

他那张嘴噘得比猫屁股还高。不过最后他还是耸了耸肩：“接下来十五分钟，我要登记埃玛·斯佩恩的解剖结果，然后才轮到杰克·斯佩恩。刚才解剖开始前出现在这间屋子里的人都可以留下。等到下一场解剖开始还没有出现的人，请勿在解剖过程中进来捣乱。”

我们都心知肚明，早晚我得还他这个人情。“多谢了，医生，”我答道，“感激不尽。”

“侦探先生，你还别不信，你根本用不着谢我。我一点儿都不打算改变我的操作规程，无论是给你面子，还是给柯伦探员面子。所以有必要先行知会一声：‘两次解剖之间的闲话家常，并不在我的操作规程之内。’”然后，他转身背对着我，又开始对着录音笔口述解剖结论。

我背对着库珀往外走，那个助手看着我，我伸出手指指着他。他装出不明所以的样子，但他演技实在太差，我牢牢盯住他，直到他眨了两下眼。这是让他搞清楚，如果今天的闲话传出去，回头我会找他算账。

草叶上还凝着霜，但天边已露出了鱼肚白，已经清晨了，医院也开始了一天的工作。两个老太太穿着她们最漂亮的大衣，相互搀扶着走上台阶，她们敞开嗓门聊着闲话，我后悔没早点儿捂上耳朵。还有个穿睡衣的年轻人靠在门边抽烟。

里奇则坐在入口附近的一堵矮墙上，凝视着鞋尖，两手深深地插在夹克口袋里。其实那件灰色夹克本身档次不低，做工十分精致，结果被他穿出了粗棉布的感觉。

我的影子落在他身上，他没抬头，说了声：“对不起。”

“不用道歉。不用向我道歉。”

“结束了吗？”

“埃玛结束了，马上轮到杰克。”

“上帝啊。”里奇仰面朝天，轻声念叨。我听不出这是诅咒还是祈祷。

“如果被害人是孩子，那对我们来说，简直就是地狱。但你没法儿逃避。我们都装得若无其事，事实上每次都像万箭穿心。不只你一个。”

“我能应付。绝对。”

“这才像话。凡事看开点。干这一行，缩手缩脚是大忌，并且是致命的。”

“我从没见过那种场面，我发誓。就连现场我也是头一次去，倒还挺住了。没问题。”

“嗯，没错。现场不同，第一感觉很糟糕，但最难熬的也就是第一眼，过去就过去了，不会一直缠着你。”

他咽了咽唾沫，喉结上下蠕动着。过了一会儿，他才说：“可能我不是这块料儿。”

这句话仿佛烧灼着他的咽喉。“你确定你想干这行吗？”我问他。

“做梦都想，从小就想。小时候我在电视上看了一档节目，是纪录片，不是那种乱七八糟的电视剧。”他慌慌张张地瞟了我一眼，看我是不是在笑话他，“一个老案子，有个女孩在乡下遇害，侦探讲述破案过程。我从没见过像他那么聪明的人，比什么大学教授都聪明多了，因为他能解决问题，能解决至关重要的问题。我那时就想……那个，我要和他一样。”

“你现在已经开始上道了。昨天我说过，这得花时间。你不可能第一天就变成行家。”

“是啊，”里奇答道，“没准儿奎格利说得对，我他妈的还不如回去骑摩托车，多花点儿时间去抓我那些胡闹的表弟。”

“昨天我去找局长那会儿，他跟你讲了这些？”

里奇挠挠头发。“没关系，”他有气无力地说，“我才不在乎奎格利怎么说，我只在乎他说得对不对。”

我拍了拍墙头的一小块地方，坐到他身边：“里奇老弟，我问你点儿事情。”

他扭过头，又是一副食物中毒的脸色，我只好赌他不会吐我一身。

“你应该听说了吧，我在局里破案率最高。”

“嗯，刚来就知道了。局长安排我和你搭档，我高兴都来不及。”

“现在你有机会跟着我干，你认为这破案率是怎么来的？”

里奇很不自在。显然他早已问过自己同样的问题，但找不到答案。

“难道因为我是局里最聪明的人？”

也不知他是耸了耸肩，还是扭了扭身体。“我怎么知道？”

“换句话说，错。难道因为我是你在电视上看过的那种神神道道的灵媒？”

“我都说了，我不……”

“你不知道，是啊。那就听我一句，我的脑子和直觉，并不比别人灵光。”

“我没那么说。”

他的脸沐浴在微茫的晨曦中，神色痛苦又慌乱，年轻得令人嫉妒。“我知道。反正还是那句话，我不是天才，虽然我挺想当天才的。刚入行那会儿，我认定自己和别人不一样，深信不疑。”

里奇怯生生地望着我，琢磨着自己是不是挨批了。“那是什么时候……”

“什么时候才发觉自己不是超人？”

“嗯。”

远山掩映在晨雾中，朦胧的绿意若隐若现，分不清哪里是大地的尽头，哪里是天穹的起点。“我算相当后知后觉吧。也不是某个时刻突然就开窍了。这么说吧，年纪大了，越来越有自知之明，也就慢慢想通了。犯了几次不该犯的错误，忽略了一些超人不会忽略的线索，最重要的是，我一直跟着两位前辈，他们才是真材实料，是我的榜样。到头来，其实我那点儿小聪明，充其量也只能看出摊在眼皮底下的问题而已，聪明得足以看出我究竟有多蠢。”

里奇一言不发，但听得入神。醒悟之色逐渐占据了他的脸庞，他总算又有警察的样子了。“发现自己一点儿也不特别，这打击真他妈大。但我之前不是和你说过吗，反正已经是这块料儿了，该上还得上。要不然你等于买了张单程车票，终点站就是一败涂地。”

里奇又说：“那破案率……”

“破案率啊，”我答道，“两个原因：负责到底，掌握主动权。控制各种情况，控制各种证人，控制各种嫌疑人，还有最最重要的，控制我自己。

有了这本事，其他一切困难都不在话下。要不然，里奇，如果你丢掉了控制权，无论你多有天赋，都得卷铺盖走人。什么领带啊、审讯技巧啊，这两周我们讨论的那些东西，都给我通通忘掉。那些只是表面，你得抓住核心，而我教你的一切，最终的核心就是控制权。都听明白了吗？”

里奇的嘴紧抿成一条线，这正是我想看到的。“我能控制住，长官。刚才是被库珀放了冷枪。”

“那就别中冷枪。”

他咬了咬脸颊内侧：“嗯。下次不会了。”

“那就好。”我拍拍他的肩膀，“往好的方向看，里奇，估计你这辈子最惨的早晨也就是今天了，你不也还没倒下？而且你才入行三个星期，就明白自己不是超人，你小子挺走运。”

“也许吧。”

“相信我，干这行的路还长着呢，你有很多时间慢慢靠近你的理想。这是老天给你的礼物，朋友，可别弄丢了。”

各种伤员病号开始拥入医院。一个穿一身工作服的人手上按着一块浸透鲜血的布，一个面黄肌瘦的女孩紧张兮兮地抱着个神志不清的宝宝。库珀恩赐的时间不多了，但关键在里奇，而不在我。

“以后我在局里是不是没脸见人了？”

“别担心，包在我身上。”

从我出来到现在，他第一次拿正脸对着我：“我不想让你替我善后，我不是小孩子，自己的麻烦可以自己搞定。”

“但你是我的搭档。和你一致对外，也是我的责任。”

他大吃一惊，神色为之一变，像是终于恍然大悟了。过了一会儿，他点点头说：“我还能不能……我是说，库珀医生还让我进去吗？”

我看了看表：“如果动作快点儿，还行。”

“好。”里奇长出一口气，两手捋了捋头发，长身而起，“走吧。”

“好样的。能行吧？”

“嗯。”

“一点儿小事，别太在乎。要当好重案组的侦探，什么招你都得接着。”

他点点头：“总之我会全力以赴。谢谢你，肯尼迪探员。”

他正了正领带，我们并肩走回医院。

里奇挺过了杰克的验尸过程。相当残酷。库珀的操作不紧不慢，逼着我们目不转睛地看清每个步骤，如果里奇胆敢转移视线哪怕一次，他都会当场发飙。里奇顶住了，他看得很认真，没发抖，连眼睛都没眨几次。杰克也很健康，营养良好，在这个年纪，他的个头算是比较高的；从膝盖和手肘的伤疤来看，这孩子十分顽皮好动。他和埃玛差不多在同样的时间吃了牛肉馅饼和水果沙拉。耳后的泡沫痕迹说明他之前洗过澡，但洗的时候太不安分，所以沐浴露没彻底冲干净。后来他上床睡觉，直到深夜被人杀害——凶手应该也是用抱枕将其闷死的，但目前还无法确定。尸体上没有防御伤，不过库珀指出这不能说明任何问题：杰克有可能在睡梦中不知不觉地死去，也可能在最后关头惊醒，但惊叫声和最后的挣扎都被抱枕堵回去了。里奇沉着脸，嘴和鼻子周围的皮肤深陷下去，仿佛走进停尸房后突然掉了十磅体重。

我们直到午饭时间才出来，但谁都没胃口。雾已散去，天色仍很阴沉，天空中浓云密布，地平线上的小山只是一抹似烟似雾的灰绿。医院一派忙碌景象，人们进进出出，救护车上抬下来一个穿摩托赛车服的年轻人，一条腿弯成了可怕的角度；一群女孩边往手臂上擦消毒液，边朝其中一人的手机又喊又笑。

我说：“你办到了，干得漂亮，柯伦探员。”

里奇喉咙里发出嘶哑的声响，像是咳嗽，又像作呕。我连忙把外套从他面前抽开，但他一手捂住嘴，硬是忍住了。“差一点儿，还好。”

“注意了，下次你困得不行的时候，估计你会想先灌两杯威士忌，然后倒头就睡。不过千万别那样，不然你做梦做着做着就醒不来了。”

“苍天啊。”里奇喃喃自语，不是说给我听的。

“多往好处想想吧。等抓到凶手，受的这些委屈就都有回报了，苦尽甘来嘛。”

“抓到就好，如果抓不到……”

“没有如果，老弟。我不管如不如果。他跑不了。”

里奇仍然有些魂不守舍。我舒舒服服往墙头上一坐，摸出手机，让他抽空做几个深呼吸。“我们该补补课，”手机响了，我说，“看看现实世界都发生了什么。”这时他才回过神来，坐到我身旁。

我先和局里打了声招呼。奥凯利想了解案情的全面进展，还想找机会敦促我别磨磨蹭蹭，赶紧抓人，这两点我都乐于奉陪。至于我关心的问题，陆上搜索队找到了一小袋肉丁、一把女士去毛器、一个烙饼模子。水下搜索队则发现了一辆严重锈蚀的自行车和一堆建筑废料。他们还在继续努力，但海流十分强劲，更小的东西如果落入海中，可能一两个小时内就被冲走了，不能抱太大希望。贝尔纳黛特为我们安排了一间临时办公室，条件非常好，有不少办公桌、宽大的白板，还配备了DVD机与VCR播放器，可以用来观看监控录像以及斯佩恩家的家庭录影。两名警员已经在办公室里忙开了，在墙上贴满凶案现场的照片、地图、关系人名单，还列出了调查人员的联系电话清单。其他人则分头行动，开始查访一切与斯佩恩家有联系的人员。这个过程将会非常冗长。其中一名警员找到了杰克在幼儿园的朋友，他们的家长大多自六月学校放暑假之后就没再和斯佩恩家来往。一个小朋友的妈妈还说，杰克从那之后还来家里找他儿子玩过两次，但差不多从八月份起，珍妮便不再回她的电话。她还多说了两句，意思是很不喜欢珍妮这个人。

“那么，”我挂了手机，“姐妹俩之中必定有一人撒谎，菲奥娜或者珍妮，二选一。有意思。从夏天起，珍妮对待杰克的小朋友的方式就有点儿奇怪，这一点值得研究。”

有了可以分散注意力的话题，里奇脸色好多了。“也许很简单，那女人因为某些原因惹怒了珍妮。”

“也可能珍妮羞于透露他们不得不让杰克从幼儿园退学。但她的烦心事或许不只如此。说不定这女人的丈夫太过‘热情’，又或者幼儿园的某个职员不知干了什么，吓坏了杰克，弄得珍妮不知所措……无论如何，都要再查一查。记得第二条守则吧，还是第几条来着？对我们的调查来说，可疑行为就是送上门的礼物。”

我正翻看短信记录，手机又响了。这次是那个叫什么基兰的电脑高手，没等我自报姓名，他就说开了：“我一直在恢复浏览器的历史记录，想看看是什么东西值钱得让人非抹掉不可。不瞒你说，到目前为止，很令人失望。”

“稍等，”我看了看周围，没什么人，便按了免提键，“接着说。”

“我搞到一大堆不完整的网页链接，都是eBay、母婴论坛、体育论坛、家政园艺论坛，还有女性内衣网站之类。我倒觉得很好玩，但对你估计没什么用。怎么说呢，本以为能查到走私、赌狗什么的。我看不出你要找的人有什么理由隐瞒被害人的胸围。”

这名电脑高手与其说是失望，不如说是着迷。

“她的胸围无所谓。那些论坛就另当别论了。斯佩恩夫妇是不是在网上惹上了什么麻烦，招惹了什么人？有没有人骚扰他们？”

“我怎么知道？就算我点进那些网站，也未必查得出他们在那里的活动。每个论坛少说都有几千名会员。就算我们假设被害人是注册会员而不是潜水员，我也不知道他们用的是什么ID。”

“他们不是有个文件记录了所有的密码吗？不能利用一下？”

基兰的耐心被我这傻里傻气的外行给耗得差不多了。这孩子的耐性实在有限。“怎么利用？难道拿这些密码把全世界每个网站的每个ID都试一遍，试到对上号为止？那个记录密码的文件里又没有他们的论坛ID，而且其中一半的网站连名字都没记下来，只有几个缩写之类的。比如说，有一条是‘WW-埃玛杰克’，但WW是什么？‘控制体重’①还是‘魔兽世界’②？我倒是搞到了她在eBay上的ID，因为用户反馈表上有几处写着‘闪耀的珍妮’，我试着登陆了一下，哈，搞定。顺便通报一声，她买的是童装和眼

① 原文为“Weight Watchers”。

② 原文为“World of Warcraft”。

影。至于其他网站就没有这种线索了，至少目前还没发现。”

里奇掏出小本子记录着。我又说：“用‘闪耀的珍妮’把那些网站都试一遍，跟这个ID相似的ID也要试试，比如‘珍妮闪耀’什么的。既然他们的密码很简单，说不定用的ID也没什么创意。”

我几乎听见了基兰猛转眼珠子的声音。“啊哈，我还真想过这一招。‘闪耀的珍妮’试了好些网站都不行，不过我们还在继续尝试。我说，你能不能找她本人问问这些ID？那就能省下大把时间了。”

“她还没醒，”我答道，“凶手删掉浏览记录一定有原因。我想，他会不会在网上和帕特或者珍妮聊过？你查一下这几个论坛前几天的热门帖子，如果最近有热门话题，应该不难发现。”

“谁？我来？你开玩笑吧？你还不如随便找个八岁小孩来翻论坛，翻到他的脑细胞大把大把死掉为止。要不弄一只黑猩猩也行。”

“老弟，你知不知道有多少媒体盯着这个案子？每个环节我们都要安排最出色的人手。黑猩猩一边儿去。”基兰恼火地长叹一声，但没有回嘴。“那就先重点关注上星期的内容吧。只要我们想往深里挖，没有挖不到的。”

“‘我们’是谁啊，独行侠先生？不是我自夸，别忘了，我挖出来的网页没准儿比复原软件还多。如果被害人访问了很多网站，我和我这边的哥们儿可以快速过一遍，也可以慢慢做深度挖掘。你选一样吧。”

“体育网站就快速扫过去吧，注意近期的热门话题即可，除非发现什么猛料。母婴论坛、家政园艺论坛什么的，做深度挖掘。”女人无论在网上还是网下都更憋不住话。

基兰呻吟一声：“就怕你说这个。那些妈咪论坛，简直是末日战场，‘控制哭泣’这个话题引爆了一场核战争，这辈子我都不想去关心到底是怎么回事。”

“俗话说得好，学海无涯嘛，你就认了吧。你要寻找的目标是一位有公关专业背景的家庭主妇，有一个六岁的女儿和一个三岁的儿子，背了一大笔房贷，老公二月份被炒，家里的日子过得紧巴巴的。姑且这样假设吧。也许整个方向都错了，但只能先按这个模板去找。”

正在做笔记的里奇突然抬起头：“这话怎么说？”

“也许网络上的珍妮有七个孩子，开一家股票经纪公司，还在汉普顿有一座豪宅呢。她还可能和一大群嬉皮士同住在印度的果阿。上网的人会撒谎，一点儿都不奇怪。”

“谎话就像遮羞布，”基兰表示同意，“历来如此。”

里奇半信半疑地瞟了我一眼：“在交友网站上还差不多，身高加一点儿，体重减一点儿，自己封个博士什么的，还自称去奢侈品商店血拼，但有必要和一大群从没见过面的女人玩这一套吗？有什么意义？”

基兰不禁嗤之以鼻：“恕我多问一句，独行侠先生，你那位同伴上过网吗？”

我说：“这年头对现实生活不满的人都爱上网，重新创造一段人生。如果和你聊天的人都相信你是摇滚巨星，他们就会像膜拜巨星一样膜拜你，你自己就真的有巨星的感觉了。到那时候，和真正当个巨星（哪怕是临时的）又有什么区别？”

里奇更加怀疑了。“但你根本就不是什么巨星，还是原来那个小会计，还坐在单身公寓里嚼薯片，即使全世界的人都以为你在摩纳哥的五星级酒店里品着香槟。”

“也对，也不对。人没那么简单。如果人人都保持本来面目，人生就简单多了，直来直去。但我们都是社会动物。别人怎么看你，你怎么看自己，都很关键，区别就在这儿。”

“在这个物质世界里，基本上人说废话都是给别人听的，从古至今。这一点儿也不新鲜。网络只不过让撒谎更容易。”

“珍妮上那些论坛或许就是为了逃避一塌糊涂的现实生活。在网上，她可以扮演任何角色。”

里奇摇摇头，但态度已经从质疑变成了迷惑。基兰又问：“那你到底想让我找些什么？”

“注意任何与她的基本情况相吻合的人，即便没人对得上号，也不能说明她不在论坛里。还要关注任何与其他发帖者发生激烈冲突的人，或者任何自称她自己或者老公、孩子被跟踪、被骚扰的人（无论线上线下）。一有发现就打电话给我们。电子邮件怎么样了？”

一阵敲键盘的声音。

“目前还只收集到一些片段。三月有一封邮件，发件人叫作‘菲’，想知道埃玛有没有《爱探险的朵拉》第三部。六月还有人从家里发求职简历。但除此之外几乎都是垃圾邮件，没什么价值，除非‘使劲儿惩罚她，让她飘飘欲仙’是某种暗语。”

“那就继续努力。”

基兰答道：“别急，你不也说了，凶手删除记录不可能只是为了炫耀他的本事。早晚会挖出东西来的。”

他挂断了。里奇小声念叨：“在虚无的空间里为素未谋面的人扮演摇滚巨星，这得是多么孤独的人干出来的事啊？”

我关掉免提，打开语音信箱，以防万一。里奇识趣地跳下矮墙，躲到一边钻研笔记去了，比如凶手家住何处之类。我有五条留言，第一条是奥凯利一大早留的，直接问我在哪儿，为什么昨晚里奇没抓到凶手，为什么里奇这回没穿松松垮垮的运动服，还问我是不是该好好想想，从组里找个真正办过谋杀案的探员联手跟进这个案子。第二条来自杰莉，再三为昨晚的事道歉，还问迪娜是不是好点儿了。她说：“听我说，麦克，如果她还没好，今晚可以到我这儿来，没问题，希拉的病好多了，菲尔差不多全好了，昨晚他只吐了一次。所以你什么时候方便送她来我这儿都行。真的。”我不敢去想迪娜现在醒了没，更不敢想她被锁在家里是什么感觉。第三条是拉里的留言。他们通过电脑排查了从那个据点搜集到的指纹。一无所获，那家伙不在数据库里。第四条还是奥凯利，和之前说的话一样，不过额外多了三句骂娘的话。第五条是二十分钟前楼上的某位医生发的——珍妮弗·斯佩恩醒了。

我喜欢谋杀案的原因之一，是通常而言被害人都死了。当然，他们的朋友、亲人还活着，但只需要见他们一两次即可，不必列入被害人援助计划，除非他们身背嫌疑，不过在那种情况下，和他们谈话也不至于让你有心如刀割的感觉。这个念头我一般不和别人谈论，免得被人当作变态狂甚至懦夫；我更愿意面对死去的孩子，而不愿意一边看着孩子哭得撕心裂肺，一边还得逼他说出凶手后来还干了什么。死去的被害人不会在警局外面哭哭啼啼求你破案，你也不必强迫他们去回忆那些恐怖的经过，更不用担心如果你搞砸了，会不会毁掉他们的后半辈子。他们沉睡在停尸房里，无论我走对走错，与他们的距离何止相隔亿万光年，所以我才能专心对付害他们躺进停尸房的人。

现在我要去探望珍妮弗·斯佩恩，我就要面对这份工作中最可怕的噩梦了。我甚至有几分期望接到的是另一通电话，通知我们她没能醒来就撒手人寰，那样她还不至于在痛苦中越陷越深。

里奇扭头看着我，我才意识到自己还紧紧地攥着手机。他问："有消息吗？"

"看来可以向珍妮弗·斯佩恩打听那些ID了。她醒了，我们上去吧。"

珍妮病房外的医生很瘦，肤色很白，留着中分头和浅浅的山羊胡，看上去平添几分资历。他身后守在门口的巡警（估计我是太累了，看谁都像十二岁）看了看我和里奇，马上下颌一收，立正致意。

我出示证件："我是肯尼迪探员。她还醒着吗？"

医生仔细检查了一番证件。很好。"嗯，醒着，不过给你问话的时间恐怕不多。她吃了强效止痛药，受了这么重的伤，她的消耗非常大，估计很快就会睡过去。"

"她是不是已经脱离危险了？"

医生耸耸肩："还不敢保证。目前的情况比两个小时前有所好转，我们对她的神经功能恢复前景持谨慎乐观的态度，但伤口感染的风险仍然很大。再观察几天才能有比较明确的结论。"

"她开口说话了吗？"

"你也知道她的脸伤成那样，说话很困难。她告诉护士说她口渴，又问我是谁，还说了两三遍‘很疼’，然后我们给她加了止痛药，就这样。”

既然情况有变，巡警该进去守着的，但之前我又命令他看紧门口。老天，他还真听话。我真该派个有头脑的探员过来，而不是乳臭未干的毛头小子。里奇问道：“她都知道了吗？家人的事。”

医生摇摇头：“目前无法判断。估计她出现了一定程度的逆行性遗忘，这在脑部受伤的病例中很常见，一般来说只是暂时的，但我也很难保证。”

“你没告诉她吧？”

“我觉得你们可能想自己来，而且她也没问。她……唉，你看过之后就明白了，她的样子可不太好。”

他的嗓门压得很低，视线移向我的身后。这时我才留意到一个女人，她睡在走廊墙边的一张硬塑料椅上，两手紧紧按着腿上的一个大花钱包，脑袋往后歪的角度看起来很难受。她不像十二岁。她看起来至少有一百来岁——白发从发髻里散落出来，脸有些浮肿，大概因为哭得太凶太累，已经毫无血色——实际上，她的年龄应该不超过七十。我在斯佩恩家的相簿里见过她。她是珍妮的妈妈。

昨天警员已经和她谈过了。我们迟早得找她，但当务之急是进珍妮的病房，而不是杵在走廊里。“谢谢，”我也尽量小声地应道，“一旦情况有变，请通知我们。”

我们把证件递给看门的这位巡警，他翻来覆去地看，似乎可以研究一个星期。拉弗蒂太太在睡梦中动了动脚，嘟囔了几声。我差点儿想把这个巡警一把推开，好在他及时认可了我们的合法性。“长官。”他识相地递还了证件，从门口让开，我们这才走进了珍妮弗·斯佩恩的病房。

任谁也认不出婚纱照上那个光彩照人的姑娘了。她双眼紧闭，眼皮青紫肿胀，头上裹着一大卷白绷带，头发散在枕头上，几天没洗，黏糊糊的，已经成了暗褐色。似乎有人想帮她把血擦掉，但仍有些零散的血点和血块结成硬痂。一片纱布被裁成好几条，盖住了她的右脸颊。她的双手和菲奥娜的一样小巧精致，平摊在浅蓝色的毛毯上，手背上一大片瘀青血肿，埋着一根细细的管子。她的指甲很漂亮，修成美妙的弧形，涂了柔和的亮粉色指甲油，但有两三片指甲被掀掉了，想必痛入骨髓。更多的管子从鼻孔、耳后蜿蜒到胸口。簇拥在她周围的各种机器不时嘀嗒几声，吊瓶静静地滴液，金属床架上闪动着灯光。

里奇关上门，她的眼睛睁开了。

她望着我们，眼神迷离而空洞，仿佛在辨识我们是真是幻。看来止痛药已充分发挥效力了。“斯佩恩太太，”我的声音很和缓，但她仍然一缩，想抬起双手自卫，“我是麦克·肯尼迪探员，这位是理查德·柯伦探员。能否占用你几分钟时间？”

珍妮的双眼渐渐聚焦到我身上。她喃喃吐出几个字，经过伤口和绷带的层层阻截，显得混浊而滞涩：“出事了。”

“是的，很不幸。”我拉了把椅子到床边坐下。对面的里奇也有样学样。

“出什么事了？”

“前天晚上你在家里遭到袭击，”我说，“你受了重伤，但医生抢救得很成功，他们说你会好起来的。你还记得袭击的情形吗？”

“袭击。”她的思维竭力抵挡着沉沉的药力，力图浮上水面，“不。怎么会……什么……”随后她双眼一闪，顿时满脸惊恐之色。“我的孩子。帕特。”

我身体的每块肌肉都恨不得把我拖出门去。“很抱歉。”

“不。他们——他们在哪儿——”

她想坐起来，虽然因过于虚弱而无法如愿，但这些动作也可能使缝好的伤口裂开。“很抱歉。”我又说了一遍，一手绕过她的肩头，尽可能轻地按了按，“我们也无力回天。”

这番话激起的反应有千千万万种。有的人呼天抢地直至彻底失声；有的人浑身冰凉，不敢相信自己的耳朵；有的人发狂得要找人拼命，拦都拦不住。为了缓解他们的痛苦，我甚至扇过他们的耳光。而珍妮弗·斯佩恩和他们都不一样，她的全部防御前天晚上便已耗尽，再也无力抵抗这样的噩耗。于是她的头落回有些破旧的枕头上，她哭了，平缓地、无声地，泪流不止。

她的脸哭红了，扭曲了，但她已不想去掩饰。里奇俯身按住她没打吊针的那只手，她也紧紧攥住里奇的手，关节绷得发白。她身后那台机器的嘀嗒声微弱却笃定。我努力数着那嘀嗒声，暗自后悔没带水、口香糖、薄荷糖来，任何能塞进嘴里的东西都行。

过了许久，哭声渐渐隐去，珍妮一动不动地躺着，泛红、朦胧的双眼望着墙上斑驳的油漆。我说：“斯佩恩太太，我们会尽全力侦破此案。”

她没看我，喑哑的低语断断续续：“真的？你们……你们会亲自出动？”

“千真万确。”

里奇好言劝慰：“你的孩子没遭受痛苦，斯佩恩太太。他们甚至都不知道发生了什么事。”

珍妮的双唇开始抽搐。我抢在她再次陷入悲痛之前问道：“斯佩恩太太，关于那天晚上，你还记得些什么？”

她摇摇头：“我不知道。”

“没关系，我们能理解。能否请你花点儿时间回忆一下，看看能不能想起来什么？”

“我不……没印象。我真的……”

她非常紧张，又一次紧紧攥住里奇的手。我又说：“不要紧，那么你能记起来的最后一件事是……”

珍妮两眼茫然，一时我以为她的神志涣散了，但随即她就念叨起来：“孩子们洗澡。埃玛给杰克洗头，泡沫进了他的眼睛，他差点儿哭了。帕特……他把手插进埃玛的连衣裙袖子，装作在跳舞，逗杰克笑……”

“好的。”我应道，里奇握了握她的手以示鼓励，“非常好，任何细节都对我们有用。孩子们洗完澡以后……”

“不知道。我不知道。然后我就在这儿了，医生……”

“嗯，也许以后会想起来的。另外，请问这几个月来，有没有什么人给你惹来麻烦？你是否担心什么人？比如某个你认识的人举止怪异，或是在周围出没的什么人让你感到紧张？”

“没人。都没有。一切都好。”

“你妹妹菲奥娜说夏天的时候有人闯空门，能不能介绍一下经过？”

珍妮的头在枕头上动了动，像是被戳中了伤口。“也没什么。不算大事。”

“可听菲奥娜的口气，还挺严重。”

“菲奥娜太夸张了。我那天只是心情不好而已。我没什么特别担心的事。”

里奇和我隔着病床对视一眼，不知为何，珍妮在撒谎。

“你家墙上有不少小洞，和闯空门事件有关系吗？”

“没有。那些小洞……没什么。只是自家搞点儿装修。”

“斯佩恩太太，”里奇插话，“你确定吗？”

“嗯，确定。”

虽然身负重伤，药效也正在发挥作用，但她的神色愈显凝重，顽固得有如铁板。我想起了菲奥娜的话——珍妮并不软弱。

“在搞什么装修？”

我们等待着，但珍妮又合上了眼帘。她的呼吸很浅，我几乎看不出她的胸口有起伏。她小声说：“我累了。”

我想到了基兰和他正在查的ID问题，但珍妮的精神濒于崩溃，这时候肯定问不出结果，于是我温和地说：“还有几个问题，问完之后你就可以休息了。有个名叫艾丝琳·鲁尼的女人，她的儿子卡尔是杰克在幼儿园的朋友，她说暑假期间曾和你联系过，但后来你就不回她电话了。还有印象吗？”

“艾丝琳啊，记得。”

“为什么不回她的电话？”

她的肩膀轻轻耸动了一下，仅仅是抽搐而已，但这个问题让她有点儿畏缩。“没回就是没回。”

“你和她关系不好？和他们家有过节儿？”

“没有。他们挺好的。我只是忘记回电话了。”

那种顽固的神色再度闪过。我装作没看见，继续追问："上星期你是不是告诉过菲奥娜，杰克从幼儿园带回来一个小朋友？"

过了许久，珍妮才点点头，下颌开始颤抖。

"是真事吗？"

她摇摇头，眼睛和嘴唇都紧闭着。我又问："能不能告诉我，为什么你要跟菲奥娜那样说？"

泪水滚落到珍妮的脸颊上。她勉强挤出几个字："我应该——"一阵抽泣，她的话戛然而止。"我太累了……求求你……"

她推开里奇的手，用手臂挡住脸。里奇连忙说："那你好好休息。需要我们请被害人援助中心派人来和你谈谈吗？"

珍妮连连摇头，大口喘气，她指关节上皮肤褶皱中的血渍已经干涸。"不。拜托……不用……只要……让我一个人静一静。"

"他们很出色，我保证。我明白，到了这个地步，做什么都无法挽回了，但他们会帮你渡过难关。他们还帮助过很多同样不幸的人。要不给他们一次机会？"

"不……"她哆嗦着深深地喘了口气，总算控制住呼吸。旋即，她又迷茫地问道："什么？"看来止痛片的药效再次占了上风。

"没事，"里奇安慰道，"还需要我们拿点儿什么吗？"

"不……"

珍妮的双眼又合上了，她缓缓地坠入梦乡，那可能是最适合她的去处。我说："等你精神好一些我们再来。现在我们先留下名片，如果你想起什么情况，任何事都可以，请与我们联系。"

珍妮似是呻吟似是呜咽地微微应了一声。她睡着了，泪珠却仍沿着脸颊往下滑。我们把名片放在她床头的小桌上，退出了病房。

走廊里的景象还和之前一样。巡警依然保持立正姿势，珍妮的妈妈依然靠在椅子上没醒。她的头歪向一侧，捂着钱包的手指已经松开，顶着有些磨损的椅子扶手微微抽搐着。我尽量轻声吩咐巡警到病房里守着，然后和里奇快步绕过走廊转角，才停下来拿出笔记簿。

“很耐人寻味，不是吗？”里奇的语气有些消沉，但并不慌乱，活下来的被害人没有动摇他的意志。如果我要物色一位长期搭档，估计和他会配合得非常默契。“才几分钟，就撒了一大堆谎。”

“你也注意到了啊？这些谎话和案子是否有关，还很难说——我说过，人人都会撒谎——但我们不能不详查。以后还要再找珍妮。”我试了三次才将笔记簿放回衣袋，只得转过肩膀挡住，不让里奇发觉。

他略一踌躇，眯起眼睛打量我：“你还好吧？”

“很好啊，问这做什么？”

“你看起来有点儿……”他举起一只手挥了挥，“你也累坏了，依我看不如……”

“不如你提个建议，接下来我们怎么分工？没什么累不累的，不过又是一整天工作而已，等你多积累点儿经验就习惯了。就算累得要死，我也顶得住。之前不是和你聊过关于控制权的问题吗，到底有没有理解？”

里奇往后缩了缩，我这才察觉，我的语气比预想的还要凌厉得多。“我只是随便问问。”

理解需要时间，他确实听进去了。他并不刻意遮掩自己的弱点，也不急于为验尸时的失态挽回面子，他只是关心搭档而已。我又用温和的语气说：“谢了。不该训斥你。你呢？还撑得住吧？”

“嗯，我没事。”他弯了弯手指，疼得一咧嘴——珍妮的指甲在他手背上掐了好几个深紫色的印痕——然后，他回头看了看：“珍妮的妈妈，我们……什么时候可以让她进去？”

我走向走廊另一头的电梯：“随时都可以，但必须有人在一旁监护。我会打电话通知那个巡警。”

“菲奥娜呢？”

“也一样。她能来最好，只要她不介意探视时旁边有人。也许她们会让珍妮的情绪稍微好转一点儿，有些不肯对我们说的话，可能会跟她们说。”

里奇跟着我，没有吭声，但我明白他为何沉默。“你是觉得我应该更关心她们能帮珍妮多少，而不是能帮我们多少，对吧？而且你认为我昨天就该让她们进去。”

“她太惨了。她们毕竟是一家人。”

我先进电梯。“说得对，老弟，太他妈对了。一家人，那就意味着我们暂时没指望弄清楚她们之间究竟是怎么回事了。我不知道珍妮和妈妈、妹妹团聚两个小时以后，证词会受什么影响，我也不想知道。说不定珍妮见了母亲，负罪感反而更深，更为自己小看了闯空门的那个家伙而自责，于是接受我们的询问时，她会隐瞒那个家伙其实不止一次闯进家里的事实。也可能菲奥娜会告诉她，我们正怀疑帕特，那么等我们去找珍妮时，她就根本不会搭理我们。别忘了，菲奥娜虽然不是头号嫌疑人，但她的嫌疑并没有完全排除，除非我们查出凶手是怎么挑上斯佩恩家的；更何况如果珍妮一死，她还能继承财产。我根本不在乎被害人有多么需要一个拥抱，总之在我和她谈话之前，不能让她的遗产继承人先进去。”

“我觉得你说得挺对的。”电梯到了一楼，一名护士推着一车塑料管子和闪亮的器械走过来，里奇闪身让路，目送她匆匆穿过走廊。

“其实，你觉得我是冷血动物吧？”

他耸耸肩：“这话可轮不到我来说。”

“没准儿我还真是。这取决于你怎么下定义。里奇，对我来说，真正的冷血动物会直视珍妮弗·斯佩恩的双眼，告诉她：‘对不起，太太，我们抓不到杀害你亲人的凶手，因为我还得忙着讨好所有人，回见。’然后轻轻松松地回家大吃一顿，再美美地睡上一觉。这种事我做不出来。所以，如果查案过程中，我不得不狠心几次才能给被害人一个交代，那冷血就冷血吧。”出口的大门一震，自动往两侧滑开，一波被雨水刷洗过的清冷空气迎面扑来，我贪婪地让它尽情地往肺里灌去。

“趁珍妮的妈妈还没醒，先通知那个巡警吧。”

在灰蒙蒙的天光下，里奇的样子很糟糕：眼底布满血丝，塌陷的脸颊十分憔悴，要不是那身衣服还算上档次，保安估计会把他当成瘾君子给轰出去。这孩子的身体透支了。现在快三点了，再过五个小时又得值夜班。

“可以，给他打个电话。”看里奇的表情就知道，我的模样也不比他好多少。每一次呼吸都充盈着消毒水和血液的气味，似乎医院的空气已不依不饶地占领了我的每个毛孔。我甚至有点儿后悔自己不抽烟。“然后我们就从这儿撤退。该回家了。”

Broken Harbour / 第 9 章

狩猎偷窥人

我送里奇到他家门口——克拉姆林[①]的一栋米黄色联排别墅，别墅外墙的油漆剥落了不少，可见房子是租的；栏杆上拴着几辆自行车，可见有好几个人和他合租。“去睡一会儿，”我说，“记住我的话，别喝酒。今晚得打起十二分的精神。六点四十五分警局外面见。”他刚把钥匙插进门锁，脑袋就耷拉下去，仿佛再也没力气支撑那点儿重量。

迪娜没有给我打电话。我只能拼命地往好处想，这说明她在老老实实地看书或者看电视，也可能还没睡醒。但也不排除她正在撞墙，所以没能打电话。迪娜状态正常时会回短信，也会接几个电话，一旦陷入混乱，她连自己的手机也不相信，碰都不碰一下。我离家越近，手机的沉默就越让我压抑、不安，我鼓足勇气才伸手去开门。

迪娜盘着腿坐在客厅地板上，我的书散落在她周围，仿佛被一场飓风从书架上卷了下来。她正在撕《白鲸》里的某一页，瞪了我一眼，将那页纸揉成团往面前一丢，又把梅尔维尔的这本大作砰地一声扔到对面墙上，然后去

① 位于都柏林南郊。

拿下一本。

“你干什么——”我急忙丢下公文包，从她手里抢过那本书。她抬脚踢向我的小腿，我往后跳开了。“你干什么啊，迪娜？”

“好你个不要脸的狗杂种，居然把我锁起来，你以为我是什么，像条狗那样乖乖蹲在你家里是吗？我的事你少管！”

她猛地一扑，又去够另一本书。我双膝一跪，擒住她的手腕：“迪娜，听我说，我不能留钥匙给你，我自己就这一把钥匙。”

迪娜放声大笑，嗓音高亢，露出一口牙：“是啊是啊是啊，没有，是吧？狗屎先生的书都按字母顺序摆放，却没有备用钥匙？知道我想干什么吗？烧了这个。”她狂乱地抬了抬下巴，指点着面前小山似的书页，全是她撕下来的。“到时候看谁敢不让我出去。烟雾报警器叫起来能吵死人，你那些小气的垃圾邻居该不高兴了吧，哎哟，在小区里闹这么大动静……”

她真干得出来。想到这里，我的胃一阵绞痛，手上不由得松了劲儿。迪娜往侧面一闪，差点儿挣脱开去，又要扑向书堆。我慌忙将两手抓得更紧，把她推到墙上靠着。她想朝我吐口水，但没吐出来。“迪娜，迪娜，看着我。”

她使劲儿挣扎，又扭又踹，紧咬的牙关中迸出愤怒的哼哼声。但我牢牢钳住她，直到她彻底僵住，与我四目相对，那湛蓝而野性的双眼像极了暹罗猫。“听我说，”我凑近她的脸，“我得去上班，本以为回来时你还在睡，不想吵醒你起来开门，所以才带走钥匙，就这么简单。没别的意思，好吗？”

迪娜想了又想，渐渐地，她的手腕在我手中一点点地放松。“下次你再敢，”她冷冷地说，“再有下次，我就打电话给你们那些警察，说你把我锁在这里，每天都强奸我，变着法子强奸我。到时候看你还上什么班，侦探大人。”

“我的上帝啊，迪娜。”

“我说到做到。”

“我知道。”

“喔，别那样看我，既然你敢把我当成动物锁起来，当我是疯婆子，那我总要逃出去，不管用什么办法，都是你的错。不是我的错，是你的错。”

战争结束了。她如同赶蚊子一般甩开我的手，开始用指尖理顺头发。“好吧，”我的心脏还狂跳不止，“好吧，对不起。”

“说真的，麦克，你这着棋真蠢。”

“嗯，显然。”

“何止显然，是显而易见。”迪娜从地上站起来，推开我，拍拍双手，踩过乱糟糟的书堆时，还厌恶地挤了挤鼻子。“天哪，真乱。”

“明天我也得上班，而且也没空去磨备用钥匙。要不先送你去杰莉那儿吧。”

迪娜呻吟着：“妈呀，杰莉。又要缠着我聊她的孩子了。我挺喜欢他们，但是，希拉来月经、科尔姆的体育课？耳朵都起茧子了。”她一屁股落进沙发，弹了两下，把脚伸进摩托靴。“既然你真的只有一把钥匙，那我就不住这儿了。不如去杰泽那里。能借用下手机吗？我的欠费了。”

我不知道杰泽是谁（或者是什么东西），但听起来和我不是一路的。“宝贝儿，拜托帮帮忙，真的。我现在手头一大堆事，送你去杰莉那儿我才安心。我明白这听着很搞笑，你在她家也无聊得要死，可我就是放心不下你。求你了。”

迪娜抬头瞪着我，又是暹罗猫那种眼睛一眨也不眨的凝视。鞋带缠绕在她的指尖。“这个案子，”她说，“心碎港湾这个案子，你陷进去了。”

见鬼，见鬼见鬼见鬼，我最怕她联想到这个案子。“不是啦，”我只能故作轻松，“其实主要是因为我得带着里奇，我的搭档，跟你说过的那个新手，记得吗？麻烦得要命。”

“为什么？他太笨了？”

我也从地上站起来。刚才这一闹，膝盖不知怎么磕了一下，但千万不能被迪娜发现。“一点儿都不笨，就是缺乏经验。他是个好孩子，以后会是个好侦探，但还得多磨炼。我有责任提携他。这星期动不动就要十八个小时连轴转，有得熬了。”

“在心碎港湾泡上十八个小时。你怎么不把这案子转给别人？”

我从乱书堆里挣扎出来，强忍着没一瘸一拐。地上起码有百来张纸，估计每张都是从不同的书里撕下来的。我不敢再细想。“那不合适。我没问题的，宝贝儿，真的。”

“嗯。”迪娜继续折腾鞋带，猛地一扯，拉得紧紧的。“我很担心你啊，知不知道？”

“免了。你要真想帮我一把，最好的办法就是逗我笑一笑，然后去杰莉那里住两天。怎么样？”

迪娜把鞋带系了个古怪的结，又歪着头检查了一下。“可以。”她极不情愿地长叹一声，“不过，你得开车送我去。公交车太挤了。还有，快点儿去磨钥匙。”

我开车送迪娜去杰莉家，自己找了个借口没进去。杰莉留我吃晚饭说：“不会传染啦，科尔姆和安德莉亚没生病，你可以用科尔姆的碗，他很大方的——波奇，下来！——不知道他一直躲在洗手间干什么，不过那是他的事……”迪娜在杰莉背后偷偷朝我扮了个鬼脸，杰莉拉着她进门时，她还扭头对我做了个“你欠我个人情”的口型。杰莉边走边说个没完，名叫波奇的小狗在她们脚边又跳又叫。

我又回了趟家，拿手提袋装了点儿东西，草草冲了个澡，小睡了一小时——我已经练就了不用闹钟就按时醒来的本事，但平时保险起见还是会上闹钟。我像初次约会的少年那样精心打扮，感到又紧张又兴奋，只为那一个人。衬衫领带齐全，以备有机会审问；两件厚毛衫，可以在寒风中守候；深色厚外套，一旦短兵相接多少能挡一挡。我想象着他也在某个地方，一边整装待发，一边怀念着“心碎港湾”。不知他是仍以猎人自居呢，还是已经意识到自己变成了猎物？

六点四十五分，里奇已经守在都柏林城堡的铁门外，挎着运动包，穿一件风衣，头戴羊毛帽。看他那体形，估计是裹上了家里所有的毛衣。我顶着限速，朝心碎港湾一路疾驰，四周的田野渐渐暗淡下去，烧草木灰的味道、新犁过的泥土气息将空气填充得尤为芬芳。我们把车停在海景花园的广场，下车穿过小区，朝斯佩恩家走去。天全黑了，举目望去唯有一座座脚手架，没发现陌生的车辆。

我事先温习过小区的地图，记下了路线，但刚一下车，顿时有点儿分不清东南西北。暮色四合，漫天乌云散尽，敞露出深青色的天穹。有几栋房子的屋顶上微微泛出白光，那是月亮升起的方向。但小区里的街道依然阴暗，一堵堵花园围墙、亮不起来的路灯、松松垮垮的铁丝网，无不阴森逼人，几步之外便难辨形貌。我们模糊的身影那么扭曲、那么陌生，加上肩上背着的装备，俨然是两个驼背怪物。踩过一片片灰泥地，脚步声在光秃秃的围墙间激起阵阵回声，似是有人在身后步步紧随。我们都默不作声——黑暗可以掩护我们，同样也可以掩护躲在其他地方的任何人。

黑暗中，海的咆哮越来越猛烈，越来越凶暴，越来越令人迷失方向，仿佛浪头即刻就会从四面八方朝我们迎头袭来。警员巡逻时开的深蓝色旧标致车如幽灵般突然紧贴着后背冒出来，吓得我们的心脏漏跳了半拍。大海那冗长单调的轰鸣把巡逻车的马达声都盖住了。我们刚回过神来，车子就悄然滑进一座座房子中间，消失得无影无踪。房子的一个个窗洞里，点缀着来自天幕的星光。

我们沿着“涨潮路”往里走，路面上落下一块块方形的光斑，其中一块恰好照亮了停在斯佩恩家门外的一辆黄色菲亚特。看来，冒牌菲奥娜已经就位。到了“海景大道”的路口，我将里奇拉进拐角这栋房子的阴影中，附耳吩咐：“夜视镜。”

他俯身从包里拿出一副夜视镜。虽然是新人，但装备科倒也不亏待他，给了他高档货。星光消失了，黑沉沉的街道顿时鬼魅般活灵活现过来。灰色的高墙上攀援着色泽暗淡的爬山虎；苍白的野草占据了人行道，一路往前延伸。两个花园里都有发光的小东西或潜伏在角落或疾速穿过草丛；一棵树上栖息着三只幻影般的斑鸠，脑袋埋在翅膀底下。除此之外，视野范围内再没有体积更庞大的可疑目标了。整条街都很安静，唯有海浪声、拨弄着爬山虎的风声以及一只孤鸟在围墙外远远的海滩上的悲啼声。“安全，”我对里奇耳语，“走吧，多留点儿神。”

从夜视镜后面望去，凶手的据点里风平浪静，至少我能看到的角落里都没有异常。脚手架锈得不成样子，我们翻进去时它都在发抖。月光从楼上的一个窗洞里倾泻下来，塑料布像窗帘似的被别到一边。这个房间已经打扫干净，所有的东西都被鉴证科带回去提取指纹、纤维、毛发、体液等。墙上和窗台上还残留了不少黑色的指纹粉。

斯佩恩家的每盏灯都亮着，整栋房子俨然成了为我们指路的巨型灯塔。冒牌菲奥娜在餐厅里，还穿着红色呢外套。她灌了一壶水，倚在厨台上等着水烧开，两手捧着水杯，怔怔地盯着贴在冰箱上那几张孩子的画。花园里，月光照亮了光滑的树叶，那么白、那么亮，仿佛每棵树、每丛灌木都会在瞬间繁花绽放。

我们效仿凶手的路子摆开阵势：先守住这个房间的后墙，同时监测前面的窗洞和斯佩恩家的餐厅，向外又能眺望海滩（他把海滩当成出入自如的大门）。其他窗洞上都罩着塑料布，以防有人隐身于周围的房子里窥视我们。夜很冷，到黎明前一定会结霜。我铺开睡袋坐上去，又在大衣外多披一件风衣。里奇则像个去野营的孩子，跪在地上从包里掏东西：一个保温瓶、一袋巧克力饼干、几个包在锡纸里压得有点儿扁的三明治。“饿了，”他说，“来个三明治？怕你没得吃，我特意带了两人份的。”

我下意识地想推辞，却发觉他说得对，我忘了带吃的，都是迪娜害的，而且我这会儿也确实饿了。“谢了，”我说，“来一个吧。”

里奇点点头，把几个三明治都推到我面前：“起司西红柿的、火鸡肉的、火腿的。自己挑。”

我拿了起司西红柿的。里奇拿保温瓶盖当杯子，倒了浓茶，朝我斜了斜杯口，我递过自己的水壶，他把茶倒进去，又给自己再倒一杯。然后，他舒舒服服地往墙上一靠，美美地啃起三明治来。

看他那样子，今晚是不打算深谈了，也好。我知道其他探员通宵盯梢时常常推心置腹，但我不会。曾有一两个新人找我聊，天知道是真的喜欢我，还是想跟上级套近乎，我没兴趣了解，所以他们刚开个头就会被我制止。

“味道不错，”我又拿了一个三明治，“谢谢。”

夜色渐深，该到各就各位的时候了。我和警员分别进行了联络。冒牌菲奥娜的声音很镇定，镇定得过了头，但她说她挺好，不用安排替补。“万宝路”和他的朋友们则说，一整晚也就看见我们的时候才激动了一下下。

里奇像个机器人似的嚼着三明治，目光越过最后那排房子，呆呆地望向漆黑的海滩。茶的香气给房间平添了几分暖意，令人安心。过了一会儿，他说：“真难想象从前这里是个港口。”

“确实是港口。”我说。在他听来，可能以为我还特意到网上搜索过。只有无聊透顶的人才会把零零碎碎的闲暇时光都耗在网上。“很久以前，这里是个渔村。如果你去海滩南端看看，说不定还能找到从前那道防波堤的遗迹。”

“所以才叫心碎港湾是吗？因为防波堤垮了？”

“错。‘破碎’[1]其实是从‘破晓’[2]的意思转过来的，估计是因为以前这里是个看日出的好地方。”

里奇点点头，又说：“以前肯定很美，可现在，成这模样了。”

“是啊。”

海的气息漫过围墙，从每个空空的窗洞涌进来，辽阔而狂野，席卷着令人迷醉的秘密。我不信任这股气息，它刺破理性与文明的外衣，撩拨着我们身心深处的某根弦，那是早在人类意识成型以前深埋于海洋里、如今则沉淀在我们每个细胞中的某些残片；它挑逗着我们，直到我们如同发情的动物，盲目地随它狂舞。在我少年时，这股气息曾让我热血沸腾，如电光石火燃烧着我的肌肉，挑动我一次次撞击房车的厚壁，直至父母抬手放行，任凭我去追随它的召唤，奔向那所谓一生只有一次的绝美诱惑。而现在的我看透了，这股气息是一剂毒药，它引诱我们跳下高崖，跃入巨浪，抛下所有我们深爱的人，奋力迎向纵横岂止千万里的无边水域，只为一睹或许存在于远方彼岸的风景。前天夜里，那个人翻下脚手架，直奔斯佩恩家而去之时，他的鼻腔

---

① 原文为“broken”。

② 原文为“daybreak”。

里也充盈着这样的一股气息。

里奇说："孩子们会说那里闹鬼。"

"可能吧。"

"他们还会玩试胆游戏，一个个跑去敲门，然后钻进去。"

珍妮为她温馨的餐厅购置的灯罩亮了，映出黄色的蝴蝶图案。少了的一个灯罩，现在正躺在拉里的实验室里。"瞧你说的，好像那房子会永远荒废似的。老弟，别那么消极，等珍妮好起来，肯定会卖掉房子。祝她好运吧，她能挺过去。"

里奇木然应道："再过几个月，整个小区都会荒了。死气沉沉地泡在水里。没人会来这里买房，就算来了，还有好几百座房子可以选。难道你会选那一座？"他用下巴指指窗外。

"我可不信幽灵，你也别信，至少吃这碗饭的时候别信。"我还有半截话没说出口。我眼中的幽灵并不栖居于斯佩恩夫妇的血泊中，它们盘踞在整个小区，犹如硕大的飞蛾，在那些空旷的门廊内外飞进飞出，盘旋在颓败的烂尾楼上空，一次次地撞击那寥寥几扇亮着灯的窗户，大张着嘴发出无声的呼号——它们本该入住这里。年轻人梦想带着妻子踏进新房门槛；在医院降生的宝宝本该被抱回家里温馨的婴儿房；那些可能永远都亮不起来的路灯，本该见证少男少女甜蜜的初吻。随着时光流逝，曾发生过的一切也会化作幽灵飘然远隐，倘若往事的刀刃能割伤你千次万次，自然会被你的疤痕消磨得越来越钝，越来越薄。唯有那些永远没有机会发生的，才会永远保留锐利无比的刺骨锋芒。

里奇消灭了一半三明治，将锡纸在掌心里搓成一个球。"问点儿事行吗？"

他还老老实实举手了，简直当我是头发花白、戴高度近视眼镜的老教授。我都听出了自己话音中的烦躁："没必要打报告申请，里奇。解答你的问题也是我工作的一部分。"

"好。"里奇说，"我不太明白，我们怎么会到这里。"

"来到这个地球上？"

他想笑又不太敢笑。“不，我是指……比如说，这儿。在这儿蹲点。”

“你想回家睡觉？”

“不！我想来这儿，不想去其他地方。我只是好奇，嗯……谁来都一样，不是吗？只要目标出现，谁都可以拿下他。我还以为你会……唔，找人代班什么的。”

“就逮捕目标而言，谁来都差不多，但接下来的步骤，区别就大了。当你亲手给那兔崽子铐上手铐时，你就占据主动地位了。这等于告诉他，从今往后谁才是老子。我巴不得所有逮捕的活儿都能亲力亲为。”

“但并不是每次都赶得上。”

“老弟，我又不会魔法，哪来的分身术。有时总得给别人一点儿机会。”

“但这次不一样，除非我们两个累趴下，否则别人根本没机会插手，对不对？”

他的话中带着一丝笑意，听着特别顺耳，他理所当然地和我站在了同一战线上。“没错，”我说，“我带的咖啡因含片够我们坚持一阵子了。”

“是因为遇害的孩子？”笑意消失了。

“不，”我说，“如果只是为了孩子，让普通警员来对付那家伙也没什么。我想亲手逮捕杀害帕特里克·斯佩恩的凶手。”

里奇望着我，等待着下文，见我没说下去，才问：“怎么说？”

或许是因为我抓住脚手架站起身时嘎吱作响的膝盖和僵直的脖颈，加上年华渐老、力不从心的沉重感；或许是因为我突然很想弄明白，在同样漫长枯寂的彻夜蹲守中，其他人究竟都聊些什么，才让他们第二天步入警局时有了那样的默契，脑袋一歪，眉毛一扬，彼此便心领神会；又或许因为这两天来有那么几次，我发觉自己不只是在带一个新人，更像是和里奇相互配合，并肩战斗；也可能是大海那股危险的气息，滋长了我“有何不可”的小小念头；也说不定我只是累坏了而已。于是，“告诉我，”我说，“你觉得如果那家伙更在行一点儿，会怎么样？比如说，他下手之前先把这里清理干净，作案后抹去鞋印，再把凶器留在现场？”

“那我们的怀疑就会集中在帕特里克·斯佩恩身上了。”

黑暗中，我几乎看不清他的样子，只能辨认出他的头斜倚在窗台上的角度，以及他那微微指向我的下颌轮廓。“是啊，可能性很大。就算我们怀疑凶手另有其人……如果形容不出他的模样，拿不出一丁点儿证据证明他的存在，你觉得别人会怎么想？戈根家那女人，整个布莱恩斯顿，大街上看到新闻报道的路人，帕特和珍妮的亲人，他们会怎么想？”

里奇答道：“帕特。”

“和我们想的一模一样。”

“而真正的凶手还逍遥法外，说不定正准备干下一票。”

“可能吧，但这不是重点。就算那家伙昨晚回家找个地方自己吊死，他也把帕特里克·斯佩恩变成了凶手，所有听过帕特里克·斯佩恩这个名字的人，都会认定他残杀了同床共枕多年的女人，残杀了他们的孩子。”光是说出这番话，我的脑壳里便嗡鸣不止。这就是罪恶。

里奇轻声说：“帕特已经死了，再没有什么能伤害到他。”

“是啊，他死了，只活了二十九年。本来他还可以多活五十年、六十年，但那家伙决定全部夺走。这还不够，他连这可悲的二十九年都不放过。他夺走帕特所拥有的一切，什么也不给他留下。”这样的罪恶，犹如一团黏湿的黑尘，低低地飘出这个房间，笼罩了房屋，遮蔽了田野，吞噬了月光。“真他妈操蛋，”我说，“操蛋得我不知道该怎么形容。”

我们无言对坐，此时，冒牌菲奥娜找到簸箕，扫掉了餐厅角落里一个盘子的碎片。过了一会儿，里奇开了那袋巧克力饼干，递给我一片，我摇摇头，于是他自顾自地吃了半袋。又过了一会儿，他说：“我能问点儿事吗？”

“说真的，里奇，你这习惯得改。如果我们审犯人的时候，你发言还得先举手，那可真是灭自己威风。”

这次他真的笑了。“我是想问点儿私人问题啦。”

我从来不回答私人问题，不回答新人的私人问题。今天这番谈话，本来也不可能发生在我和一个新人之间。没想到感觉这么好、这么轻松，我很震惊。什么老手啊、新人啊、代沟啊，都抛开不管，就是两个男人随便聊聊。

“问吧，”我说，“万一问到不该问的，我会提醒你。”

“你父亲是干什么的？”

“退休了。以前是交通管理员。”

里奇扑哧笑出了声。我问：“有什么好笑的？”

“没什么，只是……我还以为会是更体面一点儿的工作，比如在私立学校教地理。不过，既然你这么说了，这份工作应该也有它的意义吧。”

“这算是恭维吗？”

里奇没回答，又往嘴里塞了一块饼干，拍掉手指上的碎屑，但我察觉得到，他在思考。过了一会儿，他说：“昨天你在现场说，被害人往往都是咎由自取，一般只有坏人才会招惹上坏事。我觉得这有点儿站着说话不腰疼，你懂我的意思吗？”

与其说我有几分恼怒，倒不如说我被稍稍刺痛了，但我没太在意。“怎么说呢，老弟，根据我的经验——不是我倚老卖老，我走过的桥确实比你走过的路还多——人这一辈子，基本上种什么瓜就得什么果。虽然不能说百分之百，但百分之八九十总没错。如果你觉得自己很成功，你就会很成功；如果你把自己看得一文不值，到头来你就会一文不值。生命里的每一天，你的内心都在不断塑造你的外在。听懂了吗？”

里奇望着那边餐厅里温暖的黄色灯光。“我不知道我爸是干什么的，我没见过他。”他说得若无其事，似乎这话他从前已说过太多次。“我是在那种公寓大楼里长大的，可能你早就知道了。我见过很多人平白无故地遭到飞来横祸。很多。”

“可是看看现在的你，在最好的警局当侦探，干你梦寐以求的工作，查的是今年最大的案子，还他妈立马要破案了。别管你是什么出身，这就是成功。你的例子恰好证明了我的观点。”

里奇没转头。“我敢说，帕特里克·斯佩恩也和你的想法一样。”

“也许吧。那又怎样？”

“他还是丢了工作。拼命工作，乐观向上，每件事都办得稳稳当当，到头来只能吃救济金。难道他也是自作自受？”

“真他妈不公平，我第一个要说他不该被炒。但是拜托，谁让现在经济不景气呢，特殊时期嘛。”

里奇摇摇头：“有时候，人一倒霉，喝凉水都塞牙。”

夜空中繁星点点，很多年没见过这么灿烂的群星了。身后，潮声与风声扫过长长的野草，化作悠长宁静的爱抚，慰藉着夜的脊背。“不管是真是假，你都不能这么想。你得相信，绝大多数时候还是善有善报、恶有恶报。”

“不然呢？”

“不然你早上怎么起床？有因才有果，相信这个又不难。这种信念就像钙或者铁，一时半会儿没有，倒也过得去，但缺了它，你会慢慢垮掉。你说得对，人生从来都没有公平可言。这是宿命，也是我们这份工作的意义。匡扶正义是我们的使命。”

埃玛房里的灯亮了——冒牌菲奥娜表现不错。灯光将窗帘映成了半透明的浅粉色，映出了一只只小动物欢腾雀跃的轮廓。里奇朝那扇窗点点头说：“那个，我们是无法挽回了。”

今早停尸房之行的阴影还滞留在他的声音中。“对，”我说，“人死不能复生，但至少我们还能将凶手绳之以法，还能让幸存者有机会重新开始。至少我们还能做到这么多。我明白，我们不可能拯救世界，但我们让世界变得更好。”

“你相信吗？”

他转过脸，在月光下，那张脸年轻、白净。他多么期待我的话能成真。“是啊，”我答道，“我信，可能我太幼稚，被别人说过好几次幼稚了，但我信。以后你就明白我的意思了。等着吧，等我们抓到这家伙，等那天晚上你回家，上床，想着他蹲在大牢里，背着三条人命的无期徒刑，看看那时候的世界，是不是比现在这个更美好。”

冒牌菲奥娜拉开埃玛的窗帘，凝望着花园，浅浅的侧影映在粉色墙纸上。里奇望着她说：“但愿如此。”

小区里稀疏的几点灯光也开始渐渐熄灭，有人居住的那几条街道骤然坠入黑暗。里奇蹭蹭戴着手套的双手，哈了几口暖气。冒牌菲奥娜在几个空空的房间里来回走动，灯开了又关，窗帘拉开又合上。寒意穿透我们藏身之处的水泥墙，侵入我背上的外套，径直渗进我的脊梁。

长夜漫漫。有几次外面传来可疑的杂音：草丛中似乎有人窸窸窣窣悄然潜行，路对面的房子里突然迸发出疑似挣扎打斗的吵闹，偶有一两声短促尖锐的号叫。每次我们都纵身跳起，紧贴墙根，还没反应过来究竟听到了什么就准备行动。又有一回，夜视镜中出现一只狐狸，通体放光，泰然自若地站在路中央，仰着脑袋，不知是什么小东西从它嘴边垂下来。还有一回，我们捕捉到一束光，来来回回扫过一个个花园，扫过砖块和草丛。有几次我们动作太慢，只赶上戏码的收尾：小石头滚动几下、爬山虎合上枝蔓，或是稍纵即逝的白光。每次我们心跳恢复正常，重新坐下所需的时间都越来越长。夜已深沉，目标就在附近，这是一场拉锯战，他也在聚精会神，拿捏时机。

“我差点儿忘了，”过了一点钟，里奇突然说，“我还带了这玩意儿。”他俯身从运动包里拉出一副黑色塑料望远镜。

“望远镜？”我伸手接过来，翻开盖子瞅了瞅。看着像便宜货，不是装备科给的。盖子还留有新塑料的味道。“你特意跑去买了这个？”

“和凶手用的型号一样，”里奇怯生生地答道，“我觉得我们也得备一副。他能看见什么，我们也得看见什么，是吧？”

“老天在上，你该不会是那种多愁善感的家伙吧，一旦信不过直觉，就想‘站在凶手的角度设身处地地看问题’？”

“不不，绝对不是。我是就事论事嘛，比如说，他能不能看到目标的面部表情啊，能不能看清他们家电脑屏幕上的内容——他们上的网站的名字什么的。诸如此类。”

即便是在月光下，我也能看出他脸红了。我有点儿感动，不光是因为他自己掏腰包花时间去买了一模一样的望远镜，更因为他如此坦然地表现出对我那些观点的重视。我递过望远镜，温和地应道：“不错的点子。看看吧，说不定有意外收获呢。”

要他不来这个房间，那无非也就是晚上出来随便散散步而
的身份，和他好好聊聊，除非他傻到穿了那双带血的鞋
的地步，否则我们无权羁押他。要是几小时后不得不放走
人抓他，免得他自以为赢了你我一局。就算他溜了也不
要来，想闻不到他那味道都不行，就像一大坨热腾腾的
头上。从发现这个据点时起，我就知道他会回来。逃亡
”

一块儿去了：“他肯定来。今天他的行动已经比昨晚更
摸一摸案子的底细。如果他看见贾妮……”
厅搬东西。我敢打赌，他的第一个动作就是从路对
斯佩恩家。等他发现‘菲奥娜’在家，肯定想知道
而要得到答案就必须回到这儿。而房子中间的空
所以他不可能翻墙从后面进来，一定得走这条‘海

在周围房子的黑影中，路尾则蜿蜒伸进一片朗朗月
镜盯住路口，你盯路尾。一有动静，无论大小，马
们一定要沉住气，最好别惊动周边的住户，不过只
家伙很危险，我们一刻也不能忘记这一点。按说他
假设他有。不管有没有，这家伙都是头野兽，我们
他在斯佩恩家里都干了什么，再想想看，我们要
等待遇。”

镜递给我，开始把东西塞回运动包，动作又快又
东西剩下的包装纸丢进一个塑料袋，清理干净。
剩下光秃秃的地板和水泥砖，似乎我们从未来
的墙角里，不仔细看基本不会发现。
窗洞，身体蹲在窗台的阴影中，掀起塑料
我看了看斯佩恩家，冒牌菲奥娜抱着一
开了。从二楼杰克的窗户望去，

他似乎恨不得挖个地洞把望远镜扔进去，但还是调了调焦距，手肘撑在窗台上，将镜头对准斯佩恩家。冒牌菲奥娜在洗碗池边洗水杯。我问道：“看清楚了吗？”

“能看到贾妮的脸，很清晰，如果我会读唇语，估计连她说什么都知道。如果电脑在那儿的话，估计看不见屏幕，因为角度不对。不过书架上那些书的标题能看出来，还有那块小白板上的购物清单：鸡蛋、茶叶、沐浴露。这还是有价值的吧？如果他掌握了珍妮每天晚上的购物清单，就可以预测第二天她会去什么地方……”

“值得关注。我们要特别留意她买东西那几个商店的监控录像，看看有没有什么人频繁出现。”洗碗池边的冒牌菲奥娜突然猛一回头，似乎觉察到我们正窥视着她。虽然我没用望远镜，依然能看出她在颤抖。

“哥们儿，”里奇突然喊道，声音大得吓我一跳，“见鬼，抱歉，你快来看一眼。”

他把望远镜递给我。我对准餐厅，按我比里奇差一大截儿的视力调整了镜头。“要我看什么？”

“不是餐厅，往那边，大厅的方向，能看到前门。”

“然后呢？”

“然后你看看前门左边。”里奇说。

我将望远镜往左移去，看到了报警器的按键盘。我低低吹了声口哨。虽然看不清数字，但没那个必要，只需观察某人手指移动的方向，密码便呼之欲出。只要珍妮弗·斯佩恩愿意，每天都可以换一个密码，而当她或者帕特进屋锁门后，凶手在这儿不出两分钟，便可让她的防线化为泡影。“哈哈，”我说，“亲爱的里奇，我真不该瞧不起你的望远镜。凶手攻破报警系统的方式已经明朗，就算今晚他不现身，我们也算没白来。”

里奇低头擦擦鼻子，又难为情又欣喜。“我们还是不知道他是怎么弄到钥匙的。没有钥匙，光搞到密码也没用。”

这时，我外套口袋里的手机振动起来，是“万宝路”。“我是肯尼迪。”我说。

他用手挡着话筒，声音很低。“长官，有料儿。我们发现一个家伙从‘海景大道’溜出来，那是条死路，尽头是小区北面的围墙，两边只有建筑工地，从那条路出来的人，只能是翻墙进来的。他个子挺高，一身黑，不过我们不敢跟得太紧，所以只看到这些。跟了一段，他拐进‘海景草坪’，那又是条死路，两边的房子都没完工，进去的人肯定没安好心。我们不敢一直跟进去，不过已经在‘海景草坪’的路口蹲点，到目前为止还没发现有人出来，不排除他又翻墙出去了。我们打算绕过去包抄，看能不能逮住他。”

里奇扭头注视着我，全然忘了手中的望远镜。我说：“干得好，探员。就先守住路口，立即把周围摸排一遍，如果能看清楚那家伙的样子最好，赶紧向我汇报，但千万注意，决不能打草惊蛇。万一碰上什么人，也不要停下来，不然对方会马上发觉你在盯着他。你们就继续开车，随便聊点儿什么，能探到多少算多少。去吧。”

我不敢开免提，因为目标还没落网，他可能出现在任何地方。爬山虎的任何一次扰动，都可能是他在出没。我示意里奇凑过来，他蹲到我旁边，侧过耳朵。

电话那头的警员们低声交换意见，其中一人摊开地图指点方向，另一人放慢车速，发动机低低地轰隆几声。还有人用指尖轻叩着仪表盘。大约一分钟后，电话那头突然没头没脑地大声嚷嚷起来：“他老婆还跟我说，拿去啊，跟你那些东西一起塞到箱子里！”接着又是一阵十分做作的大笑。

里奇和我的脑袋几乎贴到一起，我们紧挨着手机，连气也不敢出。嚷嚷声渐行渐远，随即，仿佛过了整整一个星期那么久，“万宝路”才说话，声音比先前轻得多，但是带有掩饰不住的兴奋：“长官，刚刚碰到一个男的，五英尺十英寸到十一英寸，比较瘦，往东沿着‘海景大道’走过去了。那条路和‘海景草坪’就隔堵墙。因为没路灯，所以看得不太清楚，他穿一件中等长度的深色外套、深色牛仔裤，戴深色毛线帽。从步伐来看，估计二三十岁。”

里奇急促地喘着气。我尽
“没有，长官，是真的。
他听见我们从背后开过来时，
躲开。后来我们从后视镜里
个方向。”
“‘海景大道’有人
“没有，长官，两边
那就不会有人指责我
‘海景大道’两旁住满
手，不会见了人就挥刀
里奇挪到他的运动
身形暴露在窗口。他
小区的地图。
“很好，”我说
恩家的餐厅，他做
备，确保门窗都上
件、书、DVD，
伙的地方，如果
则不用给我打电
我将手机
区西北角。“
果他朝我们这
钟，可能十五
“差不
据点。他会
静……以
里奇
不是我们

“无所谓。只
已，我们可以查查
子或者一问就招供的
他，那我巴不得让别
怕，那样我就知道他
麝香泡在屋顶上、石
的野兽早晚都要回窝
里奇也和我想到
进一步，恐怕他死都想
“所以才让她往餐
面的房子里正面观察
她搬那些东西干什么，
隙太窄，他挤不过去，
景大道’。”
这条路的路口笼罩
光。我又说：“我用夜视
上吱一声。等他来了，我
怕到时也由不得我们。这
不至于带武器，但我们得
现在还占了他的老窝。记
是落到他手里，也会享受
里奇点点头，将夜视
准。我叠起地图，将里奇吃
才过几秒钟，整个房间又只
过。我将装备转移到黑乎乎
里奇挪到面朝路尾的那
一小角，观察外面的动静。
进了餐厅，放到桌子上，又

特和珍妮的卧室里亮着灯。我紧靠着俯瞰路口的这扇窗户旁边的墙，举起夜视镜。

镜中的大海无影无踪，化作深不见底的浓黑。路口旁那灰色的脚手架交叉着延伸向远方，一只猫头鹰从路中间飞过，犹如一张燃烧的纸飘浮在空中。这样的静谧，仿佛永无尽头。

我的眼皮简直要冻僵了，但又不能不眨眼。一点儿声音也听不到。刚才路口还空空的，下一瞬，他就站在那儿，发着白光，那么醒目，宛如伫立于两侧阴翳废墟之间的天使。他的脸太亮，令人难以直视。他伫立着，倾听着，像一名即将踏入竞技场的角斗士，仰着头，两臂自然垂在身侧，手掌半合，蓄势待发。

我屏息静气，一边盯着他，一边挥手召唤里奇。他刚转过头，我就指了指窗外，示意目标出现。

里奇低俯着身子，迅速溜到我这个窗洞的另一头，动作轻灵得仿佛没有体重。他靠到墙上时，我看见他的手移向了枪托。

目标慢慢地从路口走过来，每一步都非常小心，一有风吹草动就扭头观望。他两手空空，没戴夜视镜，孤身一人。他一走近，花园里发光的小动物就纷纷舒展身体，接二连三地跳开。在金属和水泥放出的光芒交织之下，他看上去如同地球上剩下的最后一个人。

目标与我们只隔着一栋房子了，我放下夜视镜，那闪闪发光的高个子瞬间化作一团墨影，缓缓浮出黑沉沉的夜，踏上门口的台阶。我示意里奇从窗洞前退开，隐入阴影中。里奇悄悄退到和我对角的墙角里，霎时，我听见了他急促的喘息，随即他也意识到了，连忙调整好呼吸的节奏。目标的手刚一接触铁栏杆，整个脚手架便微微一颤，整栋房子似乎被一道黑雾席卷而过。

他一步步往上爬，震颤感越发明显，宛如敲打低音鼓的节拍。随后，一切暂时沉寂。他的头部和双肩出现在窗口，比黑夜更黑。我看见他的脸往两侧墙角里转了转，房间很宽敞，我们躲在阴影中，很安全。

他轻车熟路地翻过窗台，看样子这个动作已演练过无数次。脚刚落地，他的身体便转向窥探斯佩恩家的那个窗口。我从墙角一跃而出，猛然撞向他的后背。他嘶哑地惊呼一声，跌倒在地，我用手肘锁住他的咽喉，另一手将他的一条手臂拧向背后，径直将他推到墙上。他肺里的空气顿时被挤出来，化作尖厉的喘息。他刚一睁眼，就迎上里奇的枪口。

“警察，别动。”我说。

他浑身每块肌肉都绷得死紧，整个人简直像是铁棍拼起来的。我的声音既冷酷又洗练：“为了大家的安全起见，我要给你铐上手铐。有什么情况需要向我们交代吗？”

他好像根本没听见我的话。我松开手盯着他，他也没动，甚至连我反剪他的双手、咔嗒一声紧紧铐上手铐时，他也毫无反应。里奇飞速地将他从头到脚浑身上下用力拍打一遍，把缴到的东西堆在地上：一只手电筒、一包纸巾、一管薄荷糖。不知他的车藏在哪里，反正身份证、钱、钥匙都留在车里了。他轻装而来，就是为了确保万一被捕，也不至于暴露真实身份。

我说：“现在我给你松开手铐，好让你从脚手架爬下去。最好别轻举妄动，否则我和我的搭档会很不高兴。我们回局里好好聊聊，到时会把东西还给你。有意见吗？”

他的心思似乎在别处，又或者只是强装满不在乎。他的双眼眯缝着，迎向月光，视线越过斯佩恩家的房顶，焦点凝聚在窗外的夜空某处。“很好，”显然他不打算回答，我又说，“你不吭声，就视为没意见。如果你改变主意，尽管开口。走吧。”

里奇先往下爬，双肩各背一个大包，动作颇为笨拙。我抓着嫌疑人两手间的手铐铰链，直到里奇落地后竖起大拇指示意，我才解开手铐说：“去吧，动作快点儿。”

我一推他的肩头，指了指方向，他才像是醒了过来，慢吞吞地走过光秃秃的地板。他在窗洞前呆站了片刻，看得出心中在盘算什么，但用不着我多嘴奉劝，他也应该看得出来，从这个高度跳下去最起码也得摔断脚踝，于是他翻出窗口爬下去，温顺得像条狗。

我的绰号是在警察学院里得来的，当时我在一场橄榄球赛里打出一记精彩的快攻得分。我笑纳了那个绰号，权当给自己一个努力的方向。此刻，独处于这个盛满了月光、海的怒号、数月守候与窥视的恐怖房间里，我心中的某个角落不禁轻轻呐喊：“四十八小时，四个被害人。现在我快攻得分了。”我明白，这话很多人听了会觉得恶心，我能理解，但这些都改变不了一个事实：“你们需要我。”

第 10 章

上钩

里奇和我走过一条条无人居住的街道，我们的手紧紧环住这家伙的手肘，像喝了通宵的酒之后搀着不省人事的兄弟回家一般。三人都默不作声——绝大多数人一旦被铐上手铐，押向警车，至少会问几个问题，但这家伙没有。海潮声逐渐远去，让位于夜的奏鸣曲：成群的蝙蝠在尖啸；零星的帆布残片被风掀动；远处偶有少年的吼叫声遥遥传来，经过水泥和砖块的来回反弹，已相当微弱。我还一度听见粗哑的吞咽声，或许这家伙哭了，但我没回头去看，已经够给他面子了。

我们将他推进车后座，里奇靠在引擎盖上稍事休息，我走到一旁打电话：派正在巡逻的警员去找一辆停在小区附近的车，通知作为“鱼饵”的奥茨收工回家，让局里值夜班的同事安排一间审讯室。随后我们默默开车返回都柏林，穿过小区里慑人的黑暗，绕过星空下一个个阴森可怖的脚手架，稳稳开上高速公路。路旁时有野猫的眼珠子闪烁绿光，月亮始终在一侧相伴前行，仿佛近在咫尺，寸步不离。终于，城市的色彩和人气逐渐包围了我们，游荡的醉鬼、通宵营业的快餐店，密闭的车窗外，世界又恢复了生机。

重案组办公室很安静，走过门口时，两个值班的兄弟端着咖啡杯抬头张望，看看是谁带着战利品狩猎归来。我们把逮到的这家伙推进审讯室。里奇松开他的手铐，我不耐烦地照着登记单向他宣读犯罪嫌疑人诉讼权利义务告知书，表示这只是毫无意义的程序要求。“律师”这个词令他的脑袋猛地一晃。我把笔塞到他手里，他问都没问就签了字，字迹潦草难辨，只能看出首字母是C。我拿起登记单出去了。

我们在观察室里透过单向玻璃打量着这个人。我还是第一次仔细观察他，褐色头发剪得很短，颧骨较高，下颌突出，棕红色的胡楂儿估计两天没修了。他身穿一件旧旧的黑色粗呢外套，里面是灰色圆领厚毛衣，还有褪色的牛仔裤，整套装束十分适合夜行。脚穿登山鞋，而不是在现场留下脚印的运动鞋。他的年龄比我想象的要大，个头也更高——将近三十岁，六英尺多一点儿——但他特别瘦，仿佛已到了绝食的最后阶段。因为太瘦，他看上去显得年轻了些、矮小了些，也更无辜了些。恐怕就是这种错觉，才使他得以踏进斯佩恩夫妇的家门。

看不出他有伤口或者瘀青，即便有，也被这一身衣裤遮得严严实实。我调高了审讯室里的暖气温度。

看他待在这间屋子里，我心情不错。我们的大部分审讯室都该好好清洗一遍，再重新粉刷，但我对它们的每一处都爱得无以复加。在自己的地盘上，感觉就是不一样。这家伙在心碎港湾是个游走于围墙之间的黑影，一身碘酒、鲜血和海水的混合气息，眼中还闪着月光的碎片。而此刻，他只是个普通人，只要被扔进审讯室里，任谁都不能幸免。

他弓着背，僵硬地坐在那张很不舒服的椅子里，低头盯着摆在桌面上的双拳，似乎做好了挨一顿严刑拷打的准备。这间审讯室的油布地毯上满是陈旧的烟灰灼痕以及一块块嚼过的口香糖，墙上遍布涂鸦，桌子翻倒，柜子里塞满文件，摄像头的红眼高踞于天花板的一角俯拍着他。而他甚至懒得为了熟悉环境多看看周围几眼。我问：“我们对这人了解多少？”

里奇看得极其入神，鼻子几乎贴到玻璃上去了。“没找到他的档案，看他瘦成这样，我以为他有吸毒史，但也没查到。”

“至少现在没吸毒。这对我们有利，一旦问出点儿什么，我可不想让他以后有机会狡辩说，那些是吸毒后的胡言乱语。还有呢？”

“单干，夜猫子。”

“没错。一切迹象都表明，他更喜欢远离人群，而非和别人近距离接触。他远远监视猎物，等到斯佩恩一家出门时（而不是睡觉时）才闯入。所以等会儿对他施压的时候，我们要靠近他，两人一下子凑到他面前。既然他是夜猫子，就等到天快亮的时候，趁他状态变差时再施压。还有呢？”

“手上没戴戒指。他很可能一个人住，就算彻夜不归也没人注意，更没人关心他去了哪里。”

“目前看来，这一点有利有弊。不会有合住公寓的人来证明他星期二一早六点才回家，然后整整开了四小时洗衣机。但另一方面，也不会有人替他打掩护。等找到他落脚的住处，说不定会有意外惊喜——比如血衣，或者那支蜜月纪念笔，或是他那晚得手后保留的某件纪念品。”

那家伙一个激灵，摸了摸脸，呆呆地抹了抹嘴。他的嘴唇浮肿开裂，似乎很长时间没喝水了。

里奇说：“他肯定不是朝九晚五的上班族，估计无业，或者当个体户，也可能做临时搬运工什么的——所以他一高兴就可以在那边蹲上一整夜，而不必为第二天的工作养精蓄锐。从他那身衣服来看，感觉像中产阶级。”

“同意。而且他没有前科——查不到他的指纹记录。我估计他甚至不认识在体制内待过的人。用不了多久，他肯定会不知所措，会害怕，这是好事，但我们先留一手，必要时再加以利用。现在要尽量让他放松，看看能挖出什么，然后突然发难，把他吓出屎来。好在他现在也跑不了。中产阶级对权力心怀敬畏，却不了解体制……他会老老实实待到被我们踹出去为止。”

“我想也是。”里奇朝他呼在玻璃上的雾气随手乱画几笔，“其他我就看不出来了。你想，这家伙布置那个据点的时候那么有条理，作案之后却没顾得上清理？他能聪明得溜进斯佩恩家，却愚蠢到连凶器都带走的地步。他作案之前，忍了几个月，而作案之后，连两天都等不及就跑回来——按说，他不可能预判不出我们有埋伏啊。我真搞不懂。”

除此之外，这家伙看上去未免过于脆弱，实在不像犯下此案的凶手。但我没那么好骗，在我拿下的凶杀犯中，很多凶残成性的货色一眼看去乖得像只小猫，他们大开杀戒之后，尤其容易显出温顺、疲劳、慵懒的状态。我说：“他的自控力不见得比狒狒强，这种人都不例外。我们平时难免有恨不得杀掉某某人的冲动——可别说你没动过这念头。这种人和我们的区别就在于，他们不会阻止自己将杀意付诸实践。剥掉外壳，他们就是不折不扣的野兽，吼叫、狂奔、撕开猎物的喉咙。我们对付的就是这种人，绝对不能忘记。”

里奇尚有些疑虑，于是我又说：“你觉得我对他们太苛刻了是吗？社会对他们不公平，所以我就该多一点儿同情心？”

“也不是啦，只不过……如果他不懂得自控，那又怎能潜伏那么久才下手？”

“没有潜伏。我们忽略了一些因素。”

“怎么讲？”

“如你所说，这家伙少说花了几个月（可能还更长）监视斯佩恩家，没准儿还趁他们出门时溜进去过好几次。起决定作用的不是他惊人的自制力，而是他锁定目标的必备程序。接着，突然他在那个安乐窝里憋不住了，一下子就扔掉望远镜，正面攻击目标。这个变化不可能无缘无故，最后这一星期内肯定发生了什么，我们必须查出来。”

审讯室里的人敲了敲眼睛，然后盯着双手，也不知他想从中看出血迹还是泪痕。“再多说一句，”我说，“他和斯佩恩一家有很深的情感羁绊。”

里奇的手指停住了：“是吗？我还以为无关私人恩怨。他隔得那么远……”

“不，如果他是职业杀手，确认自己没有被捕的危险之后，早在家睡大觉了，哪里还会撞到我们手里来。而且他也不是那种以杀戮为乐、不把人当人看的反社会型人格。他杀小孩的方式比较温和，对大人则近身激烈搏斗，还将珍妮毁容……他对他们有感情，自认为和他们很亲近。很可能他们唯一的实际接触，就是在超市排队时珍妮无意中对他笑了笑。但起码在他看来，这就算建立起纽带了。”

里奇又往玻璃上哈了口气，继续涂鸦，这回的动作慢得多。“你这么肯定他就是凶手？”

“现在下结论还太早。”我总不能告诉里奇，刚才一路上开车回来，有这家伙坐在身后，我耳朵里的鼓点敲得震天响，生怕一不小心失控冲出公路。这家伙像在挥发油里浸泡过似的，浑身那股强烈而令人厌恶的邪气挡都挡不住。“但就我个人看来，没错，绝对错不了，就是他。”

那人似乎听见了我的话，抬起头，两眼红肿，神色痛苦，环视四周，目光停留在单向玻璃上。或许他看了不少罪案剧，认出了这东西；也可能刚才在车里撼动我头骨的那种感觉是双向的，他也如芒在背，察觉到我就在玻璃后。他的视线第一次有了焦点，直勾勾地射向我的双眼。他做了个深呼吸，活动活动下颌，准备就绪。

我迫不及待地想进去，指尖都忍不住抽搐了几下。“再放他十五分钟鸽子，”我说，“然后你进去。”

“只有我去？”

“在他眼里，你的威胁比我小得多，你和他年纪相当。”他们还有阶层代沟。对方是出身体面的中产阶级，很容易眼高过顶，将里奇这种在拥挤的旧城区长大的孩子视为猪猡。如果其他同事发现我把这次审讯交给刚入行的新手，必然会大吃一惊，但里奇绝非一般的新人可比，而且这场较量需要我们两人配合。“稳住他就行，可能的话，问出他的名字，给他倒杯茶，先别扯和案子有关的事。还有，千万行行好，别让他开口找律师。你先和他周旋几分钟，然后我再出场。怎么样？”

里奇点点头：“他会招供吗？”

大多数嫌疑人打死也不招供。即使凶器上到处都是他们的指纹，被害人的鲜血溅满他们的衣服，监控拍到他们猛敲被害人的脑袋，在这些如山铁证面前，他们照样能信口雌黄装无辜，嚷嚷着遭人陷害。十个嫌疑人中，有九个人的自我保护本能会压倒一切情感和理智。运气好的话，你会碰上剩下那一个，他的自我防线出现缺口，其他心态占了上风——渴望他人的理解，迫切想讨好你，有时甚至是良心发现。你只能祈祷面对的嫌疑人不知出于何种动机而无意自救，或是正站在悬崖边拼命克制着纵身一跃的冲动。找出他的防线弱点，然后集中火力。

我答道：“尽量争取。局长九点到，我们还有六个小时。打个漂亮仗吧，搞定这家伙，到时送领导一份大礼。”

里奇又点了点头，脱下夹克和三件厚毛衣往椅子上一丢，他那副瘦削的身板，简直像个穿着缩水长袖海魂衫的少年。他不慌不忙地站到玻璃前，注视着低伏在桌面上的那个家伙。我看看表，下令：“去吧。”于是他一手捋了捋头发，让发梢直立起来，从饮水机里接了两杯水，走进审讯室。

他干得不错，刚进去就递过一个杯子说：“抱歉，老兄，刚才就该拿来，临时有事绊住了……喝这个可以吗？要不来杯茶？”他特意加重了口音，可见他也想到了阶层差异这个因素。

刚才门一开，那家伙惊得魂飞天外，这会儿还没缓过劲儿来，只是摇摇头。

里奇犹豫不定，看上去像个十五岁的少年。“真的？咖啡要不要？”

还是摇头。

“好吧，还想喝水的话，你就吱一声吧。”

对方点点头，伸手去拿杯子，屁股底下的椅子晃了两下。“啊，等等，”里奇说，“他让你坐垃圾椅子啊，”里奇鬼鬼祟祟地朝门口一瞥，好像我就躲在门外似的，“来，跟我换换，你坐这张。”

对方笨手笨脚地挪到对面。其实没多大区别，我们给审讯室安排的椅子没有一张是舒服的，但他还是说了声“谢谢”，声音轻得我几乎没听见。

“不用。我是理查德·柯伦探员。”里奇伸出手。

那人没有要握手的意思。他说：“我要报名字给你吗？”声音又低又平，还挺好听，稍微有点儿沙哑，貌似最近很少讲话。听不出他的口音，无法判断是哪里人。

里奇故作吃惊状：“难道你不想自报家门？为什么？”

过了片刻，那人低声自言自语：“……也没区别……”然后机械地和里奇握了握手，“康纳。”

“姓什么呢？”

“道尔。”对方稍一犹豫，然后说道。

假的。不过没关系。天亮后总能找到他的家或者他的车，或者两者兼备，到时掘地三尺也要翻出他的身份证。现在只需弄个名字方便称呼他即可。

“道尔先生，幸会幸会。肯尼迪探员过一会儿来，到时就可以开始了。”里奇的屁股稍稍坐上桌角，“不瞒你说，你一出现，我高兴都来不及。那地方我真待不下去了。别人肯花大钱去海边野营，但我就是受不了乡下，你明白吧？”

康纳耸耸肩，微微动了动。“乡下很安静。”

“我又不爱安静。我啊，城里长大的，就喜欢吵吵闹闹车来车往。起先在那边冻死我了。你来自那个乡下？”

康纳猛然抬头，但里奇喝了一大口水，望着门口，显然是一边等我一边闲扯。康纳说：“没人是布莱恩斯顿土生土长的，他们都是后来搬过去的。”

“我就是这意思，你家在那边吗？老天，你真行啊。”

他一脸人畜无害的样子，足见纯属好奇心作祟。等了半天康纳才说：“不是。都柏林。”

那么他不是当地人。里奇这一手，省了我们不少事，他举起水杯要和康纳干杯：“老乡见老乡。都柏林最好了。来十匹野马也别想把咱拖走，是吧？”

康纳又耸耸肩：“我宁可住在乡下。看情况。”

里奇聊得兴起，用脚踝拖过一把空椅子，两只脚美滋滋地搭上去。“真的假的？看什么情况？”

康纳用手心使劲儿搓了搓下巴，竭力集中精神——里奇已经搅乱了他的阵脚，悄然侵蚀了他的专注力。“不知道。看你成家没有。乡下给小孩玩的地方大。”

“啊，”里奇指着他，“说得好，你看，我是个单身汉，我就要住在方便喝几杯、泡几个妞的地方。不然这日子还怎么过啊，你说是不是？”

我让里奇先上，这步棋走对了。他放松得有如晒日光浴，表现堪称完美。我敢打赌，康纳进审讯室的时候肯定铁了心要把嘴缝上，能缝几年就缝几年。每个侦探，包括奎格利那种货色，都多少有点儿其他人比不上的绝招。比如说如果要安抚证人，我们都知道谁具备专家级的水准；要稍微恫吓他一下，尽快套出话来，找谁又更合适。里奇的绝招可谓稀有。无论在什么环境中，他都有办法营造出“天知地知你知我知”的谈话氛围，就像我们起先蹲点时交流那样。他的谈话技巧，既不以破案为第一导向，也不把对方视为必须关进监牢以免祸害社会的恶人，他看到的只是另一个活生生的人。发现了这一点，我很欣慰。

康纳说：“年纪大了，谁还天天出去。没那个劲头。”

里奇举起双手：“信你一次，老兄。那你的劲头转到哪儿去了？”

“家庭。老婆、孩子。安安静静。越简单越好。”

悲伤如同黑沉沉水面下的一道暗影，缓缓地、沉重地流淌在他的话音里。我第一次对这家伙滋生了些微同情。随之而来的一阵反胃，几乎迫使我冲进去和他过几招。

里奇用两根食指比画着“X”。“我还早着呢。”他笑嘻嘻地说。

“等着瞧吧。”

“我才二十三岁，生物钟哪有那么快逼着我收心。”

“等着瞧吧，夜店里那些妞，打扮得都一样，一个个装腔作势，就为了变成别人。用不了多久，你就腻了。”

“啊。受刺激了？带回家一个仙女，醒来后发现躺旁边的成了恐龙？”

里奇咧嘴一笑。康纳说：“差不多吧，就那么回事。”

“老兄，我也吃过这苦头。几杯酒一灌下去，看谁都是美女。那你不去酒吧的话，要到哪里泡妞？”

又是耸肩。“我很少出门。”

他的警惕性有所提高，开始提防里奇，是时候变招了。我砰地一声使劲儿推开审讯室的门，转过一张椅子坐下。里奇连忙跳下桌子，也拉张椅子坐到我旁边。我往椅背上一靠，直接面对康纳，拍了拍巴掌：“康纳，不知道你怎么想的，这事最好赶紧来个了断，大家今晚还能睡会儿觉。你说呢？”

没等他答话，我就伸出手：“哇，先别急。你肯定有一肚子话要说，不过还没轮到你，我先爆点儿料儿。”必须让他搞清楚，现在他被捏在我的手心里，从这一刻起，他什么时候说话、什么时候喝水抽烟、什么时候睡觉撒尿，都归我说了算。“我是肯尼迪探员，这位是柯伦探员，你今天只是来回答我们几个问题，并没有被逮捕什么的，但我们得好好聊聊。这一套你肯定都明白了。”

康纳摇摇头，动作很沉。他又退回那凝重的缄默中，但我不在乎，至少目前无所谓。

“哎呀，老兄，”里奇责备道，“得了吧，你把这当成什么？火车大劫案？”

没有回应。“别吵他，柯伦探员。他挺听话的，对吧，康纳？我都说了，还没轮到他，所以他才闭嘴。我喜欢。基本的规矩就该先讲清楚。”我把十个指头往桌上一伸，若有所思地端详起来。“好了，康纳，一晚上闹成这样，你心情肯定也不好。你的意思我理解，不过换个角度看看，说真的，今晚你够走运了。”

他疑虑重重地瞟了我一眼。

“真的，大家都知道，你小子不可能是去那栋房子里露营的，那又不是你家，对不对？”

没反应。“也许我错了，”我微微一笑，“说不定找开发商一查，发现你原来还贷了一大笔房款？我是不是该向你道个歉哪？你是货真价实的户主？”

“不是。”

我咂咂舌，冲他摇摇手指：“不见得吧？真能胡搞啊，小子，那房子没人住，难道你就能大包小包搬进去？那跟非法闯入没什么区别。看上没人用的别墅就霸占来度假，法律可不会不管不问。”

我故意拿腔拿调，极尽傲慢之能事，果然激得康纳沉不住气：“哪闯入了，我只是走进去而已。”

“这里面的区别不如留给律师去解释。不过，也没必要闹得那么大。”我竖起一根手指，“我说过，康纳，你小子特别走运。其实柯伦探员和我对非法闯入问题没兴趣，今天晚上我们不关心这个。这么说吧，猎人三更半夜去打猎，当然是要做大生意。如果到头来只逮到一只小兔子，也只好认命。但如果这只兔子能带着他们追踪到一头大灰熊，那他们就会去追那头熊，谁还管兔子啊。你听懂了吗？”

他厌恶地看了看我。很多人都听不惯我高高在上的腔调，但我用起来得心应手。来呀，朝我发火呀，那你不知不觉就把防御卸掉了。

“你这小子，我的意思是，你就好比那只兔子，如果你能帮我们搞定一桩大生意，那就放你一马。不然呢，我们只能拿你开刀了。”

“帮你们干什么？”

他声音中抑制不住的怒火，说明这个问题纯属多余。我故意装傻：“我们缺情报，没人比你更适合爆料了。因为你小子运气好，偏偏挑了那栋房子闯进去。你肯定也发现了吧，从你那个安乐窝看下去，刚好对上‘涨潮路’9号家的餐厅。你倒会享受，自己给自己弄了个全天候的真人秀频道。”

“还是全世界最无聊的真人秀频道。”里奇说，“有什么好看的啊，脱衣舞俱乐部有吗？一大群没戴胸罩的妞？”

我指了指他：“无不无聊还很难说。现在要调查的就是这事。康纳，你说说，住在9号的那家人，无不无聊？”

康纳反复掂量着这个问题，再三权衡风险，最后才答道：“一家四口，夫妻、一个小女孩、一个小男孩。”

“废话少说，福尔摩斯先生，别怪我不礼貌，这种程度我们自己不会去查吗？不然还当什么侦探。他们是怎样的人？平时怎么过日子？夫妻关系好不好？亲热更多还是吵架更多？”

“没吵架，他们一般……”那股悲伤再次闪现，潜伏在他的声音里，黑暗而辽远，“他们经常玩游戏。”

“什么游戏？大富翁？”

“这下我终于明白你为什么挑上他们了。”里奇眼珠子一转，“就图个刺激，是吧？”

“有一次，他们在餐厅里用纸盒和毯子搭了一个城堡，玩‘牛仔和印第安人’游戏。四个人都上场，小孩趴在男人背上，打仗挂彩就用女人的口红去涂。夜里，等孩子们睡觉了，夫妻俩经常坐在花园里，喝点儿酒，她替他揉揉背，笑声不断。”

到现在为止，这是他说得最长的一段话。他等不及要谈谈斯佩恩一家了，好容易逮到了机会。我点点头，拿出纸笔随便画画，装作记笔记。“很好，康纳，我们要的就是这个。接着说。你的意思是他们很幸福？婚姻美满？”

康纳小声说：“我看他们从前是很美的一对，很美。”

从前。“就没见他亏待过她吗？”

话音刚落，他骤然抬起头，虽然双眼红肿，目光却如海水般灰冷。“比如呢？”

“那就要问你了。”

“以前他三天两头带礼物给她，各种小玩意儿、好看的巧克力、书、蜡烛——她喜欢蜡烛。进餐厅的时候，他们都会接吻。结婚那么多年，他们还对彼此那么着迷。他就算去死，也不会伤她一根汗毛，你懂不懂？”

“嘿，行了行了，”我举手投降，“随便问问而已。”

“我已经回答了。”他没有眨眼，那长着胡楂儿的皮肤十分粗糙，一副饱经风霜的样子，似乎在冰冷的海风中暴露了太久。

“多谢配合。我们现在就是想把事实理清楚。”我认真地在笔记簿上写着，“再说说孩子。他们是什么样的？”

“她……”这回他的悲伤语调非常明显，“她就像个小娃娃，从书里面走出来的那种，总穿一身粉色，还有翅膀，仙女的翅膀……”

“‘她’？‘她’是谁？”

“他们家的小女孩。”

“哎，得了吧，小子，别拐弯抹角。你肯定知道他们的名字。怎么，难道他们在花园里玩耍的时候没喊名字？当妈的从来不喊孩子回家吃饭？老天，你就直接用他们的名字呗，我一把年纪了，‘他’来‘她’去的，把我都搞糊涂了。”

“埃玛。”康纳轻轻地、极其温柔地吐出这个名字。

“这才对嘛。接着说说埃玛。”

“埃玛最爱玩过家家，穿着小围裙做小点心什么的。她有块小黑板，经常把她的娃娃放在黑板前面，自己扮演老师，教它们认字。她还想教弟弟，但他坐不住，没两下就碰倒娃娃，自己跑掉了。从前她喜欢安静，她很快乐。”

又一个“从前”。“她弟弟呢？有什么特点？”

“特别吵，总是笑啊、叫啊，也喊不出什么，就是大声乱嚷嚷乱吵，因为太有趣了，所以他特别来劲儿。他……”

“他的名字。”

“杰克。他踢倒埃玛的娃娃，然后又跑回来帮她把娃娃摆好，还要亲一下，亲得娃娃满脸都是口水。有一次埃玛生病了，好像是感冒，他一整天都给她送东西，他的玩具啦、他的毯子啦。两个孩子都很可爱。好孩子。棒极了。”

里奇的脚在桌子底下动了动，这番话对他而言不啻为一种煎熬。我用笔敲敲牙齿，检查了一遍笔记：“康纳，我注意到一个很有意思的问题：你说了很多遍‘从前’。从前全家人一起玩游戏，帕特从前常给珍妮带礼物……后来有什么变化吗？”

康纳瞪着单向玻璃中自己的镜像，仿佛看见的是一个危险善变的陌生人。“他失业了，帕特。”

“你怎么知道？”

“白天他都在家里。”

那么康纳白天也在，还真是只辛勤工作的小蜜蜂。“后来就不玩‘牛仔和印第安人’了？也不在花园里卿卿我我了？”

灰冷的光芒又从他眼底闪过。“失业会毁掉一个人的脑子。不光是他。很多人。”

一下子转入防御状态，判断不出这话是替帕特还是替他自己说的。我若有所思地点头：“你就是这么形容他的吗？脑子坏了？”

“差不多。”他挺直后背，重又构筑起谨慎的岩壁。

“这个印象是怎么来的？举几个例子。”

他的一侧肩膀抽搐了一下，不知是不是耸肩。“忘了。”这种下结论的语气，表明他不想说。

我靠回椅背上，装模作样地胡乱记了几笔，给他冷静的时间。空气越来越暖，裹得我们有点儿透不过气，像是直接套了件毛衣似的，浑身刺痒。里奇喘着粗气，不停地拿帽子扇风，但康纳似乎无动于衷，外套都还没脱。

我说：“帕特失业是好几个月前的事了。你是从什么时候开始在海景花园打发时间的？”

片刻的缄默。“有一阵子了。”

“一年？两年？”

“一年吧。可能不到一年。我没算。”

“经常去吗？”

这次的缄默稍微长了一点儿。那道岩壁渐渐变得如水晶般坚硬。“看情况。”

“什么情况？”

耸肩。

“我要的不是准确的时间表，康纳。给个大概的频率就好。每天？一星期一次？一个月一次？”

“每星期几次吧。可能没这么多。”

也就是说，至少隔一天去一次。“什么时间去？白天还是晚上？”

“多数是晚上，有时白天。”

“前天晚上呢？你去那个度假小屋了吗？”

康纳也往后一靠，双臂交叉，凝视天花板。“忘了。”

谈话到此结束。“好吧，”我点点头，“既然你现在不想谈，没关系。再聊聊别的。就说说你自己吧。你不住在那烂尾楼里的时候，是干什么的？有工作吗？”

他不吭声。“唉，我的天，老兄，”里奇转转眼珠，“跟拔牙似的。你以为我们要干什么？难道因为你搞IT就逮捕你？”

“不是IT。我做网页设计。”

以网页设计师对电脑的了解，足以清除斯佩恩家电脑的浏览记录了。“你看，康纳，这不是很容易吗？做网页设计有什么不好意思说的。待遇好着呢。”

他仰着头，鼻子里挤出一声嗤笑。“你这样认为？”

“经济不景气啊。”里奇打了个响指，指着康纳，“对吧？本来你顺风顺水，做网页设计大有前途，然后危机来了，砰！只能领救济金了。”

又一声冷笑。“想得倒美。我单干，去哪里领救济金。没开工就没钱。”

“见鬼，”里奇突然瞪大眼睛，“老兄，难道你无家可归？那我们倒可以帮点儿忙。回头我打几个电话……”

“我他妈的才不是流浪汉。我很好。”

“别不好意思嘛。这年头很多人都……”

“不包括我。”

里奇将信将疑。“哦？你住独栋还是住公寓？”

“公寓。”

“在哪儿？”

“吉莱斯特。”北边。正好方便他隔三岔五跑去海景花园。

“和谁同住？女朋友？室友？”

“没人。就我一个。不行吗？”

里奇两手一摊：“我只是想帮帮忙而已。”

“不用你帮忙。”

“我有个问题，康纳。”我饶有兴味地盯着手指间转来转去的笔，“你的公寓里有自来水吗？”

“问这干什么？”

“我是警察，爱管闲事。自来水有吗？”

“有啊，冷热都有。”

“电呢？”

他冲着天花板骂了句：“我操。”

“嘴巴干净点儿，小子。有电吗？”

“有。有电，有暖气，有煤气炉，连微波炉都有。你是谁啊，我亲妈？”

“亲妈都没有我关心你。问题来了，既然你的单身安乐窝那么舒服，应有尽有，连微波炉都有，你究竟为什么还天天晚上跑去布莱恩斯顿那个冻死人的老鼠窝，守着窗户看别人家的热闹？”

他不回应。我又说：“我要听你的回答，康纳。”

他的下颌绷紧了。“因为我乐意。”

里奇站起身，伸个懒腰，在房间各个角落来回转悠，膝盖松着劲儿，脚底一小跳一小跳的，潜台词是“不好办哪”。我说：“这就没意思了，小子。因为——如果你早听说了，请随时打断我——前天夜里，你所谓‘忘了在干什么’的时候，有人闯进斯佩恩家，把他们全家灭门。”

他甚至懒得装出震惊的模样，双唇紧闭，简直像被铁钳狠狠拧了一把。除此之外，没有任何反应。

“所以，我们自然要关注与斯佩恩家有关系的人，特别是有着不同寻常关系的人。你那间小戏院就特别符合标准，甚至可以说我们对你高度关注。是这样吧，柯伦探员？”

“深深着迷，”里奇在康纳身后说，“这个词是不是很贴切呢？”他把康纳逼急了。我们的突袭没有吓倒他，但破坏了他的心理防线，令他难以集中精神，无法再用沉默来封锁自己。我发觉我喜欢和里奇一起工作，越来越喜欢。

“‘深深着迷’很恰当，甚至说‘流连忘返’都不为过。死了两个孩子，就我个人而言，只要能揪出那个心狠手辣的魔鬼，让我干什么都行。恐怕有这种想法的人不仅我一个。我看任何有良心的公民都不例外。”

“对极了。”里奇附和道。包围圈正在快速收紧。“康纳，你和我们是不是一条战线上的？你也是善良公民吧？”

“我什么都不知道。”

我轻松地说：“好啊，那我们研究研究怎么样？就从你一年来非法闯入别人的家说起，当然，你纯粹是喜欢那地方，没有特别的动机，所以自然没做记录。这一年来，你是否注意到有什么形迹可疑的人出现在海景花园附近？”

耸肩。

“这是否定的意思吗？”

没反应。里奇不耐烦地叹着气，每踏出一步都要让鞋边擦擦油毯，声音十分刺耳。康纳让步了：“对啊，没见过这种人。”

“前天晚上呢？我们就不多说废话了，康纳，前天晚上你在小区里。你见到可疑的人了吗？”

“我跟你们没什么可说的。”

我眉毛一扬：“这我就不太相信了，康纳。因为只有两个解释：要么你看见了案发经过，要么你自己的行动就是案发经过。如果是前一种，那你最好马上说清楚；如果是后一种……所以你才装哑巴。不是吗？”

当你指控别人是凶手的时候，对方总会有所反应。他从牙缝里吸了口气，瞪着一块指甲。

“小子，如果还有被我漏掉的第三种解释，拜托你提醒一下。对于任何帮助，我们都来者不拒。”

里奇在离康纳只有几英尺的地方用鞋蹭了蹭油毯，发出嚓嚓的声音，康纳吓了一跳。这次他的话中锋芒毕露：“我说了，我跟你们没什么话好讲。你爱怎么解释都行，我无所谓。”

我把笔和本子往旁边一推，俯身探过桌面，直逼他面前，让他的视线无从逃遁。“对啊，小子，真他妈对啊。我，柯伦探员，还有这个国家的所有警察，我们每个人都想抓到那个婊子养的灭门杀手，偏偏送上门来的人就是你。你无缘无故地出现在那个地方，偷窥了斯佩恩一家整整一年，换了全世界任何一个人，只要他是无辜的，都会跟我们合作，倒是你小子还敢满嘴喷粪……你觉得这说明了什么？”

耸肩。

“说明你就是那个婊子养的凶手。你摊上大事儿了！”

康纳的下颌又绷紧了。“既然你非要这么想，我也没办法。”

“老天，”里奇眼珠乱转，“你太自暴自弃了吧？”

“随你怎么说。”

“拜托，你有很多选择呀，你可以给我们提供点儿线索，开个好头嘛。比如你可以说说你都看见斯佩恩家出了些什么事啊，没准儿这里面就有我们需要的东西。不然，你还得傻坐在这儿，摆个臭脸，像话吗？又不是被大人逮到偷偷抽烟的小孩子。懂事点儿吧，老兄，说真的。”

康纳恶狠狠地瞪了里奇一眼，但他没有咬人，只是把嘴闭得更紧了。

我退回座位，正了正领带结，换成更和缓甚至是好奇的语气：“难道我们搞错了？康纳，也许真相不像看起来这么简单。我和柯伦探员当时不在场，可能还有很多我们不知道的东西。也许根本不是谋杀，只是过失杀人而已。开始是正当防卫，后来场面失控了。这我倒是可以采纳，但你不肯给个说法，这样我们也很难办。”

康纳对着我头顶的空气说：“没什么操蛋说法。”

“噢，给个说法很难吗？比如，‘那天晚上我不在布莱恩斯顿，我有不在场证明’，或者‘我在，我看见附近有人鬼鬼祟祟的，他的样子是……’，‘我溜进斯佩恩家时被夫妻俩发现了，他们对我动手，我只能正当防卫’，‘我本来在我那小窝里待得好好的，突然两眼一黑，再睁眼时我就坐在了浴缸里，满身是血’。我们信不信另说，但总得先听听吧。不然，我们就只好往最坏的方面考虑了。这你不会不明白，对不对？”

沉默。那层坚固无比的外壳简直触手可及。即便到了今天，还有某些侦探会给嫌疑人的后腰狠狠来上几拳，以求解决问题。或者趁着摄像头离奇失灵的空当，带他去厕所转一圈。我年轻的时候也有几次险些按捺不住，但最后都忍住了。只有奎格利那种屁都憋不出一个的饭桶才爱甩耳光。很久很久以来，我成功抑制着那股怒气，但在这凝滞闷热的死寂中，我第一次发现原来那条界线竟然离我这么近，跨过去这么轻而易举。康纳双手按住桌沿，手指修长，手掌宽大，强健有力，肌腱突出，表皮上有几处带血的咬痕。我回想着斯佩恩一家，回想着埃玛的小猫抱枕和她刚换掉的门牙，还有杰克柔顺的小鬈发。我恨不得拿把大锤玩命砸烂他的双手，砸到骨断筋折为止。这份冲动激得我喉头气血翻涌。如此简单原始的欲望，在我的五脏六腑中埋藏得如此之深，我震惊了。

我拼了老命才将它压制下去，等心跳慢慢平复，才叹着气连连摇头做惋惜状："康纳，康纳，康纳，你还想怎么样？好歹说两句呗。你真以为我们会吃你这一套，送你回家，整件事就这么算了？'我就喜欢坚持原则的人，老弟啊，别担心那些见鬼的谋杀案了。'这样一句话就打发你走了？"

他眯着眼，执着地望着半空。沉默在继续。我哼起小调，手指在桌上敲着拍子，里奇又坐上桌角，膝盖轻轻地摇来摇去，认真地掰着两手的关节，嘎嘣作响。但康纳充耳不闻，仿佛已经忘记了我们的存在。

最后，里奇装模作样地伸伸懒腰，打个哈欠，看看手表说："喂喂，老兄，整晚都要这样耗下去吗？再接着耗的话，我得来点儿咖啡才顶得住。困死我了。"

"他不会回答你的，跟我们冷战呢。"

"不然我们先去餐厅坐坐？再不喝几口咖啡，我真要在这儿睡着了，真的。"

"不喝白不喝。这坨屎让我恶心。"我套上笔帽，"康纳，如果你耍够了脾气才能像个大人一样和我们谈话的话，随你便，不过我们可不打算一直当你的观众。整个宇宙不是围着你转的，信不信由你。我们手头还有很多活儿要忙，没空欣赏老大不小的家伙还跟个小屁孩似的闹情绪。"

他连眼睛都没眨一下。我将笔夹进笔记簿，塞回口袋里，拍了拍。"等我们有空了再来，你要上厕所的话就敲敲门，但愿有人能听见。回头见。"

临走前，里奇拿走了康纳的杯子，用拇指和食指的指尖精准地捏住杯沿。我指着杯子对康纳说："我们最爱的两个东西：指纹和DNA。谢了，小子。你给我们省了不少工夫。就看它了。”然后，我朝他使了个眼色，竖起大拇指，砰地关上门出去了。

回到观察室，里奇问道：“我带头开溜没关系吧？我刚才是想……唉，他的嘴太硬了，由我来找个借口先缓一缓，这样我们比较不丢面子。”

他的一只脚蹭蹭另一只脚的脚踝，神色惴惴不安。我从柜子里拿了个证物袋丢给他：“这招不错。你说得对，我们应该再组织一下战术。有新想法没？”

他将纸杯放进证物袋，扭头找笔，我把我的递给他。“嗯，怎么说呢，他那张脸，我好像在哪里见过。”

“你盯着他看了那么久，夜也深了，是不是太疲劳，产生错觉了？”

里奇蹲在桌旁给证物袋贴标签。“唔，肯定没记错，以前见过他。不知道是不是我在治安科的时候。”

观察室和审讯室一样闷热。我松开领带：“他没有前科。”

“我知道。如果逮捕过他，我肯定记得。可是你也知道，有的人看着就是眼熟，总有那么点儿印象，又怎么都对不上号，你老惦记着那张脸，不知道什么时候突然就想起来了。我特别奇怪……”他连连摇头，很不满意。

“先别想了。什么时候自然冒出来也说不定，到时记得跟我说一声。现在最重要的是确认这家伙的身份，要快。还有呢？”

里奇封好证物袋，准备回头送去证物室。他把笔还给我，说：“嗯，继续跟这家伙纠缠下去，也很难有进展。先晾晾他也好，不过他越生气话就越少。得换个切入点。”

“也不是没试过，刚才你分散他注意力那两下子很不错，但效果也仅此而已。吓唬他也不管用。有一点我判断错了：他不怕我们。”

里奇摇摇头：“是啊。他防备很严，够厉害，不过他又很害怕……不，关键是，他害怕是正常的。我敢说他是第一次作案，这种表现不像有经验。我看事儿办完之后他吓得屎都快出来了，这不是很正常吗？”

审讯室里的康纳一动不动，神色紧张，两手平摊在桌面上。按理说，他不可能听见我们的谈话，但我还是压低了嗓门：“过度自信。他以为踪迹隐藏得很好，认准了只要他不开口，我们就拿他没辙。”

“嗯，有可能。但他应该知道我们有一整队人马把那房子翻了个遍，拿各种工具专搜他留下的痕迹，他肯定怕了。”

“这种人往往自负得要命，自以为比我们聪明一大截儿。不用担心，长远来看这对我们有利。等你突然戳中他预料不到的死角，他一下子就崩溃了。”

“如果……”里奇踌躇着，话到嘴边又咽了回去。他摆弄着证物袋，看了又看，却没看我。“算了。”

“如果什么？”

“我本想说，如果他有很有力的不在场证明什么的，他也知道我们早晚都会去查……”

“你的意思是，如果他自以为安全，是因为他本来就是清白的？”

“嗯，差不多。”

“绝对不可能。如果他有不在场证明，怎么不直接讲清楚然后回家？难道故意跟我们对着干？”

“也不排除这个可能。他总不会爱上我们吧？”

“就算他是清白的（不可能），这种爱答不理的态度也说不通。清白的人和凶手一样会害怕，往往还比凶手更害怕，因为少了自负。总之，显然不该是他这种表现。”

里奇不置可否地扬了扬眉毛。我又说：“如果问心无愧，自然没什么好怕。但这规律也未必都准。”

“嗯，是啊。”里奇蹭蹭下巴，胡楂儿多半冒头了。“不过还有一点，他为什么不指控帕特？我们给了他好多机会。‘啊，既然你提到了，你们说的那个帕特，丢了工作以后就疯了，动不动就打老婆，把小孩往死里揍，上周还拿刀威胁他们……’编一个很难吗？他并不笨，不可能没发现机会，为什么不抓住呢？”

“你怎么会觉得我给他机会了？”

里奇耸耸肩，局促而尴尬。“我也不懂。”

“你是以为我失误了吧？还好运气不错，没让这家伙占到便宜。错了，老弟。进去以前我就说过，这家伙认定他和斯佩恩家之间存在着某种关系，我们要挖出来的就是这种关系。莫非帕特开车时不小心撞了他，然后他就把自己所有的麻烦都算到帕特头上，只有杀了帕特才能转运？或者他是不是在某次舞会上和珍妮聊了几句，就以为上天注定要让他们在一起？”

康纳依然没动，白亮的灯光映出了他脸上的汗水，他看起来像个苍白的外星人，似乎来自千万光年之外超乎我们想象的某颗行星，因为飞船故障才降落到地球上。

“答案已经有了，他自己暴露的。康纳很关心斯佩恩一家，关心他们四个人。他宁可自己硬扛着，也不愿意陷害帕特，不肯往帕特身上泼脏水。他相信帕特深爱着老婆孩子。我们就从这里入手，击垮他。”

我们让康纳等了一个小时。里奇把纸杯送去证物室，回来时带了淡得跟白开水似的咖啡——餐厅的咖啡机实在差劲儿，但有总比没有好。我联络了巡逻的警员，他们从小区往外排查，一路上停着的十几辆车都正常，听他们的声音也开始犯困了。我让他们接着找。里奇和我留在观察室里，挽起袖子，敞着门，继续观察康纳。

快五点了。值夜班的两个兄弟在走廊里玩篮球，你来我往喷着脏话，就为了赶走瞌睡虫。康纳默然地坐在椅子里，两手扶着膝盖。他的嘴唇蠕动了一阵，像是默默地背诵着什么，节奏稳定而规律。“是祈祷吗？”里奇小声问。

“但愿不是。如果上帝命令他闭嘴，那可不好办。”

哗啦一声响，篮球不知撞倒了办公室桌子上的什么东西，一个兄弟趁势开了个玩笑，另一个顿时大笑不止。康纳叹着气，做了个深呼吸，全身先是往上一耸，又颓然落下。他不再自言自语，似乎陷入了恍惚状态。我招呼里奇：“上吧。”

我们嘻嘻哈哈地回到审讯室，边拿记录纸扇风边诅咒屋里的高温，递给他一杯温咖啡，还提醒他那味道喝起来像喝尿啦、过去的都过去啦、现在大家又是朋友啦。我们赶在局面失控之前绕回了安全地带，先花了点儿时间把早已掌握的事实又拐弯抹角地过了一遍——你见没见过帕特和珍妮吵架？见没见过他们哪个人大吼大叫或者打孩子……谈论斯佩恩一家的机会不啻于对康纳的一大诱惑，总算打破了他的沉默。但在他的眼中，斯佩恩一家活活把《脱线家族》[①]演成了《杰瑞·斯普林格脱口秀》[②]。当话题转移到他的例行活动——你一般什么时候去布莱恩斯顿，什么时候睡觉——的时候，他的记忆又失灵了。他渐渐滋生出安全感，开始以为靠这种办法就能蒙混过关。现在是时候出招了。

我问："你记得最后一次去海景花园，是什么时候？"

"不记得了，可能是上个……"

"哇，"我迅速坐直，抬手打断康纳，"先等等。"

我摸到黑莓手机，按键点亮屏幕，从衣袋里拿出来，吹声口哨："是医院。"我立即压低嗓门对里奇说，同时眼角余光瞟到康纳像是背后被踹了一脚似的，猛地一激灵。"没准儿就是我们盼着的那件事。等我回来再继续问。"然后我边往外走边假装接电话，"请问是医生吗？"

我一边看表一边盯着单向玻璃，从来没觉得五分钟竟然这么长，但康纳比我更受煎熬。他紧绷着的自控彻底崩溃。他不停地挪动屁股，仿佛椅子成了火炉；两脚抖个不停，脸胀得通红。里奇饶有兴味地审视着他，却一言不发。最后，康纳忍不住问道："来电话的是谁？"

里奇耸耸肩："我怎么知道？"

"他说可能是你们盼着的事情。"

"我们盼着的事情多了去了。"

"医院，什么医院？"

里奇挠挠后颈，"老兄，"他一副又好笑又尴尬的语气，"你是不是忘

---

① 二十世纪七十年代风靡一时的美国家庭喜剧。

② 一档以话题劲爆闻名的脱口秀节目，常常请普通人在节目中抖搂低俗隐私，节目往往在当事人混乱的叫骂扭打中结束。

了，我们这会儿在查案子啊？进展情况怎么好到处乱说。”

康纳完全忽略了里奇的存在。他两肘支在桌上，十指交叉捂着嘴，死死地瞪着门口。

我又让他多等了一分钟，然后快步走进去撞上门，吩咐里奇：“干正事。”

他眉毛一扬：“真的？太棒了。”

我拉了把椅子坐到康纳身边，膝盖紧紧抵着他的膝盖。“康纳，”我啪地一下将手机拍到他面前，“说说看，你觉得来电话的是谁。”

他摇着头，眼睛盯着手机。我能感觉到他的脑筋正在加速转动，如同失控的赛车正朝着匪夷所思的角度甩出去。

“听好了，小子，现在你没时间跟我要滑头。可能你还没有意识到，但就刚才这会儿，你突然急得要死要活。老实交代，你觉得是谁？”

过了一会儿，康纳才从指缝里低低吐出两个字：“医院。”

“什么？”

他喘了口气，直起身。“你说的，是医院。”

“也好，那依你看，医院为什么给我打电话？”

又摇头。

我一拍桌子，震得他浑身一抖。“刚刚叫你别要滑头，没听见吗？给我注意了，操他妈的，现在是早上五点。除了斯佩恩这个案子，我什么都不管，我刚刚接了通医院打来的电话。康纳，你他妈的究竟怎么想？”

“他们中的一个在那家医院。”

“没错，你搞砸了，小子。斯佩恩家还有一个人活着。”

他喉头的肌肉绷得太紧，挤出来的声音都哑了。“哪一个？”

“我还想问你呢，小子，你想留哪一个？来吧，如果让你选，你留哪一个？”

只要我肯接着说，估计他什么问题都愿意回答。片刻后，他答道：“埃玛。”

我往后一靠，放声大笑。“你很令人崇拜啊，真的，真的。那个可爱的小姑娘，你觉得她的命还值得一留是吗？来不及咯，康纳。前天晚上你要有这念头就好了。埃玛这会儿躺在停尸房的柜子里，大脑被掏出来装进罐子了。”

“那会是谁……”

“前天晚上，你去没去布莱恩斯顿？”

他半支起身，紧攥桌沿，蜷着身子，眼神狂乱。“是谁……”

“是我在问你。前天晚上去没去，康纳？”

“去了，去了，我在。是谁——哪一个……”

“小子，要说‘求求你’。”

“求求你。”

“这才像样。你留的活口是珍妮。珍妮还活着。”

康纳瞪着我，大张着嘴，忽然长喘一口气，肚子像是被狠狠捶了一拳。

“她还活着，活得好好的。刚才是她的医生，说她醒了，想跟我们聊聊。大家都知道她会说什么，不是吗？”

他只是傻瞪着我，大口大口地喘着粗气。

我把他按回椅子里，他的膝盖仿佛液化了似的，整个人瘫坐下去。“康纳，听我一句劝，我说过，你浪费不起这点儿时间，我没跟你开玩笑。再过两分钟，我们就去医院和珍妮弗·斯佩恩谈话，到那时候，不管你再说什么，我这辈子都不奉陪了。就这么简单，现在是你最后的机会。”

这一招奏效了。他两眼发直，下颌的肌肉松弛了，有点儿歇斯底里的迹象。

我把椅子又拉近了些，倾身过去，几乎和他头顶着头。里奇也绕过来坐上桌面，腿紧贴着康纳的手臂。“我来说明一下，”我直接对着康纳的耳朵轻声说，他一身汗味，有一股酷似新劈开的木头的浓烈气息，“我真心相信，你小子本质不坏。但从今往后你碰到的每一个人，都会认定你禽兽不如、心理变态，是个虐待狂，该把你活活剥皮吊起来风干。我不知道是不是我昏了头，说不定以后我会后悔，但话先放在这儿，我和他们的想法不一样。我看你其实是个好人，但眼下的处境可不太妙。”

他双眼失神，眉毛却微微挑了挑，显然把我的话听进去了。“所以，既然我也很清楚别人不可能再给你机会了，那我愿意和你做笔交易。你帮我一把，告诉我事情经过，我去跟检察官沟通沟通，表示你很后悔，肯积极配合，认罪态度很好。等上了法庭，这还是能派上点儿用场的。康纳，在法庭上，悔罪可以换来你这几起案子的合并服刑。但如果我看走了眼，你还跟我要花招，那我就原原本本地转告检察官，到时候我们这些人拼了命也要跟你干到底。我可不喜欢看人看走眼，那样我会失望透顶。我们会用一切能想到的罪名指控你，无论如何都要让你连续服刑。你知道那意味着什么吗？”

他摇摇头，看不出是“不愿意”还是“不知道”。其实法官怎么判，我根本做不了主，就连检察官怎么指控，我也基本说不上话。再说涉及杀害儿童的案子，法官绝不会轻易判处合并服刑的。但这些不是关键。“那意味着你要连服三个无期徒刑，康纳，还得加一个谋杀未遂，还有私闯民宅、损毁财物，我们能甩给你的还不只这些。少说判个六十年吧。你几岁，康纳？在监狱里蹲上六十年，你还能熬到出狱那天吗？”

“唉，他又不是想不到，”里奇倾身仔细地端详着他，“监狱里那些人啊，特别关照你，才不想那么早送你出来呢，就算你进了棺材也一样。老兄，别怪我没警告你，那些牢友可不好伺候。照你前两天的所作所为，估计不会送你去普通牢房，到时候把你和最危险的暴力犯、精神病之类的关在一起，你们好好聊个痛快——不过话说回来，你还有很多时间和他们交朋友嘛。”

他的眉毛又抽了两下。“但你还有自救的机会，就现在。合并服刑是多少年你懂不懂？也就十五年左右，不算什么。再过十五年，你才几岁？”

“我数学不太好。”里奇又故作好奇地打量他一番，“我猜四十四岁？四十五？虽然我不是爱因斯坦，但一眼也能看出来，四十五岁出狱和九十岁出狱，区别可是天上地下呀。”

“我搭档看人的眼光不错。四十多岁还年轻得很，找工作，结婚，生五六个孩子，还有大半辈子可过。老弟，不知你搞懂了没有，现在给你的是什么机会，是你的人生。不过，机会就这一次，有效期就五分钟。要是你还在乎下半辈子，不管怎样，该说的最好现在就说。”

康纳的脑袋往后一仰，脖颈长长的线条毕露无遗。锁骨之间的凹陷处，血管在表皮下一跳一跳。“我的人生？”他的嘴唇弯出诡异的弧度，不知是愤怒，还是苦笑，“随你们把我怎么样吧。我不在乎。”

他双拳往桌面一捶，绷住下颌，目光笔直地射向前方的单向玻璃。

我搞砸了。如果是十年前，眼看即将失手，我会疯狂地揪住他，但结果只能将他越推越远。摔了不少跟头后，现在我总算学会该怎样拿捏分寸、怎样刹车、怎样退让、怎样顺其自然。我退回椅子里，装着检查袖子上一个并不存在的污点，任由静默延展开去，让刚才这番话自行飘散到空气中，浸入满是涂鸦的墙壁，浸入划痕累累的油毯。局里的审讯室见证过很多男男女女的心理防线渐渐垮塌，倾听过他们外壳碎裂的轻声闷响，冷眼旁观过他们吐露一件件本不该存在于世的恶行。这些房间可以吸纳一切，严丝合缝，不留一点儿痕迹。

等到刚才那一切都在空气中溶解得干干净净，我才很轻很轻地说：“但你还在乎珍妮弗·斯佩恩。”

康纳嘴角的一块肌肉抽搐了一下。

“我知道，你没料到我能理解这一点，你以为谁都看不透，不是吗？但我看出来了，康纳。我明白，我明白你多么在乎他们四个人。”

他又抽搐了一下。“为什么？”他不由自主地脱口而出，“你怎么会这么想？”

我把手肘支在桌上，又朝他凑过去，紧握的双手抵住他的手，就像两个深夜还在酒吧里推心置腹的死党。“因为我理解你。”我轻声说，“斯佩恩家的一切、你在那房间里所做的一切、昨晚你所说的一切，通通都告诉我，他们对你有多么重要，胜过世界上其他所有人。不是吗？”

他把头转向我。灰色的双眼如平静的水面一般透亮，一夜的紧张和煎熬都消失无踪。“对，”他说，“谁都比不上。”

“你爱他们，对不对？”

点头。

我又说："告诉你一个天大的秘密，康纳，我们这辈子，无非就想让我们所爱的人得到幸福，除此之外，别无所求。只要晚上回家时心爱的女人对你绽开笑脸，就算这个家只是大桥底下的硬纸箱也无所谓。但如果办不到……"

我用余光瞥见里奇悄悄滑下桌面，留给我们两人一对一的空间。康纳答道："帕特和珍妮很幸福，是全世界最幸福的人。"

"但那都过去了，你也不可能再把幸福还给他们。也许那边还有某个人、某件事能让他们重获幸福，但与你无关。我非常理解你的心情，康纳。爱一个人爱得那么深，愿意为她付出所有。只要她喜欢，你甚至愿意掏心掏肺，再抹上调味酱递过去。但这没用，屁用都没有。而当你明白过来的时候，你怎么办，康纳？你还能怎么办？你还剩什么？"

他两手平摊，手掌朝上，掌心里空荡荡的。他的声音低得我几乎听不清："等。只能等。"

"等得越久，你就越恨。恨你自己，恨他们，恨这个操蛋的世界。恨得你失去了正常的思维，恨得你完全搞不懂自己在干什么。"

他的手指往里蜷缩，双拳紧握。

"康纳，"我的语气温和得如同在炎热的空气中缓缓飘落的羽毛，"珍妮遭的罪，再让她活上十辈子来分摊，都承受不起。我不想让她再重温一次，但如果你不肯交代，我只能去那家医院，命令她全部说清楚。我会逼着她回顾那天晚上的每一分、每一秒。你觉得她能坚持住吗？"

他的头摇得像个拨浪鼓。

"我想也是。在我看来，她会彻底崩溃，再也回不来。但我没得选择，而你可以选，康纳。至少你还可以拯救她。如果你爱她，现在就是最好的机会。你该出手了，错过这次，以后不会再有机会了。"

康纳消失了，隐遁于那张瘦削而凝滞的面具后面。他的大脑重又如赛车般疾速奔驰，但这次他控制住了思绪，在高速运转的同时有序地盘算着。我屏住呼吸，靠在墙上的里奇更是安静得犹如一块石头。

然后，康纳迅速吸了口气，两手抹了把脸，扭头看着我。"我闯进他们家，”他吐字很清晰，语气不容置疑，仿佛正在告诉我的是他停车的地点，“我杀了他们。或者说，我觉得是我杀了他们。这样你满意吗？”

我听见里奇长出一口气，还带着下意识的一点儿哭腔。我的头骨里又嗡嗡一阵响，如同有一群黄蜂尖啸而过，随即消逝。

我等待下文，但康纳也在等待。他用那双红肿的双眼注视着我，等待着。很多人供认罪状都以“不是你想的那样”开头，一发不可收拾。凶手总爱滔滔不绝，竭力抹平真相的锐利刀锋，没完没了地想要证明“不知怎么就发生了”“是他自作自受”，或是“换作任何人站在我的立场，肯定也一样”。如果不加制止，大多数人会磨得你耳朵出血。但康纳什么都不想证明，他给自己画了句号。

“为什么？”我问。

他摇摇头：“那不重要。”

“对被害人的亲人很重要，对量刑的法官也很重要。”

“不关我的事。”

“你所供认的罪行，还缺一个动机。”

“那就编一个。随便你怎么写，我都会签字。”

一旦身陷洪流，大多数凶手难免慌不择路，扑腾着抓紧手边一切能让他们浮起来的谎言。洪潮将他们席卷而去，一浪接一浪打得他们晕头转向，仅剩喘息之力，然后将牙齿不停打颤的他们甩到远处的河岸。于是他们以为挺过了最艰难的时刻，浑身散架，骨骼几乎已经融化，有的人不由自主地浑身哆嗦，有的人失声痛哭，还有人唠叨不停或是狂笑不止。然而他们没留意到，岸边已是另一番风景，周围的一切都在改变，熟悉的脸庞消失了，路标也消逝在远方，一切都不可能回到从前的模样。但康纳则不同，他依然按兵不动，如一头静待时机的野兽，全神贯注。在某个我还探察不到的层面上，战役尚未结束。

如果继续追问他动机问题，他就赢了。我从不让嫌疑人得逞。于是我又问：“你是怎么进他们家的？”

“钥匙。”

“哪扇门？”

短暂的停顿。“后门。”

“钥匙哪儿来的？”

又是一顿，这次时间略长。他很小心。“我捡的。”

“什么时候？”

“有一段时间了。几个月前吧，可能更久。”

“在哪儿捡的？”

“他们家外面的街上。帕特掉的。”

他的声调出现了极为细微的闪烁，我用皮肤都能察觉到他在撒谎。但我摸不透哪一处是谎言，原因又是什么。康纳身后的墙角里，里奇问道：“你藏身的地方看不到街上，你怎么知道他弄丢了钥匙？”

康纳想了想。“有一次看见他很晚下班回来。我出去溜达了一圈，刚好捡到了钥匙，肯定是他丢的。”

里奇踱到桌旁，拉过一张椅子，面朝康纳坐下。“不对，老兄，街上没有路灯。难道你是超人，还能夜视？”

“当时是夏天，天没那么快黑。”

“天没黑，他们没睡，你就敢在他们家附近徘徊？得了吧，老兄，你想自投罗网啊？”

“也可能是天亮以前。我捡到钥匙，磨了一把，进了他们家。就这样。”

“去了几次？”我问。

又一次短暂的停顿，他脑子里掂量着答案。我厉声说：“老弟，别浪费时间了，跟我玩这一套没用，我们见得多了。你进过斯佩恩家几次？”

康纳用手腕背侧擦着前额，拼命稳住心神。那层顽固的墙开始动摇。肾上腺素最多只能让他支撑到现在，再往后，估计他会累得连坐都坐不直了。“几次吧，可能十来次。这有什么关系？我说过，前天晚上我在他们家。”

关系大着呢。因为他对斯佩恩家的环境极其熟稔，即便是在黑暗中也能成功地摸上楼，摸进孩子们的卧室，摸到他们的小床前。里奇追问道：“你从他们家里拿过东西吗？”

看得出，康纳鼓足勇气想回答说“没有”，但还是退缩了。“就拿过一些小东西。我不是小偷。”

“怎样的小东西？”

“一个杯子、一卷胶带、一支笔。都不值钱。”

“还有刀。”我说，“别忘了刀。那把刀你是怎么处理的？”

这个问题比较棘手，但康纳好像抓到了救命稻草。“扔到海里去了。那时刚好涨潮。”

“从哪里扔的？”

“礁石上，南边的海滩。”

看来我们没机会拿回那把刀了。这会儿它正在海藻和柔软而盲视的海底生物的包围下，被冰冷的海流冲往英国的康奈尔。“另一件凶器呢？你用来攻击珍妮的那个？”

“一样。”

“是什么？”

康纳一仰头，嘴唇微张。整晚都隐隐压在他声音中的悲伤终于浮出水面。不是疲惫，而是悲伤筛干了他的意志，冲散了他的专注。悲伤从他心里生生地啃噬着他，除此之外，他一无所有。

“是个花瓶，银的，底座很沉。那东西很美，造型很简约。给两个孩子做好晚饭后，她喜欢在瓶里插两枝玫瑰，摆到饭桌上……”

他嗓子眼儿里微微一响，像咽口水，又像喘息，如同有人在水面之下潜行。我说：“不如倒带一下，从你进他们家门时说起。当时是几点？”

康纳答道：“我想睡觉。”

“说清楚才能睡。当时家里有人醒着吗？”

“我想睡觉。”

我们要的是整个作案过程，一步步逼问出只有凶手才知道的细节。但这时已经快到早上六点了，他目前的疲劳状态，有可能成为辩护律师的借口。于是我轻声说：“好吧，你小子表现还行。你把刚才交代的这些写下来，然后我带你去眯一会儿，怎么样？”

他点点头，缓慢而迟滞，似乎他的脑袋突然变得异常沉重，脖子已无法支撑下去了。“嗯。我写。不过得让我一个人写。可以吗？”

他已是强弩之末，不可能在书面证词里搞什么把戏了。“没问题，”我说，“你喜欢一个人写，可以，不过你得把真名报给我们，才能填记录表。”

一时间，我还以为他又要沉默以对，但他的斗志似乎耗尽了。“布伦南，”他闷声答道，“康纳·布伦南。”

“很好。”我说。里奇悄悄挪到墙角的桌旁，拿了张记录表递给我。我掏出笔在第一栏里用大写字母重重记下：“康纳·布伦南。”

我正式宣布逮捕他，再次提醒他一些注意事项，又给他读了一遍犯罪嫌疑人诉讼权利义务告知书。康纳一次也没抬头。我将记录表和笔塞到他手里，留他一个人慢慢写。

“哎哎哎，”回到观察室，我把笔记簿往桌上一扔，胜利的快感令全身的每个细胞如香槟般吱吱冒泡。真想跳上桌子大喊我爱死这份工作了！“比我预期的容易得多。里奇老弟，说句真心话，你觉得我们怎么样？绝妙的配合！”

我使劲儿握住他的手，又拍拍他的肩膀。他露齿一笑：“不错，我也有同感。”

“毫无疑问。我和很多搭档合作过，可以拍胸脯跟你讲，刚才真带劲儿。有的人搭档了很多年，都没我们这么默契。”

“很好，感觉真好。”

“等局长来了，我们就把签了字的证词记录送到他桌上。这对你的职业生涯有多大意义，不说你也知道吧？到时，那个多嘴的奎格利得嫉妒死你了。才来局里两个星期，就破了今年的第一大案。爽吧？”

里奇的手迅速滑出我的手心。虽然微笑仍挂在他脸上，但显出了一丝飘忽。我问：“怎么了？”

他朝单向玻璃点点头：“你看他。”

“他写得挺顺啊，别操心了。回头他又会打别的主意，那是肯定的，但至少得到明天。感情迸发到了极限，就跟喝醉酒一样。等他缓过来的时候，材料都在送往地区检察官办公室的路上了。”

“不是这个问题。餐厅的状态……拉里不是说过吗，搏斗非常激烈，但他怎么没受伤？”

“没伤就是没伤。现实并不一定符合人的想象。”

“可我只是……”笑容消失了，里奇两手深深地插进衣袋，盯着玻璃，“你真的确定他就是凶手？”

血管里蒸腾的气泡开始冷却。我答道：“你不止一次这么问了。”

“嗯，我知道。”

“那就直说吧。想什么呢？”

他耸耸肩：“不清楚。只是你一直都太有信心了。”

一股怒气如肌肉痉挛般掠过全身。“里奇，”我尽量小心地控制着音量，“要小结一下吗？我们发现了康纳·布伦南用来偷窥斯佩恩家的据点，而且他也承认多次闯入他们家。现在，我们还他妈的拿到了他的证词。老弟，你倒是说说看，你他妈的还觉得不够？要怎样你才肯相信？”

里奇摇着头：“我们收获很大，我对这些都没意见。但早在我们两手空空的时候，只凭那个据点，你就认定了。”

“那又怎样？结果证明我是对的。就因为我早你一步，你心里不爽？”

“我有点儿紧张。太早下定论，这很危险。”

怒气再度袭来，我咬紧牙关：“你更倾向于等等看，是这意思吗？”

“嗯，算是吧。”

“很好，主意不错。等多久？几个月？几年？等到上帝派唱诗班来给你唱赞美诗？你是想让我们在这儿傻站十年，念叨着‘唔，可能是康纳·布伦南，但也可能是俄罗斯黑手党，先别忙着下结论，再好好考虑一下’吗？”

“不，我只是说……”

“你必须得果断些，里奇，没有其他选择。早晚都得拿出结论，别占着茅坑不拉屎。”

“我知道。我又没说要等十年。”

这种闷热，如同在八月酷暑中囚困在一间牢房里，压抑、凝滞，如湿沉的水泥淤塞着肺部。“那你他妈的究竟在说什么？你好好想想，用不了几个小时，等找到康纳·布伦南的车，拉里他们肯定会发现车里到处都是斯佩恩夫妇的血迹。同时，他的指纹和在那个据点采集的指纹正在进行对比。再过几个小时，如果老天有眼，让我们找到他的鞋子和手套，就能证明那些血鞋印和血手印都是康纳·布伦南留下的。我敢赌上一个月的工资。这样你放心了吧？”

里奇挠挠后颈，面露难色。我又说：“老天在上，好吧，走着瞧，我——敢——保——证，今晚我们就能掌握那家人遇害时他就在那栋房子里的全部物证。你要怎么推翻？”

康纳还在写，整个人几乎趴在记录纸上，一只手臂弯过来护住写字的手。里奇望着他说：“如你所说，这家伙深爱斯佩恩一家。假设，只是假设，案发当晚他在那个据点里——可能珍妮用着电脑，他远远地窥视着她。然后帕特下楼，对珍妮动手。康纳慌了，冲过去制止他们的搏斗。他一路滑下脚手架，从他们家后面闯进去。但为时已晚，帕特死了，或是奄奄一息，而康纳认为珍妮也死了——可能他检查得不够仔细，毕竟流了那么多血，而且他又很慌张。说不定就是他把珍妮挪到帕特身上的，让他们死在一起。”

“好感人哦。那你怎么解释被删除的电脑浏览记录和消失的凶器？那又是怎么回事？”

“原因一样。他很在乎斯佩恩一家，不想让帕特背负罪名，不想让大家知道珍妮在电脑上的所作所为，可能就是激起帕特杀意的源头——或许他早知道珍妮都干了什么。然后他拿走凶器，丢到海里，让整个案子看起来像是外人所为。”

我深吸一口气，尽量保持冷静，免得一气之下扇飞他的脑袋。“好啊，老弟，多么动人的童话啊。‘令人鼻酸’这个词还算恰当吗？不过如此而已。就算你说的这些蛮像那么回事儿，但你直接忽略了一点：操他妈的康纳为什么要认罪？”

“因为刚才在里面发生的那些。”里奇朝玻璃努努嘴，“大哥，是你威胁他，如果不肯照你说的办，你会去折磨珍妮弗·斯佩恩。”

我的声音冷酷得足以冻住比里奇还蠢一百倍的人。“柯伦探员，你对我办案的方式有意见吗？”

他连忙举起双手：“我不是给你挑毛病，我只是说，那才是他认罪的原因。”

“不，探员，不对，他妈的不是这么回事。他认罪是因为他就是凶手。我刚才那堆废话，他爱着珍妮什么的，是为了攻破他的防线，我他妈的不可能把他没干过的事强加给他。也许你和我的经历不同，也许你更擅长做这个工作，但我的能耐就是让嫌疑人坦白他所做的一切。可以放心地说一句，干这行这么多年，我从没让任何一个人招认和他无关的罪行。如果康纳·布伦南刚才说他是凶手，那他就是凶手。”

“但他和其他人都不太一样吧？你自己也说过，而且我们也一直在说，他与众不同。这里面有古怪。”

“他很古怪，嗯。他又不是耶稣，他来警局不是为了替帕特里克·斯佩恩的罪行搭上自己这辈子的。”

里奇说：“不仅仅是他的古怪。那些婴儿监视器又怎么解释？那些可不是康纳干的。墙上的小洞呢？那栋房子里一定还有内情。”

我重重往墙上一靠，环抱双臂。不知是因为浓浓的倦意，还是抹脏窗玻璃的那缕灰黄色的薄薄晨曦，总之如香槟泡沫般的生理快感已经挥发殆尽。“老弟，你怎么总针对帕特里克·斯佩恩？就因为他是社会栋梁，所以你看他不顺眼？如果是这样的话，我警告你，这种心态要不得，马上改。他这种出身中产阶级又肯担当的年轻人可不多见。”

里奇突然冲到我面前，手指直指着我，一时间，我以为他会狠戳我胸口两下，但他还算有理智，及时刹车了。“跟阶层无关，百分之百无关。我是警察，和你一样。别搞得好像今天是‘傻子参观日’，你给了我好大面子才带我来玩玩似的。”

他逼得太近了，火气也太盛了。我说：“那就拿出警察的样子来。请退后，探员。自己注意一点儿。”

里奇又瞪了我片刻，才缓缓退开，靠到玻璃上，两只手深深地插进衣袋。“那你说说，老兄，你怎么就认准凶手不是帕特里克·斯佩恩？为什么揪着‘爱’不放？”

我没义务跟一个暴躁的毛头小子解释，但我偏偏想说，我想把这些话深深钉进里奇的脑子里。“因为帕特里克·斯佩恩符合规律，他走的每一步，都和正常人一模一样。这不是凶手过的日子。我从头说起吧，这种案子不会凭空冒出来，凶手的家人告诉媒体的那些屁话——噢，我真不敢相信他会那么干，他是标准的童子军啊，一辈子都没犯过错，他们是全世界最幸福的夫妻——全是一坨屎。每次，里奇，每一次，结果都证明那家伙虽然当过童子军，但不良记录有你一整条手臂那么长；他也没干什么坏事，只不过有个小习惯，动不动就把老婆打个半死不活；又或者他们虽然是全世界最幸福的夫妻，但只有一点小瑕疵：他和小姨子上床。没有任何迹象显示帕特沾了其中哪一条。你自己都说过，斯佩恩夫妇够努力的了。帕特很拼，是个好小伙子。”

里奇没动：“好人也会失控。”

“罕见。非常非常罕见。这是有原因的。即便生活越来越艰难，也还有种种牵挂让他们不至于走上邪路：工作、家庭、责任。他们一辈子都循规蹈矩。那些东西在你听来估计挺没劲儿，但事实是，确实很管用。那样的牵挂，每天都约束着人们不去跨越那条红线。”

“所以，”里奇冷冷地应道，“因为帕特的出身是中产阶级，又是个好人，是社会栋梁，所以他就不该是凶手？”

观察室里憋得人透不过气来，从天黑熬到天亮，衬衫都被汗水黏在背上，我不想再这么争下去了。“因为他还有爱，还有家——好吧，那个家所处的小区真他妈操蛋，但看一眼家里的布置就知道，帕特和珍妮深爱着那个家的每一点、每一滴。他们从十六岁起就在一起，直到如今还对对方如痴如狂，这可是布伦南说的。还有两个活蹦乱跳的孩子。善良的人就靠这些支撑着，里奇。他们的心有归宿，有放不下的人，有爱。不堪重负的人或许会直接坠入深渊，但那些牵挂就是护着他们的安全绳。而你现在是想说服我，帕特无缘无故突然亲手砸碎了他所拥有的一切？”

“未必无缘无故。你也说过，他可能已经扛不住了。工作没了，老婆孩子说不定也要离他而去。这不奇怪，这样的事，全国都在发生。一旦付出得不到回报，最扛不住的往往就是最努力的人。”

忽然，我筋疲力尽。连着两夜不眠不休，浑身像背了千斤重担，简直散了架。我说：“扛不住的是康纳·布伦南。这人已经没什么可失去的了：没有工作，没有家，没有亲人，连自己的思想都没有。我敢打赌，调查他的背景就会发现，这家伙既没有亲密的朋友圈子，也没有爱人。布伦南无牵无挂，除了斯佩恩一家，他谁都不爱。这几年，为了偷窥他们，他活得既像隐士，又像隐形炸弹人[①]。即便是你那套理论，也绕不过一个关键事实：凌晨三点血案爆发时，康纳这妄想成癖的变态狂还在偷窥他们。这家伙不正常，里奇，他有问题。你无论如何都避不开这一点。”

里奇身后的审讯室里，刷白的灯光下，康纳放下笔，指尖用可怕的节奏使劲儿揉着双眼，我不禁怀疑他究竟多久没睡过觉。“还记得我们先前的讨论吗？最简单的解释现在就坐在你背后。如果你能找到证据证明帕特是个浑蛋，不仅天天打老婆打孩子，还准备抛弃他们去跟乌克兰内衣模特儿私奔，到那时候你再来反驳我不迟。我赌凶手就是患精神病的偷窥者。”

里奇答道：“可你也说过，‘精神病’不算动机。斯佩恩夫妇并不幸福，所以康纳闷闷不乐。几个月来他们的处境都很艰难。按你的分析，前天晚上康纳突然下了决心，仓促得连藏身之处都来不及清理。‘不知为什么，我决定，要去斯佩恩家把他们杀光’？拜托，老兄，你说帕特里克·斯佩恩没有动机，那这家伙难道就有动机？为什么他非得置他们于死地呢？”

谋杀这种犯罪之所以独一无二，原因之一就是，唯有这种犯罪让我们关心动机何在。抢劫、强奸、诈骗、贩毒，其罪行本身便囊括了犯罪动机，将罪犯对号入座即可。谋杀则需要一个答案。

有些侦探不太在乎。从公事公办的角度来说，他们并没有错。如果你能证明谁是凶手，法律并不要求你必须证明动机。但我在乎。比如说一起表面上并没有特定目标的飞车枪击案，等逮捕枪手，掌握了足以让他坐八辈子大

---

① 长期利用邮包往美国各地寄炸弹的著名恐怖分子。

牢的铁证之后，我仍会花几个星期走访他那脏乱不堪的街区，和那些对警察成见颇深、答话时惜字如金的邻居软磨硬泡，直到有人漏了口风，说出被害人的叔叔在一家商店打工，曾经拒绝卖给枪手年仅十二岁的妹妹一盒烟。我们不再追问谋杀动机的那一天，我们认为不需要特定理由就可以夺走一条生命的那一天，也就是我们从洞口撤除防线、任由野兽肆虐的那一天。

“相信我，会查出来的。我们会找布伦南的朋友谈话，会搜查他的公寓，斯佩恩家的电脑也在等着检查，还有布伦南的电脑，如果他有的话，以及有待进一步分析的法医证据……动机就埋在这些东西里。抱歉，我接手这该死的案子还不满四十八小时，暂时还没来得及让每块拼图都正确归位，但我保证，一定能找到。现在我们先收下他那狗屁证词，回家去吧。”

我朝门口走去，但里奇没动。他说：“搭档——刚才你说的，还记得吗？我们是搭档。”

“是啊，怎么了？”

“所以你不能单独替我们俩做决定。我们应该一起做决定。我的意见是，继续关注帕特里克·斯佩恩作案的可能性。”

他的姿态——两脚分立，双肩挺直——说明不打一架他是不会让步的。我们都很清楚，我完全可以直接将他塞进箱子，再拿盖子狠狠地敲他的脑袋。到时候，一份处分会将我和里奇赶出重案组，发配到摩托巡逻队或是风纪组待几年，也可能是永远。我只需稍加警告，一点儿微妙的暗示，他就会退让一步，先应付康纳的证词，暂时不去管帕特里克·斯佩恩。那么，不到二十四小时之前在医院停车场的那次交心，也就彻底画上句号了。

我又关上门。“好吧，”我颓然靠到墙上，尽量放松紧绷的肩膀，“好吧，我提个建议，接下来一星期左右，我们全力调查康纳·布伦南，以他是凶手为前提，这是本案的底线。但我建议，同时启动另一项针对帕特里克·斯佩恩的调查。奥凯利局长会比我更反对这一方案，他会说这纯属浪费时间、浪费人力，所以我们的行动要低调保密。一旦曝光，我们还要确保布伦南的律师不会在法庭上以帕特凶手论来浑水摸鱼。这需要很复杂的应变手段，如果你能应付，我当然不成问题。”

里奇虽然站着，但几乎睡着了，不过他还年轻，几个小时就可以恢复。“我能应付。”

“我也觉得。如果查出帕特作案的有力证据，我们再重新审视案件。你觉得怎么样？”

他点点头：“不错，听起来很不错。”

我又说：“这星期我们务必小心，在没找到确凿证据的情况下，我绝不会在深爱帕特的人面前直指他是凶手，我也不会让你走这一步。如果你让他们中的任何一个人发觉帕特也在嫌疑人之列，别怪我翻脸不认人。我说得够清楚了吧？”

“嗯，一清二楚。”

审讯室里，那支笔还在记录纸上写个不停，康纳整个人伏趴在桌上，手腕都快顶到眼窝里了。我说：“我们都得好好睡个觉。先送他走完逮捕程序，把报告打出来，给警员们下几个指示，然后回家歇几小时。中午在这里碰头。现在去看看他的成果吧。”

我抓起椅背上的外套，俯身塞回行李之中，里奇拦住我说：“谢谢。”

他伸出手，直视我的双眼，绿眼珠里目光坚定。我们握手时，他的手劲令我吃了一惊。

“没必要谢，”我说，“搭档就该这样。”

这句话徘徊在我们之间的空气中，如一根点燃的火柴般光辉暖人。里奇点点头：“说得好。”

我拍拍他的肩头，继续整理包裹。“快点儿。不管你困不困，反正我是顶不住了。”

我们把东西塞进大包小包，将纸杯和咖啡搅拌棒扔进垃圾桶，灭了灯，关上观察室的门。康纳还是没动。走廊尽头的窗外依旧是这个城市朦胧而慵懒的黎明，但这一次，寒意没能撼动我。或许是因为身体中充满了年轻时的活力，胜利的气泡又在血管中涌动。我顿时神清气爽，挺起胸，信心百倍地迎接接下来的一切挑战。

Broken Harbour 第 11 章

论坛

电话铃声硬生生地把我从梦乡深处拽出来。我两腿一蹬，猝然跳起，喘着粗气——刹那间恍惚以为那刺耳的铃声是火灾警报，迪娜被锁在我的公寓里，火舌步步紧逼。“我是肯尼迪。”接了电话，我稍一定神。

“这事儿可能和你的案子没关系，但你吩咐过，如果查到其他论坛就打电话。知道‘私信’是怎么回事吧？”

他叫什么名字来着？那个电脑专家。哦，基兰。“大概明白。”我答道。卧室很暗，也不知外面天亮天黑，现在具体是几点钟。我翻身摸到床头灯，骤然亮起的灯光直刺双眼。

“那好。有些论坛你可以设置：一收到私信就发一条备份到你的邮箱。帕特里克·斯佩恩——唔，也可能是珍妮，但我估计是帕特，一会儿你就明白了——至少在某个论坛上激活了这项功能。我们的软件复原了一条私信，来自一个名叫‘野兽观测者’的论坛，想必那个密码文档里的‘WW’指的就是这个，而不是‘魔兽世界’。”基兰干活时显然爱把音乐的音量调得震天响，我的脑袋已经嗡嗡直响了。“发信人是个叫马丁的家伙，六月十三号发的，内容如下：‘不想和你吵，不过说真的，如果是水貂，我肯定选择毒药，特别是如果你有小孩的话。那些东西特别匈，’凶还是错别字，‘一定会攻击小孩。’这案子里有水貂吗？”

闹钟显示的时间是十点十分，姑且判断还是星期四早上吧。我睡了不到三个小时。“你看过这个‘野兽观测者’论坛吗？”

“还没，我去修了个脚——开玩笑的，是啊是啊，我查过了。这个论坛的主要话题是人们见过的野兽——我不是指那种真正的猛兽，这是英国的，所以话题大多数都是在郊外发现狐狸什么的，或者他们家紫藤上有个可爱的棕色小鸟巢是怎么回事。所以我试着搜索‘水貂’，果然，找到一个六月十二号的主题帖，楼主的ID叫‘帕特小子’，是新注册的用户，感觉他注册就为了发这个帖子。要不要念给你听？”

“我手头有点儿事。”我说。眼睛像被人撒了一把沙子，嘴里也是。“能不能发链接给我？”

“行。这个‘野兽观测者’论坛，你要我怎么处理？简单浏览还是深入调查？”

“浏览。如果没人和‘帕特小子’过不去，暂时先别管。那家人不至于因为一只水貂招来杀身之祸。”

“听起来不错。回见，独行侠先生。”基兰挂断前的一瞬间，我听见他把音乐调到了足以震碎骨头的音量。

我匆匆洗了个澡，水温调得越来越低，直到视线再度找回焦点。镜子里的人让我很不舒服：冷酷而专注的脸庞，一副野心勃勃的模样，而不是功成名就的无欲无求。我打开笔记本电脑，倒上一大杯水，拿了几个水果——之前迪娜拿了个梨咬了一口，又改变了主意，塞回冰箱——坐进沙发，开始研究“野兽观测者”。

“帕特小子”的注册时间是六月十二号早上九点二十三分，九点二十五分发了第一个帖子。这是我第一次感受他的说话，感觉是个不错的人：很踏实，直奔主题，懂得如何陈述事实。

大家好，我有个问题。我住在爱尔兰东海岸，靠海（说了等于没说）。这三四个星期以来总听到阁楼里有奇怪的声音：小跑、一阵阵抓挠，还有很硬的东西滚来滚去，还有……怎么说呢，敲敲打打或者嘀嘀嗒嗒那种。上去看过，但没发现什么动物。有一股很微弱的气味，很难形容，烟熏味或者麝香味，但也可能只是房子的问题（管道过热？）。在屋檐底下发现了一个通到外面的小洞，不过只有五英寸宽、三英寸高的样子。听声音感觉那东西应该不只这么大。花园检查过了，没找到动物的洞，也看不出是不是有什么东西在墙根下挖了洞（墙高五英尺）。请问有哪位网友知道会是什么动物，或者该怎么处理才好？家里有小孩，就怕这东西伤到孩子。谢谢。

“野兽观测者”论坛人气不算旺，但帕特的帖子颇受关注，引来了一百多条跟帖。最初几条跟帖都判断是老鼠作祟，也可能是松鼠，最好找专业人员来灭鼠。两小时后，帕特回复说：

谢谢大家，我觉得只有一只动物，因为从来没同时听到两个地方发出怪声。我估计不是老鼠或松鼠，一开始也想过，放了捕鼠夹，还拿了一大块花生酱做饵，结果不管用，那天晚上动静特别大，可到了早上夹子也没反应。所以肯定是不吃花生酱的动物！

有人问，那东西一天当中什么时间最活跃。当晚帕特回复：

本来只有晚上睡觉后才听到，也许是因为白天的时候我没留意。差不多一星期前开始特别关注，结果不论白天晚上都在响，没规律。这三天来我注意到，我老婆做菜的时候声音会变得更大，特别是煮肉时——越来越吓人了，不瞒大家说，感觉很可怕。今晚她做晚饭（牛肉砂锅）那会儿，我在儿子房间陪孩子们，房间刚好在餐厅楼上。那东西又是挠啊又是撞啊，好像要把天花板凿穿似的。就在我儿子的床铺正上方，我挺担心的。还有其他建议吗？

网友们来了兴趣。有人说是白鼬，有人说是水貂，也有人猜松貂。他们上传了不少照片，那些动物身形瘦长柔韧，张着嘴，露出锐利骇人的牙齿。大家建议帕特在阁楼里撒点儿面粉，取到那动物的爪印，拍下爪印和粪便的照片，然后发到论坛上。其中有个人觉得最大的问题是：

你怎么还有空来发帖？废话少说，拿点儿老鼠药放阁楼里。难道还心慈手软，连有害动物都不敢杀？那就活该倒霉吧。

于是所有人都抛下帕特的阁楼不管，围绕动物权利问题吵成一团，吵得越来越热闹，“谋杀犯”之类的大帽子满天飞——但第二天帕特再上线时依然心平气和，避开了争论的矛头。

不到万不得已，不想用毒药。阁楼的地板底下有夹层（大约八英寸高），位于房梁和楼下房间的天花板之间。我打着手电筒去看过，没找到什么古怪东西，我不想让它在那夹层里乱爬，或者死在那里，不然会发臭的，而且还得拆开阁楼的地板才能弄出来。也是出于这个原因，才没直接封掉屋檐底下的洞口，免得弄巧成拙，反而把它堵在家里。目前没发现粪便，我会继续调查。取爪印的办法不错，采纳了。

没人理会帕特——随着战端升级，不可避免地，有人将论战对象斥为希特勒。那天晚些时候，帖子被版主封锁。“帕特小子”后来再也没发过帖。

显然这大致就是摄像头和墙上那些小洞的来历，但还不足以说明问题。

我想象不出那个冷静的男人会像《疯狂高尔夫》[1]中的园丁一样，举着锤子满屋子追杀一只鼬；但我同样难以想象，有东西啃噬着自家墙壁的时候，他还能稳坐着观看婴儿监视器，而他的孩子就在几英尺开外。

无论哪种情况，这都说明我们不必再多纠缠于那些监视器和小洞。我对基兰说过，一只水貂不足以令康纳·布伦南大开杀戒，这件事该让珍妮或者她的房产经纪人去操心，我们无须插手。但我向里奇承诺过，我们会继续调查帕特里克·斯佩恩，他生活中的一切怪事都得有个说法。我告诫自己，没理清的线索还有一大把——解开的疑点越多，辩护律师在法庭上搅局的机会就越少。

我泡了杯茶，又泡了麦片（想到康纳是在牢里吃的早饭，我心中顿时一阵舒坦），认真地把帖子重新看了一遍。不少调查谋杀案的警官都用这种方法试图重现被害人的声音和面庞。他们想让被害人在眼前重生。但我不敢苟同。这类用滥了的招数无助于破案，我也没时间琢磨这些廉价的心理学偏方。最痛苦、最折磨人的体验，莫过于亲眼看着沉浸在幸福中的人一步步走向断崖。逝者已矣，我让他们安息。

然而帕特不一样。康纳·布伦南拼命想抹黑他，给他那血肉模糊的躯体永远安上一个凶手的面具。每次回想起帕特的脸，我的良心就阵阵刺痛。

我给拉里的手机留了条口信，请他派一名熟悉野生动物的部下到“野兽观测者”论坛看看，并尽快赶往布莱恩斯顿，就可能侵入斯佩恩家的野兽给个结论。然后，我给基兰回了邮件：“多谢。从回帖情况来看，帕特里克·斯佩恩很可能把这个问题拿到其他网站咨询了。我们得查出他又去过哪些网站。有新情况请通知我。”

我进重案组办公室时是十一点四十分。警员们要么在外出勤，要么去喝咖啡了，但里奇还坐在办公桌前，像个中学生似的将脚踝绕在椅腿外，鼻尖几乎顶到电脑屏幕上。“早啊，”他没抬头，“那家伙的车找到了。深蓝色

---

① 1980年美国喜剧电影，其中的园丁为了消灭几只田鼠大动干戈，亲手毁掉了自己的花园。

的欧宝，03D型号。

“他还挺时尚嘛。”我递给里奇一杯外卖的咖啡，“就猜你还没喝。车停在哪儿？”

“谢了。在俯瞰海湾南端的小山上。他把车藏在树林里，离大路挺远，所以天亮后才找到。”

离小区至少一英里，可能还不止。康纳很谨慎。“非常好。送去拉里那儿了吗？”

“让拖车拖去了。”

我朝电脑努努嘴：“有新发现吗？”

里奇摇摇头：“这人没有被捕的前科，至少用康纳·布伦南这个名字查不到。有两张超速罚单，但日期、地点和手头的案子都对不上号。”

“还在琢磨他为什么眼熟？”

“嗯。应该是很久以前的事，因为在我残留的那点儿印象中，他年轻得多，二十来岁的样子。可能是我多心，但不查又坐不安稳。”

我把外套披在椅背上，啜了一口咖啡。“我也在考虑以前是否有人认识康纳。得尽快请菲奥娜·拉弗蒂来一趟，让她看康纳一眼，留意她的反应。无论如何，康纳拿到了斯佩恩家的钥匙——我才不相信什么天亮散步捡到钥匙的鬼话。而碰过钥匙的外人只有菲奥娜。很难设想这纯属巧合。”

这时奎格利从我背后钻了出来，用手里的早报点点我的手臂。“我听说，”他屏着气，好像在分享一个不可告人的秘密，“你那个大案子，昨晚抓到人了。”

奎格利这人一出现，我总忍不住想捋直领带，再照照镜子看看牙缝里有没有食物残渣。他的气味闻起来像是刚在快餐店吃过早饭，这么一想就合理了，他的上唇还沾着一层油。“消息很灵通啊。”我挪开一步。

他那双吊着厚厚眼袋的小眼睛顿时瞪大了：“这么快？”

“我们吃的就是抓坏人这碗饭。改天你也该试试。”

奎格利的嘴抿紧了：“天哪，肯尼迪，你的戒心也太重了吧？难道还在怀疑？怀疑抓错人了？”

“淡定点儿。虽然还不确定，但你可以先去把香槟冰起来，以备不时之需。”

“等一下。别这么抵触好不好，我是为你高兴啊。”

他用报纸戳戳我的胸口，一副备受伤害的表情——被人看扁就是奎格利的生存动力。“你真贴心。”我转回办公桌前，摆明告诉他没话好说了。“等过几天我玩腻了，也带你去办办大案，让你开开眼。”

“哦，是啊，搞定这一件，以后的重要案件都归你了是吧？哈，算你有本事。我们这些人嘛，”他这话是冲着里奇说的，“我们这些人也就只想解决谋杀案，媒体曝光率什么的，我们不在乎，但对肯尼迪来讲就有点儿不一样喽。他就喜欢待在聚光灯底下。”奎格利挥挥报纸：小天使在睡梦中惨遭屠戮，旁边配的是斯佩恩一家在某个海滩上欢笑的模糊照片。“哎，我看这也没什么不好，只要能结案。”

“你也想解决谋杀案？”里奇故作懵懂地问道。

奎格利没理他，又对我说：“如果你抓到的家伙就是凶手，不是很妙吗？以后谁还敢提上回那事儿啊。”他居然真的抬手要来拍我的手臂，我狠狠瞪了他一眼，他才改变主意。“运气不错哦，我们都盼着你抓对人呢。”他皮笑肉不笑地做了个“祝你好运”的手势，慢悠悠地去破坏别人的好心情了。

里奇颇不耐烦地朝奎格利的背影龇牙咧嘴，挥手作别。“上回什么事？”他问。

一沓调查报告和证人证词整整齐齐摆在我桌上，我信手翻了翻。“有个案子搞砸了，两年前的事。我抓错了人，结果没法儿逮捕。不过，奎格利就纯属满口喷粪了。现在除了他，没人还惦记那件事。他一直挂在嘴边上，这辈子就靠这活着了。”

里奇点点头，似乎一点儿也不吃惊。“你刚才说让他开开眼的时候，他那脸色，臭得能熏死人。你们有过节儿？”

有个警员的习惯很坏，打字全用大写字母，得改。“过节儿谈不上。奎格利的办案能力就是一坨屎，还爱把责任推给别人，自己躲个一干二净。交给我的案子从来轮不到他，所以他只能弄点儿鸡毛蒜皮的事情混日子，他把这归咎于我。而我偏偏又总能搞定大案，他就更难受了。他连玩不赢《妙探寻凶》[①]游戏这种事都怪到我头上。”

“他再多长点儿脑细胞，就赶得上甘蓝菜了。”里奇靠在椅背上啃指甲，盯着奎格利走出去的那扇门，“他巴不得有机会踩你一脚。如果他没蠢到无可救药的地步，你可有麻烦啊。”

我放下记录纸：“奎格利都说了我些什么？”

里奇的脚在椅子底下轻轻打拍子：“还不就是那些。你都听过了。”

“在那之前呢？”

里奇故作茫然，但脚还在动。

“里奇，我的感受不要紧，关键是，如果他蓄意破坏我们的关系，我不能蒙在鼓里。”

“那倒没有。我都不记得他说过什么，不值得你动气。”

“我从来不跟奎格利计较。他到底说了什么？”

略一耸肩。

“都是废话，什么皇帝的新装自欺欺人啦、骄兵必败啦，说了等于没说。”

早知道，刚才应该多给奎格利点儿颜色看看。“还有呢？”

“没了。然后我反击了。他说就是要慢慢来、稳一稳，我就问他自己为什么又慢又稳还搞不定。他很不爽。”

我很惊讶。虽然觉得幼稚，但想到这孩子替我出头，心头竟涌上一股暖流。“你该不会是因为这个，才担心我过早锁定康纳·布伦南吧。”

“不！老兄，和奎格利没关系。完全无关。”

“那最好。如果你当奎格利是自己人，那就等着倒霉吧。你还年轻，前途光明，他会把自己人到中年还不得志都归咎于你。到那时候，很难说他更愿意踩死你我中的哪一个了。”

---

① 一款纸牌推理游戏。

“我懂。那肥猪还说，过几天我就会觉得在摩托巡逻组更温馨，除非我跟那边的嫌疑人牵扯不清。我都当耳边风。”

“很好，无视他即可。他是个黑洞，靠太近会被他拖进去。离消极分子越远越好，老弟。”

“没本事、刺又多，这种人我一贯躲着走。他拖不动我。组里怎么还留着这种货色？”

我耸耸肩：“三种可能：有关系、有奸情、有把柄。你自己选。我个人看，他不像有多大背景，而且那模样估计也没女人看得上。那就只剩勒索这一条了。所以你更该少和他打交道。”

里奇扬起眉毛：“他很危险？没开玩笑？就那饭桶？”

“可别小看奎格利。没错，他是饭桶，但还没你想的那么饭桶，不然在组里也站不住脚。对我来说，他算不上危险——对你也一样，只要你没干过什么蠢事——但这并不是因为他又傻又无害。他就好比肠胃型流感病毒，让你吃尽苦头，一辈子都很难甩掉，所以你惹不起他，除非你本身非常虚弱，否则他又不可能给你造成太严重的伤害。关键是，如果你有软肋，把柄又落在他手里，那就麻烦了，他的危险性就大大增加。”

“你真厉害。”里奇笑了，这比喻逗乐了他，虽然听起来他还半信半疑，“我会躲开‘腹泻男’的。”

我也忍不住咧咧嘴。“还有一点，别故意戳他痛处，我知道大家都爱这么干。虽然不合适，但毕竟我们不是新人。就算奎格利这人很不像话，但你给他脸色看，会显得你小子目中无人，不光看不起他，也看不起组里的其他人。那样你就等于自己撞进他手里了。”

里奇也咧咧嘴：“有道理，但他先招惹我。”

“他就爱这样，你没必要搭理他。”

里奇一手捂住心口：“我会好好干。真心话。今天的计划是……”

我继续翻手头这沓纸：“今天的重点是康纳·布伦南的作案动机。他有权休息八小时，所以至少接下来两小时我们还不能碰他。我不急，这次让他等我们。”

实施逮捕以后，有三天时间决定是对嫌疑人正式提出指控还是将其释放，我准备好好利用一下这段时间。在电视剧里，录下证词、铐上手铐之后故事就结束了。而在现实中，这才刚刚开始。区别在于嫌疑人从你待办事项的第一位直接落到末位。只要将他拘禁在你指定的地点，连着几天不见一面也没关系。你要关注的只是如何筑起高墙，让他插翅难飞。

“现在先去找奥凯利汇报，然后再和警员们谈谈，安排他们全力检索康纳的生平，以及斯佩恩一家。他是怎么盯上斯佩恩一家的，必须挖掘出这个交集所在。也许是他们同时参加过的一次聚会，也许帕特曾为一家公司办理员工招聘事务，而康纳恰好为这家公司设计网页。他自称偷窥他们一年左右，这意味着警员们应重点关注二〇〇八年。同时，你跟我去搜查康纳的住处，看能不能找到突破口，比如和他杀人动机有关的迹象，或者能说明他是如何接触到斯佩恩家、如何拿到钥匙的线索。”

里奇摩挲着下颌上一道浅浅的伤疤，斟酌着如何开口。胡子倒不一定非得刮得那么干净，但至少表明了他的良好态度。我见状又说：“别担心，我没忽视帕特里克·斯佩恩。有东西给你看。”

我打开电脑，进入“野兽观测者”论坛。里奇把椅子拖到我背后坐下。

“哈，”看完后，他说，“看来那些视频监控有答案了。这种人也不少吧，想方设法观察动物，折腾一套视频监控，就为了瞟一眼后花园里的狐狸。”

“就跟《老大哥》[①]这个节目一样，只不过参赛选手更聪明些。不过帕特并非出于兴趣，他显然真的很担心那不明动物攻击孩子。看他发帖的口吻，一点儿不像开玩笑，而是真心想解决这个问题。”

“嗯。但也不至于安五个摄像头吧。”里奇又默默读了一遍帖子，“能弄出墙上的那些洞，”他谨慎地说，“说明这动物个头可不小。”

“难说。我已经派人去查了。安排建筑专家去现场了吗？调查是否存在地表沉陷什么的？”

---

① 一档社交类真人秀节目，参赛选手一天24小时的生活都被拍摄下来，通过互相投票决定去留和最终胜利者。

“调查报告在案卷里，格拉汉姆办妥了。”格拉汉姆？管他是谁呢。“简单地说吧，房子的状况很不妙：一半的墙都潮得厉害，地表沉陷导致墙体出现裂缝，水管也有点儿问题。我看不太懂，总之整座房子的管道系统不出一两年就得翻修。西尼德·戈根对开发商的评价还挺准：偷工减料，毫无责任心。随便把房子搭起来，卖掉，收钱，开溜。不过这些问题和墙上的洞都没关系。屋檐底下那个洞绝对不是地表沉陷造成的，墙上的小洞也不是。”里奇抬起头，与我四目相对，“如果那些洞是帕特自己弄出来的，只为对付一只松鼠……”

“那不是松鼠。我们还不知道是不是帕特弄的。现在是谁急着下结论呢？”

“我只是说‘如果’。在自家墙上钻洞……”

“好吧，那未免太小题大做。但你说说看，房子里有只神神秘秘的动物在闹腾，你想赶它走，又没钱请专家来对付它，你会怎么办？”

“堵上屋檐底下的洞口。就算不凑巧把那东西封在房子里了，也可以先饿它两天，然后打开洞口，再试一次。如果它还不走，就下毒。等到那东西死在墙里，臭气熏天，再动锤子也不迟。用不着一开始就拿锤子。”里奇用力一推我的桌子，椅子朝他自己的桌子那边转回去，“老兄，如果那些洞是帕特的杰作，那脑子有问题的人可不只康纳一个。”

“我说过，这有待进一步查证。在那之前……”

“明白。不得妄加揣测。”

里奇穿上外套，扯了扯领带结，小心地整理下，不敢把结弄松。我说：“挺好。我们去局长那儿吧。”

他早把奎格利忘了，我却没有。有一点我没告诉里奇，奎格利从来不搞公平竞争。他生来就长着土狼的鼻子，贪婪地捕捉别人的弱点或伤口，直到有十足把握能给对方致命一击时才会下手。显然这就是他瞄准里奇的原因。新人，出生于工人家庭，急于从各个方面证明自己的能力，脑子好使得很，嘴上又不饶人——这种人不难对付，也没有危险，只要略加引逗，等他一言不慎，麻烦就上身了。而当时我心情颇佳，所以没能察觉也没能提防的是：

奎格利为什么瞄准了我。

奥凯利正在兴头上。“你们来得正好。”刚敲响他办公室的门，他就连人带椅转过来，指了指对面的椅子。我们得把一大沓打印出来的邮件和休假申请搬开才能落座。奥凯利的办公室总是几乎被书面文件淹没。他举起我们那份报告的复印件说：“来吧，告诉我这不是在做梦。”

我从头概述了一遍经过。“小兔崽子。”话音刚落，奥凯利就骂了一句，语气并不激烈。局长大人处理谋杀案多年，什么大风大浪没见过。“证词都核实了吗？”

“目前的调查结果都基本吻合。不过我们先让他睡觉，准备进一步核对一些细节。今天晚点儿会再提审他，或者明天。”

“但这兔崽子就是凶手。我拿你这份报告去应付媒体，告诉布莱恩斯顿的居民可以安心睡觉绰绰有余了。你是这意思吧？”

里奇也望着我。我答道：“可以放心。”

“这话我爱听。我要狠抽那群记者一记耳光。我敢说那些浑蛋起码有一半盼着凶手再次作案，这样他们才有活儿干。现在他们可以乖乖闭嘴了。”奥凯利满意地喘了口气，靠回椅子里，伸出一根粗短的手指指着里奇，“柯伦，说老实话，本来我不想让你参与这个案子。肯尼迪告诉你了吗？”

里奇摇摇头：“没有，长官。”

“嗯，本来我是不同意的。我认为你太嫩，如果没人罩着，自己的屁股都擦不干净。”我的余光捕捉到里奇的嘴角微微一动，但他还是严肃地点了点头。“但我错了。以后我会多给新人机会，让那些蠢材反省反省。你干得不错。”

“谢谢长官。”

“至于这家伙——”奥凯利朝我竖起大拇指，“不少人奉劝我让他离这案子越远越好，让他该干吗干吗去，让他继续闭门思过。”

如果是在一天前，我非得问出说这话的是哪个王八蛋，再逼着他把喷出的这些屎都吃下去。现在嘛，六点档的新闻可以为我代劳。奥凯利注视着我，目光犀利。

“但愿没辜负你的期望，长官。”我轻松地答道。

“就知道你小子信得过，不然我也不敢冒这个险。结果证明我是对的。欢迎归队。”

“归队的感觉真好，长官。”我说。

“那当然。我没看错你，肯尼迪，你也没看错这个新人。局里的头头还等着认罪的供词送到他们手里呢。打算什么时候正式给那兔崽子定罪？”

“请给我三天时间。我要确保这个案子滴水不漏。”

“我们的肯尼迪就是这个风格，”奥凯利对里奇说，“谁要是被他咬上，就自求多福吧。好好学着点儿。不急，不急。”他宽宏大量地挥了挥手，“批准你延长到三天。这期间还有其他需求吗？多派人手？多来点儿加班费？尽管说。”

“暂时没了，长官。如果有新情况，随时向你报告。”

“很好。”奥凯利朝我们点点头，叠好我们的报告，放到一堆文件上面，表明谈话结束了。“去吧，打场漂亮仗给他们看看。”

我们到了走廊里，与奥凯利的办公室拉开一段安全距离后，里奇望着我：“这意思是批准我自己擦屁股了吗？”

背后拿局长开玩笑的人不少，但他是我的上司，又一直很关照我，这两点我都铭记在心。“那只是个比喻而已。”我说。

“知道了。不过‘蠢材’指的又是谁？”

“奎格利吧？”我们大笑着回到办公室。

康纳住在一栋高大砖楼公寓的地下室里，大楼的许多窗框都掉了漆。地下室入口在大楼后侧，走过几层夹在生锈栏杆之间的狭窄台阶，就到了他家门口。公寓有一间卧室、一小间餐厅兼客厅、一间更小的浴室，似乎这地方老早之前就已经被他遗忘，房间不算太脏，但墙角里积了蜘蛛网，餐厅的水池里还沉淀着食物残渣，油毯上也渗进了不少污渍。冰箱里只有即食麦片和雪碧。康纳的衣服质地都不错，但都是几年前的款式，虽然干干净净，却叠得很随便，乱堆在衣柜底部。他的文件都放在墙角的一个纸盒里——购物账单、银行对账单和收据全都揉在一起，还有几个信封甚至都没拆开。稍加整理，基本就能查出他是从哪个月开始抛弃生活的。

一眼看去，没发现血衣。洗衣机里没有衣服，也没有晾着的衣服，没有沾血的运动鞋——这里根本就没有运动鞋——不过鞋柜里有两双十号大小的普通鞋子。我说："从没见过这个年纪的男人居然没有一双运动鞋。"

"估计扔掉了吧。"里奇掀起康纳的床垫翻到墙边立好，戴上手套开始检查床板，"我敢说，星期一晚上，他回来的第一件事就是扔掉鞋子，换上干净衣服，接着把弄脏的那几件都扔了。"

"也就是说，如果我们运气好的话，在附近就能找到。得派几个人搜一搜附近的垃圾桶。"我开始对付那堆衣服，口袋挨个儿掏一遍，感觉手上有些许湿气。这里很冷，一台需要接电源的燃油加热器罢工了，寒气直接从地板上冒起来。"就算永远找不到血衣，搜一搜也有好处。如果康纳那小子想拿精神病当挡箭牌——实际上他只剩这个选择——我们就可以指出他试图掩盖自己的所作所为，证明他知道自己做错了，那么至少在法律意义上，他的精神状态和一般人没什么两样。"

我打了个电话，随便指派几个警员去翻垃圾桶。公寓在地下，我走出去才能找到手机信号。可见就算康纳有朋友，也没多少机会和他们聊天。接着，我们转移到客厅。

虽然开了灯，客厅依然很昏暗。从与头齐高的窗户望出去，是一堵灰色的墙，我使劲儿把头往旁边扭，才捕捉到一线狭长的天空，看见鸟儿在厚厚的云层下盘旋。康纳家里最值钱的就是桌上那台硕大的电脑以及一部被压坏了的手机，电脑键盘上还散落着玉米片。基兰不在，我们不敢随便碰。桌旁有只装水果的旧篮子，破破的标签上一个微笑的黑发女孩举着个橘子。我掀开篮盖，里面是康纳私人珍藏的纪念品。

一条蓝色格子围巾，洗过多次，已然褪色，丝线间还夹着几根长长的浅色头发。一个玻璃罐子里插了根燃到一半的绿蜡烛，整个篮子都充满了熟苹果那甜美的令人怀念的香气。一张从巴掌大小的便笺簿里撕下来的便笺本来被揉皱了，后来又被仔细展平。一幅速写，落笔迅疾有力，画的是一个夹着球奔跑的橄榄球选手。一个深红色大水杯，杯壁上断断续续残留着茶渍。一把橡皮筋，像一堆宝贝似的齐齐捆住。一幅儿童蜡笔画，画上有四个黄头发的人、蓝天、飞鸟、一只懒洋洋地趴在繁花盛开的树上的黑猫。一块“X”形的绿色塑性磁铁，边缘磨损，颜色也褪去了不少。一支深蓝色钢笔，笔身上有行金色花体字：“黄金海岸度假村——通往天堂之门！”

我将挡着那幅画下半部分的丝巾挑开，歪歪扭扭的“埃玛”两个字出现了，旁边是日期。画上那抹污了天空和花朵的点点锈褐色，并不是蜡笔涂上的。这幅画是她星期一所画，估计是在学校，那时她幼小的生命只剩几个小时。

良久的沉默。我们跪在地上，嗅着木头和苹果的气息。

“那么，证据都在这儿了。”我说，“他们遇害当晚，康纳就在那栋房子里。”

里奇答道：“我明白。”

又一阵沉默，这次的气氛更为紧张，我们都等着对方先开口。楼上，高跟鞋踏过光秃秃的地面的声音格外刺耳。“好吧，”我轻轻地将盖子盖上，“好吧，先装起来，贴上标签，继续。”

那张橙色旧沙发几乎被几件外套、若干张DVD、一个个空塑料袋所淹没。我们在这些东西里面翻来翻去，寻找血迹，抖了又抖，通通扫到地板上。“老天在上，”掀掉一份六月初的电视报和半袋盐焗、醋酥口味薯片后，我不禁感叹，“这都乱成什么样了啊。”

里奇苦笑着举起一团擦过咖啡之类液体的纸巾：“我还见过更乱的。”

“我也是，不过再乱也不能说明问题。我不在乎这家伙是否身无分文，起码的自尊自爱可是免费的。斯佩恩夫妻和他一样穷，但他们的家简直挑不出毛病。”即便在我人生的最低谷，和劳拉刚分手那会儿，我也从来不让食物烂在洗碗池里。“这人难道忙得连抹布都舍不得用？”

里奇俯身看了看沙发靠垫，拽出一个，摸摸沾满糕饼屑的边缘。“一天二十四小时都泡在这里，没工作，没钱出去玩，这种状态能把你的脑袋都熔掉。换作我，恐怕也未必比他强。”

“别忘了，康纳可不是一周七天一天二十四小时都待在这儿。他要去的地方可不少，特别是在布莱恩斯顿，忙得很呢。”

里奇拉开靠垫套的拉链，伸进一只手。“那倒是。”他说，“知道吗？正因如此，这地方才成了垃圾场。这里不是他的家，那个据点才是。那边可打理得井井有条。”

我们搜得特别仔细，抽屉底面、书架背后，冰箱里过期食品的盒子里也没放过——甚至还用康纳的充电器在里奇手机上的每个插孔都试了一遍，确保这东西里没隐藏存储什么数据资料。文件盒得带回局里进一步核对，说不定康纳和珍妮前后脚用过同一台ATM，或者盒子里没准儿有一张为帕特公司设计网页的酬金收据。不过，我们还是先简单浏览了一遍。他的银行对账单和帕特、珍妮的一样，每况愈下：原本有一份不菲的收入，存款也颇丰，后来收入下滑，存款额也渐渐减少，直到破产。由于康纳是自由工作者，入不敷出的情况没帕特里克·斯佩恩来得那么突然，收到的支票面额逐渐变小，两笔收入的时间间隔又逐渐拉大——但比帕特更早。他的落魄始于二〇〇七年底，到二〇〇八年年中，接连几个月没有分文进账后，他就开始完全依靠从前的存款度日。

两点半，我们结束搜查，将满屋子的东西放回该放的地方。虽然还是乱，但比起康纳之前的随手乱扔，我们稍作规整之后，看上去还是整齐多了。

“你知道这地方最让我震惊的是什么吗？”我说。

里奇正将一摞书陆续塞回书架，扬起了一小团灰尘。“什么？”

“完全没有别人的痕迹。没有女朋友的牙刷，没有康纳和朋友的照片，没有生日贺卡，日历上也没有‘给爸爸打电话’或者‘晚上八点和乔在俱乐部碰面’之类的提醒。看不出康纳的生活和其他任何人有什么交集。”我将几张DVD放回光碟架，“还记得吗？我说过，他根本没有爱人。”

“也可能都变成电子数据了。我们这一代很多人，什么东西都放在手机里或者电脑上，照片啦、约会提醒啦——”一本书从架子上滑落下来，发出砰的一声。里奇转向我，张着嘴，两手正要去捂后脑勺。“该死，”他突然说，“照片。”

“老弟，刚刚那句话还没说完？”

“见鬼。我一看见他就明白了。难怪他对那家人那么在意……”

“里奇。”

里奇两手狠搓几下脸，深吸一口气，又连珠炮似的说起来：“还记得昨晚吗？你问过康纳，最希望斯佩恩一家四口的哪一个活下来？他说的是埃玛。难怪，老兄。他是埃玛的教父。”

埃玛书架上的相框里有三个人：脸蛋嫩白的小宝宝，一身盛装的菲奥娜，身边站着一个头发松软的男人。我记得那人有点儿娃娃脸，带着微笑，但想不起他的长相。“你确定？”

“百分之百。那张照片就在埃玛卧室里吧？当时他年轻得多，现在他瘦了很多，头发也剪短了，但我敢发誓，就是他。”

不到五分钟，值班的警员就找到了那张照片，用手机拍下来发给里奇。手机上看到的图像很小，像素也比较低。照片上那个快乐而轻松的康纳，和我印象中的他大相径庭。但就是他，没错，一套合体的西装，像捧着水晶雕像似的小心地抱着埃玛，菲奥娜则靠过来将手指戳进埃玛的手心。

“真他妈的。”里奇盯着手机，轻声咒骂。

“是啊，”我说，“这就说明问题了。”

“难怪他对帕特和珍妮的关系了如指掌。”

“没错。这浑蛋从头到尾都把我们当笑话看。”

里奇嘴角微微一抽：“看不出他心里在偷笑啊。”

“反正等他见了那照片，就笑不出来了。但我们得准备充分再亮这张牌。下次和康纳过招之前，所有牌都要备妥。想要动机？我敢打赌，动机的源头就在这儿。”

“那得回溯到很久以前。”里奇轻叩手机屏幕，“照片是六年前的。如果康纳和斯佩恩夫妇当时关系那么好，那他们认识的时间肯定更长。最晚也该在大学，中学的可能性更大。动机就藏在这段时间里。他们之间发生了某件事，然后大家都忘到脑后，但后来康纳的人生每况愈下，忽然，十五年前的一桩往事又死灰复燃……”

听里奇的口气，至少他已相信康纳就是凶手。我凑近手机，好遮挡止不住的微笑：“也可能没那么久。就在最近这六年里，他们的关系大大疏远，结果康纳只能靠望远镜才能看看教女的样子。真想知道究竟发生了什么。”

“要查也不难，找菲奥娜谈谈，还有他们的老朋友……”

“对。这杂种算完了。”我真想挟住里奇的脑袋来场摔跤，就像两个关系铁得不行的毛头小子那样尽情打闹。“里奇啊，你小子，整年的奖金都有着落了。”

里奇露齿一笑，脸红了。“啊，不不，我们早晚都会发现的。”

“话虽如此，但时间就是金钱。要不是你发现这个，我们可能会派五六个警员去查康纳和珍妮二〇〇八年是否在同一家加油站加过油，现在省了那些环节，可以投入更多人手赶在垃圾车来之前，去找康纳扔掉的衣服……老弟，你立了大功，奖励一下自己吧。”

他耸耸肩，蹭了蹭鼻子以掩饰大红脸：“运气好而已啦。”

“得了吧，没有这一说。运气只青睐有准备的人，没有坚实的侦查工作打基础，天上是不会掉馅饼的。你说说，下一步怎么办？”

“菲奥娜·拉弗蒂。必须尽快盘问她。”

“太他妈对了。你给她打电话，她对你的印象比较好。”承认这一点，我没什么不舒服，“看她最快什么时候可以来警局。两小时内拿下她，午饭我请。”

菲奥娜在医院，话筒里还听得见那台机器“嘀嘀”的背景音。就连她那声“你好”，听上去也虚弱到了极限。

里奇说：“拉弗蒂小姐，我是柯伦探员。能耽误你一点儿时间吗？”

瞬间的沉默。“等一下。”菲奥娜估计用手捂住了话筒，对身旁的人说：“这个电话我得接一下，我到外面去讲，好吗？有事就叫我。”然后是关门的声音，“嘀嘀”声也消失了。“嗨。”

“不好意思，让你从姐姐身旁走开。她的情况怎么样？”

又沉寂了片刻。“不太好，和昨天差不多。你们昨天找了她，对吧？那会儿连我们都不允许探视。”

菲奥娜的话中带着怒意。里奇平静应对：“嗯，谈了几分钟。我们不想让她消耗太多体力。”

“难道你们还要再盘问她？不行。她跟你们没什么可说的了。她什么都不记得。大多数时候她连话都说不出来，只是哭。我们守着她也只是哭。”菲奥娜的声音在颤抖，“你们就不能……就不能放过她吗？求你们了。”

里奇已经有经验了，没做正面回答。“我打这个电话，是为了向你通报一些信息，今晚电视上应该也会播出，但你可能更愿意先听我们说说。嫌疑人已经被捕。”

沉默。然后菲奥娜说：“不是帕特，我就说过，我说过。”

里奇和我交换了一个眼神。“是啊。”

“是谁——上帝啊，凶手是谁？他为什么下这样的毒手？为什么？”

“还在查。说不定你能帮上忙。能否请你来一趟都柏林城堡？具体细节到时再说。”

又是短暂的冷场，菲奥娜有点儿反应不过来。“好啊，可以，当然可以。但是能不能，能不能再等一会儿？我妈回家睡觉去了，我不想留下珍妮一个人。我妈六点钟会回来，我七点左右到你们那里，会不会太晚？”

里奇扬起眉毛征求我的意见，我点头同意。“太好了，”他答道，“还有，拉弗蒂小姐，目前请千万不要向你姐姐透露风声，你妈妈也不可以，好吗？等嫌疑人被正式提起公诉，我们自然会向她通报，但现在还太早，一旦情况有变，可能会影响她的康复过程。请务必保密。”

“嗯，我什么都不说。”她慌忙屏住气，“求求你告诉我，凶手到底是谁？”

里奇安慰道：“我们稍后再谈不迟。请照顾好你姐姐，自己也保重。回见。”他抢在菲奥娜继续追问前挂了电话。

我看看表，快三点了，还得等四个小时。“帅哥，今天你是吃不到免费午餐了。”

里奇把手机塞回去，咧嘴一笑：“本来还想点龙虾呢。”

“金枪鱼沙拉怎么样？我想去布莱恩斯顿一趟，和搜查小组碰个头儿，你再找戈根家那小子问一次话。不过路上总得吃点儿东西，你要是饿死了，我可担待不起。”

“金枪鱼沙拉不错。总不能坏了你的名声。”

里奇咧着嘴。谦虚与否先不论，他实在是个乐天派。

“多谢关心，”我说，“里面的活儿你去扫个尾，我联系一下拉里，让他带人过来接手，我们就可以撤了。”

里奇一步两台阶地蹦了下去。

“快球手，”拉里高高兴兴地接了电话，“最近跟你说过‘我爱你’这三个字吗？”

“百听不厌。我又干什么好事了？”

“那辆车。所有人梦寐以求的礼物，今天甚至不是我的生日。”

“来吧，既然礼物是我送的，总得让我知道里面装了什么。”

“唔，准确说来，第一份礼不在车里。小伙子们去拖车的时候，有串钥匙从轮轴那儿掉了出来。车钥匙有了，房子的门钥匙也有了：两把，丘博锁一把，耶鲁锁一把；接下来，打鼓欢呼吧！斯佩恩家后门的钥匙也有了！”

“妙极了。”先是报警器的密码，然后加上这些钥匙，只需再查清康纳是从哪里搞到钥匙的——答案也许就藏在几小时后的谈话之中——凶手如何进出斯佩恩家的谜团将迎刃而解。帕特和珍妮那漂亮又坚固的小家，其安全程度犹如开阔海滩上的一顶帐篷。

“就知道你喜欢。然后我们进到车里，哎哟，我爱死汽车了。我见过不少家伙杀过人之后把自己洗得跟用了漂白粉似的，但他们会去清理汽车吗？才不会。这辆车简直应有尽有，毛发、纤维、泥土，好东西简直太多了。不信咱们赌一把，车里的痕迹跟案发现场的痕迹，至少有一样能匹配上。驾驶座脚下的垫子上有个泥鞋印，我们会尽量抓取细节来比对，目前可以确定的是男式运动鞋，十号或十一号。”

“更妙了。”

“当然，这还不算，”拉里故作认真地说，“还有血迹。”

到了这地步，我一点儿都不吃惊。这份工作隔三岔五就会送给你这么一天——顺风顺水心想事成，手一伸，大把大把铁证争先恐后地扑过来。“有多少？”

“沾得到处都是。门把手上和方向盘上一共有两处，他回去开车的时候肯定脱了手套，但驾驶座上的血迹相当多，我们会全部做一次DNA检验，但我斗胆揣测，十有八九和被害人相吻合。怎么样，幸福死了吧？”

“我简直是全世界最幸福的人。”我说，“作为答谢，现在又有一份大礼给你：里奇和我在嫌疑人的公寓里刚刚简单搜查过一遍。等你有空，不妨来一次地毯式的大搜查。暂时没有发现血迹，但又找到一台电脑、一部手机，基兰那小子又有得忙了。肯定也有你感兴趣的东西。”

“激动死了，我尽快安排。你和那个新来的小朋友到时在场吗？”

“估计不在。我们要去一趟案发现场。你们那位猎人在不在那边？”

“在。我通知他等着你们。欠你一个大大的拥抱，回头再还。拜拜。”拉里挂断了。

案情渐渐明朗。身体能感受到那种震颤，每块脊椎骨都充满了自信，我不由得挺直腰杆，几天来第一次用腹部深深吸了一口气。吉莱斯特离海不远，我似乎嗅到了空气中的咸味，鲜活而不羁，驱散了都市裹在我身上的臭气。我将手机放进衣袋，走下台阶。仰望着灰色的天际和盘旋的海鸟，我微笑起来。

里奇正将那些杂物堆回沙发上。我说：“拉里清理了康纳的车，毛发、纤维、鞋印，还有，听好了，斯佩恩家后门的钥匙。里奇老弟，今天我们撞大运了。”

“太好了。嗯，真好。”里奇没抬头。

“怎么？”

他回头，整个人像是刚从噩梦中勉强爬出来。“没什么，我没事。”

他的脸色很不好看，五官几乎挤成一团。出事了。

“里奇。”

“我只是惦记你答应的三明治，然后突然有点儿不舒服，多半是低血糖。这里的空气又差，还有这些……”

“里奇，如果有什么事，可不能瞒着我。”

里奇抬起头，迎上我的目光。那张年轻的脸庞一副茫然若失的神情，他的嘴唇动了动，我知道，他要向我求助了。但随即，他脸色一变，出口的话变成了：“没事，真的。可以走了吗？”

如今，每当我在无尽的长夜里回想斯佩恩一案时，总会忆起这个时刻。其他任何事，一路上的任何疏忽、任何失误，都有挽回的机会，而唯独这个时刻，我至今都紧紧攥在手心里，因为它太锋利，割开的口子太伤人。空气冰冷而凝滞，一缕微弱的阳光映在窗外的墙上，鼻子中满是腐坏的面包和苹果的气味。

我知道里奇在撒谎。他看见或者听到了什么，犹如恰好嵌进一块关键拼图，令他瞥见了崭新的画面。我有责任穷追不舍，直到他吐露心声。这一点我现在明白，而当时，在那低矮的公寓里，浸在不仅沾满双手还阻塞空气的尘埃里，我也明白。或者说我本该明白——如果我振作精神，驱散倦意，抛开所有那些不成其为借口的借口——我就该明白，扶持里奇，是我的责任。

可我以为他挖到了能证实康纳就是凶手的证据，但出于自尊，他要先保密一阵。我以为那是足以揭示康纳杀人动机的线索，而他准备再深入挖掘几下，直到有了十足把握再拿出来。局里的其他搭档，他们的关系往往比许多桩婚姻还来得长久，奥秘就在于彼此之间微妙的平衡。牢不可破的信任正如大衣或水杯，难得被人提起，因为太习以为常。

“走吧。”我说，“待会儿多喝点儿咖啡就好了。我也是。出去吧。”

里奇将最后的杂物放到沙发上，抱起装着橘子篮的大证物袋，挤过我身旁，用牙扯掉一只手套。我听见他抱着篮子走上台阶。

关灯前，我最后一次环顾整间公寓，目光扫过每一个角落，搜寻着令里奇突然魂不守舍的神秘之物。公寓里寂静而阴沉，又回到了先前那封闭荒凉的状态。我什么也没发现。

Broken Harbour 第 12 章

阁楼的野兽

开车去心碎港湾的路上，里奇费了不少心思东拉西扯，给我讲了不少他当巡警时的悲惨遭遇。一对年老的兄弟不知为了什么打得不可开交——两人都是聋子，山区口音太重，里奇又听不懂，结果兄弟俩都把气撒到城里小子身上，里奇被他们用拐杖戳着屁股轰了出去。他拼命开玩笑，将对话维持在安全区域内。我也有意配合，拿出自己当年在巡警岗位上摸爬滚打的经历，或者分享上警察学院时的糗事，笑料一个接一个。一路欢声笑语理应非常开心，只除了那一道横亘在我们之间的浅浅阴云，朦胧了风挡玻璃，只要我们一冷场，它就变得越来越浓。

水下搜索队发现一条沉在海湾底部多年的渔船，这是他们能找到的最有趣的东西了。他们一身潜水装备，看不到脸，秩序井然，弄得整个港湾一片肃杀的军事气息。我们道过谢，握了握他们湿滑的手套，告诉他们可以收工了。在小区里忙碌的警员们则浑身脏兮兮，疲惫不堪，满腹牢骚。他们一共发现了八把刀，大小、形状各不相同，经查证，都是那些以天下头号刺客自居的毛头小子前一天晚上藏起来的。这些刀还有待进一步核查。我让他们转移到康纳藏车的山里继续寻找。根据康纳的证词，凶器已扔进海里，但这一点里奇看得很准——康纳在耍花招。没弄清他究竟耍什么花招之前，他说的每句话都必须查证。

斯佩恩家的花园围墙上，坐着一个四肢瘦长、留着金色发辫的人，身上的大衣满是尘土。他叼着根烟，形迹可疑。“有什么需要帮助的吗？”我问。

“嘿，”他用鞋底把烟踩灭了，“两位是侦探吧？我叫汤姆。拉里让我在这儿等你们。”

鉴证科的人在实验室和去现场时都穿工作服，他们和公众打交道的机会并不多，所以着装远比我们随意，但这位仁兄未免也太特立独行了。“我是肯尼迪探员，这位是柯伦探员。你是来对付阁楼里那动物的吧？”

“是啊，要不要进去看看？”

他似乎很不耐烦，但拉里挑选手下一贯标准极高，所以我暂时先不给这小子减印象分。“走吧，”我说，“你们的人在后花园找到一只知更鸟的尸体，看过了吗？”

汤姆将烟蒂塞进烟袋，弯腰钻过隔离带，摇摇摆摆地走上车道。“啊，看了，不过没啥好看的。拉里说你们想知道杀它的是野兽还是人，但伤口已经被昆虫破坏了。这么说吧，伤口不规则，懂吗？不是被锋利的刀口切过的。也许是锯子，锯刃可能还挺钝，也可能是牙咬的。没法儿判断。”

里奇问：“哪种牙齿？”

汤姆一笑：“反正不是人的牙齿。怎么，你以为凶手是玩‘荒岛求生’的高手吗？”

里奇也报以微笑：“对啊。万圣节快乐。吸血蝙蝠什么的，这不，这只鸟就倒霉了。”

“真带劲儿。”汤姆笑道。斯佩恩家的门已经修过了——修得很潦草，只加了几颗螺丝，添了把挂锁——免得食尸鬼或者记者溜进去。汤姆伸手到口袋里摸钥匙。“不不，是动物的牙齿。老鼠、狐狸都有可能，但它们应该会把内脏什么的全吃了，不会只啃掉脑袋。如果是野兽，我觉得鼬科动物的可能性比较大，比如水貂或松貂，对吧？就这一类的。它们比较嗜杀。”

我说：“柯伦探员也这么想。阁楼里的痕迹和鼬科动物吻合吗？”

挂锁轻轻一响，汤姆推开门。暖气关掉了，房子里很冷，空气中那微微的柠檬芳香也已消失，取而代之的是汗味、用于取证的化学试剂味道以及冷冷的血腥味。警方的工作并不包括清理凶案现场。凶手和警察留下的残局，只有等幸存者请专业人士来扫除，或者自己动手。

汤姆走上楼梯。“嗯，我看过被害人在‘野兽观测者’上发的帖子，他排除了老鼠、田鼠、松鼠之类的，基本靠谱。这些东西一闻到花生酱就会扑上去。我的第一反应是，嘿，难道邻居养猫了？但也不太像，猫不会只咬掉鸟头，也不可能在阁楼里盘踞那么久却没暴露——隔着楼板总能听到喵喵喵的叫声吧。猫不像野兽对人那么警惕。何况被害人说闻到了麝香味？麝香味或者烟熏味？猫尿也不是这个味道。鼬科动物就不同，大都带点儿麝香味。”

他不知从哪里搞来一架活梯，摆在走廊上，正对着阁楼的活板门。我拿出手电筒。卧室的房门还半开着，我一眼瞥见了杰克的床，床上的东西都被搬空了。

“小心，”汤姆一挺身探进阁楼，打开手电，“记着往左靠一点儿，可别踩上这个。”

捕兽夹放在活板门右侧几英寸处的阁楼地板上。我以前只在照片里见过这玩意儿，很坚硬，更透着一股力量和肃杀气息，可怖的利齿森然毕露，手电筒的光束掠过那张大嘴的流畅弧线。一瞥之下，耳边仿佛响起空气凄厉的鸣啸以及骨骼被咬碎的脆响。我们谁也不敢靠近。

一条铁链横过地板，将捕兽夹拴在角落里的一根管子上，周围是蒙尘的烛台和朽坏的塑料玩具。汤姆伸脚轻轻地把铁链往远处推了推。“这是专咬兽腿的夹子，非常厉害。多花点儿钱，可以弄个垫子，或者卸掉夹子上的几个利齿，杀伤力就会小一些。但这种老式的，绝对惹不起。动物如果被诱饵吸引，踩到夹子上，那利齿啪地咬下来，它们就再也挣脱不掉了，没多久就会过量失血，或是在惊恐中耗尽气力而死，除非有人来救。如果哪只东西想咬断一条腿以求脱身，也难免因失血过多丧命。这个捕兽夹的嘴有七英寸宽，足以对付狼那么大的兽类。被害人拿不准他的对手是什么，但他是铁了心要把它放倒。”

“你呢？”如果帕特能想到在阁楼里装个灯就好了。我不敢把手电的光打向捕兽夹，那东西仿佛在黑暗中悄悄逼近，只等有人踩错一步。但其他看不见的角落，我并不害怕。海浪声穿过房顶单薄的瓷砖和绝缘层，一阵高过一阵。“你觉得他的对手是什么？”

“好吧，首先是进出路径的问题。这点很明显。”汤姆的下巴往上一翘，指向后面那堵墙的最上部，没记错的话，那个位置应该是杰克的卧室上方，从那里透进了一束微弱的灰光。

我明白建筑专家的意思了。这个洞口很粗糙，乍一看像是墙面和屋顶开裂的结果。里奇轻吐一口气，仿若笑声。“瞧瞧，”他说，“难怪开发商不接戈根家的电话。多给我几块积木，我自己也能盖个更好的小区出来。”

汤姆说：“多数鼬科动物都是挖洞高手，如果被房子里的温度或是饭菜的香气吸引，完全可以轻易突破花园围墙爬上来。我感觉这洞不像是动物从无到有直接挖出来的，可能本来就有个小口子，后来被动物挖成了大洞。看见了吗？”洞口上缘参差斑驳，绝缘层像是被啃噬过。“牙齿和爪子都能办到，也不排除纯属气候原因，目前无法确定。那边也有同样的状况。”

手电筒的光束收回来扫向我身后，我几乎整个人往后一跳，但他只是指着远处角落里的一根房梁说：“是不是挺酷？”

木头上交错刻着好些深深的痕迹，有几道痕迹将近一英尺长。房梁简直像被老虎攻击过。汤姆说：“可能是野兽爪子划的，也可能是某种机械或者刀刃，又或者是木棍头上装了利齿。随你挑吧。”

这小子惹怒我了，那副事不关己高高挂起的态度很让我窝火。也可能是与这个案子有关的人都显得格外幼稚毛躁的缘故，我一时忘了我们早过了在公园里比拼滑板技术的年龄：“老弟，你才是专家，应该由你来指点我们，你怎么不挑？”

汤姆耸耸肩：“非要赌一把的话，我选野兽。但究竟是什么动物，我说不上来。这些痕迹有可能早在这里还是毛坯房、房梁还暴露在外或者还躺在外面地上的时候就留下了。你当它只是一根木头，就好理解了，是吧？但如果是房子盖好以后才有的，哇，不得了。看见那些痕迹之间的间隔了吗？”

他又将手电筒对准房梁。“间隔大概有一英寸，那就不是水貂什么的了。弄出这些的爪子大得吓人。如果被害人要对付的家伙有这么大的爪子，那这个捕兽夹还不太够用呢。”

这番话给我的心理影响比预期更厉害。阁楼的暗角里仿佛填满了耳朵几乎听不到的杂音，又似有许多双针眼大小的血红眼睛在窥视。本能的直觉令我如芒在背，已做好大打一架的准备。“这里还有什么可看的吗？如果没有，我们不如换个地方聊，每多待一分钟，我烘干衣服的账单金额就得翻一倍。”

汤姆略微有些吃惊。他看了看皮大衣的表面，这衣服让他看起来像是刚在泥潭里打过滚。“哦，也对，”他说，“没了，值得看的就这些。我也查找过粪便、毛发以及任何动物在这儿做窝的迹象，但不太走运。下楼吧。”

我走在最后，一直将手电对准捕兽夹。钻出活板门的过程中，里奇和我都不由自主地与捕兽夹拉开距离。

下到二楼走廊，我扯掉一缕蜘蛛网，使劲儿拍打着外套——阁楼里的灰是褐色的，又脏又黏，像是某种有毒的工业副产品。“你说说，那东西到底是什么。”

汤姆惬意地往活梯上一靠，开始掰手指。“好，总之是鼬科动物吧？爱尔兰没有黄鼠狼。白鼬个头很小，才半磅重，我不太确定它们能不能弄出被害人说的那么大的动静。松貂要重一些，算得上攀爬高手，但除了海湾那一头的山，这附近没有森林，也没发现周围有松貂出没的迹象。至于水貂嘛，倒很有可能。水貂一般在近水的地方活动，所以——”他朝海的方向努努嘴，“这不是它们的乐园吗？水貂凶狠嗜杀，也善于攀爬，什么都不怕，连人也不怕，而且很臭。”

“这些杂种性情凶暴，肯定会攻击小孩。如果家里有一只这东西捣乱，谁都恨不得赶紧处理掉，对吧？”

汤姆的头暧昧地扭了两下：“嗯，可能吧。它们的攻击性很强，我曾听说，一只水貂咬死一只五十磅的羊羔，从眼窝一直啃到大脑，然后再进攻下一头，一晚上就灭了五六只羊。一旦被逼急了，它们没什么不敢惹的。所以，如果家里来了这样的房客，你肯定受不了。但我还没有十足的把握确定这次搞鬼的就是水貂。它们最多与家里养的猫差不多大，按说没理由挖那么大一个洞，没可能留下那种抓痕，也没必要动用那么大的捕兽夹。”

“这些条件未必成立。按你刚才的说法，我们还不能断定那个洞和那些划痕是阁楼里的动物干的。至于捕兽夹，被害人并不知道他要对付的是什么东西，所以为了安全起见才弄来那么大一个。水貂只是其中一种可能性。”

汤姆略显讶异地审视着我，我才发觉自已的语气强硬了些。“啊，嗯，我的意思是，目前我们甚至无法确认阁楼里是否真的有野兽捣鬼。反正都是假设嘛，我无非是按实际情况做点儿分析而已。”

“很好，分析得出的结论大多和水貂比较吻合。还有其他可能吗？”

“也许是水獭。这儿离海很近，而水獭占据的地盘一般都很大，所以，说不定其中哪一只的窝建在了海滩上，于是它把这栋房子划进了势力范围。而且水獭也擅长挖洞，身长两到三英尺，体重二十磅左右，也有能力把房梁划成那样，为了钻进来，也有必要把洞再挖大点儿。水獭生性好动，所以那些响声也说得通，比如它碰到一个烛台或是小孩的玩具，就在阁楼地板上推来推去……”

“三英尺，二十磅，”我对里奇说，“这么个东西在家里乱跑，在孩子头顶上捣乱，主人即使再有理智，也难免紧张，是不是？”

“哇，”汤姆冷静地举起双手，“别急，这个假设并非没有漏洞。水獭是通过气味来划分地盘的，这没错，但它们留下气味的方式是靠排泄物，而被害人并没有发现这种痕迹。我刚才闻了一圈，也没闻出来。阁楼里没有，阁楼地板底下的夹层里没有，花园里也没有。

即便出了阁楼，这栋房子仍令人深感不安，仿佛有大批怪物四下出没。想到背后这堵墙涂的灰泥只有那么薄薄一层，背上就阵阵发痒。“我也没闻到，你呢？”里奇和汤姆双双摇头。“那么，帕特闻到的气味可能不是排泄物，而是水獭自身的味道。这几天它没来，所以气味消失了。”

“有可能。水獭的味道也不好闻，只是……不好说，老兄。”汤姆眯着眼往远处望去，一根手指插进发辫，挠挠头皮，“不光是气味的问题。总体来讲，这不是水獭的行为模式，可以直接排除。水獭完全不擅长攀爬——倒不是没听说过水獭爬到高处，但那都算头条新闻了，你明白我的意思吧？就算它能爬上来，这么大个头的东西在房子外墙上爬上爬下，主人能看不见吗？而且水獭的习性是野生，和老鼠、狐狸这类时常出没于城市、习惯在人类周围生存的动物不同。水獭一般都躲着人。如果这里跑来一只水獭，那它可真是个怪胎。别的水獭肯定会告诉孩子，一定要离它远远的。”

里奇朝墙裙上方那个洞努努嘴：“这些你都看过了？”

汤姆点点头。“够离奇的吧？被害人把家里搞成这样。整栋房子的装修不错，但墙上弄这么多洞，他们受得了？人类真是奇怪的生物。”

“水獭能挖这样的洞吗？水貂呢？”

汤姆蹲下身子检查小洞，脑袋歪来歪去换了好几个角度，他慢条斯理地耗了半天。“有可能，”最后他说，“要是有点儿碎屑就好了，至少可以判断这些洞是从墙里还是墙外挖的，但被害人打扫得很勤快。连洞口边缘都打磨过——看见了没？——所以就算有爪印、牙痕，也都不见了。我说了，离奇啊。”

“我会交代下个案子的被害人注意点儿，尽量住杂物间。这个案子你只能将就一下了。”

“不和你争，”汤姆笑道，“水貂应该没这个本事，它们不太爱挖洞，除非迫不得已，而且就凭它们那小爪子……”他摆摆手，“灰泥层很薄，但要挖出这样的洞，也得花好几年。水獭爱挖洞，力气也不小，所以嘛，可能是水獭挖的，不难。不过半路上它可能会被卡在墙里，或者被电线电到，变成烧烤水獭。总之，不完全排除，但可能性很小。这么说有用吗？”

“帮大忙了。”我说，“谢谢。如果有新情况，我们会向你通报。”

“好啊。”汤姆直起身，朝我竖起两根大拇指，笑容满面，“这事儿挺疯狂的啊？等着看好戏。”

“你高兴就好。如果那把钥匙没用，就交给我吧。”

我伸出手，汤姆从口袋里摸出一大堆乱七八糟的玩意儿，他挑出挂锁的钥匙，放进我手心。“乐意效劳。”他开开心心地蹦下台阶，辫子在脑后一甩一甩。

到了大门口，里奇说：“我敢说，巡警们一定在警局留了备用钥匙。”

我们目送汤姆悠哉游哉地踱到他的车旁，毫不意外，那是辆绿色的大众牌露营车，真该重新上上漆。“应该有，”我说，“但我不想让这小浑蛋带他那些猎捕水貂的狐朋狗友跑来犯罪现场观光——‘哥们儿，酷毙了吧？’谋杀案开不得玩笑。”

“搞技术的嘛，”里奇满不在乎，“你又不是不知道他们的风格。拉里也一样。”

“有区别。这家伙就是个乳臭未干的小子，他得好好管管自己，成熟点儿。不过，也许是我不太习惯和现在的小孩打交道吧。”

里奇两手深插进衣袋，避开我的目光：“那这些洞……跟地面沉陷无关，你那位嫌疑人也搞不到这些动物。”

“他刚才可没这么说。”

“我说的是大概。”

“‘大概’不能算数。那位懒汉博士说了，水貂、水獭都有可能。”

“你真的认为这是水貂或者水獭的杰作？摸着胸口说真心话？”

冬天的第一缕寒风吹来。路对面的毛坯房里，那些孩子只穿着薄风衣，戴着兜帽，非得冻死不可。“不知道。”我答道，“说真心话，我其实不关心。因为，就算这些洞是帕特干的，我也不懂怎么就能推论出他是杀人狂魔。刚才在里面我问过你，假设有只二十磅重的神秘野兽在你家阁楼里闹事，或者假设全爱尔兰最凶猛、最具攻击性的食肉动物就在你儿子的小床正上方活动，如果你觉得最好的应对措施就是在墙上挖几个洞的话，你干不干？这难道能说明你脑子有问题？”

“但这不是最好的应对措施啊。毒药……”

“假设你试过毒药，但那家伙太聪明，不上当。更有可能的是，毒药起作用了，但那家伙死在墙里，你查不出具体位置，然后你会不会去拿锤子？

难道这就说明你接着会把自家老婆孩子杀光？”

汤姆发动了他的车，车尾喷出一团丝毫不具备野兽风格的温和尾气。他把手伸出车窗挥了两下，和我们道别，然后驱车离去。里奇也不由自主地挥手回应，我看见他做了个深呼吸，瘦削的双肩耸起又落下。他看看手表说：“是不是该去戈根家了？”

戈根家正面的窗户前摆着一排塑料棍，从他们家的品位来看，估计是个真人大小的塑料骷髅拆散后的部件。门很快开了，可见我们的动向早被人家看在眼里。

戈根是个大块头，蓝色运动服根本捂不住他晃晃悠悠的大肚子，剃了个光头，凶神恶煞的样子。杰登那种直勾勾地盯着人看的方式看来遗传自他老爹。“什么事？”

“我是肯尼迪探员，这位是柯伦探员。请问你……”

“我是戈根。你们要干什么？”

尼尔·戈根，三十二岁，八年前曾因朝酒店玻璃砸瓶子而被控有罪。他成年以后基本上一直在一家仓库开叉车，最近刚刚失业，准确地说是正式失业。“我们正在调查你邻居的谋杀案，能不能占用你几分钟时间？”

“在这儿说就行了。”

里奇说：“我答应过戈根太太，一有进展就通知她。她不是很担心吗？我们有点儿新消息。”

过了一会儿，他才后退两步：“有话快说，我们很忙。”

这次全家都在场。他们正边看肥皂剧边吃东西，根据咖啡桌上的盘子以及客厅里的气味判断，他们吃的是煮鸡蛋配番茄酱。杰登四仰八叉地占了一张沙发，西尼德占了另一张，小宝宝则靠在墙角吸奶瓶。这小孩直接证明了西尼德对丈夫的忠诚度：光头、冷冰冰的眼神，跟他老爹完全是一个模子里刻出来的。

我站到一边，将主导权交给里奇。“戈根太太，”他俯身与她握手，“啊，不不，不用起来。这么晚来打扰你们，真不好意思，但我不是保证过要及时通报案情进展吗？”

西尼德激动得差点儿从沙发上滚下来。“抓到那家伙了吗，抓到了吗？”

我坐到角落的一张椅子里，拿出笔记簿——只要应对得当，做笔记时别人很容易忽略你的存在。里奇则占了另一张椅子，戈根只能推开杰登挡在沙发前的腿走过去。里奇说：“我们逮捕了一名嫌疑人。”

“老天，”西尼德倒吸一口气，双眼放出贪婪的光芒，“他是精神病吗？”

里奇摇摇头：“不方便透露太多。调查还在进行中。”

西尼德张大嘴盯着他，嫌恶之情不言而喻。那副表情的意思是：“你让我把电视调成静音，就为了这个？”

里奇又说：“我想该让你知道，那家伙不会再危害邻里了。等我获得允许，一定会再通报更多内幕。现在，我们还只能尽量关着他，所以得想办法给他定罪。”

“谢了。”戈根说，“没别的了？”

里奇面露难色，挠挠后脑勺，像个害羞的少年。“嗯……好吧，是这样的，我当警察的时间还不长，不过有件事我很肯定，头脑聪明的小孩才是最好的证人，他们去的地方多，见的世面也多。小孩眼尖，不像大人容易忽略问题，任何情况他们都观察得到。所以嘛，一看到你们家杰登，我高兴都来不及呢。”

“杰登没看见——”西尼德指着儿子，刚开了个头，里奇就举起手打断她。

“给我们一点儿时间好吗？这样我的思路才不会断掉。是这样，我知道，杰登本来以为他什么也没看见，不然上次他就会告诉我们了。但我想，这两天他可能回忆了一下——聪明的小孩就有这个特点，要紧事都存在这儿。”他敲敲太阳穴，“我想如果我走运的话，杰登说不定能想起来点儿什么。”

见大家都望着自己，杰登说：“什么？”

“你能想起帮得上我们的事吗？”

杰登隔了一秒钟才耸肩，太慢了。里奇猜对了，这小子知道点儿什么。

“他已经回答了。”戈根说。

“杰登，”里奇没放弃，“我有好几个弟弟，年轻人心里藏着秘密的时候，我看得出来。”

杰登的目光移向他爸，征求意见。

“有奖金吗？”戈根想知道。

现在来谈“友邻互助”之类的套话显然很不合时宜。里奇答道：“暂时没有，但如果争取到奖金，我会马上通知你们。我明白，你也不想让儿子掺和这种事——换了我也一样。我只能说，这次的凶手是单独犯案，没有任何同伙，所以不会有人给证人找麻烦之类的。只要那家伙待在监狱里，你们全家都很安全。”

戈根搓搓下巴上的胡楂儿，想了想，显然里奇的言下之意他也听懂了。“他是个疯子吧？”

里奇的绝招又奏效了。他总能一小步一小步举重若轻地将“讯问”变成“闲聊”。里奇双手一摊：“老兄，嫌疑人的具体情况我不方便说啊。我只是说，你总得出门吧？上班啦，接受采访啦，开会啦……换成是我，只要知道凶手彻底完蛋，那留着老婆孩子在家，我也就放心多了。”

戈根瞟了他一眼，依然不紧不慢地搓着胡楂儿。西尼德忍不住喊道：“我告诉你，如果外面有个疯疯癫癫的连环杀手到处乱跑，你就别想成天泡酒吧，我可不能一个人在这儿等着疯子上门……”

戈根的目光移向陷在沙发里张着嘴的杰登，然后朝里奇的方向歪歪头：“说吧，告诉他。”

“告诉他什么？”杰登问道。

“别装傻。他问什么你就回答什么。”

杰登往沙发里陷得更深了，脚趾使劲儿往地毯里钻。“以前有这么个人。好久了。”

“哦？什么时候？”里奇问。

“暑假以前，快放假的时候。”

“瞧瞧，我说什么来着，这孩子就是聪明，一点儿小事都记得这么清楚。是六月吗？”

耸肩。“差不多。”

“当时他在什么地方？”

杰登又望向他爸。里奇说：“小伙子，你表现很不错，不会惹麻烦的。”

戈根下令：“都告诉他。”

“那时候我在十一号，好像就是发生谋杀案那家旁边的那栋房子，我……”

西尼德斥责道：“你他妈的跑去那里干什么？看我不揍死你……”

见里奇竖起手指，她的后半截话缩了回去，下巴歪得不成样子，意思是我们大家都有大麻烦了。里奇又问：“你怎么进十一号的？”

杰登局促地蠕动了几下，运动服在人造革的沙发面上蹭来蹭去，发出放屁般的声音。他偷笑两声，见没人响应，又住嘴了。最后才说：“我就淘气了一下，我有家里的钥匙，所以……我就是淘气一下嘛，我就想试试能不能用。”

“你用自己的钥匙去开其他房子的门？”

杰登耸耸肩：“是啊。”

“真有你的，脑子太灵了。我们根本没想到这一点。”其实我们本该想到的。以这种开发商的作风，一把钥匙能开很多锁，根本不奇怪。“这些钥匙都能随便用？”

杰登稍微坐直了点，为自己的“聪明”深感得意。“不行。前门的钥匙没用，我们家这把试了很多次都不行。后门那把嘛，嗯……一半的都可以开，比如……”

“够了，”戈根打断他，“闭嘴。”

“戈根先生，”里奇说，“我是认真的，他不会有麻烦。”

“你以为我傻啊？要是他进了别人家，就变成非法闯入了。”

“我根本没往那方面想，别人也不会。你知道杰登帮了我们多大的忙吗？

他帮我们搞定了一个凶手啊，多亏他拿钥匙去淘气，我高兴得上天了。”

戈根恶狠狠地瞪着他：“以后你敢回来缠着他，他就会把每个字都收回去。”

里奇连眼睛都不眨一下：“不会。相信我。我不会让别人来找他。他太重要了。”

戈根咕哝了两声，朝杰登点点头。杰登说：“真的吗？你们居然都没想过这个办法？”

里奇摇摇头。“笨死了。”杰登小声嘀咕着。

“可不是嘛，能碰到你，算我们运气好。后门的钥匙是怎么回事？”

“可以开一半的后门吧。我当然没去试住人的房子。”杰登故作无辜状，“不过空着的那些，比如这条路上的，还有‘滨海大道’那条街上的，我进了不少。很容易，我都不相信别人会想不到。”

“你用钥匙开了十一号的后门。就是在那儿碰到那家伙的吗？”

“嗯。我到里面随便转转，结果他来敲后门，我猜他是从花园围墙翻进来的吧。”可见那人逮着机会就从藏身之处溜出来了。“我去给他开门。反正也很无聊，在那里没事干。”

西尼德再次怒喝：“不是让你别跟陌生人讲话吗？活该被他抓到车里拐走。”

杰登眼珠子一转：“我又不傻，如果他要抓我，我会跑啊。跑回来也就两步路。”

里奇追问道：“你和他说话了吗？”

杰登耸耸肩：“没说几句。他问我在那儿看什么。我说就随便转转。他问我怎么进去的，我就解释了钥匙的事。”

他向那陌生人炫耀自己的小聪明，就像他朝里奇炫耀一样。“那他说了什么？”里奇问。

“他夸我聪明，还说也想有一把那样的钥匙。他住在小区另一头，家里发大水，因为水管爆了什么的。所以，他想先找个空房子睡觉，等管子修好再回去。”

好一个借口。康纳对这小区相当了解，所以才能编出这种花言巧语——水管爆开，维修遥遥无期，杰登完全有理由相信这番话——而且他反应很快。思维敏捷，谎话滴水不漏，又善于随机应变：这家伙不简单，特别是当他执念极深的时候。

“他还说，那些房子要么没有门，要么没有窗，都冷死了。要不然就是上了锁，进不去。他说，能不能借我的钥匙去磨一把，那样就可以找栋像样的房子睡觉了。他说可以给我五英镑，我要了十英镑。”

西尼德勃然大怒：“你把我们家钥匙给一个变态？小兔崽子你脑袋进水了啊？”

“明天就换锁，”戈根厉声喝道，“你闭嘴。”

里奇无视他们俩，轻松地说：“你倒挺会讨价。所以他给了你十英镑，你借给了他钥匙，是吗？”

杰登留意着他妈的表情：“是啊。怎么？”

“后来呢？”

“没了。他叫我别告诉别人，不然开发商要找他算账，因为空房子都是开发商的。我说好。”又一步妙棋。海景花园的住户都看开发商不顺眼，就连小孩也不例外。“他说会把钥匙放在一块石头底下，还指给我看是哪块石头。然后他就走了，还谢了我。我就回家了。”

“后来见过他吗？”

“没。”

“他把钥匙还你了？”

“嗯。第二天，在他说的那块石头底下。”

“你的钥匙能开斯佩恩家的门吗？”

引入这个问题的时机恰到好处。杰登耸耸肩，神态很轻松，并不做作，不像心里有鬼：“没试过。”

换句话说，他不想冒这个险，不想被认得他家在哪儿的人逮住。“那家伙是从后门进他们家的吗？”西尼德的眼睛瞪得贼大。

“各种可能性我们都会考虑。”里奇说，“杰登，这个人长什么样？”

杰登又耸了耸肩：“很瘦。”

“比我老？还是年轻？”

“我觉得跟你差不多。比他年轻。”他指的是我。

“高不高？还是比较矮？”

耸肩。“不高不矮吧，可能稍微高一点儿，像他。”还是我。

“如果再看到他，你能认出来么？”

“嗯，应该可以。”

我弯腰从公文包里拿出辨识嫌疑人的相簿。这是一名警员早上刚整理出来的。他干得不错：六个二十多岁的人，都很瘦，都是短短的褐色头发，下巴都比较突出。可能还得让杰登去警局正式辨认一次，但至少可以先排除他把钥匙给了某个不相干的人的可能性。

我将相簿递给里奇，他转交给杰登。“在不在这几个人里？”

杰登好一番折腾，慢吞吞地从各个角度看来看去，又举到眼前，眯着眼端详了一阵。最后他说：“对，就是他。”

他的手指对准下面那排相片中间那张：康纳·布伦南。里奇和我对视了片刻。

“上帝呀，”西尼德说，“他竟然和谋杀犯讲话了。”她听起来又惊又怒，不难看出，她正使劲儿盘算着这事儿究竟该找谁算账。

“你确定吗，杰登？”里奇又问。

“嗯。五号。”里奇本想拿回相簿，但杰登仍目不转睛地看着，“就是这家伙杀了他们全家？”

里奇的眼皮微微跳了两下：“得等上法庭以后，让陪审团来裁决是不是他。”

“如果我没给他钥匙，他会不会杀我？”

他的声音如玻璃般脆弱。那种满不在乎的恶意消失了，他的样子完全就是个被吓得魂飞魄散的小孩。里奇安慰他：“我看不会。虽然不敢百分之百保证，但我有把握，你肯定没危险，永远没有。不过，你妈妈说得对，不该随便跟陌生人讲话。明白吗？”

“他还会回来吗？”

“不会了。回不来。”

里奇的第一个失误：不能做这种承诺，至少不能在还有求于人的时候做这种承诺。“我们会全力以赴。”我不露痕迹地接过话头，伸手去拿相簿。“杰登，你帮了大忙，多亏有你在。但要让这家伙老老实实蹲监狱，我们还需要更多帮助。戈根先生，戈根太太，这两天你们应该也有时间考虑了吧，有没有想到什么？见过的、听过的任何异常情况，有吗？”

一阵冷场。小宝宝开始不耐烦地哼哼唧唧。西尼德没看他，只是伸手摇着他的靠垫，直到他安静下来。她和戈根都躲避着别人的视线。

最后，西尼德说：“什么都想不起来。”戈根也连连摇头。

我们听任沉默继续滋长。小宝宝扭了几下，极为不满地高声哭喊起来。西尼德只好抱起他上下晃了晃。她的目光越过孩子的头顶，和她丈夫一样冰冷、独断、目中无人。

过了半天，里奇点点头：“如果想起什么情况，请按名片上的联系方式找我。对了，能不能再帮个小忙？外面有几家报纸可能会对杰登的话感兴趣，麻烦你们先保密几星期好吗？”

西尼德顿时来气了，显然她早已筹划着照片上头版之后如何购物、去哪儿美容的事了。“我们想和谁谈就和谁谈，你们管不着。”

里奇不为所动：“再过几个星期记者会再来，等我们搞定这家伙，你尽管给他们打电话。在那之前，请你行个方便，不要妨碍我们的调查。”

西尼德未必领会到这句话中的威慑之意，但戈根听懂了。“杰登不会对别人说起这些事。这样就可以了吗？”

他站起身。“最后一点，”里奇说，“说完我们就走。能不能暂时借用你们家后门的钥匙？”

这钥匙跟上过润滑油似的，轻轻松松打开了斯佩恩家的后门。门锁咔嗒一声转开，整个案子的最后一环也随之归位——一束光不偏不倚地从康纳的藏身之处射进浩劫过后的餐厅。我差点儿要举手和里奇击掌庆贺，但他望着花园围墙外康纳那个房间空空的窗洞，没顾得上看我。

“所以小路的石头上才有血印，”我说，“他是沿着原路出去的。”

里奇又开始心烦意乱了，指尖在大腿一侧疾速地敲着鼓点。无论令他烦恼的是什么，肯定都和戈根家无关。“帕特和珍妮，”他说，“他们是怎么死在这里的？”

“你是什么意思？”

“凌晨三点，两人都穿着睡衣。如果他们还在床上就遭到康纳的袭击，最后怎么会一路搏斗到楼下餐厅？案发地点为什么不在卧室？”

“康纳要溜走的时候被他们发现了。”

“那就意味着，他的目标只是两个孩子。这和他的供述不符。按他的说法，他是冲着帕特和珍妮来的。再说，如果他们听到什么动静，难道不是先去看看孩子的安危，先救孩子？如果孩子有危险，你还会在乎侵入者溜没溜掉？”

“我不否认这个案子有待揭开的疑点还有很多，但你别忘了，康纳不是普通的侵入者，而是他们最好的朋友——或者说是从前最好的朋友。这么一来，情况就不同了。等今晚听听菲奥娜的说法吧。”

“嗯。”里奇推开门，冷风灌进餐厅，将凝滞的血腥味和化学试剂的臭气一扫而空，房里顿时清新鲜活得一如清晨。“等她来了再说。”

我摸出手机给巡警们打电话，得让他们赶紧派人拿个挂锁来，免得戈根家打歪主意，拿死者的东西当纪念品卖掉。我一边等人接听，一边对里奇说：“刚才的问话不错。”

“谢了。”他似乎一点儿都不开心，“好歹我们弄清楚康纳为什么撒谎说捡到帕特的钥匙了。他不想把杰登卷进来。”

“还挺好心。也有不少凶手经常拿吃的喂流浪狗。”

里奇望着外面的花园，才短短两三天，花园已显出荒芜的迹象——草坪上的野草开始反客为主，灌木丛上钩着的一个蓝色塑料袋随风舞动。“是啊，”他说，“这是常事。”他重重地关上后门——最后一股冷风掀动了散落在地上的几片碎纸——然后再次转动钥匙。

戈根在自家前门口等着拿回钥匙。杰登躲在他背后，拧着门把手。里奇递回钥匙时，杰登扭扭捏捏地从他爸胳膊底下挤出来。“先生。”他对里奇说。

“怎么了？”

“如果我没给那家伙钥匙，他们是不是就不会被杀？”

他直勾勾地盯着里奇，惨白的双眼中涌动着真切而掩饰不住的恐惧。里奇温和却坚定地答道：“这不能怪你，杰登。该怪的是凶手。别想太多。”

杰登又扭了两下。“可是，如果他没有钥匙，要怎么进去？”

“他总会有办法的。有些事免不了要发生，一旦开了个头，不管你做什么，都没法儿让它停下来。这个案子早在你碰到这家伙之前很久很久就开始了，明白吗？”

这番话顺着我的头骨往下滑，深深扎进后颈。我动了动，暗示里奇该离开了，但他的注意力全在杰登身上。这小孩似乎半信半疑，过了一会儿才说：“明白了。”他从他爸胳膊底下钻回去，消失在昏暗的前厅里。戈根关门前的那一瞬间，他迎上里奇的目光，勉强朝里奇微微点了点头。

今天街尾的两户邻居都在。他们就是三天前斯佩恩家的翻版：年轻的夫妻，年幼的孩子，洁净的地板，省吃俭用攒下来的时尚装修，温馨的陈设风格，准备好迎客却无人登门拜访。他们都没看到或听到什么特殊情况。我们特别提醒他们及时更换后门的门锁，以防万一。这纯属调查过程中偶然发现的隐患，和案件本身没有直接关系。

两对夫妻中各有一人有工作，工作时间很长，上下班也要耗掉很多时间乘车。有一家的男主人一星期前刚被裁员，另一家的女主人七月份就丢了工作。她本来还试着和珍妮弗·斯佩恩交朋友：“天天抬头不见低头见，我想如果有个人拉拉家常，就不会那么孤单了……”珍妮对她颇有礼貌，但是敬而远之。一起喝杯茶？蛮不错的。但她一直都没空，也说不准什么时候才有空。“我想她可能比较害羞，或者不想让我误以为大家已经是好朋友，然后天天去骚扰她；也可能我从前没怎么招呼她，她还生着气——可是以前我几乎都不在家，根本没机会……但是，如果她是在担心……我是说，凶手该不会是……问这个不要紧吧？”

她本以为凶手可能是帕特。正如我对里奇说过的那样，这几乎是所有人的第一反应。我答道：“我们已经拘捕了和案件有关的嫌疑人。”

“我的天，”她伸手去摸丈夫搁在餐桌上的那只手。她很漂亮，身材很苗条，金发，打扮得体，很显然，在我们上门之前她刚刚哭过。“这么说来，凶手不是……只不过是……路人甲？抢劫犯之类的？”

“被捕的嫌疑人不是他们家的人。”

她的眼泪又夺眶而出。“那……噢，老天……”她的目光越过我的肩膀，投向餐厅另一头，他们大约四岁的女儿盘腿坐在地板上，长着柔滑头发的小脑袋俯在一只毛绒老虎上，嘴里咿咿呀呀地嘀咕着，“那倒霉的也可能是我们。我们家的情况和他们差不多啊。想说‘幸亏上帝保佑’却说不出来，因为那等于说上帝想让他们……不是上帝的旨意，只是一次意外，我们只是走运而已。无非这次运气好……”

她紧攥着丈夫的手，指关节绷得发白，边啜泣边竭力忍耐。这些话刮过我的头骨，钻进我的耳膜，刺痛了我的下巴。我多想告诉她，她错了，是斯佩恩夫妇朝海风发出召唤，康纳应声而来。他们夫妻很安全。

“嫌疑人已经被捕，会在里面待很久。”

她点点头，没有看我。她的表情似乎在说，你根本不理解。

男主人开口了：“我们早就想搬家了，几个月前就有打算，但谁会买这房子呢？现在……”

女主人说：“不能再住在这儿了。住不下去了。”

她最后还是没忍住，失声痛哭起来。她的哭声以及她丈夫的眼神，都承载着同样令人刺痛的无助。他们都知道，没地方可去。

还没回到车里，我的手机就响起来，有短信。杰莉刚过五点时给我打过电话。

“麦克……老天，真的不想打扰你，我明白你忙得要命。但我觉得该通知——说不定你已经知道了，可是……迪娜趁我们不注意，溜走了。麦克，真对不起，我们本来应该看住她的——之前都好好的，我只不过去买点儿东西，让她陪着希拉……她去你那儿了吗？你肯定生我的气，这也难怪。但是，麦克，如果她和你在一起，求你了，能不能打电话通知我？真的对不起，真的，我……”

“见鬼。”也就是说，迪娜起码失踪一个小时了。而接下来我和里奇要找菲奥娜问话，至少有两个小时我都无计可施。想到这么长时间里迪娜会出什么状况，我的心猛地沉了下去。“真他妈操蛋。”

见里奇在前面两步远的地方回头注视着我，我才察觉自己停住了脚步。“没出什么事吧？”他问。

“没事，”我说，“跟工作无关。我得抽点儿时间理一理头绪。”里奇张嘴想说什么，但话还没出口，我就转身沿着人行道走去，脚步很快，免得他跟上来。

刚响一声铃，杰莉就接了。“麦克？她和你在一起吗？”

“没有？她什么时候溜走的？”

“上帝啊。我还希望……”

“先别慌。她可能在我家，也可能跑去警局了——我整个下午都在外面。她几点走的？”

“四点半左右。希拉的手机响了，是她男朋友巴里，她为了保密，就上楼到自己房间去接，下来时迪娜就不见了，还用眼线笔留了张字条贴在冰箱上：‘谢谢，再见！’这行字底下还描了她手掌的轮廓，像挥手道别似的。她拿走了希拉的钱包，里面有六十欧元，所以好歹她身上还有点儿钱……我刚到家希拉就告诉我了，我开车在周围转了个遍，到处找她——我发誓，附近每个角落都找过，我进了好几家商店，还去别人家花园里看过——可是连她的影子都没见着。我不知道还能去哪里找。给她打了十几个电话，但她的手机一直关机。”

“今天下午她的状态怎么样？有没有和你或者希拉吵架？”如果迪娜觉得不耐烦……我拼命回想着她提没提过杰泽姓什么。

“没有，她状态很好！比之前好多了。不生气，不害怕，也不大惊小怪——多数时间都挺正常。她有点儿心不在焉，和她说话的时候，似乎没怎么听，好像在想其他事情。仅此而已。”杰莉的嗓门越来越高，“她精神挺好，麦克，我发誓。我以为她肯定好转了，要不然我绝不会留下她和希拉一起，绝对……”

“我明白。她会没事的。”

“怎么可能没事，麦克，不可能。‘没事’这两个字跟她沾不上边。”

我回头一看，里奇靠在车门旁，两手插进衣袋，面朝旁边的房子，尽量不干扰我。“你知道我的意思。她肯定是待腻了，跑去朋友家里而已。明天一早肯定会出现，还带着牛角面包向你道歉……”

“那也不能保证她没事啊。‘没事’的人怎么会偷走侄女的零花钱，‘没事’的人怎么会让我们大家都跟走钢丝似的一天到晚紧张兮兮……”

“我都懂，杰莉。可这事今晚也解决不了。先别想太多，好吗？”

小区围墙外，大海渐渐暗淡下来，潮声如雷，迎接夜幕的降临。成群的小鸟在水面上翻飞掠食。杰莉喘着气，呼吸的声音像是嗓子眼儿里有条蛇。“我真的真的撑不住了。”

这句话从前我从她嘴里和自己嘴里都听过无数次：疲惫、沮丧、厌倦，都被纯粹的恐惧一一切碎。无论同样的废话重复多少遍，你都不可能忘记，这次说不定就是最后一次，结局迥异的一次，没有草草写就的道歉卡片，门口也没有一大捧偷来的花，取而代之的是深夜的一通电话，一个前来通报噩耗、技巧还十分生涩的新手巡警，以及一张库珀停尸房的通行证。

“杰莉，别担心，”我安慰她，“我还得再讯问一个证人才能走，不过这事儿就交给我了。如果回局里时她在那里等我，我会马上通知你。你继续打她的手机，只要一接通，就叫她去局里找我，然后给我发条短信，好让我知道她要来。假如到时她还没出现，那我一干完活儿就去找她。好吗？”

“嗯，好。”杰莉没问怎么找。她得自己骗自己。我也一样。“是啊，她自己再多晃荡一两个小时，应该也没什么。”

“去睡会儿吧，今晚迪娜就住我家，不过明天可能还是得送到你那里。”

“来吧，没问题，大家都挺好，谢天谢地，科尔姆和安德莉亚没被传染……这次绝不让她离开我的视线。我保证，麦克。真的非常对不起。”

“别担心了，我是认真的。替我向希拉和菲尔问好。保持联络。”

里奇仍靠在车门上，凝望着深青色冰冷天幕下一座座纵横交错的脚手架。我用遥控钥匙“哔”的一声开了车门，他才直起腰，转过身。“嘿。”

“搞定了，”我说，“走吧。”

我拉开车门，他却没动。天光渐暗，他的脸看上去苍白而沉稳，远比三十一岁的年龄来得成熟。“有我能帮上忙的吗？”他问。

我刚要开口前的那一瞬间，心头突然涌上一个强烈的念头，这个念头来得如此迅猛，又如此危险。我想对他和盘托出，那些共事十余年、心灵相通的搭档，他们会怎么说呢？“昨晚那女孩，记得吗，是我妹妹，脑子有问题，我不知道该怎么拯救她……”我仿佛看见搭档陪你在小酒吧里一杯又一杯地灌酒，尽情点评体育比赛结果，你来我往交换着荤段子和真假参半的秘闻逸事；午夜时分把酩酊大醉的你送回家，就像一块磐石，坚定地支撑着你的后背。这幅画面如此鲜活，几乎可以当作暖炉来烘热我的双手。

然而下一瞬，想到将自己的家庭私事通通曝光给他，乞求他摸摸我的脑袋，安慰我一声“一切都会好起来的”，我的腹部就揪紧了。里奇不是我十岁时的童年死党，也不是我血肉至亲的兄弟，几乎算得上半个陌生人，何况他甚至不肯与我分享在康纳·布伦南公寓里的灵光一闪。“不用。”我只说了两个字。我本想让里奇独自讯问菲奥娜，或者让他先把今天的工作整理成书面报告，与菲奥娜的谈话则推迟到明天早上——反正康纳哪儿也去不了——但这两个选择都让我觉得自己十分可悲。“多谢你的好意，不过我应付得来。去听听菲奥娜的说法吧。”

Broken Harbour / 第 13 章

往事

菲奥娜垂着头靠在一根路灯柱上，在警局外等我们。她戴上了红色呢大衣的兜帽，在朦胧的灯光中，看上去就像炉边故事里某一只迷失的小动物。我伸手捋捋头发，暂时不去考虑迪娜的问题。“记住，”我叮嘱里奇，“她的嫌疑还没有排除。”

里奇深吸一口气，仿佛突然被疲倦击垮。“钥匙不是她给康纳的。”

“我知道，但他们认识，从前有过故事。没进一步查清来龙去脉之前，不能轻易排除她。”

见我们走近，菲奥娜连忙直起腰。这两天她整个人瘦了一大圈，颧骨明显突出，脸色灰白得跟纸一样。她满身都是医院的气息——消毒水和医疗垃圾的味道。

“拉弗蒂小姐，”我上前打招呼，“谢谢你抽空过来。”

“能不能……能不能尽量快一点儿？我想回去陪珍妮。”

“我理解，”我伸手请她进门，“我们会抓紧时间。”

菲奥娜没动，她的头发在脸庞四周纠成一道道柔软的褐色波浪，看样子是用医院的肥皂在洗脸池里随便洗洗了事。“你说抓到了那个人，干这事的那个人。”

她在跟里奇讲话。里奇答道：“嗯，我们确实逮捕了一个与本案有关的人。”

“我想见他。”

里奇没料到这一步。我不露痕迹地接过话头：“他不在这儿，目前被关押起来了。”

“我要见他，我要……”菲奥娜的思绪有些纷乱，她连连摇头，将头发往后拢，“能去监狱吗？”

“恐怕不太合适，拉弗蒂小姐。监狱不归我们管，还得先填一堆申请表；考虑到必要的安全措施，带他过来又得几个小时……如果你急着回去照顾姐姐，那还是改天再见他吧。”

就算我给她机会争辩，她也没力气了。稍后，她又问：“改天，改天能让我见他吗？”

“总会有办法的。”我又伸手请她进去，这次菲奥娜挪脚走出路灯的光晕，踏进暗影中，走向警局前门。

有间审讯室布置得还挺温馨，铺了毛地毯而不是油毯，浅黄色的墙壁很干净，椅子也相对比较舒服，不至于硌痛屁股；还有一台饮水机、一个电热水壶、一篮袋泡饮料（茶、咖啡、砂糖都有），一次性纸杯也换成了玻璃杯。这个房间一般用来接待被害人家属、惊魂未定的目击证人，以及自视甚高、不屑屈身于其他审讯室的嫌疑人。我们将菲奥娜带到这里，我拿了只纸箱去取几件证据，里奇则陪着她——有个善于安抚别人的搭档真好。我回到审讯室时，菲奥娜的外套已经披在椅背上，她捧着杯热腾腾的茶，身子蜷缩着，似乎冻得厉害。她虽然穿着松松垮垮的牛仔裤和明显过大的米色开襟羊毛衫，但脱了外套以后，还是瘦弱得像个孩子。里奇坐在她对面，手肘支在桌上，正绘声绘色地编着故事，说他有个亲戚曾身受各种重伤，幸亏珍妮那家医院的医生妙手回春。

我悄悄地将纸箱放到桌子底下，拉了把椅子坐到里奇旁边。他说：“我正跟拉弗蒂小姐说起，她姐姐住的那家医院不错。”

菲奥娜说："医生说过两天就会减少止痛剂的药量。不知道珍妮是不是受得了。看得出来，她现在的状况很不好，好在止痛剂让她大半时间都以为那只是一场噩梦。等药效一过，她就又受一次打击……他们不能给她别的药吗？抗抑郁剂什么的？"

"还是得听医生的，"里奇温和地劝道，"他们会帮她挺过这一关的。"

"我有个要求，拉弗蒂小姐，"我说，"既然你来了，请你务必忘掉你的亲人遭受的不幸，将那些事暂时从脑子里清除出去，百分之百地集中精神回答我们的问题。请相信，虽然这听起来很不可思议，但唯有如此，你才能帮我们将凶手绳之以法。目前，珍妮以及她死去的家人最需要你帮助的，正是这一点。为了他们，你能做到吗？"

对于深爱着被害人的人，我们送上的礼物就是——休息。在一两个小时内，他们可以安安静静地坐下来（不必有负罪感，因为我们没给他们选择的机会），暂时不再为发生过的惨剧痛彻心肺。我明白这段时间对他们来说是多么美好，堪称无价。从菲奥娜眼中，我看到了千百个与她遭遇相同的人的神色：放松、惭愧、感激。

"好的，我尽量。"

为了给自己一个继续说下去的理由，她会告诉我们她根本不想提起的事。"非常感谢，"我说，"我知道，这很难，但你做得很对。"

菲奥娜双手捧着茶杯，平放在单薄的膝盖上，聚精会神地望着我，后背比刚才挺得更直。我说："那从头开始吧。接下来这些问题很可能与案件没有实际关联，但掌握尽可能多的信息，对我们来说非常重要。你说过，帕特和珍妮十六岁时就在一起了，对吧？他们是怎么认识的？"

"其实不是十六岁才认识的，我们是同乡，很小的时候就很熟，应该是上小学时吧。我不记得他们第一次见面具体是什么时候。到了十二三岁，一群朋友就开始结伴出去，无非是在沙滩上消磨时间，或者跑去玩轮滑，去敦劳费尔[①]坐在码头上聊天。有时候我们进城看电影，吃汉堡，周末学校如果

---

① 都柏林附近的海滨小城。

有迪斯科舞会也一起去。反正都是小孩子那点儿节目。不过我们关系很好，非常非常好。”

“少年时的好朋友，一辈子都难忘。”里奇说，“你们一共多少人？”

“珍妮和我，帕特和他弟弟伊恩，肖纳·威廉斯，康纳·布伦南，罗斯·麦克纳，我们都叫他麦肯。还有几个人偶尔也加入我们，但真正走得近的就这么几个。”

我在纸箱里翻了翻，找到一本相簿——粉色封面，镶着小亮片拼成的花——然后翻开夹着便条纸的那一页。七个少年坐在墙头，手里举着冰激凌，穿着颜色亮丽的T恤，你推我挤地抢镜头，笑得特别开心。菲奥娜穿了背带裤，珍妮的头发颜色偏深一些，她刚咬了一大口冰激凌，被帕特紧紧搂在怀里。帕特的肩膀已经像男人一样宽阔，但还是一张红扑扑的娃娃脸。康纳的双臂、双腿都颇为修长，像只傻乎乎的大猩猩，他正从墙头跳下。“就是这几位吗？”我问道。

菲安娜将杯子放到桌上，伸手接过相簿。她的动作太快，水洒了几滴出来。

“这是珍妮的。”

“我知道，”我轻声说，“我们得借用一下，不会太久。”

也许她突然感到我们的手已经深深插进他们的人生，双肩顿时绷紧。“上帝啊。”她不由得脱口而出。

“我们会尽快还给珍妮。”

“能不能……如果能及时还回去，能不能别跟她说你们看过？不要再给她增加负担了。这……”菲奥娜的手掌拂过那张照片，声音低得几乎听不清，“从前我们那么快乐。”

“尽力而为吧。这也得靠你帮忙，如果你能提供我们需要的全部信息，那就没必要再拿这些问题去问珍妮了。”

她没抬眼，只是点点头。

“好的，”我说，“这位一定是伊恩？”伊恩比帕特小两岁，更瘦，一头褐发，但一眼便能看出兄弟俩相貌的相似。

“嗯，是伊恩。老天，他看着好年轻……那时他特别害羞。”

我点了点康纳的胸口：“这位是谁？”

“康纳。”

她的回答很快，很自然，毫无犹疑。“埃玛房间里有张受洗时的照片，上面抱着她的就是康纳吧。他是埃玛的教父？”

“嗯。”提到埃玛，菲奥娜顿时脸色一沉。她的指尖紧紧按住照片，仿佛想把自己摁进画面里去。

我若无其事地转到下一张脸。“也就是说，这个男孩是麦肯？”男孩胖胖的，正张开双臂，穿着一身当时的白色耐克款式。没有哥哥姐姐穿过的旧衣服，没有补丁，都是崭新的名牌，从这些小孩的衣着便可判断出他们是哪一代人。

“对。这个是肖纳。”红头发，本该是自然卷，但她花了不少工夫拉直。我敢打赌她长了不少雀斑，但被晒出来的小麦色和精心的化妆掩盖了这些雀斑。有那么一瞬，我竟莫名地为这些孩子感到难过。我和我的朋友在他们这个年龄时都是穷光蛋，虽然没什么可夸耀的，但至少活得轻松许多。“她和麦肯是我们的开心果。我都忘了她这个样子了，现在她染了金发。”

“你们现在都有来往吗？”我暗暗希望答案是肯定的，倒不是为了调查的缘故，而是为了帕特和珍妮。他们困守在冰冷的荒岛上，忍受肆虐的海风，如果还有朋友惦记，那该多好。

“也不算吧。电话号码都有，但好些年没联络了。按说该打电话通知他们一声，可我……我做不到。”

她将水杯举到嘴边遮住脸。“可以把号码留给我们，”里奇热心地说，“我们来通知，总不能让你去通报噩耗。”

菲奥娜点点头，没看里奇，径直去衣袋里摸手机。里奇撕了张纸递给她，她边写我边问，将她引回看似安全的领域。

“你们以前好像特别亲密，后来怎么疏远了呢？”

“生活不就这样嘛。帕特、珍妮、康纳去上大学……肖纳和麦肯比他们小一岁，我和伊恩更小，所以大家聚在一起的机会就少了。他们可以去酒吧啊、俱乐部啊，在大学里也会遇到新朋友。而少了他们三个，我们剩下的人就……就不是一回事了。”她抄好号码递给里奇，“我们也尝试过，一开始还天天泡在一起，但那感觉特别古怪，我们居然得事先刻意商量好一整天的计划，而且总是有人在最后关头打退堂鼓。不过我们确实还常常一起出去，只是渐渐地，次数越来越少。直到两年前，我们还每隔几星期出来喝几杯，但是……反正再也找不回从前那种感觉了。”

她又圈住杯子，将杯口倾斜着转圈，凝视着杯中旋转的茶水。茶的味道也发挥了作用，赋予这陌生的场所以家的安全感。“说实话，老早之前我们这群人就不灵了。你从照片里也看得出来：这张照片里的我们好比一块拼图，缺了谁都不行，后来呢，大家就胳膊肘顶胳膊肘、膝盖顶膝盖，总有点儿磕磕绊绊，挺尴尬的……我们都不愿这群朋友就这么散伙，特别是帕特。大家的关系越淡，他就越使劲儿挽回。有一次在码头还是什么地方，帕特拼命展开双臂，想把我们所有人都揽到一起，让大家拧成一股绳。我觉得他很自豪，为他还和少年时的朋友不离不弃而自豪。这对他很重要，他放不下。”

菲奥娜不一般。她富有洞察力，敏锐，善解人意。这种女孩往往会花很多时间独自琢磨她不明白的事，反复推敲，直到解开那个结，所以她是个很有价值的证人。但我不太喜欢对付不同寻常的人。“四男三女，”我说，“三对情侣，加一个电灯泡？或者大家只是好朋友而已？”

菲奥娜低头看看照片，几乎露出微笑。“大致上说，只是好朋友。即便珍妮和帕特开始出双入对，我们这群人的关系也没变成你想的那样。反正大家好几年前就看出来了。”

“我记得你说过，做梦都想有个人能像帕特对珍妮那样对你。这里面其他小伙子没追过你吗？你没给他们一点儿机会？”

她脸红了，红晕驱散了她脸上的阴霾，令她重新焕发少女般的明艳。开始，我还以为她心仪的是帕特，所以再也没给其他男孩留下空间，但她说：“其实我试过。康纳……我们约会过，但时间不长。四个月吧，我十六岁那年夏天。”

那个年龄的初恋，所承载的情感不亚于婚姻。里奇用脚轻轻地碰碰我，我领会了他的意图，说道：“但他对你不好。”

她的脸更红了：“不。我是说，他没有对我不好，从来没欺负我。”

“真的？那个年龄的孩子，往往很绝情。”

“但康纳从来不会。他……他挺体贴的。”

“不过……”

“不过……”菲奥娜摸摸脸颊，似乎想将红晕拭去，“我的意思是，他约我出去的时候我有些意外——本来我一直以为他喜欢的是珍妮。虽然他没说，但……不是有传说中的心灵感应吗？后来我们约会的时候，他……好像……唉，我们挺开心的，有说有笑，但他总想跟帕特和珍妮一起，比如说约他们一起看电影，或者和他们去海滩什么的。他整个人、整个身体总是朝向珍妮的方向，望着珍妮的时候他就神采飞扬。他开玩笑的时候，耍嘴皮子的时候，眼睛都看着珍妮，而不是我……”

动机出现了，全世界最古老的动机。奇怪的是，绕了一大圈，又回到我最初的判断，反而令人颇感欣慰。凶手并不是被那狂暴的海风所蛊惑才随机挑中斯佩恩一家大肆杀戮的，动机缘于他们自己的人生。

我察觉到身旁的里奇简直坐不住了。我没看他，对菲奥娜说：“你觉得他喜欢的是珍妮，他约你出去只是为了接近她。”

虽然我的口吻尽量轻巧，但出口的话依然颇具杀伤力。菲奥娜畏缩了一下。“我大概也猜到了，我想这是其中一部分原因，另一部分呢，他可能也希望如果我们走到一起，没准儿也能像珍妮和帕特那么美满。他们……”

集体照对面是帕特和珍妮的合影，从身上的衣服来看，两张照片是同一天拍的。两人肩并肩坐在墙头，脸贴着脸，鼻子几乎蹭到一起。珍妮对帕特微笑着，帕特低头凝望着她，脸上写满深情、热切、幸福。周围的夏日白光炽热而浓烈，在他们身后的远方，一线海浪如同碧蓝的花朵在绽放。

菲奥娜的手悬在照片上方，似乎想去触摸，又伸不出手。“是我拍的。”她说。

“拍得真好。”

“给他们拍照很简单。很多时候，如果要给两人照合影，你必须特别注意他们之间的距离，免得影响光线。而帕特和珍妮，光在他们身上好像没有任何阻碍……他们是那么与众不同。他们两人的追求者都不少——帕特是橄榄球好手，珍妮身后总有一群小伙子——而当他们走到一起……是那么耀眼。我可以一整天都看着他们。你看着他们，心里就会想：‘就是这样，这就叫作完美。’”

她的指尖摩挲着照片里两人紧扣着的十指。“康纳……他父母离婚了，父亲在英国还是什么地方来着——我记不太清楚了。康纳从来没提过他。帕特和珍妮是他见过的最最幸福的一对。他好像很想成为他们，所以他觉得如果和我在一起，我们也许……那时候我没说出来，但后来，我以为……”

“你和他讨论过这事吗？”

“没有。那太尴尬了，我姐……”菲奥娜两手插进头发，将发梢捋到眼前遮住双颊，“我主动提出分手。这不算什么大事，我也没爱他爱到死去活来的程度，我们都还是孩子。”

可到头来，终究还是出大事了。她的姐姐……里奇推开椅子，起身去烧开水。他边摆弄电热水壶边回头轻松地说：“我记得你说过，中学时别的男孩追珍妮，帕特还挺吃醋。康纳也嫉妒吗？”

菲奥娜闻言，一下子抬起头，但里奇只是晃着咖啡包，一脸纯粹出于好奇的样子望着她。“帕特的醋意不是你说的那种，”她答道，“他只是……他也特别留意。我和康纳分手后，过了两天，帕特单独找我，问我原因。我不想告诉他，但帕特……他是个特别容易交心的人，我什么事都愿意告诉他，他就像我的大哥哥。所以最后我还是跟他说了。”

里奇吹了声口哨：“我年轻的时候，如果女朋友被好朋友看上，我肯定要发火。虽然我没那么暴躁，但怎么着也得给他点儿苦头尝尝。”

“我觉得帕特不是没想过。我的意思是，”她忽然警惕起来，“他一点儿都不暴躁，但你说的也不是没道理……他非常气愤。那时他直接到家里来找我——珍妮买东西去了——我说完后他就走了，脸色刷白，那表情像是刚做了什么重大决定一样决绝。我真的吓个半死，虽然我不认为他会把康纳怎么样，我了解他，不至于。但我只是……我在想，如果这事传出去，我们这群朋友就会决裂，后果会很严重。如果……”她垂下头，轻声对着水杯说，“如果我当时闭紧该死的臭嘴就好了。或者一开始我就不该和康纳走到一起。”

“这又不能怪你，你哪能未卜先知。还是说，你早就有预感？”

菲奥娜耸耸肩：“那倒不是，不过，我本该猜到才对。比如说，为什么他总在珍妮在场的时候来找我？”她的头俯得更低了。

又一次，深埋于她和珍妮之间的纠结关系露出了冰山一角。我说：“肯定很没面子吧？”

“好歹我挺过来了。那时才十六岁嘛，不管什么事，现在想起来都挺丢人。”

她想轻描淡写地开个玩笑带过去，却失败了。里奇微笑着侧身去拿她的水杯，她避开他的视线，直接将杯子递给他。“有资格发火的不只帕特一个吧。”我说，“你难道不生气？不生珍妮的气？或是生康纳的气？或者生他们两个人的气？”

“我不是那种人。我只觉得一切都是我的错，是我太愚蠢。”

“那最后帕特没去找康纳打架吗？”

“应该没有，两人都没鼻青脸肿什么的，至少我没看出来。我不清楚具体发生了什么，第二天帕特打电话给我，叫我别担心，忘了我们之前的谈话。我问他事情经过，他只说这事过去了就过去了，以后不会再有问题。”

换句话说，帕特忍一时之气，干脆而低调地处理了尴尬局面，将闹剧控制在了最小范围。而康纳则遭到帕特的严厉打击，比菲奥娜更屈辱、更痛苦，他再也没有一丁点儿机会得到珍妮。这回我特意望向里奇，他正在摆弄茶包。

“那后来出过问题吗？”

“没，再也没有。后来我们谁都没提起这事。有一阵子康纳对我格外地好，可能是想弥补他的过错吧。不过本来他就对我挺好的，所以……而且我感觉他刻意和珍妮保持距离，虽然并不明显，但如果没有其他人在场，他绝不会和珍妮一起出去，诸如此类。总之，一切又回到正轨。”

菲奥娜垂着头，挑弄着外套袖口上的亮片和绒毛，两颊的红晕仍未完全消退。我又问：“珍妮知道吗？”

“知道我和康纳分手？哪里瞒得过她。”

“我是说，她知不知道康纳喜欢她。”

她的脸更红了。“其实，我觉得她知道。很可能一直以来都心里有数。无论是我还是康纳，都不可能直接告诉她。帕特也一样，他的保护欲很强，肯定不想让她操心。但有天晚上，大概是帕特那件事之后两个星期，珍妮来我房间。大家都准备睡觉了，她已经换了睡衣。她只是站在那儿，摆弄我的发卡，一会儿夹夹手指头，一会儿夹夹别的。过了半天，我问她：‘你干吗？’她说：‘你和康纳的事，对不起。’我回答说：‘我挺好，别介意。’就是这样，都过去几个星期了，而且同样的话她也讲过好多次，我不清楚她还说这些干吗，但她又说：‘不，说真的，如果是我的错——如果我有别的办法……真的，真的非常非常对不起，就这样。’”

菲奥娜笑了，低声苦笑：“老天，我们两个都尴尬得要死。然后我说：‘不，不能怪你，怎么会怪你，我挺好的，晚安……’我只想让她赶快离开。我以为珍妮还想说点儿什么，就钻进柜子里把衣服一件件往外扔，装出在挑选第二天该穿什么的样子。等我再回头时，她已经走了。后来我们再没谈过这事，但那次以后，我猜测，她也许早就清楚康纳喜欢她。”

“而且她还担心你会不会以为是她欺骗了康纳，给他造成了错觉。”我说，“你往这方面想过吗？”

“从来没有。”见我眉毛一挑，菲奥娜的目光迅速闪开，“唔，我是说，虽然也想过，但我一点儿也不怪她……珍妮喜欢搞暧昧，喜欢吸引男生的注意力。那时候她十八岁，这很正常。我不认为是她故意挑逗康纳，但我想，她很清楚康纳喜欢她，并且还很享受这种感觉。仅此而已。”

“你觉得她是否采取过什么措施？”

菲奥娜猛然抬头盯着我：“比如呢？直接叫他躲远点儿？还是说故意跟他接近？”

“随便哪个都算。”我温和地答道。

“她跟帕特约会！是真正的约会，和小孩子过家家不一样！他们彼此相爱，而且珍妮绝不是那种脚踏两只船的人。现在讨论的可是我姐啊！”

我举手投降：“我毫不怀疑他们的爱情。但一个十几岁的女孩，想到一生都要和同一个男人一起度过，恐怕会发疯吧？说不定会想，在定下终身大事之前，偶尔换个人暧昧一下。这跟‘水性杨花’完全不沾边。”

菲奥娜连连摇头，发梢甩动：“你不懂。不管珍妮做什么事，都处理得妥妥当当。即便她对帕特没那么死心塌地——事实上是死心塌地——也绝对不会背着他出轨。连吻其他男人一下都不可能。”

她很诚实，但她说的未必正确。一旦康纳的精神失去依傍，一个普通的吻也可能演变成千百万种甜蜜的可能，只在触手可及之处飘摇。“也有道理，”我说，“如果当面和康纳对质呢？珍妮会那么做吗？”

“不至于吧。那又何必？有什么好处？只会弄得大家都没面子，搞不好帕特和康纳直接翻脸。珍妮可不想那样，小题大做不是她的风格。”

里奇倒着刚烧开的热水：“其实帕特和康纳不是早就翻脸了吗？就算帕特那天没甩康纳几个耳光，他也不是圣人，不可能还像什么都没发生过似的，继续跟康纳来往。”

“怎么不可能？康纳又没做错什么。他们是最好最好的朋友，不会因为这种事就反目成仇的。这到底……为什么……都是十一年前的事情了呀。”

菲奥娜的神色逐渐警觉起来。里奇耸耸肩，将一个茶包丢进纸篓。“我的意思无非是，如果经历过这些，那他们的关系可真够铁的。我自己也有过死党，但不得不说，时间长了，大家难免各走各路。”

“那倒是。我们一直抱得很紧，但帕特和康纳又与别人不同。我觉得……”里奇递给她一杯新泡的茶，她心不在焉地用小勺搅着杯中的水，注意力都集中在斟酌词句上，“我一直觉得，原因在于他们的父亲。刚才说过，康纳的父亲不在他身边，而帕特五岁左右时父亲就去世了……所以他们比较不一样。特别是对于男人而言，如果小小年纪就有了一家之主的觉悟，性格也会有所改变。他们承担的责任太多、太早。看得出来。”

菲奥娜一抬眼，恰好与我四目相对，不知为何，她迅速将视线移开，快得可疑。“总之他们俩有共同点。一个和自己惺惺相惜的朋友，对两个人来说都很有意义吧。他们经常一起散步，就他们俩，去海滩或是其他地方，我见过很多次。有时他们只走路，谁都不说话，挨得很近，几乎肩贴着肩，步调很一致。回来后他们会显得平静得多，放松得多。他们离不开这份友情，为了留住这么一个朋友，你会愿意付出很多。”

突如其来的痛苦和妒意直击我的心房。上学的最后几年，我一直独来独往，我多希望当时能有这样的朋友。里奇说：“好的。刚才你说他们上大学以后大家就疏远了，但依我看，你们这群朋友分开的原因不只这一点吧？”

没想到，菲奥娜的回答十分爽快：“确实。怎么说呢，小时候，条条框框都比较少，长大以后，开始规划人生方向了，就未必还和原来的朋友走同一条路。”

“我明白你的意思。我也常和同学聚会，但一半的人在讨论电脑游戏，另一半的话题则是宝宝拉什么颜色的屎。现在一群人坐在一起，动不动就冷场老半天。”里奇坐回原位，端给我一大杯咖啡，举起自己那杯灌了一大口，“那你们这群朋友后来怎么样了？”

“起先主要是麦肯和伊恩。他们想在当地发财——麦肯在一家房地产公司上班，伊恩做金融方面的工作，我记不太清楚。他们开始出入那种高档的咖啡厅、赌场什么的。等大家聚到一起，伊恩就介绍他身上穿的戴的都花了多少多少钱；麦肯呢，就夸耀前一天晚上他怎么怎么被一个女孩缠上，甩都甩不掉，然后他大发慈悲，和她好好爽了一把……我这种痴迷于摄影的人，在他们眼中就是个傻瓜，特别是麦肯，他总笑我傻，说我永远赚不了大钱，说我应该赶紧长大，说我得买几件像样的衣服才有机会钓到肯替我埋单的男人。后来伊恩被公司派去芝加哥，麦肯大部分时间都在利特里姆[1]开发大项目，卖公寓，所以渐渐没联系了。我估计……”

她翻着相簿，看到一张四个男孩边做鬼脸边模仿黑帮手势的照片，不禁

① 爱尔兰中部城市。

苦笑。“经济发达那几年，这样的人很多。麦肯和伊恩是挺讨厌的，但并不是他们自己有意要选这条路，他们只是随大溜而已。估计他们现在也成熟多了吧。当时他们再泡在我们几个中间也没什么意思，不过，他们本质上还是好人。小时候认识的人，见过你最傻气的发型，知道你这辈子干过的最丢脸的事情，纵然如此，仍旧关心着你。他们不可替代，明白吗？我总幻想有一天还可以回到从前。而现在，经过这次……我不知道。”

笑容消失了。我问：“康纳没跟他们去赌场？”

那微笑又回来了一点儿：“天哪，当然没有。以他的性格……”

“他更独来独往？”

“也不算。他和大家一起泡吧，一起大笑，但酒吧又不是赌场。他从来不赶时髦，还说赶时髦等于让别人替你做决定，而他长大了，可以自己做主了。而且他觉得所谓的‘我的信用卡额度比你高一截’根本没什么了不起。他当面说伊恩和麦肯就是‘两只脑死亡的绵羊’，他们很不高兴。”

“愤青呀。”我说。

菲奥娜摇摇头：“谈不上愤青，只是……我说过，他们不太合得来，三个人都很烦恼。后来他们就不怎么来往了。”

如果我在康纳身上纠缠太久，她会起疑心，于是我问：“肖纳怎么样？她又和谁疏远了呢？”

“肖纳……”菲奥娜夸张地耸耸肩，“肖纳算是女版的麦肯和伊恩吧。皮肤晒得黑黑的，满身名牌，交的也是爱晒日光浴、爱买名牌的朋友。而且她的嘴很碎，不是偶尔八卦一次那种，她是没完没了地八卦。每次一聚会，她就开始挑剔康纳的发型、我的衣服，总能逗得麦肯和伊恩哈哈大笑。她很搞笑，一直都这样，但搞笑何必带上恶意呢。前几年有一次，我跟平常一样发短信约她出来喝酒，她回短信说她刚订婚——我们连她的男朋友都没见过，只知道他很有钱——说如果未婚夫发现她跟我这种人打交道，她会羞死的，所以多关注一下报纸的社会版和名人版，等着看她的婚纱照吧，然后和我说拜拜！”又一次无奈的耸肩，“我不清楚她现在是不是成熟点儿了。”

“帕特和珍妮呢？”我问，“他们也想去城里过好日子吗？”

悲痛扭曲了菲奥娜的脸庞，但她迅速一甩头，振作精神，端起水杯。“算是吧。虽然没到伊恩和麦肯那个程度，不过他们确实喜欢去上档次的地方，穿高档货。不过，对他们而言，最重要的始终还是对方。结婚、买房、生孩子。”

“上次我们交流时，你说每天都和珍妮通电话，但又很久没见面。是因为你自己也到处漂泊吗？她和帕特的小日子过得挺滋润，和你是完全不同的两种生活状态？”

她略微有些畏缩：“听起来好吓人。不过也没错，是这个原因吧。他们在那条路上走得越远，和我们其他人的距离也就越大。埃玛一出生，他们就只顾着哄她睡觉啦，给她安排学校啦，不像我们几个，对这些一窍不通。”

“我的朋友也是，”里奇频频点头，“只惦记着给宝宝把屎把尿，再就是琢磨家里用什么款式的窗帘。”

“嗯，开始他们还雇了一个保姆，偶尔也能出来和我们喝几杯，至少大家还能见个面，可搬去布莱恩斯顿以后……其实我不确定他们是不是真的想住那么远。他们忙着打理家务，每件事都特别用心，根本没兴趣泡吧或者凌晨三点才回家。他们一直邀我们去那边做客，但毕竟太远，而且大家工作都很忙……”

“住在那种地方，谁都去不了。还记得最后一次他们邀你过去是什么时候吗？”

“好几个月了。五六月份吧。每次我都去不了，后来珍妮似乎也放弃了。”菲奥娜的手开始紧紧地按着杯子，“我该多上点儿心的。”

里奇不经意地摇着头：“你没理由非去不可，你忙你的，他们忙他们的，大家各过各的，各有各的幸福——他们应该挺幸福的吧？”

“是啊。虽然最后几个月手头缺钱，但他们有信心可以扛过去。珍妮跟我说过很多次，说她得控制情绪，不能搞得太紧张，因为她知道，总有云开见月明的一天。”

“你支持她的想法？”

“的确。珍妮就是这样，积极、乐观。有的人特别懂生活，尽人事，听天命，明白为人处世的诀窍。珍妮在这方面一直很有悟性。”

刹那间，我仿佛看见杰莉正在她香气四溢的餐厅里，一边检查科尔姆的作业，一边被菲尔讲的笑话逗得乐不可支，一边还留心安德莉亚使劲拍着的皮球；然后我又想到迪娜，她头发蓬乱，十指嶙峋，莫名其妙地找我打架。我竭力抑制住想看表的冲动。“我理解你的意思，真有点儿嫉妒她啊。你说呢？”

菲奥娜想了想，指尖缠绕着发梢。“小时候可能是吧。上中学那会儿，谁知道将来自己会变成什么样？而珍妮和帕特特别自觉，特别有规划。也许这也是我和康纳约会的原因之一。我希望能和珍妮做一样的事情，我想变成她，想拥有她那种信念。”她松开那绺头发看了两眼，又绕了两下，挡住了眼前的灯光。她的指甲被啃得非常短。“但长大之后……我不想复制珍妮的人生，做公关工作，早早嫁人，一结婚就生孩子，每样我都不愿意。不过，有时我也希望我有这些意愿，那样生活会简单一些。这合理吗？”

“那还用说。”我答道。其实这听起来更像少女的牢骚——我想过普通人的生活，但我太与众不同了——但我忍住没刺激她。“说起来，设计师的工作怎么样？一年到头难得休息几天？看着珍妮享受人生，自己却只能和别人合租公寓，一分钱掰成两半花，这感觉肯定不好受。”

她摇摇头：“我宁可当个冒傻气的设计师，对钱没什么追求。”

“不会吧，拉弗蒂小姐，谁不喜欢钱啊。这没什么难为情的。”

“唔，我当然不想破产。但在我的世界里，钱不是最重要的。我的愿望是成为真正杰出的摄影师——比如说，不用费口舌向你解释帕特和珍妮的关系，或者帕特和康纳的关系，只要把我拍的照片拿出来，你一看就能理解。为了这个梦想，即便是要先在皮埃尔工作室花上几年，赚那点儿可怜巴巴的工资，我也觉得值得！我的公寓不错，车也能开，每周末我都外出摄影。钱再多，我拿来又能做什么用？”

“但你的这几个朋友就不这么想了。”里奇说。

“康纳和我的想法倒是比较接近。他也不太在乎钱。他做网页设计，而且特别热爱那一行——他说再过一百年，网页会是最伟大的艺术形式——所以他甚至愿意免费干活，只要做的是他感兴趣的东西。但其他人……跟我们不同，他们理解不了我的想法。他们——甚至包括珍妮——都以为我只是还没长大，早晚会懂事的。”

“这太让人生气了，”我说，“那么多年的朋友，还有亲姐姐，都不把你的梦想当回事。”

菲奥娜长叹一声，十指插进头发里，寻找着合适的回答。“也不能这么说。我也有不少志同道合的朋友。从前那群……唉，如果他们和我是同一个波长，那固然好，但即便不是，我也不怪他们。报纸上、杂志上、新闻上的一切，让你觉得只想做自己喜欢的事的人简直是个怪物、低能儿。现在的社会风气，容不下追求自我的人，好像人人都该醉心于怎么发大财，怎么添置财产。对于满心以为自己走在必经之路上的人，我其实不生他们的气。”

她抚摩着相簿：“这才是我们分道扬镳的原因，而非年龄差距。帕特、珍妮、伊恩、麦肯、肖纳，都走的是正路，但他们的方向又不同，所以也渐渐疏远。不过，他们追求的都是整个社会安排他们去追求的东西。而康纳和我，我们的理想在别处。其他人理解不了。反过来，我们也没法儿理解他们。所以，结局就是这样。”

她翻回七个人在墙头的那张合影，话音中听不出怨愤，反而弥漫着一种忧伤，对人生无常、无法回头的迷惑。“不过，既然帕特让康纳当埃玛的教父，可见他们的关系维持得不错？或者是珍妮的主意？”

“不，是帕特。我说了，他们是最好的朋友。康纳还给帕特当伴郎呢，两人亲密得很。”

但后来不知出了什么问题，他们便不再亲密。“他算不算称职的教父？”

“嗯，绝对算。”菲奥娜低头看着照片里高高瘦瘦的男孩，笑了。想到她得知真相后的反应，我不禁心有不忍。“他和我经常一起带孩子们去动物园，他还给埃玛讲故事，讲动物园晚上锁门后动物们的疯狂冒险……有一次埃玛弄丢了泰迪熊，就是晚上陪她睡觉的那只，她伤心极了。康纳告诉她泰迪熊中了环游世界的大奖，还搞来好多世界各地的明信片，苏里南、毛里求斯、阿拉斯加……真不知道他是从哪儿弄到的，可能是网上买的吧。他还找了和埃玛那只泰迪熊相似的照片，剪下来贴在明信片上，用小熊的口吻给埃玛写信，比如：‘今天我在这座山上滑雪，还喝了热巧克力，给你来个熊抱，爱你的本杰。’埃玛每天收到一张明信片，直到她有了新的娃娃，不再为从前那只熊难过为止。”

“这是什么时候的事？”

“三年前吧……那时杰克才一丁点儿大，所以……”

一丝痛楚再次掠过菲奥娜的脸庞。没等她细想，我追问道：“上次你和康纳见面又是什么时候呢？”

她的眼中忽然浮起警觉之色。刚才集中精神时的安全堡垒渐渐失效了，她开始察觉到不对劲儿，虽然暂时还摸不清问题所在。她靠回椅背上，双臂环在腰间。“记不太清，有一段时间了，差不多两年吧。”

“今年四月埃玛的生日，他没去？”

菲奥娜的双肩紧张地缩起：“没有。”

“为什么？”

“可能去不了吧。”

“你刚才还说康纳为了安慰教女，不惜花费那么多心思，怎么连她过生日都不去？”

菲奥娜耸耸肩：“那得去问他。我不知道。”

她又开始拨弄袖口，避免和我们的视线接触。我往后一靠，选了个舒服的姿势，静观其变。

几分钟过去了。菲奥娜看看表，揪着衣服上的绒毛，慢慢意识到我们比她更耗得起。之后，她才说：“我觉得他们可能吵过架。”

我点点头：“为什么吵架？”

菲奥娜很别扭地耸耸肩：“珍妮和帕特买房的时候，康纳很不赞同，我也不赞同，但他们听不进去。我试了两次就闭嘴了。虽然我拿不准他们的选择是否正确，但既然他们那么开心，我也替他们开心。”

“但康纳则不是，为什么呢？”

“别人会点头，微笑，不说话就行了，可他呢，就算明知道少说为妙，他偏偏憋不住。他觉得那样太虚伪。他认准他们的主意太烂，所以直言不讳。”

“结果惹怒了帕特，还是珍妮？或者他们俩？”

“他们俩。他们说：‘不然我们还能怎么理财？给孩子们买个带花园的大房子有什么错？多划算的投资啊，几年后房价大涨，我们可以卖掉，去都柏林再买一套，但目前……如果我们是百万富翁，直接回芒克斯敦买个好地方了，可那是做白日梦。康纳能借给我们一百万英镑？既然不能，那就这样了。’康纳的反对气坏了他们。珍妮常说：‘我不想听那些负面意见，如果人人都那样想，乡下就没希望了。我们想生活在积极向上的氛围里……’珍妮很伤心，她特别看重乐观的精神状态，觉得如果再听康纳那一套，会毁掉一切。具体细节我不清楚，好像最后他们大吵了一架。之后康纳就没怎么和他们来往，他们也没再提过他。问这些做什么？和这事有关系吗？”

“康纳是不是还惦记着珍妮？”

这个问题至关重要，但菲奥娜瞥了我一眼，似乎责怪我根本没听进她说的话。“都多久以前的事了，老天在上，那会儿大家都还年轻，不懂事。”

“年轻时的经历刻骨铭心。忘不掉初恋的人不知道有多少。康纳会不会也是其中之一呢？”

“我哪里知道。你得去问他本人。”

“那你呢？”我问道，“对他还有感觉吗？”

原以为她会嗤之以鼻，但她陷入了沉思，低头凝视着照片里康纳的脸，手指又绕起头发来。“那得看怎么定义‘感觉’了。我想不想他？想。时不时会思念他。差不多十一岁起我们就是朋友，这很重要。但话说回来，我还不至于为已经分手的人搞得茶饭不思、形容憔悴什么的。我不想和他复合，如果你想问的是这个。”

“他和帕特、珍妮闹翻以后，你没想过联系他一下？说起来，我感觉你和他的相似之处，反而比你姐姐和姐夫更多点儿。”

“我不是没考虑过。我等了一段时间，好让康纳平复心情——我不想搅进他们的矛盾里去——可后来给他打了两三次电话，他都没接，也没回电话，我就放弃了。我说过，他又不是我生活的中心，就像麦肯和伊恩，也许未来总有一天，我们还会再相遇。”

她怎么也预料不到，他们会在这个地方以这种方式重逢。“谢谢，”我说，“你说的这些对我们很有帮助。”

我伸手去拿相簿，但菲奥娜抬手挡住我。“能不能让我——稍等……”

我退回原位，让她继续。她将相簿抱在胸前。房间里非常安静，我甚至听见墙内管道里暖气运行的轻微的咝咝声。

“那年夏天，”菲奥娜多半不是说给我们听的，她的头几乎贴到了照片上，发梢在颤抖，“我们笑得那么开心。那时的冰激凌……海滩附近有个卖冰激凌的小店，我们的爸爸妈妈小时候就经常去。那年夏天，房东要把租金涨到天文数字，卖冰激凌的人根本付不起，房东其实是想赶他走，好把地卖掉盖写字楼还是公寓什么的。附近的居民都很气愤——那家小店是大家的精神寄托，你明白吗？孩子们在那儿买第一个冰激凌，在那儿第一次约会……帕特和康纳说：‘要保住这家店，只有一个办法，看看我们能买多少冰激凌吧。’那年夏天，我们每天都吃冰激凌，这简直成了一种使命。刚吃完一轮，帕特和康纳就不见了，然后又带回来一大堆甜筒。我们尖叫着要他们拿远点儿，他们就一边大笑一边劝我们：‘来吧，一定得吃，这是为了和体制斗争……’珍妮总说再吃下去她就要变成肥猪了，帕特会后悔死，但她最后还是吃了。我们都吃了。”

她的指尖擦过照片，缓缓摩挲着帕特的肩膀、珍妮的头发，最后停在康纳的衬衫上。她轻轻地哀伤地笑了：“（我去悠悠）。”

顿时，里奇和我连气也不敢出，然后里奇故作不经意地问道：“‘悠悠’是那家冰激凌店的名字？”

“嗯。那年夏天店主发了不少纪念章，好让大家声援他。纪念章上的字就是‘我去悠悠’，还有一个甜筒冰激凌的图案。芒克斯敦起码有一半人都戴上了，特别是老太太们。有一次我们发现连神父也戴着。”她动动手指，移向康纳衬衫上的一个白色小点。那个点实在太小太模糊，我们完全没注意到。毕竟每件颜色鲜艳的上衣都免不了有个别这类痕迹，特别是胸口、领口、袖口。

我俯身从纸箱里摸出一个小证物袋，这是在珍妮的五斗橱里找到的，里面装着的纪念章别针锈迹斑斑。我将它推过桌面："是这种纪念章吗？"

"天哪，我的上帝……"菲奥娜喃喃应道，将纪念章迎向灯光，努力透过磨损得支离破碎的油彩辨别原来的图案，"对，就是这种。这是帕特的还是珍妮的？"

"不知道。谁留着这东西的可能性更大？"

"难说。其实我觉得两人都不太可能。珍妮没有保留这些小东西的习惯，而帕特又没那么感性。他比较注重实干，说买冰激凌就去买，但至于这种纪念章，他不会为了保留而保留。也许别的事情一多，他就忘了。这是在哪儿找到的？"

"他们家里。"我伸手想拿回证物袋，但菲奥娜没有放手的意思，指头透过厚厚的塑料膜，紧紧地按着纪念章。

"……你们要这东西干什么？难道它关系到……"

"在调查的初步阶段，必须假设任何线索都与真相有关。"

没等菲奥娜按得更紧，里奇就问："你们的抗议活动有效果吗？'悠悠'的房东回心转意了？"

菲奥娜摇摇头。"唉，没有。他好像住在霍斯[①]，才不在乎芒克斯敦的人怎么诅咒他呢。就算我们吃冰激凌吃到心脏病发作送命了也没用，'悠悠'不可能付得起他开的天价房租。其实我们早料到失败的结局，只是还抱着一丝希望……"证物袋在她双手间转来转去，"那是帕特、珍妮和康纳上大学前最后的暑假，其实我们也都明白，他们三个一走，一切都会不一样。我觉得帕特和康纳发起那个活动，也是因为他们想让那个夏天与众不同。那是最后一个属于我们的夏天，他们想让我们这群人都留下一份美好的回忆吧，那种多年以后还能回想起来的糗事，类似'你还记不记得……'"

---

① 都柏林郊外的海滨小镇。

也许以后她再也不愿提起那个夏天了。我又问：“你的纪念章还在吗？”

“不清楚，可能塞在哪个角落里了吧。妈妈阁楼里的箱子里装着我好多小玩意儿，我不喜欢扔掉旧东西。不过我有好些年没去翻了。以后也不会去翻。”她透过塑料膜抚摩着纪念章，好一会儿才还给我，“等案子结束，如果珍妮不要，能不能送给我？”

“我们尽量想办法。”

“谢谢。”菲奥娜说，“我想要。”她深吸一口气，从那个充满温暖阳光和无尽欢笑的天堂里挣脱出来，看了看表，“我得走了。那……还有其他问题吗？”

里奇和我对视一眼，眼中写着问号，看来还要再和菲奥娜深入谈一谈。由里奇唱白脸，扮演不忍心让她遍体鳞伤的一方。“拉弗蒂小姐，”我双臂交叉在桌上，倾身向前，“有件事必须告诉你。”

她僵住了，眼中的神色令人不忍直视，似乎在乞求我别说了。“我们逮捕的人，是康纳·布伦南。”

菲奥娜瞪大了双眼。等她总算能够喘气了，她说：“不，等一下，康纳？为什么……为什么逮捕他？”

“我们以故意伤害你姐姐以及蓄意谋杀她的家人的罪名将他逮捕。”

菲奥娜双手一扬，我以为她要堵住耳朵，但她又把手按到了桌上。她断然、决绝、斩钉截铁地答道：“不，不是康纳干的。”

正如她相信帕特不是凶手那样坚定。她别无选择，无论凶手是帕特还是康纳，她的过去和现在，都将被割开一道鲜血淋漓的伤口。那些冰激凌，那些只有他们几个人才能意会的笑话，那些在墙头上尖叫欢笑的时光，她的第一支舞、第一杯酒、第一个吻，那些明媚的记忆，都如核武器一般，放射着杀伤力极强的射线，不容他人侵犯。

“他已经认罪了。”我说。

“我不管。你们——你们开什么玩笑？刚才为什么不告诉我？只让我坐在这儿谈论他，把我蒙在鼓里，指望我说出什么对他更加不利的话——真他妈令人作呕。就算康纳真的认罪，也是因为被你们的花言巧语绕晕了，跟你们想绕晕我一样。他不是凶手。你们发什么神经！”

中产阶级出身的规矩女孩不会用这种口气和警察讲话，但菲奥娜怒火中烧，完全顾不上了。她双拳紧握，惨白的脸仿佛沙滩上被晒得干透了的贝壳，一碰就会碎。我不禁想做点儿什么，越蠢越好。收回刚才的话，将她推出门外，或者把她的椅子转到角落里？也许这样才不必正视她的双眼。“除了他的供述，我们还有充分的证据。很遗憾。”

“什么证据？”

“恐怕目前不便透露，但我说的不是那种随便就能糊弄过去的所谓巧合。我们掌握的证据在法庭上将会无懈可击、无从反驳，是铁一般的证明。”

菲奥娜拉下了脸，看得出，她正飞快地转动脑筋。“那好，”稍后她推开水杯，站起身，“我要回去照顾珍妮了。”

“正式起诉布伦南先生之前，我们不会将他的名字泄露给媒体。请你不要对其他任何人提起，包括你姐姐。”

“我没这个打算。”她从椅背上抓起外套穿好，“怎么出去？”

我帮她拉开门。“我们会再与你联系。”我说。菲奥娜看都不看我一眼，快步穿过走廊，下巴缩进衣领，似乎已经做好了抵御寒风的准备。

Broken Harbour / 第 14 章

分歧

重案组办公室里的人基本都走了，只剩那个值班接听报警热线的孩子以及两个加班的同事，他们一看见我就把文件摞得更高。我们回到办公桌旁，里奇直截了当地说：“我看她和这案子没多大关系。”

他还在试图将菲奥娜撇清。我冲他一笑：“令人欣慰，至少这一次我们站在了同一条战线上。”他却没笑。“放松点儿，里奇，我也认为不关她的事。不错，菲奥娜嫉妒珍妮，但如果这种妒意疯狂到要毁掉珍妮的地步，她会在珍妮还生活优裕时就动手，而现在珍妮家境潦倒，菲奥娜充其量说一句‘我早说什么来着’也就够了。除非通话记录显示她和康纳交流频繁，或者她突然欠了一大笔债，否则我们可以将她从嫌疑人名单里划掉。”

“就算菲奥娜身无分文，我也相信她，她对金钱没多少追求。”里奇说，“而且虽然往事令她神伤，她也尽力配合我们。无论凶手是谁，她都想让他付出代价。”

“唔，的确，但最后她知道了凶手是康纳 · 布伦南，我们下次再找她时恐怕她不会愿意搭理我们。”我拉过椅子到桌前坐下，找出准备呈送给局长的报告表，“这又从另一方面证明了她的无辜。我们抖出康纳的名字时，她的反应绝对不是演戏，我可以打赌。她心中的净土就这样毁灭了。如果她才是幕后黑手，早在得知我们已经逮捕了嫌疑人的时候，就该惊慌失措才对，而且也不会帮我们挖出康纳的动机。”

里奇将菲奥娜的手机号抄到本子里。“也不算多明显的动机。”

“噢，拜托，被人横刀夺爱，还饱受羞辱，这还不算？全世界也未必有比这更充分的动机了。”

“未必。菲奥娜认为康纳暗恋珍妮，但那是十年前。在我看来，这算不上什么动机。”

“现在他还暗恋着她。不然那个‘悠悠’的纪念章是怎么回事？珍妮不会留着，帕特也不会，但有一个人还珍藏着。某一天，当他在斯佩恩家外面游荡时，决定留给珍妮一份小礼物——还记得我吗，当初一切都那么美好，当初你的生活不像今天这样猪狗不如？记得我们共度的欢乐时光吗？你想不想我？——真够变态。”

里奇将本子塞进衣袋，随手翻着桌上那摞报告，却没认真看。“那也不能说明是他杀了珍妮。帕特的嫉妒心也很重，以前就让康纳离珍妮远点儿，现在他的不安一定更严重。如果他发现康纳给珍妮留了礼物……”

我压低嗓门：“他根本没发现吧？那枚纪念章又没被扔在餐厅里，或者塞进珍妮的喉咙，而是藏在她的橱子里，安全又隐蔽。”

“纪念章是这样没错，但谁知道康纳还给珍妮留过什么。”

“那倒是。康纳对珍妮施加的小威胁越多，就越能证明他还疯狂地迷恋着她。这对康纳更加不利，而不是对帕特。”

“可如果珍妮知道留下纪念章的是谁，她一定知道。留着‘悠悠’纪念章，还不声不响地送给她，这种人世界上能有几个？而且她还藏起来了。无论康纳对她是什么感觉，这种关系都不会是单向的。她直接扔掉这个礼物并不会导致康纳发狂行凶。帕特才是更有可能被这件事逼得发疯的人。”

“等珍妮的医生停用止痛剂，我们得再和她谈谈，要问出这里面究竟有什么内情。她可能不记得案发当晚的经过，但绝不会忘掉这枚纪念章。”回想着珍妮破碎的脸和迷茫的眼神，我暗暗希望菲奥娜能说服医生让她迷糊得再久一点儿。

里奇匆匆地翻着报告，问道：“康纳呢？今晚你打算再提审他吗？”

我看了看表，八点多了。“不。再晾他一阵子。明天再用我们掌握的铁证狠狠地敲打他。”

里奇又在桌子底下抖起腿来。

“我走之前再给基兰打个电话，看他在帕特去的那些网站上有没有新发现。”

话音未落，他就去拿话筒。“我来吧，”我说，“你起草给局长的报告。”我不由分说地将报告丢到他桌上。

虽然时间不早了，基兰似乎还是很高兴接到我的电话。“独行侠先生！我正惦记着你呢。我问个问题，我牛逼吗？还是比牛逼更牛逼？”

这活泼的调门儿真让人吃不消。“我蒙一下吧，比牛逼更牛逼。什么情况？”

“你猜得好准好准哦。说实话，收到你发的邮件时，我还在想，如果这人把鼬的问题拿到其他地方去咨询，互联网那么大，我该去哪里找呢？直接到谷歌上搜索‘鼬’？你还记不记得复原软件恢复出来的网页链接片段，其中有个家政园艺论坛？”

“嗯。”我朝里奇竖起大拇指，他连忙放下表格，拖过椅子凑到我身边。

“之前提到这个论坛时，我已经翻过前两个月的帖子了，重点关注特殊事件啦、骚扰信息啦、和被害人的基本情况相吻合的用户啦。最有看点的也不过是两个家伙在论坛的‘DIY’①分区为刷墙的问题吵了一架，无聊透顶。这他妈都是些什么啊，我才懒得管。也没发现骚扰事件——恐怕这是互联网上最没意思的论坛了——没有哪个用户看着像这次的被害人，也没有‘闪耀的珍妮’这个ID，所以我就没再继续。收到你的邮件后，我突然来了灵感，可能我们要查的事件不对，时间也不对。”

---

①“Do It Youself”的缩写，译为自己动手做。

“发帖的不是珍妮，而是帕特。”

“给你加十分。而且重点也不在前两个月，而是六月。帕特在‘野兽观测者’上发帖的时间是六月十二号，对吧？目前我还没发现接下来两周他是否在其他地方发过类似的帖子。但六月二十九号，他出现在这个家政园艺论坛的‘自然与野生动物’分区，ID也是‘帕特小子’。差不多一年半前他来过这个论坛——当时是咨询洗手间装修的问题——所以今年他又想起这地方了。要不要把链接发给你？”

“好极了，马上发，方便的话。”

“再来一次，独行侠先生，我牛逼吗？”

“比牛逼还牛逼。”里奇嘴角一动，我直接竖了中指。这种话从我嘴里蹦出来，难免被他笑话，但现在哪儿还顾得上那么多。

“爽！”基兰大笑，“链接立刻送上。”然后挂断了电话。

帕特在家政园艺论坛上的帖子，开头和“野兽观测者”上的一样：逐条展开事实，简洁凝练。如果我手下的警员能写出这种风格的书面材料，定能令我赞赏不已。但这个帖子比“野兽观测者”上的要长，后面还有不少新内容：

> 我找了好几次也没发现粪便，那东西肯定是跑到外面拉屎来着。我还撒了面粉，想搞到它的脚印，也没成功，去检查时发现面粉被弄脏了，抹得到处都是（需要的话我可以上传照片），却没有脚印。唯一发现的物理证据是，十天前，那东西闹得特别凶，我到阁楼上一看，那个洞口底下有四条带着叶子的藤茎，还是鲜绿的（貌似是海滩那边的植物？不了解，我从小就住在城里），还有一块四英寸见方的木头，很旧，绿色油漆剥落得差不多了，可能是船上的一小片木板，真搞不懂什么动物要弄这玩意儿来？而且洞口在屋檐底下，这么高，它怎么弄到阁楼里来的？如果有必要，我也可以发照片。

“那些东西我们都见过，”里奇小声说，“在他的衣柜里，记得吗？”

帕特的橱子上面那个饼干罐，我本来还以为里面装的那些杂物是孩子们捡来的小礼物。“嗯，”我说，“记得。”

> 那天晚上又弄了个夹子，放了一块鸡肉做饵，还是没成。不少网友猜是白鼬、水貂、松貂，但这些动物都吃鸡肉吧？再说，它们弄些叶子、木头来干什么？真想不通是怎么回事。

和“野兽观测者”上如出一辙，网友们的兴趣立刻被吸引过来。几分钟内就多了不少回帖，有人认为那东西把窝搬进了房子里，全家都迁移了：

> 存储叶子和木头是为了做窝，虽然六月才做窝晚了点儿……但这种事说不准。后来还有没有做窝用的材料出现，你检查过吗？

还有人觉得，他闹半天只会白忙一场：

> 换了是我，根本懒得操这份心。如果是食肉动物（就是危险性较高的东西），肉白送到嘴边，还能忍着不吃，这得有多聪明？我可想不出来哪种动物有这样的定力。考虑过松鼠吗？或者老鼠、小鸟、喜鹊之类的？你住在海边，会不会是海鸥？

第二天帕特再登录时，发言的语气将信将疑。

> 大家好，好吧，也不排除是松鼠，但说实在的，听它的动静，感觉应该是更大一点儿的动物。我没太大把握，因为这座房子里的回声传递本来就比较古怪（在房子另一头说

话，听起来却像在身边似的），但它在阁楼里跺脚的声音，听起来是獾那么大的动物。我知道，獾不可能跑到那么高的地方，但那东西肯定比松鼠、老鼠、喜鹊什么的都要大。聪明得能绕开陷阱的食肉动物，还真有可能。而且也不是不可能在那里做窝。最近它没怎么出现，我会再去看看。

持“老鼠作祟论”的那位网友颇不以为然：

你自己都说声音很奇怪，多半只是两三只老鼠一起折腾，声音才变大的吧。又不是在非洲，哪来的豹子。说真的，你只管摆着老鼠夹，多试几种诱饵，不就行了。

帕特当时还在线：

是啊，我老婆也是这个意思，其实她更怀疑是小鸟（斑鸠？），叩击楼板的声音估计是小鸟啄出来的。问题是她其实没有亲耳听过，那些怪声一般都在她晚上睡着以后（但因为我最近半夜常常被吵醒，所以她也睡得不太好）或者她做饭、我上楼陪孩子时才出现，所以她还不清楚声音究竟有多大、多诡异。我又不能总把这事挂在嘴边，也不敢太大惊小怪，免得吓坏她，但不瞒你说，我自己倒有点儿害怕了。倒不是怕它把我们撕成碎片，只要能搞清楚到底是什么东西，就能松口气了。我会再去阁楼看看，尽快更新帖子，欢迎大家多提建议。

警员们正在收拾东西，故意弄出了声响，好让我注意到他们加班到多晚。“晚安，两位侦探。”走进走廊时，其中一人和我们道别，里奇下意识地应道：“一路平安，明天见。”我继续拉动进度条往下看。

帕特再上线时已是第二天晚上，临近午夜。

我又去了阁楼检查，没发现做窝的其他材料。只是房梁上到处都是兽爪挠过的痕迹。我真的被吓到了，因为看上去是体积很大的野兽干的。因为以前没太留意过那根房梁（在后面比较深的角落里），所以也可能是我们搬来前很久的事——但愿如此！

持“筑巢论”的网友正在浏览这个帖子，帕特回复几分钟后，他又提出了一个观点。

你家阁楼应该有活板门吧。按目前这情况，不如让活板门开着，弄个摄像头对着门口。睡觉前或你老婆做饭之前，你就打开摄像头，早晚那东西都会好奇……到时就能拍到它的模样了。如果你担心它会跳下来危害家人，或者怕它踩到夹子后发狂，那就在活板门口拉几条铁线挡住，可能有用吧。

帕特的回复很快，而且心情不错，一想到能拍摄到那东西的样子，他就来了精神。

好主意——万分感谢！到现在为止，它在阁楼里来来去去差不多一个半月了，所以倒也不太担心它会突然在这个时候攻击我们。我得给它点儿颜色看看，如果搞不定，到头来吃亏也是我自己活该，对不对?

他在这儿还发了三个笑着打滚的小表情。

我就想仔细看看它，不管用什么方式，就想看看我要对付的是什么，还要让我老婆也看看——如果她发现不光是只鸟那么简单，那我们就可以统一思路，并肩作战了。免得她总担心我脑子有毛病！我们暂时买不起网络摄像头，但家里有婴儿监视器，可以装上试试。以前怎么没想到这招呢，而且这个比网络摄像头还好用，因为是红外感应的，连活板门都不用开，装到阁楼里就能搞定。我会把视频端放在餐厅那里，老婆做饭时也可以盯着，我就省事了，哈哈。没准儿她还会让我做一次饭呢！祝我们好运吧！

然后是一个黄色的笑脸，挥手道别。

“‘总担心我脑子有毛病’。”里奇说。

“老弟，他也就那么一说。当最好的朋友爱上他未来的妻子时，这小伙子头脑依然清醒得很，处理得很有分寸，冷静，低调，难道一只水貂就能让他的神经崩溃？”里奇咬着笔，没回答。

接下来两个星期，帕特都没消息，一直关注这个帖子的几位网友还在追问后续进展，还有网友抱怨有的人只管求助却连声谢谢也懒得说。帖子沉了下去。

但七月十四号，帕特又回来了，情况似乎急转直下。

大家好，我又来了，急需帮助。先说明一下，我装了婴儿监视器，但到现在都没收获。我从不同的角度安了好几个摄像头，还是看不出阁楼里的奥秘。那东西还没走，每天从早到晚还能听见它的声音，而且更大声了——不知是因为它更肆无忌惮，还是因为它长得更大了。可我老婆还是一次都没听见，我看它是故意趁她不在的时候胡闹的吧。

PS：后来我又上去检查有没有树叶、木片什么的，结果在一个角落里发现四块动物的骨头。虽然我不太在行，但那些东西看上去像老鼠，也可能是松鼠。头都不见了。最疯狂的是，它们还被整整齐齐地摆在一起，就像故意放好了等着我发现似的——听起来很离谱，但我发誓就是那样。我还不敢告诉老婆，免得她害怕，但是各位，那家伙绝对是食肉动物，我必须查出它的底细。

这下回帖的网友意见空前一致：仅凭帕特一己之力无法解决问题，必须立即求助于专业人士。有人贴了灭虫服务公司的网页链接；有人贴了几条耸人听闻的新闻（根本是帮倒忙），什么小孩被野兽袭击致残甚至被咬死的事。帕特的语气略微有点儿不情愿："我比较愿意自己处理，不想让别人插手自己可以解决的问题。"但最后他还是谢过大家，去给专家打了电话。

"这回不那么冷静了。"里奇说。我没理他。

三天后，帕特又来了。

好吧，灭虫公司的人上午来过，看了一眼那些骨头，说帮不上忙，他能对付的充其量也就是老鼠那种大小的东西，而且这次肯定不是老鼠，老鼠不可能把动物尸体排成那样，也不会咬掉松鼠的头，留下其他部分——他很肯定，四具尸骨都是松鼠的。他说以前没见过这种事，可能是水貂，也可能是某个蠢货养的危险动物没看紧，结果溜出来干坏事了。他说可能是山猫甚至狼獾之类的，还说你想都想不到这些东西能钻过多么窄小的洞。他还说得请更厉害的专家，但我未必愿意付那么多钱，所以他也管不着。到了这地步，我倒觉得是自己的问题——这房子给我们俩住还不够大啊！（又发了几个滚动的笑脸。）

所以现在想求助以下问题：怎样让它踩上陷阱？怎样才能赶走它？用什么诱饵合适？怎样才能让我老婆相信这东西的存在？前天晚上给儿子洗澡的时候，那东西在我们头顶上闹得特别凶，一开始只是挠楼板，后来声音越来越大，感觉是在上面转圈，想把天花板挖出个洞来。我儿子也听见了，还问我是什么。我告诉他是老鼠——我一般不对他撒谎，但他有点儿害怕，我还能说什么？我下楼叫老婆来听，可我们再上楼时，又一点儿动静都没有了，整夜都太太平平。老天在上，它好像机灵得很。各位，请帮帮我，我儿子在自己家里都被吓坏了。老婆看我的眼神，就像在看神经病。我绝对饶不了这闹事的小杂种。

透过电脑屏幕，不难感受到他的绝望，那股怒火犹如烈日炙烤下的柏油，冒着缕缕青烟。嗅出了火药味的网友们渐渐开始不安，恼怒起来。他们开始指责帕特，问他有没有让老婆看过那些骨头？她现在对那只动物是什么态度？他懂不懂狼獾有多危险？请不请专家？要不要下毒？堵不堵屋檐下的洞口？下一步什么打算？

帕特这辈子的种种积郁似乎都在此时爆发了，他一贯的持重与镇定俨然已摇摇欲坠。

在此回答各位，我老婆还不知道那些骨头的事，我是趁她带孩子去购物时才请灭虫专家来家里的，骨头让他带走了。不管你们怎么想，反正我坚信，我有责任保护老婆，不能让那些垃圾吓倒她。让她听听声音是一码事，给她看无头尸体是另一码事。等我全部搞定，我当然会全部告诉她。我可不想让她以为我精神出了问题，但与其让她独自在家时担惊受怕，我遭受点儿误解也就算了，希望你们能理解。

关于请专家等问题，我还没决定，但我不打算封掉洞口，也不准备放毒药。抱歉，各位的建议我心领了，但毕竟和它直接交锋的是我。我要查出它的真面目。我要让它知道骚扰我家人是什么下场。滚得越远越好，管它死在什么地方。不过，到时候我可不会轻易放过它。如果你们还有实际可行的建议，好啊，欢迎提供，我洗耳恭听。但如果你们只会骂我搞不定这事，那你们都去死吧。感谢所有没那么操蛋的人。有新情况我会再来报告。

这时，有个发帖数超过两千的ID发言：“各位，不必再和水军废话了。”

里奇问：“水军是什么？”

“没开玩笑吧？老天，你上不上网啊？我还以为你们这代人是伴随网络长大的。”

他耸耸肩：“我在网上付费下载音乐，查查资料，逛逛留言板什么的。不过，总的来讲，我不爱上网，还是现实生活更快乐。”

“互联网就是现实生活啊，老弟。网络上那些人和你我一样真实。所谓水军，就是故意发表一些煽动性话题、挑起事端的用户。这个人认为帕特故意捣乱。”

一旦起疑心，网友们就不留情面了，显然人人都怀疑“帕特小子”其实是水军，比如是某个刻意来寻找灵感的无名作家（记得去年那个在“房屋构造”分区很红的家伙吗？发了个帖子说什么在房间墙壁里发现人的头骨，结果一个月后，同样内容的短篇小说就在他的博客上出现了。滚吧，水军），或者是打算讹点儿钱的骗子。不到两个小时，众人一致认定，如果帕特说的是真话，那他早该放毒药了。而现在呢，没准儿他改天就来宣布，那神秘的野兽吃掉了他想象出来的孩子，然后恳求大家为孩子的葬礼捐点儿款。

“天哪，”里奇惊叹，“他们未免太过分了。”

“就这？还差得远呢。如果你多上点儿网就知道，这根本不算什么。网络好比一片荒野，道德法则没有适用的空间。平时优雅、礼貌、一年到头都不大声讲话的人，只要买个路由器，立刻变身为灌了几大杯龙舌兰酒的梅尔·吉布森[1]。跟其他场面相比，这些人已经够体贴客气的了。”

然而，帕特的感受和里奇不谋而合。他再次跟帖时，情绪十分暴躁。

---

① 好莱坞顶级电影巨星，作品有《勇敢的心》《爱国者》等。

> 你们这群杂种，我他妈才不是什么水军！我知道，你们整天都泡在这论坛上，但我还有该死的日子得过，就算我时间多得花不完，要拿什么脑袋来开玩笑，也不会找上你们这种下三烂的货色。我只想搞清楚在我家阁楼里捣鬼的是什么东西，你们想帮就帮，不帮就闭上臭嘴。

随后，他退出了。

里奇轻轻地吹了声口哨。“瞧瞧，这可不是网络语言就能解释的。你说过，帕特一贯冷静。能说出这些话，”他朝屏幕努努嘴，“他肯定情绪失控了。”

“这也难怪。家里进了怪物，全家人都受到惊吓，而且没人肯帮忙。‘野兽观测者’论坛、灭虫公司的人，还有这个论坛，所有人都叫他少惹是生非，作壁上观，他只能靠自己。站在他的立场，换了你也难免失控。”

“嗯，也许吧。”里奇以目光征得我的允许后伸手去摸键盘，继续往下看帖。看完后，他谨慎地说：“那么，其实除了帕特，没人听见那些声音。”

“帕特和杰克。”

“杰克才三岁。那个年龄的小孩，分不清真假。”

“所以你和珍妮站在一边，”我说，“你也认为都是帕特的幻想。”

“你那位汤姆，也不敢保证有动物进过阁楼。”

八点半了。走廊里的清洁工正开着收音机边听音乐边哼唱，办公室窗外是一片黑沉沉的天幕。迪娜失踪已经有四个小时，我没时间耗下去了。“他也不敢保证没有，但你觉得这或多或少支持了你那套帕特杀光全家的理论，是不是？”

里奇小心翼翼地答道：“他的压力很大，这毋庸置疑。从他在这里的发言来看，他们的婚姻似乎也出了点儿问题。如果状态糟糕到满脑子幻想的地步……嗯，我觉得他走极端的可能性相当大。”

“阁楼里那些叶子，还有那块木头，可不是他幻想出来的，除非我们也在做白日梦。我这人可能毛病不少，但还不至于老眼昏花。”

“论坛上的人也说了，那些可能是小鸟衔来的，并不能证明存在发狂的野兽。如果主人的精神负担没那么重，只怕会随手丢进垃圾桶，转眼就忘。”

“松鼠的骨头又怎么说？难道也是小鸟的杰作？虽然野生动物方面我不太在行，不比帕特懂得多，但我得告诉你，在这个国家长这么大，我还从没听说有什么鸟能砍掉松鼠的脑袋，把肉吃光，再把骨头排成一行。”

里奇挠挠后脑勺，望着屏保缓缓展开的各种几何图案。“所谓的骨头，我们也没见过。帕特没留下。叶子确实有，但即便是那些骨头，也未必就能证明阁楼里存在危险的动物。”

突如其来的怒气使我紧抿着嘴好一阵。“得了吧，老弟，虽然不知道你那单身公寓里都放了些什么，但我敢保证，结了婚的男人如果告诉老婆他想把松鼠的骨头放在衣橱里，就等着劈头盖脸挨一顿臭骂，然后乖乖睡几晚沙发。孩子们呢？难道你想让孩子们发现那些骨头？”

“我不知道他怎么想的。他一直准备向老婆证明那东西确实存在，但拿到确凿证据之后，他又退缩了：‘啊，不不，不行，不能吓倒她。’他做梦都想亲眼看看对手长什么样，可当灭虫公司的人建议他请专家的时候，他又说：‘啊，不不，太浪费钱。’他恳请网友们帮忙想想阁楼里的究竟是什么，还贴了阁楼地板上面粉痕迹的照片、树叶的照片，但发现骨头之后——骨头上说不定有齿痕——却绝口不提照片了。他的表现……”里奇偷瞟我一眼，“也许我错了，老兄，但他的表现让人感觉，在内心深处他知道阁楼里什么都没有。”

刹那间，我真想狠狠掐住他的脖子，将他从电脑前推开，叫他滚回巡逻队去，这案子我自己搞定。根据警员们的报告，帕特的弟弟伊恩从未听说过阁楼里神秘动物一事；从前的同事、来参加埃玛生日聚会的朋友们以及为数不多的几位还与他保持电子邮件往来的朋友，也都不知道。原因不难理解。帕特不敢告诉他们，唯恐他们和别人（论坛里的陌生人和自己的老婆）的反应如出一辙，唯恐他们和里奇一样不肯相信他。

“老弟，你觉得那些骨头是从哪儿冒出来的？别忘了，灭虫公司的人亲眼见过，并不是帕特的幻想。我明白，你认为帕特有点儿精神失常，但你当真以为他会咬掉松鼠的脑袋？”

“我可没这么说。但除了帕特，也没人见过那个灭虫公司的人。只在帖子里说请人来过。”

“那就去找这个人，安排人手去查，先从帕特在论坛里拿到的电话号码开始，如果都不是，那就把方圆一百英里内的每家灭虫公司都查一遍。”想到某位警员也要加入这个阵营，又多一个人冷眼看完帖子，然后换上里奇那副表情，我的脖颈儿便一阵发僵。“更好的办法是我们自己来。明早一上班就办。”

里奇掂了掂鼠标，又看了看帕特发的帖子，说：“要查清楚，也不难。”

“查清什么？”

“到底有没有这只所谓的神秘动物。只要装几台摄像机……”

“帕特不是没拍到吗？”

“他没有摄像机，婴儿监视器无法录像，只能趁有空的时候实时观测。弄一台摄像机，放在阁楼里二十四小时录像……如果确实有那东西，几天之内应该能见分晓。”

不知为何，这主意让我想直接把他的脑袋咬下来。“打个报告给领导，就说‘我们想申请一台昂贵的设备，配备一名熟练的技术人员，就为了撞大运能瞄上某只动物那么一眼，那东西是否真正存在还不确定，而且可能和我们这个案子狗屁关系都没有’？”

“奥凯利说过，任何要求都可以提……”

“我知道。他会批准，这不是重点。重点是目前我们俩在局长那里还算有几分薄面，我个人不想把这点儿资本都耗在偷看一只水貂上面。我他妈还不如去动物园呢。”

里奇推开椅子，焦躁地在办公室里绕起圈来。“我来填表格，这样只会耗掉我那点儿资本。”

“你想都别想。听你这意思，好像帕特得了妄想型精神分裂症，在自家餐厅里看见了粉红色大猩猩？我们说好的，在拿到确凿证据以前，绝不能将嫌疑指向帕特。”

里奇在我四周踱来踱去，双手不时拍打着别人的桌子，好几张稿纸都被他拍飞了起来。“我该怎么去找证据？每次刚发现一点儿苗头，你就踩刹车……”

“冷静点儿，嗓门别那么大。你想让奎格利看到这一幕吗？”

“我们说好的，要调查帕特，结果我每次刚提起调查帕特，就被你泼一盆冷水。证据就在外面，我他妈的该怎么去弄？拜托，老兄，你说说，怎么弄？”

我指着显示器：“那我们现在在干什么？不就是调查该死的帕特里克·斯佩恩吗？我们说好了，不能大张旗鼓地直接把他列为嫌疑人。如果你嫌这还不够公平……”

“不公平，真他妈的不公平。我自己无所谓，你这是对康纳·布伦南不公平。”

他的嗓门更大了，我则尽量心平气和。“是吗？我看不出一台摄像机对他有什么好处。假设我们架起摄像机，最后什么也没拍到。阁楼里没有水獭就能让布伦南的供词无效了吗？”

“那你说说，既然你相信帕特，为什么不肯安排摄像机？只要拍到一只水貂、一只松鼠，甚至一只老鼠，都可以狠狠地抽我一记耳光。老兄，听起来你和帕特一样，似乎你心里明白，那儿什么都没有。”

“不对，不是那么回事。我心里明白，那儿有没有东西都不重要。如果没有任何发现，那能证明什么？那东西可能只是被吓跑了，或是被其他天敌吃掉了，也可能去冬眠了……即便它根本不存在，也不能归咎于帕特。或许那些声音是地表沉陷造成的，或者是水管里的杂音，他无非是反应过度，有点儿走火入魔而已。对一个心理压力很大的人来说，这并不稀奇，不能因此就把他和凶手画等号。”

这次里奇没有反驳，他靠在一张办公桌前，十指揉着眼窝。稍后，他平静地说：“至少能了解一些内情，我就这点儿要求。”

不知是因为这番争执，还是疲劳作祟，抑或是担心迪娜的缘故，我如鲠在喉，拼了老命才不动声色地将那股怒火咽下去。“那好，你填表格，我去找局长。我走之前会在表格上签名——最好我们俩都签名。这事不要跟别人随便乱说。”

“我尽力。”里奇的脸埋在手掌之中。他的声音里有一股特殊的语调，令我似有所动，那是一种原始的、失落的、如同旷野中求助的呼唤。“我尽量办妥，老兄，对天发誓，我尽力。”

每个新人经手的第一起案子，都会让他有种不成功便成仁的悲壮感。我没时间手把手指点里奇挺过这一关了，迪娜还在外面游荡，浑身散射着街灯的光芒，脆弱得足以引来方圆数英里内的食肉动物围着她打转。“我明白，”我说，“你干得不错。注意别写错别字，局长在这方面要求很严。”

“嗯。好。”

“对了，把这个链接发给那什么博士，没准儿他能挖出点儿什么。我会让基兰再查一查帕特在这个论坛上的用户资料，看他是不是收发过私信。有几个网友貌似对他的故事特别热心，说不定其中有人还和他用其他方式联络过，而帕特又向他透露了更多细节。我们还得找出之后他又去过什么论坛。”

“未必有下一个。他试了两次，两个论坛都帮不了他……估计他放弃了。”

“他没放弃。”我的显示器进入了屏幕保护程序，优美的圆锥体和抛物线一个个浮现、变形、消失，随后再度展开，重新跳起缓慢的舞蹈。“他很绝望，随你怎么理解，你愿意的话，可以说他绝望得失去理智。但事实摆在眼前，他需要帮助，他会继续在网上求助，因为他已经没有其他办法了。”

我留里奇一个人填申请表。该去哪里找迪娜？根据上次、上上次、上上上次的经验，我心里已经有了几个备选：前男友们的公寓、喜欢她的那个吧台服务生待的酒吧、花六十镑就能用各种花样把脑子搅成一团糨糊的潜水俱乐部。我知道，这毫无意义，迪娜可以随便跳上一辆去戈尔韦①的大巴，只因那地方在某些宣传画册上显得特别漂亮；或者随便搭上一个男人，跟他回去欣赏身上的刺青。但我别无选择。为了通宵蹲守而准备的咖啡因含片还在公文包里，来上几片，冲个澡，吃个三明治，就可以出发了。我心底有个冰冷的声音念叨着："你太老，也太累，撑不住的。"但我没去管它。

将钥匙插进公寓门锁时，我脑子里还在回顾那几个地址，筹划着最快的路线，片刻后，我才发觉不对劲儿——门没锁。

昏暗的客厅里飘出德彪西的《沉没的教堂》那轻柔的旋律；烛光烘托着玻璃杯的弧线，将杯中深红的酒映得分外丰饶。一时间我几乎无法呼吸，难以置信，是劳拉？随后，迪娜放下盘在沙发上的腿，俯身拿起酒杯。

"嘿，"她朝我举杯，"敬该死的时光。"

我的心脏几乎要从喉咙口窜出来："你搞什么鬼？"

"老天，麦克，别那么紧张好不好。你手里的不会是枪吧？"

我费了好大劲儿才把几句脏话吞回去："你到底是怎么进来的？"

"你算老几啊，兰博②？干吗这么大反应？"

"上帝啊，迪娜，你吓得我魂都没了。"

"拿枪指着你的亲妹妹。我还以为见了面你会开心死呢。"

她板着脸噘着嘴，像是开玩笑，但她眼中映射着的烛光警告我要小心。"我当然开心啊，"我放低嗓门，"只是没想到会是你。你怎么进来的？"

迪娜不以为然地一笑，晃了晃羊毛衫的口袋，里面清脆地响了几声。"杰莉有你的备用钥匙。你还不知道吧？整个都柏林所有的备用钥匙，杰莉那儿都有——她真是靠谱小姐，啊，抱歉，是靠谱太太。你去度假或者其他不在家的时候遭了贼，该找谁来收拾残局？不正是她吗？假如你虚构一个够格保管大家备用钥匙的人，拿杰莉做原型不是最好吗？老天，你真该去看看，包你笑死，她把这些钥匙都挂在杂物间的钩子上，齐刷刷的，还都贴了她亲手认认真真写的标签。只要我愿意，可以把她一半的邻居家偷个精光，

① 爱尔兰西部港口。

② 史泰龙的著名电影《第一滴血》的男主角。

容易得很。”

“杰莉担心你担心得都快疯了。我和她都是。”

“啊，所以我才来你这里嘛，顺便让你高兴高兴。前天你好像压力很大，我发誓，如果当时我有张信用卡，一定给你雇个妓女爽一爽。”她倾身从桌上拿起另一只酒杯，“给，就用这个凑合一下吧。”

要么是用希拉的零花钱买的，要么就是从店里顺手牵羊的——迪娜总爱千方百计地骗我喝偷来的酒，吃垃圾食品，再开着她前任男朋友那没上过税的车去兜风，以此为乐。“谢了。”我说。

“坐下来喝两杯嘛。你走来走去弄得我好紧张。”

在肾上腺素、希望、宽慰的层层冲击之下，我的两腿在颤抖。我放下公文包，关上门。“你怎么不待在杰莉家？”

“因为杰莉无聊得让人受不了。我在那儿待了一天，几乎把希拉、科尔姆他们长这么大干过的所有傻事都听了一遍。她让我烦得简直想把血管打几个结。你坐啊。”

越快把她送回杰莉家，我就越能多睡会儿。但如果我不对她的这点儿小小的杰作略表感激之情，只怕她一发火，不知要折腾到早上什么时候。我一屁股跌进扶手椅，椅子极为体贴地裹住周身，我简直再也不想站起来了。迪娜倚在咖啡桌旁，一手撑着身子，把酒递给我。“喝吧。我打赌，杰莉肯定以为我死在路边哪条水沟里了。”

“这不能怪她。”

“如果我状态太屎没法出门，我才不会出门呢。老天，希拉好可怜，不是吗？我打赌，只要她去朋友家，得每隔半小时打电话报平安，不然，杰莉会以为她被卖作奴隶了。”

不管我怎么绷着脸，迪娜也有本事把我逗乐。“这算是纪念仪式吗？你和杰莉待了一天，突然就惦记起我的好处来了？”

她缩回沙发一角，耸了耸肩。“我想对你好点儿才弄了这个。你和劳拉分手以后，就没人好好照顾你。”

“迪娜，我很好。”

“谁都需要人照顾。上一个对你好的人是谁？”

我想起里奇递来的咖啡，想起他在奎格利当面损我的时候挺身而出。“我的搭档。”

迪娜眉毛一扬：“他？我以为他不过是个没断奶的新人而已，屁都不知道怎么放。我看，他多半是想拍你马屁吧。”

“不，他是个好搭档。”听着这话从自己嘴里说出来，我心头不禁涌过一阵暖意。从前我带过的其他新人不可能就摄像机的问题顶撞我，只要我说个“不”字，就算拍板定论。忽然，先前的争论竟如一份大礼，像极了那种相伴二十年的搭档之间每周都要上演的互相抬杠。

“嗯，”迪娜说，“那就好。”她拿过酒瓶添了满满一杯酒。

“酒不错，”有一部分是真心话，“谢谢，迪娜。”

“我就知道。那你怎么不喝？怕我下毒？”她咧嘴一笑，龇出洁白的小虎牙，“我要做也不会做得这么明显吧。给点儿信任好不好？”

我也笑了：“你如果下毒，一定很有创意。但今晚不敢多喝，明早还有任务。”

迪娜眼珠子一转：“天哪，又来了。工作工作工作，杀了我吧。你就不能休息一天啊。”

“我也想啊。”

“想就休息呗。我们去找点儿乐子。蜡像馆刚又开了，你知不知道，我这辈子还没去过蜡像馆？”

情况不妙。“我倒想去，但怎么着也得下周。明天我要早起，还得精神抖擞，会加班到很晚。”我啜了一口酒，举起杯子，“味道不错。喝完这瓶，我送你去杰莉家。我知道她很没意思，但她也算尽力了。别跟她计较，好不好？”

迪娜只当没听见。“你明天为什么不能请假？你肯定攒了一整年的假没休。我敢打赌，你这辈子从来没请过假。请个假又能怎样，他们还能开除你啊？”

刚才的暖意顿时消失得无影无踪。“我逮捕了一个人，星期天早上就得决定是继续关押他还是释放他。我得争分夺秒破案。对不起，宝贝儿，去蜡像馆得往后推一推。”

“你的案子，”迪娜脸色一变，“心碎港湾那个？”

否认也没意义：“嗯。”

“还以为你要交给别人去办。”

“那可不行。”

“怎么不行？”

“没有这样的规矩。等这个案子一破，我们马上就去蜡像馆，好不好？”

“操他妈的蜡像馆。要让我去看罗南·基汀①那傻不拉叽的蜡像，还不如戳瞎双眼。”

“那就干点儿别的，随你挑。”

迪娜用脚将酒杯推近我：“多喝点儿。”

我的酒杯还是满的：“我得开车送你去杰莉家。喝这杯就够了。谢谢。”

迪娜用指甲轻轻一弹杯沿，杯子尖锐地“叮”了一声，她从刘海儿底下注视着我。“每天早上都有报纸送到杰莉家。我他妈的当然都看了。”

“是啊。”我强按下怒意，杰莉应该更谨慎点儿才对，但她太忙了，迪娜又特别狡猾。

“心碎港湾现在什么样？看照片简直是一坨屎。”

“确实很烂。有人在那里建了一个本来很漂亮的小区，但一直没完工，看来要彻底烂尾了。住在那里的人很不幸福。”

迪娜插了根手指在酒杯里搅动着：“操。真他妈不像话。”

“开发商开始也不知道会走到这个地步。”

“我看他们肯定知道，或者是根本就不在乎，但我指的不是这个。我的意思是，让人搬到心碎港湾去住，这主意本身就很不像话。还不如住到垃

---

① 爱尔兰男子乐团男孩地带（Boy zone）的主唱。

圾场。”

“心碎港湾有我很多美好的回忆。”

她咂吧咂吧地吸干净手指。“因为你本来就喜欢什么事都往好处想。女士们先生们，这位是我哥，‘盲目乐观’先生。”

“乐观点儿没什么不好。可能对你来说不够酷……”

“乐观有什么意义？你和杰莉倒挺会享受，天天出去和朋友玩，我只能和爸爸妈妈坐在那儿，一边玩沙子，一边还得装出开开心心泡海水的样子，其实我的手脚差点儿没被冻坏。”

“哎，”我小心翼翼地说，“最后一次去的那年，你才五岁，怎么记得这么清楚？”

隔着刘海儿，她眼中闪过一道寒光。“五岁就足够了解那里有多无聊了。那地方很吓人。那些山，我总觉得它们一直盯着我看，好像有什么东西在我脖子上爬来爬去，我就想——”她抬手一拍颈后，那充满恶意的响声令我一惊，“还有那些噪音。上帝啊，海浪、海风、海鸥，无数古怪的声音，都不知从哪儿冒出来的……我几乎每晚都做噩梦，梦见海里的大怪兽从房车窗户伸进触手，想把我拖出去。我敢打赌，建那个该死的小区的时候，一定死过人，就像泰坦尼克号那样。”

“我还以为你喜欢心碎港湾呢。当初你一直表现得很快乐。”

“根本不是。只不过你愿意往那方面想。”一瞬间，迪娜扭曲的嘴角令她的模样几近丑陋，“唯一的好事就是，妈妈在那里非常开心。结果后来怎么样呢？”

接下来的片刻沉默，锋利得简直削掉人一层皮。我差点儿就想忘掉工作，把酒喝干，再告诉她这酒有多好喝。也许这样才对吧，我不知道，但我办不到。“瞧你说的，好像你那时候就有问题似的。”

“你的意思是，好像我那时就是个疯子了。”

“你爱这么理解，我也没办法。当年我们全家在心碎港湾那会儿，你还是个快乐又沉得住气的孩子。或许那段时光没成为你终生难忘的假期，但不管怎样，你当时很健康。”

我要听听迪娜怎么说。她答道：“我从没健康过。有一次，我在沙滩上挖了个洞，想把我的小水桶、小铲子和其他宝贝藏起来，结果洞底有张脸，像是人脸，完全毁容了，还朝我做鬼脸，好像拼命要把眼睛里和嘴里的沙子挤出来。我大声尖叫，妈妈赶过来，但那张脸已经不见了。这事不只在心碎港湾发生过。有一次我在自己房间里……”

我听不下去了：“你的想象力很丰富，这是两码事。小孩子都爱幻想。是在妈妈去世以后才……”

“不，麦克，你不懂。只因为我当时还小，所以你轻描淡写一句‘喔，小孩都爱幻想’就带过了，但其实我一直都那样，和妈妈的死没关系。”

“哎，”我的脑子现在非常奇怪，晃得厉害，仿佛整个城市正在经历一场大地震，“那可能真的不关妈妈的事吧。从你生下来时起，她就始终情绪低落，我们尽量不让你受影响，但孩子的感知其实相当敏锐。如果我们没试着……说不定反而更好些。”

“是啊，你们尽力了，知道吗？你干得很不错，我几乎不记得替妈妈担心过。我知道她常常生病，或者心情抑郁，但我根本没想到问题那么严重。我自己的状况和她无关。你总想让我听话，拿条条框框套着我，让我老老实实按规矩出牌，把我当成你要办的案子——我才不是你那些见鬼的案子。”

“我没拿什么条条框框去套你。”我的声音出奇地平静，平静得不自然，似是从远方某处飘来。许多细微的记忆碎片如烟花般纷纷绽放：四岁的迪娜洗澡时哭得声嘶力竭，紧抱着妈妈不撒手，我还以为她死活不肯洗头，原来她是害怕洗发水瓶喷液时的嗞嗞声。车后座上，迪娜夹在我和杰莉中间，一边和安全带挣扎，一边嘎吱嘎吱地啃指甲，啃得指甲凹凸不平，指头发紫流血，现在我都不记得究竟为什么了。“我只是说，原因当然是妈妈的死，不然还能是什么？你又没被遗弃过，而且我敢发誓，从来没人打过你、饿过你，或者——连轻轻拍两下屁股都没有。我们都那么爱你。如果和妈妈的死无关，那还能是什么原因？”

“根本就没什么原因可言。我说的条条框框，就是这个意思。我疯疯癫癫不为什么，这就是我。”

她的话那么清晰，那么镇定，那么掷地有声，而且她直视我的双眼，目光中几乎带有一丝怜悯。我告诫自己，迪娜的清醒只是表面现象，如果她明白她疯疯癫癫的根本原因，那她从一开始就不至于疯疯癫癫了。她又说：“我知道，你就是不愿意这么想。”

我的胸腔里像塞了个氢气球，胀得难受。我的手紧紧地抓住椅子扶手，仿佛那是全部的依靠。“如果你认定自己没来由地得了这样的毛病，那怎么忍得下去？”

迪娜耸耸肩：“忍呗。如果你倒霉了一整天，怎么忍？”她又窝进沙发一角，喝着酒，兴味索然。

我吸了口气：“我会琢磨倒霉的原因，对症下药。我更关注积极因素。”

“对啊。所以，如果心碎港湾那么美好，在那里你拥有那么多珍贵的记忆，一切又都那么光明，那为什么回到那里会让你如此头痛？”

“我可没说过这话。”

“不说也能看出来。你不该接这个案子。”

此情此景犹如轮回，重复了无数次的争执，身处熟悉的环境，迪娜眼中又斜斜地闪出那种寒光。“迪娜，无非是一起谋杀案，跟我办过的那几十上百起没什么区别。除了案发地段，没有什么特殊的。”

“地段，地段，地段，你是谁啊，房产开发商吗？那个地段对你很不利，前天晚上我一看到你就猜出来了。你完全错了。你浑身上下的味道特别可笑，好像有什么东西烧着了似的。瞧你这会儿的模样，自己照照镜子去吧，就像有谁在你头上拉了一泡屎，然后点着了。这个案子会毁了你。明天给你们局里打个电话，就说你不办了。”

霎时间，我几乎要开口叫她操他妈的快滚。这几个字如此迅猛地撞上我紧抿的嘴唇，我震惊了。长大以后，我从来没对迪娜骂过这种脏话。

直至确定我的语气里抹去了一切愤怒的痕迹，我才说：“我不会推掉这个案子。我知道我现在的样子狗屎不如，但那是因为太累了。如果你想帮忙，就去杰莉家过夜吧。”

“不行。我放心不下你。你多想那个地方一秒，我就能感觉到你的脑子多受一分煎熬。所以我才回来。”

如此讽刺的场面，任谁见了都会捧腹大笑，但迪娜竟然无比严肃，她笔直地坐在沙发上，盘起双腿，随时准备和我斗一场。“我没事，”我说，“谢谢你的关心，但没有必要。真的。”

“明明有事。你和我一样乱七八糟，只不过你掩饰得更好。”

“也许吧。我更愿意认为，是因为我付出了足够的努力，才让现在的我不至于沦落到乱七八糟的地步。但谁知道呢，没准儿你是对的。无论如何，我完全能应付这个案子。”

“不可能。你自以为足够坚强，所以我发作捣乱的时候，你高兴死了，因为我的毛病让你觉得自己特别完美，特别伟大。去你妈的，我敢打赌，有时候如果你倒霉了一整天，就会巴不得我出现在你家门口说些胡话，然后你的心情就舒坦多了。”

迪娜最可恶之处有部分就在于，即便你明知她纯属胡言乱语，即便你明知她是被脑子里阴暗侵蚀的那一面所挟制，她的话依然能够深深地刺痛你。“希望你能明白，根本没这回事。如果砍掉我一条手臂就能让你的症状好转，我绝对不会犹豫。”

她往后一仰，琢磨起来。“是吗？”

“嗯，实话。”

“噢噢噢，”迪娜的感叹中，感激多于讥讽。她往沙发上一倒，两腿跷上扶手，审视着我，“我感觉不太好。自从看了那些报纸，耳朵里又冒出怪声了。我摇了你的骰子，结果那声音跟爆米花似的。”

“不出所料。”我说，“所以才得送你回杰莉家。一旦你发病，总得有人守着。”

“是得有人守着我，我想让你来。跟杰莉待在一起，我还不如找块砖敲烂自己的脑壳，跟她多待一天，我说到做到。”

和迪娜周旋，千万得忘掉“夸张”两个字怎么写。我说：“那就想办法忽略她，做几个深呼吸，找本书看看。我把iPod借你，你戴上耳机，就跟她绝缘了。你爱听什么音乐，通通拷进去，如果里面的音乐不合你口味的话。”

“我不能用耳机。幻听一出现，我就会分不清究竟是音乐还是我的毛病。”

她气冲冲地用一侧脚跟蹬着沙发靠背，凶狠的节奏与德彪西那流畅的旋律格格不入。我说：“那借你一本好书吧，随你挑。”

“我不要好书，不要DVD，不要操他妈的一杯茶，也不要玩数独。只要你陪着。”

我想到了里奇正在办公桌前边啃指甲边检查他的申请表，绝望地等候我的帮助；我想到了珍妮还躺在病床上，深陷无尽梦魇之中；我想到了帕特如同一只动物标本，被掏空了内脏，正在库珀的柜子里等待，等待我确保他不会在成千上万人心里被烙上“凶手”的印记；我想到了他的两个孩子，他们幼小的年纪尚不知死亡为何物，却冰冷地躺在那里。卷土重来的怒意再次挤压着我。“这我懂。但现在，还有人更需要我。”

“你的意思是，心碎港湾这个案子比你的亲妹妹还重要？没错吧？你知道你这话有多恶心吗？除非被关进地狱、满脑子灌满屎，全世界还有哪个正常人能说出这种话？你他妈的不是不知道，只要把我送回杰莉家，我就会被她烦得神志不清，然后我又会出走，她又得操心个半死，但你根本不在乎，对不对？无论如何你都要逼我回去。”

“迪娜，我没时间扯这些废话。我得在五十小时之内搞定这个凶手，五十小时以后，随你怎么样我都愿意，天不亮我就可以去杰莉家接你，你想去蜡像馆什么的我都陪你，但在那之前，你说得对，你并不是我的宇宙中心。不可能。”

迪娜支起双肘，两眼发直。她从来不曾在我的声音里领教过这样的锋芒。那瞠目结舌的神情令我胸腔里的气球愈发鼓胀了。那一瞬间，我惊恐地发现，我竟想放声大笑。

“问你件事。”她眯起眼，耐性正步步减退，“你是不是有时候巴不得我早点儿死掉？比如说我发病的时候，你是不是希望我死了更好？盼着哪天早上有人打电话跟你说‘请节哀，先生，你妹妹刚被火车轧死了’？”

“我怎么可能盼着你死。我盼着你哪天早上打电话给我说：‘嘿，麦克，你说得对，杰莉其实也不是《日内瓦公约》禁止的酷刑，我算熬过来了……’”

“那你怎么还一副恨不得我早死早升天的德行？依我看，其实你不想我被火车轧死，你最想我死得简简单单，是吧？越简单越好。你想我怎么样？上吊自杀？满意吗？或者吸毒过量……”

我一点儿也笑不出来，手掌紧紧地箍着酒杯，力道之大，只怕顷刻间就能将杯子捏碎。“别他妈开玩笑了。我无非是希望你的自制力强一点儿，去杰莉家住两天而已。难道这点儿要求也过分？”

“凭什么让我去？你是想做个了结吗？破了这个案子，就能弥补妈妈的悲剧？真令人作呕，受不了你，我简直要吐你一沙发……”

“这跟她屁关系都没有。我从没听人说过这种蠢话。你要是说不出点儿像样的，最好把那又大又臭的嘴巴给我闭上。”

十几年来都没这么压不住脾气，尤其是对迪娜，只感觉简直像灌了六瓶伏特加之后再去高速公路上狂飙一百公里，特别酣畅，特别危险，特别过瘾。迪娜坐直了，倾身探过咖啡桌，手指戳向我：“看见没？我说的就是这个。这案子把你搞成这样了。你从来都不冲我发火，现在你自己看看，看看你什么状态，你想揍我是不是？说啊，来啊，说你有多想揍我……”

不错，我想揍她，想狠狠甩她一记耳光。我隐隐明白，如果打了她，我就只能陪着她，而且她也很清楚这一点。我轻轻地将酒杯放到桌上：“我不打你。”

“随你便，来吧，想打就打。有什么区别？如果把我扔到杰莉家那猪圈都不如的地方，我会逃跑，我会见不到你，我会精神病发作，最后跳河淹死。哪个更好？”她半个身子都伏在咖啡桌上，面对着我，伸手就够得到。“你连轻轻拍我一下都不敢，老天。再说，你他妈的不就是怕当坏人吗？一次都不敢。至于我跳不跳河，你根本不在乎，对吧？跳了倒好，那算什么……”

我半是大笑，半是怒吼：“我的天，听你这话，我别提多恶心。你说你想吐？那我呢？一遍又一遍吃这些狗屎，你以为我不想吐？我不肯带你去蜡像馆，你可能会自杀。我不肯在凌晨四点帮你把东西从公寓里搬出来，你可能会自杀。我不肯通宵听你诉苦，而是去为挽救婚姻做最后一搏，你可能会自杀。我知道都是我的错，每次你来这一套，我都会屈服，但这一次，不。你想自杀？那就自杀去吧。不想？那就别去。你自己决定。反正我无论做什么都改变不了你，那就别他妈的把责任推给我。”

迪娜张大嘴瞪着我。我的心脏猛烈地冲撞着肋骨，几乎令我无法喘息。片刻之后，她将酒杯往地上一摔，杯子在地毯上弹了两下，洒出一片弧形酒渍，红得像血。她起身冲向门口，半路上顺手抄起提包。她故意从我身旁蹭过去，髋骨撞到了我的肩头。她期待我去拦她，拼命留下她，但我没动。

在门口，她说：“你最好想个办法把工作推了。如果到明晚你还不来找我，你会后悔的。”

我没回头。片刻后，门重重地关上了，我听见她还狠狠地踹了门一脚，才快步跑远。我一动不动地坐了很久很久，死死握住扶手才让我的手停止颤抖。我听着轰鸣的心跳，听着音箱里缓缓飘出的德彪西，期待着听到迪娜的脚步声折返。

妈妈一直把迪娜带在身边。我们在心碎港湾的最后一晚，凌晨一点多，她叫醒迪娜，溜出房车，走向海滩。这我都知道。那天我直到午夜才回去，激动得晕头转向。因为之前我和阿梅莉娅并肩躺在沙地里，头顶上的天幕如同一只倒扣的黑色大碗，点缀着无数星星。我拉开房车门，倾泻而入的月光中，他们四人都紧裹着被子，暖洋洋地在铺位上熟睡。杰莉轻轻地打着呼噜。我和衣钻进被窝时，迪娜翻了个身，喃喃地梦呓了几句。之前我塞了点儿钱，拜托比我大几岁的几个孩子弄了瓶苹果酒，所以回来时我已经半醉了，但躺下后至少过了一个小时，皮肤底下跃动着的兴奋感才渐渐消退，我才睡着。

过了几个小时，我醒了，还怀疑昨天那个美妙的夜晚是否是一场梦。车门开着，月光和海浪声刷洗着整个车厢，两个铺位空着。桌上有封信。我记不清上面都写了些什么，多半被警察拿走了，我本该去查查档案，但我没有。我唯一记得的，就是信末的附注：“迪娜还小，离不开妈妈。”

我们很清楚该去哪里找她们。妈妈一直很喜欢大海。我在海滩上艰难搜寻的那几个小时里，它露出了不为人知的另一面：阴暗慑人，哀号处处。狂风劲吹，流云在月光下疾走，尖锐的贝壳割破了我裸露的双脚，而奔跑着的我竟毫无痛感。身旁的杰莉上气不接下气，爸爸一次次猛冲向洒满月光的大海，睡衣的衣襟在风中乱飞。他徒劳地挥舞着双臂，如同一个形状怪异的稻草人，不停地喊着：“安妮，安妮，安妮。”但喊声旋即被卷入狂风骇浪，消弭无踪。我和杰莉像无知的幼儿，紧紧揪住他的衣袖，我在他耳边大喊：“爸爸！爸爸，我去叫人！”

他回手攥紧我的手臂，用力一扭。爸爸从来不对我们任何一个人动粗。他狂吼着：“不！不许叫人，你敢！”他的双眼近乎惨白。多年后我才明白，他以为我们有机会找到活着的妈妈和迪娜。如果被别人知道，一定会带走她，所以他要保护她。

于是我们只能靠自己寻找她们。“妈妈安妮迪娜妈妈妈妈妈妈……”凄厉的海风中，没人听得到我们的呼喊。杰莉留在岸上沿着海滩在沙丘和丛丛野草中搜寻，我和爸爸下到深达大腿的海水里，当双腿被冻得失去知觉之后，走起来反而容易多了。

那一夜剩下的时间里——我一直分不清究竟是多久，总之比我们一生的时间都要漫长——我都在和浪头搏斗，迎着浪奋力站稳，双手在水中胡乱摸索。每次手指被什么东西缠住时，我都大声吼叫，以为抓到了她们的头发，但提出水面才发现，那一团仿若被砍下的头颅的东西，只不过是海草而已。我想甩掉，但海草不依不饶地纠缠着我的手腕，过后我还发现，我的脖子上绕着一缕冰冷的草叶。

黎明降临，将世界染上一层荒凉的灰色。杰莉找到了迪娜，她像只兔子似的钻在一丛滨草里，双臂插进沙堆，一直插到手肘。杰莉拨开一片又一片长长的草叶，挖开一把又一把沙子，仿佛她在解救的是随时会粉碎的东西。最后，迪娜坐在沙堆上，浑身战栗。她怔怔地盯着杰莉说：“我做了很可怕的梦。”随即，她看清自己身在何处，便开始放声尖叫。

爸爸没有离开海滩。后来是我将自己的T恤披在迪娜身上，T恤早被海水浸泡得又湿又重，她哆嗦得更厉害了。我将她扛到背上，背回房车里。杰莉跌跌撞撞地跟着我，每当我手滑，背不住迪娜时，她就帮忙往上托一托。

迪娜的身体冰凉得像条鱼，而且满身都是沙子。我们脱掉她的睡衣，找来一切能保暖的东西裹住她。或许因为妈妈的毛衣上有她的味道，或许因为我们手忙脚乱之下弄疼了她，迪娜一直像条被猛踢一脚的小狗般尖叫不已。杰莉顾不上我在场，直接脱掉外衣爬上迪娜的铺位，拉过羽绒被罩住她们俩的头。我留下她们，跑去找人。

天色渐亮，其他房车里的人纷纷醒来。一个穿着连衣裙的女人在水龙头前灌水壶，身旁还有两个蹒跚学步的小孩，一边相互泼水一边咯咯直笑。爸爸跌坐在沙滩上，紧依潮头，双手无助地垂落在身旁，茫然望向远方初升的朝阳。

杰莉和我遍体鳞伤。医护人员帮我们清理了最严重的伤口。其中一位看见我的双脚时，不由得低低吹了声口哨。迪娜被送去医院，他们说她没有大碍，只是体温过低，让杰莉和我带她回家好好照料；他们要在确认爸爸不会“做傻事”之后才能让他出院。我们对医生撒谎说会去姑妈家住一段时间，家里的事有他们料理。

两个星期后，妈妈的连衣裙在康沃尔海域被一艘渔船捞了上来。是我去确认的——爸爸还不能下床，我又不能让杰莉去，就只能自己去了。那是妈妈最漂亮的一条裙子，真丝，乳白色，绣着绿色的花，她存了一段时间的钱才买到的。我们在心碎港湾时，她每次去商店都换上那条裙子，星期天中午下馆子以及全家人在海滨漫步时也一定会穿。穿着那条裙子的她就像芭蕾舞演员，像从旧明信片上踮着脚笑着走下来的女孩。而当我在警局的桌子上再见到那条裙子的时候，它已经在漫长的旅途中，被海里各种各样说不出名字的东西浸染过，剐蹭过、缠绕过，变得破破烂烂、绿乎乎的，我简直认不出来了，但我知道就是它。和房车告别时，杰莉和我整理妈妈的东西，发现唯独不见了那条裙子。

死亡、心碎港湾、发现尸体、法医赶到现场——我接手斯佩恩家案子的那天，迪娜在广播里听到的就是这些内容。“不可能”三个字对她完全没有意义，她无视所有概率和逻辑规则。在狂风暴雨中，只要看准双黄线和反光道钉，就不会出事故，但这些对迪娜而言等于零。她的大脑会瞬间充斥着急促、混乱的噪音，于是她跑来找我。

她从没对我们提起那天夜里的经过。杰莉和我无数次尝试让她放松警戒——趁她在电视机前半睡半醒或望着车窗外出神的时候提问，但她的蓝眼睛茫然地一阵闪烁，答案无一例外都是“我做了噩梦”。

到她十三四岁时，毫无意外地，我们逐渐发现她有些不对劲儿。她会坐在我或者杰莉床上唠叨到天亮，语速飞快，万分狂热地絮絮叨叨地说一些我们完全听不懂的话，还因为我们听得不够认真、听不明白而大发脾气。学校常常来电话说她两眼发直、目光呆滞、极易受惊，打着莫名其妙的手势，叽里咕噜发着怪声，似乎老师、同学们都变成了奇奇怪怪的形状；她的手臂上还布满指甲掐出的血痕。一直以来，我都以为迪娜脑子里的病根儿理所当然是那个可怕的夜晚，不然还能是什么？

根本就没什么原因可言。眩晕感再度袭来。胸中的气球仿佛突然断了线，在愈来愈稀薄的空气中凄厉地呼啸着，最后被自身那点儿少得可怜的气压挤爆。

门外的脚步声来来去去，但都没在我家门口停留。杰莉打了两次电话，我都没接。等终于有力气站起身，我拿来餐厅里的卷纸，费尽九牛二虎之力吸拭掉地毯上的酒渍。我在酒渍上洒了点儿盐，希望能发挥作用。然后我将剩下的酒全部倒进水池，把空酒瓶扔进垃圾桶，洗干净杯子。接着，我翻出透明胶和一把指甲剪，坐在客厅地板上，将被撕掉的书页粘回去，用指甲剪小心地将透明胶修得和页边齐平。最后，那堆被迪娜撕过的书全部修补完毕，整整齐齐地摆在一起。我开始按照字母顺序，一本本放回书架。

Broken Harbour / 第 15 章

升级

我在沙发上睡了一觉，没敢睡熟，哪怕锁眼里钥匙最轻的一转都能叫醒我。一整晚我好几次梦见找到了迪娜：她缩成一团睡在爸爸门口；她在舞会上一边围观别人随着狂野的鼓点跳舞，一边尖声大笑；她圆睁双眼、大张着嘴，泡在透亮的洗澡水里，头发在水中浮动。每次惊醒时，我都发现自己已经站起来，正朝门口冲去。

以前迪娜状态不佳的时候，隔三岔五也没少和我吵架，虽然都没这次严重，但一些在我看来无关紧要的小事，却总能惹得她大吵大闹，夺门而出时每每顺手抄起什么东西朝我砸过来，而我每次都会追出去。大多数情况下没几分钟就能追上她，因为她在外面闲逛等着我。个别几次她躲着我，或者挣扎、尖叫，让我只能先撤退，免得别人报警后她被送去精神病院，我还得又是查又是找又是发短信又是打电话才能追踪到她，接她回我家或杰莉家。这就是她心中潜藏的本能：被人找到再带回家。

我起得很早，洗了个澡，刮了胡子，随便吃了点儿早餐，泡了一大壶咖啡。我没给迪娜打电话。有四次短信编辑到一半，又都删掉了。上班路上，我也没绕道去她的公寓，更不至于冒着撞车的危险，伸长脖子再三辨认路边苗条的黑发女孩是不是迪娜。如果迪娜需要我，她知道该怎么找我。我被自己的勇气挤压得难以呼吸，两手似乎微微发颤，一眼看去，扶着方向盘的它们却沉稳而强健。

里奇已经坐在办公桌前，椅子转来转去，贴着耳朵的手机里飘出的欢快音乐连我都能听见。“灭虫公司，”他朝自己面前一张打印出来的清单努努嘴，“试过帕特在论坛里收集到的所有电话号码，都没发现。这里是伦斯特省全部灭虫公司的电话，等结果吧。”

我也坐下，拿出手机：“就算问不出来，也不能说明太多问题。这年头逃税的人不少，如果那人连税都不去上，难道他会配合我们吗？”

里奇刚想说点儿什么，手机里的音乐铃声忽然中断了，他连忙转回桌前：“早上好，我是理查德·柯伦探员，我想咨询一些信息……”

迪娜仍然没有消息。我倒不是盼着她联系我，她连我办公室电话的号码也没有，但我仍不免抱有一丝期待。有条留言是“怪医杜立德”[①]发来的，说他看了那个家政园艺论坛，还惊叹道：“哇，还挺疯狂的啊？”在他看来，把骨头排成一排像水貂会干的事，但也很可能是被主人遗弃的猛兽。有人特意从国外走私狼獾进来，他说这些动物保护的话题以后再说。他准备周末去布莱恩斯顿的郊外远足一番，看看能否发现一些“有趣的迹象”。基兰也有条留言，说让我打电话给他。才星期五早上八点，这家伙的世界里就已经充斥着架子鼓和贝司的喧嚣。

里奇挂断电话，朝我摇摇头，继续拨号。我回拨给基兰。“独行侠！先等等。”他把音乐关小声了些，这样就不必大吼大叫了，“我检查了‘帕特小子’在那个家政园艺论坛上的账号，没有站内消息，发出和收到的都没有，也可能被他删掉了，如果要确认这一点，就得给网站所有人发传票了。总之，我想通知你，现在山穷水尽咯。复原软件的活儿干完了，出来的每条记录我们也都核实过。黄鼠狼什么的帖子没见着，反正这台电脑的历史记录里没有。最有意思的，无非是有个笨蛋给珍妮弗·斯佩恩发了封邮件，说有

---

① 美国童书作家、插图画家休·洛夫廷笔下的著名角色。

外国人在购物中心绑架了一个小孩，还剪掉了孩子的头发。为什么有意思呢？因为这种太像那些烂大街的都市传说了，居然还有人上当？我说，如果真想弄清楚阁楼里住了什么东西，下一步应该向被害人的网络运营商求助，祈祷他们还保存着用户访问网站的信息记录。”

里奇又挂了电话，他一手按住话机，没有再拨号，而是等我指示。

“没那个时间了，”我说，“还有不到两天，我们就要决定是正式指控康纳·布伦南，还是放了他。他的电脑里有什么线索吗？”

“暂时没有。没发现和被害人的联系——没登录同样的网站，没有邮件往来。最近这些天也没有删除资料的痕迹，所以不像是他预料到我们会找上门，提前清理了记录——除非他技术高明，连我都看不出来。啊，如果这话听着太傲慢，抱歉咯，再说我也不看好他有这本事。总之，这六个月来他甚至都没怎么碰过这台电脑，偶尔收收邮件，维护几个网页，还在线看了几部《国家地理》的动物纪录片，仅此而已。这家伙挺爱追求刺激的。”

“好的，”我说，“继续检查斯佩恩家的电脑，任何蛛丝马迹都不能放过。再联系。”

那一瞬间，我竟然动摇了，想放弃这条线。查到帕特在其他什么网上求助过，又有什么意义？只会多给别人一个将他打入疯子行列的借口。但里奇还充满期待地望着我，而我又答应过他。“接着干，”我朝他那张清单点头示意，“我有个主意。”

即便背负着巨大压力，帕特做事依然有条不紊，富有效率。以他的风格，到别的论坛发同样的话题的时候，不至于从头再打一遍。按照基兰的标准，帕特虽算不上电脑天才，但总该懂得复制粘贴吧。

我打开帕特在“野兽观测者”和那个家政园艺论坛发过的帖子，将其中的句子复制到Google里，只试了四次，“帕特小子”发的一个帖子就冒了出来。

“里奇。”话音未落，他已经拉着椅子凑到我这边。

是个美国的狩猎论坛。帕特七月底登录，差不多是他在那个家政园艺论坛发飙后两个星期。看来他花了点儿时间舔舐伤口，或者是在寻找合适的论坛，也可能是这段时间内事态已经发展到他不得不再次呼救的地步。

和先前的帖子区别不大。

> 我几乎每天都听到，但没什么规律，有时一天或者一夜能听见四五次，有时整整二十四小时都没动静。在阁楼里装上婴儿监视器的摄像头好一段时间了，仍然没有收获。我怀疑那东西可能真的在阁楼地板和二楼天花板之间的夹层里，用手电照过，却什么也看不到。所以我打算让阁楼的活板门开着，对着出口再装一个监视器，看它是不是有胆钻出来。（出口会拉上铁丝网，以免它趁孩子睡觉的时候突然出现。别担心，至少……我现在还没发疯！）

“等等，”里奇说，“在之前那个论坛上，帕特无数次说不能让珍妮知道，不想吓倒她。还记得吗？但现在，他直接把监视器装到楼梯口。他要怎样才能瞒过她？”

“可能没有瞒着她吧。老弟，夫妻总会谈心的。也许这期间帕特和珍妮好好沟通了一次，阁楼的问题她都了解了。”

“嗯，”里奇的一侧膝盖还在抖动，“也许吧。”

> 既然第一个监视器没多大效果，大家能不能再给点儿建议？比如说它可能是什么种类的动物，或者该用什么诱饵更合适？老天在上，千万别让我用毒药或者找灭虫公司，这些狗屎招数试过了，都不管用。除此以外的任何建议都来者不拒！！！

猎人们为他开列了嫌疑清单，内容大致照旧，不过这次大多倾向于水貂——对于那些排列整齐的骨头，他们与“怪医杜立德”的意见一致。说到解决方法，比其他论坛上的网友强硬得多。几小时后，有人告诉帕特：

捕鼠夹见鬼去吧。该让正经的武器上场了。你需要一个真正的捕兽夹，看这里。

他提供的链接指向的网站堪称捕兽者的乐园，每页都是关于各种捕兽夹（从捕鼠到捕熊）的讨论，参与者既有动物保护主义者，也有以虐待动物为乐的人，字里行间充斥着各种让外行似懂非懂的行话。

三个选择：1.弄个活夹，像铁笼子的那种，不会伤到你的目标。2.找个腿夹，电影里经常看到的，会死死地夹住目标直到你赶来为止。不过得小心点儿。得看是夹住什么动物，被夹住的家伙可能会大声惨叫，如果你的老婆孩子受不了，那还是算了。3.弄个圆形捕熊夹，能直接夹住目标的脖子，令其当场毙命。无论选哪一种，夹口至少要四英寸宽。祝你好运，当心手指。

帕特回帖时明显心情大好，对新计划的期待果然令他大为振奋。

太感谢了，兄弟，你救了我的命，大恩不言谢。我可能会用那种腿夹——说来也怪，我不太想直接杀死这东西，至少得先让我亲眼看看再说。和它斗了这么久，我总有权力跟它来个面对面吧。不过，吃了它一大堆苦头，我可不敢保证到时候不动它的小脑袋，不伤它一根毛！说真的，我受够了，被它坑了那么久，现在轮到我好好整一整它了，总不能浪费大好机会，是吧？

里奇的眉头高高耸起：“有意思。”

早知道我该少费点儿心思，把这些通通交给基兰去办。

“捕兽者用腿夹是家常便饭，不能因此将他们和精神病画等号。”

“还记得汤姆怎么说？可以弄个垫子，或者卸掉夹子上的几个利齿，杀伤力就会小一些，但帕特没有。汤姆说那会多花些钱，我还以为帕特是为了省钱，现在看来……”里奇咂咂嘴，摇着头，“我错了，老兄。钱多钱少无所谓，帕特要的就是杀伤力。”

我拖动鼠标往下看。有人表示怀疑：

> 在家里用腿夹这点子烂爆了。好，你想想，抓住猎物以后怎么办？好啊，你想亲眼看看，那看过之后呢？总不能直接拎起来扔出去吧，不然它非拼命咬掉你的手不可。如果在树林里，开枪打死就行了，但在自家阁楼里不合适。你老婆脾气再好也……女人可不能容忍漂亮的天花板上多两个弹孔。

帕特还在兴头上。

> 你说得挺对，我还没想过逮着它之后怎么办！光顾着研究到时上阁楼看见它被夹住的场面有多爽！我发誓，真不记得上次这样期待一件事情是什么时候了，简直跟小孩盼着圣诞老人似的！我还没拿定主意，如果要杀它，直接拿硬东西敲烂脑袋吧？

“拿硬东西敲烂脑袋，”里奇说，“跟珍妮的遭遇挺像。”

我继续往下看。

> 除非我决定放走它，否则会让它卡在夹子上，直到它的伤重得没法儿攻击我为止，然后拿毯子什么的裹起来，带到山里再放，怎么样？它要挣扎多久才没力气伤人？几小时还是几天？

我的脊椎一阵抽搐，感觉到里奇正注视着我——帕特，所谓的社会栋梁，竟幻想着在家人头顶上将一只动物折磨三天至死——我没有抬头。

不认可腿夹的那人仍未被说服。

> 难说，变数太多，取决于猎物是什么，最后吃了、喝了什么，被夹伤的程度有多严重，以及它是否舍得咬掉爪子逃生搏命。而且就算它看上去奄奄一息，但当你想给它松开夹子的时候，它仍然有可能最后一击，啃掉你一大块肉。说真的，兄弟……我做这事很久了，告诉你吧，这点子渣得很。换个别的吧。别用腿夹。

帕特两天后来回复了。

> 太迟了，已经下单了！订了个比你们推荐的型号更大点儿的。管他呢，保险起见，免得到时后悔，是吧？（接着又是滚动的小笑脸表情）坐等那东西上钩时，我会考虑到时怎么处置。可能会先观望一下，找灵感。

这次里奇也没有抬头。那位质疑者又指出，猎物上钩后不该袖手旁观。

> 捕兽夹不是用来折磨猎物的。任何一个正经的猎人都会尽快把夹子取下来。抱歉，兄弟，这事太操蛋。不管你家墙里是什么，你都惹大麻烦了。

帕特不以为意。

> 废话少说，现在是我在对付它好不好？谁知道呢，没准儿到时候看见它被夹住，我就同情心泛滥。但这种可能性恐

怕不大。我儿子才三岁，他都听见好几次响声了。本来这小子胆子挺大的，可这回也吓得要命。今天他还问我："爸爸，你可以拿枪打死它是吗？"我该怎么回答？不行，对不起啊，儿子，我连见它一面都没辙！我只能说没错，好的，我会的。所以很难想象我会可怜那东西，不管它到底是什么。我这辈子还从来没故意伤害过别人（啊，小时候揍过我弟弟，但谁家兄弟不打架呢），但这次不一样。你不懂就算了。

捕兽夹要过一段时间才送来，帕特也一直没登录。八月二十五号他才回来。

我好像又有麻烦了（而且比较严重）。这家伙溜出阁楼，钻到墙壁里去了。现在客厅里也听得到，总在沙发后面某个固定的位置。所以我直接在墙上钻洞安了摄像头。没成功，因为那东西又转移到走廊的墙里，我再安摄像头，它又跑去餐厅，没完没了。它肯定故意玩捉迷藏，想整死我寻开心——当然这不可能，但给我的感觉就是这么回事。它胆子越来越大。从某种角度来说这样也好，它胆敢从墙里跑出来，我发现它的机会也比较大，但我担心它会不会攻击我们。

推荐捕兽夹网站的人吃了一惊。

老天！在墙上钻洞？你老婆真难得，要是我女人听说我想挖墙，早把我踹到大街上去了。

帕特很高兴——发了一排龇牙的绿色笑脸。

是啊，兄弟，她就是块宝啊，万里挑一。她心情不太好，因为她还是一次都没听见那些可怕的杂音，最多只有老鼠或者喜鹊乱挠几下什么的。但她的意思是，没关系，只要我想干，就干吧。所以你知道我为什么非得逮住它不可了吧？我得对得起老婆啊。其实应该送她一件貂皮大衣，一头半死不活的水貂什么的都亏待她了。但我只能弄到这个，她应该也会很高兴！

“注意时间，”里奇轻声说，他的指尖在屏幕前略一停留，下移到标注发帖时间的位置，“帕特熬夜到很晚？”论坛用的是美国西海岸时间，我算了算，帕特是在凌晨四点发的帖。

质疑者说道：

装婴儿监视器有个屁用？虽然我不是专家，但听我一句，那东西不能录像对吧？如果那野兽在你家阁楼里跳舞，你偏偏撒尿去了，没赶上直播，不就白忙一场吗？干吗不装真正的摄像机，拍点儿可靠的镜头下来？

帕特不高兴了。

因为我不想要什么“可靠的镜头”，行不行？我就要在我家踏踏实实地逮到那个家伙，我就要让我老婆亲眼看看。谁都可以拍动物的镜头，YouTube上到处都是。我要抓活的。反正我也没问你具体技术问题吧？我只问该怎么对付躲在墙里面的这个东西。你说了半天结论就是不肯帮忙，无所谓，肯定还有其他地方用得上你的天才头脑。

支持放捕兽夹的那位试图安慰他。

嘿，兄弟，它钻到墙里也不用担心，夹子弄好以后把洞补上就别管了。然后你也别瞎折腾，老老实实等结果就行啦。

帕特似乎将信将疑。

嗯，也许吧。有新进展我会来通报。谢了。

里奇说：“但他最后也没去修补那些小洞，不是吗？如果他在上面拉了铁丝什么的，我们也能看出痕迹才对。他就放着不管了。”里奇的言下之意是，在这过程中，帕特的目标起了变化。

我答道：“可能他把家具挪过来挡住了吧。”里奇没理我。

八月底，帕特要的捕兽夹终于送到。

今天拿到了！真漂亮。我买的是老式的那种，牙齿利得很——嘿，要买就买小时候在电影里看过的那种，不然还有什么意思？我就想坐下来好好摸一摸，跟007电影里的反派那气场似的（后面是更多的笑脸表情）。不过还是趁老婆还没回来先装上吧，她已经觉得这主意有点儿危险了，而且这夹子看着足以致命，我喜欢，但她不一定！还有什么建议吗？

有两位网友叮嘱他千万当心别被夹住，毋庸置疑，这种武器在大多数文明世界里都是非法的。我纳闷它怎么能顺利通过海关。也许卖家只在包装上标注“古代装饰品”，接下来就听天由命。帕特似乎并不担忧。

好啊，就冒冒险吧——说到底这还是我自己家（在银行把房子收回去之前），我会保护好的。我想，装多少捕兽夹都没问题。回头再来汇报进展。迫不及待啊。我很累，脑子越来越混沌。

这些字句仿佛跳出屏幕，直接钻进我耳朵里，里面满溢着年轻、急切、兴奋过头。我发现自己已凑近电脑，认真倾听着他的声音。

一周后他回来了，但情绪很低落。

> 好吧，用了切碎的生肉做饵，没成。还试过血腥味更重的生牛排，以为效果会好一点儿，但还是不行。放了三天，按说肉味应该更有吸引力，仍然没上钩。我有点儿担心了——这招再不管用的话，怎么办？心里没底。下次准备试试活饵。请大家祝我好运好吗？
>
> 嗯，还有件怪事。今早我去撤走牛排的时候（免得肉发臭，被老婆闻到，那就不好了），阁楼角落里多了这堆东西：六块鹅卵石，很光滑，像从海滩上来的；三只旧贝壳，都被晒得发白。我百分之一百一十确定，从前没这些东西。怎么回事？！

论坛上的网友都不太关心，他们的总体意见是：帕特为这事花了太多时间，太多心思，不就是阁楼里多了几块石头，谁关心？质疑者想知道这一奇谈怎么还没完没了。

> 说实话兄弟，你搞这一出肥皂剧干啥啊？不如下点儿强力毒药，然后灌两大杯啤酒，把这事忘了吧。早几个月就该这样。难道你有什么天大的秘密，非得强撑着不撒手？

第二天凌晨两点，帕特大发脾气。

> 行啊，你想知道我干吗不用毒药？那我告诉你，我老婆

以为我得精神病了，行吗？她动不动就说：“噢，别这样，你只是压力太大，你会好起来的。”但我太了解她了，我看得出来，她就是不明白，虽然她努力了，她总觉得整件事都是我的幻想。我得让她亲眼看看那东西，到了这地步，光听声音已经不管用了，得让她看到有血有肉的活物才会相信整件事既不是我异想天开，也不是我拿老鼠之类的东西小题大做。要不然她会甩了我，把孩子也带走。我决不让这种事发生。她和孩子是我的一切。如果我用毒药，那东西没准儿死在外面什么地方，那就没法儿让我老婆相信它来过，她只会以为我本来发神经，后来康复了，然后提心吊胆防着我下次发疯。你先别废话，我早就想过先封洞口再下毒，但如果那东西刚好不在屋里，洞一堵，不就把它关在外面了？还毒个屁？既然你问我干吗不用毒药，答案是我爱我的家人。操你妈。

紧靠在我身旁的里奇微微倒吸一口凉气，但我们都没有抬头。质疑者发了个翻白眼的表情，还有人发了个敲打太阳穴的表情，还有人说帕特别不识好歹。提议放捕兽夹的那位则让他们都滚一边儿去：

你们这伙人，滚吧。我想知道他到底会抓到什么。要是他被你们惹急了，再也不来，怎么办？帕特小子，别理那些蠢货。他们的妈没教育好他们。你只管去弄点儿活饵，再试试看。水貂喜欢杀生，如果是水貂，肯定上钩。等你胜利了再来找我报喜。

帕特消失了，接下来几天，不少人调侃说，支持他的这位仁兄您还是去爱尔兰亲自动手吧，另外有些人则为帕特的精神状态和婚姻前景（有老婆这么麻烦，所以我他妈的还是当单身贵族吧）担心，然后帖子渐渐沉了。浓浓的倦意使得一行行字在我脑中了无痕迹地滑过。凌乱的思绪下，我一时间担心帕特不会再来发帖，又想，我们是不是该去心碎港湾看看他。不知不觉中，我用水杯较凉的那一面紧紧贴住了脖子。

两个星期后，九月二十二日，帕特出现了，状态更糟。

请大家看看！用活饵有麻烦了——总算去宠物商店买了只老鼠，用胶水什么的粘在木板上，再放到夹子里。可怜的小东西叫得特别惨，我挺可怜它，但男人就得有男人的担当不是吗？他妈的我一整夜每秒钟都盯着监视器——以去世老妈的名义起誓，我只在凌晨五点左右合眼了差不多二十分钟，不是故意的，但我太困，脑袋不知不觉就耷拉下去。醒来的时候，没了，老鼠和粘在一起的木板都不见了，捕兽夹却没发动，嘴还大张着。早上我老婆刚送孩子去上学，我就上阁楼去看，夹子还张着，老鼠和胶板根本不在阁楼里。太操蛋了吧？怎么会这样？现在我他妈的该怎么办？不能告诉老婆，她不明白啊——要是跟她说，肯定被她当成精神错乱。我该怎么办？

突然间，三天前那种感觉卷土重来。初次踏进那座房子时，我的第一感觉是，帕特是个在自家墙壁里藏毒品的人渣，迪娜也在老老实实地打工做三明治。我们这行的高手，比如我，在谋杀案调查过程中经历的每一环都会指向同一个方向，那就是秩序。我们捡拾着各种看似毫无意义的残片，慢慢地把它们拼在一起，最终得到完整的画面，将真相从黑暗中带到光天化日之下。透过所有书面文件、官方语言，这才是这份工作冷冽而闪耀的本来面目，我的每个神经末梢都钟爱着它。但这个案子不同，它裹挟着我们不断后退，如同一场暴烈的退潮，每退一步，都将我们卷入更深沉的黑暗，疯狂地用触手将我们勒得更紧，把我们拉向深渊。

“怪医杜立德”和电脑专家基兰倒是很享受——疯狂总像一场大冒险，

如果你只需这里指指、那里点点，当个没心没肺的旁观者，打扫干净自己安全舒适又正常的家，然后去酒吧给朋友们提供点儿谈资。我远不如他们那么惬意，伴随着一阵局促的不安，一个念头滑进我的脑海：迪娜身上可能和这个案子有某些相似之处，虽然未必是她所料想的方式。

大部分猎人都不再关心帕特和他的离奇故事——出现了更多敲脑袋的笑脸表情，还有人想知道爱尔兰今晚能不能看到满月。另外几个人开始恶搞：

完蛋了兄弟，我看你家是进这东西了！别让它靠近水！

附上的链接是一张怒吼的小妖精。

力挺帕特放捕兽夹的那人还想安慰他。

坚持住啊，帕特小子，多往好处想，至少现在你弄清楚它喜欢什么类型的诱饵了。下次粘得更紧些，胜利在望。

还有一点，我不想指责谁，不过你想想——你家孩子多大？会不会是他们到了爱和老爸捣乱寻开心的年龄了？

第二天凌晨四点四十五分，帕特回复：

没关系。谢谢兄弟，我知道你还想帮我，但捕兽夹这条路也走不通。不知下一步还有什么办法？我受够了。

到此结束。网友们又玩了一段时间“帕特小子的阁楼里有什么”的游戏，大脚野人、小妖精、阿什顿·库彻[1]等图片纷纷登场，当然也少不了各种钓鱼链接。大家玩腻之后，帖子彻底沉了。

里奇从电脑前退开，揉揉发僵的脖子，瞥了我一眼。我说：“就

---

① 好莱坞影星。

这些。”

“嗯。”

“你怎么看？”

他咬着指节，盯着屏幕，实际上，他并没有看帖，而是在拼命思考。过了一会儿，他长出一口气：“依我看，帕特失控了。他的阁楼里到底有没有野兽已经不重要，不管有没有，他都乱了方寸。”

他的语气平静而严肃，近乎悲伤。我说：“他压力太大。这未必是一回事。”我故意和他唱反调。里奇摇着头：“不不，老兄，不对。他——”他用指甲点了点显示器边缘，“已经不是夏天那个帕特里克·斯佩恩了。七月，在家政园艺论坛上，帕特一直维护珍妮和孩子，而到了这时候，他根本不在乎珍妮害不害怕，根本不在乎这事会不会影响孩子，只顾自己沉溺其中。他还打算把那东西活活困在捕兽夹里，他精挑细选的捕兽夹，他准备尽可能重创那东西，然后坐视它慢慢死掉。我不知道医生会怎么看，但他很不正常，老兄。不正常。”

这些话如阵阵回音在我脑中回响。我花了好一阵才想起原因。前两天晚上，我就是这么对里奇描述康纳·布伦南的。我的双眼失去了焦点，显示器仿佛出了故障，这个案子似乎被致命的重力拖向了危险的方向。“是啊，”我答道，“我知道。”我喝了一口水，冷水让我好受了些，但舌头上留下了铁锈般的余味，“不过你要谨记，这并不等于说他就是凶手。他并没有伤害老婆和孩子，反而表露出对他们的深深爱意。所以他才不惜一切要逮住那野兽，觉得唯有如此才能拯救他的家庭。”

“‘我有责任保护老婆。’这是他在家政园艺论坛上的原话。如果他感觉自己再也无能为力……”

我知道里奇接下来想说什么，这一念头搅得我腹中一阵闷痛，仿佛刚才喝的水有什么问题。我关掉显示器，望着屏幕一闪后，瞬间化为一片单调而无辜的蓝色。“你那些电话先不急着打，我们得和珍妮弗·斯佩恩谈谈。”

只有她一个人。病房里暖意融融，天色明亮，有人把窗户拉开一条缝，微风轻抚着百叶帘，消毒剂的刺鼻气味被吹散了大半，只剩一丝若有若无的清新。珍妮靠着枕头，怔怔地望着太阳在墙上描绘的光影，两手漫无目的地在蓝色毯子上移动。卸了妆的她看上去比婚纱照上更年轻、朴素，也更特别，更凸显了她几处独特的面部特征——脸上没被纱布包裹的部分有颗美人痣，上唇的不规则弧度使她总像带着一丝笑意。这张脸虽然称不上美艳非凡，却自有一种简洁的甜美，令人联想起夏日的野餐、金毛猎犬、新刈的草地上的足球赛。我总会被那不显山露水的、容易错过的、生生不息的世俗之美所吸引。病房里不知什么地方传出“哔哔”的鸣响，轻微而有规律，节奏几乎恒定不变。

“斯佩恩太太，”我说，“还记得我们吗？麦克·肯尼迪探员和理查德·柯伦探员。方不方便打扰你几分钟？”

“哦……”珍妮的眼睛又红又肿，视线移过我们的脸，我忍住退缩的冲动。“嗯，记得。我想……嗯，进来吧。”

“今天没人陪你？”

“菲奥娜上班，妈妈高血压，预约了医生。一会儿她就回来。我没事。”

她的声音依然沙哑沉重，但刚才我们进门时，她立即抬起头，可见神志已逐渐清醒。老天保佑。她神情平静，但我判断不出那究竟是极度惊吓后的麻木，还是精疲力竭带来的呆滞。“感觉怎么样？”我问。

没有回答。珍妮的肩膀动了动，可能是想耸耸肩。“头疼，脸也很疼。他们给我吃止痛片，应该有点儿用吧。你们有没有查出……到底怎么回事？”

菲奥娜的口风很紧，这是好事，但也十分耐人寻味。我丢给里奇一个警示的眼神——我不想马上就抖出康纳，珍妮的思维还比较迟钝，意识仍有点儿模糊，她的反应不具备太多参考价值——但里奇只注视着穿过百叶帘的阳光，下颌紧绷。“有了初步方向，正在跟进。”我答道。

“初步方向，是什么方向？”

“我们会及时向你通报的。”床边有两把椅子，靠垫斜凹着，看得出菲奥娜和拉弗蒂太太曾靠在那里打瞌睡。我坐了离珍妮最近的那把，将另一把推给里奇。“星期一晚上的事，你还能多回忆起一些吗？无论多不起眼的细枝末节都可以。”

珍妮摇摇头：“不记得了。我一直在回忆，拼命地回忆……但大部分时间我没法儿动脑子，药效很强，而且头疼得厉害。可能等停了止痛药，让我出院以后，回到家……你知不知道什么时候可以……”

一想到她将再次踏进那座房子，我就一阵畏缩。本打算跟菲奥娜说说，找人好好清扫一下，或者让珍妮先住到她的公寓，或者两样一起来。“对不起，我们也不清楚。星期一晚上之前呢？能想起最近发生的一些日常琐事吗？比如有没有什么烦心事？”

珍妮又摇摇头。她的脸被绷带遮去了大半，只能看到零散的几部分，这就很难解读她的表情。“上次谈话时，我们说到几个月前你家被人闯空门。”

珍妮把脸转向我，我看出了一丁点儿小心翼翼的迹象。她知道丢了东西，而且只告诉过菲奥娜其中一件，但她想不起来了。“那个？为什么和那件事有关系？”

“我们必须检视案情可能牵涉到的各种方向。”

珍妮的眼皮耷拉下去。她可能走神了，但一动不动，说明她正努力从一片混沌中搜寻记忆的碎片。过了很久，她才近乎不屑地答道：“我都说过，不算什么大事。说真的，我自己都不确定到底有没有人闯空门。说不定只是孩子们乱放东西而已。”

我又问：“能具体点儿吗？日期，时间，不见了什么东西？”里奇拿出了笔记簿。

她的头不安地在靠枕上挪了挪。“天哪，我都想不起来了。大概是在七月吧，我打扫房子，发现少了一支笔和一些火腿片。也许是我记错了。那天我们都不在家，所以我有点儿紧张，以为是我忘了锁门，被人闯空门——有几个闲汉住在一座空房子里，常常在附近游荡。就这么简单。”

“菲奥娜说，你怪她乱用钥匙。”

珍妮的目光移向天花板。“我说过，菲奥娜就爱大惊小怪。哪有怪她，无非是问问她去没去我家，因为只有她有钥匙。她说没有。没有就没有嘛。没什么大不了的。”

“你没报警？”

珍妮耸耸肩：“报警能说什么？我找不到钢笔，冰箱里的火腿片被人偷吃了？会被笑死的。谁听了都会嘲笑吧。”

“锁换了吗？”

“我改了报警器的密码，以防万一。既然都没弄清是不是出了事，我就没打算换掉整套锁。”

“但你改密码之后，又出了其他变故。”

她挤出一声轻笑，笑声脆弱得在空气中悄然粉碎。“上帝啊，变故？又不是打仗。你这话说得，好像我家客厅被人扔了炸弹。”

“具体细节我可能弄错了，”我顺水推舟，“具体是怎么回事呢？”

“我全忘了。不值一提。能不能以后再说？我的头痛得要命。”

“只占用你几分钟就好，斯佩恩太太。能不能直接说具体些？”

珍妮一阵瑟缩，小心地用指尖抵住后脑勺。里奇挪挪脚，瞥了我一眼，准备起身，但我坐着没动。遭到被害人戏弄的感觉很奇怪，眼前身心受创的人本该是你全力救助的对象，却同时又成了斗智的对手。我对此来者不拒。与其每天都对切肤之痛感同身受，来点儿挑战也好。

稍后，珍妮的手落回腿上。“之后也和第一次差不多，只是更不起眼。有两次，客厅的窗帘乱了，我每次拉开窗帘别在钩子后面的时候都会整理好，再放下来的时候会很整齐，但有两次窗帘变得皱巴巴的。明白了吗？恐怕只是孩子们在那里玩捉迷藏而已，或者……”

提到孩子，她顿时屏住了呼吸。我连忙问：“还有呢？”

珍妮缓缓呼气，稳住情绪。“反正……都差不多。我爱点香薰蜡烛，让家里闻起来很舒服，餐厅的柜子里放有几支不同气味的，我每过几天就换一换。夏天的时候有一次，大概是八月吧，我去拿苹果味的那支，结果不见了——前一周刚放进去，我还亲眼见过。不过，埃玛一直都喜欢苹果味的，可能是她拿到花园里玩，忘了放回去。”

“你问过她吗？”

“不记得了。都过去几个月了，反正没什么要紧。”

“听起来挺瘆人。你一点儿都不害怕吗？”

“不会啊。我的意思是，就算有古怪的小偷，他偷的也只不过是蜡烛、火腿之类的东西，没什么好怕的吧？我想大概是小区里哪个孩子——有的孩子特别疯，就像狒狒，大声尖叫啊，你开车经过的时候朝你乱扔东西啊。我以为是哪个特别胆大的孩子干的。但应该不至于。家里丢点儿小东西而已，难道每次你洗衣机里少只袜子，都要报警？”

“所以，虽然不断发生变故，你还是没换锁。”

“没有。如果有人溜进来，只是如果，我更愿意逮住他们。我不想让他们再去骚扰别人，我要他们停手。”回忆使珍妮抬起下颌，露出了坚毅的线条，眼中也浮起冷静、随时准备战斗的专注神色，她朴素、内敛的美顿时被鲜活的生气所取代。她和帕特真是一对天生的斗士。“后来，有时我们出门，我连报警器也不开，故意的——如果有人闯空门，可能会一直待到我们回家，逮个正着。明白吗？我才不怕。”

“原来如此。你是什么时候告诉帕特的？”

珍妮耸耸肩：“没说。”

我等着下文，过了片刻，她又说：“我没说。不想给他添烦恼。”

我轻声说：“斯佩恩太太，我多一句嘴，你这个决定有点儿奇怪。让帕特知道这件事，对你来说难道不是更安全吗？而且实际上，如果他早知情，他自己不也更安全吗？”

她又一耸肩，退缩了。“他要操心的事够多了。”

“比如呢？”

“他被炒鱿鱼，拼命在找工作，但一直没戏。我们……我们的存款不多。帕特的压力比较大。”

“还有呢？”

再次耸肩。“这还不够？”

我静待后文，但这次她没妥协。我说：“我们在你家阁楼里发现一个夹子，捕兽夹。”

“上帝啊，那个。”她顿时一笑，但我捕捉到了她稍纵即逝的鲜明情绪，可能是恐惧，抑或是暴怒，这使她的整张脸一瞬间充满生气，“帕特以为有只黄鼠狼或者狐狸什么的在家里进进出出，急着要亲眼见见那东西。我们从小在城里长大，刚搬家的时候，就算看见沙地里跑来跑去的野兔都会激动半天。如果能活捉一只狐狸，那真是我们这辈子最酷的经历。”

“那他抓到什么了吗？”

“天哪，没有。他甚至都搞不懂该用什么诱饵。我说了，城里的孩子嘛。”

她的语气颇为轻松，但手指紧紧地揪着毯子。我又问：“墙上那些洞是怎么回事？上回你说是你们自己动手装修。这和所谓的黄鼠狼有关系吗？”

“没有。嗯，有一点儿吧，但其实算不上。”珍妮拿过床头柜上的一杯水，喝了一大口，看得出她正奋力开动脑子，“那些洞不是人为的，知道吗？那些房子……地基有问题，所以会冒出一些小洞。帕特想修补修补，但得先解决其他问题——比如电线？我忘了，那些事情我不懂。”她丢给我幽怨的一瞥。多无助的小女人，我尽可能板着脸。“他怀疑那只黄鼠狼什么的可能钻进墙里去了，用那种办法可以把它弄出来。就这样。“

“你不介意吗？墙迟迟没补好，家里又时有不速之客光顾？”

“还好。说真的，我根本不相信会是黄鼠狼或者什么厉害野兽，要不然我一定让孩子离得远远的。我以为是只鸟或者松鼠——孩子们喜欢松鼠。如果帕特决定在花园里盖个棚屋之类，而不是一心折腾墙壁该多好。”又是苦笑，听来令人十分不忍，“可他总得找点儿事干，不是吗？所以我想，好吧，不管怎样，总比其他更糟糕的爱好来得强。”

也许这都是真话，无非只是帕特在网上倾吐的那个故事的另一个版本。隔着层层纱布，我无法解读她的表情。里奇在椅子里挪了挪，字斟句酌地说：“据我们了解到的信息，那只松鼠或者狐狸什么的，让帕特相当沮丧。

是这样吗？”

珍妮脸上再次闪过那生动的情绪，快得难以捕捉。“什么信息？谁说的？”

“具体细节不方便透露。”我不露痕迹地插话。

“啊，不好意思，你们的信息来源有问题。如果又是菲奥娜，那这回她可不只是小题大做了，根本是胡编乱造。帕特甚至都不确定有没有东西跑进来，就算有，多半也是老鼠。一个成年男人不可能为一只老鼠而沮丧。难道你们怕老鼠？别开玩笑了。”

“嗯。”里奇微笑着答道，“只是确认一下。还想问个问题，他失业以后平时都干什么？除了自己动手装修。”

珍妮耸耸肩：“找新工作，陪孩子玩。他经常去跑步，以前天气不好的时候很少去，但今年夏天跑得多。海景花园有好几个风景不错的地方。我们大学毕业后，他一直没日没夜地玩命工作，能休息休息也挺好。”

这番话说得特别顺溜，像是早背熟了的。“之前你说他压力很大，”里奇追问，“具体有什么表现？”

“显然他很受不了没有工作的状态。我知道有人可以游手好闲，但帕特不是那种人。如果找到新工作，他应该会高兴起来吧，但他尽力了。我们一直在用积极的心态往好处看。”

“哦？这段时间有不少人都失业了，心态很难调整，总觉得没面子。有的人陷入抑郁，或者暴躁易怒、酗酒、动不动就乱发脾气，这些都很正常。这并不意味着他们软弱或者有精神障碍。帕特是不是也这样？”

里奇竭力拿出之前他卸下康纳和戈根一家防御的那种亲切态度，但未能奏效。他的节奏乱了，话音中带上了一丝强迫的意味，不仅未能安抚珍妮，反而让她坐直身子，眼中闪烁着愤怒的光芒：“老天在上，绝对不会。他才没有精神紧张、崩溃什么的，不管是谁乱说……”

里奇连忙举起双手：“就算他是那样，也完全可以理解，我就是这个意思。换了我们任何人都难免。”

“帕特很好，他只是需要一份新工作，他不是疯子，好吗？侦探大人。

这样满意了吗？”

“我没说他发疯啊。我只是想问，你担心过他吗？比如说，担心他伤害自己，甚至伤害你？在那种压力之下……”

“不！再过一百万年帕特都不会。他——帕特……你们这是干什么？难道你们认为……”珍妮靠回枕头上，呼吸急促而凌乱，“我们能不能……换个时间再谈？行吗？”

突然，她的脸仿佛陷了下去，脸色灰白，两只手胡乱地在毯子上摸索，这绝不是演戏能演出来的。我看了看里奇，他正低着头做记录，没有抬眼。

“没问题，”我说，“谢谢你抽出时间，斯佩恩太太。请节哀。”

她没回答，两眼暗淡无神，完全忽略了我们的存在。我们起身推开椅子，轻轻走出去。关上门的时候，我听见珍妮哭了。

天空多云，洒下的阳光足以给人温暖的错觉，远山披着斑驳变幻的光影。“刚才是怎么回事？”我问。

里奇将笔记簿塞回衣袋：“我搞砸了。”

“为什么？”

“因为她。她的状态，打乱了我的步调。”

“周三你见她的时候还挺顺利的。”

他肩头一抽搐：“嗯，是啊。可那会儿我们不是认为凶手是外人吗？如果现在要告诉她，是她老公把她和孩子……我倒希望她早就知道了。”

“前提是斯佩恩是凶手。一步步来吧。”

“我明白，我只是……搞砸了。对不起。”

他还在折腾手里的本子，脸色苍白，畏畏缩缩，以为会挨我痛批。如果时间倒退一天，我可能已经劈头盖脸地臭骂他一顿了，但在那天早上，我想不出有什么必要花那个力气。“反正也没造成不良后果，”我说，“现在她说的话都不能说明问题，给她的止痛药剂量很大，任何证词都无法最终采信。我们刚才退出来的时机不错。”

我本想安慰他，但他的脸还绷着。“下次什么时候再找她？”

“等医生降药量。根据菲奥娜的说法，应该不用多久。明天再确认一下。”

“等她恢复到能清醒谈话的状态，恐怕还得很久。你也看到了，她现在还神志不清。”

“开头她实话实说的时候，精神还不错，后来下滑得越来越快，但是到那时候……好吧，她头脑混乱，伤也没好，这几天对她来说应该度日如年吧。”

“我感觉她非常混乱。”里奇边说边往车那边走去。

“等等，”他需要呼吸点儿新鲜空气，我也是，我已极度疲惫，直接开车回家恐怕会出事。“先休息一下吧。”

我走向那堵墙，验尸那天上午，我们就坐在墙头聊天，现在想想，仿佛已过了几十年。稀薄的阳光打着颤，凛冽的寒意如刀锋般切入我的大衣。里奇坐在我旁边，上上下下拉着夹克的拉链。

“她隐瞒了一些事。”

“有可能。但考虑到药效，很难判断。”

“我有把握。她拼命装出直到星期一晚上之前生活都还很美好的样子，简直用力过度。闯空门不算什么，帕特要抓的野兽不算什么，一切都很好。她东拉西扯，就像我们是来找她喝咖啡聊天似的。”

“有的人习惯硬撑着装坚强，无论出了什么问题，都不肯承认，只会咬紧牙关装作一切安好，寄希望于出现转机。”

里奇注视着我，我忍不住苦笑：“的确，积习难改。你说得对，珍妮就是这种人，但到了这种时候，按理说她也应该一吐为快才对，除非有绝对要守口如瓶的理由。”

片刻后，里奇说：“最明显的理由就是，她想起了星期一晚上的经过。如果是这样，那凶手就是帕特。她绝口不提，只为保护丈夫，不可能是为了多年没见的故人。”

“那她为什么对闯空门事件轻描淡写？如果她真的不害怕，又是为什么？世界上任何一个女人一旦怀疑外人能在她自己和孩子的住处来去自如，绝对都会采取措施。除非她早就清楚对方是谁，而且并不介意。”

里奇啃着指甲根部的表皮，苦思冥想，眯缝着的眼睛迎着孱弱的阳光。他的双颊略微恢复了几分血色，但后背还紧张地弓着。“那她为什么还透露给菲奥娜？”

“因为一开始她不知道啊。她说，她也想抓住那家伙。如果这是真话呢？或者，如果康纳胆子变大了，有一天决定给珍妮留个字条呢？别忘了他们的过去。菲奥娜认为他们从没有过男女之情（至少她嘴上这么说），但我怀疑就算真有，菲奥娜也未必知情。退一万步说，他们起码是朋友吧，很长一段时间里的密友。如果珍妮发现康纳就在身边，也许会有重续友谊的打算。”

“背着帕特？”

“可能她害怕他情绪失控，狠狠地揍康纳一顿——还记得吗，以前他就没少吃醋。或许珍妮心里明白，帕特确实有理由吃醋。”大声说出这句话后，我全身似有一阵电流穿过，险些将我从墙上掀下去。磨蹭了这几天，这个案子总算能套进某种模式了，还是最古老、最烂大街的那一种。

“帕特和珍妮爱对方爱得发疯。如果说，这个案子中有什么地方是大家一致同意的，也就是这一点了。”

“你明明还说帕特想杀她。”

“不是一回事。凶手往往杀的就是他最爱的人，这种事司空见惯。没人会去欺骗他不在乎的人。”

“人性就是人性。珍妮被困在那个鸟不拉屎的地方，身边没有朋友，自己没有工作，天天为缺钱烦恼，而帕特一心扑在阁楼里的神秘野兽身上。然后，突然，康纳出现了，正是她最需要他的时候。一个了解她过去的人，一个暗恋她半生的人，当年她青春靓丽，拥有一切可能性。除非是圣人，不然很难抵挡这种诱惑。”

“有可能，”里奇还在啃手指，“就算你说得对，但也不能说明康纳有杀人动机。”

“珍妮决定结束这段婚外情。”

“嗯，那倒是可以构成杀她的动机。或者也可以是杀帕特的动机，如果康纳以为杀了他就能让珍妮回到自己身边的话，但灭门就说不过去了。”

阳光消失了，远山蒙上一层灰色，落叶被风卷起，打着旋儿，然后拍到潮湿的地面上。“那取决于他想报复她到什么程度了。”我说。

“好吧，”里奇把手指从嘴里拿出来，两手插进衣袋，将夹克裹得更紧了，“有可能。但珍妮为什么一句都不提？”

“因为她不记得了。”

“不记得星期一晚上的事倒还正常，但之前几个月的事她总不至于都想不起来吧。如果她和康纳有私情，或者只是偷偷见过面，她也该记得才对。倘若她已打算与帕特分手，应该不会忘。”

“难道你以为她想让这丑事上头版头条？据庭审消息，被害儿童的母亲与被告有染？一整周，她都会沦为媒体笔下的荡妇，她愿意吗？”

“我觉得会。他杀的是她的亲生儿女啊，怎么都弥补不了的。”

“如果她的负罪感足够强烈，那倒是会的。因为她和康纳的婚外情才引狼入室，所以她会把康纳的罪行都归咎于自己。很多人都备受这样的煎熬，见了警察不吐不快。千万别小看负罪感的威力。”

里奇摇着头：“即便珍妮确实有外遇，也不等于说凶手就是康纳，帕特的嫌疑反而更重。他的表现本来就够古怪的了，这可是你自己说的。然后他发现老婆竟然和老朋友有一腿，他终于爆发了，为了惩罚珍妮，一怒之下杀了她，还杀死了两个孩子，免得他们沦为孤儿，最后结果了自己，因为生无可恋。你看，他在论坛上说什么来着？‘她和孩子是我的一切。’”

两个眼袋浓重、胡子拉碴的医学院实习生不合时宜地走出来过烟瘾。我突然失去了耐心，这种感觉来得极其迅猛，霎时驱走了所有疲惫以及我身边的一切：呛人的烟味、和珍妮谈话时的小心周旋、在大脑的角落里不停拉扯着我的迪娜的模样，还有顽固的里奇，以及他那些纠缠不清的反对意见与种种假设。“那好，”我站起来掸掸大衣，“先查一查婚外情是否确有其事，怎么样？”

“去问康纳？”

“不，”我迫不及待地想提审康纳，甚至都能闻到他那一身鲜明的树脂气味，但我及时控制住了。“过后再找他。在搜集到充足的弹药之前，我不会靠近康纳·布伦南。再去戈根家走一趟，这次由我问话。”

每次来到海景花园，感觉都比上一次更为不堪。星期二，它还像个面容憔悴、等待救援的遇难者，似乎只等着坐拥大笔资金、独具慧眼的开发商出手，就能展现其光鲜的本来面貌。而此刻，这里俨然已是一番末日景象。我竟隐隐以为一停车就会有成群野狗扑过来上蹿下跳，以及最后的幸存者们呻吟着蹒跚地走出骷髅般的房屋。我想象着帕特在荒废的小区里一圈圈慢跑，竭力将那些恼人的杂音从脑中驱散；我想象着珍妮倾听海风在窗外呼啸，一边翻着书，一边纳闷她的幸福究竟是从何时起消失不见的。

不出所料，西尼德·戈根在家。“你们想干啥？”她堵在门口质问道，还穿着星期二那天穿的灰色紧身裤。我瞥见，她一侧肥厚抖颤的大腿上沾了一丁点儿油脂。

“想和你们两口子说几句话。”

“他不在。”

不妙。戈根还算分得清轻重，我原本指望他能搞清楚和我们谈话的必要性。“没关系，”我说，“有需要的话，回头再找他。现在就看你能帮我们多少忙了。”

“杰登不都已经……”

“那是那是，”我直接从她身边挤进去，直奔客厅，里奇紧紧跟随。“这次我们感兴趣的不是杰登，而是你。”

“为什么？”

杰登又坐在地上打僵尸，他一见我们就开口：“烦死了。”

“关掉那个。”我边说边坐进一把扶手椅中，里奇坐了另一把。杰登一脸厌恶，但我指指游戏手柄，打了个响指，他就照办了。“你妈有话跟我们说。”

西尼德停在门口："没有。"

"当然有。我们第一次来的时候，你就有所隐瞒。今天该摊牌了。戈根太太，你看到的，还是听到的？具体内容是什么？"

"我根本不认识那家伙，从没见过他。"

"我没问这个。我不在乎这事跟那家伙有没有关系，跟谁有关系都无所谓。我只想听你把话讲清楚。坐下。"

看得出来，西尼德本打算走"别在我家对我指手画脚"的路线，但我严厉地瞪了她一眼，警告她别不自量力。最后她一翻白眼，肥硕的身躯跌进沙发，沙发不禁惨叫一声。"我马上要哄宝宝起床了，而且我什么都不知道。行了吧？"

"你说了不算，老实说说都知道些什么，我们来决定这些信息是否有用，正因为如此，我们才佩戴着警徽。说吧。"

她烦躁地叹着气："我不知道。你要我说什么？"

"不如说说你有多愚蠢？"

西尼德的脸变得更丑陋了，张口就喷脏话，我也没吝啬反击，几次警告过后，她总算闭嘴了。

"看见你就想吐。你他妈的以为我们在调查什么？超市扒手？乱倒垃圾？这是谋杀案。多重谋杀。你那猪脑怎么一点儿概念都没有？"

"你怎么敢叫我……"

"戈根太太，你说说看，我很好奇，怎样的人渣会仅仅因为不喜欢警察，就放过杀小孩的凶手？你是多没人性，才干得出来？"

西尼德骂道："你就让他这样跟我讲话啊？"她质问里奇，而里奇两手一摊："我们的压力也很大啊，戈根太太。报纸都看了吧？全国都压着我们赶紧搞定这个案子呢。所以必要的话我们会采取一切手段。"

"废话少说，"我说，"你以为我们来了又来是为什么？舍不得你那漂亮的脸蛋？是因为我们逮捕了嫌疑人，我们来是为了获取证据，好关住他。好好动动脑子，如果还能动的话。万一他被放出来，你想，会有什么后果？"

西尼德的双臂环抱着一身赘肉，嘴唇紧拧成一个愤怒的死结。我不依不饶："丑话说在前头，我他妈的被惹火了，就算是你，也该知道惹火一个警察不是件好事。你老公逃过税吗，戈根太太？骗取救济金会判多少年你知道吗？我看杰登没病，他是不是经常逃学？只要我稍微下点儿工夫——我可不是开玩笑的——你觉得我能让你吃多少苦头？"

"我们可是正派人家……"

"省省吧。就算我相信你，我也算不上你最大的麻烦。如果你再跟我们兜圈子，那家伙就得被放出来了。老天，我也不指望你关心什么正义啊、社会公德啊，可你至少花脑筋替家人想想吧。这家伙知道杰登告诉我们钥匙的事，难道你以为他没摸清杰登住哪儿？一旦我通知他，有人掌握对他不利的证据，随时会开口，依你看他会动什么心思呢？"

"妈。"杰登可怜兮兮地缩在沙发边上望着我。里奇也扭头看我，但他忍住没开口。

"说得够明白了吧？还要再细细解释一遍吗？除非你蠢得活不下去，不然下次张开嘴，就该坦白你到底在隐瞒什么。"

西尼德大张着嘴，陷在沙发里动弹不得。杰登紧紧捏着她的紧身裤脚，两人脸上的恐惧，如同一针无名的兴奋剂，将昨晚那种眩晕和仓皇飞速注入我的血液。

我一般不用这种态度讯问证人。我脾气不算好，在一般人看来，我比较冷酷粗暴，但我入行以来从没干过这种事。倒不是我不想，没必要自欺欺人。我们的本性中都有残忍的一面，只不过我们都将其深深锁在心底，因为害怕受到惩罚，或是相信这样可以让世界更美好。警察稍微给证人点儿脸色看，不会受什么责罚，还有很多同事更过分，都没被怎么样。

"说吧。"我说。

"妈。"

"是那个东西。"她朝旁边咖啡桌上的婴儿监视器努努嘴。

"怎么？"

"有时候电线会串到一起什么的。"

“是频道吧。”老妈一开口，杰登似乎舒服多了，“不是电线。”

“闭嘴，这都怪你，还有你那该死的十英镑。”杰登在地上挪开了些，闷闷地斜躺下去。“叫什么都行，反正混起来了。有时候——也不是一直都这样，大概隔两个星期一次吧，那东西会连到他们家的摄像头，而不是我们的。所以我们能听见他们家的声音。我们不是故意的，我不爱偷听别人家的事。”西尼德摆出一副义正词严的模样，实在和她的样子不搭，“但想不听都难。”

“很好，”我说，“那你听到什么了？”

“我都说了，我不爱偷听别人的谈话，所以也没注意，就把监视器关掉，然后重启。只听到几句而已。”

“你都听了好几年了，”杰登说，“还叫我把游戏的声音关小，你才听得更清楚。”

西尼德狠狠地瞪他一眼，说等我们一走就要他好看。就为了这个？她竟然不惜放凶手一马，好把自己扮成一个令人尊敬的家庭主妇（这也只够骗骗她自己，骗不到我们），而非好管闲事、小心眼、鬼鬼祟祟、庸俗不堪的妇人。这种人见得多了，但这次我只想狠抽她那张自以为高尚的丑脸。“你到底拿耳机偷听了斯佩恩家多少天，我懒得管，我只想知道你具体听到的内容。”

里奇郑重地劝道：“人难免稍微伸伸耳朵，正常。而且一开始你也没得选，你总得弄清楚自家的监视器是不是出问题了吧。”他的声音又展现了特有的安抚作用，状态回来了。

西尼德忙不迭地点头：“嗯嗯，就是嘛。第一次我差点儿没吓出心脏病来。大半夜的，突然有小孩喊‘妈咪，妈咪，快来’，就在我耳边。我开始以为是杰登，但那声音听着年龄太小了，而且杰登也不喊我‘妈咪’。我家宝宝又刚生下来还不会说话。我吓得魂儿都没了。”

“她大喊大叫，”杰登傻笑着，显然回过劲儿来了，“还以为闹鬼呢。”

“叫就叫了，怎样？我老公也醒了，我们才搞清楚是怎么回事。换了谁都会被吓死吧。那又怎样？”

“你还想去找灵媒，或者会抓鬼的巫师什么的。”杰登说。

“你闭嘴。”

“这是什么时候的事？”我问。

“宝宝现在十个月大，那应该是一二月吧。”

“后来你每隔两星期就听到一次，总共大约二十次。都听见什么了？”

西尼德还在气头上，不想搭理我，但眼下有机会说说傲慢邻居的闲话，这种诱惑无法抗拒。“基本都是很无聊的事情。开头几次，要么他自己讲故事哄孩子睡觉，要么是小家伙在床上乱跳，要么是小姑娘跟她的娃娃说话。不过夏天快过去的时候，他们肯定是把监视器移到楼下了，因为我们听到其他的声音了。比如他们看电视，或者她教女儿怎么做巧克力饼干——不像我们都去超市买，她手艺好着呢。还有一次，又是大半夜，我听见她说：‘去睡吧，行行好。’好像在恳求什么，然后他说：‘就来。’感觉他跟一袋土豆似的，根本没什么反应。”西尼德傻笑着望向里奇，寻求共鸣，但他没有回应，“我都说了，很无聊。”

“那不无聊的那些呢？”

“也就那么一次。”

“说说。”

“有天下午，她刚回家，估计是去学校接女儿回来。我和杰登在家，宝宝睡觉，我开着监视器，突然那女人尖叫起来，吓得我差点儿关掉，我发誓，简直能吓死你。不过……”

西尼德略带挑衅地微一耸肩。我问：“珍妮弗·斯佩恩说什么了？”

“说了一大堆。比如：‘快准备好！爹地马上回来了，等他进门的时候，我们得开开心心的，要非常非常开心。’她的口气特别欢乐。”西尼德噘着嘴，“就跟啦啦队队长似的。真搞不懂有什么可乐的。她好像在摆布孩子，一会儿叫女儿坐着玩过家家，一会儿叫儿子坐好别乱扔积木，还问他要不要帮忙。她说：‘一切都要漂漂亮亮的，等爹地到家，就会很高兴很高兴。你们也想爹地高兴，是不是？不会让爹地难过，对不对？’”

“妈咪和爹地。”杰登压低嗓门，嗤笑了两声。

“她说啊说啊说了好久好久，直到监视器的信号切断为止。明白我的意思了吧？那女人就跟《绝望主妇》一样，什么事情都追求完美，搞得自己神经兮兮的。老天，她应该放松放松。我老公说，你知道那女人需要什么吗？她就得好好来上一次……”

西尼德这才想起她在和谁说话，连忙将后半句咽了回去，两眼一瞪，表示她不怕我。杰登暗自窃笑。

“不骗你们，”她说，“听起来她真的精神有问题。”

“这是什么时候的事？”我问。

“一个月前，差不多。九月中旬吧。怎么样？我就说这事儿根本没什么要紧。”

珍妮不像《绝望主妇》里的主角，倒像被害人。我处理过的家庭暴力案子里，所有的男人和可怜女人都这样。每个女人都以为只要她们尽心尽力，老公就会高兴，花园就会美不胜收。每个女人都担惊受怕，精神状态游离于歇斯底里和麻木不仁之间，唯恐一不小心惹毛了孩子他爸。

里奇静坐着，不再抖脚，显然他也察觉到了。“所以，你看见我们的人在外面时，第一反应是帕特里克·斯佩恩杀了他老婆。”

“对啊，我想是不是只要她没把房子打扫干净，或者没管教好孩子，就会被老公扇耳光。想想也好笑吧，人前像模像样，说话客客气气的，结果呢，在家里被揍得七荤八素。”西尼德完全掩饰不住嘴角那一丝促狭的笑意，沉浸在幸灾乐祸之中，“所以你们一出现，我就猜到了。肯定是因为她烧糊了晚饭，他就发狂了。”

里奇又问：“还有其他原因让你认为他会伤害她吗？你听过或者看到的什么事？”

“监视器安在楼下，不是很奇怪吗？一开始我想不出有什么理由不放在小孩房间里，非得挪下去。然后我听出她是那种状态，我想可能他在家里到处都装有监视器，好一刻不停地控制她。比如说他上楼或者去花园的时候，还可以随身拿着接收器，她干什么他都能听见。”她心满意足地轻轻点头，对自己天才的洞察力深感欣喜，“很吓人是不是？”

“没别的了？”

耸肩。“没见她鼻青脸肿什么的，也没听见过大哭大喊，不过每次出门碰到她，看她的脸色都很不好。以前她一般都高高兴兴的，就算小孩捣乱，也照样假笑得起劲儿。最后那阵子，她经常盯着下面的垃圾桶一看就看好久，感觉她丢了魂儿似的，我想她可能经常吃安定片。估计是因为老公被炒鱿鱼，她过不惯我们穷人家这种日子吧，越野车没了，漂亮衣服也买不起了。也可能是被他揍傻了。”

“你有没有听见过他们家还有其他人在？”我问道，“除了他们一家四口？客人、亲戚、推销员什么的？”

西尼德馅饼般的脸顿时一亮。“老天！难道那女人还勾引男人？趁老公出门时在家里鬼混？难怪他要盯着她。瞧她那张脸，搞得好像我们给她擦鞋都不配似的，她从前可嚣张了……”

“你听到或者看到这方面的迹象了吗？”

她想了又想。“没。”最后颇不甘心地答道，“听来听去都是他们四个。”

杰登摆弄着游戏手柄，把按钮按了又按，但又没胆子再开游戏机。“吹口哨的声音。”他说。

“那是其他房子里的。”

“不是。其他房子太远。”

“总之先说说看吧。”我说。

西尼德在沙发里动了动。“就那么一次，八月吧，也可能更早一点儿。大清早的，我们听到有人吹口哨，没吹什么调子，就是有人一边做事一边吹给自己听的那种。”杰登学了起来，是那种低沉、漫不经心、不成旋律的口哨声。西尼德肩膀一抖：“够了，闹得我头痛。他们家是九号，全家都不在，她也出去了，所以不至于是他们家那边。那时我以为是路另一头那几家的声音，那边住的两家也都有小孩，家里估计也有类似的监视器。”

“不对吧，”杰登说，“当时你以为又闹鬼了。”

西尼德冷冷地哼一声，不知是对我还是对里奇，也可能二者兼有。“我怎么想是我的事，你们当我傻，随便，反正你们又不住这鬼地方。要不自己搬来试试，谁住谁知道。”

她虽然嘴硬，却掩饰不住眼中扎扎实实的恐惧。“我们不怕鬼。”我说，“星期一晚上，你从监视器里听到什么声音了吗？任何声音都可以。”

“没。我说了，隔几周才有一次。”

“你最好想清楚。”

“肯定没错。”

“你老公呢？”

“他也没听见。不然他早说了。”

“就这样？没有其他需要告诉我们的了？”

西尼德摇着头：“没了。”

“我不太放心。”

“我可不想你们以后再来，当着我儿子的面骂我。全都说完了，你们走吧，让我们清静一下，行吗？”

我站起身，椅子扶手上不知什么东西黏糊糊的，我都懒得掩饰一脸恶心的神情。

我们离开时，西尼德杵在门口目送，努力摆出怒目冷对的姿态，结果弄得自己活像只触电的哈巴狗。等我们沿着车道走出一段“安全距离”后，她才吼道：“你怎么敢那样跟我讲话？我要投诉！”

我不紧不慢地从衣袋里摸出一张名片，举过头顶摇了摇，丢在车道上让她自己捡。“回见！”我扭头喊，“就怕你不来。”

本以为里奇会对我的讯问方式评判一番。管证人叫“猪脑”，规矩里可没这一条。但他似乎另有所思，两手深深地插在衣袋里，步履沉重地走回车旁，迎着风，低着头。我的手机有三个未接来电和一条短信，都是杰莉的——短信开头：“对不起，麦克，有消息吗……”我全部删除。

上了高速公路，里奇仿佛才清醒过来，小心地对着风挡玻璃说：“如果帕特打了珍妮……”

“如果？如果我姑妈变成男的，就是我姑父了。戈根家那头母牛只会乱猜，根本不了解斯佩恩家。我们运气不错，斯佩恩夫妻的熟人，现成有一个，而且正好知道去哪儿找他。”

里奇没回答。我从方向盘上挪开一只手，拍拍他的肩膀：“老弟，别担心，康纳肯定招。没准儿审他还挺有趣的。”

我捕捉到里奇从侧面投来的一瞥，那意思是：“至少听了西尼德·戈根的证词之后，不应如此乐观。”我不懂该怎么给他解释，这不是玩幽默，不是他想的那样。西尼德脸上的惧意，以及守候在这趟车程终点的康纳，都驱使着那股野性的冲劲在我的血管里奔流。我一踩油门，望着表盘指针缓缓地转动。宝马开起来比从前任何时候都畅快，笔直地疾驰向前，如一只向猎物俯冲的雄鹰，似乎长久以来一直渴盼着这样的极速狂飙。

Broken Harbour / 第 16 章

提审康纳

提审康纳之前，我们先把如潮水般涌来的材料通通过了一遍：调查报告、电话留言、证人证词、各种笔记，林林总总。大多数都没多少价值——警员们四处寻访康纳的亲朋好友，但只找到两个表兄弟。当然，也免不了招来一大堆八竿子打不着的所谓亲戚，以及以嚼舌根为乐趣的女人们。不过其中也不乏有价值的情报，比如菲奥娜的老朋友肖纳，这星期人在迪拜，说是如果她的名字出现在这摊烂事里，一定要和我们闹上法庭。但她也透露，多年前康纳就钟情于珍妮，至今对她念念不忘，不然为什么他每次谈恋爱都不超过六个月？拉里的手下也从距离康纳公寓一英里开外的垃圾桶里找到一件裹成一团的大衣、一件套头毛衣、一条牛仔裤、一副皮手套、一双十号运动鞋，全都沾着血，与斯佩恩夫妇的血型也匹配。左脚那只鞋和康纳车里的鞋印一致，与斯佩恩家餐厅地板上的血印更是吻合得天衣无缝。

我们在审讯室里等候康纳，这间屋子空间逼仄，连走动都不方便，外面也没有对应的观察室。有人不久前刚用过，桌上还散落着三明治包装纸和一次性纸杯，还有股橘子味须后水、汗液和洋葱相混合的气息。我无法坐视不理，起身将垃圾全部清到纸篓里。

里奇说：“现在他肯定非常紧张。干坐了一天半，琢磨我们到底在等什么……”

“这次目标要明确。我想挖的就是动机问题。”

里奇将空的糖包放进一个纸杯。“未必能挖出来吧。”

“是啊，我知道。”话刚出口，我又一阵头昏眼花，一时间几乎失去平衡，险些瘫倒在桌上，“未必能挖到。你说得对，有时就是倒霉，但我无论如何都要搏一把。”

里奇端详着从地上捡起的一张塑料包装纸，想了想。“如果找不出动机，还需要查什么呢？”

“各种答案。几年前康纳和斯佩恩夫妇的矛盾，他和珍妮的关系，他删除电脑记录的理由。”清理过后，屋子总算看得过去了，我死死靠在墙上，“先讲清楚，离开这个房间的时候，我们俩必须统一思路，锁定同一个嫌疑人。只要能做到这一点，其他都不成问题。”

里奇望着我，表情难以捉摸。“还以为你已经锁定了呢。”

极度疲劳之下，我的眼里像被撒了两把沙子。吃午饭的时候该多喝两杯咖啡才对。“那是之前。”

他点点头，将纸杯丢进纸篓，也凑到我旁边靠着墙。过了一会儿，他摸出一盒薄荷糖递过来。我吃了一颗。两人肩并肩含着薄荷糖，直到审讯室的门推开，康纳被带了进来。

他的样子一塌糊涂，可能只是因为这次没穿那件呢大衣，但整个人看起来还是瘦了一圈，瘦得让我寻思是不是该给他找个医生，那张长着微红胡楂儿的脸尤显瘦骨嶙峋。他又哭过了。

他俯在桌上，瞪着眼前的双拳，身体仿佛凝固了，直到暖气管忽然咕咚一声他才动了动。见此情形，我反倒略感欣慰。清白的人一般都坐立不安，稍有动静就会跳起来，急着找你谈，急着解释、辩白。真正的凶手则聚精会神，积蓄全身力量，准备放手一搏。

里奇打开摄像机，开始录制。“肯尼迪探员、里奇探员讯问康纳·布伦南。下午四点四十三分。”我照本宣科读了一遍犯罪嫌疑人诉讼权利义务告知书，康纳看都没看就在表格上签了字，坐回原位，环抱双臂。他以为我们已经无计可施了。

“哦，康纳，”我往后一靠，难过地摇着头，“康纳，康纳，康纳。那天晚上，我还以为大家聊得不错。”

他盯着我，双唇紧闭。

“小子，你不诚实。”

他脸上掠过一丝惊惶，突兀得无法忽略。“我没说谎。”

“不对。我们只想听实话，彻头彻尾的实话，仅此而已。你少说也骗了我们一次吧。为什么？”

“听不懂你说什么。”他的嘴紧锁成一条线，但两眼仍死死地盯着我。他怕了。

里奇一面靠在墙边摆弄摄像机，一面咂咂嘴以示责备。我又说：“那我先来。上回你给我们的印象是，在星期一晚上之前，你最多也只是用望远镜偷窥斯佩恩家而已。难道你不打算介绍一下，你们其实从小就是死党？”

他的双颊泛起一阵微红，但眼睛没眨，看来他不怕这个。“跟你们没关系。”

我叹着气，朝他摇摇手指：“康纳，你自己心里明白，关系大着呢，还不是你自找的。”

“隐瞒有什么用？”里奇附和道，“老兄，帕特和珍妮有照片啊。你纯粹浪费了我们几个小时，拿我们当猴耍。”

“我搭档说得好，”我说，“下次想和我们兜圈子的时候，最好做足功课。”

康纳忽然问：“珍妮怎么样了？”

我冷冷地哼一声：“用得着你管？既然担心那可怜女人，你当时就该，怎么说呢，你就不该拿刀捅她。莫非你盼着她赶紧死掉，一了百了？”

他的下颌绷紧了，但仍稳住了阵脚。“我只想知道她现在的情况。”

“你想什么我懒得管。不过，我倒有一些问题要请教你，如果你乖乖地全部回答，不要花招，说不定我一高兴，就跟你说说。这还算合理吧？”

“你要问什么？”

“先从简单的开始。谈谈帕特和珍妮，从你们小时候谈起。帕特是怎样一个人？”

康纳答道：“从十四岁开始，他就是我最好的朋友。估计你们已经知道了。”但我和里奇都没搭腔。“他很靠谱，超过我认识的所有人。他喜欢橄榄球，喜欢开怀大笑，喜欢和朋友们一起疯，所有人他都喜欢，所有人也都喜欢他。那个年纪的毛头小子往往都很讨人嫌，但我从没见过帕特给人添乱。也许这些没什么特别的，可他真的就是那样的人。”

里奇将一个糖包往空中一抛，翻手抓住。“你们是铁哥们儿吧？”

康纳用下颌指指里奇，然后又指指我。“你们是搭档，这就意味着可以彼此信任，分享隐私，对不对？”

里奇一把抓住糖包，没作声，等我来答。我说：“嗯，好搭档是这样。”

“那你们应该知道帕特和我的关系了。有些私事，一旦被别人发现就有大麻烦的那种，我肯定会告诉他。”

他即便暗含锋芒，此时也收敛起来了，阵阵不安几乎驱使我起身在房间里转上几圈。“什么样的私事？”

“那还用说，当然是家里的事。”

我瞥了里奇一眼，如果有必要，我们总能查到的。但他的目光都锁定在康纳身上。“说说珍妮吧。当时她怎么样？”

康纳的表情顿时变得柔软了。“珍妮，”他轻声答道，“她很特别。”

“嗯，见过照片了。你们那会儿关系还挺自然的。”

“我不是那个意思。每次她一走进来，一切都变得特别明媚。她总希望一切都和和美美，人人都开开心心，而且她做事特别有分寸。她的气质，在我心中无可替代。有次我们去跳迪斯科，未成年人本来不允许入场的。麦肯（常和我们一起玩的）缠着一个女孩，在她周围蹦来蹦去，想邀她一起跳。那女孩没给他好脸色看，不知道还说了什么，反正她和她的同伴都笑岔了气。麦肯垂头丧气地走回来，整个人都垮了。那几个女孩还在后面指指点点笑个没完，他简直想挖个洞把自己埋了。然后珍妮过来把手伸给麦肯说：‘我喜欢这首歌，偏偏帕特讨厌，你和我跳一曲怎么样？’于是他们下场了，后来麦肯也笑了，珍妮还被他逗乐了，两人跳得特别棒，那些女孩只能乖乖闭嘴。不管什么时候，珍妮都比别的女孩起码漂亮十倍。”

“帕特没意见吗？”

“珍妮和麦肯跳舞？”康纳差点儿笑出声来，“没有啊。麦肯比他小一岁，很胖，头发一团糟。总之帕特明白珍妮的用意。我觉得这样一来，他爱她爱得更深了。”

他的声音饱含柔情，如同在幽暗的灯光下，在轻灵的音乐中，面对唯一的听众回忆着他的爱人。菲奥娜和肖纳说得没错。

“听起来他们关系很好。”

“完美。只能这么形容。”康纳不假思索地说，“人十几岁那会儿总觉得整个世界都是一坨屎，你能理解吧？但看到他们，就看到了希望。”

“很美妙，真的。”我说。

里奇又开始抛弄糖包：“你和珍妮的妹妹菲奥娜约会过？你们那时候十八岁？”

“嗯，不过就几个月。”

“分手的原因是……”

康纳耸耸肩：“不合适。”

“为什么？她太闹腾？没有共同语言？不听你的话？”

“不，是她提出分手的。菲奥娜很好，我们相处得也很好。只是我们不合适。”

“噢。好吧，”里奇冷冷地说，抓住糖包，“能理解。你爱的是她姐姐。”

康纳没动弹：“谁说的？”

“谁在乎？”

“我在乎。一派胡言。”

“康纳，”我警告他，“别忘了讲好的条件。”

看样子他想踹得我们满地找牙，过了一会儿，他却说：“根本不像你说的那样。”

即便这还不能被称为严格意义上的动机，但最起码，和动机也只有一步之遥了。我忍不住斜瞟了里奇一眼，他将糖包抛歪了，赶忙探出身子才接住。“是吗？”我急于追击，“我说的是怎样？”

“好像我处心积虑要在他们之间插一脚似的。没那回事。就算有机会拆散他们，我也绝不可能下手。无论如何，我怎么想都是我自己的事。”

“也许吧，”我很满意我的声音，懒懒的，“珍妮没发现时，那是你自己的事，但她还是发现了吧？”

康纳脸红了。过去这么多年，伤口也该愈合了才对。“我一个字都没走漏给她。”

“用不着你开口，珍妮就能猜到。女人的直觉啊，老弟。她怎么想？”

“不知道。”

“直接拒绝你？还是享受着被人爱慕的感觉，故意逗着你？该不会趁帕特不注意，还稍微吻过你、抱过你吧？”

康纳的拳头攥紧了：“没有。我说过，帕特是我最好的哥们儿，他们两个天生一对。难道你以为我或者珍妮那么不知羞耻？”

我笑出了声：“哎哟，天哪，我也年轻过，那会儿为了所谓的爱情，我简直能把亲妈给卖了。”

“或许你可以，但我办不到。”

“算你了不起。”我揶揄道，“但帕特未必理解你这种‘远远爱慕就好’的心意吧？为了珍妮，他和你摊牌了。要不要跟我们说说你的版本？”

“你还想要听什么？”康纳反问，“我都说过，人是我杀的。年轻时那些事，跟我杀人都没关系。”

他的指关节绷得发白，我冷冷地答道：“还记得我的话吗？哪些有关、哪些无关，决定权在我们手上，所以还是讲讲你和帕特对质的经过为好。”

他的下巴动了动，但还是稳住了情绪。“谈不上对质。那天下午我在家，菲奥娜和我分手刚一星期，帕特来电话喊我去散步。我知道出事了——他板着脸，看都不看我。我们在海边走了一段，他问我菲奥娜甩掉我是不是因为我喜欢珍妮。”

“天哪，”里奇挤出个鬼脸，“好尴尬。”

“是吗？当时他心情非常低落，我也是。”

“帕特挺能忍的啊，”我说，“换作我，不暴打你一顿不算完。”

“我本以为他会揍我，没关系，是我活该。但帕特不是那种动不动就气昏头的人。他说：‘我知道很多人对她着迷，我不怪他们。只要他们肯保持距离，那就无所谓。但是你……上帝啊，兄弟，我真没想到还得防着你。”

“你怎么回答？”

“就跟我回答你们一样，我宁死也不会去他们中间插一脚，而且我绝不会让珍妮知道。所以我只要再找个女朋友，像他们那么甜蜜，想来这事儿我也就慢慢忘了。”

往昔激情的阴影仍笼罩着他的声音，听得出这些话是真心的，不管有多少价值。我眉头一扬：“这就完了？开玩笑吧？”

“花了好几个小时，我们在海边来来回回走了几圈，长谈。但重点说到底就是刚才那几句。”

“帕特相信了？”

“他了解我。我说了实话，所以他相信我。”

“然后呢？”

“然后我们去泡吧，疯狂灌酒，最后相互搀扶着，东倒西歪地回到家。说了好多男人和男人在那种晚上从心窝里掏出来的话。”

“我爱你，兄弟，不是同性恋那种爱，我爱你，你懂的，我可以为你做任何事，任何事……”我心中的不安再度袭来，而且更加猛烈。

“于是一切又风平浪静了？”

“嗯，他妈的，还真是。几年后，我当了帕特的伴郎，当了埃玛的教父。不信的话自己去查文件。如果我想勾搭帕特的老婆，你觉得他还会让我干这些？”

“老弟，人的思维有时候很奇怪。要不然我们这些人可得失业了。不过我听懂了你的意思——好朋友，好兄弟，两肋插刀，肝胆相照。结果没过几年，你们的友情就告吹了。我倒想听听你的解释。”

“谁说告吹了？”

我微微一笑：“规矩先说好，小子。第一，我们来提问。第二，我们不会透露消息来源。第三，你只管回答。如果你和斯佩恩夫妇关系还那么铁，又何必天寒地冻地躲在烂尾楼里偷窥他们呢？”

康纳过了好一会儿才答道：“都怪那个该死的地方，海景花园。老天保佑他们从没听过那个名字就好了。”

此时，他的声音里浮现出一股全新的、凶猛的暗流。“我一开始就料到了。大约三年前，杰克刚出生不久，有天晚上，我去帕特和珍妮那里吃饭——那时他们在英奇科尔[1]租了一栋联排小别墅，我步行只要十分钟，经常去做客。我刚到，就看见他们欢天喜地的，没等进门，他们就把那本宣传画册塞给我：‘看，看看这个！早上我们办了贷款。珍妮的妈妈照看孩子，我们昨晚通宵在售楼处外面搭帐篷排队，排在第十号，总算抢到了想要的房子！’他们订婚后做梦都想买房，我应该为他们高兴对吧？但我一看宣传册，发现这小区在布莱恩斯顿，闻所未闻，感觉像那种鸟不拉屎、开发商随便拿儿子的名字或者自己的名字安上去的地方。上面还说什么‘距都柏林仅四十分钟’，我看了一眼地图，好吧，开直升机估计四十分钟能到。”

“和英奇科尔隔着老远，不太可能隔三岔五上门吃饭了。”我说。

“那倒不成问题，他们可以到戈尔韦买房啊，只要他们高兴，我也高兴。”

“在布莱恩斯顿买，他们不就挺高兴的？”

“那算什么地方啊，我仔细看了宣传册，上面不是真正的房子，只是模型而已。我问这小区完工了吗，帕特说等他们搬过去的时候就能完工。”

康纳摇着头，一侧嘴角轻轻抽动。形势有变。心碎港湾如一阵飓风轰然

---

① 位于都柏林郊区。

闯进这场讯问，让我们骤然紧张起来，严阵以待。里奇放下糖包。

“为了一块不毛之地，把半辈子人生都赌上了。”

“他们很乐观，这是好事。”

“是吗？说乐观也行，说头脑发热也行。”

“你不觉得他们的年纪足以自己做决定了吗？”

“是啊，所以我没多嘴，只是恭喜。‘真为你们高兴’‘等不及见识新家了’，他们边说我边点头微笑，珍妮还给我看窗帘的小样，埃玛还给她未来的卧室画了张画。我真的盼望那房子足够体面，对得起他们的期待。”

“然而事与愿违。”

“交房的时候他们带我去看了，那天是星期天，第二天他们才签最后的合同。大概在两年前吧——两年多一点儿，当时是夏天，很热，黏糊糊的那种热，多云，那些云好像把空气紧紧地压在你头上。那地方实在……”他似乎冷笑了一声，“你们也去过的。当时还稍微像样点儿，野草没长起来，还有很多地方在继续施工，至少不像坟场，但仍然不会有人愿意在那儿安家的。刚下车珍妮就说：‘快看，能看到大海呀！很过瘾吧？’我只能回答：‘嗯，景色挺美。’其实一点儿都不美。海水看起来很脏，油腻腻的。按说海边有风吹过来会很凉爽的，但那天空气像粘住了似的，死气沉沉。房子挺漂亮，如果你喜欢那种高档住宅区的话，但路对面就是荒地和推土机。整个小区真他妈吓人，我真想拖着帕特和珍妮扭头就跑，越快越好。”

“那他们呢？他们高不高兴？”里奇问。

康纳耸耸肩：“听起来还不错。珍妮说再过两个月对面的房子就盖好了。——我可看不出来，但我没多嘴。她还说房子一定很棒，他们多贷了百分之十的款，这钱正好拿来买家具。她想把餐厅装修成海洋主题，跟大海正好相配，问我怎么样。

“我说只贷百分之百可能安全点儿吧，装修可以慢慢来。珍妮笑了——笑得有点儿假，但可能当时的气氛就是那样吧。然后她说：‘哎呀，康纳，放心吧，我们付得起。这附近没什么地方可去，以后我们出去吃的次数也就少了。家里的一切都要装修到最好。’我说，我只是从安全角度提点建议，以防万一嘛。也许我什么都不该说，但那地方……感觉就像有只很大的野狗盯着你，慢慢逼近，立即逃跑才是上策。帕特也笑着说：‘兄弟，你知不知道房价涨得多快？我们还没搬呢，价格就已经比买的时候高了。以后随便什么时候出手，都能稳赚一笔。’”

我的声音中带有几分傲慢：“他们疯了，但整个国家又何尝不是。谁能预料到经济衰退。”

康纳的眉毛挑了挑：“是吗？”

“如果谁有先见之明的话，这个国家也不至于陷进这种泥潭。”

他又耸了耸肩：“金融方面我不懂，我只是网页设计师而已。但我知道，盖在荒郊野外的成千上万座房子，是不会有人要的。那些业主无非是听说五年之内房价就能翻倍，打算到时出手再搬到更高档的地方去，才肯掏腰包的。我的脑子是不好使，但即便是我，也知道这种金字塔骗术最终会坑掉一大批人。”

“哎呦，艾伦·格林斯潘[①]来了。”我揶揄道。康纳开始不耐烦了——因为他是对的，而当时帕特和珍妮又绝对有理由相信他是错的。“事后说风凉话当然简单。你稍微多支持朋友一点儿，又不会少块肉。”

“多说几句屁话是吗？他们听得够多了。银行、开发商、政府都在说：‘来吧，买吧，这是这辈子最划算的投资……’”

里奇将糖包捏成一团，嗖地一声丢进纸篓。“如果我眼看最好的朋友就要跌下悬崖，我也会说两句的。可能我不会拦着他们，但至少让他们碰到麻烦的时候多少有点儿心理准备。”

两人都看着我，似乎他们站在同一阵线，而我是局外人。其实里奇无非是故意引诱康纳去分析经济危机对康纳的影响，但这种感觉仍然让我颇为烦躁。“说下去。后来呢？”

康纳的下巴动了动，回忆将他捆得越来越紧。“珍妮从来都不喜欢吵架，她说：‘你看看花园有多大！我们准备给孩子弄个滑梯，夏天还可以烧

① 美国第十三任联邦储备委员会主席。许多人认为，他是美国经济政策的权威和决定性人物。

烤——以后你也常来住住，省得天天吃罐头——’突然路对面一声巨响，好像一整堆石板从脚手架上面砸下来。我们都吓傻了，等重新摸到心跳，我才说：‘你们很看好这里？’帕特回答：‘是啊，贷款都办了，没得反悔。’”

康纳连连摇头，继续说道：“他还在假装轻松。我说办个屁贷款，你们还可以改变主意的。于是帕特发作了，他喊：‘屁个头啊！哪怕假装一下为我们感到高兴会死吗？’这一点儿也不像帕特——我说过，他从来不乱发脾气的。所以我知道他还有其他想法，更要紧的想法。我就问：‘你究竟是不是真想要这房子？跟我说实话。’

“他回答：‘是啊，一直都想。你又不是不懂。你自己甘心一辈子租单身公寓……’我打断他：‘不，我说的不是买房，我就说这里的房，你真想要？你真喜欢？或者你只是觉得应该买房，就买了这里的房？’

“帕特说：‘这里当然不算十全十美，我他妈的早就看出来了，你想要我怎么样？我有孩子啊，等你要养老婆孩子的时候，也会想有个家安定下来。你到底哪里不爽？’”

康纳一手按着脸，用力得都按出了红印子。

“我们俩大吼大叫。如果是小时候，早被一群大人揪着鼻子拉开了，但在那里，什么人都没有。我又说：‘如果买不到真正想要的，就继续租房，直到遇到喜欢的为止。’帕特说：‘上帝啊，康纳，不行的！我们要投资！’我说：‘就这种投资？背一百万贷款，换一个可能永远都不宜居的去处？一旦经济风向变了，你被套牢，怎么办？’珍妮拉着我说：‘康纳，没事的，老天保佑。我明白，你真心替我们着想，但你的观念也太过时了。这年头谁没点儿投资啊。所有人都在搞这个。’”

康纳笑了，沙哑的苦笑。

“她说得那么斩钉截铁，似乎争论到此结束，盖棺定论。我简直没法儿相信我的耳朵。”

里奇很平静：“她说得对。我们这代人，有多少人在做一模一样的事？成千上万啊，老兄，成千上万。”

“那又怎样？谁他妈在乎别人干什么？他们买的是房子，不是T恤。这不叫投资，一个家怎么能叫投资？如果你的想法都跟在别人屁股后面，随大溜，赶时髦，那你算什么？明天风向一变，你也人云亦云跟着变，从头来过？那你什么都不是，根本没有自我。”

他的愤怒深沉而冰冷，犹如磐石。我想起了那个被砸得稀烂、血淋淋的餐厅。“你跟珍妮也是这么说的吗？”

“我说不出口。帕特肯定从我脸上看出来了，他说：‘是真的，兄弟，你随便抓个人问问，百分之九十九会站在我们这边。’”

又一阵沙哑的苦笑。

“我只能站着，张着嘴，瞪着眼。我没法儿……帕特从前不是那样的。从来都不。十六岁的他不是那样的。嗯，有时聚会，他也学别人抽个烟，吸点儿大麻，但他很有主见，从来不盲目跟风，他不可能被人一怂恿，就趁着司机下车撒尿偷钻进车里去。而现在呢，成年了，人也俗了，居然嚷嚷什么‘大家都这么干’。”

“那你又说了什么？”我问。

康纳连连摇头：“没什么可说的，我当时就想通了。他们俩……我再也不认识他们，不想和他们有任何关系。但我当时还没死心——真他妈蠢。我说：‘你们两个到底怎么搞的？’帕特回答：‘我们成长了，就这么简单。成年人的世界就是这样，你得守规矩。’我说：‘不对，狗屁不通。既然你是成年人，你他妈该有自己的思想。你疯了吗？脑子被猪拱了吗？你算什么东西？’

“我们恶狠狠地对峙着，简直想把对方往死里揍。我觉得已经一触即发，他立马会朝我挥拳。但珍妮拼命把我拉到一边，她喊：‘闭嘴！给我闭嘴！你太煞风景了。我受不了了，受不了你这种消极态度。不能传染给孩子，我们身边也不能有，不行！消极就是一种病，如果人人都像你这样想，整个国家会衰落到马桶里去，我们全完蛋。然后你就高兴了？’”

康纳捂住嘴，狠狠地咬着掌心里的肉。“她哭了。我不记得自己又说了什么，但珍妮捂着耳朵，飞快地走开。帕特像看一堆垃圾似的看看我说：

‘谢了，兄弟，真有你的。’然后追珍妮去了。”

“那你呢？”

“我也走了。在那个屎一样的小区里转了两个小时，想看看有没有新发现好让我打电话给帕特说：‘对不起，兄弟，是我不对，这地方会变成天堂。’但我越看越觉得那地方烂得无可救药，最后我打电话给另一个朋友，让他来接我。以后他们再没联系我，我也没去找他们。”

“嗯。”我往后一靠，用笔敲打着牙齿，斟酌了一阵，“朋友绝交，倒也不是没听说过稀奇古怪的理由，但为了房产的价值？你开玩笑吧？”

“结果证明我是对的，不是吗？”

“那你高兴吗？”

“不。我宁愿自己错了。”

“因为你在乎帕特。更别说珍妮。你在乎珍妮。”

“在乎他们一家四口。”

“尤其是珍妮。不，等一下，我还没说完。康纳，我这人一向直来直去。不信你问问我这位搭档，我总是直奔主题，找最简单的答案，而最简单的往往就是正确的。所以依我看，你当然有可能为了斯佩恩夫妇买房的选择、贷款的额度，还有什么世界观之类你刚刚讲过的原因和他们闹翻，我记得不全，回头你可以再补充。但鉴于你们的过去，更简单的解释就是：你和帕特翻脸，是因为你还爱着珍妮弗·斯佩恩。”

“扯得太远了。自从菲奥娜和我分手、帕特找我摊牌之后，我们再没提起这事。”

“所以你其实真的还暗恋她。”

过了一阵，康纳才痛苦地低声答道：“我一直都没遇到能和她媲美的人。”

“所以你每个女朋友都处不长，对吗？”

“我不能把人生消耗在不喜欢的人身上。不管别人怎么劝。看着帕特和珍妮，就知道什么是真正的爱情，我还能有什么别的追求吗？”

“但你刚才还说，你们闹翻跟这没关系。”

他的灰眼睛一眯，流露出厌恶之色。“确实没关系。你以为我会让他们之中随便哪个人起疑心？”

“以前他们就猜中过。”

“那是因为当初我还年轻，什么心事都写在脸上。”

我放声大笑：“好比一本敞开的大书是吗？看来长大以后性情改变的人，不只帕特和珍妮啊。”

“我变得更理智了，更懂得控制自己，我并没有变成另外一个人。”

“这是不是说明，你还爱着珍妮？”

“我有几年没和她说过话了。”

答非所问。“也许吧，但你躲在那里，没少看她。你是从什么时候开始偷窥他们的？”

我原以为康纳会闪烁其词，但他回答得又快又干脆，似乎只要避开他对珍妮的感情，他什么话题都愿意谈。“其实很偶然。那年年底诸事不顺，接不到几单生意。经济危机就是那时开始的，当时虽然没人会在嘴上说，不然就等于叛国，但我还是感觉到了。我这种自由职业者首当其冲。那会儿我的钱基本花光了，只能搬出公寓，换个烂到爆的单间——估计你们都去过吧？”

我和里奇都没答话。里奇依然静得出奇，仿佛已经融化在背景里，任由我出手。康纳的嘴角稍一抽动：“你们喜欢最好。看了就知道我为什么不想待在那儿了吧？”

“但你对海景花园似乎也没多少感情吧，怎么会跑到那里去？”

他耸耸肩：“反正时间多的是……我总惦记帕特和珍妮，以前但凡不顺心，都会找他们倾诉。我想念他们。我只是……只想看看他们过得好不好，有点儿担心。”

“啊，这倒可以理解，但一般人如果想和老朋友联系，不至于躲起来偷窥他们的后窗吧，第一反应肯定是打电话。不好意思，老弟，这问题是挺傻的，但你就没想过先打电话？”

“我不知道他们还愿不愿意搭理我，对我们还有没有足够的共同语言更没有把握。如果话不投机，我会受不了。”一时间，他听起来像个青涩脆弱的少年，“对，我可以打给菲奥娜，打听他们的近况，但我不知道他们会向她透露多少，更不想把她扯进来……某个周末，我不知为什么动身去了布莱恩斯顿，只想远远看他们一眼就回家。仅此而已。”

“于是你看到了。”

“嗯。我进了你们逮住我的那栋房子，只是想看看他们会不会去花园什么的。但从餐厅的窗户……什么都能看见。他们四个人都坐在餐桌旁，珍妮用橡皮筋系住埃玛的头发，免得落到盘子里。帕特在讲故事，杰克笑得很开心，弄得满脸都是饭菜。”

“你逗留了多久？”我问。

“一个小时吧。很温馨，我都不知道多久没见过那么温馨的场景了。”回忆抚平了他声音中的紧张情绪，更添了几分温柔。“我安心了。安心地回家了。”

“后来你又去了一次。”

“嗯，两星期后。埃玛在花园里和娃娃玩，让它们轮流跳舞，还教它们该怎么跳。珍妮在洗衣服。杰克到处乱跑。”

“你又安心了，所以一再光顾。”

“是啊，不然整天闲着能干什么？窝在地下室里看电视？”

“后来你就弄了个睡袋，还有望远镜。”

“还用你说，简直疯了。”

“那是。但到这里为止，也还不太出格。而当你开始闯空门，就有点儿变态了。说说看吧。”

他回答得完全不假思索，看来他宁可担负非法侵入的罪名，也不愿涉及珍妮。“上回说过，我捡到了后门的钥匙。本来没打算干什么，保管着就行。但有天早上他们都出门了，而我待了一整夜，浑身湿气，快冻僵了——当时还没弄到睡袋。我想，就五分钟也好啊，暖暖身子……待在他们家里感觉很不错，熨衣服的味道、茶和烤面包的香气，还有淡淡的花香，一切都很干净、光亮，我很久很久没到过那样的地方了。一个家。”

“这是什么时候的事？”

“春天。具体哪天不记得。”

“于是你一而再再而三地进去，”我说，“老弟，你不太扛得住诱惑啊！”

“我又没干坏事。”

“没有吗？那你在里面干了什么？”

耸肩。康纳双臂交叉，避开我们的视线。他有点儿难为情。“也没干什么。喝杯茶，吃点儿饼干，有时来个三明治。”珍妮失踪的火腿片有了下落。“有时我还……”他又红了脸，“我会拉上客厅的窗帘，免得被下三烂的邻居发现，再看看电视什么的。诸如此类。”

“还真不把自己当外人。”

康纳没搭腔。

“还上楼了吧？进了卧室？”

继续沉默。

“康纳。”

“有两三次吧。”

“都干什么了？”

“就看看埃玛的卧室，还有杰克的。在门口看看，在脑子里勾勒一下他们的样子。”

“帕特和珍妮的卧室呢？进去过吗？”

“嗯。”

“然后？”

“别瞎猜。我躺在他们的床上——先脱了鞋。只躺了一小会儿。闭目养神。就这样。”

他没看我们，完全沉浸在回忆中。我察觉得到他的悲伤，如冰上的寒气徐徐升起。我冷不丁地质问道：“你就没想过，帕特和珍妮可能会吓得要命？或者你正期待这种结果？”

他这才回过神来：“我没吓他们。每次都算好他们回来的时间，提前离开，东西都放回原处，杯子洗好晾干收起来。如果地板踩脏了，也擦干净。我拿走的都是很小的东西。没人会在意一两条橡皮筋什么的。不可能有人发觉我去过。”

“但我们发现了。”我说，“你记牢一点。告诉我，康纳——最好别胡扯。你嫉妒得死去活来吧？嫉妒斯佩恩一家，嫉妒帕特。”

康纳不耐烦地摇着头，跟赶苍蝇似的。“不，你不懂。和我们十八岁时一样，根本不是你想的那回事。”

“那到底怎么回事？”

“我不愿他们遭遇不幸，永远都不想。我只是……因为他们随波逐流，所以我和他们闹翻了，但当我开始关注他们的生活……”

深呼吸。暖气停了。少了暖气管的嗡嗡声，整间屋子如真空般陷入沉寂，我们轻轻的呼吸融入这沉寂之中，消失得无影无踪。“从外面看，他们的生活和别人没两样，像是在看一场普通的电影，但深入他们家里，就会发现……比如，以前珍妮经常学其他女孩抹什么乱七八糟的美黑乳液，就为了和别人保持一致，后来她拿瓶子去餐厅，和孩子们用油画笔在手上画画，画星星，画笑脸，或者写上他们姓名的首字母。有一次她给杰克的整条手臂都画上老虎的斑纹，杰克整个星期都扮成老虎，高兴得快要飞上天。又比如，孩子们睡下以后，珍妮还得收拾他们留下的残局，世界上每个家庭主妇都不例外，不过有时帕特会来帮忙，结果两人最后用充气玩具打打闹闹，哈哈大笑，直到玩累了，才一起躺到地上，仰望窗外的明月。那时候，看得出，他们还保留着真实的自我，还是十六岁时的那两个人。”

康纳的手臂放松了，两手围成个口杯形状，掌心上翻，双唇微张。他仿佛正望着那些画面缓缓从亮着光的窗外滑过，邈远难及，却像珐琅和金子一样光彩夺目。

“独自一人在外熬夜，夜就显得格外漫长。你会冒出各种各样古怪的念头。我能看见小区里其他人家的点点灯光，有时还能听见音乐——有人爱用最大音量放经典摇滚；还有人家里有支长笛，经常操练。我开始联想所有住在那里的人，联想他们各不相同的人生。即便他们都是刚做好晚饭，有的夫妻会逗在学校郁闷一整天的孩子破涕为笑，有的夫妻会庆祝他们刚刚怀上孩子……每个人都在做晚饭，每个人又都各怀心事，各有所爱。每次我去那里，受到的震撼都更加强烈。那样的生活，多么美好。”

康纳又深吸一口气，两手平摊在桌面上，掌心朝下。“就这样。不是嫉妒，只是……只是这样而已。”

角落里的里奇发话了：“但斯佩恩夫妇的生活不再美好，帕特丢了工作。”

“他们很不容易。”

康纳话中突现的锋芒顿时让那股不安又在我心头涌动。里奇从墙边走过来，斜倚在桌旁，凑近康纳：“上次谈话时，你说帕特脑子出问题了，具体是什么意思？”

“没什么意思。我了解帕特，我知道他受不了失业，就这样。”

“老兄，那可怜虫早就完蛋了好吗？难道你不说我们就不知道？你到底看到什么了？他举止古怪？伤心落泪？和珍妮吵架？”

“没有。”短暂而紧张的停顿，康纳似乎在权衡该向我们透露多少，双臂又环住胸口，“一开始他挺好的，过了几个月——差不多是暑假过后——他常常熬夜，很晚才睡，也很少出去。以前他每天都跑步，后来这习惯也没了。有时候，他连衣服都懒得换，也不刮胡子。”

“看来他情绪消沉。”

“他心情不好，那又怎样？难不成还是他的错？”

里奇说：“到了这个地步，你还没想过主动和他们接触？你情况不好的时候需要帕特和珍妮，你想没想过，他们不好过的时候，可能也需要你？”

“嗯，想过，而且没少想。我想也许能帮点儿小忙，比如约帕特出去喝两杯，乐一乐，或者帮着带带孩子，好让他们有点儿私人空间……但我不能露面，不然等于对他们说：‘哈哈，不听我劝告，才落得这种下场。’我的出现只会让局面恶化，而不是好转。”

“上帝啊，老兄，他还能恶化成什么样？”

“会糟得多。他不运动了是很严重，但这不等于他就会倒下。”

他的防卫姿态依然不减。我说：“帕特不出门，你高兴不起来。只要他在家，免费的茶和三明治你就捞不着。后来这几个月，你还有机会进他们家吗？”

他迅速转向我，避开里奇，似乎是我拯救了他。“少多了。差不多一周一次，趁他们都不在的时候，比如他们会一起去接埃玛放学，然后去超市。帕特一点儿都不怕出门，他只是更乐意躲在家里，方便提防那只水貂什么的。他根本没有什么恐惧症。”

我没看里奇，但感觉到他整个人都冻住了。按说康纳应该不知道帕特和那只野兽的事才对。

趁他还没反应过来，我故作不经意地问：“你见过那东西吗？”

“我说了，我很少进他们家。”

“那是当然，但我指的不仅仅是最后这几个月，还包括从前你常来常往那段时间。你看见过吗？或者听到什么声音了没？”

康纳依然想回避，也许连他自己也拿不准原因。“有几次我听见挠墙的声音，还以为是老鼠，或者有小鸟飞进阁楼。”

“夜里呢？野兽都在夜里出来捕食、交配什么的，你刚好守在外面，还带着望远镜。你见过他们家有水貂出没吗？水獭？或者哪怕是老鼠？”

“那附近确实有野兽。夜里我都听见很多东西乱跑，有的个头还挺大。具体是什么就说不上来了，我一次也没见过，外面很黑。”

“那你不害怕吗？一个人待在废楼里，周围满是看不见的野兽，也没带防身的武器？”

康纳耸耸肩：“我不怕野兽。”

“勇士啊。”我称赞道。

里奇困惑地挠挠头，迷茫的新人正竭力理清头绪：“先等等，我有点儿跟不上。你怎么知道帕特在找一只野兽？”

康纳霎时张开嘴，旋即又闭上，飞快地转动脑筋。“这有什么大不了的，”我插话道，“这问题也没多复杂，难道你有不敢告诉我们的理由？”

“没有，只是记不清我是怎么发现的了。”

里奇和我对视一眼，不禁发笑。“真行啊，”我说，“老天在上，不管干这行多久，这一招从来都不过时。”康纳的下颌又绷紧了，他不喜欢被人嘲笑。

“抱歉，老弟，你可得明白，得健忘症的人，我们这里可见得多了，弄得有时候我都怀疑是不是政府往自来水里下了药。你要不再换点儿别的招？”

他又在仓皇思索。里奇的声音里还带着笑意：“哎，拜托啊，老兄，这问题有那么要紧吗？”

康纳答道：“有天晚上我在餐厅窗外偷听，听见帕特和珍妮说起的。”

没有路灯，斯佩恩家花园外也没有灯。天黑以后，他大可以翻过围墙，整晚都躲在他们窗外窃听。斯佩恩家本来完全不必担心隐私问题，邻居家的房子都是破墙烂瓦，自家墙外爬着藤，海浪喧天，离高速公路大老远，根本没人搭理。结果相反，到头来他们简直没有任何隐私可言。康纳大摇大摆地进出他们家，深夜的私语和亲热他都尽收眼底。戈根家的脏手还伸向了他们的争吵，直刺他们这段婚姻最薄弱的软肋。他们家的墙宛如一张薄纸，被撕成碎片，随风而散。

“有趣，”我说，“那他们的对话听起来怎么样？”

“什么意思？”

“都说了什么？他们担心吗？难受吗？吵架了没？大喊大叫了没？还有别的吗？”

康纳一脸茫然，他完全没心理准备。“我没从头听到尾。帕特说什么捕兽夹不管用，珍妮好像说再试试别的饵，然后帕特说如果能看一眼那东西就知道该用什么饵了。感觉他们一点儿也不难受，可能略微有些担心，但换了谁也难免吧。吵架更是无从谈起，感觉没什么大不了的。”

“好吧。是什么时候的事？”

“忘了，应该是夏天，不会更晚。”

“有意思。”我往后推开椅子，“继续考虑，小子。过会儿再和你谈。审讯暂停，肯尼迪探员和柯伦探员离开审讯室。”

康纳连忙说："等等，珍妮怎么样了？她是不是……？"他说不下去了。

"啊，"我把夹克往肩上一甩，"就等这句话。康纳老弟，你憋这么久才问，我还以为开头一分钟你就得求我呢。真是小看你了。"

"你问的问题我都回答了。"

"也对，是吗？稍微有点儿误差吧。你表现不错。"我扬扬眉毛征询里奇的意见，他耸耸肩，从桌上滑下来。"好吧，透露点儿也无妨，珍妮还活着，脱离危险了。再过几天应该可以出院了。"

我以为他要么欣慰，要么恐惧，甚至也可能发怒，但他嗞地吸了口气，唐突地点点头，一言不发。

"她向我们提供了非常有意思的信息。"我说。

"她怎么说？"

"得了吧，小子，这可不能走漏风声，你又不是不知道。不过，不妨这么说吧，跟我们撒谎的时候，最好小心点儿，免得被珍妮戳穿。我们出去这会儿，你自己考虑考虑。好好想，使劲儿想。"

我拉开门等着里奇时，匆匆瞥了康纳一眼。他怔怔出神，牙齿间吸着气，正按我的吩咐，拼命地思考着。

进了走廊，我说："听见了没？动机出现。谢天谢地，终于出现了。我得好好穷追猛打，看他往哪里逃。"

我的心怦怦直跳。我想使劲拥抱里奇。我想猛捶审讯室的门，把康纳吓出屎来。我头脑很乱。里奇用指甲来回剐蹭墙上斑驳的绿漆，眼望门口："你确定？"

"一万个确定。他说漏嘴提起那只野兽的时候，就又开始跟我们兜圈子。什么捕兽夹啊、诱饵啊，所谓帕特和珍妮的那番对话，根本不存在。如果康纳真的在窗外偷听，他们说话声又够大，那倒很可能听到，但别忘了斯佩恩家所处的嘈杂环境，海浪声那么震耳，即便紧贴着墙，也未必能听清平常对话。也不排除他的谎言只针对帕特和珍妮的语气——实际上他们可能吵得很凶，而他不愿透露给我们，不知出于什么考虑。可是，如果他不是通过这途径得知野兽事件，那他又是怎么知道的呢？”

里奇答道：“可能有一次他闯空门的时候发现电脑开着，看了里面的内容。”

“也许吧。这比他糊弄我们的那些屁话还靠谱一点儿。但为什么不直说呢？”

“他不知道我们已经彻底检查过电脑里的内容了，不想让我们发现帕特举止古怪，免得我们看出他在掩护帕特。”

“如果，别忘了加个‘如果’。”我明白里奇还没心服口服，但仅仅是听着我自己的话出口，我已经激动得不能自抑，在走廊里来回兜着小圈子。刚才坐了太久，这会儿全身的每块肌肉都在颤抖。“你还没明白他究竟是怎么知情的吗？”

“他和珍妮搞外遇，珍妮告诉他的。”

“对，有可能，很有可能。还得继续查。但我不是这个思路。你说帕特举止古怪，但如果帕特的想法其实很正常呢？”

里奇往墙上一靠，两手插进衣袋：“说说看。”

“还记得论坛上推荐捕兽夹的那个猎人怎么说吗？他问会不会是帕特的孩子捣乱。现在我们知道，两个孩子年纪都太小，不可能。但还有另外一个人，年纪不小，而且也有机会下手。”

“你认为帮那头野兽躲开捕兽夹的是康纳？他拿走了诱饵？”

我忍不住又来回踱了几圈。如果这儿有观察室该多好，我就可以赶紧钻进去，不必再压着嗓门说话了。“也许如此，也许还不只如此。目前已知的事实是：最起码康纳已经搅得珍妮心神不宁，偷吃她的食物，东一点儿西一点儿偷拿她的小东西——他反反复复、口口声声说不想吓倒她，事实上她早就吓瘫了。康纳和菲奥娜都觉得珍妮有点儿不知所措，这多半就是他无形中给珍妮施压的后果。如果他对帕特也来这一招呢？”

“比如？具体怎么做？”

“‘怪医杜立德’说，他不敢保证阁楼里到底有没有野兽，而你认为这意味着整件事都是帕特的幻想。那如果‘不存在野兽’是康纳一手炮制的杰作呢？”

里奇脸上的表情顿时变得极为丰富，是怀疑？抗拒？我分不清。我又说：“帕特口中的每条蛛丝马迹，以及我们目睹的一切，都有可能是能够进入斯佩恩家的外人所设计的。‘怪医杜立德’是怎么评价鸟尸的？动物的牙可以咬掉鸟的脑袋，但用刀子也能办到。阁楼房梁上那些痕迹，可能是爪印，也可能是刀刃或者钉子划出来的。至于那些骨头嘛，也不是只有野兽才能把几只松鼠弄到只剩骨头。”

“怪声又怎么说？”

“哦，对，不能忘了怪声。还记得帕特一早在‘野兽观测者’上发的帖子吗？阁楼的地板和二楼天花板之间有八英寸高的空间。放一个可以远程遥控的MP3播放器，再搭配一组高质量的音箱如何？藏在那个夹层里，每次用望远镜观察到帕特上楼，就遥控播放各种怪声。为防帕特带手电去检查，只要用绝缘材料把它们裹起来就好，反正帕特的目标不是这种小电器，他要找的是毛发、排泄物，乃至整头野兽，所以没必要害怕被他看出蹊跷。再狡猾点儿的话，只要珍妮在场就不播放，所以她才开始怀疑帕特脑子出了毛病。每次偷偷溜进斯佩恩家的时候去换电池——或者想办法接入家里的电路也行——那么，这个小把戏就可以没完没了地玩下去。”

里奇指出：“但不光是阁楼啊。那头野兽——如果确有其事的话——还溜到了墙里，帕特几乎在每个房间都听见了。”

“那是他自以为听见。还记得他在帖子里还说过什么吗？他拿不准那东西究竟躲在哪儿，因为家里的回音很奇怪。假设康纳配合帕特的脚步，让不同的音箱挨个儿发声，制造出有东西在阁楼里走动的假象。然后有一天康纳意识到，只要选准音箱的位置，就能让帕特以为那东西已经侵入到墙里，因为声音貌似是从楼下的房间里传来的……整栋房子都被康纳玩弄于掌心里。”

里奇一边咬着指甲一边寻思：“从康纳的藏身之地到斯佩恩家的阁楼，直线距离可不短。远程遥控哪里行得通？”

我已经收不住了：“总有办法搞一台能支持远距离操纵的设备。要不然，如果等不及，可以不必一直躲在他的据点，入夜以后可以坐在斯佩恩家的花园里按按钮，当然要确认珍妮正好出门或是在楼下餐厅里做饭时才敢用。这样一来，他就没法儿直接观察斯佩恩一家的动向，所以准确性方面可能要打点儿折扣，但总体上足以将这伎俩维持下去。”

“感觉操作起来难度非常大。”

“是啊，但准备那样一个据点，又谈何容易。”

“鉴证科没发现这方面的证据。没有MP3播放器，没有音箱，相关内容也没有。”

“康纳拿走了他的道具，随手扔进某个垃圾桶，这是在他屠杀斯佩恩一家之前——如果是在之后，肯定会留下血迹。这说明谋杀是有预谋的，是精心策划的。”

“够狠毒。”里奇心不在焉地答道，他还在啃指甲，“可是为什么？为什么要凭空捏造一头野兽出来？”

“因为他还对珍妮死心塌地，以为如果帕特发疯了，珍妮离开帕特的可能性就更大。因为他想证明给他们看，在布莱恩斯顿买房有多么愚蠢。因为他没有别的高招。”

“但问题是，康纳不仅惦记珍妮，而且还关心着帕特。你自己一开始不就说过，他是想帮帕特渡过难关。”

“再怎么关心，也阻挡不了他的杀意。”里奇的目光和我略一接触，旋即闪开。但他没有再发言。我又说：“反正你仍然不相信他是凶手。”

“说来说去，总之我觉得他深爱着他们。”

“‘爱’这个词对于康纳的意义，和你我不同。从他的话中可以听出，从少年时代开始，他就想成为帕特里克·斯佩恩，所以帕特做出他不喜欢的决定时，他才会勃然大怒，因为他把帕特的生活当成自己的生活，当自己才是那段人生的主人。”经过审讯室门口时，我朝门上踢了一脚，力道比预想的要大。“去年，康纳自己过得一团糟，最后不得不面对内心的渴望。窥视斯佩恩家越久，他就越深深地感到，无论嘴上再怎么强硬，他梦寐以求的其实就是这样的生活——可爱的孩子、温馨的家、稳定的工作以及珍妮，总而言之，就是帕特的人生。”我的思路越来越顺，“在他自己的小天地里，康纳就是帕特里克·斯佩恩。所以，当帕特一蹶不振之后，康纳觉得，他所拥有的一切被剥夺了。”

“那动机呢？报仇？”

“比这复杂多了。帕特变得不再是康纳心目中的那个帕特。康纳再也无法从帕特身上移植自己渴盼的快乐，他陷入绝望。于是，他决定亲自将这一切推回正轨。他处处为珍妮和孩子们着想，帕特可能没那么重要，但这都无所谓，在康纳看来，破坏约定的人正是帕特——帕特没能履行他的责任，他再也不配享有那份完美的人生。必须让更有资格的人来承担。”

“所以不是复仇，”里奇的语气保持中立，他在听，却不信，“而是拯救。”

“拯救。康纳多半怀揣着一整套巨细无遗的幻想：带着珍妮和孩子们远走高飞，去加利福尼亚，去澳大利亚，去一个网页设计师能找到好工作维持小家庭的幸福美满的地方。但在他踏足之前，他得先搬掉帕特这块绊脚石。他得拆散他们的婚姻。这我得夸一句，他的手段不可谓不高明。帕特和珍妮本就面临巨大的压力，裂痕已经显现，康纳只需顺水推舟，进一步加大压力。他想尽办法引发两人的疑心——对这个家的怀疑，对彼此的怀疑，对他们自己的怀疑。这家伙是个天才，他花了很多时间来策划，一步步循序渐进，还没等大家反应过来，帕特和珍妮就已经如同惊弓之鸟。无论对彼此，还是对家庭，甚至对自己的头脑，这对夫妻都彻底失去了安全感。”

我悚然一惊，这才发觉双手在颤抖，连忙把手插进衣袋。“他很聪明，而且很厉害。”

里奇将指甲从嘴边松开。“那我说说困扰我的问题吧，”他说，“最简单的解释如何？”

“什么意思？”

“选择最简明、涉及旁枝末节最少的解释，这是你亲口说过的。MP3，音箱，远程遥控，为了拿走这些东西还得去一趟；为了不让珍妮听到那些怪声，还需要不少运气……兄弟，这枝节可真不少啊。”

“假设帕特是个疯子，会更容易，对吧？”

“不是更容易，而是更简明。将这一切解释为他的幻想更简明。”

“真的吗？那家伙偷窥他们，溜进他们家偷吃火腿片，与此同时帕特从一个理智的男人变成疯子，这难道仅仅只是巧合？兄弟，如此巨大的巧合，才叫真正的枝节呢。”

里奇连连摇头：“两人都被经济危机害惨了，也谈不上多大的巧合。但MP3这主意，要确保只让帕特听见，珍妮完全听不见，成功率恐怕只有万分之一吧。从白天到晚上，连续好几个月啊。他们家又不是一家人住得远远的那种豪宅，再怎么小心操纵，也难保不被珍妮听到些什么。”

“嗯，你说得对，”我这才发觉好像已经停步了很久，“所以她可能听见了。”

“怎么说？”

“没准儿两人都有份，康纳和珍妮。这不就简单得多？康纳不必刻意让怪声避开珍妮，如果帕特问她：‘你听见了吗？’她只需故作茫然：‘听见什么？’也不必担心孩子们，珍妮会让他们相信那些声音只是幻觉，而且不能当着爸爸的面提起。康纳更不必再次溜进他们家拿走各种道具，由珍妮包办即可。”

日光灯下，里奇的脸仿佛回到了在停尸房外的那个清晨，惨白如纸，消瘦得只剩皮包骨。他很不喜欢这个推论。

“这也解释了她为什么不断打压帕特的精神状态，为什么不把有人闯空门的事告诉他，而且也不报警；还解释了康纳为什么把电脑里和野兽有关的记录通通删除；解释了他为什么要认罪——为了保护他的女友；解释了她为什么没有刻意包庇他——因为负罪感。老弟，说真的，这几乎解释了所有疑点。”我听到一块块拼图在四周陆续就位的响声，节奏清脆，有如雨滴。我真想抬起头迎向这场雨，洗刷自己，开怀畅饮。

里奇良久未动，一时间我以为他也想通了，但他随即猛吸一口气，再度摇头：“我看未必。”

“已经昭然若揭了，毫无破绽。老弟，你看不出来，是因为你不想看出来。”

“不。你要怎样从这个地方导向谋杀呢？如果康纳想压垮帕特的精神，那他干得不错，可怜的帕特的脑子完全成了一团糨糊。那么康纳何必还要推翻全盘计划，动手杀他？而且既然他想得到珍妮和孩子，为什么要向他们下手？”

“快来，”我大步沿走廊往前走，快得几乎成了小跑，里奇紧赶慢赶才跟上，“还记得那枚‘悠悠’纪念章吗？”

“嗯。”

“那小兔崽子。”我三步并作两步跃下台阶，冲往证物室。

康纳仍坐在椅子里，一只手的大拇指被咬出了很多红印。他知道自己搞砸了，虽然还不太明白栽在了什么地方。拖了这么长时间，他已然紧张得方寸大乱。

我们俩都没落座，里奇对着镜头宣布：“肯尼迪探员与柯伦探员继续审讯康纳·布伦南。”随即他靠到康纳余光可见的一个角落里，双臂交叉，用一侧鞋跟缓慢而令人心烦地蹭着墙。我根本停不下来，快步在房里兜了几圈，东一把西一把地将挡路的椅子通通推开。康纳同时留意着我们俩。

“康纳，”我说，“我们得谈谈。”

“我想回牢房去。”

“我还想和安娜·库尔尼科娃[1]约会呢，想得美。知道我还想问什么吗，康纳？”

他摇摇头。

“我想知道这一切的起因。为什么珍妮重伤住院，家人都进了太平间。要不你干脆点儿，直接为我解答一下？”

“你想要的都有了，我说了，是我干的。难道你还在乎原因吗？”

“我在乎，柯伦探员也在乎。还有很多很多人都在乎，但眼下你要应付

---

① 俄罗斯著名美女网球选手。

的，只有我们。”

他耸了耸肩。我绕到他身后，掏出证物袋，用力往他眼皮底下一丢，袋子弹了两下。“你解释一下。”

康纳毫不退缩，早有防备。“一枚纪念章。”

“不对，爱因斯坦先生，不是‘一枚纪念章’，而是‘这枚纪念章’。”我俯身探过他的肩头，猛然将那张当年他们一群人在大热天吃冰激凌的合影拍到桌面上。我几乎和他脸贴着脸，闻得到他身上那种监狱里廉价肥皂的味道。“照片里，你戴的就是这枚纪念章，我们在珍妮的东西里翻出来了。她是怎么弄到的？”

他用下巴指了指照片：“你看，她也戴了。我们大家都有。”

“这一枚是你的没错。我们对照片做了技术分析，照片里你的纪念章，中心的图案稍微有点儿歪，和桌上的这一枚角度恰好一致，其他人的都不匹配。我再问一次，你的纪念章怎么会跑到珍妮的东西里去？”

我爱死CSI①了，现如今我们的技术员没必要再创造奇迹，因为人人都认定他们有这个本事。片刻后，康纳往一旁挪了挪，说：“是我留在他们家里的。”

“具体位置？”

“厨台上。”

我再度进逼：“起先你说不想吓到他们，还说绝不会有人发现你进过那栋房子。那这他妈又是怎么回事？你以为他们会当这是凭空冒出来的，是吗？”

康纳一只手盖住纪念章，似乎在护着自己的私人物品。“我想珍妮应该会看到。每天早晨她都最先下楼。”

“别碰证据。珍妮发现了又怎样？当成仙女给的？”

“不。”他的手没动，“她肯定能猜出是我。我希望她猜到。”

“为什么？”

---

① 现场调查，Crime Scene Investigation的简称。

“这样她就明白自己不是孤零零一个人了。她就明白我在附近，在守护着她。”

“我的天，然后她就会甩了帕特，扑进你的怀抱，你们从此幸福地生活在一起，是吗？你白粉吸多了吧？”

康纳眼中瞬间闪过一丝憎恶的光芒，随即避开我的视线。“没那回事。我只想让珍妮高兴，行了吧？”

“就用这种方式讨好她？”我扫开他的手，将证物袋推到桌子另一头他够不着的地方。“不寄明信片，不发封邮件说声‘嘿，想你了’，而是偷偷地溜进她家，给她留个生锈的破烂，而且她可能早忘了那东西。小子，怪不得你还打光棍。”

“她没忘。”康纳斩钉截铁地答道，“照片里那个夏天，我们很快乐，我们所有人都很快乐。那可能是我一生中最美妙的时光。谁都不可能忘记。我留下纪念章，是为了让珍妮回忆起美好的过去。”

里奇在墙角插话：“为什么？”

“什么为什么？”

“为什么要提醒她？为什么她需要有人关心她？她不是已经有帕特了吗？”

“我都说过了，帕特当时比较消沉。”

“你说他消沉了几个月，但你没和他们联系，免得火上浇油。怎么改变主意了？”

康纳紧张了。他已陷入我们所期望的状态：摇摆不定，每一步都需猜疑有无陷阱。“没什么，改了就是改了。”

我俯身抓起证物袋，又开始在房里兜圈，不停地把袋子从这只手换到那只手。“你舒舒服服地喝茶吃三明治的时候，难道没发现他们家里到处都有婴儿监视器？”

“原来那是婴儿监视器啊？”康纳又一脸茫然，显然这一手他也早有防备，“我以为是无绳电话之类，帕特和杰克玩的游戏什么的。”

“错。麻烦你说说，你觉得帕特和珍妮在家里布置这么多监视器，有什么用？”

耸肩。“我怎么知道。”

“那好。墙上的小洞呢？你注意到了吗？”

“嗯，看到了。我早知道那里的房子盖得就是一坨屎。他们就该去告开发商，不过对方多半会宣告破产，然后用海外账户里的大笔存款去地中海边度假享受。”

“这回可怨不得开发商。帕特在自家墙上钻洞，手忙脚乱地要抓那只水貂什么的。他安了很多监视器，只为看一眼到底是什么东西成天在头顶捣乱。难道你窥视了他那么多天，居然完全没注意到这个？”

“我知道他们家有野兽捣乱啊，我都说过了。”

“太他妈对了，你知道。但你跳过了帕特精神失常这部分。”我丢下证物袋，用鞋尖一挑，踢回手心里，“哎呀，不好意思。”

里奇拉过一把椅子，坐到康纳对面。“老兄，电脑里所有的资料我们都复原了，我们知道他的精神状况。‘绝望’这个词都不足以形容。”

康纳急促地喘着气，鼻翼翕动着。“电脑？”

“别装聋作哑了，没意思，也没意义，还惹得我非常不爽。”我将证物袋使劲朝墙上一甩，“可以吗？”

他紧抿着嘴。里奇说：“那继续往下走，好吧？你改变主意，给珍妮留了这个信物。”我举着证物袋朝康纳挥了挥，作势要扔过去。“是帕特吧？他的状况又恶化了。”

“你们既然都知道了，还问我干什么？”

里奇随口安抚：“规定程序而已，老兄。我们只想核实一下，看看你的证词和我们从其他渠道收集到的证据能不能对上。如果都吻合，那皆大欢喜，我们相信你。如果你说东，其他证据说西……”他耸耸肩，“那就麻烦了，我们就得挖啊挖啊，挖到解决问题为止。明白吗？”

过了半天康纳才说：“那好。帕特确实越来越糟糕，他精神没问题，没嚷嚷着叫那头野兽出来决斗什么的，无非只是处境艰难而已。行了吗？”

“但肯定出过什么事，才让你突然决定和珍妮联系。”

康纳答道："她看上去很孤单，帕特差不多整整两天都没和她说一句话——至少我没看见。他成天坐在餐桌边，面前摆着那些监视器，一直瞪着眼睛看。珍妮有几次想找他说话，但他连头也不抬。晚上好像也没一起睡，之前一晚，帕特自己睡在餐厅里。"

看来，最后康纳还是二十四小时全天候蹲点偷窥了。我不再摆弄证物袋，在他身后站定。

"珍妮……我看见她在餐厅里等着水烧开，两手撑着厨台，好像累得站不起来似的，眼神很空洞。杰克拉她的腿想给她看什么东西，她根本没察觉。她看着像四十岁，甚至更老，一脸的失落。我差点儿直接跳下去，翻过围墙，紧紧搂住她。"

我不动声色："所以你判断，在她人生的艰难时刻，她真正需要的是一个跟踪者。"

"我只想帮帮她而已。我想过上门拜访，或者打电话，或者给她发邮件，可珍妮……"他使劲摇着头，"她不顺心的时候，不愿意开口。她根本不想和帕特谈心……所以我就想，留个信物，让她明白我就在身边。我就回家拿了纪念章。就算我做错了吧，你们爱怎样就怎样。反正当时我觉得这挺好。"

"具体是什么时候？"我问。

"什么？"

"你把纪念章留在斯佩恩家里，是什么时候？"

康纳深吸一口气，刚想回答，却不知想到了什么，双肩忽然一僵。"我忘了。"

"少来这一套，不管用。你什么时候留下纪念章的？"

片刻后，康纳答道："星期天晚上。"

越过康纳的头顶，我和里奇交换了一个眼神。"上个星期天晚上？"

"嗯。"

"几点？"

"凌晨五点左右吧。"

“他们全家都在几米之外睡觉，小子，我夸你一句，胆子不小啊。”

“我只是从后面进去，放在厨台上就走了，我特意等到帕特睡下以后，那晚他没睡楼下。很简单。”

“警报没响？”

“我知道密码，看帕特按过，就记了下来。”

不出所料。“风险还是很大，”我说，“你下了不小的决心吧？”

“我想交给她。”

“那还用说。二十四小时后，珍妮奄奄一息，全家惨遭灭门。可别再说这是巧合，康纳。”

“我什么都没说。”

“那到底发生了什么？她收了你的小礼物，还是不开心？没有感激涕零？不仅没戴在胸口，反而塞进抽屉里？”

“她放进衣袋里了。后来怎样我不知道，也不在乎。我只想把东西给她。”

我两手握住康纳的椅背，对着他的耳朵，低沉而有力地说：“人渣，我巴不得把你脑袋剁下来当球踢。你他妈当然知道珍妮会怎么看待这枚纪念章，你也很清楚不会吓坏她，因为是你亲手交给她的。你们俩就这么勾搭上的对吧？等帕特睡熟了，她深更半夜溜下楼，你们俩就在孩子们的玩具堆里亲热？”

他猛然扭头迎向我，两眼冷冽如冰。这次他没有刻意避开，我们的脸几乎贴到一起。“你真让我恶心。如果你敢对天发誓，你真的这么想，那你就大错特错了。”

他一点儿都不怕，这让我颇为震惊，我已经习惯了人们的恐惧，无论他们有罪或是无罪。不管你承不承认，可能我们所有人都喜欢那种感觉。而康纳没理由害怕我。

“很好，不在餐厅里，是在你那个据点对吧？等我们仔细检验你的睡袋后，会不会有大发现呢？”

“随你怎么查，请便。她从没去过那儿。”

“那又是在什么地方？海滩上？帕特的床上？你和珍妮到底在哪里鬼混？”

他双手紧攥裤缝，强忍着揍我一顿的冲动。不能给他喘息的机会，我也等不起。“我根本没碰过她，她也没碰过我，从来没有。你怎么能这么肮脏？”

我当着他的面大笑几声：“别胡扯了。哎哟，可怜的小珍妮，孤零零地困在那破烂小区里，她不就想有人来关心关心吗？这可是你亲口说的。你恰到好处地出现了。什么她又孤独啊又可怜啊，说来说去不就是你找的借口吗？方便和她上床，又不至于自责对不起帕特。具体是什么时候开始的？”

“根本没有。随便你怎么想。你从来没有真正的朋友，没经历过爱情，那是你的问题。”

“真正的朋友？就是你这种人？捏造一头野兽，逼得帕特走投无路，可不就是你的高招。”

又是那冰冷、充满疑虑的瞪视。“你说什么……”

“你怎么办到的？怪声不是问题——早晚都能查到你买那些设备的地方——但我特别感兴趣的是，你到底是怎么把那些松鼠的皮肉剃干净，用刀？沸水煮？还是亲自用牙去啃？”

“我根本听不懂你在说什么。”

“很好，松鼠的问题就交给鉴证人员。我最想知道的是，这野兽的把戏，是你一手导演的？还是珍妮也有份？”

康纳猛地推开椅子，力道之大，使椅子顿时翻倒。他大步走到房间对面，我紧紧跟上，快得几乎感觉不到自己的动作。我一把将他推到墙上：“你他妈别想溜。小子，我在跟你说话，我开口的时候，你他妈只能乖乖听着。”

他板着脸，如同戴上了硬木雕成的面具。他眯起眼，目光飘向我身后，没有焦点。

“她帮了你，对不对？在你那小窝里，你们俩笑得够欢乐的，是吧？帕特那疯子、蠢材，被你的各种把戏耍得团团转……”

“珍妮什么都没干。”

“进展一天比一天顺利，不是吗？帕特越来越疯狂，珍妮和你走得越来越近。然后就出了这事。”我将证物袋往他眼前一推，几乎擦过他的脸颊，差点儿迎面按个正着。“结果犯下弥天大错，不是吗？你还沉浸在浪漫的美梦里，但珍妮承受不了良心的谴责。如你所说，那年夏天她很快乐，但是与帕特共享的快乐。你的到来反而唤起了她的回忆。突然，她无法忍受对帕特的背叛，决定和你一刀两断。”

“她没有背叛……”

“她怎么跟你摊牌来着？在你那小窝留了张字条？连当面分手都不肯是吗？”

“根本没有什么分手，她甚至还不知道我……”

我随手将证物袋一丢，双掌啪地猛拍他脑袋两侧的墙壁，牢牢卡住他。我的嗓门越来越大，而我毫不在意。“那时你就下决心要杀光他们？或者一开始还想留下珍妮，后来心一横，不如都杀光一了百了？又或者目前的状况正是你的计划，帕特和孩子们死掉，珍妮活下来，生不如死？”

没反应。我两手又使劲拍了拍墙，他丝毫不为所动。

“康纳，这一切，这一切的一切，都源自你想用帕特的人生代替你自己的人生。值得吗？那女人到底有什么好？”

“我从来没有……”

“闭上你的臭嘴。我知道你跟她上床，我知道，绝对没错。因为这整坨狗屎一样的噩梦，只有这样才解释得通。”

“你给我离远点儿。”

“动手啊，来啊，康纳，尽管揍我，推我，推一下也行。”我径直冲着他的脸大吼，手掌一次又一次重重地砸在墙上，震得骨头都快散架了，但再疼我也察觉不到。这样的举动前所未有，不知道为什么，我竟享受着这难以置信的纯粹而残酷的快感。“你跟好朋友的老婆上床，很大男人是吧？掐死三岁的孩子，很大男人是吧？你够男人，怎么现在对着和你块头差不多的人不敢动手？来呀，男子汉，来露两手……”

康纳纹丝不动，那双狭长的眼睛依然凝视着我身后的虚空。我们从头到脚几乎都紧贴着，距离不到一英寸。我知道，摄像机不可能拍下这段画面，只要他敢戳碰我肚子一下，哪怕一抬膝盖，里奇都会过来帮忙。“来，混账，狗杂种，来揍我，你行行好，给个借口……”

我的肩头不知搭上了什么，温暖而坚硬，牢牢钳着我，稳稳按住。我刚想甩掉，才发现竟然是里奇的手。“肯尼迪探员，”他温和地附耳劝道，“这家伙说得很清楚了，他跟珍妮之间没什么。我看到这里就差不多了，你觉得呢？”

我像看猴似的瞪着他，张着嘴，不知该给他一拳还是拼命掐死他。

里奇郑重其事地说：“我想和康纳简单说两句，可以吗？”

我还是说不出话来，点点头，退后几步，两只手都沾满墙上剥落的灰漆。

里奇从桌旁拉过两把椅子，面对面摆好，中间只隔两英尺左右。“康纳，”他指了指其中一把，“坐下。”

康纳没动，依然一脸木然，不知他到底听进去没有。

“来吧，我不问你的动机，我也不认为你和珍妮有外遇，真的。我只想弄清楚几个细节，完全出于个人好奇。好吗？”

过了一会儿，康纳才跌坐到椅子上。他的动作——整个人瞬间一松，仿佛支撑身体的两条腿不见了。这让我意识到，我总算还是控制住了。他离崩溃——朝我怒吼，挥拳相向，天知道——只有一根头发丝的距离，我离真相只差一根头发丝的距离。

我想咆哮，想一脚踹飞里奇，想扼住康纳的咽喉。然而我只能干站着，两手垂在身侧，大张着嘴，呆呆地盯着他们。片刻后，我才看见那证物袋缩在角落里，于是弯腰捡起来。这个动作简直让我的心脏从嘴里蹦了出来，喉咙火辣而干涩。

“你还好吗？”里奇问道。

康纳两条手臂都撑在膝盖上，双手紧握。“没事。”

“要不要喝杯茶？咖啡？开水？”

“没关系。”

“那好。”里奇和颜悦色地坐进另一把椅子，调整好坐姿，“我只想确认几个细节问题，可以吗？”

“随便。”

“好吧。首先，帕特的状况到底有多严重？”

“他非常消沉，虽然还没发狂，但情绪相当低落。我说过了。”

里奇擦掉裤子膝盖上的什么东西，歪着头看了看，又说：“我注意到一件事。每次提起帕特，你就直接告诉我们他没疯。这你发现了吗？”

“因为他本来就没疯。”

里奇点点头，继续研究他的裤子。“星期一晚上你进他们家的时候，电脑开着吗？”

康纳从各个角度把这问题掂量了一遍，才答道：“不，是关着的。”

“电脑有密码，你是怎么弄到的？”

“猜的。杰克出生前有一次，我给帕特出主意说用‘埃玛’来当某个密码，他只笑笑说那还挺方便。所以我猜有了杰克以后，密码多半会是‘埃玛杰克’。”

“算你厉害。于是你开了电脑，删除所有的上网记录。为什么？”

“和你无关。”

“然后你才得知那头野兽的来龙去脉，是吗？在电脑上？”

康纳那除了疲倦别无他物的双眼一抬，正迎上里奇的目光。里奇没眨眼，而是镇定地说：“我们全看过，都知道了。”

康纳回答：“两个月前有一天我去他们家里，电脑还开着，里面是某个有很多猎人的论坛，都在猜测帕特和珍妮家里进了什么东西。我查了浏览记录，内容都大同小异。”

“为什么一开始不坦白？”

“不想给你们留下错误的印象。”

“你的意思是，不想让我们以为帕特精神有问题进而杀了自己全家，对不对？”

“因为他没杀，是我杀的。”

“很好。但你从电脑里的内容看出，帕特的状态很不好，是吗？”

康纳的脑袋动了动。“毕竟是互联网，人在网上的言论不能算数。”

“但也不能小看。如果换成是我的朋友，我会担心的。”

“我确实挺担心。”

“可以理解。你看见他哭过吗？”

“嗯。两次。”

“和珍妮吵架？”

“嗯。”

“扇过她耳光？”康纳的下颌愤怒地一收，但里奇立即抬手让他闭嘴，“别急，我可没信口开河。有证据表明他打过她。”

“简直荒谬……”

“稍等一下可以吗？我先理清头绪。帕特一辈子循规蹈矩，老实做人，到头来却被这个社会的规则坑了，坑得很惨。你自己也说过，出了事，他算什么？看不清自己的人最危险，任何事都干得出来。如果帕特彻底失控，我看没人会惊讶。不是我夸口，一个好人是怎么被压垮的，我想象得到。”

“现在可以回答了吗？”康纳说。

“请便。”

“帕特从没伤害过珍妮，也从不伤害孩子。对，他的确崩溃了，我也不止一次见他使劲擂着墙——最后那次，他的手好几天都不听使唤，估计伤得该去医院治治。但珍妮和孩子……他从不对他们动手。”

“老兄，你怎么不找他谈谈？”里奇的好奇听起来完全发自肺腑。

康纳说：“我也想啊，考虑了很多次。但帕特这人特别顽固，如果他过得顺风顺水，那估计挺乐意和我重逢。但他处处碰壁，证明了我当初的正确……估计他根本不想见我。”

“好歹也试一试。”

“是啊，试一试就好了。”

他的声音中泛起阵阵苦涩。里奇倾身向前，几乎和康纳头顶着头。“你很后悔对不对？没尽全力。”

“嗯。感觉糟透了。”

“可以理解，老兄。如果给你一次弥补的机会呢？”

“我什么都愿意做，任何事。”

里奇紧握的双手差不多和康纳的手放到一起了。他轻声安慰：“你为帕特做了很大的牺牲。你是他的好伙伴，一直罩着他，如果他地下有知，也会感激你。”

康纳盯着房门，紧咬下唇，竭力忍住眼泪。

“但帕特已经死了，老兄。现在已经没有什么可以伤害他。无论别人对他怎么看，怎么想，都影响不了他。”

康纳屏住呼吸，强抑起伏的心潮，再度咬紧嘴唇。

“该坦白了，老兄。你在那小窝里发现帕特对珍妮动手，你冲下去，但为时已晚。经过就是这样，对吗？”

又一波情感的洪流撼动着康纳，他浑身颤抖，几欲呜咽。

“我明白，你希望能多帮他们一些，但到了这时候，不能再掩饰。你没必要再保护帕特，他很安全。不要紧。”

他的语气像一位知心好友，像亲兄弟，仿佛天地之大，还有这么一个真正把你放在心上的人。康纳总算抬起头，微微张嘴，大口喘气。那一刻，我深信里奇已经征服了他。我分辨不出占主导地位的究竟是什么，羞惭，愤慨，还是如释重负？

随即，康纳往椅背上一靠，两手捂住脸，从指缝里迸出一句：“帕特没碰他们一根手指。”

稍后，里奇也松了劲，同样退后。“好吧，”他点点头，“好吧，很好。还剩一个问题，问完我就滚，让你安静安静。只要你答上来，帕特的嫌疑就洗清了。你对孩子们做了什么？”

“问你们的法医去吧。”

“他们有报告。我刚才说过，证词必须反复确认核实。”

餐厅里的血案爆发后，没人再上楼。如果康纳发现帕特和珍妮的打斗之后才赶到，那他一定是从后门冲进餐厅，再从原路离开，不可能上过二楼。如果他知道埃玛和杰克的死因，原因只能是——他就是凶手。

康纳双臂交叉，一脚往桌腿上一撑，转过椅子迎向我，背对里奇，两眼发红。然后，他对我说：“是我干的，因为我不能没有珍妮，但她不肯跟我走。这就是动机。你们就作为证词记录下来吧，我签字。”

走廊冷得像一座废墟，我们得记录康纳的证词，再送他回牢房，向局长汇报，给警员们安排下一步任务，还得写报告。但我们俩都没从审讯室门口移步。

里奇问：“你还好吗？”

“嗯。”

“我刚才的安排行吗？我没把握……”他的声音越来越小。

“谢了。”我没看他，“你做得很好。”

“客气。”

“你刚才很棒，控制住他了。”

“你也是。”里奇的声音有点儿怪。我们的体力基本都耗尽了。

我摸出梳子，理了理头发，但没有镜子，而且我也难以集中精神。“他所谓的动机纯属放屁。他还在撒谎。”

“嗯。”

“有些地方我们还是忽略了。明天必须全部查清，有必要的话，明晚还得加班接着干。”想到这里，我不由自主地闭上了双眼。

“你想百分之百确定。”

“对。”

“现在你有绝对把握吗？”

我在心底搜寻着那种感觉，那种一切都尘埃落定的愉悦感觉。那种感觉来无影去无踪，犹如拙劣的幻想，又如孩子喜欢的故事，在故事中，他的玩具和黑夜里的怪兽奋力搏斗。“不，”我依然紧闭双眼，“没把握。”

那天夜里我醒来后，听见了大海的涛声。不同于心碎港湾那无休止的惊涛拍岸，更像太平洋某处风平浪静的海岸线上绵延几英里的轻柔浪花，它如一只巨手轻抚着我的头发。涛声仿佛就来自我卧室门外。

迪娜。我安慰自己，心在喉咙口一蹦一蹦。迪娜这会儿一定在看电视，看着看着就睡着了。我心头一阵宽慰，差点儿忘了呼吸。然后我才想起，迪娜还在别的地方，躺在杰泽那跳蚤出没的沙发上，或是游荡在某条臭气熏天的陋巷里。一瞬间天旋地转，我的胃被恐惧刺得生疼，似乎自己孤立无援，无力抗拒内心野性的侵袭；似乎一直以来守护着我的人是她。

我紧盯着房门，拉开床头柜的抽屉。手枪那冰冷的重量令人安心、镇定。门外的涛声舒缓悠然，波澜不惊。

我拉开卧室的门，背靠着墙，举枪上膛。空空的客厅一片漆黑，只有窗框上映出苍白的矩形。大衣在沙发扶手上胡乱地堆成一团，餐厅门缝里漏出一线白光。涛声愈发震耳，是从餐厅里传出来的。

我使劲咬咬脸颊内侧，舌头舔到了血的味道。然后我缓缓穿过客厅，地毯的纤维轻戳着脚底。我踢开餐厅的门。

碗柜里亮着荧光灯，映出了我忘在厨台上的一把水果刀和半个苹果。海的咆哮骤然淹没了我，如血液般温暖，如肌肤般柔嫩，我几乎要丢下枪，任由自己坠入那广阔的摇篮，任由那一成不变的交响乐将我带向远方。

收音机关掉了。所有电器都关掉了，唯有冰箱还孤独地轻声嗡鸣——顶着涛声，唯有紧贴上去，才能捕捉到它的呓语。我打了个响指，才确认听觉没出问题。我把耳朵抵在墙上，墙那头是邻居：什么也听不见。我贴得更近，渴望听到几句含糊的低语也好，电视里的对白也好，只要能证明我的公寓没变得缥缈无根、随波逐流，只要能证明我还抛锚在一栋坚实的房子里，被温暖的生活包围着，随便什么声音都行。但回应我的是无边的静默。

我等了很久，等着耳边的涛声退去。意识到它不肯罢休，我关了灯，掩上餐厅的门，回到卧室。我坐在床边，将枪管深深按进掌心，期待着冒出什么东西好让我开一枪。浪涛的叹息宛如沉睡的野兽，我一面聆听，一面提醒自己要记得再打开日光灯。

第 17 章

奎格利的威胁

闹钟也没能叫醒我。一睁眼看到时间——马上九点了——我条件反射般翻身跃起，心脏怦怦直跳。记不清上回睡过头是什么时候了，我早练出了无论多累都能及时醒来的本事。我匆匆穿好衣服，没刮胡子、没冲澡、没吃饭就出了门。不管那是梦还是别的东西，都已龟缩到脑海的一角，时刻抓挠着神经，仿佛有什么骇人的事正在视野之外发生。路上堵车——雨下得很大——我好容易才抑制住跳下车一路跑过去的冲动。最后从停车场冲进局里的那段路，淋了我一身雨。

奎格利站在第一层台阶上，靠着栏杆，身穿一件品位很差的大衣，手指之间啪啪摆弄着一个棕色的纸证物袋。奎格利在星期六应该比较安全，他虽然没摊上那种需要连续七天都二十四小时高度关注的大案，但他没少埋头在他那些文件里头，说不定刚才还进去试着威胁我的某个警员帮他写报告呢。“肯尼迪探员，”他说，“能小聊两句吗？”

他在等我。这本该是第一个警告。“我赶时间。”我说。

“这次是送你人情，可别搞错了。”

虽然他刻意压低嗓门，但声音仍在楼梯间里回旋。那黏腻压抑的调调本该是给我的第二个警告，但我浑身湿透，又急着赶路，挂念的事远比奎格利重要得多。我刚准备继续往前走，那个证物袋却让我停下了。袋子比较小，只有我的巴掌大，看不出端倪，不知里面装了什么。如果奎格利掌握了和本案有关的证据，而我又不肯满足他这一丁点儿油腻腻的自尊心，估计他会把这袋子捂上好几个星期不给我。“来吧，”我半侧身对着下一级台阶，暗示他这“小聊”说不了多久。

“明智的选择。你是不是碰巧认识一个年轻女人，二十五岁到三十五岁，身高五英尺四英寸左右，很瘦，留长度到下巴的黑头发？这种描述可能比较官方，但要我说啊，听起来挺迷人的。”

霎时间，我简直得握住栏杆才能支撑身子。奎格利这肮脏的一刀正中要害，我顿时联想到一具无名女尸，她的手机里有我的电话；从冰冷的手指上摘下的一枚戒指此时正躺在证物袋里等待检验。“她出了什么事？”

“所以你的确认识她？”

“对，认识。怎么回事？”

奎格利两手一摊，弓起眉毛，故作神秘，恰到好处地掐准我即将把他猛推到墙上的那一刻才开口：“她一大清早就跑来这里，想马上见麦克·肯尼迪，不瞒你说，她听不进一个‘不’字。麦克，我说你，本来还以为你喜欢干净端庄点儿的类型，不过个人口味嘛，各花入各眼咯。”

他皮笑肉不笑地，我接不上话，如释重负的感觉吞没了我。

“贝尔纳黛特说你不在，让她坐下来等等，但这位‘十万火急’小姐很不满意，扯着嗓门大吵大闹，催我们快点儿。可能有人喜欢这种大惊小怪的类型吧，但这里是警局，不是夜店。”

“她人呢？”

“我可没义务照料你的女朋友，肯尼迪探员。我只不过刚好来上班，就撞见她在这儿胡闹。我想不如帮你一把，警告这小妞别当自己是女王，要这要那的。然后我告诉她，我是你的朋友，无论她想跟你说什么，我都可以代为转达。”

我两手深深地插进衣袋，好藏住握得死紧的拳头。“也就是说，你威胁她，让她跟你谈话。”

奎格利抿起嘴：“别用这种口气。我哪威胁她了？我带她去审讯室，小聊了几句。她开头还不信，到最后，总算弄明白你这人一般不守局里的规矩。”

我强作镇定：“你威胁要逮捕她，是吧？”想到迪娜一旦入狱，必然疯得如同野兽，我仿佛听到了她脑子里的疯狂噪音。我牢牢攥紧拳头，全神贯注地盘算着该怎么把奎格利往死里整。我才不在乎他手里是不是握有局长大人的什么把柄，也不在乎下半辈子会不会被打发去利特里姆专抓偷羊的小贼，总之，非得将这人渣整垮才算完。

奎格利义正词严地说：“她手里有偷来的警方财物，我总不能不管吧？如果她拒绝交出，那我就有义务拘捕她了。”

“你说什么？什么偷来的警方财物？”我竭力回忆是不是带了什么东西回家，一份文件？一张照片？究竟忽略了什么？奎格利露出令人作呕的笑容，举起证物袋。

我将袋子侧斜着迎向楼梯间小窗外微弱的白光，他还不肯松手。一时间我没反应过来，里面是一小片女人的指甲，修剪得相当精致整齐，还涂了柔和的粉色指甲油。这片指甲是仓促间被掀下来的，上面还缠着一缕亮粉色的毛线。

奎格利不知说了什么，远远地，我没注意去听。空气的密度仿佛瞬间骤增，令人窒息，紧压着我的头骨，无数毫无意义的噪音在我脑中激荡。我本该立即扭头，推开奎格利，夺路而逃。但我动不了，双眼像被别针固定了一样，瞪得浑圆。

证物袋标签上是一行微微向前倾斜的有力字迹，十分眼熟，但又和奎格利那种潦草凌乱的笔法不同。“获取自康纳·布伦南住所的客厅……”冷风，苹果的味道，里奇那憔悴的脸。

当我从恍惚中回过神来，奎格利还说个没完，那声音在楼梯间里嗞嗞作响，尤显空洞。“一开始我想，我的妈呀，伟大的肯尼迪居然把证据随便丢在泡妞的地方，谁能想到啊？”他哧哧窃笑，我的脸色想必已经非常难看。“然后呢，等你来找我们吹牛的时候，我顺便瞥了一眼你的案卷——我从来不管闲事，但总得瞧瞧手里这东西该放哪儿吧，所以也就公事公办咯。这不，偏偏就看出猫腻来了。上面这行字，不是你写的——大家同事这么些年，我还能不认得你的字迹？——不过你在报告里的字写得真不怎么样。”他敲敲太阳穴，“我这个大侦探可不是白叫的，对吧？”

我脑子里某个偏僻的角落又机械地运转起来。练好自控的本事花了我二十五年时间。朋友们没少批评我，给新人训话时他们也没少翻白眼。通通给我滚。亏得练出来了，在这冷飕飕的楼梯口，我才忍住没爆发。从这案子的爪子开始在我脑壳里转着圈挠来挠去时起，我就反复告诫自己一点：情况还可能更糟。

奎格利享受着现在的每一秒钟，我正可加以利用。我听见自己冷若冰霜地说：“别告诉我，你忘了问她。”

果然，他按捺不住了。“老天在上，那疯女人，不肯报名字，也不肯透露她是在哪里弄到、怎么弄到这东西的——然后我加了点儿压力，稍稍加了一点儿，哈，她就歇斯底里了。不跟你开玩笑，她简直揪了一大把头发下来，尖叫着说要向你告我的状。哎，我才不怕呢——一个警官和一个疯疯癫癫的小妞，脑子正常的人都知道该相信谁——但这小妞疯得过头了。要让她开口不难，但没意义，她说的半个字我都不敢信。告诉你吧，别管她多带劲儿，这种货色，就得穿紧身衣才有味道。”

“可惜你自己手边没有。”

“我这不给你送人情了嘛，好人有好报。”

头顶上办公室的门砰地打开，三位同事沿走廊往餐厅去了，热火朝天地讨论某个突然得了健忘症的证人。奎格利和我紧贴着墙，就跟秘密搞阴谋似的，等他们的声音逐渐远去，我才说：“你把她怎么样了？”

“我叫她自重，随时可以走，她撒腿就跑，半路还朝贝尔纳黛特比中指。够劲儿。”他双臂交叉，酸溜溜地缩起下巴，简直像个对着时尚女郎挑三拣四嚼舌根的老肥婆。我心中淡漠超然的那个角落竟也忍俊不禁。迪娜把奎格利吓出屎来了。无论什么时候，她那疯劲儿都还挺有威慑力。“是你的女朋友？还是你无聊时候随便泡来的？如果今早她找着你，会敲你多少钱？”

我朝他摇摇手指：“说话客气点儿，兄弟，她是个好女孩。”

“我没按盗窃罪逮捕她，算她走运。就算送你个人情得了，你怎么着也该客客气气谢我一句。”

“听你这一说，感觉她来这一趟，倒给你无聊的一上午加了不少调料，恐怕你该谢我才对。”

谈话的方向偏离了奎格利的预期。“那好，”他想拉回原路，便举起证物袋，用两根又肥又白的手指夹住袋口，“说说，肯尼迪探员，这东西，你有多想要？”

他还没搞懂。我心头的一块大石头顿时落下了。于是我掸掸袖子上的雨水，耸耸肩：“天知道呢，你从那小妞手里收下了，就谢谢你吧，但我看也不算什么要紧东西。”

“最好想清楚，不然我回头记录在案，对你可没好处。”

我们隔三岔五地会忘记上交证据，虽说不该，但也难免。晚上到家，大衣一脱，发现口袋里鼓鼓的，才想起是之前某位证人来报告情况时自己随手塞进去的一个信封；或是一开汽车行李箱，发现前晚就该上交的证物袋还躺在里面。不过只要别人碰不到你的口袋，拿不到你的车钥匙，就还不算世界末日。但这次的证据不知被迪娜拿了几小时还是几天，如果我们将它提交法庭，辩护律师肯定主张她污染了证据，比如对着证据哈气或是掉包成完全不相干的东西。

即便是羁押过程中的小小疏漏也有可能酿成大错。证据并不总是从犯罪现场提取的第一手材料，有可能过了好几个星期才由证人交出来，有可能在野地里被风吹雨淋好几个月才被警犬嗅出来。我们只能根据手头的材料，尽可能与辩方周旋。但这次不一样，证据是被我们自己污染的，所以我们碰过的其他证据也都靠不住了。如果还想用它，那这次调查中的每个环节都将遭到攻击：罪名可能是栽赃陷害，嫌疑人可能受到刑讯逼供，甚至连证据也是我们一手捏造的。既然破坏了一次游戏规则，那别人怎么可能相信这是唯一的一次？

我满不在乎地弹了弹袋子——手指一碰到它，脊梁骨就不禁抖了几下。“如果这东西能把嫌疑人和犯罪现场联系起来，那就有得瞧了。但我们手头还有很多证据也能用上，我看没什么大不了的。”

奎格利那精光毕露的小眼睛在我脸上扫射了几遍，寻找漏洞。“不管怎么说，”好半天他才开口，竭力掩饰沮丧的情绪，可见他信了，“就算这事最后毁不了你的案子，起码总有风险在。局长如果听说他的手下私藏证物，非掀了屋顶不可，特别是这个案子。可怜的孩子们哪。”他连连摇头，遗憾地咂着嘴，“你很看好柯伦那小子是吧？总不想眼睁睁地看他还没上手就被踢回巡逻队去吧。你们关系那么好，走得那么近，都白忙了。那不是很可惜吗？”

“柯伦又不是小孩，他自己能管好自己。”

“啊哈，”奎格利促狭地笑着，指了指我，似乎我不小心泄露了天大的秘密，“这意思是说，莽撞惹祸的人果然是你咯？”

“你爱怎么想就怎么想。随你想几遍。”

“那倒无所谓。就算犯错的是柯伦，毕竟他还在见习期嘛，你有责任提醒他。如果这事儿捅出去……还真不是时候，对你的前途影响可不小啊。”奎格利凑得太近，那湿漉漉的闪着光的嘴唇和大衣领子上厚厚一层黏腻的污渍，我都看得一清二楚。“大家都不想这样，我们总可以做笔交易嘛。”

一时间，我还以为他指的是钱。说来惭愧，在更短的一瞬间里，我竟然闪过答应他的念头。为了防止迪娜和我万一有需要，我存了点儿积蓄，不多，但足够封上奎格利的嘴，拯救里奇，也拯救我自己，让这个世界闪回原位，当作什么事也没发生过。

然后我明白了，他的目标是我，绝不可能息事宁人。他想跟着我办重要案件，我的任何好处他都要分一杯羹，麻烦全扔给我；还会逼着我在奥凯利面前给他说好话，一旦他稍不满意，就会意味深长地朝我微微一抬眉毛，大发慈悲地给肯尼迪探员一个补救的机会。永无终结。

回想起来，我也很想相信这不是我拒绝奎格利的原因。我明白，很多人会觉得原因仅仅如此简单而已；我的自尊不容许我今后的职业生涯都得唯他马首是瞻，还得陪着小心给他泡咖啡。而且迄今我都还说服自己，我当时说“不”，只因那是最正确的选择。

“我不可能因为你捏着我的把柄，就和你做交易。”

奎格利闻言后退一步，离我的脸远了点儿，但他不肯轻易放弃，肉到嘴边，口水还哗哗地流着呢。“别急着说让你后悔的话，肯尼迪探员。这东西昨晚在什么地方，没必要让别人知道。你的妞你自己搞定，她不会说。柯伦但凡脑子不出毛病，也不会说。直接放到证物室，当作什么都没发生过就好。”他晃了晃袋子，我听见指甲刮过纸皮的声音，“这事只是你我之间的小秘密，先别忙着回绝，再好好考虑考虑。”

“没什么可考虑的。”

片刻后，奎格利往栏杆上一靠。“我来教教你，肯尼迪，”他的声调变了，那假模假样的“哥们义气”消失了，“我知道你准得搞砸这个案子。星期二那天你见完局长回来，我立马就知道了。总以为自己了不起，是吧？完美先生，从不出岔子。看看你现在。”他又笑了笑，这次基本是冷笑了，带着不必再费心隐藏的怨恨，“我还真想知道，这次你怎么就马虎了？是不是当圣人当得太久，以为随便怎样都能溜掉，没人会怀疑伟大的‘快球手’肯尼迪？”

无关乎加班写材料，也不是为了使唤我手下的警员，奎格利星期六一早来上班，是因为老天不容许他错过看我跌跤的好机会。我说：“早就想让你好好快活一天，看来我成功了。”

“你一直捉弄我，当我是白痴，没少在背后整我，以为我都发现不了。现在你说说看，如果你是大英雄，我是大白痴，那这次为什么栽跟头的是你，看热闹的是我？”

他错了。我从来不敢小看他。我早就知道奎格利有个本事：鼻子和猎狗一样灵敏。这天赋让他循着气味、滴着口水扑向哆哆嗦嗦的嫌疑人、战战兢兢的目击证人、两腿打颤的警队新人，以及任何暴露弱点、散发血腥味的猎物。我错就错在没发觉他最大的目标是我。这么多年来无数次苦不堪言的疗程中，我对自己的每一步、每句话都十二分小心，我以为我已经痊愈，伤口都愈合了，流的血也该洗干净了。我以为我掌握了安全的处世之道，我万分肯定，这就意味着我彻底安全了。

我对奥凯利说出心碎港湾的那一刻，脑中的旧伤疤顿时又被撕开。我宛如一头被驯化的家畜，老老实实沿着那些伤疤的轮廓一路走到今天；我把这案子办得光芒四射，但正如在那条黑漆漆的街上现身的康纳·布伦南，过于醒目，难免招来周围的食腐动物虎视眈眈。

“你不算白痴，奎格利，你可耻。就算我从现在到退休，每分每秒都搞砸，比起你，我也绝对算得上好警察。跟你在一个局里，丢尽了我的脸。”

“那你运气不错，等局长看到这个，估计你就不必再忍着我了。”

“我要拿走。”

我伸手去拿证物袋，但奎格利猛地将它抽回去，噘着嘴，绝望地将袋子夹在食指和拇指之间晃了几下。“恐怕这会儿还不能给你，天知道你会怎么处置。”

我调整了几下呼吸，才说：“你真叫我恶心。”

奎格利脸色一沉，但看见我的表情，话到嘴边又咽回去了，像丢垃圾似的将袋子塞到我手里。“我会打一份详细报告，”他宣布，“马上。”

“请便，别挡路。”我将证物袋塞进衣袋，扭头就走。

我上了二楼，把自己关进洗手间的一个小隔间里，头顶着潮湿的塑料门板，脑海如同铺了一层薄冰，湿滑而危险。我只觉得晕头转向，被千思万绪推入冰冷刺骨的水中，挣扎着摸索坚实的土地，却一无所获。直到双手终于停止颤抖，我才推门下楼，去了重案组办公室。

屋子里又热又吵。警员们接电话，往白板上贴材料，边喝咖啡边为一个荤段子捧腹大笑，回头又开始探讨某个凶案现场血迹喷溅的模式。他们充沛的能量让我更为眩晕。我从中间挤过，两腿似乎随时可能瘫软下去。

里奇坐在桌旁，挽起袖子，埋头于一大堆报告表格中。我将湿透的大衣往椅背上一丢，凑过去小声吩咐：“我们每人拿几张纸离开这儿，装作赶时间，但动静不要太大。快。”

他愣了片刻，眼底布满血丝，一看便知状态极差。然后他点点头，抓起一沓报告，推开椅子。

二楼走廊末端有间审讯室，除非必要，一般不用，因为暖气坏了，即便大热天，那里也跟地下室一样冷飕飕的，而且电线出了点儿问题，日光灯一闪一闪的，很刺眼，每隔一两星期就烧坏一次。我们就去了那儿。

里奇关上门，站在门边，手握一沓没用的稿纸，两眼跟在街上游荡了一整夜的小混混儿一样浮肿，整个人看上去活脱儿是一个营养不良的毛头小子，锁在满是涂鸦的墙边，正等着和毒品贩子做点儿小买卖。我已经开始将这家伙视为我的搭档了。他那瘦得皮包骨头的肩膀，也让我深感身旁有了可以依赖的力量。这种感觉很好，很温暖。我们俩的状态都让我反胃。

我从衣袋里掏出证物袋，放到桌上。

里奇紧咬双唇，但既不吃惊，也不畏缩。我的最后一丝希望也破灭了，这早在他意料之中。

无止境的沉默。里奇可能以为我会以此打击他，就像我打击嫌疑人那样。空气变得透明了，似乎一碰就碎，化作千千万万锐利的碎片倾泻而下，将我们切成粉末。

好半天，我才开口：“今早一个女人拿来的。听他的描述，是我妹妹。”

里奇一惊，猛地抬头瞪着我，满面倦容，几乎忘了呼吸。我接着说道：“我想弄清楚，他妈的这玩意儿怎么会跑到她手里。”

“你妹妹？”

“你见过的，星期二晚上在外头等我的女人。”

“我不知道她是你妹妹，你从没提过。”

“我也不知道这关你屁事。她怎么会拿到这个？”

里奇砰地往门背后一靠，一手捂住嘴。“她去了我那儿，”他没敢看我，“昨晚。”

“她怎么知道你住哪里？”

“我也不懂。昨天我走路回家——我想好好思考思考。”他慌慌张张地瞥了瞥桌子，似乎那东西会扎人，“估计她肯定又在外面守着，不是等你就是等我。她肯定看见我下班，就一路跟到我家。我刚进门五分钟，门铃就响了。”

“然后你请她进去喝茶拉家常是吗？平时有陌生女人敲门你都这样？”

“她问能不能让她进去。她冻坏了，我看得出她浑身打冷战。再说她也不算陌生人，我记得星期二晚上见过。”那当然，特别是男人，不可能立刻忘掉迪娜，“总不能让你的朋友在我家门口吹冷风吧。”

“你好善良啊，难道你就没想过给我打个电话，通知我她在你家？”

“确实想过，本来要打的，但她……她的状况不太好，一直抓着我的手臂，一遍又一遍念叨：‘别告诉麦克我在这儿，你敢说一句，他就会发飙……’我真的想联系你，但她不给我机会。就连我上洗手间，她也要我把手机交给她——我的室友泡吧去了，也没法儿暗示他们联系你，或是哄她去和他们聊天，自己趁机给你发短信什么的。最后我想，反正也没事，她在我家过夜很安全，天亮再找你不迟。”

“‘没事’？你管这叫‘没事’？”

突兀的沉默。我又问：“她想干什么？”

“她担心你。”

我放声大笑，声音大得两人都吓了一跳。“担心我？真的？荒唐至极。到了这地步，你早该看出来了吧，要说该担心谁，头一个就是她。兄弟，你是警察啊，这么明显的事都看不出来？我妹妹脑子有毛病，就没哪天正常过，就算她爬到墙上抓着吊灯荡秋千都不奇怪。可别告诉我，你居然没发现。”

“我不觉得她疯了。很沮丧倒是真的，但那也是因为她放心不下你，担心得快要疯掉。”

“我就是这个意思，疯疯癫癫。有什么可担心的？”

“这个案子。这个案子对你的影响。她说……”

“关于这个案子，迪娜唯一知道的，就是有这么个案子。仅此而已。而这就足以让她大发神经。”我从不向人透露迪娜的病情，以前偶尔也有人问起，但之后就不敢再提第二次，“想知道星期二晚上我是怎么过的吗？听她发脾气，听她唠叨没法儿睡自己的公寓，因为浴帘跟老爷钟似的嘀嘀嗒嗒响个没完。想知道星期三晚上我是怎么过的吗？拼命劝她别放火烧光从我的书里撕下来的那些书页。”

里奇不安地朝门口挪了挪。“我都不了解这些。她在我家看起来还挺正常的。”

我的胃揪紧了。“正常个屁。她知道你马上就会打电话通知我，这和她的计划不一致。她疯了，却不傻。而且只要她愿意，她较起劲儿来谁都吃不消。”

“她说之前几天都在你家过夜，陪你聊天，而这个案子把你的脑袋烧坏了。她……”里奇偷瞟我一眼，小心地字斟句酌，“她说你的状况不太好，说你一直都对她很好，很温柔，即便在她无理取闹的时候——这是原话——但之前那晚她出现时，你吓了一大跳，还拔出了枪。她说离开的原因是，你让她去自杀了事。”

“所以你就相信了？”

“我觉得她未免太夸张。但话说回来……你的确压力很大，这点她没瞎编。她说你快垮掉了，被这个案子压垮了，却又找不到减压的路子。”

我心里黑压压一团乱麻，判断不出迪娜是不是在报复我，是我真的做错了什么，还是完全出自她臆想的原因？抑或她发现了某些我不曾留意的东西，让她如惊弓之鸟般跑去猛敲里奇的家门。我完全想不清楚，究竟哪一种更糟。

“她对我说：‘你是他的搭档，他信任你，你得帮帮他。他不让我管，不让他的亲人管，但他也许会听你的。’”

“你和她睡了吗？”

我忍了很久，还是问了。里奇张了张嘴，却说不出话，答案已在不言中。“不劳你回答了。”我说。

“听着，兄弟，你从没说过她是你妹妹啊。她也没说。我对天发誓，如果知道……”

本来我之前差那么一点点就要告诉他了。当时把话憋回去，天哪，无非是害怕那样会暴露我的弱点。“那你以为她是谁？我女朋友？前女友？我女儿？这样你就放心和她睡了？”

“她说她是你一个老朋友，从小就和你认识，你家和她家经常一起租房车去心碎港湾度暑假。她真是这么说的。我哪知道她撒谎？”

“她疯到那个地步，还不够？莫名其妙跟你胡扯她屁都不了解的案子，满嘴乱喷我神经崩溃，她百分之九十的话都是垃圾。难道你就没想到，剩下那百分之十也好不到哪儿去？”

“不是垃圾啊。她对极了，这个案子，你陷得太深了。依我看，从一开始就陷进去了。”

每次呼吸都痛彻心肺。“好体贴，我好感动。所以你安抚我的方式，就是跟我妹妹上床。”

看里奇那表情，如果赶紧结束这场对话，他连手臂都舍得砍掉。“没那回事。”

“苍天啊，什么叫没那回事？她给你下药了？把你铐在床头了？”

“我没打算……我觉得她一开始也没往那方面想。”

“你不会真的想来教我怎么揣测妹妹的心思吧？才睡了一晚就有这资格？”

“不，我只是说……”

“兄弟，对她的了解，我比你多得多得多。就连我去猜她的心思都要猜到头破血流。依我看，她去你家早就有预谋。我百分之百肯定，上床是她的意思，不是你的。但这不等于你没配合。你他妈满脑子到底想什么呢？”

“我对天发誓，真的是一连串巧合。她害怕这个案子会拖垮你，在我家客厅里走来走去，一直哭，她太难过，坐不住，我就拥抱她一下，只想安慰安慰她……”

“闭嘴吧你，我不想听具体细节。”后面的过程可想而知，要被迪娜的疯劲儿牵着鼻子走，再容易不过了。这一刻你还只想踩到悬崖边拉她上来，下一瞬就跌落深渊，万劫不复。

“我只想说，后来自然而然就控制不住了。”

“你搭档的妹妹。”忽然，我疲惫至极，阵阵恶心，有什么东西涌到喉咙口，烫得灼人。我头顶着墙，指头紧紧按住双眼：“你搭档发疯的妹妹。亏你干得出来！”

“是我不对。”里奇小声答道。

指尖下的黑暗深沉而宁静。我不愿睁眼，不愿直面那尖锐刺目的光芒。“今早你醒来时，”我说，“迪娜已经走了，还带走了这个证物袋。本来它在哪儿？”

片刻的缄默。“我的床头柜上。”

“随便什么人进你卧室，一眼就能发现。室友、小偷、一夜情的对象。够聪明啊，老弟。”

“我的卧室是锁门的，白天钥匙都随身带，放在夹克口袋里。”

我们的种种争论——凶手是康纳还是帕特，那神出鬼没的动物是真是假，以及多年前的爱情纠葛孰是孰非——每一次，里奇都荒谬得可笑。从头到尾他都捂着答案，近得我一伸手就够得着。“那效果怎么样呢？”

“我根本没料到她会带走。她……

“你早就丧失思考能力了，从她进你卧室的那一刻起。”

“她是你的朋友啊——我以为她是。我根本没料到她会顺手牵羊，特别是这个。她那么关心你，表现得非常明显，怎么会给你的案子捣乱呢？”

“哦，不不，给这案子捣乱的可不是她。”我松开捂脸的双手，只见里奇满面通红，“她顺走这信封，是因为改变了对你的看法，兄弟。而且她不是唯一的。她一看到这个东西，就发觉你这人可能没那么好，没她想象中那么诚实可靠，这就说明最适合照看我的人并不是你。于是她决定，她唯一的选择就是亲自动手，将我搭档刻意隐瞒的证据亲手交给我。我既能把案子扭回正轨，又能看清楚要对付的是什么人，一举两得。这么看来，别管她疯不疯，好歹还算做了点儿贡献。”

里奇盯着鞋尖，不吭声。我又问：“你到底准不准备告诉我？”

他顿时挺起背：“嗯，要的，我刚发现的时候，确实想好了，所以才拿袋子装起来，还贴了标签。如果不准备告诉你，我直接丢进垃圾箱不就得了。”

“好啊，恭喜啊，老弟。颁给你一面奖牌如何？”我朝那信封努努嘴。我没法儿拿正眼看它，眼角不知被什么活蹦乱跳的东西给塞住了，堵得慌。一只大虫子正绕着那薄薄的信封和塑料袋口嗡嗡乱飞，似乎想冲开密封口闯进去。“‘获取自康纳·布伦南住所的客厅’，趁我在外面给拉里打电话的机会，对不对？”

里奇愣愣地注视着手中的废纸，似乎记不起当初拿它们的目的了。他手一松，纸张四散在地。“是。”

“本来它在哪儿？”

“应该是地毯上。当时我正收拾沙发上那些乱七八糟的东西，那片指甲就粘在一件毛衣的袖子上。我们把衣服从沙发上拿下来的时候还没有——还记得吗，那会儿每件衣服我们都认真检查过有没有血迹。所以肯定是毛衣从地毯上粘走的。”

“什么颜色的毛衣？”如果康纳·布伦南的衣柜里有亮粉色的毛衣，我肯定记得。

“绿色，或者卡其色吧。”

而地毯是米色的，还沾了不少脏兮兮的绿色、黄色毛球。如果拉里他们举着放大镜去康纳的公寓里找一件能和那缕粉色毛线匹配的衣服，必然空手而归。当我看到那片指甲的一刹那，我就明白毛线的来历了。

“对于这件证据，你怎么看？”

里奇眼神空洞，怔怔出神。我提醒他：“柯伦探员。”

“这片指甲的形状和指甲油的颜色，与珍妮弗·斯佩恩正好符合。上面那缕毛线——”他的嘴角微微抽搐，“我觉得像是闷死埃玛那个抱枕上的花边。”

库珀用拇指和食指撑开埃玛脆弱的下颌时，从她喉咙里取出的那浸湿的线头。“依你看这说明什么？”

里奇平静地、非常小声地答道：“凶手可能是珍妮弗·斯佩恩。”

“别‘可能’了，根本就是。”

他的双肩抵着门，不安地动了动。“还不确定。她也可能是以其他方式缠上毛线的，比如之前哄埃玛睡觉的时候……”

“珍妮特别注重仪表，一丝头发都不能乱。你以为她会受得了指甲开裂一整晚，没修剪好就去睡觉？何况上面还缠了一缕毛线。”

“也不排除是从帕特那里转移过来的，他用枕头朝埃玛下手的时候，睡衣领子上缠了毛线，然后和珍妮扭打时，珍妮的指甲裂了，刚好又缠上……”

“单单这一缕毛线，一会儿在他的睡衣上，一会儿跑到她身上，整个餐厅里转了一圈，来回折腾几百次，哪有这样的巧合？”

“不见得没可能，不能简单地把罪名都推给珍妮。库珀不是很有把握吗？她的伤绝对不是自残。”

“我知道，”我说，“我会再找她问话。”想到又要面对房门外的那个世界，我就像膝盖上重重挨了一棍，颓然跌坐到桌旁。我再也站不住了。

里奇留意到“我会再找她问话”中说的是“我”而不是“我们”。他刚想张嘴，又闭上了，寻思着该怎么问才合适。

“你怎么没告诉我？”显而易见的痛楚，我都懒得掩饰。

里奇躲着我的目光，弯腰捡起刚才掉落的纸张。“因为我知道你下一步会怎么办。”

“逮捕珍妮是吗？你怕我因为康纳没犯罪，所以就不指控他？到底是什么，里奇？这里面到底有什么要命的东西，逼得你非得藏着掖着？”

“不能说要命，只是……逮捕她……我说不好，兄弟，我拿不准该不该走这一步。”

“没得选。缉拿凶手本来就是我们的义务。如果你对这份工作的基本职责都有疑问，索性辞职另找出路吧。”

里奇一听赶紧站起来："对，我就是怕这个，就知道你会这么说。我了解，对你而言，一切非黑即白，不存在疑问，只要坚守规则。我需要再好好斟酌一番，因为我知道，一旦告诉你，就无可挽回了。"

"非黑即白他妈的有什么错？杀光自己全家，坐牢天经地义。哪来的灰色地带？"

"珍妮已经在地狱里煎熬了，她生命的每一秒钟，承受的那种痛苦，我都不忍多想。别人给她的惩罚，能比得上她的自责？无论她做什么，或者我们做什么，都弥补不了。我们就算让她坐牢，目的也不会是为了防止她再作案吧。即便判个无期，又有什么意义？"

我原以为里奇的绝招或者说是天赋，就是哄得证人或嫌疑人相信，无论多么荒谬、多么不可思议，反正他还把他们当人看。他让戈根一家相信，在他眼中，他们绝不是令人嫌恶的卑鄙小人；他让康纳·布伦南相信，自己不仅仅只是一头我们急着赶尽杀绝的野兽。他的沟通技巧令我印象深刻。通宵蹲守谈心的那一晚，我就该察觉到的，当时我就该看出其中的危险所在：其实他的这些技巧，并不是刻意演戏。

"所以你才拼命把嫌疑往帕特头上套。我以为你完全是为了追求真相和正义。我真蠢。"

里奇脸红了："不能这么说。一开始我真的认准他是凶手——在我看来康纳不像，也不太可能是其他人。然后发现了这个证据，我就想……"

他的声音越来越弱。我说："你那脆弱的同情心不忍心逮捕珍妮，但如果平白冤枉康纳，让他坐一辈子牢，你又于心不安。想得还挺周到。于是你决定将所有脏水都泼给帕特。康纳昨天的表现不错，你差点儿就能拉他一把，他也差点儿上钩，结果到头来还是没咬饵，估计你一整天都很不爽吧？"

"帕特已经死了，兄弟，他又没什么损失。我知道，你说过，人人都会视他为凶手，但你还记得他在论坛上说的话吗？他只想保护珍妮，不惜付出任何代价。如果给他机会，他会怎么选择？揽下罪名还是送她去终身监禁？他会求着我们拿他当凶手的，苦苦跪求。"

“你跟戈根家那贱人也来这一套。还有珍妮。什么帕特是不是乱发脾气啊，是不是精神崩溃啊，你怕不怕他伤害你啊……屁话连篇。你在诱导珍妮多踩帕特一脚。结果呢？一个三重谋杀犯反而比你更有良心。”

里奇的脸刷地一下变白，没有答话。

“姑且按你的思路走吧，”我又说，“真相吞到肚子里，直接栽赃给帕特，结案了事，珍妮出院，皆大欢喜。接下来会怎样？无论那天夜里发生了什么，她爱孩子的心不会变，她也爱她的丈夫。你觉得她身体恢复以后，下一步会怎么做？”

里奇将收好的纸放到桌上，和那个信封拉开一段安全距离，理了理整沓纸的边缘。“她会自行了断。”

“没错。”阳光照亮了空气，射进房里的白光令人目眩，在半空勾勒着迷离的轮廓，“而且这次绝不会失手。如果让她出院，四十八小时之内，她一定会死。”

“嗯，很有可能。”

“这你也看得下去？”他的肩头微微一抖。“难道这是报应？她该死，我们就偏不判她死刑，让她自己动手。这是你的计划？”

里奇一抬头，迎上我的目光。“对她而言，这是最合适的一条路。”

我几乎要跳起来揪住他的衬衣领子。“亏你说得出口。珍妮正常还能活多少年？五六十年吧？难道你以为她就该泡进浴缸，割开手腕，一了百了？”

“六十年或许有，但一半都得在狱中熬过去。”

“那才是她该去的地方。这女人的病得治。心理疗程、药物治疗，那些我不懂，那是医生的事，她在监狱里该有的都会有。她欠这个社会的债得还，治好脑子的问题，出狱之后还有新生活。”

里奇连连摇头，摇得很用力。“不，不会的。你疯了吗？她面前根本无路可走。她杀了亲生儿女，死死闷住他们，直到两个孩子不再挣扎。她刺死丈夫，坐视他流血而死。全世界没有任何医生治得了她。你也看见她的状态了，现在的她，只不过是一具空壳而已，心已经死了。放她去吧，兄弟，就算可怜可怜她。”

“你好意思说可怜她？这案子里可不只珍妮弗·斯佩恩一个人。记得菲奥娜·拉弗蒂吗？还有她们的母亲？你可怜过她们吗？想想她们已经失去了多少，然后你看着我，再告诉我，她们还活该再失去珍妮？”

“这一切她们都不该承受。你觉得让她们得知珍妮的所作所为会更好吗？无论如何她们都失去她了，照我的办法，长痛不如短痛。”

“没那么容易结束。”我几乎挤干了肺里的所有空气，身体里空空荡荡，胸腔仿佛缩成一团，“对于她们来说，永远都不会结束。”

里奇闭嘴了。他坐在我对面，茫然凝视着平摊在那沓纸上的十指，默然不语。好半天，他才说：“她欠这个社会的债？我听不懂这是什么意思。让珍妮坐二十五年牢，对谁有好处？”

“你他妈少说几句。这个问题你根本就不该问。判决的权力在法官手里，轮不到你我多嘴。体制就是这么操蛋，你这种目空一切的愣头青，没有任何机会去挑战；他们想什么时候判死刑都行。你只管遵守狗屎一般的游戏规则，递交狗屁不通的所谓证据，让狼心狗肺的体制去解决问题。放弃珍妮弗·斯佩恩不是你一个人说了算的事。”

“谈不上放不放弃。只是让她承受这样的痛苦几十年……太折磨人了啊，兄弟。不该这样。”

“不，你认为不该这样，谁知道你是什么动机？因为你坚持立场？因为这个案子伤透了你的心？因为珍妮令你回忆起五岁时的老师凯莉小姐，所以你满心内疚？里奇，为什么要立规矩，就是这么回事。对与错，不能交给自己的心来判断。行不通的。否则一旦你犯下大错，恐怕你连思考的能力都没有了，更别提活下去。照规矩，我们就得对珍妮公事公办。别的废话少说。”

他又摇头：“我还是觉得不该这样。这次我相信自己的内心。”

我半冷笑半咆哮道：“哦？看看你的内心错到什么地步？所有规矩归根结底就一条：自己的内心是最最不靠谱的，软弱无力、支离破碎、乱七八糟，每到关键时刻就拖后腿。我妹妹跟踪你回家，难道不是听从她的内心？

星期一夜里珍妮的所作所为，难道不是发自真心？一旦你完全跟着内心的指示走，到头来只会铸成大错。我这辈子所走对的每一步，都是因为我不相信我的心。”

里奇艰难地抬头望着我：“你妹妹说起过你们母亲的事。”

我差点儿一拳揍扁他的脸。看得出他鼓足了勇气，畏惧中交织着希望。长久的冷场，直到我终于松开拳头，得以喘息。

“她具体都说了些什么？”

“说你十五岁那年夏天，母亲溺水过世了。当时你们在心碎港湾。”

“她该不会还介绍了她的死亡方式吧？”

他又不敢看我了。“嗯。她说是她自己走到海里去的，故意的。”

我静候下文，但他言尽于此。我又问：“所以，你以为我跟疯子也只有一线之隔，对不对？”

“我不……”

“不，老弟，我很好奇，你尽管说，你从哪儿得出这种结论的？你以为我心理创伤太重，一靠近心碎港湾就会精神崩溃？你是不是觉得精神病会遗传，所以我不知什么时候就会突然发作，嚷嚷着有个长得像蜥蜴的男人蹲在屋顶上？你担心我把自己的大脑敲个稀烂？我应该有权力知道吧？”

里奇答道：“我从没想过你会疯，一次都没有。但你对待布伦南的方式……我很不放心，早在昨天晚上之前就……我觉得你有点儿过分。”

我真想推开椅子在房间里玩命绕几圈，但我知道，一旦靠近里奇，我非揍扁他不可，潜意识告诉我此举不妥。于是我耐住了性子。“很好，你和迪娜谈过之后，自以为搞清了来龙去脉，不仅如此，你还有胆子随便处理证据。‘那个窝囊废，被怒火冲昏头脑的老疯子，根本没法儿自己搞定，只会抱着枕头为死去的妈妈哭泣。’对吧，里奇？说到底不就是这意思吗？”

“不不，我是想……”他连忙做了个深呼吸，“我们可能会搭档很长时间，哎，这么说感觉我太自以为是，可我……我以为这办法好，还希望……”在我的逼视下，他的后半截话蒸发掉了，又另起炉灶，“至少这个星期我们是搭档，那就意味着，有难同当。”

“真感人，但我没什么操蛋的‘难’。至少在你自作聪明对证据动手脚之前没有。这事跟我妈毫无关系，懂吗？明白了吗？”

他肩头一抖：“我就随便说说。我想，说不定……如果凶手是珍妮，我能理解你会有多不爽。”

“最让我不爽的是有人被杀，不管是自杀或他杀。这是我的工作，别扯那些花里胡哨的心理学。你坐在这儿闹着要帮珍妮跳楼，我看有病的是你才对。”

“拜托，兄弟，别乱扣帽子，谁也没说要帮她，我只是说……顺其自然而已。”

从某种意义上说，那倒也不失为一种解脱，虽渺小而苦涩，但毕竟是解脱。这家伙永远也成不了真正的侦探。如果我没那么愚蠢、软弱、可悲，只看到自己想看的，而忽视了其他，那么早晚他会闯下大祸。“我可不是该死的戴维·阿滕伯勒[1]，犯不着冷眼旁观什么自然不自然的。如果我动那种念头，还不如自己找座楼去跳。”我声音中的憎恶令里奇不禁畏缩，我却享受着这冷酷的快感，“杀戮本就是自然天性，你没发现？残害、强奸、谋杀，人对同类所做的一切，和野兽又有什么区别？这才是顺其自然。兄弟，与我们战斗的，正是自然这个魔鬼。它是我们最残忍的敌人，如果你不把它当对手，那就站错立场了。”

里奇没有回答，他耷拉着脑袋，指甲来回在桌上密密麻麻地画着不明所以的几何图案。回想上次他在观察室玻璃上的信手涂鸦，仿佛经历了漫长的时光。过了一会儿，他才问：“那你打算怎么办？我们把这信封还回证物室，就当什么也没发生过？”

该去的是你，而不是我们。“不管我愿不愿意，都别无选择。迪娜早上

---

① 英国电视编辑，先后为BBC制作了广受欢迎的《文明》《人类的发展》等文化教育系列作品。目前世界上最重要的科学传播者之一，也是动物与自然保护节目的开拓者，他的工作为人们认识与保护地球做出了重大贡献。

过来的时候我不在，她直接交给了奎格利。”

里奇瞪大了眼，硬生生地从肺里挤出一句：“操。”

“对，操。你别不信，奎格利肯定不会善罢甘休。记得前两天跟你说过的话吗？奎格利巴不得对我们落井下石，千万别被他捏住把柄。”

他的脸色愈发惨白。我倒对他的痛苦状喜闻乐见，本性中残酷的那一面在这昏暗的储藏室里悄然抬头，因为我已无力压制它。

“那我们怎么办？”

他的声音颤抖得厉害，朝我摊着手，似乎我是能替他收拾各种残局、扫清各种烦恼的超级英雄。

“什么也不干。你回家去。”

里奇犹疑地注视着我，想弄清楚我的言下之意。他只穿了短袖，房里的温度令他微微发抖，但他自己没注意到。“收拾东西，滚回家去。等我通知你再来。这段时间好好想想怎么跟局长解释你的所作所为，如果你还想解释的话。不过依我看，怎么说区别都不大。”

“那你呢？”

我站起身，如垂垂老者般倚靠在桌旁。“不劳你操心。”

又过了片刻，里奇问：“我会怎么样？”

他第一次问这问题，算他还有点儿脑子。“你会被退回巡逻队，以后就别想挪窝了。”

我依然低头盯着按住桌面的双手，眼角余光瞥到他点了点头，又不知所措地连点了好几下，似乎在消化这句话中的种种含义。我又说：“你说得对，我们配合得很不错，本来会是很好的搭档。”

“嗯。”里奇声音中排山倒海的悲伤，几乎震得我站不住脚，“肯定的。”

他拿起那沓纸，站起身，但没往门口走。我没抬头。稍后，他才说：“对不起。到了这个地步，我说什么都没用，但是这一切，真的真的非常对不起。”

“你走吧。”

我继续盯着双手，直到两只手掌变得模糊发白，匍匐在桌面上，如同畸形的蛆虫，随时会扑过来。之后我听见门关上了。光从各个方向朝我汹涌射来，信封中间的塑料膜小窗格外晃眼。我从没见过那个房间亮得如此残忍，给人的感觉如此空洞。

Broken Harbour 第 18 章

自白

山区小车站破败的候车室里满是泥土和鞋子的味道。装饰得花里胡哨的客厅假惺惺地贴着各种圣像，还陈列着许多令人肃然起敬的奖牌。寻常公寓的餐厅里，小宝宝捧着一瓶可乐啜饮，烟灰缸里堆着小山似的烟蒂，餐桌上洒满面包屑。还有我们这些如教堂般肃穆的审讯室，以我对它们的熟悉程度，即便蒙上眼睛，我也能指出哪儿有一片涂鸦，哪儿有一条裂痕。我曾在这各种各样的房间里，直视不同的凶手的眼睛：“你。就是你。”

每个房间我都还牢记着。我有一沓五颜六色的卡片，裹在天鹅绒布里，每当长夜失眠时，我就拿出来翻阅一阵。我总能回忆起那些时刻：拂过皮肤或凉或暖的空气；灯光浸入照片泛黄的边缘，或是照亮深蓝的底色；我的声音从天花板的角落反射过来，或是落入厚厚的窗帘，摇动架子上的瓷器。木椅的纹理、蛛网的变迁、水龙头轻轻滴水、脚下地毯的微移，我都了然于心。爸爸的房子里有很多大房间，如果其中一间属于我，那一定会被我烙上来自那些房间的印记。

我一直都喜欢简洁扼要。“对你而言，一切非黑即白。”里奇的话如同控诉，但事实上，每件谋杀案即便错综复杂，也可以抽丝剥笋予以简化。这个过程不仅必要，而且激动人心。倘若世上真有奇迹，这必定是其中之一。在那些房间里，那笼罩世界的盘根错节的巨大阴影被焚烧殆尽，暧昧的灰色终被磨砺成单纯的双面刀锋，露出赤裸的本源：因与果，善与恶。对我而言，那些房间如此美丽，一脚踏入之时，我如同站上拳击台的拳手，全神贯注，无往不利，就像回到自己的家一样。

珍妮弗·斯佩恩的病房是我唯一害怕的房间。说不清是因为那里的黑暗被打磨得比我所体验过的都更加锐利，还是因为我隐约的预感——那团暗影还远未经过磨砺，依然纵横交错、纠结难解，而且这次它们势不可当。

珍妮和菲奥娜都在。我推门时，她们双双转过头来，但我并未打断任何对话。因为她们没有交谈，只是默默对坐而已，菲奥娜坐在床边一把小小的塑料椅子里，一只手紧握着珍妮的手，搁在陈旧的毯子上。两人都盯着我，神情憔悴，哀伤驻留于空洞的蓝眼睛，挥之不去。不知是谁想办法帮珍妮洗过头发了，拉直的效果消失后，她的头发仿佛回到了小时候，松松软软地披散下来；原本刻意涂成小麦色的皮肤洗过以后，竟比菲奥娜更显苍白。我还是第一次看出她们姐妹俩的相似之处。

“不好意思，又来打扰了。拉弗蒂小姐，我想和斯佩恩太太聊几句。”

菲奥娜紧握着珍妮的手：“我不走。”

她猜到了。“恐怕没得商量。”我说。

“她不想跟你聊。现在她的状态不适合讲话。我不会让你恐吓她。”

“我不想恐吓任何人。如果斯佩恩太太希望谈话时有律师在场，可以提出要求。除此之外，这里不能再有其他人。你应该明白这一点。”

珍妮轻轻抽出手，又将菲奥娜的手移到椅子扶手上。“没关系，”她说，“我没事。”

“怎么会没事？”

“真的，没事。”医生已经减少了止痛药的剂量。珍妮的动作仍有些恍惚，神情出奇地平静，甚至是松脱，像是某条重要的肌肉被切断了的缘故。她的目光十分专注，吐字虽慢，却很清晰。她的精神状态已经足以提供证词了，如果我处理得当的话。“去吧，菲，过会儿再来。”

我一直开着门，直到菲奥娜颇不情愿地起身，从椅背上取下大衣。她穿上大衣时，我又说：“请务必回来，和你姐姐谈完之后，我也想和你再谈谈。很重要。”

菲奥娜不答话，两眼依然望着珍妮。珍妮点点头，她这才匆匆掠过我身旁，沿走廊走远。我确认她的确离开之后，才关上门。

我将公文包放到床边，脱下大衣挂到门后，把椅子拉近珍妮，膝盖都蹭到了她的毯子。她疲惫而淡漠地望着我，似乎我是医生，来她旁边摆弄那些嘀嘀嗒嗒、闪来闪去、令人浑身疼痛的治疗仪器。她已经换掉了脸上厚厚的绷带，取而代之的是一层薄纱布，上身穿一件柔软的蓝色T恤，也可能是睡衣，长长的袖口堆在手腕边。一条细细的橡胶软管从输液袋上垂下来，探进一侧袖口。窗外，红叶从高高的树梢头回旋飘落，反衬着淡蓝高远的天空。

“斯佩恩太太，我们得谈谈。”

她望着我，脑袋靠着枕头，耐心地等我说完闪人，好让她能独自用落叶来催眠自己，直至融入其中，如一缕微光、一阵清风，安然远去。

“感觉怎么样？”我问道。

“好多了，谢谢。”

她的气色确有好转。医院的空气让她的嘴唇很干燥，但声音已不像上次那么嘶哑，变得有点儿尖，有点儿甜，有点儿少女的感觉。眼睛也不红了，说明她不再哭泣。假如她发狂、号叫，我或许还不会那么怕她。“那就好。医生打算什么时候让你出院？”

“他们说后天也许可以，或者大后天。”

只留给我不到四十八小时了。时间一分一秒地流逝，而她此刻近在咫尺，我不得不加快脚步。“斯佩恩太太，我来是向你通报调查进展的。我们已经逮捕了袭击你和你家人的嫌疑人。”

珍妮眼中闪过一丝惊愕，眼神顿时略微有了生气。我又说：“你妹妹没告诉你？”

她摇着头。“你们……逮捕了谁？”

“这消息可能对你有一定冲击，斯佩恩太太。是你认识的人——而且在很长一段时间里还和你走得很近。”她的惊愕变成了恐惧。“请问，你能否想到，康纳·布伦南为什么要对你们一家下毒手？”

“康纳？”

“我们以谋杀罪将他逮捕了，这周末就会正式提起控诉。很抱歉。”

“我的上帝啊——不，不，不。你们完全搞错了。康纳绝不会伤害我们，他从来不伤害任何人。”珍妮竭力想从枕头上直起身，一只手伸向我，那紧绷的肌腱看着竟像一个老妇人，同时我还注意到了她那折裂的指甲，“你们得释放他。”

“不管你信不信，”我说，“话说在前面，我也觉得康纳不像凶手，但是很不走运，所有证据都指向他，而且他也认罪了。”

“认罪？”

“既然他招供，我总不能置之不理。除非有人能拿出铁证，证明康纳并没有杀害你的家人，否则我没得选，只能指控他——相信我，只要上法庭，这个案子十拿九稳。他在监狱里要待上很长一段时间。”

“我在场。不是他。我做证还不够吗？”

我平静地答道：“我以为你不记得那天晚上的事了。”

她只犹豫了几秒钟。“确实忘了，但如果是康纳干的，我应该能记得。所以不是他。”

“别来这一套，斯佩恩太太。我差不多已经知道那天晚上的来龙去脉了，想必你十有八九也心里有数。而且我还相当确定，除了康纳以外，这世上没有任何活人有作案的可能。这么一来，只有你才能拉他一把。如果你不想让他背上谋杀的罪名，那就跟我说实话吧。”

珍妮眼中涌起泪水，她使劲眨眨眼，憋回去了。“我不记得了。”

“别急，好好想想，如果你还执意隐瞒，对康纳意味着什么？他那么在乎你，一直以来都爱着你和帕特——我想你也明白他对你的爱有多深。一旦得知你巴不得他为了自己没犯过的罪在监狱里过下半辈子，他会怎么想？”

她的嘴动了动，我差点儿以为大功告成，但随即她又紧紧闭上。“他不会坐牢，他没做错任何事，你看着办。”

我静候下文，但她不吭声了。里奇和我的推断不错，她自有打算。虽然她心系康纳，但对她而言，更重要的是寻死的决心，而不是活下来的其他人。

我俯身打开公文包，拿出埃玛的画，就是藏在康纳公寓里那一张，展开放在盖住珍妮膝盖的毯子上。一时间，我仿佛嗅到了树林和苹果那沁人心脾的丰腴芳香。

珍妮双眼紧闭，再睁开时，她遥望窗外，侧身躲着那张画，似乎怕它会朝她猛扑过去。

“这是埃玛死的那天画的。”我说。

她面部一阵痉挛，两眼又闭上了，依然一言不发。随后她又凝望着窗外的落叶，完全无视我的存在。

“树上这个动物，是什么？”

这回她根本不理睬我。珍妮彻底拒我于千里之外，连我的话也当耳边风了。

我又凑近了些，近得能闻到她用的洗发水那种人工调配出来的花香。和她的距离这么近，我微微一凛，颈后的汗毛不禁缓缓倒竖起来，我仿佛在和一个幽灵脸贴着脸。“斯佩恩太太，”我的手指按住塑料证物袋，指着画中那个吊挂在树枝上奇形怪状的黑色物体，那东西朝我微笑着，橙色的眼睛，张开大嘴，露出三角形的白色尖牙，“看这张画，斯佩恩太太，告诉我，这是什么。”

我的气息令她的脸颊略一抽动。“一只猫。”

不出所料，但很难相信柔顺无害的猫居然能变成这模样。“你们家没养猫，邻居也没养。”

“埃玛想要一只，所以画了一只。”

“这看着可不像逗人喜爱的宠物，倒更像野兽，凶猛得很。小女孩怎么会愿意抱着这种东西上床？到底是什么，斯佩恩太太？水貂？狼獾？还是别的？”

“不知道。埃玛幻想出来的吧。这很要紧吗？”

“当然。根据我掌握的情况，埃玛喜欢漂亮的东西，软的、毛茸茸的、粉红色的。所以，她怎么会画出这样一只‘猫’？”

“不清楚。学校里看到的吧，或者电视上。”

“不对。斯佩恩太太，她是在家里发现的。”

“不是。我不会让孩子接近野兽。你可以去我家搜，绝对没有这种东西。”

“我已经找到了。你知道帕特在网上论坛发帖吗？”

珍妮的头猛然甩过来，吓了我一跳。她死死地瞪着我，眼神冰冷。“没这回事。”

“我们查到他发的帖子了。”

“不可能。网上谁都可以冒充别人。帕特不上网，除非和他弟弟发邮件，或者找工作。”

她浑身颤抖，从头到双手都不停地微微哆嗦着。“我们在你家的电脑里查到了那些帖子，斯佩恩太太，”我说，“有人删了上网历史记录，但他的水平一般，我们的人三两下就还原了。帕特死前几个月的时间里，都千方百计想逮到，或者至少是亲自看一眼在你家墙里捣乱的那头野兽。”

“开玩笑吧。他只不过比较无聊，又有大把的时间，所以才随便上网逛逛，看看别人都在论坛里说些什么，仅此而已。”

“那阁楼里的捕兽夹是怎么回事？墙上的洞是怎么来的？还有那些监视器，也都是开玩笑的？”

“不知道。我忘了。墙上的洞是自己冒出来的，房子盖得太烂，眼看都要塌了——至于监视器，无非是帕特和孩子们做游戏，试试看会不会……”

“斯佩恩太太，”我打断她，“听我说，这里只有你我两个人，我什么都不会记录，也不需要警告你。总之你今天说的任何话，都不会成为本案的证据。”

很多侦探只会在万不得已时才赌这一把，寄希望于嫌疑人第一次松口之后第二次坦白会更爽快点儿，或者期望这一次无法采用的证词能为他们提供其他有用的线索。我不喜欢赌博，但手中已无牌可打，时间异常紧迫。只要珍妮还心存戒备，再过一百年也无法撬开她的嘴巴。此刻她所向往的，是剃刀片诱人的冰冷刃锋，是杀虫剂灼烧的剧毒之火，是大海呼啸汹涌的浪涛。死亡的诱惑远胜于在这个地球上再苟活可怕的六十年。而我不可能助她一臂之力。

如果她对未来还抱有哪怕一丝希望，也不至于彻底对我封口，无论那一番证词会不会送她入狱。但我太了解这些准备结束生命的人，他们其实特别愿意向人袒露心路历程。或许他们还希望当自己消失在泥土或海水中之后，最后一块碎片还能保留下来，驻留于某人心底一隅；或者他们只想有这么个机会，能在别人手中铭刻一个有血有肉的自己，也不枉来人世走一回。他们渴望留下自己的故事。全世界最了解这一点的人，莫过于我。

所以我向珍妮弗·斯佩恩开出的价码是：一个能容纳她一生故事的去处。我可以坐着等，等到蓝天披上夜幕，等到心碎港湾小山上的鬼火暗淡下去，圣诞节的彩灯大放光芒，只要她愿意开口，我可以等。只要她还肯说话，她就活着。

缄默。珍妮仍在做思想斗争。颤抖停止了，她的手从柔软的衣袖里缓缓伸出，伸向膝上的画，如盲人般摩挲着画中的四个金发小人、四张灿烂的小脸，以及下角那稚嫩的签名“埃玛”。

终于，细如发丝的低语穿透沉闷的空气：“它跑出来了。”

我慢慢靠回椅子里，尽量不惊动她，多给她一些空间。我发觉自己刚才连气都没敢喘一口，这会儿不禁有些晕头转向。“从头说起吧，”我说，“是怎么开始的？”

珍妮的头在枕上沉重地挪了挪。“如果我知道，就不会发生了。我躺在这里想啊想啊，可一点儿头绪都找不到。”

“你是什么时候发现帕特的烦恼的？”

“好久了，很早以前。五月？六月初？我跟他说话，他都不怎么搭理；我看他的时候，他呆呆地盯着空气，好像在听什么声音。有时孩子们刚闹起来，帕特就大发脾气叫他们‘闭嘴’。我问他是不是有什么不妥，因为这根本不像平时的他，而他只是说：‘没事，我他妈的只想在自己家里安安静静待一会儿，就这点儿问题。’其实不过是些细枝末节，换了别人根本注意不到，而且他又说他很好。但我了解帕特，了解得太彻底了。我知道他有问题。”

“但你不明白问题究竟出在哪里。”

“我根本不知道啊。”珍妮的声音突然高度戒备起来，“他说过几次，阁楼里有抓挠声，但我根本没听到。我想可能是小鸟飞进飞出吧，没什么大不了的，不然还能怎样？我估计帕特只是因为丢了工作太沮丧的缘故。”

与此同时，帕特渐渐开始害怕，害怕珍妮以为他纯属幻听。他本以为那野兽的动静也折磨着珍妮。“失业让他很困扰吗？”

“对，很严重。我们……”珍妮不安地动了动，不慎扯到伤口，疼得倒吸一口凉气，“我们遇到了很大的麻烦。以前我们从来不用勒紧腰带过日子。帕特喜欢包办一切——我辞职的时候，他兴奋得上了天，能赚钱养家，他特别自豪。失业以后……一开始他还挺乐观，说什么‘别担心，亲爱的，马上就有新工作，你想要的那件衣服尽管去买，不怕’。我还以为他的新工作有眉目了呢——我的意思是，他工作特别出色，干起活来不要命，再找份工作不成问题吧？”

她依然不安地挪动着，一手捋着头发，越发用力地绞着纠结的发梢。“这个社会就这样，人人都知道，如果你没有工作，那要么因为太没本事，要么是你不想找。那就完了。”

“现在经济不景气，大多数所谓的规则也就不再适用。”

“他没工作的话怎么说得过去呢？可一切都变得不对劲儿。帕特的能力是另一方面，要命的是，根本没工作可找。等我们意识到这一点的时候，已经坐吃山空了。”

说到这里，她颈上腾起一片红晕。我说：“所以你们两个压力都很大。”

“是啊，手头没钱……太难了。我跟菲奥娜说过一次，但她根本不理解，只会说：‘那又怎样？早晚你们总有一个能找到新工作吧。到时候就饿不死了，又能买好多衣服。反正孩子们也不懂得有什么变化。都会好起来的。’可能对她和她那些搞艺术的朋友来说，钱没什么要紧，但对我们这种活在现实里的人来说就不同了。我们关心的是实实在在的东西。”

珍妮颇为不屑地瞟了我一眼，似乎根本就不指望我这老头子能听懂。我又问：“什么样的东西？”

“所有。一切。比如，从前我们常常请客人来家里聚会，举行晚宴，夏天还经常组织烧烤什么的——但如果你手头的钱只能请他们喝喝茶、吃吃饼干，那还是算了吧。也许菲奥娜办得到，但我丢不起那个脸。有些人嘴很贱，就爱说什么‘我的天，看见酒瓶上的标签了没？下次再来，估计他们就穿运动服吃麦当劳了’。就连那些嘴下留情的人也特别同情我们，我受不了。如果做不好，不如干脆不做，所以后来我们再也不请客人来家里。”

她满脸胀得通红，显得浮肿而脆弱。“我们也没钱出去消费，所以就不怎么给别人打电话了。不然，跟他们聊天的时候一旦说起‘什么时候见个面’，我只能找杰克得感冒之类的借口，面子上哪里挂得住。借口一多，他们也就不来电话了，这也好，我倒省事，只是心里免不了难受。”

“你们肯定很寂寞吧？”

她脸上的红晕加深了，似乎寂寞也是可耻的。她垂着头，让一绺头发遮住脸。“嗯。真的特别特别寂寞。如果住在城里，好歹还能去公园和其他主妇聊聊天，但在那个地方……有时我整整一星期都没和帕特以外的成年人说过一句话，除了买东西的时候来句‘谢谢’。回想刚结婚那会儿，每星期我们都有三四个晚上出去玩，周末的活动更是排得满满当当，朋友很多。现在呢，只能你看我、我看你，活活就是两个没朋友、没出息的失败者。”

她的语速变快了：“然后我们开始为了鸡毛蒜皮的小事吵嘴：我没把衣服叠整齐啦，他看电视的声音太大啦，不管怎么吵，最后都归结到钱的问题上——我也搞不懂究竟是怎么回事，但每次吵来吵去都是这一个结果。所以我想，最困扰帕特的问题就是缺钱。”

“你没问问他？”

“我不想逼他太紧。缺钱已经够麻烦了，我总不能把麻烦闹得更大。所以我想，好吧，不能让他操一丁点儿心，要让他知道我们都很好。”珍妮抬起下巴，陷入回忆，眼中闪过坚忍的神采，“本来我就把家里打理得漂漂亮亮的，但从那时起，我更留意做到百分之百的完美，连一点儿面包屑都不能有。就算累得快散架了也要整理完整个餐厅才去睡觉，等帕特下楼吃早餐的时候，他连一点儿毛病都挑不出来。我还让孩子们去摘野花回来插在花瓶里。需要给孩子们添衣服的时候就去网上买二手的，那些衣服还不错。可是，老天在上，前几年打死我，都不会给他们穿二手货啊。不过这笔钱省下来就能买帕特喜欢吃的好东西了，有时晚饭弄点儿牛排什么的。一切顺利，不是吗？日子完全过得下去，我们还不至于流落街头，还和从前一样。”

也许里奇看到的是一个落魄的中产阶级公主，对自己的认识肤浅到了没有香蒜沙拉和高档鞋子就活不下去的地步。但在我眼里，她的脆弱、她的悲剧、她的勇气，无不令我心碎。她自以为建起了足以抵挡怒海狂涛的堡垒，用她所有可悲的武器勉力撑住城门，面对汩汩涌过身旁的水流，不屈不挠地抗争。

“但一切都不如意。”

“是啊，太不顺了。大约在七月初……帕特越来越神经质，倒不能说他忽视了我和孩子，更像是完全忘记了我们的存在，因为他脑子里盘算着大事。他说了很多次阁楼里有奇怪的杂音，还翻出以前用过的婴儿监视器，但那时我还没太在意，我以为……男人不都爱摆弄这些小玩意儿吗？我以为帕特只是想办法打发时间而已。我那时才知道，困扰他的不光是失业了，可是……他花在电脑前的时间越来越多，我和孩子们在楼下时，他又经常自己跑去楼上待着。我还怕他是不是迷上了什么稀奇古怪的色情片，或者跟人玩视频、电话性爱什么的……”

珍妮又像在笑又像在啜泣，嘶哑而苦涩，令我暗暗心惊。“天哪，我宁愿是那样。可能我早该重视监视器的问题，但……我不知道，我那时也有一块心病。”

“闯空门。”

她颇不自在地扭扭肩膀。“嗯。谁知道是不是呢。差不多就在那段时间开始的——或者说我是那时才注意到的。三天两头丢些小东西，又有些东西好像被人动过。我总担心是自己太多疑，然后又怕我对帕特也太多疑……”

而菲奥娜的疑虑更是火上浇油。不知道菲奥娜内心里是否察觉到，她实际上将珍妮往失控的方向又推了一把，但也许亲人之间本来就口无遮拦，少有忌讳。

“于是我就没有多想，随它去，不知道还能怎么办。我打扫房子更勤快了，孩子们刚弄乱什么，我就马上去清理或者洗干净；餐厅的地板每天要拖三次。不光为了哄帕特开心，我想把所有的东西都放得妥妥当当，那么一有不对劲，马上就能发觉。我的意思是——”她面露谨慎之色，“也不是什么大事，我都说过了，多半只是帕特动过东西然后忘记放好。我只想确认一下而已。”

本来我以为她在包庇康纳，实际上她从没料到居然会是他，还认定自己太多心。她唯恐万一被医生诊断出精神病，就没法儿出院了。她所掩盖的，其实也就是眼下她唯一在乎的事——她的自杀计划。

“我理解。”我假装换个姿势，趁机瞟了瞟手表，已经谈了二十分钟左右。如果我对菲奥娜的判断没错，她迟早会等不下去的。“然后呢？有什么变化？”

“然后，”病房里越来越闷热难忍，但她的双臂仍紧紧地抱着身体，似乎浑身发冷，“有天夜里，很晚了，我刚进餐厅，帕特慌忙地把电脑从桌上拿下去，也不知道他在上面干什么，反正不让我看。我就坐到他旁边说：‘好吧，你得讲清楚出了什么事。我不在乎是什么问题，反正我们总能熬过去，但不能瞒着我。’一开始他还敷衍我，说什么‘喔，都挺好，我都能搞定，别操心’。我快被他气疯了，就说：‘老天啊，你搞什么？不说清楚的话，谁都不准走开一步。’帕特见我害怕得不行，突然就全坦白了：‘本来不想吓倒你，还想自己逮住它，不惊动你就行了……’接着，什么水貂啊、黄鼠狼啊、阁楼里的骨头啊，还有网友们出的主意……”

又是一声干笑。“知道吗？我居然高兴坏了。我说：‘等等，就这点儿事？你操心的就是这个？’本来我还怕他出轨啊，得了绝症什么的，结果帕特说家里进了老鼠之类，这算什么啊，我差点儿笑出眼泪来，松了一大口气。然后我又说：‘那明天请灭虫公司的人来看看呗，花点儿钱又怎么了，

只要花得值。’

“但帕特说：‘不，你不懂，你听我说。’他说已经请过灭虫公司了。但那人解决不了问题。我又说：‘天哪，帕特，那你还让我们一直住在这儿，你脑袋进水啦？’他望着我的表情，就像孩子拿刚画好的画送给你，却被你顺手丢进垃圾桶。他说：‘你以为我会让你和孩子待在不安全的地方吗？我在想办法啊。没必要找人来撒毒药然后敲我们一大笔。我能搞定。’”

珍妮摇着头：“我又说：‘真的假的？到现在你都没能看它一眼呢。’他回答：‘是啊，但那是因为我怕惊动你。既然你都知道了，我就可以尽情出招了。天哪，我卸下了一块大石头！’

“他大笑着跌坐回椅子里，使劲把头发挠得乱七八糟，笑个没完。其实我看不出有什么好笑的，但是……”她似笑非笑，更多的是哀伤，“他高兴就好，不是吗？真好。所以我又问：‘出什么招？’

“帕特两只胳膊都撑在桌上，仿佛回到从前我们为度假而计划的时候。他说：‘阁楼里的监视器不管用，对吧？被那家伙避开了，也可能因为它排斥红外线，我不太懂。所以我们得按那家伙的方式来思考。明白我的意思吗？’

“我说：‘根本没听懂。’他又笑了：‘好，你想，它的目标是什么？目前看不出来——也许为了食物，也许为了取暖，甚至可能为了找个伴。但无论如何，它认为在我们家里可以找到它想要的，不然怎么会来？它有需求，又以为能从我们这儿捞到。所以我们得将计就计，引它过来。’

“我的第一反应是：‘晕，千万别。’但帕特说：‘不，不，别怕，又不用跟它打照面。我是说给它机会，但又在我们的控制之下。我在楼梯口装一个摄像头，对准阁楼的活板门，让那个出口敞开着，在上面拉上铁丝网，所以它没法儿下来。楼梯拐角那里的灯开着，保证光线充足，就没必要动用红外感应了，免得吓跑它。然后我们等着就行。早晚它都会憋不住要接近我们，然后从活板门那里探出脑袋——咔！摄像头就拍到它了！怎么样？完美的计划！’”

珍妮无助地摊摊手："在我听来实在不够完美。但是……不能不支持老公吧？好几个月都没见他那么开心了。所以我回答：'嗯，不错，放手干吧。'"

按理说，这个故事本该支离破碎，前言不搭后语，伴随着喘息和抽泣才对。然而，她的叙述格外清晰。她的口吻既冷酷又精确，正是这刚强的意志驱使她每晚都将整栋房子打理得井井有条，才能放心睡下。或许我该钦佩她的自控力，至少也该感激她。我原以为，几天前第一次谈话后，深陷于痛苦中的珍妮是我最可怕的噩梦。而此刻她那单调平静的声音，仿佛来自虚空，足以将我在深夜惊醒，在我耳边一遍遍呓语，那将更加令人汗毛倒竖。

我不得不清清嗓子回到现实中来。"你刚才说的是什么时候的事？"

"七月底吧，天哪——"她咽了咽唾沫，"还不到三个月。真不敢相信……感觉像过了三年。"

七月底，和帕特上网发帖的时间吻合。"那么你也认为确实有那头野兽？或者，你是否想过——只是一种可能性——那纯粹是你老公的幻想作祟？"

珍妮立刻断然否认："帕特没疯。"

"我从没觉得他疯了，但你刚才还说他压力很大。在那种情况下，任何人的幻想都难免有点儿走火入魔。"

珍妮不安地动了动。"我说不清楚，可能也稍有怀疑吧。我自己是什么都没听到，所以……"她耸耸肩，"但我其实也不在乎，我只关心什么时候生活才能回到正轨。我以为只要帕特设好摄像头，世界就清静了。无论他能亲眼看见那东西也好，或者证明它并不存在也好——或者跑到其他地方去了，或者打从一开始就没来过。无论怎样，他好歹办了件事，也和我说了话，那他至少感觉好些了吧？总还是有意义的。这样想来，他也不算疯狂了，不是吗？换了谁也都有同感吧？"

她睁大两眼望着我，乞求我的认同。"说的也是，"我答道，"但结果事与愿违？"

"反而恶化了。帕特仍然什么都没看到，但他不肯放弃，反而断定那东西知道我们安了监视器。我说：‘得了吧，怎么可能？’他回答：‘虽然不知道它是什么，反正它不傻，聪明着呢。’他说在客厅看电视也能听到挠墙的声音，所以那东西估计被摄像头吓到，转移到墙壁里去了。‘活板门太暴露，我有点儿一厢情愿，哪有野兽会放心地从那么开阔的口子钻出来呢，当然会躲进墙里去。我得在客厅的墙里再安一个摄像头。’

“我坚决反对，但帕特说：‘拜托，珍妮，只是钻一个小洞而已，我会用沙发挡住，你根本注意不到。几天就好，最多一个星期，等我们看清它的真面目。要不然那东西说不定会堵在墙里死掉，到那时要把它弄出来，恐怕只能挖开半面墙了。你也不想吧？’”

珍妮攥着床单边缘，茫然地扭成好几褶。“老实说，我其实不怎么担心这事。也许你是对的，也许我打心底里就认定根本不存在这么一头野兽。但不怕一万就怕万一……何况他太过重视，所以我就答应了。”她的手指动得很快，“或许是我的错，我不该让这一步。也许只要我当时制止他，他就会忘到脑后去了。你觉得呢？”

她绝望的辩解如烙铁般烫伤了我的皮肤，那伤痕恐怕永远无法抹平。“我看未必。”

“是吗？我当时拒绝他，不就没有后来这一切了吗？”

我承受不住她的目光，只得转移话题。“于是帕特在墙上钻了洞？”

“嗯。我们漂亮的家，我们拼命工作买下来又费尽心血装修过的房子，我们心爱的这个家，会被他毁得千疮百孔。我想哭。帕特看我的脸色，冷冷地问道：‘有什么大不了的？反正过两个月房子就归银行了。’他以前从来不说这种话，以前总是说：‘会有办法，会好起来的……’而且他的表情……我形容不来。我只是转身走出去，留他一个人凿墙。那墙脆得够呛，一敲就开。”

我又用眼角余光看了看表。菲奥娜想必已经把耳朵贴在门外，考虑要不要闯进来。我将椅子再往珍妮身前拉了拉，省得她抬高嗓门，她见状不禁微微挪了挪脑袋。

“后来，新的摄像头照样什么都没拍到。过了一星期，有天我和孩子买东西回来，门厅墙上又多了个洞。我问帕特怎么回事，结果他说：‘车钥匙给我，我还得买个监视器，快点儿。那东西在客厅和门厅的墙里跑来跑去——我敢发誓，它一定故意跟我作对。再来个监视器，看这小杂种往哪儿逃！’或许当时我就该制止他，或许那是最后的机会了。但埃玛反而好奇起来：‘什么？什么？爸爸，什么东西跑来跑去？’杰克也激动地嚷嚷：‘杂种杂种杂种！’我光想着赶紧打发帕特出去，好安顿两个孩子，所以就给了他钥匙，他就匆忙出去了。”

珍妮一侧嘴角咧了咧，微微苦笑。“好几个月他都没那么激动过了。我跟孩子们说：‘爸爸以为家里进了老鼠，不用紧张。’帕特买回三个视频监视器的时候，杰克身上穿的都是二手的牛仔裤了。我跟他说：‘你得向孩子们解释清楚，不然他们会做噩梦。我是认真的。’结果他回答：‘好啊，可以啊，反正都依你，没问题。’他才老实了多久？两个小时？就那天晚上，我在娱乐室给孩子们讲故事，帕特拿了个该死的监视器跑进来说：‘珍妮，你听听，那家伙吵得很呢！你听！’我恨不能用眼神杀死他，但他根本没在意，然后我说：‘回头再讨论。’他简直像泄了气的皮球。”

珍妮的声音越来越大，我拼命压抑住想找个人去门外守着的冲动，哪怕是里奇。“第二天下午，他守着电脑，孩子们就围在旁边。我给他们做饭，帕特说：‘哇，珍妮，你听这个！斯洛文尼亚有个人养了一只大水貂，跟狗差不多大，会不会有谁养了然后不小心被它溜掉……’因为孩子们在场，我只好回答：‘很有意思，咱们回头再聊吧。’其实我心里在喊：‘我才懒得管！关我屁事！我只想叫你别在孩子们面前多嘴！’”

珍妮想深深吸口气，但她全身的肌肉绷得太紧，这口气基本没喘上来。“孩子们当然记住了，至少埃玛留心了。过了两天，我开车带着她和杰克出去，她问：‘妈妈，水貂是什么？’我说：‘是一种动物。’她又问：‘我们家墙里住了一只水貂吗？’

“我只能装作若无其事地说：‘噢，不会的，不过就算有，爸爸也会赶走它。’孩子们放心了，但恐怕我又刺激了帕特。回家后我警告他，我吼得很凶，事先让孩子们去花园里玩，免得他们听见。结果帕特说：‘哎哟，见鬼，对不起啊。既然他们都知道了，说不定也能帮点儿忙。我总不可能每分每秒都盯着屏幕，所以总担心漏掉什么。能不能让孩子们轮流值班？’这点子荒唐得让我都接不上话。我只能说：‘不行，想都别想。再提这事我跟你没完。’他后来没再打这主意了，可他照样干劲十足。后来他说既然有那么多监视器，门厅那边又拍不到什么东西，于是又凿了几个洞，多安了好些摄像头，结果三天两头，我就发现家里的墙上又多了个洞！”

我随口叹几声气，算是安慰她，珍妮却没注意到。“然后他整天只盯着那些监视器，还弄了那个夹子放到阁楼里——不是捕鼠夹，而是那种可怕的大家伙，牙齿很吓人——你应该见过了吧。他神神秘秘的，说什么‘亲爱的，别紧张，不认识的东西总不会伤到你’。其实他自己兴奋得上天了，简直当那玩意儿是辆全新的保时捷，或者什么一眨眼就能永远解决我们所有问题的魔术棒。他恨不得一天二十四小时都守在监视器前，也不和孩子们玩了。我送埃玛上学的时候都不敢留杰克在家，要不然一回家就会发现杰克拿番茄酱在餐厅地板上画画，帕特就坐在三尺开外的地方大张着嘴盯着那些小小的屏幕。我叫他当着孩子的面好歹也关掉一会儿，有时候他也照办，但只要孩子们一上床，他就又坐回去整夜整夜地看个没完。有几次我费尽心思做了可口的晚餐，点了蜡烛，买了花，摆上最好的银餐具，还打扮一番，就跟约会似的，结果他把监视器拿到桌上边吃边看，眼睛就没离开过屏幕。他说这特别重要，因为那东西一闻到食物的味道就很亢奋，他得做好防备。我以为我和孩子也很重要，但在他眼里，显然不是。”

我想起了帕特在网上发的帖子——她不理解，她就是不明白——我问道：“你跟帕特谈过你的感受吗？”

珍妮的手一翻，输液管晃了晃，露出手背上的一片瘀青。“怎么谈？他根本不想谈，以防漏掉那该死的监视器上的画面。每次我想找他说说话，哪怕只是叫他从架子上拿点儿东西，他都‘嘘，嘘’让我闭嘴。他以前从不这样。换作一年前，没准儿我还会说：‘嘿，不好意思，你就这么招呼我啊？’可现在……我不知道该不该说出口，不知道帕特会不会因此冲我发火，或者更加疏远我。我也搞不懂自己为什么会瞻前顾后，究竟是因为压力太大，脑子不灵了，还是根本就没有正确的答案……”

我只能安抚她：“我理解。我的意思不是……”但珍妮自顾自往下说：“总之，我们几乎碰不上面。帕特说那东西晚上更活跃，所以他熬夜守着，白天补觉。以前我们基本都同时睡下。孩子们起得早，所以我也不能陪他熬夜。他总说：‘来吧，今晚一定能看到它的真面目了，我有预感。’他动不动就冒出‘稳赢’的新点子，比如换新诱饵，或者在小洞和镜头上罩块布，那东西觉得安全了就会钻出来。他还说：‘拜托，珍妮，求你了，只要看过一次，保管你开心死，也就不会担心我啦。我知道，你不相信我，但你就陪我这一晚上嘛，亲眼看看……’”

“那你答应了吗？”我刻意压低嗓门，期望珍妮领会我的暗示，但她反而越说越大声。

“我也试过啊！我看到那些小洞就恶心，我恨死它们了，但我想，万一帕特是对的呢？那不就冤枉他了吗？而如果他是错的，我也得确认一下吧？无论如何，至少我们也算并肩作战，虽然跟浪漫的晚餐差距太大。不过，我真的很累，有几次开车的时候都差点儿睡着，撑不下去。所以到半夜我就去睡了，帕特则一直坚持到眼睛再也睁不开为止。一开始，他凌晨两点左右撤退，后来发展到三点、四点、五点，有时还更离谱——大清早我起床就见他倒在沙发上，那些监视器在咖啡桌上一字排开；或者他缩在电脑前的椅子里，因为他通宵都在网上跟人讨论怎么对付那头野兽。”

我说：“‘万一他是对的’——这么说来，你也半信半疑啊。”

珍妮呼了口气，我以为她又要斥责，但她弓着背，又靠回枕头上。

“不，”她小声答道，“那时我已经知道家里根本没有所谓的野兽。否则我怎么可能一次也听不见？那些摄像头，怎么可能一次都没拍到？我也曾尽力说服自己去相信帕特，但我知道，不可能。可是已经太迟了。我们的家已经支离破碎，我和帕特基本上无话可说，我都不记得上次和他亲吻是什么时候了。孩子们却一直都很兴奋、激动，不过他们也搞不清为什么。”

她茫然地晃着头：“我得采取行动，不能让他胡闹下去。我不笨，也不疯，到了那一步，已经没有退路。但我不知该从哪里着手，没有这方面的书可以参考，网上也没有论坛可以请教。上过的婚姻咨询课程也没教。”

“你没考虑找别人倾诉？”

她顿现决绝之色：“没有。不可能。你开什么玩笑？”

“你的处境很艰难，找别人说说心里话，会有帮助的。”

“找谁？”

“比如你妹妹。”

“菲奥娜……”珍妮冷冷地撇一撇嘴角，“嗯，我看没戏。我爱菲奥娜，但我说过，有些事她理解不了。再说她一直都……姐妹嘛，难免有点儿小嫉妒。菲奥娜总觉得我过得顺风顺水，要什么有什么，她却得累死累活去打拼。每次跟她说点儿什么，她心里就想：‘哈哈，现在你也尝到这滋味了吧。’虽然她没说出口，但我感觉得到。所以找她有什么用？”

“朋友呢？”

“我没有那么贴心的朋友，早没了。就算有，又能说什么？‘嘿，帕特幻想我们家墙壁里住了一头野兽，他是不是有精神病啊？’呵呵，我又不傻。只要跟一个人说起，回头就天下皆知。告诉你吧，我绝不可能让别人嘲笑我们——同情我们就更糟糕了。”想到这里，她不禁探出下巴，摆出斗争的姿态，“我总想起肖纳，小时候我们总一起玩，现在她变了，活脱儿一个贱货。我们很久没联系过，不过，她如果听说这事，肯定马上打电话来取笑我。万一我跟菲奥娜或者别的什么人漏了口风，转眼肖纳就来了：‘珍妮！嘿！我的天，我听说帕特疯疯癫癫的，怎么，他看见自家天花板上住了头粉红色的大象？我们大家都很吃惊，哇，谁猜得到呢？我记得从前大家都觉得你们真是天造地设的一对，无聊先生和无聊太太，永远幸福地生活在一起……真是人算不如天算哪。好了，就这样，我得做按摩去了。也就是听说你过得这么惨，安慰你一下啦！再见啦！’”

她僵卧在床，手紧紧按着毯子，指头几乎抠了进去。“我们最后的底线就是：别人还不知道。我一遍又一遍地安慰自己，至少还没人发现。只要他们以为我们还过得很好，我们就有机会东山再起。万一被人看成大发神经的失败者，你在他们眼中就定型了，没机会了，完蛋了。彻底完蛋。”

你怎么对别人，别人就怎么对你，不是吗？我也和里奇这么说过。

“也有专家啊、咨询顾问啊、心理医生啊，找他们倾诉，谈话内容是绝对保密的。”

“让他们诊断帕特患了精神病，然后把他关进精神病院，真正把他逼疯吗？想都别想。帕特不需要心理医生。他只需要一份工作，那样就不至于成天折腾莫名其妙的玩意儿，就可以该睡觉时睡觉，而不是……”珍妮猛然推开埃玛的画，那张画刷地飞下病床，滑到我脚边，“在他找到新工作之前，我一定得挺住，就这么简单。如果被人知道，即使我有天大的本事也不行了。我去学校接埃玛的时候，老师笑着跟我说‘哦，埃玛的阅读进步很大’之类，那时我就是个普通的妈妈，接孩子回到正常的家——只有那时，我才觉得自己还一切正常。这是我唯一的动力。如果她发现埃玛的爹地进了精神病院，因此施舍给我同情的微笑，或者拍拍我的手臂以示鼓励，那我还不如当场死在教室里。”

闷热的空气令人窒息。一瞬间，我仿佛看见了我和迪娜，我大约十四五岁，在学校大门口，我在背后紧紧拽着她：“闭嘴，你给我闭嘴，胆敢在外面说一句妈妈的事，我就扭断你的胳膊。”我回想起她那高分贝的尖叫，还有猛拉她手腕时那令人反胃的快感。我俯身捡起埃玛的画，其实是为了趁机遮住自己的脸。

“其实我从不索求那么多。我没那么大野心，不想当明星，不想当公司老总，也不想搞IT。我只想平平淡淡地过日子。”

她声音中所有的锋芒都消隐了，干涩而苍白。我将画放回病床上，她似乎没注意到。“所以你没送杰克回幼儿园，对吧？”我说，“不是因为缺钱，而是因为怕孩子管不住嘴，你怕他讲出听到家里有野兽动静的事。”

珍妮略一畏缩，好像我朝她伸手了似的。“他说个没完没了！暑假刚开始那会儿，他隔一阵才说一次，后来根本是帕特怂恿他！孩子们一下楼，帕特就说：‘看看，珍妮，我可没异想天开啊，杰克也听到了呢，对不对呀，杰克宝贝？’杰克当然回答：‘嗯嗯，妈妈，我也听到有东西在天花板上乱跑！’如果你问三岁小孩他是否听到了声音，而他又看出你希望他给个肯定的答复，那他当然就相信咯。可那时我还没觉得有什么大不了。我只说：‘没事，就是只小鸟而已，很快就飞走了。’可是后来……”

她的身体剧烈地抽搐了几下，我以为她要呕吐，过了一会儿才发觉她是浑身战栗。“后来他越来越爱说：‘妈妈，那东西一直挠我的墙，挠了好多次！妈妈，它像这样跳来跳去！妈妈……’好像是八月的一天下午，快八月底，我送他到小伙伴卡尔家里玩，回头去接他时，两个孩子在花园里大喊大叫，拿着棍子装作在打什么东西。卡尔的妈妈艾丝琳跟我说：‘杰克说家里有头吼起来很吓人、个头很大的野兽，卡尔说要杀了他，两个小家伙就玩这游戏呢。不要紧吗？你不怕啊？’”

又一阵痛苦的战栗。“上帝啊，我差点儿晕过去。谢天谢地，艾丝琳还以为是杰克编出来的——她只是担心我会不会以为她鼓励孩子们虐待动物，诸如此类。我都想不起来是怎么从他们家出来的。我带杰克回到家，坐进沙发，把他抱到腿上——这说明我们要认真谈一谈。我说：‘杰克，看着我，记不记得我们讨论过，“坏蛋大野狼”其实是假的？你跟卡尔说的那东西，跟“坏蛋大野狼”一样。你知道它根本不存在，对不对？只是大家开的玩笑，对吗？’

“他不肯看我，左扭右扭想下地——杰克总是坐不住，但我不能就这么算了。我更使劲儿地按住他的手臂——其实我很怕弄疼他，但我得亲耳听他说‘是’，没有选择。最后他嚷嚷着：‘不对！它在墙里吼叫呢！我讨厌你！’然后踢了我肚子一脚，挣开我的手跑了。”

珍妮仔细地抚平膝上的毯子。“所以我给幼儿园打电话，通知他们杰克要休学。我猜得出来，他们会以为我们付不起学费——我很不爽，但也没更好的办法。艾丝琳又打过电话，我没接。她的留言我也直接删除了。过了一阵子，她也不再打来了。”

“那杰克还把那东西挂在嘴边吗？”

“后来就不说了，只偶尔提过一两次，不过跟他提起其他卡通角色没多大区别，不像在说现实中的事情。我明白，可能他猜到我不爱听，所以才不说，那也无所谓。杰克还小，只要他懂得别装作真有其事就行，至于他是否弄清楚了其中的缘由，那并不那么重要。等一切都过去之后，他肯定就全忘了。”

“那埃玛呢？”我小心地问。

“埃玛，”珍妮喃喃应道，仿佛想把这两个字护在手心里，不让人读出来，“我最不放心埃玛。她还小，如果帕特再折腾下去，估计最后她也会听信那一套。但以她的年纪，别人恐怕不会像艾丝琳对杰克那样，以为她在恶作剧了。可我总不能让她也退学啊。而且埃玛一旦心里有事，就没法儿自己开导自己，总会难受好几个星期，不停地拿出来说。万一她也陷进去，我真不知该怎么办。一想到这里，大脑就一片空白。

“所以八月那天晚上，也就是我和杰克谈过以后，我安顿埃玛上床，趁机想给她解释。我说：‘宝贝儿，爸爸说的那头野兽，阁楼里那个，你知道，对吧？’

“埃玛紧张地偷看我两眼，我的心都碎了。她在我身边居然都这么小心，但我其实又有点儿欣慰，好歹她懂得拿捏分寸。她说：‘嗯，就是一直挠墙的那个。’我问：‘你听见过吗？’她摇头说没有。”

珍妮的胸口一起一伏。“我放心了，天哪，如释重负。埃玛不太会撒谎，这我知道。我说：‘这就对了，因为那东西根本不存在。爸爸最近稍微有点儿糊涂，有时候状态不好，容易想些傻事。还记得吗？你感冒那会儿，小脑瓜里乱乱的，娃娃们的名字你都叫混了？现在爸爸的感觉也一样。所以我们只要好好照顾他，等他恢复就行了。’

“埃玛听懂了，杰克生病的时候，她就很喜欢帮我照顾他。她说：‘可能爸爸得吃点儿药，喝点儿鸡汤。’我回答：‘好啊，试试看。但如果效果不明显，你知不知道最能帮上忙的一点是什么？就是千万别告诉别人，任何人都不行，永远都不行。爸爸很快就会好起来，等他好了以后，绝对不能让别人知道他生过这场病，不然他们会把他当成大傻瓜。这件事只能是我们家里的小秘密。明白吗？’”

她的拇指摩挲着床单，动作很轻，很温柔。“埃玛又问：‘可是，真的没有吗？’我回答：‘绝对没有，一万个放心。这种糊涂事不算什么，我们

以后再也不讨论了，好不好？’

“埃玛看上去开心多了。她钻进被窝里说：‘好的，嘘——’然后用食指挡住嘴唇，朝我笑了。”

珍妮喘着气，往后一仰头，眼神迷乱而闪烁。我马上问：“那她之后再也没提了吗？”

她没在意我。“我只想照顾好孩子们。只能做到这样。把家里打扫干净，保护孩子们的安全，早上按时起床。有几天我连这也吃不消。我知道，帕特好不起来了——一切都回不到从前了，再也没希望了。他甚至都不去找工作，而且就算有人愿意雇他，就他那状态，能行吗？我们需要钱啊，即使我能找个工作，又怎么放心把孩子留给他看管？”

我想安慰她，却不知从何说起。珍妮还没有收声的意思。“你懂不懂那种感觉？就像被困在暴风雪中，看不清眼前的景象，也听不到任何声音，除了那种永不停歇的白噪声。根本不知道自己在哪里，前进的方向通往哪里，风雪从四面八方朝你扑过来，你根本没有喘息的机会，只能坚持着迈出下一步——不是因为走下去就能到达目的地，只是唯有这样才不会当场倒下去死掉。就是这么回事。”

她嗓音低沉，饱含着卷土重来的梦魇，仿佛某些腐烂的东西即将爆裂开来。我岔开话题，不知是为了她还是为了我自己，我不清楚，也不在乎。“谈谈别的吧。这是在八月？”

想象着她面对的困局，我唯有轻声叹息。“我经常眩晕——上楼的时候突然天旋地转，只能先坐到楼梯上，用膝盖枕着脑袋，等这阵眩晕过去之后才站得起来。而且我越来越健忘，刚刚发生的事都记不住。比如我嘱咐孩子们：‘把大衣穿上，我们去买东西。’埃玛就莫名其妙地看着我说：‘可是我们今天早上明明去过了呀。’我朝柜子里一看，真的，打算买的东西都有了，可我还是想不起来，不记得怎么放进去的，不记得怎么买来的，甚至不记得自己出过门。又比如我去洗澡，刚脱掉上衣，才发觉头发湿漉漉的，原来不到一个小时前已经洗过，可我居然没印象。按说这种状况应该引起警惕，可是我完全没机会替自己操心，因为我只能记住当下这一分、这一秒的情形。”

此刻，我想到了心碎港湾，那个童年的盛夏天堂：翻涌的浪花、成群的海鸟、海面绵延不绝的银光、沁人心脾的清冽空气、垃圾、火山口，还有先人赖以击退敌军的残破城墙。这辈子头一次，我看清了它的真面目：正如埋伏在斯佩恩家阁楼里的捕兽夹一样，它拥有强大、精准而致命的破坏力。它的危险气息令我目眩，如同一只大黄蜂在我的颅骨中嗡嗡嘶鸣。我们需要安全线，需要坚固的高墙。我们筑起钢筋混凝土大厦，竖起路标，让林立的高楼塞满天际线，因为我们需要。唯有如此才能压制那可怕的危险，否则帕特和珍妮的心灵难免流离失所，在那个没有地图、无所依傍的地方，盲目地漂移。

“最麻烦的是跟菲奥娜聊天。”珍妮说，“每天早上我们都通电话，如果哪天没聊，她就会猜到出事了。但这太难。要记住的事太多，比如我得确保她打来的时候杰克在花园里，或者在楼上房间里，因为我不想告诉她杰克没去幼儿园，所以不能让她听到杰克的声音。而且还得努力回想上次跟她都说了什么——有一阵我还边跟她聊边做笔记，免得第二天说错话。但我又疑心帕特或者孩子们看到笔记，找我刨根问底。每次我还得装得兴高采烈，有时都顾不得帕特还瘫在沙发上，因为他直到凌晨五点都还盯着墙上那该死的洞眼。太难受了，我……”

她下意识地像赶苍蝇似的抹掉脸上的一行泪。“结果我每天醒来，一想到电话就担惊受怕，是不是很惨？我的亲妹妹啊，我那么爱她，以前还想过，我得犯多大的错，她才会气得不理我啊。可是，现在我巴不得干点儿什么让她别理我，但我没法儿长时间集中精神，所以什么都干不了。”

“斯佩恩太太，”我稍稍抬高嗓门，略带责备之意，“事情是什么时候恶化到这个地步的？”

过了一会儿，她才转向我：“什么？……我也记不清，好像过了很久，很多年……我不知道。九月？大概在九月吧？”

我紧紧踩住地面，问道：“说说星期一的事吧。”

“星期一，”珍妮的眼神移向窗口，我一时以为她又神游了，但她随即深吸一口气，再抹去一行泪，“嗯，好。”

窗外光影渐变，落叶披上了半透明的橘红色光晕，炫目而富有危险气息，令我的肾上腺素顿时飙升。空气中的氧气似乎格外充足，仿佛病房里的闷热与消毒水的味道都被炙烤殆尽，什么也没有留下。我身上的每件衣服都刺得皮肤阵阵发痒。

“那天过得很不顺心。埃玛下床的方向反了，面包吃起来味道也不对，她一直跟上衣的标签怄气，还哭个没完没了……杰克也不省心，火上浇油。他一直唠叨着万圣节要打扮成什么野兽。我们已经给他买了一套海盗的衣服，他一连几个星期都戴着头巾到处跑，嚷嚷着海盗来了海盗来了，但这会儿突然要扮成‘爸爸那头吓人的大怪物’。他怎样都不肯住口，从早到晚。我想尽办法分散他的注意力，给他吃饼干，让他看电视，还答应去超市的时候买薯条给他——听起来我不是个好妈妈，可这孩子太不懂事，我听不下去，反正那天听不下去。”

她焦虑的口吻听着那么朴实，望着我的时候那微蹙的眉头也那么平凡。没有哪个女人愿意让陌生人认准自己是个坏妈妈，居然拿垃圾食品来收买孩子。我强抑住一阵战栗：“我理解。”

“可他还不肯罢休。去超市的时候，居然跟收银员聊起那头野兽——我真该叫他闭嘴，但我没有，因为不想让收银员觉得我特别在乎这事。出超市以后，回家的一路上我都没跟杰克说话，也没给他买薯条，他大吵大闹，差点儿震破我和埃玛的耳膜，但我理都没理他。我能好好地开车回家，没把车撞坏就不错了。本来我的自制力不该那么差，只是……”珍妮的头不安地转了转，“我的状态也很糟糕。”

星期天晚上。令珍妮回忆起美好的过去。我想起了康纳的话。“后来出事了。那天早上你刚下楼的时候。”

她没问我是怎么知道的。她生活的边界已经千疮百孔，再多一个入侵者，也不足为奇。“嗯，我去烧开水，结果看到厨台上的水壶旁边放着那枚胸针，像个纪念章，孩子们别在衣服上的那种，上面有一行字：‘我去悠悠。’从前我也有一枚，但很多年没见过了——可能搬家时被我扔了，我想不起来，反正不可能一夜间突然又出现吧。我睡觉前最后一件事就是把家里都整理干净，餐厅绝对一尘不染，不可能冒出这东西。”

“那依你看是怎么来的呢？”

她沉浸在回忆中，呼吸加速。“我心里很乱，跟个白痴似的傻站着，张大嘴瞪着它。帕特以前也有一枚，所以我尽量说服自己，肯定是他不知从哪儿翻出来的，故意放在那儿给我看，玩点儿小浪漫，提醒我过往的欢乐，为现在的艰难局面道歉……以前他常常来这一手……不过，这种东西他一般也不会保存，就算有，应该也藏在阁楼上某个小盒子里，但阁楼活板门口还拉着乱七八糟的铁丝网，他怎么可能瞒着我拿下来？”

她打量着我的脸，观察我是否有所怀疑。“我对天发誓，那绝不是我的幻觉。你可以去看，我把纪念章用一张纸裹起来——我碰都不想碰——塞进口袋里。帕特起床后，我暗暗祈祷他会过问一下，比如：‘哦，看见给你的礼物了吗？’他当然什么都没说。所以我拿上楼，藏到橱子底层的一件羊绒衫里。你去找找，肯定在。”

“我知道，”我轻声说，“已经找到了。”

“对吧？对吧？真的有啊！其实我……”珍妮低下头，过了片刻才再次开口，话音有些含混不清，“一开始我还疑神疑鬼，我……那阵子的情形刚才我也说过了。我以为是自己眼花，所以就用纪念章上的别针使劲扎了扎大拇指，流了不少血。我知道不是幻觉，对吧？我整整一天都没法儿思考别的事，去接埃玛的时候还直接闯了红灯。但至少当我又开始害怕那纪念章纯属臆想的时候，可以看看大拇指，安慰自己：‘嗯，幻觉不可能扎破手指的。’”

“但你依然很沮丧。”

“嗯，是啊，那当然。我只能想到两种解释，两种都……都很糟糕。要么是闯空门的那人又来过，然后留下的——但我确认过报警器还开着。再说，那人怎么可能知道‘悠悠’？那他肯定盯了我很久，把我这辈子的一切都查了个底朝天，现在还想让我知道，他已经看透我了——”她耸耸肩，“疯子也未必能想到这一层吧，现实中哪有这种事，电影里还差不多。但另一种解释只能是：我本来就收着自己那枚纪念章，而且根本是我自导自演——翻箱倒柜找出来，放到餐厅里，过后我却忘得一干二净。这就意味着……”

珍妮抬头瞪着天花板，使劲眨眼，想把眼泪赶回去。“日常那些琐事是一回事，我跟机器似的忙活，然后通通忘光——比如去超市，比如洗个澡，反正天天都有。但如果我莫名其妙去翻出那枚纪念章来，这种离奇的举动，自己竟然一点儿印象都没有的话……那我恐怕任何事都干得出来，任何事。说不定哪天早上我起床照镜子，发现自己给自己剃了头，涂了个大花脸。或者哪天我去接埃玛，结果老师和其他妈妈都不搭理我，而我还搞不懂为什么。”

她气喘吁吁，每次呼吸都格外艰难，似乎肺里的空气有出没进。“还有孩子们，老天啊，孩子们，我自己都搞不懂下一秒钟该干什么，又怎么能保护他们？我怎么知道我究竟是在保护他们，还是——我也说不清自己究竟害怕什么，因为每次都是发现出事那一刻我才会意识到不对劲。一想到这里，我就阵阵发冷，感觉楼上那枚纪念章正蠢蠢欲动，正想尽办法要从橱子里爬出来。每次我把手伸进口袋，都害怕摸到它就在里面躺着。”

令珍妮回忆起美好的过去。康纳龟缩在他那冰冷的钢筋混凝土小窝里，唯一的慰藉就是亮闪闪的玻璃窗后斯佩恩家的美满生活，以及他对他们深沉的爱。他做梦都想不到他的礼物未能收到预想的效果，珍妮的反应未能如他所料；他更想不到，虽然他的善意无可指摘，但很可能直接摧毁珍妮那早已摇摇欲坠的脆弱防线。我说：“我们第一次找你谈话的时候，你说那天晚上一切正常——你和帕特给孩子们洗了澡，帕特拿埃玛的裙子逗杰克开心——你没说实话。”

苍白的苦笑。“老天，那次，我都忘记说了些什么。总之我不想让你以为我们……本来应该是实话的，从前我们每天晚上都那么快乐。但那天不是。我给孩子们洗澡，帕特待在客厅里——他说，他对沙发后面那个小洞‘寄予厚望’。他的期望值那么高，连晚饭都没跟我们一起吃，免得错过那里面突然冒出的什么重要情况。他说不饿，回头啃个三明治什么的就行。想想刚结婚那会儿，我们常常躺在一起，畅想着有了孩子以后的愿景：他们长什么样？给他们起什么名字？帕特常开玩笑说：‘我们每天晚上都要围成一桌吃饭，就算孩子们到了叛逆的青春期，拿爸妈当仇人，也绝不例外……’”

她依然仰望着天花板，使劲眨眼，但仍有一滴泪流出来，顺着她太阳穴旁柔顺的发梢往下滑落。“现在呢，杰克拿叉子猛敲桌面乱喊：‘爸爸来嘛来嘛来嘛！’喊了一遍又一遍，而帕特还穿着昨晚的睡衣在客厅里盯着小洞。埃玛拿手捂着耳朵尖叫，要杰克闭嘴。我都懒得叫他们安静，因为我没力气了。一天下来神经绷得紧紧的，我只能尽量保证自己别出什么乱子。我只想睡一觉。”

我和里奇第一次举着手电勘察现场时，发现床上的羽绒被乱乱的，说明出事时有人在睡觉。“所以你先给孩子们洗澡，送他们上床，然后……”

“我也去睡了。我听见帕特在楼下走动，但我不想见他——我受不了他念叨那头野兽如何如何，至少那天晚上听不下去——所以我留在楼上。本来想看会儿书，但没法儿集中精神。想拿点儿什么东西挡在藏纪念章的橱子前面，东西越重越好，但我也明白那太过胡闹。所以最后我只关了灯，努力入睡。”

她停下了。我和她都不愿再说下去。可我还是不得不问：“后来呢？”

“埃玛开始哭，我也不清楚是几点。我迷迷糊糊地等着帕特上楼，还留神听他在楼下干什么。埃玛从刚生下来不久就常做噩梦，我以为她无非是又做梦了而已，就爬起来找她，她坐在床上，吓得魂不守舍。她哭得太厉害，上气不接下气，想说什么却说不出口。我坐到床上搂着她——她整个人扑到我怀里，抽抽搭搭的，可怜的小心脏都快蹦出来了。我问她：‘怎么了，宝贝儿？告诉妈妈，妈妈来帮你。’结果她说……”

珍妮张开嘴使劲吸了口气。“她说：‘它躲在我的柜子里，妈妈。会跳出来抓我的。’

“我说：‘你柜子里有什么，宝贝儿？’我以为肯定是她做噩梦，或者是蜘蛛。她最怕蜘蛛。但她竟然说：‘妈妈，是那头野兽，那头野兽，露着牙齿对我笑……’她完全崩溃了。我说：‘哪来什么野兽，是做梦吧。’她哭哭啼啼，哭得那么惨，简直不行了。我紧紧抓着她，还使劲儿摇晃她——以前我从不那样。我怕她吵醒杰克，但还不仅如此，我……”她又大喘气，“我还怕那头野兽，怕它听见埃玛的哭声，跟过来袭击她。我知道它根本不存在，我知道的。但我还是——上帝啊，我想都不敢想，反正得先让埃玛闭嘴……她总算哭得没那么凶了，谢天谢地，但眼泪还是流个不停，死命抱着我，指着她的书包——就放在床边的地板上。我只能听清她说：‘在里面，就在里面。’所以我开了床头灯，把书包里所有的东西都倒出来。埃玛一看……”

珍妮的手指悬在那幅画上方。“这个。她说：‘是它！妈妈，是它！就是它躲在我的柜子里！’”

她不再大口喘气，语速慢了下来，声音也平静了不少，了无生气的病房里稍稍增添了一丝活力。“床头灯很小，画其实还罩在一片影子里，黑乎乎的，只能看到它的眼睛和牙齿。我问她：‘这是什么，宝贝？’其实她不说我也猜到了。

“埃玛总算能正常呼吸，但还不停地打嗝，她说：‘就是那头野兽。爸爸想抓的那头。对不起，妈妈，真的真的对不起……’

“我强装镇定：‘别傻了，没什么对不起的。我们以前讨论过呀，那野兽都是假的，你忘了？只是爸爸玩的游戏。他只是有点儿糊涂，你懂的。’

“她的样子好可怜。埃玛很敏感，但凡不能理解的事，都会在她心里折腾好久。她跪在床上，抱着我的脖子，直接对着我的耳朵，好像怕被什么东西听见，小声地说：‘我懂，好多天了。对不起，妈妈，我已经尽量……’

“我好想死。我好想缩进一摊水中，然后被地毯吸干。本以为在我的保护之下他们很安全，这是我唯一的期望了。但那头野兽，那东西，简直无处不在。它钻进埃玛的身体里，钻进她的脑子里，我真的很想杀死它，只要我能办到，赤手空拳我都可以杀死它，但我没办法，因为它根本不存在。埃玛还说：‘我本来不该说的，但凯莉小姐让画自己的家，我就画出来了。对不起，对不起……’我真该把孩子们带走，但又能带他们去哪里？到外面照样躲不开它。根本没有什么地方是安全的。再说，我做什么都没用，因为我不相信自己还能正常行动。”

珍妮的指尖逗留在那幅画上，轻轻地，凄楚地，似信非信地。如此微不足道的东西，薄薄一张纸、一幅蜡笔画，竟改变了她的整个世界。

“我很冷静。我对埃玛说：‘没关系，宝贝儿，你尽力了，我明白。妈妈会解决的，你睡吧，我守在这儿，免得它碰你，好不好？’我开了她的衣柜，每个角落都检查一遍，让她也看清楚里面什么都没有，然后把她的东西都放回书包里。我关掉床头灯，坐在床上，握着她的手，直到她睡着——这花了不少时间，因为她时不时就睁眼看看我还在不在。不过她毕竟太累了，最后还是睡着了。然后，我拿着画下楼去找帕特。

“他蹲在餐厅地板上，碗柜的门开着，之前他在碗柜后面也钻了个洞。他整个人弯腰蹲在柜子前面，活像一头随时准备跳起来的野兽。他一只手伸进柜子里，摊在架子上，另一只手握着花瓶，那只银质花瓶是我奶奶送给我们的结婚礼物，我一直都放在卧室的窗台上，插着粉玫瑰，和我的新娘捧花一样，用来纪念我们结婚那天……帕特握着瓶颈，高高举起来，好像准备用花瓶来砸什么东西。旁边地上还有把刀，那是我们从前照着戈登·拉姆齐[①]的菜单学做菜时买回来的，特别锋利。我问他：‘你这是干什么？’

“帕特说：‘闭嘴，仔细听。’我听了，但什么都没听见。根本什么也没有！所以我说：‘没东西啊。’

“帕特笑了——连看都没看我，只盯着柜子里——然后，他说：‘它巴不得你这么想呢。它就在这里面，躲在墙里面，我听见了。只要你闭嘴哪怕一秒钟，你就能听见。它精着呢，一点儿声都不出，耗到我准备放弃的时候，它就马上挠那么一下，逗得我紧张一阵，我看它是在笑话我呢。走着瞧，我可比它聪明。我要抢在它前面。哈，它有阴谋，我就没有诡计吗？我已经盯紧它了，马上就把它拿下。’

“我说：‘你都胡说些什么啊？’结果帕特弓着身子转过来，像是怕被那东西听见，非常非常轻声地回答：‘总算搞清楚它想要什么了。它想吃

---

① 英国著名顶级厨师，多次在各种名人烹饪节目中露面。

我，还有孩子们，还有你，想吃我们全家，但最主要是我。我才是它的目标。难怪以前根本逮不到它，用什么花生酱啊、汉堡包啊——现在我来了。来呀，小兔崽子，我就在这儿，你来抓我呀！’他伸手在柜子里朝那个小洞招手，就跟挑衅别人找架打似的，还说：‘它能闻到我的气味，我离它这么近，它都能舔到我了，肯定馋死了吧。它很聪明，好，它还很小心，但它早晚——不，很快了，我预感得到，随时——它太想吃掉我，顾不上那么多。它马上就会控制不住，从这个洞口把脑袋探出来咬我的手，到时我就揪住它，“砰砰砰砰砰……”看你再狡猾，操你妈的，你还能狡猾到哪里去……’”

深陷回忆中的珍妮战栗不已。“他整张脸都通红通红的，满头大汗，两个眼珠都凸出来了，一次又一次地往下砸花瓶，也不知到底在砸什么。他的样子太疯狂。我叫他闭嘴：‘该住手了，我受够了，你看看，你好好看看……’我把这个甩到他脸上。”她两手都按在那幅画上，把画压进毯子里，“我尽量小声，因为不想吵醒孩子们，不能让他们看见爸爸这副模样，但恐怕我没压住嗓门，帕特有反应了。他没再砸花瓶，抓起这幅画看了一会儿，然后说：‘干吗？’

“我说：‘是埃玛在学校画的。’他还瞪着我：‘这有什么稀奇的？’我真想朝他尖叫。帕特和我从来不怎么吵架，我们不是那种爱吵闹的人——以前不是。但他就蹲在那儿瞪着我，完全不当一回事，我——我忍不了，根本看不下去。我蹲到他旁边，说：‘帕特，听我一句，你真得听我一句。收手吧。里面没东西，从来都没有。明天早上孩子们起床以前，你给我把这些该死的洞全都堵上，我把这些要命的监视器全部扔到海里去。然后我们忘掉这些，以后再也不提了。永远不提。’

“我以为成功了。帕特放下花瓶，把用来引诱目标的那只手从柜子里伸出来，凑过来握住我的双手，我以为……”珍妮急促地吸了口气，暂时卸下了防备，浑身猛颤，“他的手那么温暖，那么有力，和以前一样，和我们十几岁的时候一模一样。他直勾勾地盯着我——又变成以前那个帕特。那一刻，我以为问题都解决了，我以为帕特会给我一个拥抱，一个深情的长久的拥抱，然后我们一起想办法把洞都堵上，然后上床睡觉，紧紧相拥。等到有一天，我们都老了，想起当年的傻事，一笑了之。我真的以为……”

她的声音那么沉痛，令我不忍听下去，仿佛眼前的地面裂开了，深不见底的裂缝直至地心。墙上的白漆轻轻剥落。红叶沙沙飘坠，不时轻轻擦过窗棂。

“结果帕特说：‘珍妮，亲爱的，我可爱的小甜心。我知道，前阵子我这个老公太不称职。上帝啊，我都懂。我没照顾好你，没照顾好孩子们，我傻坐在这儿，让我们一家都陷在这鬼地方，你们还那么支持我。’

“我很想告诉他，这跟钱无关，钱不重要。但他没给我开口的机会。他摇摇头，又说：‘嘘，等一下，让我说完，好吗？我懂，你不该住这种房子，你配得上全世界最美的衣服、最昂贵的窗帘。埃玛该去上舞蹈课，杰克该拿到曼联队比赛的球票。我给不了你们这些，我好想死。但至少这件事，就这一件，我能办到。我能逮住这贱货。喂饱它，让他夹在客厅的墙壁里头动不了，怎么样？’

“他摸着我的头发、我的脸，还对我微笑，真心的微笑——他的快乐一点儿都不掺水分，似乎我们的所有困难都摆在他眼前，至于怎么解决，他早就胸有成竹。他说：‘相信我，求你，我总算明白自己在干什么了。珍妮，我们这漂亮的家，很快就又安全了。孩子们会平平安安，别担心，宝贝儿，没事，我决不允许那东西伤害你们。’”

珍妮的声音颤抖得极其厉害，床单上的两手紧握成拳。“我不知道该怎么跟他说，是他，是他纵容这件事，这头所谓的野兽，纯粹由他疯疯癫癫幻想出来的东西，是他放任它生吞了杰克和埃玛。他每多盯着那个小洞一秒，就多让那东西吞噬孩子们的思想一口。如果他怕孩子们被吃掉，只要站起来不就行了吗？把洞堵上！把那个见鬼的花瓶放回去！”

绝望与泪水将她的嗓音浸泡得异常沙哑，她整个人的情绪已濒临失控，我几乎听不清她说的每个词，或许别人会过去拍拍她的肩膀，好言安抚几句，但我不能碰她。我拿起床头柜上那杯水递过去，珍妮猛地灌了一口，呛得连连咳嗽，好半天才喝进去一点儿，那吓人的咳嗽声也慢慢平息了。

她朝水杯里说：“我就那样坐在他旁边，地板冻得像冰，但我站不起来。我只觉得天旋地转，症状发作得比以往任何时候都厉害，所有东西都在滑落，在坍塌。我想，自己一站起来肯定就会脸朝下栽倒，脑袋在柜子上撞个稀烂。我不能。我们可能坐了有两个小时吧，天知道。我反正一直握着这个……”那幅画，已经溅满了星星点点的水渍。“看了很久很久。我好怕，我怕一转开眼睛就会忘记它的存在，更会忘了我该做的事。”

她抹了抹脸，是抹去水渍，还是抹去泪珠，我分不清。“我一直惦记着楼上橱子里那枚纪念章。当年我们多快乐啊。难道我是为了自娱自乐，才把它从某个盒子角落里翻出来的？我想啊想啊，我们怎么会落到这个地步？好像是我或者帕特犯了什么错才这样的吧，如果能想到原因，那也许可以改变，结果就不同了。但我找不出来。我回想着我们的初吻，十六岁那年——在芒克斯敦的海滩上，太阳下山了，但那时是夏天，天色还很亮，空气很温暖，暖洋洋的风吹着我的手臂。我们坐在一块大石头上聊天，帕特忽然凑过来……我搜索了我所能记起的每一分、每一秒，但我仍然找不出原因。我想不通我们为什么成了这样，从十六岁那时的我们，变成现在坐在地板上这个样子。”

她不作声了。在那一头炫目的金发掩映下，她的面容静如止水，思维似乎定格在只有她能看见的什么东西上。她的语调十分镇定。现在感到害怕的人，是我。

珍妮说：“一切都那么奇怪，灯光好像更亮了，像到处扫射的探照灯，又或许是我的眼睛几个月来一直有毛病，刚刚晕了一阵，反而突然让我又能看清了。眼前的一切都那么明亮，那么清晰，清晰得令人发疼，还那么美——普普通通的冰箱啊、酒杯啊、餐桌啊，都变得金灿灿、飘飘然，简直就像来自天堂，你伸手一碰它们就会融化掉。然后我也飘飘然了，从地上飘起来。我得赶紧想办法，要不然我就会从窗口飘走，然后帕特和孩子们只能被活活吃掉了。我说：‘帕特，我们得马上出去。’至少我记得说过，但我不敢肯定。反正他没听见，也没注意到我站了起来，甚至没注意到我要离开了。他对着那个小洞嘀嘀咕咕，我听不清……上楼的那段路似乎没有尽头，我的脚没法儿触到地面，我动不了，只能挣扎着慢慢地一步步地往上爬。我本该害怕，害怕来不及赶到，但我没有，我失去了所有的感觉，只剩下麻木和悲伤，不见底的悲伤。”

她那染血的尾音如一根线头，缠绕着那黑暗的一夜，直抵其可怖的心脏。她的眼泪止住了，此刻她的心情已远非泪水可以表达。“我吻了他们，埃玛和杰克。我对他们说：‘没事了，没事了，妈妈爱你们，我马上就来，等着我，我们很快就又能团聚了。’”

或许我该逼她亲口说出来，但是开不了口。那嗡鸣声如一柄钢锯，在我的颅骨内震荡，我稍一动弹，呼吸一次，整个身体可能就将粉碎成千万瓣。我的思绪漂移开去，迪娜、奎格利、里奇，陆续浮现在眼前，一个个都面容苍白。

“帕特还蹲在餐厅地板上。那把刀就在他旁边。我拿起刀，他刚转身，我就捅进他的胸口。他跳起来说：‘什么……’他瞪着胸前，万分震惊，还没搞明白发生了什么事。他怎么也无法理解。我说：‘帕特，我们得走了。’然后我又捅了他一刀，接着他抓住我的手腕，我们打斗起来，从餐厅这头扭打到另一头——他已经尽量不伤着我了，只是想稳住我，但他力气那么大，我怕他把刀抢走——我边踢他边喊：‘帕特，快点儿啊，我们得赶紧……’他一直说：‘珍妮珍妮珍妮……’他又变成从前的帕特了，他望着我的神情又正常了。为什么他不早点儿那样望着我呢？”

奥凯利、杰莉、爸爸。他们让我的视线模糊了焦点，珍妮成为一片白色和金色交织的虚影。她的声音在我的耳朵里回旋，清晰得近乎残忍，那根线拖着我，越陷越深。

“到处都是血。感觉他越来越虚弱了，但我也——我好累……我说：‘求求你，帕特，住手吧，得赶紧去找孩子们啊，不能留他们孤零零地在那边。’他顿时冻住了，整个人僵在地上，直瞪着我。我们俩都喘着粗气，听起来特别大声，特别可怕。帕特——我的天，他的声音成了那样，他说：‘上帝啊，你干了什么？’

“他的手本来捏紧我的手腕，这时松开了，我挣脱他，又捅了他一刀，他根本没反应。他开始往餐厅门口走，然后跌倒了，就那么摔下去。他试着想往外爬，然后不动了。”

珍妮的眼睛闭上了片刻。我也是。关于帕特，之前我唯一的期盼就是，他永远都不知道孩子们遭受的厄运。

“我坐到他身边，把刀往胸口扎，往肚子上扎，但没用——我的手全是血，太滑，我又抖得厉害，而且没力气！我边哭边往脸上、喉咙上，往全身到处割，但还是不行，胳膊跟果冻似的乱抖，我连坐着的力气都没了。我躺到地上，可我还没死。我……上帝啊。”她全身如触电般乱颤，“我以为走不掉了，邻居们听到我们打斗的声音一定会报警，救护车肯定要来，然后……我从来没那么害怕过，从来，从来没有。”

她有如一尊石像，怔怔地凝视旧毯子上的折痕沟壑，不知看见了什么。“我拼命祈祷，我知道自己没那个权力，但仍然要祈祷。也许上帝会敲碎我的脑袋来惩罚我，可那正合我的心意。我向圣母马利亚祈祷，或许她能理解。我默念着‘万福马利亚’——大部分祈祷文的内容我都忘记了，太久没碰，但我尽量把能想起来的零散片段都念了一遍。求求你，我一遍又一遍地说，求求你。”

“这时，康纳赶来了。”

珍妮抬起头，困惑地望着我，似乎忘了我还在场。片刻后，她连连摇头：“不，康纳什么也没干。我很多年都没见过康纳……”

“斯佩恩太太，我们可以证明那天晚上他去过你家。我们也能证明，你的一部分伤口不是自己造成的，换句话说，康纳也有份。他将会被指控三起谋杀和一起谋杀未遂的罪名，你如果想帮他，最好的方法就是原原本本告诉我事情的经过。”

我无法再向她施压。这就好比一场水下的消耗战，进展缓慢，令人不胜疲惫，两人都已难以支撑，甚至忘了究竟斗争因何而起，但别无选择，只能机械地继续。我追问道：“过了多久，他才赶到？”

珍妮的疲劳程度远胜于我，她先放弃了抵抗。过了一会儿，她的目光游移开去：“不知道。感觉像几十年。”

钻出睡袋，爬下脚手架，翻过围墙，冲过花园，将钥匙插进后门锁眼。一分钟，最多两分钟。之前康纳估计正打瞌睡，窝在暖烘烘的睡袋里，满心以为斯佩恩一家的生活仍如一只沐浴在阳光里的小船，正悠然地从他下方驶过。他可能是被打斗声惊醒的：珍妮含混的尖叫，帕特的怒吼，家具翻倒的闷响。不知当他挪到窗口、打着哈欠、揉着眼睛望去时，映入眼帘的是何种景象；不知他究竟花了多久才明白眼前发生的一切，才意识到他并非做梦，必须立即冲破那堵玻璃墙——那堵将他和他最好的朋友隔离多年的墙。

珍妮说："他肯定是从后门进来的，门开的时候有风吹到我身上，是大海的味道。他把我从地上扶起来，让我的头枕在他腿上。他又像在哭，又像在呻吟，好比小狗被车撞上后痛苦的声音。一开始我都没认出是他——他变得那么瘦，那么苍白，样子好吓人，整张脸都变形了，看起来简直不成人样。我以为他是别的什么——比如天使吧，因为我那么努力地祈祷；又或者是从海里来的什么怪物。然后他说：'老天哪，珍妮，老天，怎么会这样？'他的声音还和从前一样，还和我们小时候一样。"

她朝腹部轻轻比画了一下。"他拉开我的睡衣，就这位置，可能是想看我的伤势……他满身是血，不知为什么，我没受伤啊。我说：'康纳，帮帮我，你一定得帮帮我。'起初他还没明白，他说：'没事的，没事的，我叫救护车。'然后他去摸手机，但我尖叫起来，我抓着他喊：'不要！'直到他停手。"

埃玛临终前挣扎时碰裂的那片指甲，钩着绣花靠垫上的那一丝粉色绒毛，正是在那时断裂的，留在康纳厚厚的套头毛衣上，他们两人都没发觉——怎么可能发觉？后来康纳回到家，脱下血衣扔到地上，自然不可能注意那片指甲又落到了地毯里。他等同失明，五内俱焚，只愿有一天还能看见餐厅里那幕惨剧之外的景象。

"我说：'你不懂。别叫救护车。我不要救护车。'他说：'你会没事的，他们马上就会抢救你……'他把我搂得那么紧，把我的脸深深埋进他的毛衣里。过了很久很久，我才挣扎出来跟他讲话。"

珍妮依然双目失神，但嘴唇跟孩子似的微微张开，面容沉静。对她而言，最难熬的时刻已然度过，此刻反而更像大团圆结局。“我再也不害怕了，我很清楚该做什么，就像剧本，前面的路，都为我写好了。这幅画就落在地板上，埃玛画得歪歪斜斜。我说：‘把那个拿走，塞到口袋里，等你回家就烧掉。’康纳把画一把揉进口袋，估计看都没看，只是按我的意思办。万一别人发现，肯定有各种猜测。你不就猜到了吗？而我绝不能让别人发现，是不是？帕特会被他们当成疯子啊，那怎么行。”

“是啊。”我应和着。但后来康纳在家看过画之后，不忍将其付之一炬。这是教女的遗物，他保存下来，作为最后的纪念。

“然后，”珍妮说，“我告诉他我要他干什么。我说：‘这里，这把刀，来吧，康纳，求你，你一定得答应。’我硬把刀塞到他手里。

“他的眼睛，他看着手里的刀，又俯视着我，似乎很害怕我，似乎我是他这辈子见过的最最恐怖的东西。他说：‘现在你没法儿正常思考。’但我说：‘不，我可以，我可以。’我还想朝他尖叫，但喊出口的只有轻轻的几声。我说：‘帕特死了，是我拿刀戳的，他死了……’

“康纳问：‘为什么？珍妮，上帝啊，怎么会这样？’”

珍妮的嗓音痛苦而嘶哑，似笑非笑。“如果他早来一两个月，也许……我只能说：‘别找救护车，求你。’康纳说：‘你等等，坚持，坚持住。’然后他把我放下，爬到帕特身边。他转过帕特的头，不知做了什么，可能是翻开他的眼睛——他什么也没说，但我看见他的脸了，看见他的表情了，于是我明白了。我很高兴。”

这短短几分钟，康纳在脑海里不知重放了多少次，他的每个脑细胞都重复回响着同一个念头：“如果我没睡着该多好，如果我一听见不对劲儿的声音就爬起来多好，如果我跑得更快，如果我拿钥匙开门时手没抖……”如果他早那么几分钟赶到餐厅，至少可能还来得及救回帕特。

珍妮说：“但那时康纳——他努力想站起来，想用电脑桌支撑身体——但他总是跌倒，可能踩在血泊里滑倒了，也可能是他晕头转向，但看得出来，他要往餐厅门口走，要到楼上去。我拉住他，扯着他的裤脚说：‘不，别去，都不在了。’康纳一下子双手双脚跪倒。他说——他的头俯得很低，但我听清了——他说：‘啊，上帝啊。’”

在那之前，康纳肯定以为只是夫妻吵架意外升级，平时压力过大，一时失控才酿成血淋淋的惨剧。说不定他还怀疑珍妮是正当防卫，是帕特昏了头先对珍妮动手。当珍妮说出两个孩子已死的残酷事实，那么答案也就不言而喻，最后的希望也破灭了，救护车和医生也不必再找，没有明天了。

“我说：‘我得和孩子们一起，和帕特一起。求求你，康纳，求你，让我解脱吧。’

“康纳仿佛大病一场，咳个不停。他说：‘我办不到。’他似乎还希望这一切只是一场噩梦，还想着怎样才能赶紧醒来。我勉强挪到他旁边——我得拼命拖着身体，两腿发麻，一直哆嗦。我抓住他的手腕说：‘康纳，你一定得听我的。我不能留在这儿。快点儿，求你。’”

珍妮的声音渐弱，几乎成了沙哑的耳语，她的力量快耗尽了。“他坐在我身边，转过我的头，让我的脸又靠到他胸口上。他说：‘好，好。你闭上眼睛。’他抚摩着我的头发。我说：‘谢谢你。’然后闭上眼。”

珍妮将平放在毯子上的两手一摊，露出掌心：“就是这样。”

康纳相信那是他这辈子能为珍妮做的最后一件事。离开之前，他还最后帮了帕特两个忙：清除电脑中的浏览记录，带走凶器。删除的过程自然十分仓促潦草，在那栋房子里逗留的每一秒钟都撕扯着康纳的神经。但他知道，一旦我们看到电脑里那些疯狂的帖子，又没有证据证明外人进过他们家，我们锁定的凶手，必然是帕特。

他肯定也料到，只要将嫌疑全推到帕特身上，他就可轻易脱身，至少安全得多。但康纳的信念与我一样坚定：有所为，有所不为。错失了拯救帕特的机会之后，他搭上自己为代价，用一个谎言来保护帕特二十九年人生的名誉。

被我们逮捕后，他缩进壳中，沉默以对，寄望于我们无法发现证据。然后，我告诉他珍妮还活着，他还能再拉她一把，否则我免不了逼迫珍妮吐露真相。或许这也是他潜意识中求之不得的机会吧。

珍妮说：“怎么样？康纳只会按我所期待的路子走。”

她的双手摸索着从毯子上伸过来，伸向我，声音中平添几分焦虑。我答道：“他攻击了你，虽然出于你们两人共同的意愿，但仍属于蓄意谋杀，这是犯罪。被害人的同意也无法让凶手免责。”

“是我逼他干的，你不能因为这个让他坐牢。”

“那要看具体情况。如果你能在法庭上证明这一切，那行，康纳脱罪的机会很大。陪审团也是人，有时他们也会抛开规则，跟从自己的良心。如果你只拿表面文章来敷衍，那我也不是没有发挥的余地。那样一来，根据现有的证据以及康纳的供述，他就得扛起三起谋杀的罪名了。”

“但他谁都没杀啊！我不都告诉你了吗？你说过，只要我讲出真相……”

“那只是你的版本。康纳又有他的版本。证据无法排除其中任何一种，而愿意公开承认的是康纳。这就意味着，他那个版本的可信度比你的高得多。”

“可你总相信我，对吧？既然你相信我……”

她触到了我的手，像孩子似的抓住我的手指，她的手指那么瘦削，我几乎能感觉到皮下的骨节在蠕动，而且异常冰冷。

“即便如此，我也无能为力。我并不是坐在陪审席上的陪审员，也没慷慨到可以完全依从良心办事的地步。我的工作只能以证据为优先。斯佩恩太太，如果你不愿看着康纳坐牢，那就得上法庭去救他。他为你做这么大的牺牲，我想你欠他的可不少。”

傲慢、咄咄逼人、公事公办，这就是我此时的口吻，活脱儿就是那种上学时整天不可一世地教育同学们喝酒危害多多、最后被人揪着头往柜子上撞的小浑蛋。倘若这世上真有诅咒，那上天加之于我的诅咒必定是这一种：每到紧要关头，每当我百分之百深知该如何抉择时，从我嘴里吐出的每句话却都是错的。

珍妮开口了，既是说给周围的治疗仪器、病房的墙壁和空气听的，也是说给我听的：“他会没事的。”

她又在闪烁其词。“斯佩恩太太，”我说，“我多少能理解你的遭遇，也许你并不信任我，但我可以发誓，我的每句话都如假包换。我也猜得到你想干什么，但还有人需要你，还有事需要你去做。你不能撒手不管，这是你的责任。”

有那么一瞬间，我以为珍妮听进去了。她与我四目相对，惊愕的目光分外明晰，似乎她霎时间瞥见了在这闭塞的病房外，世界仍不停运转：孩子们长大了，衣服太小了；老人们忘却了年迈的伤痛；恋人们分分合合；拍岸的惊涛涌过礁石又退回沙滩；层层落叶覆盖了深埋于冰冷泥土里正缓慢萌芽的种子。有那么一瞬间，我以为奇迹降临了，以为我打动了她。

随后，她垂下眼帘，把手从我的手中抽离——直到此刻我才意识到，她的手被我的手攥得那么紧，一定很疼。“我不清楚康纳在我家干了什么。从我在这里苏醒开始，我逐渐记起了当时的经过，我想他多半从来没进过我家吧，十有八九是幻觉。你不说我还真不信。他是……他怎么进去的？”

“他常去布莱恩斯顿，看见你和帕特有难，就赶来救援。”

看得出，她正缓慢而痛苦地串联起前因后果。“那枚纪念章，‘悠悠’的纪念章，难道……是康纳？”

我的大脑已无力再思考究竟该怎样答复她才最合适，或者最不残忍。但片刻的沉默便足够让她了解了。“噢，上帝啊。我还以为……”她的喘息急促而尖锐，如同受伤的孩童，“那几次闯空门，也是……”

“这点我还不能随意下结论。”

珍妮点点头。刚才的抵抗耗尽了她最后的能量，此时她看上去连动一动的力气也丧失了。过了一会儿，她才小声说：“可怜的康纳。”

“是啊。值得同情。”

我们默默对坐了许久。珍妮没再开口，也没看我，到此结束了。她又靠回枕头上，目视指尖滑过床单的褶痕，缓慢地，有规律地，一遍又一遍。过了一会儿，她闭上了双眼。

外面，两个女人有说有笑地经过走廊，鞋底清脆地敲击着铺了瓷砖的地面。干燥的空气令我咽喉发疼。窗外天色已变，我不记得听到过雨声，但树叶已浸染成湿润的深色，在斑驳阴沉的天幕下微微反光。珍妮的头歪向一侧，胸口轻轻颤动，直至被和缓的呼吸渐渐抚平。

我不知为什么还要留在这里。或许因为挪不开腿，或许是不敢留下珍妮独自一人，又或许我还多少有些期待她会在睡梦中吐露那个密码，使这芜杂纷乱的混沌阴影重归黑白分明，使我能真正看清这一切究竟因何而起。

Broken Harbour 第 19 章

救赎

走廊里，菲奥娜弓着背坐在墙边的一把塑料椅上，双腕绕着一条灰色的条纹丝巾。地面折射出绿色的光泽，延亘而去，仿佛有几英里长。

我刚咔嗒一声关上门，她便应声抬起头："珍妮怎么样？她还好吗？"

"她睡着了。"我拉过另一把椅子在她身旁坐下。她那件红色呢大衣上满是冷风和烟的味道。刚才她出去抽烟了。

"我得进去。如果她醒来发现身边没人，会怕得要命。"

"你知道多久了？"

菲奥娜顿时一脸茫然："知道什么？"

本来我有数不清的迂回妙法，但我已无力施展。"你姐姐刚才承认杀害了全家。想必你并不意外吧？"

依然是莫名其妙的神色。"她吃了止痛药，头脑糊涂，根本不懂自己在说什么。"

"相信我，拉弗蒂小姐，她对自己的话绝对有把握。所有的细节都和我们掌握的证据对得上。"

"是你逼她说的。以她现在的状态，你让她说什么都行。我会举报你。"

她和我一样疲惫至极，再无锋芒可言。“拉弗蒂小姐，这又何必呢，”我说，“你在这里跟我说的任何话，都不会被记录在案，我甚至无法证明我们有过这次对话。你姐姐的认罪也一样，在法律上是不存在的。我只想在一切无可挽回之前，想办法收拾这个烂摊子。”

菲奥娜审视着我，布满血丝的乏力的双眼竭力寻找着焦点。刺眼的灯光照得她的皮肤尤显灰白，还满是斑点，她看上去比珍妮更老，更不健康。走廊那头有个小孩撕心裂肺地哇哇大哭，仿佛周围的整个世界都崩塌了一般。

不知为何，菲奥娜看出我是认真的。之前讯问她时，她那非比寻常的敏锐令我很不舒服，但到头来这还是帮了我的忙。她的防线松动了，头往墙上一仰：“为什么她要……她那么爱他，究竟……为什么？”

“我说不上来。你是什么时候发觉的？”

过了一会儿，菲奥娜答道：“你告诉我康纳认罪的时候。我知道他不可能是凶手。无论上次见面之后他改变了多少，无论他是不是和帕特、珍妮又吵过架，即便他彻底变成神经病，也绝不可能是他干的。”

她的口吻不存在丝毫犹疑。奇怪的是，精疲力竭的我霎时间居然相当嫉妒他们，她和康纳·布伦南。在我看来，纵然人生中处处有背叛、时时遇暗礁，只要还拥有你能死心塌地地信赖的人，或者能让某个人义无反顾地信赖你，那么整个世界都会迥然不同。我见过这样的夫妻，也见过这样的搭档。

“起先我以为是你编造的，”菲奥娜说，“但我特别擅长判断别人是不是在撒谎。所以我开始考虑康纳为什么要认罪。可能他想保护帕特，免得帕特坐牢。但帕特死了，剩下的只可能是珍妮。”

她咽了咽唾沫，声音虽轻，却异常沉痛。“所以，我就知道了。”

“因此你才没告诉珍妮，康纳已经被捕。”

“嗯。我无法预测她会是什么反应——如果她要认罪，或者精神失常、旧病复发什么的……”

“那么你直接就认定她有罪了。你坚信康纳不可能是凶手，但对亲姐姐的态度不一样。”

“你认为我该相信亲姐姐，是吧？”

“你怎么想，我不知道。”我说。又一条规矩：必须让嫌疑人和证人以为你无所不知，绝不能让他们发现你有丝毫动摇。我已经不记得这问题的意义何在了。“只是好奇，这种区别的原因在哪里。”

她一边绕着丝巾，一边寻找合适的措辞，过了一会儿才答道：“珍妮向来循规蹈矩，日子也过得顺风顺水，她的人生一贯如此。当变故来临，帕特失业之后……她不知该如何面对，所以她说有人闯空门的时候，我才怕她精神失常。自从帕特被炒，我就隐隐担心，结果我的预感不幸成为现实，她完全崩溃了。会不会……她就是因此……”

我没回答，菲奥娜使劲扯着丝巾，激愤地压着嗓门：“我早该猜到的。她掩饰得很好，但如果我多留点儿神，多去他们家走走……”

其实她无能为力。但我没说出口，目前我还需要她的负罪感。“你跟珍妮好好谈过这事吗？”

“没有。天哪，没有。她要么叫我滚远点儿，永远别回来，要么就是……”她略一畏缩，“你以为我想听她说这些吗？”

“那其他人呢？”

“也没有。还能找谁？跟室友怎么好谈这个？而且我更不想让妈妈知道。”

“有没有证据可以证明你的判断？比如珍妮说过的什么话，或者你看见的什么情况？抑或是纯粹出于直觉？”

“不，没有证据。假如我错了——上帝啊，我会高兴得要死。”

“可我站在你这边。但问题是，我也没有证据。珍妮刚才的认罪在法庭上不能用。我们掌握的证据还不足以逮捕她，更不用说给她定罪了。除非我能挖出新的东西，否则她肯定无罪一身轻。”

“太好了。”菲奥娜捕捉到我的神情，或是想当然地以为我变了脸色，连忙心虚地耸耸肩，“不然你还想怎样？我知道，她理应被判刑，但我不管，她是我姐姐啊，我爱她。一旦她被捕，肯定瞒不住妈妈。我知道，不该帮着凶手逃脱法网，但姐妹毕竟是姐妹。你看着办。”

“康纳呢？你也说过，你还惦记着他。你真要坐视他在监狱里度过余生？时间长短是一回事，其他犯人怎么看杀害儿童的凶手，你了解吗？知道他们会怎么教训他吗？”

她瞪大了双眼：“等等，你不能让康纳被判刑，你很清楚他没杀人。”

“送他入狱的不是我，拉弗蒂小姐，而是整个体制。要指控他，我手头的证据绰绰有余，这一点无可回避；至于他会不会被定罪，那取决于律师、法官和陪审团。我只能恪尽职守。既然动不了珍妮，那只能拿康纳开刀。”

菲奥娜摇着头：“你下不了手的。”

她再次坚定起来，斩钉截铁。这似乎是一种奇特的天赋，在这冷如坚冰的地方，没料到还能遇到这样一小团温暖的火焰。我不该和这个女人交谈，也不该对她产生好感，但偏偏是她，于千万人之中，令我心有所动。

“对，”我无法对她撒谎，“我做不到。”

“那就好。”她点点头，无力地轻叹一声。

“你该担心的不是康纳。你姐姐有自杀的打算，只要一有机会……”

我的提醒不可谓不残忍。本以为菲奥娜会大受震动，或是惊慌失措，但她纹丝不动，依然凝视着走廊上那一张张宣传节约使用洗手液的海报。“只要还在医院里，她就不至于乱来。”

这似乎早在她的意料之中。我暗暗惊异于她可能更希望珍妮自行了断，也许是源于里奇所谓的仁慈，或是应有的惩罚，抑或是出于姐妹之间某种说不清道不明、纠结难解的残忍情绪。“那她出院以后，你打算怎么办？”

“看紧她。”

“就你一个人？全天候守着？”

“我和妈妈。虽然她还不知情，但她也怕家破人亡之后，珍妮会……”菲奥娜脑袋一颤，更专注地瞪着那些海报，“我们会看紧她。”

“多久？一年，两年，十年？你上班的时候，你妈妈要洗澡或者小睡一会儿的时候呢？”

“可以找护士，雇护工。”

“你要中了乐透大奖，那没问题。护工什么的要花多少钱，算过吗？”

“要花钱的时候总会有办法。”

“用帕特的人身保险金？”她顿时无言以对。“如果珍妮解雇了护士怎么办？她是成年人，有这个权力，如果她不想让人照顾——我们都很清楚，她确实不想，那你根本拦不住她。拉弗蒂小姐，你不得不正视这个现实：除非将她锁在屋子里，否则没法儿保障她的安全。”

“监狱也未必安全。我们会照顾好她。”

她的怒意说明我戳到她的痛处了。“一段时间内问题不大，几个星期，甚至几个月。但早晚你难免放松警惕。比如男朋友打电话给你聊天，或者朋友约你出去喝酒乐一乐，你会想：‘一次，就这一次，让我放松放松，就当这么一回正常人，老天总不至于为了这点儿愿望惩罚我吧，就一两个小时啊，也是我应得的。’可能你离开珍妮也就那么一分钟，但那一分钟就足以翻出杀虫剂、剃刀片之类的东西了。一旦求死的心意已决，不愁没机会。而如果在你眼皮底下出事，你的余生都将在无尽的自责中度过。”

菲奥娜两手分别深深地插进另一侧的大衣袖口：“你想怎么样？”

“我要洗清康纳·布伦南的不白之冤。我要你为他分析清楚利害关系。他不光玩弄正义、藐视法律，更让帕特、埃玛和杰克死得不明不白，让杀害他们的凶手逍遥法外。他还将珍妮推向死亡。”在梦魇般的暗夜里，在珍妮疯狂的号哭和恐惧中，被她用沾满鲜血的双手紧紧抓住、苦苦哀求，才不得已而为之，这是一回事；而坐视自己深爱的人在光天化日之下故意走到疾驰而来的大车正前方，那又是另一回事了。“如果我去劝，他会以为我在套他的话。换成是你，他才听得进去。”

菲奥娜嘴角一动，似是微微苦笑。“你搞不定康纳，对吧？”

我其实可以笑笑的。“对，死活都搞不定。”

“他才不在乎什么正义不正义那一套。他只在乎珍妮，他必须了解她的目标、她的心愿。如果他向你们认罪，那一定是为了帮她争取机会。”她嘴角又是一动，“可能他觉得我很自私，之所以努力拯救珍妮，纯粹是因为我想留住她。或许我真的自私吧，我不管那么多。”

努力拯救珍妮——她和我是一条战线的，得想办法利用这一点。“那就告诉他，珍妮已经死了。他知道她随时可能出院，那就说医生批准她出院，而她逮住了机会。如果掩护她的需要不存在了，那他或许会转而为自己的将来打算。”

我话音未落，菲奥娜已连连摇头。“我的谎话瞒不过他。他了解珍妮，她不可能……即便她要寻短见，也不可能不留一封遗书救他出来。不可能。”

我们的嗓门都压得很低，活像两个鬼鬼祟祟的密谋者。“那依你看，你能不能说服珍妮出一份正式声明？恳求她，用负罪感打动她，孩子、帕特、康纳，只要能撬动她，怎样都行。我是没戏了，但换了你……”

她仍在摇头。“她不会听我的。如果你是她，你会吗？”

四只眼睛不约而同地移向紧闭的病房门。“不知道。”深深的挫败感令我心急如焚，刹那间我竟想起了迪娜，想到她狠咬手臂的景象。“完全不了解。”

“我不想让她死。”

菲奥娜的声音忽显凝重，阵阵发颤。她快哭了。“那我们需要证据。”我说。

“你不是说没证据吗？”

“没有。到了这个时候，也不能指望再有新发现了。”

“那该怎么办？”她十指紧按脸颊，擦去泪水。

我做了个深呼吸，这口气灌得肺部一阵刺痛，灼透细胞膜，直入血液。“我能想到可以试试的方案，只有一个。”

“那就去做吧。拜托。”

“并不是什么好办法，拉弗蒂小姐。不过有的时候，以毒攻毒反而有奇效。”

“比如呢？”

“在罕见的情况下，我是指极其罕见的情况下，关键的证据会走偏门，通过远非合法的途径冒出来。”

菲奥娜愣愣地望着我，脸上犹有泪痕，但她已忘记了哭泣。“你是说可以——”她刹住话头，更为谨慎地说，“好吧，你是什么意思？”

虽然这种情况并不常见，远不如你们预想的那么普遍，但确确实实发生了。原因可以有很多，因为一名巡警被某个小机灵鬼惹恼；因为类似奎格利的蠢猪嫉妒我们这些货真价实的侦探和我们的破案率；因为一名侦探得知嫌疑人揍得老婆差点儿进医院，或是给年仅十二岁的雏妓拉皮条。还有一种原因，那就是某个人下定决心，跟从自己的愿望，背弃长久以来誓死遵从的规则。

对我而言，这是史无前例的举动。我素来坚信，如果你无法直接解决问题，那就活该倒霉。我从来不走歪门邪道，比如把血衣放到关键地方，偷偷丢个装可卡因的袋子，或者出庭前先安排好证人的口径，等。没人跟我交流过这种事，估计是怕被我举报到内务部，我也乐得和他们井水不犯河水。但至于怎么操作，我当然懂。

“如果你能弄来一件可以让警方把珍妮跟犯罪嫌疑人联系起来的证据，要快——最好今天下午——那我就可以赶在她出院之前拘捕她。从被捕时起，她将处于严密的监控之下，不会有自杀的机会。”刚才注视着珍妮沉睡的这段时间里，我已经筹划好了。

菲奥娜飞速眨了几下眼睛，又过了许久，才反应过来：“我？”

“如果不用你帮忙我也能搞定，那又何必拜托你呢。”

她神色紧张，颇具戒心。“我怎么知道你是不是在给我下套？”

“下套有意义吗？假如我想结案，又要找个替罪羊，也没必要找你。康纳·布伦南就是现成的，砧板上的肉。”一个杂工推着手推车叮叮当当地从走廊那头走过，我们两人都吓了一跳。我更小声地劝道：“我担的风险不比你小。一旦你透露给别人——明天，下个月，或者十年后——那么我最轻也得面临内务部的调查，最坏的情况嘛，我经手过的所有案子都要被重新审查，我自己也免不了遭到刑事指控。我可把赌注都押在你身上了，拉弗蒂小姐。”

“为什么？”

答案太多了。因为之前她说过相信我，那一刻依然在我脑中熠熠生辉。因为里奇。因为迪娜，她的双唇浸着深色的红酒渍，告诉我“没有什么为什么”。最后我给出了我唯一能与她分享的答案：“本来有一件有力的证据，很可能用得上，但失效了。是我的错。”

又过了片刻，菲奥娜说：“他们会把她怎么样？如果她被捕。要多久……”

“她会被送去精神病院，最起码开始要被送去。如果经过诊断，她可以承受审判的压力，那么律师应该会主张她无罪，或是用暂时精神失常来辩护。只要陪审团裁定她属于暂时精神失常，那她就可以回到医院，直到医生判断她对自己、对他人都不存在危险为止。而如果她被判有罪，那么她多半要服刑十到十五年。”菲奥娜瑟缩了一下。“听起来很漫长，但可以确保她得到妥善治疗，差不多到我这个年龄，她就可以出狱了。有你和康纳帮忙，她还能重新开始。”

报警器突然叫唤起来，提醒医生又有急救病人。菲奥娜没动。好半天，她终于点点头，浑身依然僵硬地紧绷着，但倦容已从脸上消失。“好，”她说，“我干。”

“你可得下定决心。”

“决定了。”

“那接下来按我说的办。”嘴里吐出的每个字都如磐石般沉甸甸地压着我，“你要向我请示，说想去海景花园帮你姐姐拿点儿东西——睡衣啦、洗漱用品啦、iPod、书，你觉得她需要什么就拿什么。而我会提醒你，那栋房子目前还封锁着，你进不去。然后我自告奋勇开车过去——我也会带上你，免得拿错。你在路上给我开一份清单，写下来，以后有人问起的话就能作为凭证。”

菲奥娜点着头，就像警员听我下指示时那么认真、专注，把每个字都刻进脑海里。

“重返珍妮家，唤醒了你的记忆。你突然想起，你和巡警发现尸体的那天早晨，你跟他们进门的时候，捡起了掉在楼梯底层的某个东西。你当时完全是下意识的，因为他们家历来格外整洁，地板上的任何杂物看着都碍眼，所以你在浑然不觉的情况下，随手塞进大衣口袋了——毕竟当时你的注意力根本不在这边。明白了吗？”

“我捡起的东西，是什么？”

“珍妮的首饰盒里有几条手链。有没有哪条是她经常戴的？耳环什么的不行。最好有链子，比较结实的那种。”

菲奥娜回想着：“她有条宝石手链，链子是金的，很有质感，应该很结实。是珍妮二十一岁生日时帕特送的，后来每当重要的日子他都会往上面镶一块宝石——结婚时送了心形石，孩子出生的时候送的宝石上刻了珍妮名字的首字母，买房以后送的上面刻了个小房子。珍妮经常戴。”

“非常好。那你捡起它的理由就更充分了。你知道那东西对珍妮的意义，她不可能愿意让它就那么躺在地上。当你发现尸体，顿时就把手链忘得一干二净。这很正常。然后你一直都没想起来。但当你在门外等我拿东西出来的时候，沉睡的记忆苏醒了。你摸遍大衣口袋总算翻了出来，我一回到车里你就交给我，以防万一它能派上用场。”

“搞这些是为了什么？”

“如果前因后果按我刚才描述，那你应该不可能知道那手链与我们的调查存在怎样的关联。所以你被蒙在鼓里其实更好，免得被连累。请务必信任我。”

“你确定这办法能行？绝对不能失败啊，你得保证。”

“并不是十全十美。有的人，特别是检察官，会怀疑你早已知情，却刻意隐瞒。还有的人可能觉得这证据来得过于巧合——这是我们内部的办公室政治，细节你就不用多打听了。总之我可以保证，你本人不会惹上任何麻烦——不会因为藏匿证据、妨碍司法之类的理由被拘捕——但检察官未必会那么轻易地放过你，甚至辩护律师也会在你身上动脑筋。考虑到一旦珍妮死去，你是实际受益人，说不定，他们还会挖掘你的作案嫌疑。”

菲奥娜的双眼猛然瞪大。“别担心，”我说，“我保证最多就到这里，你不会有麻烦。不过我得把话说在前头，这个计划不见得完美无缺，但我也只能做到这样了。”

“好吧，”菲奥娜深吸一口气，挺直身体，双手撩开飘到脸上的发梢，做好了行动的准备。“现在呢？”

“得按部就班地走，刚才那些对话都得过一遍。这样到时你做证或者接受交叉询问的时候才能记清楚细节。只有说实话，你的话听起来才有足够的说服力。”

她点点头。“那好，”我说，“你这是要去哪儿，拉弗蒂小姐？”

“既然珍妮睡着了，那我要开车去布莱恩斯顿，从家里给她带点儿东西。”

她的声音木然而空洞，只沉淀着一股伤感之情。“只怕你进不去。”我说，“目前那栋房子仍被列为凶案现场。不如我送你去，想拿什么我帮你拿出来好了。”

“也好。谢谢。”

“走吧。”

我像个老人似的扶墙站起。菲奥娜扣好大衣扣子，将丝巾缠上脖子系紧。那个小孩停止号哭了。我们在走廊里逗留了一会儿，贴在珍妮的病房门上仔细倾听，留意是否有什么声音或动静，或是任何足以留住我们的东西，然而一无所获。

我这辈子都忘不了那段路程。我还有最后一次回头的机会——打包一些珍妮的日常用品，告诉菲奥娜，我发现计划中存在纰漏，送她回医院，然后道别。那天前往心碎港湾的途中，我依然是成年以来全心全意扮演的角色：谋杀案的侦探、警局的天之骄子，总能直指要害、一举破案的奇才。而当我返回时，已经是另一个人了。

菲奥娜缩在副驾驶座门边，凝望着窗外。上了高速，我一只手离开方向盘，摸到笔记本和笔递给她。她将笔记本摊在膝盖上，我稳住车速，方便她写。写完以后，她把本子还给我。我迅速瞟了一眼：她的字迹清晰圆润，字尾收得很快，略带花体。上面写的是：“润肤膏（床头柜上的或者浴室里的都行）、牛仔裤、上衣、毛衣、胸罩、袜子、鞋子（靴子）、大衣、围巾。”

“出院的时候得多穿点儿衣服，无论出来之后她会去哪里。”菲奥娜说。

“谢谢。”

“真不敢相信我会这么干。”

你做得很对——我差点儿脱口而出。但话到嘴边变成了：“你是在救你姐姐的命。”

“我送她进监狱了。”

“你尽力了，我们只能做到这么多。”

突然，她像是不由自主地迸出一大段话：“小时候，我经常祈祷珍妮犯点儿错。因为惹麻烦的总是我——虽然都不算什么大事，我也不是小流氓，无非是顶撞妈妈或者上课聊天什么的。珍妮从来都那么听话。她不是那种假正经的人，对她来说，守规矩完全天经地义。我时常巴不得她出一次大问题，一次就好。然后我去打小报告，她就倒霉了，大家就会夸我：‘干得漂亮，菲奥娜，你做得对。真乖。’”

她的双手紧紧交握在腿上，像乖乖认错的孩子。“不用说这些了，拉弗蒂小姐。”我说。

我的声音听起来比预想的更严厉。菲奥娜重又望向窗外：“不说了。”

自那以后我们一路无言。进了海景花园，猛然见路边有人，我踩下刹车，原来是个慢跑者而已。一时间，我仿佛隔着车窗听见了他急促的呼吸，随即他就跑远了。我们一路上只见了这唯一的人。海上吹来的风撼动着铁丝网，花园里高高的野草被吹得急遽倾斜，朝着车窗摇曳。

“报纸上说，他们打算用推土机铲平这些地方，这些鸟不拉屎的小区。”菲奥娜说，“彻底铲平，清理干净，就当什么都没发生过。”

一瞬间，我眼中的心碎港湾变成了它本该拥有的面貌：除草机嗡嗡鸣响，男人在车道上洗车时，收音机里喷涌出欢快的乐曲；踩着滑板的孩子一边激动地尖叫一边潇洒变向；慢跑的女孩脑后的马尾一甩一甩；主妇们靠在花园篱笆上交换家长里短的小道消息；到处都是推推搡搡、嬉笑打闹的中学生；从天竺葵花坛到新买的轿车，再到孩子们的玩具，色彩斑斓；海风携来新鲜的油漆味和烧烤的香气。那个幻象可谓栩栩如生，淹没了眼前生锈的水管和泥泞的凹坑。“可惜啊。”我说。

“长痛不如短痛。四年前就该这样了，这地方根本不该建起来，当初就该烧了那些图纸完事。亡羊补牢总还不晚。”

小区的路径我已了然于心，没向菲奥娜问路就直接找到了斯佩恩家。她已经神游于自己的世界中去了，我也乐得让她清静一会儿。我停好车，刚推开车门，呼啸而至的狂风便如冰水般灌进我的耳朵和眼睛里。

“过几分钟就来，”我说，“你酝酿一下情绪，做好从口袋里找到东西的准备，免得刚好有人看见。”戈根家的窗帘没动，但迟早会动的。“如果有人过来，别跟他们讲话。”菲奥娜隔着车窗点点头。

挂锁还在，小偷和食尸鬼仍需等待时机。我找出从“怪医杜立德”那里拿来的钥匙。举步进门。隔绝了屋外怒号的风，静寂霎时笼罩了我的耳朵。

我在餐厅柜子里翻了一遍，不用看都知道，没有血迹。总算找到个垃圾袋，我拿上楼，迅速扔了些东西进去——西尼德·戈根这会儿很可能已经黏在窗前贪婪地窥视，而且一旦有人问起我在这里待了多久，估计她会迫不及待地大爆猛料。完事之后，我戴上手套，打开珍妮的首饰盒。

那宝石手链躺在一个单独的小格子里，静候着主人。金色的桃心，金色的小房子，在透过粉红灯罩射来的柔和光线中微微闪烁。卷曲的“E”，是光芒四射的钻石；“J”则涂上了瑰丽的鲜红。这钻石手链肯定就是珍妮二十一岁时的生日礼物，承载着当时他们对未来无尽的美好期盼。

我将垃圾袋放到地上，拿着手链进了埃玛的卧室。我开了灯——干这事的时候我不想敞着窗帘。这间屋子还跟里奇和我上回搜查完时一个样：整洁干净，满溢着思念、爱意和粉红色，唯有空荡荡的床告诉你这里发生过什么。床边的婴儿监视器上闪着一行警告：“气温12℃，太冷了。”

埃玛的头梳搁在橱子上，粉红色的，上面还缠着一绺头发。我小心地取下头发，量了量长度，举起来细看——金色的发丝十分柔顺，略一转角度便消隐在灯光中——寻找梳头时用力不当而扯下来的带有毛囊、皮屑的发丝，最后搜集到八根。

我将这八根头发捋成一小束，用拇指和食指夹住毛囊部分，将另一端缠到手链上。我试了好几次才成功——从链子到链扣再到那金色的心形石——最后，托着红色“J”字母的小环总算钩住了发丝，我松开手指，那几根头发便衬着澄金的底色轻轻飘动。

我又将链子绕在手上，使劲拽了几下，直到其中一环断开，掌心里被勒出了红印。珍妮的手腕尚且满是瘀青和伤痕，那是帕特试图抓住她时留下的。其中任何一处伤痕都有可能是扯拽手链的时候造成的，只不过被其他伤痕掩盖了而已。

埃玛挣扎过，库珀早有结论。起初她奋力将抱枕从头上推开，但珍妮立即又摁回去，链子便缠住了埃玛甩动的头发。埃玛抓住了手链，拉扯中链子上较薄弱的一环松裂了，随后她的双手又被困在抱枕底下，手链上就只留下她的寥寥几根头发。于是手链缠着珍妮的手腕，直到她完事。然后她下楼去找帕特时，那一环彻底断开，手链便滑落在地。

要以此定罪，可能力度还不够。埃玛的头发可能是睡前珍妮替她梳头时缠上的；链子之所以断开，也许是珍妮听到响动冲下楼时挂到了门把手。“合理怀疑”比比皆是。但至少可以先逮捕她，起诉她，她等候庭审这段时间便可处于严密的监护之下。

从逮捕到审判结束，起码需要一年。其间，珍妮可以接受很多精神病学家、心理学家的诊疗，通过药物治疗和心理疏导，以及种种可以帮助她从悬崖边上收回脚步的辅助手段。如果她打消求死的念头，或许会主动认罪，因为那样一来她便没有出狱的必要，而认罪又可以同时洗脱笼罩帕特和康纳两人的阴影。倘若她依旧不改口，肯定会有人怀疑她仍存轻生之念——普通人的看法无所谓，大多数精神病学家的专业眼光毕竟摆在那儿——进而尽可能将她留在安全的地方。我对菲奥娜说的是实话。这一计划远非完美，但这个案子根本不存在完美的解决之道，这是最好的选择。

离开埃玛的房间之前，我拉开半边窗帘，从窗前远眺一排排半成型的别墅和后方的海滩。初冬时节，虽然才刚三点钟，但天光已渐暗淡，海面升腾起夜一般忧郁的蓝，无尽的灰霾笼罩着浪花的白沫。康纳的藏身之处，塑料膜被风拍得乱响，四周的房子在未及铺设的土路上投下狂乱的影子。这里宛如庞贝古城，一座经考古发现而重见天日的废墟，任由漫步其间的游人张大了嘴，伸长脖子，尽情想象那场将其活生生从人世间抹去的恐怖灾难——不消几年，餐厅的地面将为蚁丘所占据，精美的家具上将爬满常春藤，然后悉数坍塌，归于尘土。

我轻轻关上埃玛的房门。楼梯口有条电线伸进浴室，里奇那宝贝摄像头正对着阁楼的活板门，依然闪着红色的小眼睛，表明它正忠于职守。一只灰色的小蜘蛛已在摄像头和墙壁之间织起一张精致的网。

冷风从屋檐下的小洞灌进阁楼，凄厉的呼号像狐狸，又像女妖。我斜斜地望进敞开的活板门，霎时间仿佛看见有东西在跃动——一个迅捷而强健的黑影，来去自如——可当我多眨几下眼之后，眼前便仅剩空虚的黑暗以及如潮的冷风。

等案子一结，我就让里奇回来拆掉这个摄像头，把所有录像都过一遍，然后写份报告给我，详细汇报他看到的内容。按说我本该亲自拆下监视器，蹲在楼梯上亲自浏览一遍其中的录像，但不知为何，我没动手。我已经料到，它什么都没拍下来。

菲奥娜倚着副驾驶座的车门，怔怔地凝视着几天前我们和她谈话的那座烂尾楼，一缕轻烟从她指尖夹着的香烟上飘然升起。见我走进，她随手将烟丢进路边一个满是泥水的小坑里。

“这是你姐姐的东西，”我举起垃圾袋，“只有这些吧？还要不要别的？”

“够了，谢谢。”

她的视线并未移过来，我有点儿慌，以为她改变了主意。“你没事吧？”

“看到这栋房子，我突然想起来了，发现他们那天——就是发现珍妮、帕特和孩子们的那天——我捡到了这个。”

她从衣袋里伸出手，半握着拳，像是手心里攥着什么东西。我也伸出手，牢牢护住掌中的手链，以免被人窥见，或是被风吹落。她则松开空着的手，配合我的动作。

“你得摸一摸，以防万一。”

她轻轻握住手链，握了好一会儿。她的手指触到我的手指，干燥而冰凉。

“你在哪里捡到这个的？”

“那天早上警察进去的时候，我也跟着，想看看究竟出了什么事。我看见这条手链躺在楼梯下，就靠着最底层的台阶。于是我就捡了起来——珍妮肯定不希望它被人在地上踢来踢去。我顺手放进大衣口袋，偏偏口袋破了个洞，手链掉进了大衣的里衬。直到刚才我才记起来。”

她的嗓音单薄而木然，转瞬便被呼啸不止的海风席卷而去，消逝在光秃秃的水泥和锈迹斑斑的钢筋之间。“谢谢，”我说，“我会查一查。”

我绕回驾驶座一侧，拉开车门。菲奥娜没动。我将手链放进证物袋，仔细写好标签，塞进大衣口袋，她这才直起身，回到车里。她还是没看我。

我发动轿车，驶出心碎港湾，绕开比比皆是的水坑和杂乱的铁丝。狂风如重锤般狠狠敲打着车窗。计划成功了，很顺利。

房车宿营地离海边更近些，大约再往北一百码。里奇和我披着夜色前往康纳·布伦南的藏身之处，然后夹着他返回那次，途中多半已经过了当年我们一家宿营的地方。

在心碎港湾的最后一夜，最后一次看见妈妈是在我们的房车外面。我们一家去维兰家参加盛大的告别晚宴，我在厨台上给自己草草做了两个三明治吃掉，准备去海边和伙伴们碰头。我们往沙丘里埋了很多苹果酒、香烟，以绑在滨草上的蓝色塑料袋为标记；还有人会带吉他来，爸妈已经批准我玩到午夜再回去。房车里飘浮着男士香水的味道，镜子里反射着从窗外照进来的刺目亮光，我只得往旁边闪了闪，继续抹发胶。杰莉的箱子敞开着，已经整理了一半。迪娜的箱子上丢着她那顶白色的小帽子和太阳镜。不知从哪儿传来几个孩子的嬉闹声，他们的妈妈正在喊他们回去吃饭。远处的广播里飘来警察乐队的歌声，刚刚变声的我也跟着小声哼唱起来，想象着阿梅莉娅往后梳理秀发的景象。

换上夹克衫，冲下房车的台阶，我停住了。妈妈坐在外面一张小折叠椅上，微微仰着头，遥望着从绯红转向金灿灿的天空。她晒了一天的日光浴，陪迪娜盖沙堡，和爸爸手拉手在海边漫步，此时鼻子已被晒得红红的，柔顺的金发从发髻中散落下来。浅蓝色棉布长裙的褶边点缀着白色小花，随着微风轻轻飘动。

“麦克，”她扭头望着我微笑道，“你这身打扮真帅。”

“我还以为你去酒吧了呢。”

“人太多。”这时，我本该有所警惕。“这里好美，好宁静。你看。”

我敷衍地望了望天。“嗯，很美。我要去海边了，记得吗？我会……”

“陪我坐一会儿吧。”她伸手招呼我。

“我得走了。大家都……”

“我知道。就几分钟。”

我本该猜到的。但那两个星期她那么快乐，她在心碎港湾一直都很快乐。每年只有这两个星期我们才能放松警戒，我才能变回正常的年轻人，除了注意别在伙伴们面前说漏嘴，完全无忧无虑；除了对阿梅莉娅的那些令我脸红、来得不是时候的念头，没有任何秘密；唯一要留神的只有同样迷恋她的大块头迪安·戈里。我尽情放松。一整年下来，我提心吊胆，任劳任怨，这假期是我应得的。可我忘了，上帝或是这个世界，或是冥冥中的任何主宰，并不会因为你的善行而仁慈地给你放假。

我坐到另一把椅子上，忍着没动。妈妈往后靠去，心满意足地轻轻一叹，又似梦呓。“你看。”她朝翻腾的海浪张开双臂。薄暮轻柔，淡紫色的海轻抚沙滩，空气甜甜的、咸咸的，好似焦糖；唯有蒙住落日的那一层朦胧的雾霭，预示着深夜或有风暴来袭。“哪儿也比不上这儿，绝对的。真希望永远都不要回家。你说呢？”

“嗯，也许吧。这里真好。”

“跟我说说。那个金发姑娘，她爸人挺好，那天我们去跑步的时候还送我们牛奶。她是你的女朋友吧？”

“天哪！妈！”我尴尬地扭动着。

她不以为意。“很好啊，这不是挺好嘛。有时我还担心你没女朋友是因为……”她又轻笑两声，撩开额前的发梢。“啊，真好。她很可爱，笑起来很迷人。”

“是啊。”我想到阿梅莉娅的微笑，那顾盼生辉、融入我视野的双眸；还有她嘴唇那美妙的弧线，令我忍不住想吻上去。“我也觉得。”

“要好好对她。你爸一直都对我很好。”妈妈笑了，探过手来拍拍我的手，“你也是。但愿那姑娘明白她有多幸运。”

“我们才约会了几天而已。”

“还会进一步发展吗？”

我耸耸肩。“不知道。她家在纽里。”我早就盘算着要给阿梅莉娅寄唱片，工工整整地写上她的地址，还想象着她听唱片时身处的那间闺房。

“多和她联系。你们肯定能生好几个漂亮孩子。”

“妈！我们才刚认识……”

“谁知道呢。”她脸上忽地闪过一缕神情，稍纵即逝，如同海鸟掠过水面投下的影子。“人生这条路，谁能看得穿。”

迪安有一大堆弟弟妹妹，他爸妈懒得管他，估计这会儿他已经抵达海滩，准备寻觅良机了。“妈，我得走了，好不？可以吗？”

我已半支起身，两腿如箭在弦，随时准备冲往沙丘。但她的手又伸过来，握住我的手。“不急。我不想孤零零一个人。”

我看了看从维兰家那边过来的路，暗暗祈祷，但路上没人。“爸爸和妹妹很快就回来了。”

我们都很清楚，还早。宿营地的所有家庭都聚在维兰家那里，迪娜一定和别家的小孩玩捉迷藏，爸爸则陶醉于飞镖游戏，杰莉会坐在墙头跟朋友聊天。妈妈的手依然紧握着我的手。“我有好多事想跟你说。很多事。很重要。”

我满脑子都是阿梅莉娅、迪安，大海的狂野气息在血管里奔腾，伴随着在沙丘间畅饮苹果酒的欢乐与神秘诱惑。我以为她要和我谈爱情、谈女孩，老天，说不定还要教导我上帝禁止婚前性行为。“好啊，但现在不行。明天吧，等到了家——我真得走了，妈妈，真的，我约了阿梅莉娅……”

“她会等你的。陪陪我，别丢下我一个人。”

她的声音中升起第一缕绝望，如毒烟般沾染了空气。我猛地抽回手，仿佛害怕被她的手烫伤。等明天回家，我会好好听她说，但在这里不行，现在不行。这不公平。满腹的委屈像条鞭子狠抽着我的脸，令我晕眩、愤怒、近乎失明。“妈，别这样。”

她的手仍然伸过来，还想握住我的手。“求你了，麦克。我需要你。”

“那又怎样？”我脱口而出，几乎喷出了肺里的所有空气，喘得厉害。我真想把她从椅子里推开，从我的眼前、我的世界里推开。“我真受不了每天照顾你！本来该是你照顾我才对！”

她的脸顿时僵住了，半张着嘴。夕阳的余晖掩去了她些许花白的发丝，令她倍显青春，光芒四射，似乎随时可能融入那令人目眩的光晕中。“哦，麦克，麦克，对不起……”

“嗯，我知道。对不起。”我在椅子里不安地扭动着，羞愧、叛逆以及隐隐的尴尬令我更迫切地想逃离这里。“忘了刚才的话吧，我不是故意的。”

“不，我懂，那是你的心里话。你说得对，不该让你……上帝啊，好孩子，对不起。”

“没事的，不要紧。”绚丽的暮色在沙丘间游移，投下长长的影子，看上去像是它们正朝海边奔跑。有个女孩开心地笑着，听不出是不是阿梅莉娅。“我能走了吗？”

“嗯，当然，去吧。”她一只手拧着裙角的小花，“别担心，麦克，好孩子。我不会再缠着你了，我保证。今晚玩个痛快。”

我一跃而起，一边抬手小心地检查头发乱了没有，一边用舌头舔了一遍牙齿以确保没粘着食物碎屑。这时，她又扯住了我的袖子。“妈，我真要走了……”

“我知道，就稍等一下。”她让我蹲下来，两手捧住我的脸，吻了吻我的前额。她身上有椰子防晒油的味道、海水咸咸的味道、夏天的味道和母亲的味道。

事后，人们纷纷归咎于爸爸。我们一直都干得不错，爸爸、杰莉和我。妈妈的秘密一直以来都被紧封在我们四人筑起的高墙里，丝毫不露痕迹。妈妈哭泣不休的那些天，卧床面壁的那几个星期，谁都不曾起疑心。但那时候，邻居们彼此间都颇有戒心，又往往互相窥探，我也说不清哪方面比重更大一些。反正左邻右舍都知道她连着几星期不出门，那段时间她充其量只能跟人有气无力地打声招呼，低着头逃离他们疑惑的目光。

大人们都尽量表达哀悼之情，但每次安慰的背后都有一个问号隐隐闪现。学校里那群人就懒得掩饰了。他们的问题都一样：她低着头，是在刻意隐藏发黑的眼眶吗？她躲在家里，是等着肋骨的伤势愈合吗？她走进大海，是因为被老公折磨得活不下去吗？

我冷冷一瞪就能让大人们闭嘴；太爱嚼舌根的同学，我更会揍得他满地找牙。终于有一天，同情分都用光了，我开始因为打架被老师留堂训话。可我得按时回家，帮杰莉照顾迪娜，还得打理家务——爸爸除了还能开口说话之外，已经无力持家。我不能被留堂。于是从那时起，我学会了自控。

打心底说，我不怪他们。爱管闲事本就正常，但即便在当时，我也明白还不只于此，他们想知道真相。正如我对里奇所说的，叩问因果并不过分，否则我们等于绝望而疯狂地紧抱救生筏，流亡在漆黑的深海之上。倘若妈妈毫无原因就投海自尽，那任何一晚、任何时刻，他们的妈妈岂不是也可以？人啊，只要得不到解释，便会搜寻蛛丝马迹，直到拼凑出所谓的真相为止，因为迫不得已。

我和他们打架，是因为他们眼中的“真相”完全错误，而我自己又无法给出他们正确的答案。我明白，他们至少命中了一点：无风不起浪，无火不生烟。普天之下，唯有我一个人才了解，那个原因就是我。

我已学会如何带着这个秘密生活，虽然过程缓慢，而且伴随着无尽的艰辛与痛苦。少了它，我也就不是现在的我。

“根本没有为什么。”如果迪娜是对的，那么这个世界将无以为继。如果她是错的，如果这个世界秩序井然——必然如此——仅有她脑中的小宇宙才理性全失、毫无轴心地乱转，那么这“为什么”的答案，就是我。

我送菲奥娜到医院门口。刚停好车，我就说：“得麻烦你到局里来一趟，就发现手链的问题正式做证。”

我看见她的双眼紧闭了片刻。“什么时候？”

“方便的话，就现在吧。先把你姐姐的东西拿进去，我可以等。”

“你准备什么时候……”她朝医院大楼努努嘴，“才告诉她？”

是逮捕她。“尽快。可能明天。”

“那我过后再去吧。在那之前，我要陪着珍妮。”

“如果你今晚来，会比较合适。现在和珍妮一起，对你也是一种煎熬。”

菲奥娜木然答道：“也许吧。”然后她下车走远了，抱着那个垃圾袋，上身后仰，仿佛怀里的东西重达千钧。

我把宝马停回车库，在警局外等候，跟个流浪汉似的躲在阴影里，直到过了下班时间，同事们纷纷返家之后，才进去找局长。

奥凯利仍在办公桌后，俯首于台灯的光圈里，用笔逐行检视着一份报告，鼻尖还架着老花镜。温暖的黄色灯光更加深了他眼角和嘴边的皱纹以及夹杂的花白发丝。他看上去就像小说里的那种老人，那种总有办法解决问题的睿智老爷爷。

窗外的天幕蒙着冬季浓浓的铅灰色，杂乱堆放在墙角一沓沓文件的周围逐渐积聚起阴影。这办公室感觉正是我小时候所梦想的、而且花了许多年寻找的地方，一个能让我贮藏无数珍贵记忆碎片的地方；另一方面，这也是一个早已从我指缝间流逝、永久失落的地方。

我刚进门，奥凯利闻声抬起头，那一瞬间他满面倦容，神情忧郁。旋即，他神色一敛，变得面无表情，彻底的空白。

“肯尼迪探员，”他取下老花镜，“把门关上。”

我关好门，站着没动，最后奥凯利用笔指指一把椅子：“奎格利早上找过我了。”

“他应该交给我。”

“我也这样跟他说。他一本正经地回答，他不相信你那番说辞没有保留。”

这狗娘养的。“恶人先告状吧。”

“他等不及狠踩你一脚呢，这机会他盼了不知有多久。不过话说回来，添油加醋固然是奎格利的一贯作风，但据我的了解，倒没有哪次纯粹是他凭空捏造出来的。这家伙谨慎得很。”

“他没有捏造。”我从衣袋里摸出证物袋，感觉放在那儿好几天了，然后摆到奥凯利的办公桌上。

他没伸手去拿。“说说你的版本。我要看到书面报告，但想先亲耳听听。”

“这是柯伦探员在康纳·布伦南的公寓里发现的，当时我在外面打电话。这上面的指甲油和珍妮弗·斯佩恩的相匹配。上面的毛线与闷死埃玛·斯佩恩的那个抱枕吻合。”

奥凯利吹了声口哨。“厉害啊，凶手是亲妈。你确定？”

“我整个下午都和她在一起。她不肯正式认罪，但私底下对我全招了。”

“那么没有这玩意儿的话，她说的那些对我们都没用。”他朝信封点点头，“但如果布伦南不是凶手，这玩意儿怎么跑到他公寓里去的？”

“他在现场。最后要送珍妮弗·斯佩恩上路的就是他。”

“谢天谢地，最起码你抓的人不算彻底清白。这样我们好歹也少吃一桩官司。”奥凯利边思索边嘀咕着，“继续。柯伦发现了证据，也猜到了奥妙，然后呢？他发什么神经，居然不交上来？”

“他左右为难。在他看来，珍妮弗·斯佩恩受的苦够多的了，逮捕她没多大意义，最好的解决办法就是放了康纳·布伦南，了结本案，给外界造成帕特里克·斯佩恩才是真凶的暗示。”

奥凯利冷冷地哼一声：“想得美。想得真美。这小子蠢得令人发指。所以他就跟没事人似的，揣进口袋，大摇大摆走出来？”

“他拿不准该怎么办，就先留着证据。昨晚，一个我也认识的女人在柯伦探员家过夜，她发现了这信封，觉得不该留在他家，就顺便带走了。今早她想交给我，却被奎格利截留。”

“这小妞，”奥凯利边用拇指弹着笔尖，边自顾自看得入神，“奎格利说你们的三角关系很乱，还说他之所以操这份心，是怕警局的道德水准受影响。一副义正词严的口吻。到底怎么回事？”

奥凯利一向对我很和蔼。“她是我妹妹。”我说。

他的注意力一下被吸引住了。“我的天。看来柯伦得少几颗门牙了？”

“他还不知道。”

“不是借口。这小兔崽子真没廉耻。”

“长官，如果可能，我不想把妹妹卷进来。她的状况不太好。”

“奎格利也这么说。好吧。”听他的口气，只是暂时放她一马，“没必要扯上她。检察官或许想跟她谈谈，但我会先打声招呼，说她也提供不了什么。你要确保她千万别跟媒体那群浑蛋多嘴，那她就没事。”

“谢谢，长官。”

奥凯利点点头。“至于这个，”他用笔戳戳信封，“你敢不敢发誓，今天是第一次见？”

“我发誓，长官。直到奎格利拿到我眼前乱晃，我才知道有这么一件证据。”

“柯伦是什么时候弄到的？”

“星期四早上。”

“星期四早上，”奥凯利重复了一遍，他的声音中渐渐泛起令人不安的意味，“也就是说，他不声不响地捂了两天。这两天你们只要醒着，就都同时行动，你们之间唯一的话题就是这个案子——至少我希望如此——而真正的答案自始至终都藏在柯伦那件神气活现的运动服口袋里。肯尼迪探员，回答我，你他妈的一点儿迹象都没看出来？”

“我一心忙着办案。我确实注意到……”

奥凯利爆发了：“我的上帝！你当这是什么？小菜一碟吗？这他妈是查案啊。而且还不是那种街头买卖白粉的垃圾案子，上不上心根本没人管。有两个孩子被谋杀，难道你不觉得这次该好好当一回侦探，多留神周围的风吹草动？”

“我知道柯伦有心事，长官，这点我真没忽略。但我以为那是因为我们的意见不统一。我认定布伦南是凶手，往其他方向查是浪费时间；而柯伦则认为——他说他认为——帕特里克·斯佩恩嫌疑更大，应该多调查他。我以为原因在这儿。”

奥凯利深吸一口气，强忍着没厉声怒斥我，但现在他的矛头指向的并不是我。“要么柯伦配得上一座奥斯卡奖，要么我该好好修理你一顿。”他话中的怒火却已然消退，用两根指头揉揉眼睛，“对了，那小杂种人呢？”

“我打发他回家待着。这个案子我不准备再让他参与了。”

“真他妈没错。跟他联系，叫他明天一早来向我报告。如果他表现好，我会给他找一张像样的办公桌，让他好好准备文件，直到检察官和他完事为止。”

“是，长官。”回头我会给他发短信。我不想再和里奇说话，这辈子都不想。

“要是你妹妹没发现这证据，柯伦最后会交出来吗？还是藏得严严实实，永远保持沉默？你比我更了解他，你看呢？”

最晚今天他就会上交，长官，我敢赌一个月工资——我所羡慕的那些搭档，不假思索地便会这么说，但即便里奇曾是我的搭档，现在也不是了。“不知道，”我回答，“我不清楚。”

奥凯利哼了一声：“反正也没区别。柯伦完蛋了。如果检察官和媒体什么的没找我麻烦，到时候我就一脚踹他回老家。要不然就退他回去当巡警，天天让他办卖白粉、非法持枪这种案子，他就坐等着领养老金吧。如果他还识相，自然会乖乖闭嘴认命。”

为防我出言力争，他这番话还留有些许余地。他的眼睛告诉我，求情也没用，但我本来就没打算替里奇求情。我说：“这样安排也好。”

“你自求多福吧，检察官他们也不会让你好过的。柯伦还没过试用期，案子的负责人是你。如果这次搞砸了，账都会算在你头上。”

“我能接受，长官，但还没弄到不可收拾的地步。在医院和珍妮弗·斯佩恩谈话时，我遇到了菲奥娜·拉弗蒂，珍妮的妹妹。案发那天早上，她在斯佩恩家地板上捡到了这东西，直到今天她才想起来。”

我将存放手链的信封放到桌上，摆在另一个旁边，暗暗庆幸自己手没抖。“她认出是珍妮的手链。上面缠着的头发，从颜色和长度来看，有可能是珍妮或埃玛的，做一下鉴定就知道。珍妮的头发颜色浅一些。如果是埃玛的——我敢打赌——那么案子就有转机了。”

奥凯利审视了我很久，敲着笔尖，那双犀利的小眼睛牢牢盯住我。“还真是得来全不费工夫嘛。”

这是在提问。我答道：“走狗屎运啊，长官。”

又过了半晌，他才点点头：“晚上乐透彩票开奖，赶紧去买。全爱尔兰最幸运的就是你这家伙了。如果这东西没出现，你会是什么下场，还用我说吗？”

快球手肯尼迪，局里最最刚正不阿的侦探，二十年警界生涯从不曾越雷池一步。最初的一丝疑虑过后，奥凯利算是相信我跟雪一样清白了。别人想来也不例外。就连辩方律师也不会浪费时间去追查这件证据的来龙去脉。奎格利少不得嘴上犯贱，含沙射影一番，但他的话没人听。“我懂，长官。”

“送去证物室，要快，免得在你手上又出岔子。然后回家睡一觉。星期一跟检察官过招，还得靠你的脑筋。”他重新戴上老花镜，继续埋头看报告。谈话到此结束。

“长官，我还有件事想汇报。”

“我的天，你该不会还捅了什么马蜂窝吧？我不想听。”

“不是的，长官。等案子结了，我会提交辞呈。”

奥凯利顿时抬起头。“为什么？”过了半天，他才问。

“我觉得是时候改变一下了。”

那锐利的目光简直能戳穿我。“才三十多岁你着什么急，六十岁才能领养老金。”

“我明白，长官。”

“辞职后你要干什么？”

“还没想好。”

他审视着我，不停用笔敲打着面前的报告。“我太早让你重新上场了。本以为你坐久了冷板凳，早就手痒得不行，恢复状态问题不大。”

他听上去既有些担心，又更像是同情。“本来没错。”

“我应该看出你还没准备好。结果这烂摊子把你搞得神经衰弱。这样吧，好好睡上几天，找哥们儿痛快喝几杯，就缓过来了。”

“没那么容易，长官。”

“怎么会？如果是柯伦的问题，反正以后几年你又不必跟他共用一张桌子。这得怪我，我会向上面反映。你倒好，自己走了一身轻，我还得指挥外面那群饭桶。”奥凯利朝警队办公室的方向努努嘴，“有我在，上面不敢把你怎么样。他们最多训话一顿，扣你几天假期，本来你也囤了很多假没休对吧？之后就一切照旧。”

“谢谢，长官，”我说，“感激不尽。不管接受什么处分，我都不介意。你说得对，我没理由忽略这件证据。”

“是吗？被人坑了一次，你就受不了啦？老天在上，小子，谁没吃过亏啊。大不了他们损你几句——完美侦探踩香蕉皮咯、栽跟头咯，反正他们巴不得你出丑倒大霉。你会挺过去的。自己调整一下，别找我发表什么告别演说。”

我还不至于变成毒药，污染我接触过的一切——否则我办过的案子全都无法幸免。也并没有什么超乎逻辑和理性之外的直觉在暗示：我会搞砸下一个案子，然后再下一个。问题在于，我很危险。一旦查案受阻，越界将变得轻而易举，自然而然。你可以尽情安慰自己，就这一次，下不为例，这次情况特殊。结果每次都会变成“就这一次”，每个特殊的案子都需要你多跨那么一小步。千里之堤，溃于蚁穴，流水必然能钻进突破口。我会收不住手，一错再错，越陷越深，无法自拔，最终大坝决堤，滔天海浪将把我淹没。唯一的机会，就是从一开始便与之决裂。

“并不是受得了受不了的问题，长官。”我说，“上次犯错的时候，也没少听风言风语，虽然不爽，但我坚持下来了。也许你说得对，我有点儿神经衰弱。总之，只能说，我已经不适合留在这里了。”

奥凯利一边在指间转着笔，一边揣摩着我的弦外之音。“你最好给我想清楚。你这一走，可就没退路了，也没资格再回来了。好好想想。花点儿时间，使劲儿想。”

“没问题，长官。珍妮弗·斯佩恩的审判结束之前，我会坚守岗位。”

“很好。另外，这事我不会透露给别人。只要你改变心意，随时告诉我。除此以外，这事不要再提。”

而我们其实都心知肚明，我不会改变主意了。“谢谢，长官，谢谢你的理解。”

奥凯利点点头：“你是个好警察，却栽在倒霉的案子上。没事，归根结底你还是个好警察，别忘了这一点。”

关门之前，我最后瞥了一眼这间办公室。柔和的灯光洒在我入局时起奥凯利就一直用着的绿地毯上，洒在他书架里的高尔夫用具上，洒在那刻着“奥凯利局长兼警督”的黄铜名牌上。我曾希望，有朝一日我能成为这间办公室的主人。我曾无数次地想象，桌上的相框里要放劳拉的照片，还有杰莉的孩子们；书架上要堆满我那些发霉的犯罪学书籍；可能还得添一株盆景，或者摆个小一点儿的热带鱼缸。我并不希望奥凯利离去，真的，但人总得心怀梦想，才不会半途迷失。这间办公室，就是我曾经的梦想。

我开车去找迪娜。去了她那间公寓，以及那栋满地跳蚤的大楼里的其他公寓，拿我的证件在那些满头乱发的小混混儿脸前晃来晃去，结果这几天谁也没见过她。我又找了她的四个前男友，得到的答复从直接摔门到“找到她的话让她给我打电话”都有。我又把杰莉家附近的每个角落都巡遍了，还试了每一家亮着灯、可能吸引迪娜的酒吧，每个看上去令人放松的小公园。我还回了自己家，走遍周边所有的地下通道，总有些人渣在里面卖他们能搞到的各种肮脏东西。我也拨过迪娜的电话，好几十次。我甚至想去心碎港湾找找，但迪娜不会开车，打车去又太远。

我在市中心绕圈，摇下车窗，仔细辨认沿途每个女孩的长相——晚上很冷，所有人都全副武装，帽子围巾风衣齐上阵；起码有十多次，某个身材苗条的女孩经过，我便忙不迭地满怀希望伸长脖子去瞟她的脸。结果有个肤色较深，脸上打了不少孔，还叼着根烟的矮个儿女孩破口大骂，叫我有多远滚多远。我才意识到时间已过午夜，而我自己又是什么模样。我在路边停车，呆坐了很久，听着迪娜之前留的语音信息，望着自己在冰冷的车厢里哈出的白气，最后只能放弃，回家。

我在床上躺了很久，凌晨三点多，我听到公寓门外窸窸窣窣的响动。有人拿钥匙往锁眼里捅，外头客厅里还有一束光从门底下透进来。“麦克？”声音很轻，是迪娜。

我呆坐着。灯光熄灭了，门也咔嗒一声锁上。脚步声很谨慎，踮着脚；随即她的身影出现在卧室门口，一团瘦小的黑影，迟疑着，微微晃动。

“麦克，”她的声音稍大了一点点，“你醒着吗？”

我紧闭双眼，稳住呼吸。过了一会儿，迪娜叹了口气，像是在外面玩了一整天后有些疲惫的小孩。“下雨了。”她几乎是自言自语。

我听着她坐到地板上，脱下靴子，砰砰两声丢到地板上。她爬上床，躺到我旁边，拉过羽绒被盖上，塞好被角，后背紧靠我的前胸，最后，我伸出手臂揽住她。她又叹了一声，把头往枕头里埋得更深，将衣领一角塞进嘴里，准备入睡。

这些年来，杰莉和我追问了她那么多次，只有一个问题始终问不出口：“水淹到脚踝的时候，你挣扎了吗？你是不是甩开她温热的手指，转身逃跑，逃进黑夜，钻进呲呲摇动、密密麻麻的滨草丛，藏得严严实实，不顾她的再三呼唤？或者，在她迈出最后一步之前，是不是松手放你走，是不是尖叫着要你跑，赶紧跑？”那天晚上，我本来可以问的，我想迪娜应该会回答。

我聆听着她轻咬衣领的声音，她的呼吸逐渐放缓，深深地沉入梦乡。她浑身散发着冷风、香烟和黑莓的味道。她的大衣被雨淋湿了，湿气浸入我的睡衣，寒意刺着我的皮肤。我静静地躺着，望着浓黑的夜，任由她湿漉漉的头发贴着我的脸，守望黎明。

（全文完）